마음 속에 숨겨진 나를 찾아 떠나는 여행

정신분석 에로의 초대

도서출판
이유

정신분석에로의 초대

ⓒ 이무석, 2003

지은이 | 이무석
펴낸이 | 김래수

기획/편집 책임 | 정숙미

초판 1쇄 발행 | 2003년 9월 5일
개정 초판 발행 | 2006년 4월 25일
개정 초판 3쇄 발행 | 2008년 7월 21일

펴낸곳 | 

주소 | 서울특별시 동작구 상도1동 780-2 종현빌딩 3층
전화 | 02-812-7217 팩스 · 02-812-7218
E-mail | eupub@hanafos.com
출판등록 | 2000. 1. 4   제20-358호

ISBN 89-89703-72-7 03180

마음 속에 숨겨진 나를 찾아 떠나는 여행

정신분석에로의 초대

나는 두 번의 개인분석을 받았다. 첫번째는 내 나이 40대 초반에 런던에서 닥터 베이커에게 40시간 정도를 받았다. 그리고 50대 후반에 다시 샌디에이고에서 닥터 타이슨에게 300여 시간을 받았다. 40대에 받는 분석과 50대에 받는 분석이 달랐다. 인생을 더 많이 살아본 경험과 사회적 성취가 도움이 됐다. 분석가 앞에서 기죽지 않고 자유연상을 계속하기 위해서는 나름대로의 자신감이 필요했다. 그리고 정신분석에 대한 지식이 분석의 진행을 이해하는 데 도움이 됐다. 여러 가지 흥미로운 경험도 했다.

어느 날 나는 약속 시간보다 30분 일찍 분석가의 집에 도착했다. 시간을 착각한 것이었다. 길을 나서면서 시간을 확인했는데도 너무 일찍 도착했다. 그런데 아직 나는 내가 일찍 도착했다는 사실을 모르고 있었다. 대기실에서 분석가를 기다렸다. 내가 생각한 시간에 분석가가 나타나지 않았고 5분이 지났다. 나는 갖가지 상상으로 불안했다. '분석가가 많이 아픈가?', '나를 보기 싫어진 것인가?' 그러다가 불현듯 내가 시간을 잘못 봤을지도 모른다는 생각이 떠올랐다. 급히 수첩에서 시간을 확인했다. 나의 착각이었다. 분석 시간에 이 부분이 다뤄졌다. 전 시간에 나는 분석가를 공격했다. 그리고 불안했다. 이것이 원인이었다. 비의식(무의식)에서 나는 나의 공격으로 분석가가 병이 났거나 아니면 화가 났을 것이라고 생각했던 것이다. 그래서 분석가의 상태를 확인하기 위해서 서둘러 30분이나 일찍 도착했었다. 실수가 비의식을 보여 주었다.

예기치 않은 감정을 경험하기도 했다.

어느 날은 분석시간에 장모님 얘기를 하다가 갑자기 울음이 터져 나왔다. 당황스럽고 주책없고 부끄러웠다. 그리고 무엇보다 혼란스러웠던 것은 이렇게 슬플 이유가 없다는 것이었다. 장모님이 돌아가셨을 때도 이렇게 울지 않았었다. 그런데 엉뚱하게도 분석시간에 줄줄 흐르는 눈물을 주체할 수가 없었다. 내 어머니와 장모님은 아주 대조적인 분이셨다. 내 어머니는 생활력이 강하고 경우도 바르지만, 항상 엄하고 바쁜 분이셨다. 그러나 장모님은 평생에 걸쳐서 한번도 화를 내거나 큰 소리로 자식들을 꾸짖은 적이 없는 분이다. 사랑 많고 부드러운 분이시며 항상 자식들 곁에 계신 분이셨다. 어린 시절, 나는 어머니가 집에 계시는 날이 별로 없어서 쓸쓸한 날이 많았다. 어머니는 나에게 독립적일 것을 요구하셨다. 어린양하는 것(어리광 부리는 것을 어머니는 어린양 부린다고 하셨다)을 가장 싫어하셨다. 어머니는 무서웠다. 어린 나는 어머니에게 인정받기 위해서 어른처럼 행동해야 했다. 모범적인 아들 역할을 했다. 어린아이다운 감정 표현이나 요구는 엄두도

낼 수 없었다. 감정은 숨기고 완벽하게 의무를 수행하려는 성격이 되었다. 내 어머니도 훌륭한 분이셨지만, 어린 시절의 나는 마음 속으로 장모님 같이 부드럽고 항상 곁에 계시면서 아이다운 어린양을 받아 주는 어머니를 그리워 했다. 장모님이 돌아가셨을 때 나는 내면의 좋은 어머니를 잃었던 것이다. 그러나 내 성격상 감정을 표현할 수 없었다. 슬픔을 피하기 위해서 오히려 장례 절차와 행사에만 관심을 쏟았다. 그래서 장례식에서는 울 수가 없었다. 슬픔은 억압당했다. 그러다가 분석 시간에 억압이 풀렸던 것이다. 슬픔이 홍수처럼 터져 나왔다. 이것은 유아기의 슬픔이었다. 마음 속의 어린 내가 울고 있었다. 어린아이 같은 울음이었지만 이것이 나의 심리적 현실이었다.

정신분석은 인간의 내면 세계를 찾아준다. 자기 마음이면서도 모르고 그 마음의 함정에 빠져서 고통받는 사람들이 신경증 환자들이고 대부분의 인간 실존이다. 비의식(무의식)은 암흑 속의 동굴과 같다. 이 어두운 동굴 속 같은 비의식을 밝히는 과정이 정신분석이다. 정신분석은 프로이트 박사가 인류에게 준 선물이다. 사실 프로이트는 이론가이기 전에 좋은 치료자였다. 정신분석으로 환자가 치료되는 것을 보고 재미를 본 사람이었다. 정신분석은 유용한 치료법이며, 지금도 세계 도처에서 고통받는 많은 사람들이 도움을 받고 새 인생을 산다.

본서에서는 치료법으로서의 정신분석을 알려 주기 위해서 증례를 많이 소개했다. 제1장에서는 정신분석의 창시자인 프로이트의 생애와 정신분석의 역사를 기술했다. 제2장부터 제7장까지는 이론에 대한 설명이다. 제8장부터 제10장까지는 정신분석의 진행과정에 대해서 설명했다.

그리고 프로이트가 치료한 대표적인 환자들, 즉 도라 · 쥐 사나이 · 늑대 사나이 등에 대해서 요약 · 소개했다. 정신분석의 이단자였던 코허트와 클라인에 대해서도 소개했다. 끝으로 정신분석의 진행과정을 잘 보여 주는 안느마리 산들러 여사의 증례를 소개했다. 이 증례는 임신공포증으로 아이를 갖지 못했던 금발의 부인이 치료되어 아들을 낳는 과정을 잘 보여 준다.

이 책을 출판해 주신 〈도서출판 이유〉의 정숙미 실장님께 감사드린다. 책을 실하고 아름답게 만들려고 많은 노력을 하셨다. 또한 책의 체제에서부터 교정까지 성의 있게 도와 준 나의 동서이자 언어학자인 전남대학교 송경안 교수에게 이 자리를 빌려 감사를 표한다.

2003년 8월
강물이 내려다 보이는 '까페 드맹'에서

ACKNOWLEDGEMENT

I want to take the opportunity to express my sincere appreciation to

.

Mrs. Anne Marie Sandler
(training analyst of British Psychoanalytic Society),

Dr. Theodor J. Jacob
(training analyst of New York Psychoanalytic Institute),

Dr. Ricardo Castaneda
(Director of Inpatient Psychiartry at Bellevue Hospital),

Dr. David J. Robinson
(Rapid Psychler Press(www.psychler.com)),

Mr. Michel Siméon
(Editions Phébus, Paris)
and

Mr. Ralph Steadman
(A TOUCHSTONE BOOK : Published by Simon and Schuster, New York)

.

for their kind permission given to me to include

their papers and creative illustrations in this book.

Thank you very much to you!

Author :

Moo-Suk Lee, M.D. & Ph.D.
Professor of Chonnam National University Medical School
Gwang-Ju, Korea

August 2003

| 차 | 례 |

|여는글|

|Chapter 1| **프로이트의 생애와 정신분석의 역사**

1. 제1기 : 1856년 프로이트의 출생에서 1897년까지 ;
   손상이론의 시기 · 16
   (affect-trauma frame of reference)

2. 제2기 : 1897년~1923년, 성격구조론을 발표하기까지 ;
   지정학설 시기 · 35
   (topographical frame of reference)

3. 제3기 : 1923년~1939년, 프로이트 사망시까지 ;
   구조론 시기 · 53
   (structural theory of reference)

4. 제4기 : 1939년부터 현재까지 ;
   프로이트 이후의 발전 · 59

|Chapter 2| **정신분석 이론**

1. 지정학설(topographical theory) · 64
   1) 프로이트의 꿈 개념 · 76
   2) 비의식 속에서 작용하는 정신기능의 특징 · 97

2. 정신결정론(psychic determinism) · 104

3. 대상관계 이론(object relation theory) · 106

4. 성격구조론(structural theory of personality) · 110
   1) 도덕적 자학자(moral masochist)와
      역치료적 반응(negative therapeutic reaction) · 115
   2) 건강한 자아란? · 117

|Chapter 3| **성격의 발달과정**

1. 모태 내의 생활(fetal life) · 124

2. 구강기(oral stage) · 128

　　3. 항문기(anal stage) / 131

　　4. 마거릿 말러의 분리-개별화 과정 / 133

　　5. 남근기(phallic phase) / 139

　　6. 잠복기(latent phase) / 151

　　7. 청소년기(period of adolescence) / 152

　　8. 성인기(adulthood) / 154

|Chapter 4| 자아의 방어기제

1. 억압 · 161

2. 억제 · 163

3. 취소 · 163

4. 반동형성 · 165

5. 상환 · 166

6. 동일화 · 166

7. 투사 · 170

8. 자기에게로의 전향 · 175

9. 전치 · 175

10. 대체형성 · 176

11. 부정 · 176

12. 상징화 · 179

13. 보상 · 180

14. 합리화 · 180

15. 격리 · 183

16. 지식화 · 187

17. 퇴행 · 187

18. 해리 · 188

19. 저항 · 189

20. 차단 · 190

21. 신체화 · 190

22. 성화 · 190

23. 금욕주의 · 191

24. 유머 · 191

25. 이타주의 · 191

26. 분리 · 192

27. 투사적 동일화 · 194

28. 회피 · 199

29. 승화 · 200

30. 방어과정 · 200

|Chapter 5| 정신분석의 기법

1. 자유연상법(free association technique) · 210

2. 카우치(couch)의 사용 · 216

|Chapter 6| 정신분석의 과정

1. 분석의 시작 · 224
    1) 정신분석 치료에 적합한 사람들 · 225
    2) 치료약속(contract)과 절차 · 240

2. 분석의 중기 · 252
    1) 저항(resistance) · 252
    2) 전이(transference) · 269
    3) 역전이(countertransference) · 276
    4) 통찰(insight) · 282
    5) 훈습(working-through) · 288

3. 분석의 종결 · 292
    1) 분석의 종결에 대한 반응 · 293
    2) 분석의 종결에 대한 지침 · 296

|Chapter 7| 정신분석의 효과

1. 치료효과에 대한 프로이트의 개념 & 프로이트 이후 · 302

2. 치료관계를 통한 인격의 성장 · 306

3. 정신분석과 뇌의 변화 · 309

4. 인간본성을 회복시키는 정신분석 · 310

5. 정신분석의 목적 · 311

|Chapter 8| 프로이트의 정신분석 증례들

1. 도라의 증례(Dora Case) · 315

2. 쥐 사나이(Rat man) ; 강박장애의 고전적 증례 · 317

3. 슈레버 증례(Schreber Case) · 323

4. 늑대 사나이(Wolf man Case) · 326

|Chapter 9| 코허트의 자기심리학(self psychology)

1. 자기의 정의와 자기의 정신병리 · 333

2. 자기대상(selfobject) · 334

3. 전이의 두 가지 형태 · 336

4. 1차적 자기장애와 2차적 자기장애 · 337

5. 자기의 핵이 형성되기 위한 조건들 · 338

6. 자기애적 성격장애의 치료기법 · 339
    1) 자기애적 행동장애의 치료 · 339
    2) 치료의 두 단계 · 341
    3) 치료에서 얻어지는 바람직한 결과 · 342

|Chapter 10| 클라인 학파

1. 멜라니 클라인의 생애 · 345

2. 멜라니 클라인과 안나 프로이트의 갈등 · 348

3. 멜라니 클라인의 대표적 이론 · 350
    1) 편집–분열의 입장 · 351
    2) 우울 입장 · 352

4. 클라인 학파의 치료기법 · 354

|Chapter 11| 현대 정신분석가의 정신분석 증례

1. 한 신경증 환자의 정신분석 : 안느마리 산들러 · 358
(Aspects of the analysis of a neurotic patient : Anne-Marie Sandler)

2. 분석가의 내적 경험 : 이것이 분석과정에 주는 이익 · 381
(The inner experiences of the analyst
– Their contribution to the analytic process : Theodore J. Jacobs)

|부|록|

|찾아 보기❶|가나다순(한글) · 400 |찾아 보기❷|알파벳순(영문) · 410
|찾아 보기❸|정신분석 증례들 · 418 |참|고|문|헌| · 424

프로이트의 생애와 정신분석의 역사

'20세기의 가장 위대한 과학자' 가운데 한 사람인

프로이트는, 현재를 살아가는 우리들에게

자신이 모르는 마음의 세계가 있다는 것을 가르쳐 주었다.

인간 정신의 비의식(Unconscious)을 탐구하는 정신분석의 이론과 치료법은

어느 날 갑자기 나타난 것이 아니라

프로이트(Sigmund Freud)로부터 시작하여 지금까지

100여 년의 시간을 두고 진지하게 수정·발전되어 왔다.

♣

「정신분석학」은 인간 정신의 비의식(Unconscious)을 탐구하는 학문이다. 치료적인 입장에서 말한다면, 인간을 괴롭히는 정신의 내적 갈등을 치료하는 치료법이기도 하다. 자기 마음이면서도 자신이 알지 못하는 부분이 있다는 것은 신비롭다. 프로이트 이전까지 인류는 이런 정신세계의 존재에 대한 체계적인 지식이 없었다. 그러나 프로이트가 히스테리 환자를 치료하는 과정에서 비의식의 신비로운 현상을 발견하였다. 지금은 비의식이 상식처럼 되어서 일반인들도 많이 쓰는 말이 되어 버렸다. 예를 들어 '부지불식간에 그런 행동을 했어요.' 혹은 '무심결에…….' '나도 모르게 무의식중에 그런 말이 나왔다니까요.' 하는 말들은 비의식적 행동을 말하고 있다.

정신분석은 마음의 병이 비의식의 갈등에서 시작한다는 것도 발견했다. 불안신경증, 우울증이나 정신분열증까지도 비의식에 원인이 숨어 있었다. 또한 인간을 구속하고, 인생을 불행하게 만드는 성격도 그 원인이 비의식에 숨어 있다는 것을 알아 냈다. 예를 들어, 어떤 사람은 성격이 지나치게 소심하여 대인관계가 어렵다. 사람을 만날 생각만 해도 가슴이 떨린다. 반대로 어떤 사람은 사람 만나기를 좋아한다. 어떤 사람은 성격이 너무나 자기애적이어서 소위 '공주병' 처럼 상대방을 지배하고 이용하려 한다. 이런 성격의 사람은 특별 대우를 받지 않으면 불쾌

지그문트 프로이트
(Sigmund Freud, 1856~1939)

「정신분석학」의 창시자인 프로이트가 65세(1921년)에 찍은 사진이다.
아직 윗턱에 암이 발병하기 전이어서 시가를 피우고 있다.
프로이트는 가난한 유대인의 가정에 태어나서 서러움도 받았지만, 호기심이 많았고 공부도 잘했다. 빈 의대를 졸업했고 좋은 가문의 규수와 결혼하여 슬하에 3남 3녀를 두었다. 가정적이고 효성이 지극했으며, 성적으로는 부인만을 사랑했다.
자신이 발견한 인간의 내면세계를 보여 주기 위해서 자신의 비밀스럽고 수치스러운 사생활을 공개하는 희생을 치를 만큼 용감하고 정직했다. 그는 인류에게 비의식을 탐구하는 치료의 길을 열어 주었다.

하고 살맛을 잃는다. 정신분석은 이런 성격이 되는 이유를 비의식에서 찾을 수 있었다. 따라서 치료도 당연히 비의식에 숨겨진 갈등을 찾아 치료하는 것이 되었다.

정신분석의 이론과 치료법은 어느 날 갑자기 완성된 형태로 나타난 것이 아니라, 100여 년의 시간을 두고 진지하게 수정되고 발전되어 왔다.

프로이트의 일생은 영광도 있었지만, 많은 시간들을 오해와 고통의 세월로 보냈다. 〈타임(the Times)〉지가 '20세기의 가장 위대한 과학자(greatest scientific mind)'로 아인슈타인과 함께 프로이트를 표지 인물로 뽑았다. 그리고 그를 인류 역사상 인류에게 가장 크게 공헌한 사람들 중 일곱 번째 사람으로 뽑았다. 정신분석이 인간 행동의 이해, 유아기 성욕의 발견뿐만 아니라 모든 분야에 걸쳐 강력한 영향을 주었기 때문이다. 무엇보다도 인류에게 비의식 세계의 문을 열어서 비의식 세계의 실상을 보여 준 것은 굉장한 업적이다. 자신이 모르는 마음의 세계가 있다는 것을 프로이트처럼 체계적으로 가르쳐 준 사람은 없었다. 정신과적으로도 정신질환 치료의 새로운 장을 열어 주었다. 지금도 세계 도처에서 정신분석의 이론을 바탕으로 하고 있는 역동 정신치료가 행해지고 있다. 프로이트는 글도 잘 써서, 작가도 아니면서 괴테 문학상을 받았다. 프로이트가 어릴 때 어떤 사람이 "이 아이는 세계적인 큰 인물이 될 겁니다."라고 했다는데, 그 말대로 되었다.

그러나 프로이트는 그렇게 행복한 사람은 아니었다. 가난한 유대인 가정에서 태어나 서러움도 많이 받았다. 의과대학 생리학 교실에 남아서 교수가 되고 싶었지만, 당시 주임교수였던 브뤼케 교수에게 거절당했다. 가난이 이유였다. 아버지는 돈벌이를 하지 못했고 동생들은 많았다. 가난한 교수생활을 계속한다면 결혼도 할 수 없는 형편이었다. 약혼녀는 벌써 수 년 동안 그를 기다리고 있었다. 거절의 다른 이유로 프로이트가 유대인이었기 때문이라는 설도 있다. 당시 빈에서 유대인은 괄시를 받았다. 20대 중반의 청년으로서는 좌절감이 컸을 것이다. 그는 의학계에서도 따돌림을 당했다. 그가 신경증의 성적 병인론, 즉 신경증은 성욕 때문에 생긴다는 이론과 유아기 성욕(infantile sexuality)을 발표했을 때 의학계는 그를 섹스에 미친 이단자로 취급하고 등을 돌렸다. 따돌림을 당한 그는 다시는 〈빈 의학협회〉에 나가지 않았다. 그리고 현대에도 프로이트를 섹스 해방론자쯤으로 생각하는 사람들이 많다. 그러나 프로이트는 성적으로 매우 보수적이었다. 열여섯 살 때 자기보다 한 살 어린 기젤이라는 처녀를 잠시 짝사랑했던 일 외에는 부인 마르타 베르나이스(Martha Bernays)만을 사랑했다. 4년간의 연애 끝에 서른 살에 결혼했다. 프로이트는 다른 여자를 본 적이 없고 완벽한 일부일처제였다. 3남 3녀를 둔 다복한 가정을 이루었다. 어머니에게 효도했고 충실한 아버지였다 (Jean Martin Freud, 1956).

막내딸인 안나 프로이트는 아버지의 뒤를 이어 정신분석가가 되었다. 그러나 사실 프로이트처럼 고통스러운 인생을 산 사람도 없다. 사랑하던 둘째딸을 폐렴으로 잃었다. 그리고 또 그 딸의 어린 아들(외손자)을 잃었다. 전기 작가는 프로이

© Michel Siméon

대학 교수가 되는 길이 막히다
그림의 오른쪽에 모자를 쓴 빈 의대의 브뤼케 교수가 프로이트에게 '안됐네만 자네를 받아줄 수 없네.' 라고 말하고 있다. 교수가 되고 싶은 꿈은 사라져 버리고 프로이트는 개원의사의 길로 들어섰다. 가난 때문에 4년 동안이나 미뤄 온 결혼을 더 연기할 수도 없었다. 그림 왼쪽에 실망한 프로이트의 얼굴이 보이고, 중앙에 약혼녀 마르타가 보인다.

프로이트의 가족사진

제일 뒤에 42세의 프로이트가 있고 바로 앞에 처제인 미나가 보인다. 미나의 오른편에 부인 마르타가 있다. 앞줄 중앙에 세 살 된 안나가 얌전히 앉아 있다. 큰딸 마틸드가 사진에서 빠졌다. 프로이트는 3남 3녀를 두었다.

트가 우는 것을 이 때 처음 보았다고 했다. 그에게 등을 돌린 동지들도 많았다. 프로이트는 60대 후반에 턱에 암이 생겨 16년 동안을 고생하다가 결국 그 병으로 사망했다.

프로이트의 생애를 정신분석의 발달과 관련지어 살펴보겠다. 런던 대학의 산들러 교수 등은 정신분석의 역사를 4기로 나누었다(Sandler J., Dare C. and Holder A., 1972). 이들의 분류에 따라 4기로 나누어 설명하겠다.

1 제1기
1856년 프로이트의 출생에서 1897년까지 ; 손상이론의 시기(affect-trauma frame of reference)

제1기는 프로이트가 출생한 1856년에서 1897년까지다. 프로이트는 1856년 체코의 프라이버그에서 태어났다. 어머니 아말리에는 19세에 20년이나 연상인 제이콥 프로이트와 결혼했다. 아버지 프로이트는 상처했고, 이미 장성한 아들이 둘이나 있었다. 프로이트는 이복형의 아들과 비슷한 나이여서 경쟁심을 느끼며 컸다. 또한 이복형은 어머니와 나이가 비슷해서 어린 프로이트는 어머니와 이복형의 사이를 오해하기도 했다. 프로이트는 장남으로 태어났다. 어머니가 젊기 때문에 그의 에디푸스 콤플렉스가 더욱 심했을 것이라는 추측도 있다. 형제는 7남매였다. 밑으로 여동생 다섯과 막내로 남동생이 있었다.

세 살 무렵, 프로이트의 생애에서 중요한 사건이 있었다. 프로이트 바로 밑에 남동생이 태어났는데, 6개월만에 죽었다. 프로이트는 자기분석에서 이 동생의 죽음을 자기탓으로 알고 평생 동안 비의식에 죄의식을 갖고 살아 왔다는 것을 알게되었다. 어머니의 사랑을 빼앗아 간 동생을 미워했고, 그 동생이 죽기를 바랐다. 그러다가 막상 동생이 죽고 나니까 자기가 동생을 죽인 것이라고 생각한 것이다. 자기분석으로 이 사실을 분석하기 전까지, 그는 이 죄의식의 영향을 받으며 살았다. 프로이트의 아버지는 모직물 장사였는데 파산했다. 그래서 프로이트가 네 살 때(1860년) 고향을 떠나 빈으로 이사해야 했다. 아버지는 생각이 깊고 활달한 성격이었다. 프로이트는 아버지를 존경하고 좋아했다. 그러나 그의 비의식에는 아버지에 대한 경멸과 원망이 숨어 있었다.

그가 **열 살 때,** 아버지가 유대인이었기 때문에 공원을 산책하면서 모욕을 당한 얘기를 해 주었다. 아버지가 젊었을 때, 어느 날 좋은 양복에 새 모자를 쓰고 기분 좋게 산책하고 있었다. 그런데 한 기독교인이 달려들더니 아버지에게 주먹을 날렸다. 털 모자는 진흙 차도로 굴러 떨어졌다. 그리고 기독교인이 "야, 이 유대인 놈아! 사람 다니는 길에서 비켜!"라고 소리쳤다. 어린 프로이트는 아버지에게 물었다. "그래서 아버지는 어떻게 하셨어요?" 아버지의 대답은 실망스러웠다. "그

모욕을 당하고도 싸우지 못한 아버지에게 실망하다
프로이트가 열 살이 되었을 때 아버지가 유대인이기 때문에 모욕을 당했던 사건을 얘기해 주었다.

의 말에 따라 차도로 내려가서 모자를 주워 들었지."

프로이트는 《꿈의 해석(1900)》이라는 책에서 자신이 한니발 장군을 좋아하게 된 동기가 이 사건에 있었다고 썼다. 어린 프로이트는 한니발 장군과 자신을 동일시하여 굴욕감을 극복하려 했다. 그가 빈 의과대학 교수라는 명예직을 열렬히 갖고 싶어했던 비의식의 동기가 이 사건과 맥을 같이 하고 있었다. 프로이트가 알프스를 넘은 나폴레옹을 좋아했고, 그가 즐겨 쓰는 용어 중에 군사 용어가 많은 것도 이 사건과 관계가 있을 것이라는 추측도 한다.

특히 프로이트가 그렇게도 로마를 좋아했으면서도 막상 가지 못한 것도 한니발과 관계가 있었다. 한니발은 프로이트와 같은 셈족으로 코끼리를 타고 알프스를 넘어 기독교인의 나라인 로마를 쳤다. 로마 3마일 밖까지 접근했으나 끝내 입성하지 못하고 싸움에 져서 물러났다. 프로이트는 비의식에서 한니발과 동일 인물이었기 때문에 한니발이 들어가지 못한 로마에 자기도 들어갈 수 없었던 것이다. 비의식이 분석되고 나서 비로소 그는 동생 알렉산더와 함께 로마로 여행할 수 있었다(이무석, 1996).

프로이트의 막내동생, 알렉산더
(Alexander Freud)

프로이트는 고등학교 때까지 수석을 놓치지 않을 만큼 공부를 잘했다. 당시 유대인들 중에는 장관이 된 사람도 있었다. 프로이트도 장관이 되고 싶어서 법대에 가려고 생각했다. 그러나 괴테의 시 〈자연〉을 읽고 의대로 방향을 바꿨다고 한다. 괴테의 시 중에 프로이트의 마음을 사로잡은 부분은 "자연은 끊임없이 우리에게 자기에 대해서 말해주지만 인간은 자연의 비밀을 알지 못한다. 인간은 자연의 품안에 살면서도 자연의 이방인이다."라는 내용이었다. 자연에 대한 과학적 탐구욕을 자극하는 내용이었다. 프로이트는 지적 탐구욕이 강한 사람이었다. 지적 탐구욕 때문에 의대를 선택했다고 볼 수 있다.

휴양소 툼지에서 장남과 함께 낚시질하는 프로이트

프로이트는 이 곳 툼지 휴양소에서 반 유대주의자들의 공격을 받았으나 혼자서 용감하게 그들을 물리쳤다. 아들들 앞에서 용감한 아버지의 모습을 보여 준 이 경험은 매우 치료적인 것이 되었다. 자신의 아버지가 반 유대주의자들 앞에서 보였던 비굴했던 모습과는 대조적인 것이었다.

어린 프로이트는 비굴한 아버지의 얘기를 들으면서 장군 한니발과 자신을 동일시했다. 한니발 장군은 로마에 입성하지 못하고 패퇴했다. 로마는 반 유대주의인 천주교를 상징한다. 심리적으로 한니발과 동일한 인물이 되어 버린 프로이트는 로마 여행을 할 수가 없었다. 프로이트는 자기분석을 통해 로마에 가지 못하는 이유를 알았다. 그러고도 로마 여행을 하지 못했다. 그러나 툼지에서 영웅적인 승리를 경험한 후 그 자리에서 동생 알렉산더에게 전화를 걸었다. 그리고 알렉산더와 함께 로마로 떠났다.

프로이트가 로마 여행을 할 수 없었던 것은 유년기 경험 때문이었고, 이것이 분석되고 생활 속에서 극복되는 경험을 한 후에 그는 꿈에도 그리던 로마에 갈 수 있었다.

빈 의과대학 졸업식

© Michel Siméon

25세 때인 1881년에 프로이트는 빈 의대를 졸업했다.
6년제인 의대를 8년만에 졸업한 것은 생리학 같은 기초학 연구를 했기 때문이었다.

프로이트는 그의 나이 25세인 1881년에 빈 의과대학을 졸업했다. 의과대학 시절에는 비교해부학, 약리학 등에 관심이 많았다. 기초학에 관심을 쏟느라고 남들보다 2년 늦은 8년만에 졸업했다. 졸업 후에는 빈의 알게마이네 크랑켄하우스 종합병원 내과부장인 마이네르트(Mynert) 교수의 수련의가 되었다. 여기서 정신장애의 원인을 신경학적으로 규명하는 연구도 했다.

이 무렵(1880~1882년)에 그의 인생에서 중요한 인물인 브로이어(Joseph Breuer) 박사를 만났다. 프로이트보다 14년 연상인 그는 마음씨 좋고 유능한 내과 의사였다. 둘이서 히스테리의 병인을 연구하고 같이 책도 출판했다. 그 책이 유명한 《히스테리 연구(Breuer J. & Freud S, 1895)》이다. 26세의 젊은 프로이트에게 브로이어는 아주 흥미로운 환자의 얘기를 들려 주었다. 최면술과 카타르시스로 치료한 환자였다.

• 안나 오 증례(Anna O Case)

'안나 오' 라는 이름의 이 환자는 빈의 중산층 가정
출신으로 21세였다. 예쁘고 지적이며 똑똑한 처녀
였다. 사랑하는 아버지가 늑막염으로 사경을 헤맬
때 헌신적으로 간호를 하다가 병을 얻었다. 그녀의
증세들은 육체적으로는 원인을 찾을 수 없는 심인
성(心因性)인 것들이었다. 예를 들어 그녀는 물 공포
증[恐水症 , hydrophobia]으로 6주 동안 물을 마시
지 못하고 과일로 수분을 공급받을 수밖에 없었다.
그런데 하루는 그녀가 최면(催眠)상태에서 한 가지
기억을 털어놓았다.

그녀의 집에는 불친절하고 기분 나쁜 영국인 하녀
가 있었다. 어느 날 그 하녀의 방에 들어갔는데 그녀

베르다 파펜하임
(Bertha Pappenheim, 1859~1936)
'안나 오(Anna O)' 라는 가명으로,
정신분석 문헌에 알려진 이 처녀는
빈의 중산층 가정에서 태어났다.
지적이고 매력적이었다. 그녀가 스물한
살이었을 때 브로이어 박사의 치료를
받게 되었다. 그녀는 77세까지 살았는데,
사회 사업 및 여권 운동의 활약이
대단해서 기념우표가 나올 정도였다.

가 기르는 개(안나 오는 '끔찍한 짐승' 이라고 했다)가 방바닥에 놓인 유리잔의 물을 핥
아 먹고 있는 것을 보았다. 구역질이 나도록 혐오감을 느꼈지만 예의상 아무 말도 하지
못했다. 그런데 지금까지 잊고 있었던 이 기억을 최면상태에서 회상하여 말하게 되었
다. 하녀에 대한 온갖 불평과 혐오감을 다 털어놓았다. 쌓인 울분을 마음껏 표현한 뒤에
그녀는 놀랍게도 물을 마실 수 있게 되었다. 물을 달라고 하더니 많은 물을 마시고 잔을
입에 댄 채 최면에서 깨어났다. 물 공포증이 치료되었던 것이다. 증세가 사라졌을 뿐만
아니라 재발도 없었다.

또한 그녀는 오른팔이 마비되었고, 영어로밖에 말을 할 수 없는 증세도 있었다. 빈은
독일어를 사용하는 도시인데, 어느 날부터 그녀는 독일어를 사용할 수 없게 되었다. 이
증세 뒤에도 숨겨진 기억이 있었다.

어느 날 아버지가 고열로 신음하게 되었다. 그녀는 의사를 기다리는 사이에 잠깐 졸음

안나 오의 검은 뱀 꿈(black snake dream)
팔이 앙상한 '안나 오'가 아버지의 병상에서 검은 뱀을 보고 놀라고 있다.

에 빠졌다. 비몽사몽간에 벽에서 검은 뱀 한 마리가 기어 내려오더니 침대로 다가가 아버지를 물려는 광경을 보았다. 급히 뱀을 쫓으려 했으나 팔이 말을 듣지 않았다. 놀라서 잠을 깼다. 자기 손을 보니 손가락들이 뱀으로 변해 있었고, 손톱은 죽은 사람들의 얼굴로 보였다. 무서운 꿈을 깬 뒤에 흔히 경험할 수 있는 현상이다. 무서워서 기도를 하려고 했는데, 입에서 기도문이 나오질 않았다. 그 때 불현듯 어릴 때 배운 영어 기도문이 생각이 나서 영어로 기도를 드렸는데 마음이 좀 안정되었다. 의사가 타고 온 기차의 기적 소리를 듣고 그녀는 환각상태에서 깨어났다. 그 뒤부터 뱀같이 생긴 것만 보면 오른팔이 마비되고 경직되었다. 그리고 영어밖에는 말할 수 없게 되었다. 증세가 처음 나타났을 때의 기억을 회상해서 말해 버리고 난 뒤에 그녀의 증세는 씻은 듯이 사라졌다. 그녀와 브로이어는 여러 번 이와 같은 경험을 했다.

그녀의 신경성 기침도 관련된 기억이 있었다. 아버지의 병을 간호하고 있던 어느 날, 밖에서 댄스 음악이 들려왔다. 가고 싶었다. 그러나 아버지 때문에 갈 수가 없었다. 겨우 참았지만 편찮으신 아버지에게 미안했다. 그런데 이 때 기침이 시작되었다. 그 뒤로는 댄스 음악같이 리드미컬한 음악만 들리면 신경성 기침이 터져 나왔다. 기침도 처음 났을 때의 기억을 회상하고 나서 증세가 사라졌다.

거시증(물건이 크게 보이는 증세)과 사시(사팔뜨기)도 있었다. 그녀는 아버지의 병상 옆에서 눈물을 흘리고 있었다. 갑자기 아버지가 눈을 뜨시고 시간을 물어 보셨다. 아버지가 눈치채지 못하게 억지로 눈물을 참았다. 그러나 눈물이 어른거려서 시계가 보이지 않았다. 시계를 들어서 눈 가까이에 대고 보았다. 눈동자가 코쪽으로 모아지면서 사시가 되었다. 그리고 눈 가까이 대고 본 시계판이 굉장히 커 보였다. 여기서 거시증이 생겼다. 시력장애도 그

'안나 오'는 말하는 것만으로 치료되는 것을 신기하게 생각했다
증세를 일으킨 기억을 회상하여 말하기만 해도 증세는 사라졌다. 안나 오는 이 치료를 '말하기 치료(talking cure)' 라고 불렀다.

래서 온 것이었다. 그러나 눈의 증세들도 처음 나타났을 때에 대해 얘기한 뒤 사라졌다.

그래서 안나 오는 이 치료를 **'말하기 치료(talking cure)'** 라고 불렀다. 브로이어는 이 치료를 '카타르시스법(cathartic method)' 이라고 했다. 억눌린 감정이 발산되고 정화되어 마음의 상처(trauma)가 치료된다는 의미에서 붙인 이름이었다.

안나 오의 이야기를 듣고 프로이트는 히스테리에 대해서 강한 인상을 받았다.

그러다가 29세인 1885년, 프로이트의 생애에 큰 영향을 준 프랑스 유학의 기회를 잡았다. 파리에 있는 살페트리에 병원의 샤르코(Jean Martin Charcot) 교수 밑에서 4개월 동안 연수를 받았다. 프로이트는 샤르코 교수가 최면을 통해 환자를 고치는 것을 보고 놀랐다. 프로이트를 놀라게 했던 것은, 최면을 통해서 손·발의 마비가 풀리기도 하고 마비를 일으키기도 하는 것이었다. 신경에 이상이 없어도 사지에 마비가 올 수 있다는 것은 신기한 일이었다. 당시에는 그런 환자를 꾀병을 부리는 것으로 취급했다. 그러나 그것은 꾀병이 아니었고, 정신의 숨겨진

히스테리 환자를 최면술로 고치는 샤르코 교수

프로이트는 파리 유학중에 샤르코 교수의 최면술 시범을 통해서 육체적 이상이 없이 정신적 이유만으로도 육체에 마비가
온다는 것을 볼 수 있었다. 강력한 인상을 받았고 그의 일생에 중대한 영향을 주었다.
프로이트는 샤르코를 매우 존경해서 그의 진료실에 늘 이 그림을 걸어 놓았다. 런던으로 피난 갔을 때는 런던의 진료실에
걸어 놓았다.

힘에 의한 것이었다. 정신이 육체를 지배하는 것을 시각적으로 확인했던 것이다.
신경학에 관심이 많았고, 신경생리학을 공부했던 프로이트로서는 놀랍고 감동적
인 발견이었다. 그는 샤르코 교수를 존경하게 되었고, 프랑스어로 씌어진 그의 책
을 독일어로 번역하기도 했다. 첫아들을 낳았을 때 아이의 이름에 샤르코 교수의
이름인 '장 마르탱'을 붙여줄 정도로 프로이트는 그를 존경했다. 인간 정신에 대
한 프로이트의 관심은 이 때 시작되었다고 볼 수 있다. 덧붙여서 샤르코 박사가
이런 증세들의 결정적인 원인이 성 문제(question of genital)라고 한 말을 듣고
또다시 깊은 인상을 받았다. 후에 프로이트도 신경증의 병인이 성적 욕구불만 때
문이라고 생각했다. 또한 젊은 프로이트는 샤르코 교수가 히스테리 환자에게 최
면을 걸 때에 환자의 의식 상태가 둘로 나뉘는 것(해리, dissociation)도 보았다.

24

즉 의식과 비의식으로 나뉘는 것을 목격했다. 당시 프랑스 정신의학계에서는 이런 해리 현상을 신경의 이상이나 신체적 취약성 때문에 일어나는 것이라고 믿고 있었다. 육체적 원인을 갖고 있다는 것이다. 현대 의학에서는 해리 현상을 순수한 심리 작용으로 보지만 당시에는 잘못 알고 있었다. 프로이트는 58세 되었을 때 정신분석의 역사를 쓰면서 자신은 샤르코 교수에게 은혜를 입었다고 회고했다. 특히 치료기법을 배웠고, 히스테리의 원인이 심리적 손상(psychic trauma)과 성 문제라는 힌트를 얻었다고 썼다.

프로이트가 샤르코에게 배운 것은 두 가지로 요약할 수 있다.

첫째는 정신질환이 심리적인 원인에서 발생한다는 것이었다. 지금은 당연한 얘기이지만 당시로서는 획기적인 착상이었다. 정작 샤르코 자신은 심리적 인자를 부정했고 체질이 약하기 때문이라고 생각했지만, 그의 최면술 시술을 보면서 프로이트는 심리적 인자에 대한 힌트를 얻었다.

둘째는 정신기능이 두 가지의 다른 면을 갖고 있다는 것을 배웠다. 요즘 말로 하면 의식과 비의식(무의식)의 두 면이다. 비의식 개념은 아직도 정신분석의 핵심이다.

30세인 1886년, 프로이트는 결혼했고 개업도 했다. 당시의 정신과란 거의 수용소 수준이었고, 심한 정신병 환자들만 수용하고 있었다. 프로이트는 신경과 의사로 개업했다. 내과 환자들과 신경증 환자 등 다양한 환자들을 보았다. 그 중 히스테리 환자들이 흥미로웠다. 프로이트는 최면술을 이용했고, 흥미로운 환자들을 많이 보았다. 증세의 발생이 상처받은 기억과 관계가 있는 환자들이었다. 그런데 그 기억들은 마음의 제2의 의식(비의식)에 숨어 있었다. 그것을 찾아 내는 것이 치료였다. 브로이어식의 치료를 했고, 좋은 결과를 얻었다. 환자들은 치료되었고, 수 년 동안 고생하던 증세들도 극적으로 좋아졌다.

프로이트가 간질 발작을 일으키는 여자 아이를 극적으로 치료한 증례가 있다.

여자 아이가 간질처럼 몸을 떨며 발작을 일으켰다. 프로이트는 아이에게 최면을 걸었다. 이 때는 프로이트가 최면술을 버리기 전이었다. 아이는 갑자기 발작을 일으켰다. 발작이 진정되기를 기다렸다가 아이에게 물었다. "지금 무슨 생각이 떠오르는지 나에게 말해 줄래?" 놀랍게도 아이는 개에게 놀랐던 장면을 얘기했다. 사나운 개가 거품을 물고 달려들어서 혼비백산했던 기억이었다. 증세는 개에게 놀랐던 사건 후에 생겼었다. 프로이트는 아이를 안심시키고 개의 기억을 소멸시키는 치료를 했다. 아이는 좋아졌다. 놀란 기억이 발작의 원인이었다(Freud, 1895. S.E. 2:14).

카타리나(Katharina)라는 환자는 유년기에 당한 아버지의 성희롱 때문에 숨이 가쁜 증세가 생겼었다(Freud, 1895).

그녀는 프로이트가 잘 가는 산장의 여종업원이었다. 열여덟 살쯤 되었다. 어느 날 프로이트에게 자기 증세를 호소했다. 자주 질식할 것같이 숨이 차고 가슴이 답답하다는 것이었다. 이럴 때는 귀에서 소리도 나고 어지럽다고 했다. 프로이트는 신경증으로 보고 그녀에게 "무슨 일이 있은 후부터 그런 증세가 생긴 것이 아닌가?" 하고 물었다. 증세는 2년 전부터 시작되었다. 어느 날 우연히 창문을 통해서 아버지가 사촌언니를 발가벗겨 놓고 성 관계를 하는 것을 보았다. 증세는 이 때부터 시작되었다고 했다. 그 후 3일 동안은 구토가 나올 정도로 증세가 심했다. 그리고 수 개월 후 사촌의 임신이 탄로나고 아버지와 어머니가 이혼한 뒤에 증세가 악화되었다고 말했다. 그러나 이런 기억을 말한 뒤에도 증세의 호전은 없었다. 프로이트는 그녀가 무언가 좀더 불쾌한 경험을 가지고 있다는 느낌을 받았다. 그녀는 잠시 망설이다가 한 가지 기억을 회상해 냈다. 열네 살 때 술에 취한 아버지가 그녀가 자고 있는 이층의 방으로 올라오더니 카타리나의 이불 속으로 들어왔다. 그리고 아버지의 성기가 그녀의 성기에 닿는 것을 느끼고 놀라서 도망쳐 내려왔던 기억이었다. 카타리나의 증세를 일으킨 근본 원인은 이것이었다. 열네 살 때의 기억을 2년 전인 열여섯 살 때의 경험이 자극했던 것이다. 열네 살 때는 아버지가 침대로 들어온

행위의 의미를 몰랐지만, 열여섯 살 때 아버지와 사촌언니의 성 관계를 보는 순간 그것
이 성행위라는 것을 깨달았다. 그리고 증세가 발생했다. 혐오감이 구토증으로 나타났
고, 불안 증세는 숨가쁨으로 나타났다. 증세는 2년 전의 경험 때문에 발생했지만 병의 진
짜 원인은 과거 속에 있었다. 단 한 번의 면담이었지만 카타리나는 신경증의 증세가 성
적 흥분과 관련이 있다는 사실을 보여 주었다.

　체칠리아 마티아스 부인의 경우는 남편에게 들은 욕설이 치통으로 표현된 증례
로서, 증세가 상징적 의미를 가지고 있는 것을 보여 주었다(Freud, 1895).

　부인은 45세였다. 치통과 심한 안면통증으로 고생하고 있었다. 벌써 15년이나 된 병이
이었다. 치과에서 이를 일곱 개나 뺐지만 효과가 없었다. 계속 아픈 것이 아니라 한번 아
프기 시작하면 이유도 모르게 5~10일 동안을 아프다가 또 갑자기 증세가 싹 사라지곤
했다. 매년 한두 차례씩 곤욕을 치렀다. 여러 의사에게 치료를 받았지만 효과가 없었다.
　프로이트는 최면을 걸어서 병의 원인을 찾아 냈다. 이 때는 아직 자유연상법이 개발되
기 전이었다. 부인의 증세는 결혼 직후 임신중에 부부싸움을 하다가 발생했다. 부부싸
움을 하는 중에 남편이 마티아스 부인을 냉정하게 비난하면서 모욕적인 말을 던졌다. 그
순간 부인은 갑자기 비명을 지르며 한쪽 뺨을 손으로 감싸야 했다. 뺨을 얻어 맞은 것 같
은 기분이었다. 실제로 뺨을 맞은 것은 아니었지만, 정신적으로 맞은 것이 실제로 뺨을
맞은 것으로 느껴졌던 것이었다. 모욕적인 말을 폭행으로 받아들였고, 이 상징적 폭행
을 치통이라는 육체적 증세로 바꿔 버린 것이었다. 남편은 바람둥이였고, 지적인 면에
서 부인에게 열등감을 갖고 있었다. 둘째아이를 낳은 뒤로는 수 년 동안 성 관계도 해 주
지 않았다. 이런 남편에 대한 억눌린 분노가 있었다.
　또한 어느 날은 음식을 삼키지 못하는 증세가 생겼다. 음식을 삼키지 못하는 증세도 상
징적인 의미가 있었다. 그녀는 남편에게 욕해 주고 싶지만 '그런 말은 참아야 한다, 참아
야 한다.'라고 스스로에게 강요하고 있었다. 말을 내뱉는 것을 막는 것처럼, 음식을 삼키

는 것도 거부하고 있었던 것이다. 말이 음식으로 상징화되었다. 목도 치아처럼 상징화되어 있었다. 치통은 모욕감을 상징화한 것이었고, 음식은 욕설을 상징화한 것이었다.

또 다른 어느 날, 마티아스 부인은 양쪽 미간을 찌르는 듯한 통증을 느꼈다. 거의 앞을 볼 수 없을 정도로 통증이 심했다. 이 통증은 30년 전의 기억이 원인이었다. 그녀를 키워 준 할머니는 사납고 엄격한 분이었다. 어느 날 밤 어린 그녀가 방에서 자위행위를 하다가 할머니에게 들켰다.

"할머니가 날카로운 시선으로 절 쏘아 보았어요."

할머니의 날카로운 시선이 미간의 통증으로 나타났다. 사실 이 때 생긴 죄책감이 마티아스 부인의 일생을 지배하고 있었다. 그 날의 경험이 어린 마티아스에게 '나는 음란하고 나쁜 아이이기 때문에 불행할 것이고, 죄값을 치를 것이다.' 는 믿음을 만들었다. 그래서 그녀의 결혼생활이 불행해도 당연한 벌로 믿고 참으며 살아왔다고 말했다.

프로이트는 마티아스 부인의 증례에서 증세의 상징성을 발견했다. 이 환자는 더 극적이고 성적인 에피소드가 많았지만, 환자의 비밀보장을 위해서 덮어 두어야 했다.

엘리자베스 폰 알(Elizabeth von Reihart)이라는 처녀 환자는 언니의 남편을 사랑한 죄책감이 하반신 마비를 일으킨 증례였다(Freud, 1895).

엘리자베스는 책임감이 강하고 적극적인 성격의 처녀였다. 특히 가족들에 대한 책임감이 강했다. 그런데 하반신 마비가 왔다. 그녀는 형부를 사랑했다. 공교롭게도 언니가 갑자기 죽었다. 죽은 언니의 침대 옆에서 형부를 보며 한 가지 생각이 스쳐 지나갔다. '이제 형부는 본래대로 자유로운 몸이 되었다. 나는 저 사람의 아내가 될 수도 있다.' 는 생각이었다. 그러나 이 생각은 죽은 언니에게 너무나 미안한 생각이었다. 그 때 아랫도리를 찌르는 듯한 느낌을 받았다. 언니가 살아 있을 때도 비슷한 증세가 일어난 경험이 있었다. 언니가 앓고 있을 때 형부와 함께 오랜 시간 산책을 즐긴 일이 있었는데, 산책 후 양쪽 다리에 심한 통증을 느꼈다. 그러나 그 때는 너무 많이 걸어서 그런 줄만 알았다. 언니 내외가 떠나가고 형부가 그리워서 그와 함께 앉았던 벤치에 앉아 있다가 온 날은 왼쪽 다리에 마비가 왔다. 언니부부를 보며 종종 '언니처럼 멋진 남자의 사랑을 받고 산다면 얼마나 좋을까?' 하는 생각을 했다. 다리 통증과 마비는 죄책감 때문에 생긴 신체 증세였다. 그 후 마비 증세가 진행되어 2년 동안 걷지를 못했다.

치료는 최면을 이용하지 않고 자유연상을 시도했다. 자유연상을 이용해서 치료한 최초의 환자라는 점에서도 엘리자베스는 유명하다. 치료의 끝 무렵에 프로이트는 그녀의 증세 뒤에 숨은 이유를 설명해 주었다.

"당신은 언니의 남편을 사랑하고 있습니다. 그리고 이 고통스러운 생각을 피하기 위해서 뭔가가 필요했습니다. 다리의 마비와 통증에 주의를 집중하는 동안 당신은 죄스러운 생각을 피할 수 있었을 것입니다. 그러나 당신이 자신의 감정을 피하지 않고 부딪쳐 이해할 수만 있다면 병은 극복될 수 있을 것입니다."

엘리자베스는 자신의 증세 뒤에 숨겨진 의미를 깨닫고 마비 증세가 사라졌다.

치료의 후일담인데, 어느 날 프로이트는 부인과 함께 무도회에 갔다. 그 곳에서 건강해진 엘리자베스가 어떤 남성과 흥겹게 춤을 추는 것을 보았다. 그리고 그 후 엘리자베스가 결혼해서 행복하게 살고 있다는 소식을 들었다고 한다. 분석가로서 참 기분 좋은 일이었다.

이 때까지 프로이트는 신경증을 일으키는 원인을 어떤 사건에 대한 기억으로 생각했다. 예를 들어, 안나 오의 오른팔 마비는 검은 뱀 꿈이었다. 엘리자베스는 장례식 때의 죄책감을 주는 생각이 원인이었고, 카타리나는 아버지의 성희롱이 원인이었다. 마티아스 부인의 치통은 남편의 욕설이 원인이었다. 그리고 그 원인이 된 기억을 찾아 내면 증세가 좋아졌다. 그 당시로서는 획기적인 치료였다. 당시 의사들은 마비나 육체의 증세는 모두 육체적인 이상이 있을 때 나타나는 것이라고 믿고 있었다. 샤르코 교수까지도 히스테리를 선천적으로 신경이 약한 사람에게서 발병한다고 생각했었다. 발작을 일으켰던 소녀의 경우도 당시의 의사들은 간질이라고 진단했다. 아직 육체에 대한 정신의 영향에 대해서 무지한 시대였다. 정신적인 손상을 준 기억이 육체에 병을 일으킨다는 사실을 프로이트는 환자들을 통해서 확인했다. 그리고 기억을 회상하게 하여 치료했다.

이런 증례들을 모아 프로이트는 브로이어와 공저로 《히스테리 연구》라는 책을 썼다. 정신분석 최초의 책이다. 안나 오의 오른팔 마비나 공수증, 카타리나의 구토증 같은 신경증의 증세들은 심리적 손상(psychic trauma)의 경험이 원인이고, 마음 속 어딘가에 숨겨진 손상기억을 말해 버리면 치료된다고 생각했다. 손상 때 받은 감정이 억눌린 채 남아 있었는데, 이를 발산하기 때문에 해소되고 치료된다는 생각이었다. 프로이트는 여기서 비의식의 존재를 발견했고, 잊혀진 기억을 말하게 하는 치료법을 개발하기 시작했다. 이것이 정신분석의 시작이었다. 그래서 그는 환자의 과거 기억에서 심리적 손상을 준 사건을 찾는 데 집중했다. 마치 탐정이 범인을 추적하듯이 기억을 더듬어 손상경험을 찾아 내려 했다. 그런데 신경증을 일으키는 손상은 거의가 성적인 흥분과 관계된 것이었다. 프로이트는 히스테리의 원인이 성욕(sexuality)이라고 생각했다.

프로이트의 나이 40세가 된 1896년, 그는 마음이 의식과 비의식으로 나누어지는 것은 신경증 환자에게만 일어나는 것이 아니고 모든 인간에게서 일어나는 현상이라는 확신을 갖게 되었다. 정신증세란 감정 에너지가 정상적인 방법으로는 도저히 처리할 수 없게 되었을 때 의식에서 추방되어 간접적인 방법으로 표현된 것이라고 생각했다.

> "증세를 일으킨 비의식적 원인(pent-up unconscious forces)의 본체는 실제로 경험했던 손상경험(real traumatic experience)이 일으킨 감정이다. 이런 감정을 일으킨 기억은 부도덕한 기억이어서 신경증 환자가 도저히 받아들일 수 없는 것이다. 따라서 정상적인 방법으로는 해소될 수 없는 기억이고 감정이다."

이런 감정들은 갇혀 있는 감정이다. 당연히 치료는 이 갇혀 있는 감정을 풀어 주는 작업이 되었다. 이런 감정을 일으킨 기억을 의식으로 데리고 나오는 것이 정신분석 치료였다. 그렇게 하면 감정이 발산되는 제반응(abreaction)과 카타르시스(catharsis)가 일어나 감정이 해소되고, 의식에서 쫓겨났던 감정이 의식의 일부로 회복되어 치료된다.

수 년 후 프로이트는 브로이어와 결별했다. 프로이트는 브로이어가 기분이 상해서 떠났다고 생각했다. 첫째는 신경증의 원인에 대한 견해 차이였다. 프로이트는 성(sexuality)을 점점 더 중요시하게 되었는데, 브로이어는 프로이트가 너무 일방적으로 성욕설을 강요한다고 느꼈다는 것이다. 둘째는 브로이어가 성에 대한 두려움을 갖고 있기 때문에 프로이트의 생각을 받아들이기를 거부했다는 것이다. 브로이어의 환자였던 안나 오가 브로이어를 사랑했는데, 브로이어도 이런 감정을 느꼈지만 숨기고 있었다는 것이다(Freud, 1914).

상상임신을 한 안나 오와 베니스로 피신한 브로이어

그림의 배경은 베니스이다. 임신한 안나 오와 물 속에 브로이어의 얼굴이 보인다. 브로이어의 환자, 안나 오는 21세의 똑똑한 처녀였다. 히스테리 환자로서 물 공포증, 오른팔 마비 같은 증세를 가지고 있었다. 증세를 일으킨 손상기억을 최면에서 말하고 나면, 증세가 좋아져 버렸다. 그런데 이런 기억은 평소에는 기억하지 못하는 것이었다. 비의식에 숨어 있는 기억이었다. 프로이트는 안나 오에 대한 얘기를 들으면서 비의식의 개념을 발견했다.

안나 오는 브로이어에게 사랑의 감정을 느꼈다. 브로이어의 아기를 가졌다는 상상임신을 하기도 했다. 당황한 브로이어는 부인과 함께 베니스로 여행을 떠나 버렸다. 부인의 질투도 브로이어를 어렵게 만든 이유였다.

혼자 남은 안나는 정신병원을 전전했다. 다행히 치유되어 77세까지 살았다. 안나는 일생 동안 사생아들을 돌보며 독신으로 살았다.

브로이어를 껴안고 있는 안나 오

브로이어는 신경증 환자인 안나 오를 최면술로 치료했다. 안나는 치료중에 브로이어를 사랑하게 되었다. 최면술의
부작용이었다. 당황한 브로이어는 부인과 함께 베니스로 떠나 버렸다. 그림의 왼쪽에 프로이트의 모습이 보인다. 그러나
프로이트가 안나 오를 치료한 적은 없었다.

프로이트는 최면술에 실망하기 시작했다. 대략 세 가지 이유에서였다. 첫째는
최면에 걸리지 않는 사람이 있었다. 그리고 프로이트 자신이 최면을 잘 거는 타입
이 아니라는 것도 알았다. 둘째는 최면으로 치료해 놓아도 그 효과가 일시적이거
나 만족스럽지가 않았다. 셋째는 최면술로 치료하면 환자가 의사에게 성적 감정
을 많이 느끼게 되었다. 최면술을 버리게 된 결정적인 이유였다. 최면으로 통증을
치료받은 한 여자 환자는 최면도 잘 걸렸고 치료도 잘 되었다. 그러나 최면에서
깨어나면서 프로이트의 목을 껴안았다. 그래서 프로이트는 최면술을 버렸고 다른
방법을 시도했다. 처음에는 **압박법**(pressure technique)을 이용했다. 이 방법은
프랑스의 최면술사인 번하임(Bernheim)에게서 배운 것으로, 번하임은 환자에게
최면을 걸고 잘 진행이 안 되면 환자의 이마에 손을 대고 이렇게 말했다.

"당신은 다 알고 있습니다. 기억할 수 있어요. 말하기만 하면 됩니다."

더듬거리던 환자가 나중에는 물 흐르듯이 기억을 털어놓는 것을 보았다. 프로
이트는 최면을 걸지 않고 환자의 눈을 가볍게 누르면서 기억나는 것을 말하라고

요구했다. 무언가 눈에 보이는 것이나 떠오르는 것이 있을 테니 말하라고 요구했다. 일종의 지시이고 암시였다. 환자를 안심시키고 격려했다. 눈을 가리고 누르는 것은 잊혀진 사실을 의식으로 데리고 나오는 것을 돕기 위해서였다. 목적은 비의식의 생각이나 기억을 의식으로 끌어 내는 것이었다.

현대 정신분석이라면 이런 식의 신체 접촉이나 암시는 허용이 안 된다. 환자의 전이를 오염시켜서 분석을 어렵게 만들기 때문이다. 그러나 아직 이런 경험이 없던 미숙한 시대의 이야기이다. 그러나 이 방법은 최면보다 더 힘들었다. 그래서 프로이트는 환자를 긴 의자에 눕게 하고 환자가 볼 수 없는 자리에 앉았다. 그리고 마음에 떠오르는 생각을 말하라고 했다. 이 기법이 다음에 설명할 **자유연상법**(free association technique)이다(Freud, 1914).

제1기에 프로이트는 갈등과 방어, 저항 그리고 전이 같은 중요한 개념을 세웠다. 신경증은 심리적 손상(psychic trauma), 특히 어릴 때 받은 성희롱(sexual

프로이트의 진찰실

이 사진은 프로이트가 정신분석을 할 때 사용했던 카우치(couch)다. 카우치의 머리쪽에 프로이트의 의자가 있다.
프로이트는 1896년, 그 때까지 치료법으로 사용하던 최면술을 버리고 비의식 탐구의 혁명적인 방법이라고 할 수 있는
'자유연상법' 을 시작했다. 환자는 카우치에 눕고, 분석가는 환자가 볼 수 없도록 머리 뒤쪽 의자에 앉는다.
환자는 분석가를 볼 수 없지만 가장 가까운 위치에서 말을 들을 수 있다.
환자가 분석가의 시선이나 표정에 영향을 받지 않고 자유롭게 연상할 수 있는 자리 배치이다.
프로이트의 진찰실에 고고학적 그림이나 유물들이 많이 보인다. 프로이트는 정신분석을 고고학에 비유했다. 고고학은
정신분석 작업과 매우 유사하다. 즉, 발굴된 작은 조각들을 모아서 전체 모양과 그 시절의 문화나 생활상을 찾아 내는
것이 고고학이다. 정신분석도 자유연상을 통해서 떠오른 기억이나 감정의 조각들을 모아서 비의식의 갈등과 욕망을
찾으며 갈등을 일으킨 그 시절의 경험들을 파악한다. 정신분석이 고고학과 다른 점은, 고고학은 지적 작업으로 끝나지만
정신분석은 유년 시절의 감정을 전이를 통해 현실에서 다시 경험한다는 것이다. 그리고 치유적 통합이 일어난다.

seduction)이 원인이 된다는 것을 강조했다. 또 어떤 신경증은 비정상적인 성생활이 원인이 된다고 보았다. 예를 들어 성교 중단, 금욕생활, 자위행위를 너무 많이 하는 것 등이 신경증을 일으킨다고 보았다. 이렇게 유년기의 기억이나 성적 유혹에 의한 것이 아닌 현재의 성생활과 관련된 신경증은 따로 이름을 붙여서 '**현재신경증**(actual neurosis)' 이라고 불렀다. 불안신경증과 신경쇠약, 건강염려증이 여기에 속한다. 불안신경증은 성교 중단같이 지나치게 억압되었을 때 생기는 신경증이고, 신경쇠약은 정력을 너무 많이 써 버린 경우 즉, 자위행위 후에 오는 것이라고 보았다. '현재신경증' 은 그 원인이 정력과 관련이 있고 다분히 육체적이다. 이런 이론들은 초기 이론이고, 불안이론은 그 후 수정되었다.

이 시점에서 프로이트에게 영향을 준 그 당시 철학과 자연과학의 배경을 살펴보자. 프로이트의 스승인 브뤼케(Ernest Brücke) 교수는 빈 의과대학 생리학 교실의 주임교수로서 물리학의 대가인 헬름홀츠(Helmholtz)의 영향을 많이 받았다. 프로이트도 그의 영향으로 모든 자연현상을 물리학의 몇 가지 원칙으로 설명할 수 있다고 믿었다. 인과론, 결정론(determinism), 다윈의 적자생존론, 에너지 불변의 법칙 혹은 항상성 이론(the principle of constancy)들이 대표적인 이론이었다. 프로이트도 이런 이론을 도입하여 자기가 관찰한 환자들의 증세를 설명하려 했다. 예를 들자면, 인간의 정신도 되도록이면 에너지를 적게 소유한 상태에서 평형(constancy)을 유지하려 한다는 이론이었다. 에너지가 너무 축적되면 정신증세가 생긴다. 예를 들어 감정이나 본능의 흥분을 발산하지 못하면 에너지가 과도하게 축적된다. 이것을 방출해 버려야 치료가 된다. 막혀서 쌓였던

헬름홀츠와 브뤼케
프로이트에게는 두 사람의 스승이 있었다.
위에 브뤼케 교수가 보이고,
아래에 헬름홀츠가 있다.

에너지가 방출되어 평형을 회복하였으므로 증세가 사라진다고 보았다(Sandler J., Dare C., and Holder A., 1997).

프로이트는 정신기능의 목적을 적응으로 보았다. 인간은 궁극적인 목적 때문에 사는 동물이 아니다. 그때 그때 상황에 적응하다 보면 이 적응의 연속이 인생이 된다는 것이다. 예를 들어 성교 행위가 종족 유지를 위한 것이라고 본다면 목적론적 인생관이다. 그러나 프로이트는 성교를 성적 즐거움을 얻기 위해서 하는 것으로 보았다. 성교를 하지 않으면 성교하고 싶어서 긴장이 올라가기 때문에 긴장을 풀기 위해서, 적응을 위해서 성교를 하는 것이라고 해석했다. 이는 하나의 적응이다. 에너지의 축적은 긴장감과 불쾌감을 준다. 그래서 적응을 위해서 이것을 방출하면 마음의 긴장이 풀리고 편해진다는 것이 프로이트 이론의 근간을 이루고 있다. 특히 어릴 때 성적 유혹을 받은 기억을 가지고 있으면 이 손상경험에서 나온 감정이 축적되고, 이것은 에너지의 축적처럼 긴장감을 높이다가 마침내 증세를 초래한다. 그러므로 이것을 말해 버려서 방출하면 해소된다는 것이 그의 병인론이었다. 이것이 제1기의 이론적 배경이었다. 손상과 그에 따른 감정이 병의 원인(affect-trauma frame of reference)이었다.

2 제2기
1897년~1923년, 성격구조론을 발표하기까지 ; 지정학설 시기(topographical frame of reference)

제2기는 프로이트의 나이 41세부터 67세까지 26년 동안이다. 정신분석의 이론과 치료기법이 급속도로 발전한 시기이기도 하다. 제2기는 정신분석의 지정학적 모델 이론이 지배하던 시기였다. '이드 심리학(Id psychology)'의 시기라고도 한다. 제2기와 제3기는 성격구조론(structural theory of personality)을 경계로 구별된다. 1923년 프로이트는 〈자아와 이드(The Ego and The Id)〉를 발표했는데, 여기서 성격구조론을 구체적으로 제시하고 있다. 이 시기는 지정학적 모델에서 구조론 모델로 이행했기 때문에 제3기로 분리했다.

제1기의 끝 부분에서 프로이트는 환자들의 꿈과 공상에 관심을 기울이고 있었다. 어릴 때의 손상경험이 나중에 꿈과 정신증세로 나타난다고 믿었다. 손상은 실제 있었던 사건이라고 믿고 있었다. 그런데 이런 손상의 내용이 문제였다. 환자들이 말하는 대부분의 상처받은 경험은 성적인 것이었다. 아버지나 어머니에게 유혹을 받거나 성희롱을 당한 경험이었다. 그런데 그 환자의 부모 중에는 프로이트가 잘 아는 사람들도 있었다. 도저히 그런 일이 일어날 수 없는 가정에서 그런 경험을 했다고 하니 회의가 생겼다.

이 무렵에 한 여자 환자가 나타났다. 프로이트가 41세 되던 1897년이었고, 정신분석이라는 용어를 처음으로 사용한 지 1년이 되는 해였다. 환자는 42세의 부인이었다. 불면증이 심했다. 자려고 누우면 몸은 솜처럼 피곤한데 유년기의 여러 가지 기억들이 떠올라 잠을 잘 수가 없었다. 이 환자의 신경증도 다른 여자 환자들처럼 아버지의 성적 유혹과 관계가 있었다. 그런데 이 부인의 경우는 좀 달랐다. 말을 할 때마다 아버지에게 유혹을 받은 기억이 달라지는 것이었다. 사실에 대한 기억이라면 이럴 수가 없는 것이다. 프로이트는 이 때 자신이 지금까지 터무니 없는 오해를 해왔다는 것을 깨달았다. 환자들은 성희롱을 당한 것이 아니었다. 성희롱은 사실이 아닌 공상이었던 것이다. 프로이트는 큰 충격을 받았다. 자기가 발표한 유혹설이 모두 환자의 공상과 허구를 근거로 세운 것이라니! 프로이트는 한동안 어찌할 바를 몰랐다고 한다.

그러나 그는 여기서 한 가지 귀중한 사실을 깨달았다. 즉, 아이는 부모가 자기를 유혹해 주기를 바라는 기대를 갖고 그러한 공상을 하는데, 이것을 마치 실제

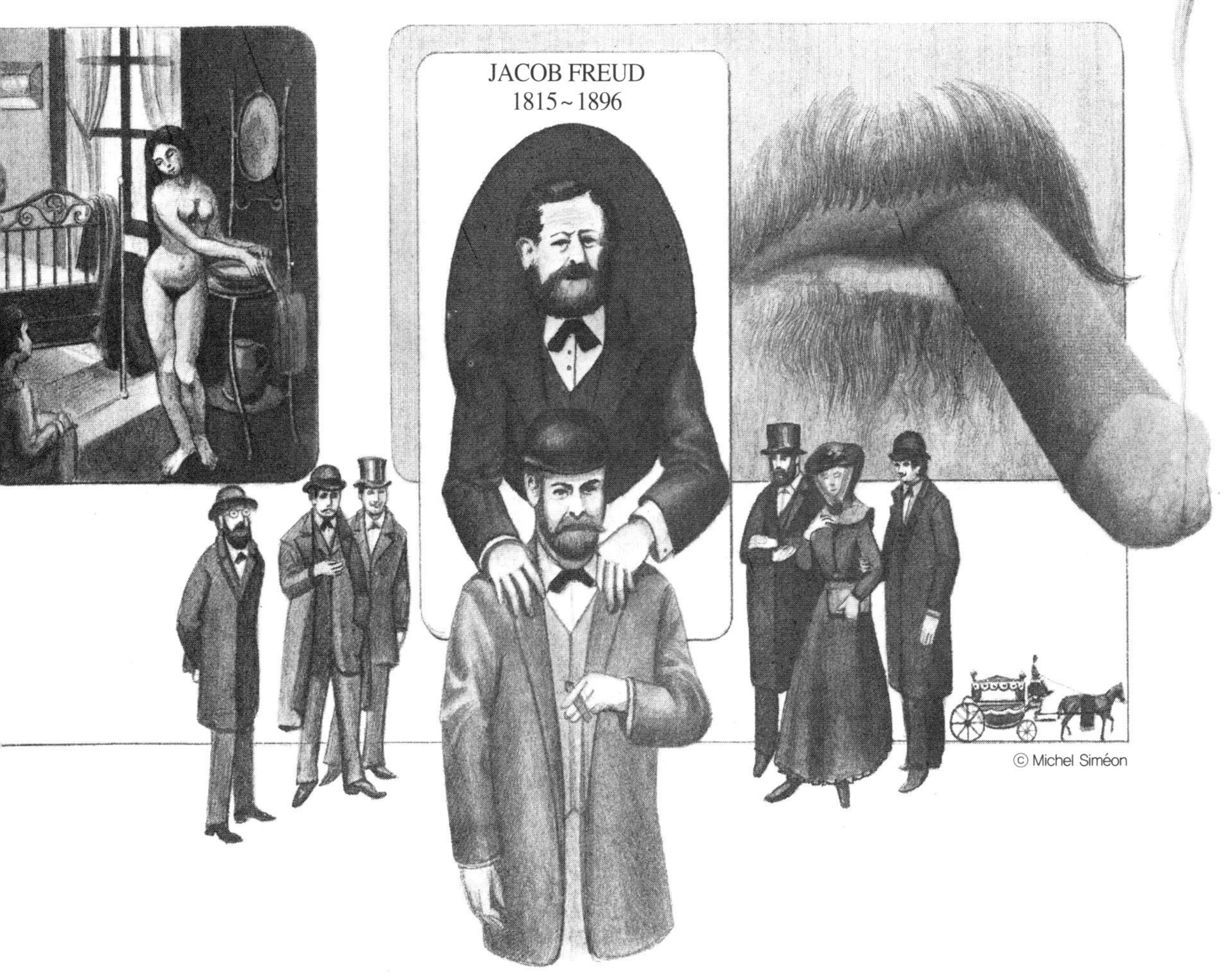

아버지의 장례식 날 밤에 꾼 꿈

그림의 중앙에 프로이트의 아버지(Jacob Freud)가 모자를 쓴 아들 프로이트를 뒤에서
잡고 있는 것이 보인다. 그림의 왼쪽에 어머니의 나체를 보며 흥분하는 어린 프로이트가
있다. 그림의 오른쪽에는 수염 난 입술이 남근 같은 시가를 물고 있다. 프로이트가
담배를 끊지 못하는 이유를 보여 준다. 그 아래로 장례식에 참석하는 친척들과 시신
운구 마차가 보인다.
프로이트는 어머니에게 근친상간적 소원을 가지고 있었다. 그래서 아버지를 두려워
했다. 장례식을 간소하게 치르는 것에 대해서 아버지에게 죄책감을 느끼고 있었다.
꿈에서 눈을 감으라는 말을 들었는데 이는 장례식을 간소하게 치르는 자기의 잘못을 눈
감아 달라는 의미였다. 아버지에 대한 자기의 잘못을 용서해 달라는 의미였다.

사건처럼 기억한다는 것을 발견했다. 유아기 손상(infantile trauma)이론에서 유아기 공상(infantile fantasy)이론으로 넘어가는 순간이었다. 그리고 역동개념(dynamic concept)이 열리는 순간이었다. 역동개념이란 인간의 내면세계인 비의식의 기능을 설명하는 개념이다.

이 발견에는 프로이트 자신의 자기분석(self analysis) 경험도 도움이 되었다. 여기서 제2기에 일어났던 프로이트의 자기분석에 대해서 기술하겠다.

1896년 10월에 아버지가 81세의 나이로 돌아가셨다. 아버지를 잃고 프로이트는 알 수 없는 죄책감과 신경증 증세에 시달렸다. 예를 들어 아버지의 장례식 날 밤에 꾼 꿈에 그는 정거장에서 이런 문구를 보았다. 마치 정거장에 붙은 금연 포스터 같았는데 문구는 "눈을 감아 주세요(You are requested to close the eyes)."였다. 그 문구의 의미는 두 가지였다. 하나는 아버지의 장례식을 간소하게 치르는 프로이트의 허물을 눈 감아 달라는 것이었고, 다른 의미는 "죽은 자의 눈을 감겨 주는 것이 그를 위한 마지막 봉사이다."라는 것이었다(Freud, 1900. S.E. 4: 317~318). 죽은 아버지에게 느끼는 죄책감이 꿈으로 표현된 것이었다. 프로이트는 아버지를 매우 높이 평가하고 존경했다. 아버지는 명랑한 성격에 창조적이셨고, 생각이 깊은 분이셨다. 아버지가 돌아가신 후 프로이트는 갑자기 약해졌다. 친구 플리스에게 보낸 편지에서 그는 '마치 뿌리가 뽑혀 버린 나무 같은 느낌이네.'라고 썼다. 태어나서 이런 기분은 처음이었고 자신감마저 사라졌다. 초조감과 위장장애도 생겼다. 성생활도 안 됐다. 죽음의 공포가 엄습했다. 아버지의 다음 차례는 프로이트 자신이 될 것이라는 공포감이었다. 잠을 잘 수가 없었다. 그는 자신도 다른 환자들처럼 신경증에 걸리기 시작했다고 생각했다.

'아버지는 장수하신 편이고 나는 아버지를 좋아했다. 그리고 자식으로서의 도리도 할 만큼은 했다. 그런데 왜 이렇게 아버지에 대한 생각에서 벗어날 수 없는 것일까? 죄책감은 어디서 오는 것일까?'

프로이트도 치료가 필요했지만 그를 치료해 줄 사람은 없었다. 그는 최초의 유

프로이트와 플리스

플리스(Wilhelm Fliess)는 베를린의 이비인후과 의사였다. 프로이트보다 두 살이 어린 나이였지만, 생각이
자유분방하고 독창적이어서 프로이트와 잘 통했다. 둘 다 유대인 중산층이기도 했다. 그림의 왼쪽이 프로이트이고,
오른쪽은 플리스이다. 플리스는 성욕을 조절하는 곳이 코라고 생각했다. 남자도 여자의 월경주기처럼 성의 주기가
있다고 했다. 인간은 누구나 남성과 여성의 특성을 모두 가지고 있는 양성(bisexual)이라고 했다. 프로이트에게
플리스는 아버지 상이었다. 그를 과대 평가했고, 전이의 대상이었다. 편지를 통해서 10여 년 이상 교제를 나누었다.
그러나 프로이트가 무심결에 플리스의 아이디어를 타인에게 말한 것을 플리스가 대단히 불쾌하게 받아들여서 결별하게
되었다. 브로이어, 플리스 그리고 융은 프로이트의 생애 중 아버지 상으로 나타나는 대상들이다. 이들 모두를 이상화
했으나 결국은 실망하고 헤어졌다.

일한 정신분석가였기 때문이다. 프로이트는 자기분석을 시작했다. 1897년 마흔
한 살 때였다. 주로 꿈을 이용했다. 베를린의 빌헬름 플리스와 교환한 편지 왕래
도 큰 도움이 되었다. 플리스가 프로이트의 전이대상 역할을 했다고 말하는 학자
도 있다. 애매한 유년기의 기억은 어머니에게 직접 물어 보았다.

프로이트가 기억하는 최초의 꿈은 어머니 꿈이었다. 7~8세쯤에 꾼 꿈이었다.

프로이트가 기억하는 최초의 꿈

프로이트가 기억하는 최초의 꿈은, '어머니 꿈' 이었다.

어머니가 죽은 듯이 평화롭게 잠들어 있는데, 두세 사람이 어머니를 방으로 옮겨서 침대에 눕히는 꿈이었다. 이상한 것은 어머니를 옮기는 사람들의 입이 새의 주둥이를 하고 있었다. 너무 무서워서 꿈에서 깨어났다. 울면서 부모님의 침실로 달려갔다. 어머니가 죽지 않았다는 것을 확인하고서 안심했다.

이 꿈은 어머니에 대한 성적 욕구가 표현된 것이었다. 새의 주둥이는 성기를 상징한 것이었고 어릴 때 《구약성서》에서 본 것이었다. 또 독일어의 성교라는 단어, 푀겔른(vögeln)은 새라는 단어, 포겔(Vogel)에서 유래된 것이었다. 어릴 때 푀겔른이란 말을 처음으로 가르쳐 준 아파트 관리인의 아들도 생각났다.

프로이트는 어릴 때 《구약성서》에 그려진 삽화를 즐겨 보았다. 성적인 호기심을 충족시켜 주는 그림도 있었다. 소년기에는 다윗 왕과 그의 아들 압살롬 사건을 재미있게 읽었던 일이 떠올랐다. 아버지를 반역한 아들 압살롬이 백성들이 보는 앞에서 아버지의 애첩들과 동침하는 장면을 읽고 소년 프로이트는 '나도 저기 있었더라면 좋았을 텐데……' 라는 생각을 했는데, 이 기억도 떠올랐다. 프로이트는 어머니와 근친상간을 하고 싶었고, 이 욕망이 비의식에 숨어 있었던 것이다. 프로이트는 꿈에서 자기가 불안했던 것은 어머니의 죽음에 대한 불안이 아니었을 것이라는 생각을 했다. 그것은 근친상간과 처벌에 대한 불안이었다.

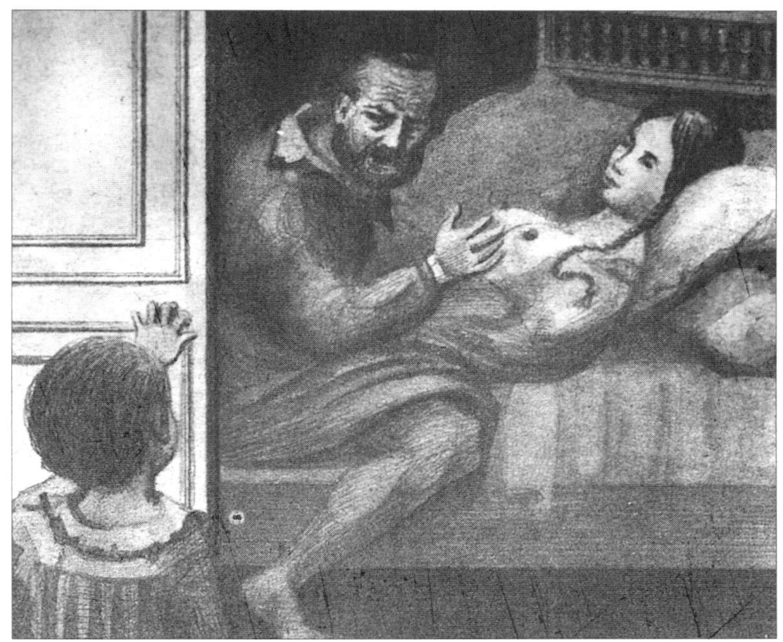

일곱 살 때 부모의 성교 장면을 목격하고, 선 채로 오줌을 싸다

© Michel Siméon

프로이트는 자기분석을 통해서 오줌을 싼 이유를 이해했다. 부모의 성교를 중단시키고 어머니를 차지하려는 의도가 있었다. 에디푸스 콤플렉스를 확인할 수 있었다.

7세 이후에 그의 뇌리에 자주 떠오르는 한 가지 장면이 있었다. 이 장면은 꿈에도 여러 번 나타났지만 의미를 생각해 본 적은 없었다. 그것은 7세가 되던 어느 날 밤이었다. 그는 부모의 침실로 들어갔다. 어둠 속에서 작은 소리가 나고 이상한 움직임이 보였다. 부모가 성교를 하고 있었다. 어린 프로이트는 그 움직임의 의미를 몰랐기 때문에 놀랐다. 누군가 실내에 들어왔음을 눈치챘는지 어둠 속의 움직임은 멈췄다. 아버지가 그를 돌아보았다. 그 때 어린 프로이트는 오줌을 싸 버렸다. 방안에 선 채로 쌌는지, 어머니에게 달려가 품에 안겨서 쌌는지는 기억이 희미하다. 이것을 본 아버지는 어처구니 없다는 표정으로 "이 녀석은 아무짝에도 쓸모가 없겠어."라고 말했다. 어머니는 프로이트를 침대로 데려가서 안심시킨 다음 어머니와 함께 자게 해 주었다.

프로이트는 두 살 이후에는 소변을 잘 가렸다. 그런데 왜 7세였던 그가 오줌을 쌌을까? 프로이트는 갑자기 한 가지 사실을 깨달았다. 자신은 아버지에게 질투를 느껴 어머니와 아버지의 성교를 방해하고 싶었던 것이다. 어린 그가 할 수 있는 가장 효과적인 방법이 오줌을 싸고 우는 방법이었을 것이다. 어머니의 관심에서 아버지를 몰아 내고 그 자리를 차지하려는 시도였다. 프로이트는 자신 안에 아버지의 죽음을 바라는 소망이 있었다는 것을 알게 되었다. 어머니를 독점하기 위해서 아버지를 제거하고 싶은 것이었다. 그것은 어머니와 관련된 소망이었다.

성인이 된 프로이트는 **기차역에 대한 꿈**을 자주 꿨다. 한쪽 눈이 보이지 않는 남자가 기차 옆에서 성기를 내놓고 소변을 보고 있다. 프로이트는 그 남자의 성기에 변기를 대주고 있었다. 이 꿈은 프로이트가 7세 때 오줌을 싼 것을 보고 아버지가 "이 녀석은 아무짝에도 쓸모가 없겠어."라고 무시한

어린 프로이트와 아버지

© Ralph Steadman

프로이트는 아버지에 대한 몇 가지 기억을 가지고 있다.
프로이트의 아버지는 젊은 시절, 기독교인에게 모욕을 당하고서도 비굴한 태도를 보였다. 어린 프로이트는 나약한 아버지 대신에 강력한 아버지를 가지려고 자신을 한니발 장군과 동일시했다. 7세였던 프로이트가 오줌을 싸자, 아버지는 '저 녀석은 아무짝에도 쓸모 없는 놈이 되겠어.' 하고 욕했다. 아버지에게 모욕감을 느꼈고 화가 났다. 아버지에게 보란 듯이 쓸모 있는 사람이 되고 싶었다. 꿈에 장님이 된 아버지의 성기에 변기를 대주는 자신을 보기도 했다. 아버지가 돌아가시자 죄책감으로 우울증과 불안 증세가 생겼다. 자기분석을 시작했다. 자기의 비의식에서 에디푸스 콤플렉스, 즉 어머니를 사랑하고 아버지를 라이벌로 느끼고 죽기를 바라는 마음이 있는 것을 발견했다. 그의 신경증은 여기서 유래한 죄책감이 원인이었다.

것에 대한 보복의 꿈이었다. 실제로 아버지는 왼쪽 눈에 백내장을 앓고 있었다. 프로이트는 꿈 속에서 이렇게 말하고 있는 것이다. "이거 보세요, 아버지. 당신은 앞을 못보고 소변도 못 가리지만 나는 쓸모 있는 사람이 되어서 당신을 보살펴 드

리고 있잖아요. 이래도 내가 쓸모 없는 놈입니까?" 아버지를 좋아했지만 비의식에서는 어머니를 중심으로 삼각관계를 형성했고 질투심을 느꼈던 것이다.

프로이트의 자기분석에서 특기할 만한 공포증이 있었다. 그에게는 **기차 공포증**이 있었다. 기차 여행을 할 때 그는 특이하게 행동했다. 며칠 전부터 여행 계획을 세우고 당일에는 한 시간이나 일찍 역에 도착해서 기차에 탔다. 선반 위에 가방을 올려 놓은 다음 다시 기차에서 급히 내렸다. 그리고 차장이 발차 호각을 불기만을 초조하게 기다렸다. 호각을 불면 그는 반은 공포, 반은 환희를 느끼며 기차에 뛰어올랐다. 자기분석을 통해서 이런 행동과 기차 공포증이 이해되었다. 자기 꿈을 분석하면서 프로이트는 한 가지 기억에 도달했다. 세 살 때 어머니와 동생과 함께 기차 여행을 했다. 아버지는 동행하지 않았다. 밤이었다. 차창 밖으로는 가스 공장의 불기둥이 보였다. 좁은 객실 안에서 어머니가 옷을 갈아 입고 있었다. 어린 프로이트는 어머니의 알몸을 보고는 흥분을 느꼈다. 기차에 대한 공포와 환희는 어머니의 몸에 대한 공포와 환희의 갈등을 표현하고 있었다.

어머니의 나체에 대한 기억과 기차 공포증
© Michel Siméon
프로이트가 세 살 때인 1859년, 어머니와 함께 라이프치히로 가는 기차 여행을 했다. 기차 속에서 밤중에 어머니의 나체를 보고 성적 흥분을 느꼈다. 흥분과 두려움이 기차라는 이미지와 합류되었다. 기차를 타는 것은 기쁨이면서 동시에 두려움을 주었다. 기차를 타는 것과 관련된 특이한 버릇이 생겼다. 기차 시간보다 한 시간이나 미리 가서 짐을 실어 놓고 다시 내려서 떠날 시간을 초조하게 기다리곤 했다. 기차 공포증은 40대에 시행한 자기분석을 통해서 해결되었다.

프로이트는 **자기분석의 끝**에 도달했다. 분석의 끝이라고 하지만, 사실 프로이트는 일생 동안 자기분석을 계속했다. 어쨌든 이 무렵에 그가 자기분석을 통해서 깨달은 것을 종합하면 이렇다. 아버지의 죽음이 그에게 큰 충격을 주었다. 그리고 신경증에 빠지게 했다. 이것은 그의 비의식에 아버지를 죽이고 어머니와 자고 싶은 소망이 있었고, 이것에 대한 죄책감과 두려움을 느꼈기 때문이었다. 어머니로 인해서 아버지에게 질투심을 느꼈던 그는 아버지의 죽음을 원했던 것이다. 여기서 그는 소포클레스의 비극 '에디푸스 왕'이 생각났다. 갓난아이 때 강에 버려졌던 청년 에디푸스는 자신의 아버지인 줄도 모른 채 왕을 죽이고 어머니와 결혼하여 안티고네라는 딸을 낳았다. 후에 모든 사실을 알게 된 에디푸스 왕은 눈을 뽑고 거지처럼 광야를 헤맨다는 비극이다.

프로이트는 자기분석과 환자들의 분석을 통해서 이런 욕구와 갈등이 인간의 내면세계에 공통적으로 있다는 것을 알게 되었다. 이성의 부모를 사랑하고 동성의 부모를 라이벌로 느껴 질투하고 증오하는 가족 내의 삼각관계이다. 사내아이의 경우, 어머니를 독점하고 싶어하지만, 아버지라는 강하고 두려운 남성 때문에 좌절당한다. 어머니에 대한 자신의 욕망을 미워하는 아버지가 보복과 처벌을 할 것이라는 두려움에 빠지는데, 이 불안을 거세불안(castration anxiety)이라 한다. 사랑스러운 어머니에게 접근하고 싶지만, 아이는 두려움으로 접근할 수 없는 갈등상황에 빠진다.

프로이트는 이런 갈등을 '**에디푸스 콤플렉스(Oedipus complex)**'라고 불렀고, 모든 신경증의 중심에 이 갈등이 있다고 했다. 이 갈등은 성숙한 부모를 닮아가면서 풀리는데, 이 동일화(identification)의 과정이 잘못되면 성도착이나 미숙한 성격장애가 남는다. 프로이트의 이론은 철저하게 경험을 기반으로 세워진 것이었다. 프로이트는 에디푸스 콤플렉스가 모든 신경증의 원인이라고 했다. 그리고 이것은 모든 인간이 경험할 수밖에 없는 운명적인 것이라고 했다.

"에디푸스 왕의 운명은 우리를 감동시킨다. 그에게 내렸던 저주가 우리가 태어나기 전부터 우리에게도 내려졌기 때문이다. 아마도 우리는 모두 그와 같은 운명을 가지고 태어난 것 같다. 우리의 성충동의 최초 대상은 어머니이고, 최초의 증오 대상, 죽여 버리고 싶은 대상이 아버지라는 운명을 가지고 태어난 것이다. 우리들의 꿈이 우리에게 이 사실을 확실히 보여 준다. 에디푸스 왕은 아버지를 살해하고, 어머니와 결혼했다. 이것은 우리 자신의 어린 시절의 소원이 성취된 것을 잘 보여 주고 있다(Freud, 1900 ; The interpretation of dreams. S.E. 4:262)."

세상에는 완벽한 부모란 없기 때문에 에디푸스 콤플렉스를 완전히 해결한 사람은 없다. 정도의 차이가 있을 뿐, 누구나 자신의 내면을 성찰해 보면 흔적을 발견할 수 있다.

여기까지가 제2기에 일어났던 프로이트의 자기분석 경험이다.

다시 정신분석 이론의 역사적 변천으로 돌아가겠다.

프로이트는 환자들이 보고하는 성희롱이나 손상경험들이 사실이 아니라는 것을 알게 되었다. 프로이트 자신도 공상(fantasy)을 사실로 기억하고 있었던 것이다. 아직 현실과 공상을 구별하는 능력이 발달하지 못했거나 기대가 너무 강력했기 때문이었다. 이 사실을 알고 나서 프로이트는 크게 실망했다. 지금까지 자기를 찾아온 환자의 기억들이 한낱 공상에 불과하다는 것을 알고 속은 듯하여 실망했다. 그러나 이 발견은 곧 정신기능의 핵심에 도달하는 계기가 되었다. 여기에 프로이트의 위대한 점이 있다. 그는 이론이 벽에 부딪칠 때마다 그것을 수용하고 더욱 발전시킨다. 이 발견을 통해서 정신적 갈등이 현실적인 손상 사건에서 발생하기보다는 공상에서 발생하는 경우가 더 많다는 사실을 깨닫는 계기가 되었다. 환자는 실제 사건으로 기억하고 있지만, 사실은 어린 시절에 바라고 꿈꾸었던 소원(childhood wish)일 뿐이었다. 이 공상과 소원은 어린아이의 욕망답게 유치한 것이고 왜곡된 부분이 많다. 그리고 대부분이 성적 본능과 관련된 것이었다. 증세를 만드는 갈등의 원인은 실제 사건에 의한 상처가 아니고, 인간의 내적 욕구와 공상 때문이었다. 프로이트는 이러한 사실을 깨닫고, 신경증에 대한 손상이론(trauma theory)을 수정했다. 신경증은 환자의 내적 충동(inner impulses)이 원인이고, 충동과 관련된 공상이 원인이라는 새로운 주장을 하게 되었다.

요약해 보면, 신경증의 원인이 되는 정신적 손상이 실제 사건이 아니고 공상의 산물일 수 있다는 것을 알고 나서, 프로이트의 관심은 외적 현실 사건(external event)에서 환자의 내면세계(internal world)로 옮겨졌다. 그 결과 인간의 정신 현상에 접근할 수 있는 문이 열렸다. 그 후 인간 정신에 대한 주옥 같은 많은 발견이 이루어졌다. 그래서 정신분석의 진정한 시작을 1897년으로 본다.

프로이트는 심리 내적 충동들을 이해하는 데 꿈의 분석이 매우 유용하다는 것을 알게 되었다. 그는 자기분석에서도 꿈을 이용했고, 이 방법을 점점 더 많은 환자에게 적용했다. 예를 들어 환자가 꿈을 가져오면 어떤 생각이 떠오르는지 말하게 했다. 이런 개인적인 연상을 모아서 숨어 있는 욕구나 소망을 찾아 냈다. 마침내 꿈은 **'비의식으로 가는 지름길**(royal road to the Unconscious)**'**이 되었다. 이렇게 얻어진 꿈에 대한 경험들을 모아서 출판한 책이 유명하고 기념비적인 **《꿈의 해석**(The Interpretation of Dream, 1900)**》**이다.

《꿈의 해석》에서 우리는 제2기의 이론적 기본틀을 볼 수 있다. 이 때 내놓은 이론들을 마음의 **지정학적 모델**(topographical model)이라 부른다. 지상과 지하 같은 공간적·지리적 개념으로 심리적 모델을 설정했기 때문이다.

프로이트가 45세 되는 1901년, 〈일상생활의 정신병리(The Psychopathology of Everyday Life)**〉**라는 흥미로운 논문을 발표했다. 이 책에서 그는 신경증 환자뿐만 아니라 일반인들도 비의식 충동의 영향을 받는다는 것을 보여 주었다. 프로이트는 환자의 정신병리를 떠나서 이제 모든 인간의 심리에 접근했다. 그는 말실수나 상징적인 행동들과 증세행동이 모두 비의식적 충동에 의해서 나타난다는 것을 예를 들어 가며 설명했다.

예를 들어, 젊은 처녀가 남성과 대화중에 류 월리스의 소설 제목이 생각나지 않아서 답답했다고 말했다. 평소에 잘 아는 제목이었는데 당시에는 도무지 생각이 나지 않았다. 알고 보니 그 소설 제목이 독일어로 '나는 창녀입니다.' 라는 발음과 비슷했기 때문이었다. 프로이트는 다른 예도 들고 있다. 말실수가 비의식을 보여 주는 예이다. 한 처녀 환자가 가족들에게 나쁜 감정을 가지고 있는 것을 숨기고 있었다. 그러나 말실수를 통해서 드러나고 말았다.

'나는 우리 가족을 부끄럽게 생각하지 않아요. 다만 한 가지는 인정하지요. 우리 가족들은 좀 특별한 사람들이에요. 모두 탐욕에 가득차서…… 어머나! 난 재치가 가득하다고 말하려 했는데……?'

재치를 탐욕으로 잘못 말한 것이다. 말실수(slip of the tongue)가 그녀의 속마음을 보여 주고 있다.

제2기에 발표한 또 하나의 중요한 논문은 〈성욕이론에 관한 세 가지 에세이(Three Essays on the Theory of Sexuality)〉였다. 여기서 '유아기 성욕(infantile sexuality)' 이 이론적으로 확실해졌다. 유아기 성욕이란, 아기들도 성욕(sexuality)을 가지고 있다는 이론이다. 당시로서는 매우 부도덕한 주장이라고 비난을 받았지만, 지금은 일반인들까지도 인정하게 되었다. 프로이트는 유아기 성욕설에서, 성욕이란 인간의 타고난 본능에서 나오는 것으로 이 본능욕구를 처리하는 방법에 따라 각 개인의 성격이 달라진다고 주장했다. 소위 정신분석의 본능이론(instinct theory of psychoanalysis)이 여기서 최초로 소개되었는데, 모든 인간의 성적 욕구의 기저에 본능적 욕구(instinctual drive)가 깔려 있다는 것이다. 또한 이 논문에서는 성도착에 대해서도 설명했다. 한 마디로 모든 인간은 정도의 차이가 있을 뿐 모두 성도착 경향(perversion tendencies)을 가지고 있다고 했다. 다시 말하면 성적 본능욕구의 만족 방법이 유년기부터 성인기까지 발달해 나가는 것이 정상인데, 유아기 수준의 어떤 단계에 고착된 것이 성도착이라는 것이다. 예를 들어, 동성애 환자는 성욕의 대상이 이성으로 변하지 못하고 동성에

© Michel Siméon

성욕이론에 관한 세 가지 에세이

그림 왼쪽에는 소년이 부모의 성교 장면을 보고 놀라는 것이 보인다. '원초경(primal scene)'이라고 하는데, 아이에게는 손상경험이 될 수 있다. 오른쪽에는 자신에게 남근이 없는 것을 발견하고 우울해진 여자 아이가 성기처럼 보이는 나무 밑에 앉아 있다. '남근선망'이라고 한다.

〈성욕이론에 관한 세 가지 에세이〉의 논문에서 '유아기 성욕(infantile sexuality)'이 이론적으로 확실해졌다. 유아기 성욕이란 아기들도 성욕을 가지고 있다는 이론이다. 리비도가 모여 있는 성감대가 입에서 항문으로 옮겨가고, 다시 성기로 옮겨간다. 성감대의 만족이 너무 크거나 부족할 때 그 부위와 관련된 성격장애가 나타난다. 예를 들어 항문기 성격은 강박적이고 결벽증이 있으며 완벽주의적이다. 성도착증은 성적 즐거움을 누리는 유아기의 방법이 성장한 후에까지 남아 있는 것이다.

머물러 있다. 관음증은 남의 성교를 보는 것으로 성욕을 만족시키는 성도착인데, 정상적인 성교를 통한 만족으로 발달하지 못한 사람들이다. 일생을 통해서 성적 본능욕구가 작용하며 이것이 갈등을 일으킨다는 생각이 정신분석 이론의 근간이 되었다. 그래서 이 때의 정신분석 이론을 '욕구심리학(drive psychology)' 혹은 '이드 심리학' 이라 부른다. 제1기에 프로이트의 관심이 **주변환경**(external world)에 대한 적응 문제에 집중되었다면, 제2기에 들어와서는 **내면의 어떤 힘** (internal forces)에 대한 적응으로 변했다. 본능욕구에 대한 적응이 인간 정신의 과제였다.

이런 이론적 변화에 따라 치료기법도 달라졌다. 환자가 비의식에 숨어 있는 기억들을 말하게 하는 데는 두 가지 방법이 있다. 하나는 최면을 걸거나 의도적인 암시를 주는 것이다. 억지로 끌어 내는 방법이다. 그리고 다른 방법은 환자에게 맡기는 것이다. 환자의 생각의 흐름에 맡기는 것이다. 프로이트는 후자를 택했다. 환자를 카우치에 눕히고 자유연상을 시켰다. 마음 속에 떠오르는 생각을 무엇이나 솔직하게, 부담 없이 말하는 소위 자유연상의 기본원칙(basic rule of free association)을 적용했다. 꿈을 말하고 꿈의 내용에 대해서 연상하도록 했다. 분석가는 환자가 볼 수 없게 머리 뒤쪽에 앉는다. 그리고 환자에게 되도록이면 분석가에 대한 정보를 주지 않는다. 분석가의 믿음이나 가치 판단을 보여 주지 않고, 도덕적 평가를 내리지도 않는다. 이렇게 하는 목적은 환자가 저항을 극복하고 내면적인 것을 많이 볼 수 있게 하는 것이었다. 실제로 자유연상을 이용한 분석의 효과는 특별했다. 그리고 많은 분석이론들이 나왔다. 《꿈의 해석》을 쓸 수 있었던 것도 자유연상의 덕분이었다. 전이·저항·행동화와 훈습의 과정에 대한 이론들이 쏟아져 나왔다. 이에 대해서는 제6장에서 구체적으로 설명하겠다.

프로이트는 제1기에 의식과 비의식을 구별하였는데, 이 구분이 제2기의 지정학설에 의해서 한층 더 다듬어졌다. 프로이트는 비의식을 두 종류로 보았다. **비의식**

(Unconscious)과 **전의식**(preconscious)이 그것이다. 비의식은 본능적 욕구와 소망을 담고 있는 곳인데, 자아는 이런 욕구들이 의식으로 올라오는 것을 위험으로 느낀다. 위협이나, 불안 같은 심한 불쾌감을 일으킨다. 비의식에서 의식으로 올라오려는 힘과 이것을 막는 힘 사이에 끊임없는 싸움이 일어나고 있다. 비의식의 내용들이 의식에 나타나는 경우도 있는데, 그 때는 모양을 바꿨거나 검열을 거친 상태일 때이다. 전의식은 비의식의 다른 형태이다. 전의식은 지식이나 생각 등 여러 가지 형태의 기억들이 있는 곳이다. 적당한 때에 의식으로 쉽게 들어갈 수 있는 내용들이다. 그러니까 전의식은 비의식의 표면에 해당하고 의식과 비의식 사이에 자리를 잡고 있다. 자아는 억압(repression)이라고 하는 심리기제(mental mechanism)를 이용하여 불편한 욕구나 생각들을 비의식으로 추방한다. 그래서 의식과 비의식을 나누는 방어기제는 억압이다. 프로이트는 억압을 정신분석 이론의 초석이라고 했다. 비의식 · 전의식 · 의식에 대해서는 제2장에서 더 자세하게 다루겠다.

비의식에 숨어 있는 본능소망(instinctual wish)은 성욕과 관련된 것이며, 유아기적이고 강력하다. 동성의 부모에 대해서 질투와 라이벌 의식을 갖는 '에디푸스 콤플렉스(Oedipus complex)'도 비의식에 숨어 있다. 프로이트의 본능이론은 여러 번 수정되었다. 제2기의 초기에는 성욕이 전부였다. 공격성에 관련된 것은 없었다. 그리고 '리비도(libido)' 개념을 도입했다. 리비도란 성욕이 가지는 에너지를 말한다. 상대방에게 성욕을 느끼는 것은 리비도가 그 쪽으로 흐르기 때문이라고 말할 수 있다. 예를 들어 A라는 사람을 사랑하게 되었다는 것은 나의 내면에 그의 이미지가 생겼고, 나의 리비도가 내 안에 생긴 A의 이미지로 흘러갔다는 의미이다. A에게 실망하면 리비도는 다시 내게로 회수된다. 제2기의 후기에 비의식의 본능욕구에 공격소망이 추가되었다. 그러나 공격욕구에는 에너지 개념을 주어 설명하지 않고 넘어갔다.

이 시기에 프로이트가 관심을 기울인 것은 우리 생활에서 볼 수 있는 매우 고상하고 세련된 취미나 예술 활동까지도 비의식에 숨어 있는 유아기 성욕과 공격욕구(infantile sexuality and aggressive drive)와 관련이 있다는 것이었다. 유아기 욕구가 모습을 바꾸어 드러낸 것이었다. 그리고 욕구의 **승화**(sublimation)라는 개념을 아주 중요시했는데, 승화란 거칠고 부도덕한 본능적 욕구를 세련된 형태로 바꾸고, 성적인 특성을 제거한 욕구(non-sexual form)로 바꾸어서 충족시키는 것을 말한다. 예를 들어 사람을 치고 싶은 공격성을 승화시켜서 권투선수가 되면 사람을 치는 부도덕한 행동의 욕구가 사회적으로 인정받는 스포츠 행동으로 바뀌어서 욕구가 충족된다. 댐을 쌓고 큰 물을 담아서 발전을 시키면 홍수를 승화시킨 것이다.

비의식의 기능 방식은 매우 유치하고 비합리적이며 원시적이다. 그래서 프로이트는 이런 기능 방식을 **1차 과정**(primary process)이라고 불렀다. 비의식 세계에는 논리적인 연결이나 형식이 없다. 욕구나 소망은 **쾌락원칙**(pleasure principle)을 따를 뿐이다. 이 이름은 프로이트가 붙인 것이다. 어떤 대가를 치르더라도 욕구의 만족과 발산만을 추구하고 고통스런 긴장은 피하는 것을 원칙으로 한다.

전의식과 의식은 이런 식으로 행동하지 않는다. 이들은 **2차 과정**(secondary process)의 기능을 취한다. 즉 논리적인 연결을 가지며, 합리적이고, 외부 현실을 고려하며, 이상과 행동 규범을 따른다. 전의식과 의식은 비의식과는 다른 행동원칙을 따르는데, 프로이트는 그것을 **현실원칙**(reality principle)이라고 불렀다. 예를 들어 성적 욕구가 일어났을 때 그것이 부도덕한 것일 때는 갈등상황에 빠진다. 이 때 현실적인 상황과 여러 가지 형편을 고려하여 욕구를 연기하거나 다른 방식으로 해결해서 이런 갈등을 푸는 것이 현실원칙을 따르는 행동이다.

현실원칙이란 궁극적인 만족을 위해서 현재의 욕구를 연기하거나 모양을 바꾸는 원칙이다. 여인에게 성욕을 느꼈을 때 앞뒤 가리지 않고 성행위를 시도한다면 쾌락원칙을 따르는 사람이다. 그러나 주변환경과 상대가 누구인지를 고려해서 적당한 시간과 상대를 찾아 성행위를 한다면 현실원칙을 따랐다고 할 수 있다.

프로이트가 58세 때인 1914년, 그는 **자기애**(narcissism) 개념을 소개했다. 리비도의 흐름으로 인간관계를 설명한 것이다. 리비도가 자기 자신에게로 집중해 있을 때 자기애에 빠진다. 사랑에 빠진 것은 리비도가 사랑하는 대상(love object)에게 많이 흘러가게 된 상태이다. 이 논문에서 초자아의 개념이 모습을 보이기 시작했다. 부모를 이상적인 모델로 보고 자아이상(ego ideal)으로 간직하는 개념이다.

자기 도취에 빠진 나르시스(Narcissus)
물에 비친 자기의 모습에 도취되어 물 속의 미남자를 잡으려다 빠져 죽은 나르시스의 신화를 그림으로 표현한 것이다.
왼쪽은 '에코(Echo)'라는 여신으로, 나르시스를 사랑했으나 관심을 끌지 못한 채 슬픔으로 말라서 산울림이 되어 버렸다. 자기 도취적인 성격은 남을 무시하고 지배하려 하며, 항상 특별 대우만을 받으려고 한다. 이를 '자기애적 성격'이라고 한다. 정신분석학자들의 관찰에 의하면, 인간의 유아기에는 이런 자기애의 시기가 있으며 이 시기에는 "그래 우리 아이가 최고야." 하는 만족을 주어야 한다고 한다. 이런 자기애의 만족 경험이 결핍된 사람이 자기애적 성격이 된다.

1919년 프로이트의 나이 63세에 우리 나라에서는 3·1만세 운동이 일어났지만, 유럽에서는 제1차 세계대전이 막 끝난 상황이었다. 전쟁을 겪으며 프로이트는 인간의 공격성에 관심을 갖게 되었다. 자학(masochism)을 연구하다가 자기 자신에게 공격성이 향하는 것을 보게 되었다. 심한 우울증도 자학의 병리를 갖는 것을 보았다. 1919년은 둘째딸 소피가 결핵으로 죽은 해이기도 하다.

다음 해인 **1920년 64세**에 그는 하나의 탈선을 저질렀다. 지금까지 그는 인간의 정신 현상을 설명할 때 한번도 인간의 본능과 육체적 특성을 벗어난 일이 없었는데 '**죽음의 본능**(death instinct)'을 소개하면서 탈선했다. 그는 《쾌락원칙을 넘어서(Beyond the Pleasure Principle)》에서 죽음의 본능을 소개하는데, 인간에게는 종족 유지나 개체 유지 같은 삶의 본능만 있는 것이 아니라 죽고 싶어하는, 죽어서 본래의 상태로 돌아가려는 본능도 있다는 것이다. 무(無)의 상태, 열반(nirvana)의 상태, 평화의 상태로 돌아가려는 본능이 있다는 것이다. 자기 파괴의 본능이다. 그러나 이 이론은 많은 논란을 불러일으켰고, 현대 정신분석가들 중 많은 사람들은 죽음의 본능을 인정하지 않거나 적당히 얼버무리는 태도들을 취하고 있다.

정신분석적 심리학의 입장에서 보면, 제2기에 발표한 이론들 중에서 정신분석의 진수가 되는 논문들이 많았고, 말년까지 수정할 필요가 없는 것들이었다. 사실 제2기가 그의 연구의 전성기라고 할 수 있다. 《프로이트 전집》은 총 23권으로 되어 있는데, 그 중 15권이 제2기에 쓰여진 것들이다. 그가 일생 동안 쓴 논문 중 65%를 제2기의 시기인 26년 동안에 썼다. 40대 초반부터 60대 후반까지였다.

3 제3기
1923년~1939년, 프로이트 사망시까지 ; 구조론 시기(structural theory of reference)

제3기는 프로이트의 나이 67세부터 그가 암으로 사망하는 83세까지의 16년 동안이다. 제3기는 1923년에 〈자아와 이드(The Ego and the Id)〉를 발표하면서 시작된다. 이어서 1926년에 〈억제, 증세와 불안(Inhibition, Symptoms and Anxiety)〉을 발표했는데, 이 두 논문이 프로이트 정신분석 이론의 변화를 보여 주는 신호탄이었다. 제2기의 「지정학설」에서 제3기의 「구조론(structural theory)」으로 넘어가고 있었다. 그렇다고 비의식과 의식의

67세의 프로이트
윗턱 암 제거 수술을 받고(1923년).

개념인 지정학설을 부정한 것은 아니다. 새로
도입된 구조론 개념에 지정학설의 개념이 포함
되어 있다. 즉, 자아를 비의식 부분과 의식 부
분으로 나누어 설명했다.

이드는 거의 대부분이 비의식이며, 초자아도
의식 부분과 비의식 부분을 가지고 있다고 설
명했다. 다만 제3기에는 인간의 정신 현상을 주
로 자아 · 이드 · 초자아 등의 성격구조를 가지
고 설명하기 시작했다.

프로이트는 비의식에 있는 죄의식을 설명할

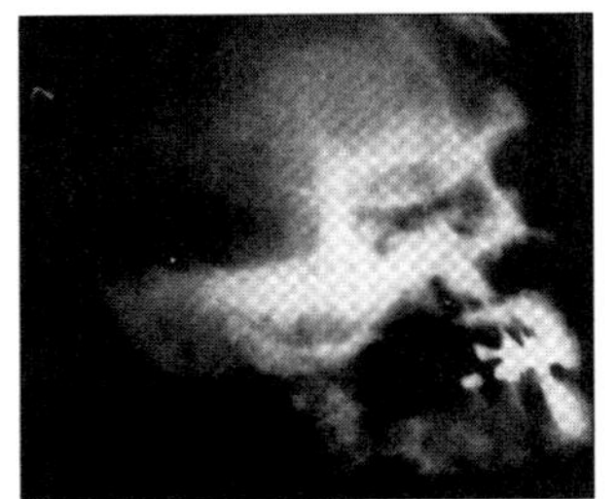

프로이트의 X-ray 사진
프로이트가 죽기 6개월 전인 1939년에
찍은 것이다. 16년 동안 30여 회의 수술로
턱이 거의 다 파괴되어 버렸다. 윗턱을
들어 내고 보철을 끼웠으나 보철과 맨살이
만나는 자리가 아파서 많은 고생을 했다.
말년에는 말조차 할 수가 없었다. 그래도
프로이트는 논문을 계속 썼다.

필요가 있었다. 그러나 지정학설로는 설명하기 어려웠다. 그래서 구조론을 생각
했고, 초자아 개념을 설정했다. 마음의 구조 중 하나인 초자아에서 죄책감을 일으
킨다는 것이다. 프로이트는 이미 제2기에 발표한 논문 〈애도와 멜랑콜리아
(1917)〉에서 우울증 환자들이 자기 스스로를 비난하는 것을 설명하기 위해 자아가
내부에서 갈라서서(splitting of the ego) 다른 편을 비난한다는 얘기를 한 적이
있다. 이 부분이 제3기에 와서 구조론으로 구체화된 것이다.

구조론이란 인간의 정신구조를 세 개의 구조로 설명하는 것이다. 즉 **이드**(id) ·
자아(ego) · **초자아**(superego)의 구조들이다.

이드는 제2기의 비의식(Unconscious)의 개념을 대부분 포함하고 있다. 원시적
이고 본능적인 욕구들이 이드에 속한다. 선천적으로 타고난 것이고, 체질적인 것
이다. 비의식처럼 쾌락원칙을 따르고 1차 과정을 따라 활동한다. 자아는 이드에
서 태어나는데, 성장 과정에서 이드의 일부가 변형되어서 자아가 된다. 아이가 외
부 세계를 경험하면서 이드의 일부가 자아로 변한다. 자아의 기본 업무는 자기 보
존이고, 이드의 압력과 현실의 요구 사이에서 이 둘을 동시에 처리하는 방법을 익
히는 것이다. 본능적 욕구의 만족을 연기시키거나 자아 방어기제들을 사용하여

조절하는 법을 배운다. 세 번째 구조인 초자아는 아이가 부모나 어른을 대하면서 느꼈던 유년기의 갈등이 만든 것이다. 부모나 어른과의 관계가 내재화되어 초자아가 되는 것이다. 초자아는 양심을 담고 있는 그릇이다. 아이의 이상도 여기에 담겨 있다.

초자아의 많은 부분은 비의식 속에 묻혀있다. 자아의 대부분과 이드의 전부는 의식의 밖에서 일한다.

제3기에 와서 의식은 '자아의 감각기관(sense organ of the ego)'이 되었다. 자아는 세 명의 주인을 모신다. 이드, 초자아 그리고 외부 현실의 요구가 그들이다. 세 명의 주인 중 어느 쪽이 겁을 주어도 자아는 불안에 떤다. 제3기에 구조론이 적용되면서 불안이론도 달라졌다. 제2기에는 비의식에 있는 위험한 본능소망이 의식으로 올라올 때 불안을 느끼는 것이라고 간단하게 생각했다. 그러나 제3기의 구조론에서는 불안을 자아의 적극적인 반응으로 보았다. 프로이트는 〈억압, 증세와 불안(1926)〉에서 이것을 자세하게 설명했다. 자아가 불안을 느끼는 것은 **위험신호(signal of danger)**로 느끼는 것이다. 압도당해서 손상당할 위험인 것이다. 불안신호를 받은 자아는 적절하고 자기 방어적인 방법을 모색하여 개인이 통합성과 안정성(integrity and security)을 유지할 수 있게 만들어 준다.

제3기에는 리비도와 마찬가지로 이드 요소로서 공격성도 동등한 자리를 차지했다. 제2기의 《쾌락원칙을 넘어서》에서 기술했던 것보다 진일보한 것이다.

자아가 여러 가지 요구들을 처리하는 일을 한다는 생각이 도입되면서, 정신분석의 기법도 변했다. 현실 세계에 대한 관심을 더 갖게 되었다. 분석상황이라는 현실을 포함해서 자아의 현실인식에 관심이 높아졌다. 그리고 자아의 방어기제에 대한 연구가 활발해졌고, 치료상황에서 방어기제에 대한 해석이 많아졌다. 제3기는 1939년 프로이트의 죽음으로 끝났다.

사실 프로이트처럼 고통스럽게 산 사람도 없을 것이다. 1919년에 둘째딸이 폐

렴으로 죽었고, 60대 중반으로 들어서면서 프로
이트가 죽음의 문제를 철학적으로 전개해 본 것
이 '죽음의 본능(death instinct)' 이었을 것이라
고 추측한다. 그는 인생을 지독한 고통으로 생각
했고, 고통이 끝나는 평화의 시간은 죽는 순간이
라고 믿었다. 나이 30부터 40대 중반이 될 때까
지 그는 의학계에서 성욕에 사로잡힌 창피한 이
단자 취급을 받으며 살았다. 사랑하던 둘째딸이
폐렴으로 죽었고, 그 딸의 두 살짜리 아들이 또
결핵으로 죽었다. 프로이트는 이 외손자를 각별
히 예뻐했었다. 제자들은 프로이트가 우는 것을

결핵으로 죽은 프로이트의 외손자
프로이트에게는 딸 셋이 있었다.
둘째딸 소피가 젊은 나이에 폐렴으로
죽었다. 몹시 상심한 프로이트는 이
외손자를 자기 집으로 데려왔다.
그런데 이 아이도 결핵에 걸려 어린
나이에 죽고 말았다.

이 때 처음 보았다고 한다. 플리스, 융, 아들러 등 일생 동안 많은 동지들이 그를
등지고 떠났다. 융이 떠났을 때는 현기증을 일으킬 정도로 충격을 받기도 했다.

나치스와 프로이트
그림은 나치스가 프로이트의 책들을 불태우는 광경이다.
유대인을 학살한 히틀러는 유대인인 프로이트가 창설한
정신분석도 증오했다. 그러나 프로이트와는 대조적으로 융은
히틀러의 보호를 받았다.
프로이트는 루즈벨트 대통령과 제자들의 도움으로 빈을 떠나
런던으로 나올 수 있었다. 프로이트와 함께 나오기를
거부했던 여동생들은 불행히도 가스실에서 처형당했다.

77세인 1933년에는 히틀러가 프
로이트의 저서들을 베를린에서 공
개적으로 불태웠다. 그리고 82세
때 노구를 이끌고 고향 빈을 떠나
런던으로 피신해야 했다. 유대인
학살을 피하기 위해서였다. 피신
하지 않고 남아 있던 그의 여동생
들은 가스실에서 처형당했다. 67
세에 윗턱 뼈에 암이 발생했다. 83
세에 죽기까지 약 16년 동안 투병
생활을 했으며 30여 차례의 수술
을 받았다. 오른쪽 윗턱 뼈와 치아

프로이트의 죽음(1939년, 83세)

60대 후반에 윗턱에 암이 발생했다. 그 후 16년 동안 30여 차례나 수술을 받았다. 말년에는 말조차 할 수 없어서 글로
의사소통을 했다. 그러나 마지막까지 연구하고 저술했다.

프로이트는 의사 슈르에게 자기가 더 이상 사는 것이 의미 없는 때가 되었다고 판단했을 때 안락사를 시켜 달라고
요청했다. 담당 의사인 막스 슈르는 과량의 모르핀을 주사해서 프로이트의 안락사를 도왔다.

마지막 날, 슈르 박사가 안나 프로이트와 안락사 문제를 상의하러 잠시 자리를 비운 사이에 프로이트는 서재에 가서
발자크의 《죽음의 피부》라는 책을 뽑아 왔다. 악마에게 영혼을 판 저주 받은 남자의 이야기였다. 왜 하필이면 죽음의
순간에 수 백권의 책 중에서 악마에 관한 책을 뽑아 읽었을까? 하나님을 믿지 않는 무신론자 프로이트의 이 행동은 그가
신의 존재를 믿었을 것이라는 추측을 낳았다.

를 도려내고 틀니를 했지만 잘 맞지 않아서 죽을 때까지 고통을 겪었다. 말년에는 말도 할 수 없어서 글로 의사소통을 했다. 프로이트는 무신론자였기 때문에 하나님의 위로도 받을 수 없었다. 죽음으로 고통이 끝나고 그 후에 평화가 온다는 생각은 이런 고통스러운 상황을 끝내고 싶은 마음이 반영되었을 것이다. 그가 주장한 죽음의 본능 개념과 일치한다.

그는 모르핀을 맞고 안락사했다.

그의 죽음의 순간을 기록한 책이 있다. 하버드 대학의 교수 알몬드 니콜라이(Armond Nicholi)는 그의 책 《하나님에 대한 의문》에서 프로이트의 죽음 장면을 이렇게 묘사하고 있다.

> "병이 악화되어 마지막이 왔다. 사는 것이 더 이상 의미가 없다고 판단한 그는 담당 의사에게 안락사를 요구했다. 슈르 박사(Max Schur)는 프로이트의 딸 안나와 상의한 후에 알려 주겠다고 말했다. 슈르 박사가 나간 후에 프로이트는 서재에 가서 발자크의 소설 《죽음의 피부》를 들고 와서 읽었다.
>
> 소설의 내용은 한 남자와 악마의 계약에 관한 것이었다. 악마는 그의 성공을 보장해 주는 대신에 그가 욕망을 이룰 때마다 그의 수명을 단축하는 죽음의 피부를 주었다. 이 피부는 욕망을 하나씩 이룰 때마다 쪼그라들어서 수명을 단축시키는 것이었다. 그가 한 여인을 사랑하게 되었다. 그녀에 대한 욕망이 강할수록 피부는 더 심하게 쪼그라들었다. 여인이 그를 살리기 위해 그에게서 떠나려 했지만, 그는 차라리 여인의 품에서 죽는 쪽을 선택했다. 악마와의 거래가 비극적으로 끝나는 내용이다."

왜 프로이트는 마지막 순간에 서재에 있는 수백 권의 책 중에 악마의 이야기를 골랐을까? 그의 딸 안나도 니콜라이 교수에게 자기 아버지가 악마 얘기에 관심이 많았다고 했다. '프로이트는 무신론자였지만 그의 내면에서는 끊임없이 신에 대한 생각을 하고 있었다.'고 니콜라이 교수는 기록했다(Nicholi A, 2002). 슈르 박사는 프로이트에게 과량의 모르핀을 투여했고, 프로이트는 잠이 든 채로 세상을 떠났다.

4 제4기
1939년부터 현재까지 ; 프로이트 이후의 발전

이 시기는 구조론이 도입되고 프로이트가 사망한 후부터 현재까지의 발전을 소개하고자 나누어 본 것이다. 프로이트의 막내딸이며, 자녀들 중 유일하게 아버지의 뒤를 이은 안나 프로이트(Anna Freud)가 1936년에 《자아와 방어기제》라는 책을 출판했다. 그리고 하인즈 하트만(Heinz Hartman)이 《자아심리학과 적응의 문제(1939)》라는 책을 출판했는데, 이 두 권의 책이 자아심리학(ego psychology)의 문을 여는 역할을 했다. 멜라니 클라인(Melanie Klein)이라는 여류 분석가가 안나 프로이트와 함께 이 시기에 정신분석의 기법과 이론의 발전에 공헌을 했다. 멜라니 클라인에 대해서는 제10장에서 설명하겠다.

안나 프로이트
(Anna Freud, 1895~1982)

사진은 1938년 안나가 43세일 때이다. 히틀러의 게슈타포가 프로이트의 눈앞에서 안나를 잡아갔다. 프로이트 생애에 있어 최악의 날이었다. 다행히 안나는 저녁 7시에 무사히 풀려났다. 안나 프로이트는 하버드 대학 교수도 역임했다. 안나의 하버드 대학 강의를 녹음한 테이프가 우연히 발견되었다. 이것을 런던 대학의 조셉 산들러 교수가 책으로 만든 것이 《안나 프로이트의 하버드 강좌》이다. 안나는 〈자아심리학(ego psychology)〉의 발달에 큰 공헌을 했다.

영국의 대상관계 이론이 정신분석 기법의 발달에 큰 공헌을 했다. 특히 로널드 페아반(Ronald Fairbairn)과 위니코트(D.W. Winnicott)의 공헌이 크다.

1960년대에 등장한 분석가 하인즈 코허트(Heinz Kohut)의 자기심리학도 특히 자기애적 성격장애 환자들을 치료하는 데 큰 공헌을 했다. 코허트 학파에 대해서는 제9장에서 다루겠다.

클라인 학파(Kleinian school)와 코허트 학파(Kohutian school)는 제4기 정신분석의 영향력 있는 학파이다. 클라인 학파는 런던에서 시작했지만 남미를 중심으로 큰 세력권을 형성하고 있다. 코허트 학파 역시 영향력을 넓혀가고 있다.

미국 정신분석학회를 중심으로 자아심리학이 발달했고, 영국을 중심으로 대상관계 학파가 이론을 발전시켰다. 남미를 중심으로 발전한 클라인 학파는 공격본능과 팬터지를 중요시한다.

한국은 김성희 교수가 1941년에 일본 센다이 의과대학 병원의 마루이 교수에게서 개인분석을 받았다. 주 6회씩 3개월 동안 카우치에 누워서 정통 정신분석의 기법인 자유연상으로 분석을 받았다. 그는 자유연상이 막히지 않았기 때문에 단 한 번의 해석도 필요하지 않았다고 한다. 김성희 교수는 매주 센다이에서 도쿄까지 수 시간씩 기차를 타고 고사와 선생에게 가서 정신분석 이론의 지도를 받았는데, 1944년 귀국할 때까지 계속되었다. 그 후 김성희 교수

프로이트와 막내딸 안나

안나는 아버지인 프로이트에게 정신분석을 받고, 정신분석가가 되었다. 23세인 1918년부터 26세인 1921년까지 한 차례 정신분석을 받았고, 3년 후인 1924년에 또 한 차례의 정신분석을 받았다. 후에 멜라니 클라인은 안나 프로이트가 아버지에게 분석을 받았기 때문에 철저한 분석을 받지 못했을 것이라고 공격했다.
28세인 1923년, 정신분석 진료실을 개업했다. 이 해에 아버지 프로이트가 윗턱에 악성 종양을 진단받았다. 안나는 프로이트를 헌신적으로 간호했다. 프로이트는 안나가 지나치게 성욕을 억압하는 것을 늘 걱정했다. 동시에 프로이트는 딸의 결혼을 막기도 했다. 프로이트 전기를 쓴 어네스트 존스가 안나에게 청혼하려 하자 그가 나이가 너무 많고(35세) 보잘것 없는 가문에다 가난하고 의존적이며, 주변머리도 없어서 신랑감으로는 최악이라고 험담했다. 프로이트는 안나를 '안나 안티고네' 라고 불렀다. 에디푸스 왕이 어머니와 근친상간을 통해 낳은 딸이 안티고네이다. 안나는 87세까지 독신으로 살았다.

는 전남대학교 의과대학에 정신과를 창설하였고, 정신분석적 태도를 유지하며 환자를 치료했으며 후학들을 교육했다. 그의 논문 〈정신분열증 망상의 이해와 치료(1976)〉는 망상 환자를 약도 쓰지 않고, 전기도 쓰지 않고 다만 대화로 치료한 증례를 소개하고 있다. 이후 1980년 서울대학교 의과대학 조두영 교수와 몇 사람의 정신과 의사들이 서울 정신분석학회를 만든 것이 한국 최초의 정신분석학회이다. 이 모임이 모태가 되어 현재의 「한국정신분석학회」가 태어났다.

정신분석 이론

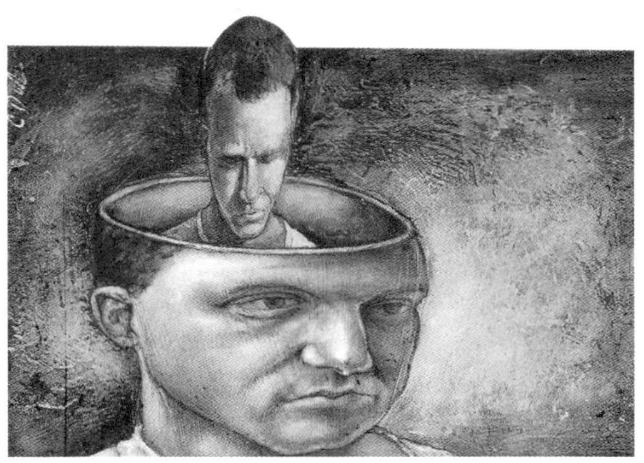

정신분석의 이론에는 지정학설·정신결정론·
대상관계 이론·성격구조론 등이 있다.
이 이론들은 당시의 많은 학자들로부터 엄청난 저항을
받았음에도 불구하고, 프로이트는 합리적인
사고방식과 경험을 근거로
인간성의 본질에 접근하기 위해 노력했다.

프로이트는 철저한 경험주의자였다. 자신이 자기분석을 통해서 경험한 것이나 환자에게서 관찰한 것을 정리하여 이론으로 발표했다. 스스로가 직접 경험하지 않은 것은 아무리 그럴 듯해도 받아들이지 않았다. 때문에 그는 타협을 모르는 고집스러운 사람이라는 비난을 받았다. 그래서 융(Carl Gustav Jung)을 비롯한 많은 제자들이 프로이트를 떠나갔다. 특히 그의 유아기 성욕설(infantile sexuality)은 당시의 의학계에서 지독한 조롱과 비난을 받았다. 어떤 학자들은 프로이트의 성욕설을 냄새나는 오물에 비유하기도 했다.

"악취나는 오물은 밖으로 치워 버리면 된다. 그러나 프로이트는 침실 안에까지 그 오물을 끌어들이려 한다."

프로이트를 가장 아꼈던 브로이어 박사까지도 성욕설만은 외면했다. 그러나 프로이트는 타협하지 않고 환자가 보여 준 진실을 기초로 자기 이론을 전개해 나갔다. 그 후 100여 년이 지난 현재, 프로이트의 유아기 성욕설은 상식이 되어 버렸지만 당시로서는 혐오감을 주는 내용이었다. 프로이트는 이들의 혐오감과 비난 뒤에 숨은 심리적인 저항감을 읽었다.

브로이어 박사는 안나 오에게 성적인 매력을 느꼈지만 숨기고 있었고, 다른 반대자들도 성욕설을 인정할 때 자신들이 인정하고 싶지 않은 성적 갈등들을 인정해야 했다. 정신분석의 이론을 공부할 때 유아기 성욕이 인간 갈등의 중요한 핵심에 자리잡고 있는 것을 볼 수 있다. 예를 들어 인간의 성격발달을 성적 쾌감을 주는 성감대의 이동으로 설명하고 있다.

입에서 항문으로 그리고 성기로 이동할 때마다 지나친 욕구충족이나 욕구불만이 발생하면, 그 시기에 맞는 특성이 성격으로 고정된다는 것이다. 에디푸스 콤플렉스는 부모와 아이 사이에 일어나는 삼각관계이다. 이성의 부모에게 느끼는 성적인 욕구 때문에 생기는 문제인 것이다. 그러나 프로이트는 세상 만사를 모두 성욕으로만 해석하는 범성욕주의자는 아니었다. 프로이트 이론의 극히 초기에 증세의 원인을 성욕에서 주로 찾았지만, 그것은 초기의 미숙한 정신분석 이론단계의

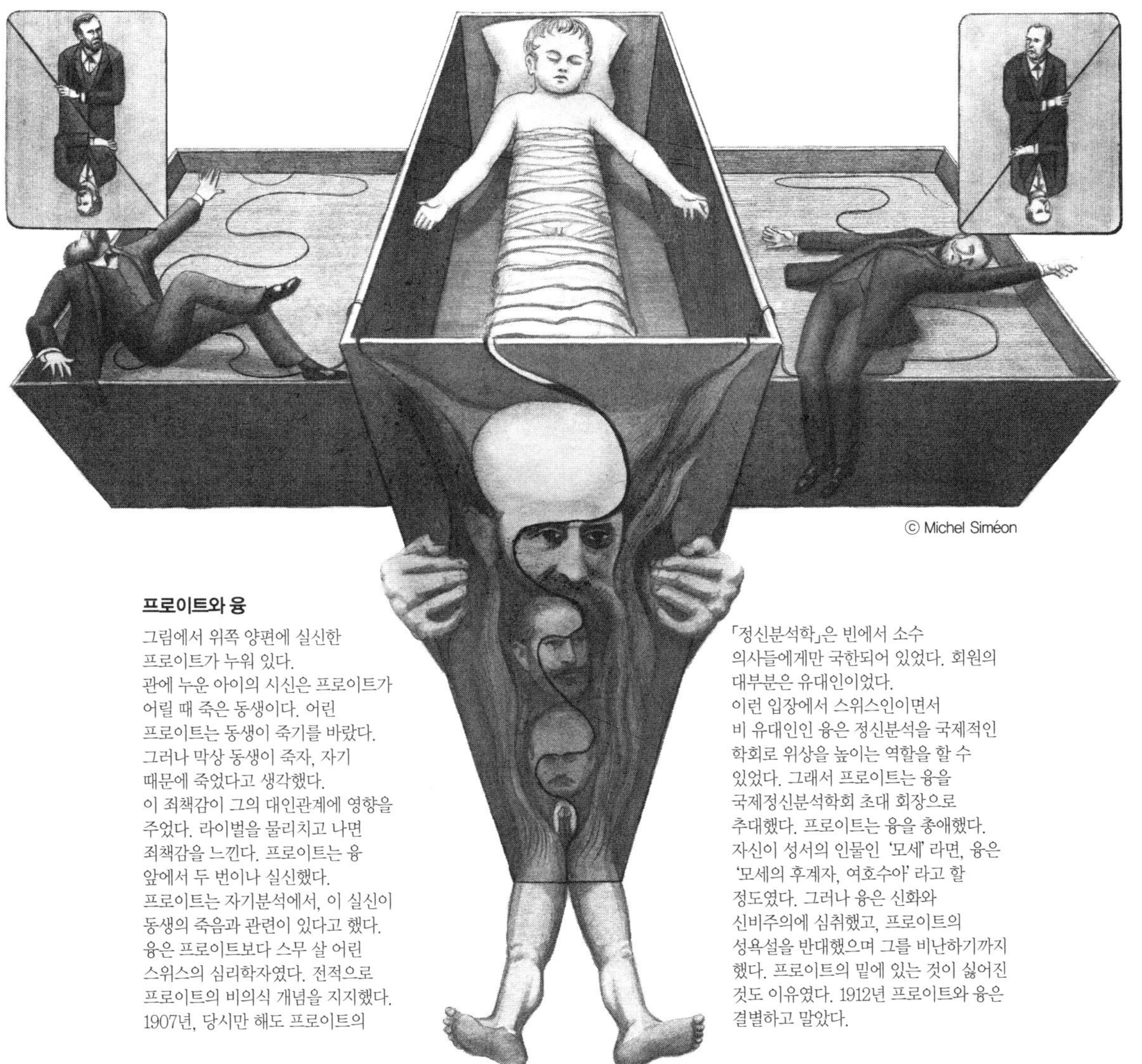

프로이트와 융

그림에서 위쪽 양편에 실신한
프로이트가 누워 있다.
관에 누운 아이의 시신은 프로이트가
어릴 때 죽은 동생이다. 어린
프로이트는 동생이 죽기를 바랐다.
그러나 막상 동생이 죽자, 자기
때문에 죽었다고 생각했다.
이 죄책감이 그의 대인관계에 영향을
주었다. 라이벌을 물리치고 나면
죄책감을 느낀다. 프로이트는 융
앞에서 두 번이나 실신했다.
프로이트는 자기분석에서, 이 실신이
동생의 죽음과 관련이 있다고 했다.
융은 프로이트보다 스무 살 어린
스위스의 심리학자였다. 전적으로
프로이트의 비의식 개념을 지지했다.
1907년, 당시만 해도 프로이트의

「정신분석학」은 빈에서 소수
의사들에게만 국한되어 있었다. 회원의
대부분은 유대인이었다.
이런 입장에서 스위스인이면서
비 유대인인 융은 정신분석을 국제적인
학회로 위상을 높이는 역할을 할 수
있었다. 그래서 프로이트는 융을
국제정신분석학회 초대 회장으로
추대했다. 프로이트는 융을 총애했다.
자신이 성서의 인물인 '모세' 라면, 융은
'모세의 후계자, 여호수아' 라고 할
정도였다. 그러나 융은 신화와
신비주의에 심취했고, 프로이트의
성욕설을 반대했으며 그를 비난하기까지
했다. 프로이트의 밑에 있는 것이 싫어진
것도 이유였다. 1912년 프로이트와 융은
결별하고 말았다.

일이었다. 그는 성욕 외에도 문화와 종교, 인류학, 예술에 대한 관심이 높았다. 다만 그는 의사이고 자연과학도로서 인간의 정신 현상을 육체적인 욕구나 본능과 관련지어 해석했던 것이다. 지나치게 사변적으로 흐르거나 근거 없는 말잔치를 거부했다. 프로이트는 엄청난 저항에도 불구하고 인간성의 본질에 접근했던 과학자였다. 합리적인 사고방식과 경험을 근거로 생각하는 태도가 그의 힘이었다.

정신분석의 근간을 이루는 이론들은 몇 가지로 요약할 수 있다. 지정학설을 비롯하여 정신결정론, 대상관계 이론, 성격구조론 등이다.

1 지정학설
(topographical theory)

'지정학' 이란 이름이 붙여진 것은 마음의 세계를 지리적 개념으로 설명한 데서 비롯된 것이다. 즉, 지정학설이란 인간의 정신세계가 의식·전의식·비의식의 3층 구조로 되어 있다는 학설이다. 의식과 비의식이 나뉘는 것은 **억압**(repression) 때문이다. 비의식의 내용들은 수치심을 유발하는 것들, 죄악감, 열등감, 상처받은 경험, 성적 욕구, 공격욕구 등이다. 이들은 의식에서 감당하기 어려운 것들이다. 이것들이 의식에 올라오면 심한 불안을 일으킨다. 그래서 의식으로 나오지 못하도록 자아가 억압해 버린다.

그런데 억압된 내용들이 비의식 속에 조용히 앉아 있는 것이 아니고, 갇힌 맹수처럼 기회만 주어지면 의식으로 뛰쳐나오려고 날뛰기 때문에 이것들을 억압하기 위해서는 많은 정신 에너지(psychic energy)가 소모된다. 비의식을 끓는 솥에 비유하기도 한다. 비의식의 충동이나 생각들은 특히 '자아' 가 약화되었을 때에 증세의 형태로 의식 세계로 뛰쳐나온다.

사실 증세뿐만 아니라 인간 행동의 어느 하나도 그 개인의 비의식의 영향을 받지 않는 것이 없다. 우선 비의식(Unconscious)이 과연 존재하는가? 있다면, 비의식의 기능적 특징은 어떤 것인가에 대해서 증례를 중심으로 살펴보기로 하겠다. 먼저 비의식의 존재를 보여 주는 증거들을 제시하겠다.

●인간의 실수가 비의식의 존재를 보여 준다

예비 신랑이 차를 몰고 결혼식장으로 가고 있었다. 빨간 신호등이 켜졌다. 차를 멈췄다. 그러나 실은 파란 불을 잘못 본 것이었다. 몹시 당황했다. 왜 파란 불(가도 좋음)을 빨간 불(가서는 안 됨)로 잘못 보았을까? 이것을 단순한 실수로 봐야 할 것인가? 미국의 정신분석가인 브랜너(Brenner, 1976)의 분석에 의하면, 이 신랑은 결혼을 주저하고 있었다. 이 마음이 비의식에서 실수를 유발한 것이다.

이씨는 회장이 되었다. 그러나 한 가지 고민이 있다. 회의를 진행해 본 경험이 없기 때문이다. 그는 회의 공포증이 있었다. 드디어 회의가 시작되었다.

"에, 그럼 지금으로부터 제35차 이사회를 마치겠습니다."

장내는 웃음바다가 되었다. 개회사를 해야 할 자리에서 폐회사를 했기 때문이다. 회의를 빨리 끝내고

인간의 의식은 빙산(Iceberg)과 같다

그림에 얼굴 모습의 빙산이 보인다. 빙산은 30%가 수면에 떠 있고, 70%가 물 속에 잠겨 있다고 한다. 수면에는 배가 떠 다니고, 하늘에는 구름이 떠 있다. 머리의 일부가 수면에 나와 있다. 이 부분이 의식(Conscious)이다. 우리가 아는 부분이고 보이는 부분이다. 물 속에 잠겨 있는 얼굴이 비의식(Unconscious)이다. 자기 마음이면서 자신도 모르는 마음이 비의식이고, 70%를 차지하고 있다.

싶은 비의식적 동기가 이런 실수를 하게 한 것이다. 실수는 비의식의 존재를 확인시켜 준다.

프로이트의 환자는 치료비를 지불하려고 책상 서랍에서 은행통장을 꺼내려 했다. 그런데 열쇠를 둔 곳이 전혀 생각나지 않았다. 그는 책상 서랍을 열려는 순간에 치료비가 아깝다는 생각이 스쳐 지나갔는데, 그것이 열쇠를 둔 곳을 잊게 했다는 것을 알았다《일상생활의 정신병리》.

한 여자 환자는 유년기에 어떤 남자에게 성희롱을 당했다. 그 남자가 몸의 어느 부분을 만졌는지 도무지 기억이 나지 않았다. 그런데 몇 분 후에 프로이트가 그녀의 여름 별장이 어디에 있느냐고 물었을 때 그녀는 말실수를 했다.

"산 허리에……. 아니, 산 중턱이라고 말하려 했는데……?"

그녀가 성희롱을 당한 곳은 몸의 허리 부분이었다. 비의식이 실수를 통해 튀어나온 것이었다.

●비의식의 존재를 확인하기 위해 최면술을 이용해 실험한다

실험 대상자에게 최면을 걸어서 비의식 상태를 만든다. 그리고 암시를 준다.

"당신이 최면에서 깬 뒤에 시계가 2시를 치면 당신은 의자에서 일어나 창문을 여십시오. 그러나 최면에서 깨어난 후에는 이 명령을 잊으세요."

최면을 풀었다. 잠시 후 시계가 2시를 쳤다. 피험자가 자동으로 일어나 창문을 열었다.

"왜 창문을 여십니까?"

"잘 모르겠는데요. 그냥……."

그의 행동의 동기가 비의식에 있으므로 이유는 모르지만 암시받은 대로 창문을 연 것이다.

● **엄마가 아기를 품에 안고 잠이 들었다**

기차 소리, 개 소리, 바람 소리가 요란해도 엄마는 잠을 깨지 않는다. 그러나 아기가 칭얼대는 작은 소리에도 잠든 엄마는 금방 반응을 보인다. 의식은 잠들어 있어도 엄마의 비의식은 깨어서 아기의 소리에 귀를 기울이고 있다.

● **시간이 되면 잠이 깬다**

새벽 기도회에 가기 위해서 '내일은 새벽 4시에 일어나야지.' 라고 생각하고 잠이 들면, 대략 그 시간에 잠이 깬다

누군가가 부르는 소리를 잠결에 듣는다든지 잠을 깨우는 꿈을 꾼다든지 하는 등 비의식의 노력이 자신도 모르게 동원되는 경우가 많다. 의식이 잠든 사이에도 비의식은 깨어 있어서 시계를 보지 않고도 그 시간이면 우리를 깨우는 것이다. 이렇게 비의식은 어떤 면에서는 매우 영리하다.

● **꿈이 비의식의 존재를 보여 준다**

한 여자 환자가 프로이트에게 오래된 꿈 얘기를 털어 놓았다. 네 살 때의 꿈이었다.

"살쾡이가 지붕 위를 걷고 있었어요. 뭔가가 떨어졌는지 아니면 내가 넘어졌는지 했습니다. 그리고 어머니가 죽었고 시체를 집 밖으로 옮기고 있었어요."

꿈에 대한 연상은 어릴 때 자기 별명이 살쾡이였다는 것과 세 살 때 지붕에서 기왓장이 떨어져서 어머니가 머리를 다쳐 피를 많이 흘렸던 기억이었다. 그녀는 강박관념으로 고생하고 있었는데, 잠시만 어머니를 떠나 있어도 어머니에게 뭔가 무서운 변이 생겼을 것만 같아서 불안해지는 것이었다. 이 강박관념은 어머니의 장례식 꿈을 꾼 뒤에 생겼다.

이 꿈들과 연상은 그녀의 비의식을 잘 보여 주었다. 그녀는 어머니를 죽이고 싶은 소원을 갖고 있었다. 지붕 위를 걷다가 기왓장을 떨어뜨려 어머니를 살해한 살

쾡이는 살쾡이라는 별명을 가진 그녀가 상징화된 것이고, 이런 꿈의 재료는 세 살 때 어머니가 기왓장을 맞고 출혈한 사건에서 따온 것이었다. 어머니를 죽이고 싶은 욕구는 죄책감을 주기 때문에 반대로 어머니를 염려하는 강박관념이 의식을 점령하게 되었다. 이처럼 꿈은 비의식을 잘 보여 준다. 사실 프로이트는 자신의 신경증을 치료할 때 꿈의 도움을 많이 받았다.

●비의식적 인지 과정의 실험적 증거

비의식의 존재에 대해서 지난 100여 년 동안 끊임없는 논쟁이 있었다. 그러나 현대에 와서 아직도 비의식의 존재에 대해서 왈가왈부하는 학자는 없다. 심리학과 인지과학(cognitive science) 분야에서 비의식의 존재에 대한 견해는 놀랄 만큼 일치한다(Westen Drew, 1999).

암묵기억과 명시기억이 비의식적 정신 현상을 보여 준다.

명시기억(explicit memory)이란 의식적 기억이다. 친구의 이름을 기억하는 것, 어릴 적의 일들을 기억해 내는 것 등이다. 보통 우리가 말하는 기억이 명시적 기억이다.

암묵기억(implicit memory)은 의식적으로는 기억이 나지 않지만 행동으로 나타나는 기억이다. 예를 들어 **작업기억**(procedural memory)이 있다. 자동차를 운전하는 것은 자동적으로 한다. 물론 초보일 때는 일일이 의식적으로 점검해야 하지만 익숙해지면 생각보다 행동이 먼저 나간다. 피아니스트가 피아노를 치는 것도 마찬가지로 작업기억이다. 처음에는 피아노를 치는 손의 운동이나 악보 보기 등의 의식적인 노력이 필요하지만 일단 숙련되고 나면 자신도 모르게 손이 움직인다. 피아니스트가 실수하는 경우는 대개 자기가 피아노를 치고 있는 것을 의식할 때이다. '잘 쳐야 할 텐데, 내 오른손이 왜 이렇게 안 예쁘지?' 라든가 자기 행동을 의식하는 순간에 실수하게 된다. 사회적인 기술도 대부분은 암묵기억에 의한다. 사람을 만날 때 얼마나 거리를 두어야 하는가는 설명하기 어렵다. 그러나 직접 사람을 만나면 자기도 모르게 상대에 따라 적당한 거리를 두고 대화하게 된다. 거리를 의식하고 걱정하면 할수록 오히려 거리를 맞추기가 더 어려워진다(Nisbett & Wilson, 1977. Wilson, 1996).

암묵기억에 따라 행동하는 것이 명시기억을 기억해 내서 행동에 옮기는 것보다 훨씬 더 신속하다. 그래서 연주가는 여러 개의 음표가 복잡한 악보를 보면서 빠르게 연주할 수 있는 것이다. 악보를 일일이 읽으면서 연주한다면, 단음의 연주밖에는 할 수 없을 것이다. 정신치료 교육을 할 때 분석가에게 정신치료 시간에 그 자리에서 환자의 말을 받아 적지 말고 말이 다 끝난 후에 적으라고 강조하는 것도 바로 이런 이유 때문이다.

다른 형태의 암묵기억은 **연상기억**(associative memory)이 있다. 의식의 밖에서 자기도 모르게 연상이 만들어지는 것이다. 정신분석의 자유연상과 관련이 있는 기억 형태이다. 이에 대한 실험은 유발자극 실험(priming experiment)이 있다. 이 실험의 진행은 우선 그림이나 단어를 보여 준다. 이 그림이나 단어가 유발자극(prime)이다. 예를 들어 '개' 라는 단어를 보여 주거나 개 그림을 보여 준다. 연구의 의도는 이 유발자극과 관련된 생각을 비의식적으로 끌어 내자는 것이다. 개와 관련된 생각이라면 개의 종류인 '푸들' 이라는 단어나 '테리어(terrier)' 라는 단어가 될 것이다. 이 실험은 기억에 대한 유발자극(priming)의 작용을 조사해서 비의식에 연상망(associative network)이 존재한다는 것을 보여 주려는 것이다.

예를 들어, 피험자에게 '개' 라는 단어를 먼저 보여 준다. 그리고 화면에 단어의 철자를 하나씩 보여 주면서 단어의 의미가 파악되었을 때 되도록 빨리 스위치를 누르라고 한다. 그리고 스위치를 누르는 데까지 걸린 시간을 측정했다. '개' 라는 단어를 미리 보았던 피험자들(유발자극을 받은 피험자. priming)은 '테리어' 라는 단어에 대한 반응시간이 '개' 라는 단어를 미리 보지 않은 피험자들보다 빨랐다. '개' 라는 단어가 유발기억으로 작용하여 연상망을 가동시켰고, '개' 라는 단어와 동일한 연상망에 걸려 있는 '푸들' 이나 '테리어' 는 이미 가동된 상태에 있었기 때문에 의식으로 떠오르기가 쉬웠던 것이다. 현대 인지과학의 말을 빌리면 "유발기억이 이런 단어들에 대한 접근을 쉽게 해 주었다(Priming has rendered them more accessible)" (Collins A. & Loftus E. 1975).

정신분석의 입장에서 가장 중요한 유발자극 연구는 피험자가 알아채지 못한 상태에서 유발기억을 주어도 유발효과가 나타난다는 것이다. 예를 들어, 별로 사용하지 않는 단어이기 때문에 잘 모르는 단어 즉, 'assassin' 이라는 단어를 많은 단어와 함께 보여 준다. 그리고 1주일 후에 단어 철자를 완성시켜 보라고 'A-A-IN' 을 주면 'assassin' 을 쉽게 완성한다. 'assassin' 이라는 단어가 1주일 전에 보았던 단어 목록에 포함되어 있었는지 없었는지를 의식적으로는 기억하지 못하는데도 이런 결과가 나왔다. 다른 말로 하면 피험자는 암묵기억을 한 것이다. 의식적이고 명시적인 기억에는 없었지만, 자기도 모르게 연상망을 작동시켰던 것이다(Tulving, Schacter and Stark, 1982).

인지 신경학자들(cognitive neuroscientists)은 **암묵기억을 담당하는 뇌의 신경구조와 명시기억을 담당하는 부분**을 찾아내는 데 상당한 성공을 거두었다. 1968년에 밀너(Milner) 여사는 간질 때문에 뇌의 상당 부분을 제거한 환자의 기억 분포를 조사했다. 환자의 이름을 H.M.이라고 불렀다. 제거한 뇌는 측두엽(temporal lobe)이었다. 그래서 불행히도 그는 기억력을 상실했다. 뇌의 측두엽의 일부인 히포캄퍼스(hippocampus)와 여기에 연결되어 있는 피질 조직(the medial temporal memory system)이 측두엽을 잘라낼 때 함께 제거되었다. 이 부분은 새로운 정보를 배우고 기억했다가 필요할 때 불러내는 명시기억에 필수적인 장소이다. 환자에게 밀너 여사의 이름을 가르쳐 줘도 환자가 기억하지 못하기 때문에 밀너 여사는 H.M.을 만날 때마다 자기 소개를 해야 했다. 환자는 새로운 것을 전혀 암기하지 못했다.

그러나 밀너 여사는 한 가지 사실을 발견했다. H.M.이 전혀 배우지 못하는 것

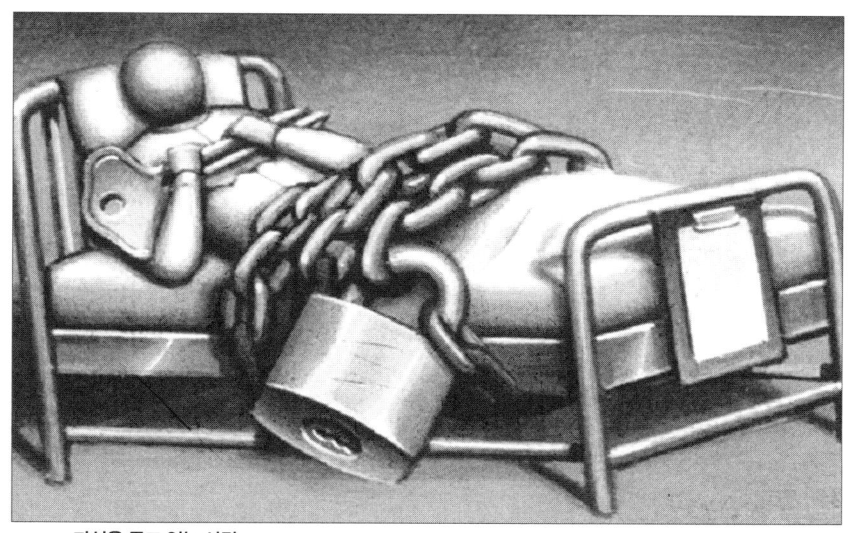

자신을 묶고 있는 사람

이 사람은 자신이 쇠사슬로 자신을 묶고 자물쇠를 채워 놓았다.
그리고 열쇠는 자신이 움켜쥐고 있다. 인간의 신경증적인 문제들이 모두 이와 같다.
자신의 성격 문제가 만든 갈등의 감옥에 스스로 갇혀 있으며, 자신이 감옥의 열쇠를 가지고 있다.
그러면서도 자신은 스스로가 그런 상태에 빠져 있다는 것을 모르고 있다.
이 과정이 비의식에서 일어나고 있기 때문이다. 이 상태를 깨닫게 되는 과정이 정신분석이다.

이 아니고, 어떤 종류의 것은 배울 수 있더라는 것이다. 예를 들어, 단어쓰기를 반복해서 시켰더니(나열된 단어를 위에서 아래로 베껴쓰고, 다음에는 아래에서 위로 쓰게 했다) 점점 능숙해졌다. 전에 이 작업을 했었다는 기억이 전혀 없는데도 건강한 사람들처럼 능숙하게 숙련되었다. 의식적인 기억을 담당하는 뇌는 제거되었지만, 암묵기억을 담당하는 뇌가 따로 있다는 증거이다. 또하나 흥미로웠던 것은 H.M.이 **감정연상 학습**(affective associative learning)을 보였던 것이다. 정보 자극이 갖고 있었던, 대상 인물과 관련된 감정은 기억하더라는 것이다. 그는 이미지(representation)와 감정 사이에 새로운 연결을 만들 수 있었다. 물론 이런 연결을 만들게 된 사실에 대한 의식적인 기억은 없었다. 그럼에도 불구하고 이미지를 말하면 거기에 맞는 감정을 기억했다.

예를 들어, 어느 날 어머니의 병문안을 다녀왔다. 다음 날, 그는 어머니를 방문한 사실을 전혀 기억하지 못했다. 그러나 애매하지만 "어머니에게 무슨 일이 생긴 것 같다."고 말했다. 어머니에게 느꼈던 슬픈 감정을 기억한 것이다. 이 감정을 웨스텐(Westen, 1999)은 **비의식적 감정**(unconscious affect)이라고 했다. 어머니라는 이미지와 어머니에게 느낀 감정을 연결시키는 것은 비의식적 과정이고, 뇌에서 이것을 담당하는 부분은 명시기억을 담당하는 부분과 다르다(Milner, Corkin and Teuber, 1968). 그 후 동물실험과 기억상실에 대한 연구에서 히포캄퍼스는 명시기억(explicit memory)에 필수적인 부분이긴 하지만 암묵기억(implicit memory)에는 그렇게 큰 영향을 주지 못한다는 것이 밝혀졌다. 이처럼 인간의 정신 현상은 의식적인 부분과 자기가 모르는 비의식의 부분으로 나누어져 있다는 것을 인지과학이 입증하고 있다.

여기까지 비의식의 존재를 보여 주는 꿈과 여러 가지 증거에 대해서 고찰했다. 우리가 모르는 우리 마음 속의 세계가 있다. 이것이 비의식이고, 이 비의식의 탐구가 정신분석의 1차 목적이다. 이 비의식 개념은 정신분석의 기본적 가설 중의 하나로서, **지정학설**(topographical theory)이라고 부른다. 지정학설은 인간의 정신세계를 비의식과 전의식, 그리고 의식으로 나누어서 본다. 이들에 대해서 좀더 알아보기로 하자.

전의식(前意識, preconscious)은, 현재는 의식에 어떤 내용이 없지만 주의를 기울이면 쉽게 의식으로 떠오르는 내용들이 있는 의식의 장소다. 예를 들어 "점심식사는 무엇을 드셨습니까?" 하고 물었을 때, 질문을 받기 전까지는 점심식사의 내용이 의식에 없었지만 곧 생각나는 것은 전의식에 있다가 곧 의식화되었기 때문이다. 전의식의 내용은 비의식에 있던 본능욕구나 기억들이 1차 검열을 통과하고 전의식으로 나온 것들이다. 전의식의 내용을 구성하는 또다른 것은 외부 세계(external world)에서 들어온 지각 경험들이다.

예를 들어 자동차 운전의 경우를 보면, 초보자와 노련한 운전자가 다르다. 초보자는 신호등, 브레이크 밟기 등의 조작에 일일이 신경을 쓰고 의식하면서 운전을 한다. 라디오에 귀를 기울일 여유도 없고, 친구가 인사를 해도 잘 보이지 않는다. 그러나 노련한 운전자는 라디오를 듣거나 다른 생각을 하면서도 자동적으로 운전 조작을 한다. 옆차의 운전자, 신호등, 방어 운전 등을 특별히 의식하지 않고도 운전할 수 있다. 도로 표지판을 눈여겨 보지 않고도 길을 잃지 않는다. 이것은 전의식의 기능이다. 대부분의 습관이나 기술들이 전의식의 조절하에 있다.

전의식의 기능은 광범위하다. 문제 해결이나 의사 결정, 그리고 창작활동도 전의식의 기능이다. 예를 들어 화가가 그림이 그려지지 않아서 고민하다가 어느 순간에 어떤 자극을 받자 화상이 확 열리는 경우가 있는데, 이것은 화상이 전의식에 있다가 풀려나온 것이다. 가끔 우리가 어려운 문제를 풀려고 할 때 잘 풀리지 않을 때가 있다. 그럴 때 잠을 한숨 자고 난다든지 쉬고 나면 의외로 쉽게 풀린다. 쉬는 동안에 비의식에서 작업이 진행되고 전의식에 올라왔기 때문에 쉽게 풀린 것이다. 전의식은 언어를 이해한다. 전의식은 언어로 상징하는 능력이 있다. 언어 능력의 획득은 추상적 사고능력의 획득이다. 언어는 본능적 욕구의 힘을 약화시키고 본능의 고삐를 틀어 쥐는 데 사용된다.

전의식은 비의식처럼 의식의 밖에 있지만, 의식처럼 합리적 사고의 영역에 있다. 그래서 비의식과 전의식을 '**서술적 비의식**(descriptive Unconscious)'이라고 부른다. 서술적 비의식이라는 용어는 역동적 비의식과 구별하기 위해 사용한 것이다. 역동적 비의식은 비합리적이고 의식에 떠오르기 어렵지만, 서술적 비의식은 합리적이고, 의식에 쉽게 떠오르는 특징이 있다. 서술적 비의식도 역동적 비의식처럼 의식에 노출되어 있지는 않지만, 작용 방식은 의식과 유사하다. 그래서 비의식이라고 묘사하고 서술하긴 하지만 역동적 비의식과는 다르다는 것이다. 분석 시간에 저항을 해석했을 때 환자가 곧 이해하고 "나도 그 생각을 하고 있었어요."라고 말했다면, 분석가의 해석과 동일한 내용이 이미 전의식에 올라와 있었다는 얘기다. 전의식에 있는 것을 분석가가 시기 적절하게 해석해 준 것이다. 전의식과

비의식이라는 대기실

런던의 프로이트박물관에 걸려 있는 그림이다. 사람들이 어두운 대기실에 서 있고, 밝은 응접실로
통하는 문 앞에 문지기(door man)가 앉아서 출입을 통제하고 있다. 위험인물은 문지기의 검열에
걸린다. 어두운 대기실은 비의식이고, 밝은 응접실은 의식이다. 문지기는 자아로서 비의식의 욕구나
기억들이 의식으로 나오는 것을 검열·통제한다. 수치스럽거나 위험스러우면 검열을 통과하지 못한다.
비의식의 내용들이 의식으로 나오려면 모양을 바꾸거나 문지기의 태도가 변하는 수밖에 없다.
분석상황은 문지기를 안심시키고, 더 많은 비의식의 내용이 의식으로 나올 수 있는 분위기이다.

의식 사이에도 검열이 있는데, 이를 **'제2의 검열(second censorship)'** 이라 한다.

비의식은 상식이나 합리성이 통하지 않기 때문에 접근이 어려운 곳이다. 이 곳
에는 '충족되지 못한 본능적 소망들(unsatisfied instinctual wishes)' 이 살고 있
다. 이 소망들은 육체적 본능에서 나온 성욕과 공격욕(sexual & aggressive
drive)이 대부분이다. 이런 욕구들이 욕구를 상징하는 정신적 이미지(mental
representations)로 바뀐 것들이다. 이들은 비유하자면, 어두운 현관(비의식)에
서 밝은 응접실(전의식이나 의식)로 나오려 한다. 그러나 문지기(자아의 검열)가
이들의 통과를 막고 있다. 막고 있는 이 현상이 억압(repression)이라는 방어기제
이다. 그러므로 비의식의 소망들이 의식으로 나오려면, 문지기의 검열을 통과할

수 있도록 모양을 바꾸거나, 자신의 몸을 조각내서 파편(derivatives)으로 만들 수밖에 없다.

비의식의 내용물들은 억압의 방어기제에 의해 의식에서 추방된 것들이다. 억압의 동기는 불안이다. 불안해서 억압해 버리는 것이다. 왜 불안한가? 무엇을 두려워하는가? 의식에서 금지하는 욕구들이기 때문이다. 예를 들어 근친상간의 욕구나 아버지를 제거하고 싶은 욕구는 두려움을 준다. 욕구와 금지 사이에 일어나는 충돌이 **'갈등(conflict)'** 이다. 이 갈등 때문에 불안하고 불쾌하다. 자아는 갈등을 풀어서 마음을 편하게 해 준다. 자아는 불안으로부터 의식을 보호하기 위해서 억압을 사용한다. 그래서 비의식의 내용은 항상 새로운 억압(fresh repression)에 의해서 증가되고 있다.

지정학설의 입장에서 보면 비의식의 내용물은, 유아기에 느꼈던 것과 같은 성질의 성욕과 공격소망(infantile sexual & aggressive wish), 그리고 여기서 파생된 파편들(repressed derivatives)로 구성되어 있다고 하겠다. 이 욕망들은 검열 때문에 직접 표현될 수 없고 해소(discharge)되지도 않는다. 다만 정상적인 상황에서는 상황에 맞게 위장된 파편들(disguised derivatives)의 형태로 의식의 표면에 떠오를 수 있을 뿐이다. 이렇게 위장시킨 파편들은 전의식으로 나갔다가 조건만 맞으면 의식에까지 등장할 수 있지만, 만일 의식에서 받아들일 수 없는 요소(unacceptable agents)가 있을 때는 계속 억압된다.

자아의 감독을 피할 수 있을 정도로 충분히 위장을 시켜야 비로소 의식으로 나와서 행동으로 표현이 가능해진다. 에디푸스 콤플렉스도 근친상간 욕구와 부친살해 욕구라는 무서운 욕구이므로 정상적으로는 억압되어 있고, 의식으로 나올 때는 위장된 형태로 변형이 되어야 나올 수 있다. 그래서 정신분석을 경험하지 못한 사람은 여간해서 에디푸스 콤플렉스를 인정할 수가 없다. 이런 관점에서 볼 때 정신분석 치료중에 일어나는 여러 가지 전이들도 역시 비의식의 파편들 중의 하나라고 할 수 있다. 꿈도 마찬가지로 비의식의 위장된 파생물이다.

1) 프로이트의 꿈 개념

프로이트는 그의 자서전(1925)에서 꿈에 대해 이렇게 쓰고 있다.

"자유연상을 통해서 꿈이 의미를 갖는다는 것을 알아 냈다. 그리고 꿈의 해석이 과학적인 작업이 되었다. 고대에서 꿈은 미래를 보여 주는 것으로 이해했다. 근대 과학은 꿈에 대해서 아무런 관심도 없었고 미신이라고 생각하거나, 단순히 신체적 현상이라고 여겼다. 그러나 나는 꿈을 하나의 신경증적 증세로 보았고, 꿈에 본 내용을 자유연상의 대상으로 삼아서 꿈의 의미를 알아 낼 수 있었다.

이제까지 정신분석은 병리적인 현상의 해결에만 집착했다. 그러나 꿈은 병리적인 현상이 아니다. 정상인들도 꿈을 꾸는 것이다. 그런데 꿈이 증세와 같은 방식으로 나타난다면 정신분석은 이제 더 이상 병적 현상의 설명에 머물러 있을 필요가 없는 것이다. 오히려 정신분석은 정상인의 정신 현상을 이해하고 연구하는 데 없어서는 안 될 도구가 되었다."

프로이트는 꿈이 의미가 있고, 비의식으로 통하는 문이라는 것을 발견했다. 즉, 꿈이라는 문을 열면 비의식의 방에 들어갈 수가 있다. 그 때까지 인류는 꿈을 예언적인 의미로 해석했다. 지금도 프로이트 이전 시대에 사는 사람들은 꿈을 예언적인 의미로 해석한다. 예를 들어 '간밤에 죽은 사람을 보았으니 오늘은 차를 몰지 않는 게 좋겠다.' 라든가, '간밤에 돼지꿈을 꾸었으니 복권을 사볼까?' 라든지 하는 것이다. 꿈을 예언적으로 보기 시작하면 문제가 생긴다. 왜냐 하면 꿈의 무의식적 의미를 볼 수 없게 되기 때문이다. 현대의 신경생리학자 중에는 꿈을 의미 없는 신경 현상이라고 말하는 학자도 있다. 그러나 꿈의 내용을 들어 보면 매우 개인적이고 개인의 생활경험이 반영되고 있는 것을 알 수 있다. 단순한 신경 현상이라면 개인적 특성이 나타날 수 없을 것이고, 실험실의 화학 반응처럼 모든 사람의 꿈이 동일해야 할 것이다. 꿈의 목적이 간접적인 소원성취라는 것도 프로이트의 꿈 발견 중 특기할 만한 것이다.

⑴ 꿈은 비의식으로 가는 지름길

30대의 여선생님이 있었다. 시어머니의 비인간적인 시집살이로 불안신경증이 왔다. 그런데 그녀의 꿈이 흥미로웠다. 더운 날이었는데, 마당에 개 한 마리가 돌아다녔다. 늙고 털이 빠진 흉칙스런 개였다. 작대기를 들고 쫓아가면서 그 개를 두들겨 패줬다. 개는 비명을 지르며 달아났다. 개가 사립문을 나서면서 그녀를 돌아보았다. 놀랍게도 개는 시어머니의 얼굴이었다. 깜짝 놀라서 잠을 깼다.

미워서 때려 주고 싶은 시어머니. 그러나 선생님으로서의 도덕심이 이런 욕구를 자책한다. 비의식에 눌린 이 욕구가 꿈이 되어 나타난 것이다. 그녀가 더 건강했었다면 꿈 속의 개는 보통의 개의 모습을 유지할 수 있었을 것이고, 그녀는 계속 잠을 잘 수 있었을 것이다.

꿈의 해석은 프로이트의 가장 큰 업적으로 인정받고 있다. 그는 꿈을 인간의 정신생활의 연장으로 보았고, 꿈을 해석해서 정신생활의 숨겨진 내용을 알 수 있다고 주장했다.

그는 꿈을 **발현몽**(manifest dream)과 **잠재몽**(latent dream)으로 나누었다 (Freud, 1900). **발현몽**은 꿈에서 본 내용 그 자체이다. 발현몽은 숨겨진 의미를 가지고 있는데, 이 숨겨진 내용을 **잠재몽**이라고 했다. 예를 들어 앞에서 소개한 여선생님의 꿈에서 개는 발현몽이고 시어머니는 잠재몽이다. 잠재몽은 무의식의 소원들이고 이것은 의식에서 용납하기 힘든 것들이기 때문에 모양을 바꾸지 않으면 의식으로 나올 수도 없고 소원성취를 줄 수도 없다. 잠재몽은 방어기제들, 예를 들어 압축(condensation), 이동(displacement), 상징화(symbolization) 그리고 퇴행(regression) 같은 방어기제들을 통해 왜곡되고 변형된 것이다. 수면중에 잠재몽이 의식으로 떠올라 오는데, 이것이 발현몽이다. 이 과정을 **꿈 작업**(dream work)이라고 한다. **꿈 해석**(dream interpretation)은 발현몽으로부터 시작해서 잠재몽이라는 의미에 도달하는 과정이라고 할 수 있다. 이 과정에서 분석가가 반드시 해야 될 일은, 환자가 얘기한 꿈의 내용에 대해서 환자에게 자유연상을 하라고 요구하는 것이다. 즉 꿈과 관련해서 생각나는 것을 말하게 하는 것이다. 꿈 속에 나타나 있는 **낮의 잔재**(day residues)를 밝히는 것도 꿈 해석에서 중요한 부분이다. 이렇게 해서 모아진 연상을 따라가면 어떤 핵심 주제(central theme)에 도달하게 된다. 이 핵심 주제에서 분석가는 환자의 비의식에 있는 소원을 볼 수 있다. 꿈의 핵심 주제를 해석할 때 분석가는 자신이 알고 있는 환자의 정신병리를 적용하기도 하고, 꿈의 상징성에 대한 지식을 동원하기도 한다. 꿈에서 나타나는 비의식의 소원은 대체적으로 성적인 소원들이 많지만, 때로는 공격욕구(sexual and aggressive nature)일 때도 있다. 이 비의식의 소원이 꿈을 만드는 동력(motive force)이고, 꿈의 숨겨진 의미이다. 다시 말해서 꿈 해석의 목적은 비의식에 대한 정보를 얻는 것이다. 프로이트는 이렇게 말했다.

> "비의식이야말로 진정한 심리적 현실이다(true psychical reality). 비의식은 숨어 있기 때문에 외계 현실만큼 분명하게 보이지 않는 미지의 것이다. 그리고 우리의 감각 기관을 통한 외계의 파악이 불완전한 것처럼, 의식의 정보 자료가 보여 주는 비의식의 내용 또한 불완전한 것이다(Freud, 1900, S.E. 5:613)."

> "꿈은 정상적인 사람이건 비정상적인 사람이건 간에 인간의 내면에 억눌려 있는 것을 보여 준다. 그리고 그것이 어떤 심리적인 역할을 하고 있다는 것을 보여 준다. 꿈 자체가 이 억눌린 내용의 표현인 것이다. 꿈의 해석은 비의식의 활동을 파악하는 지름 길(royal road)이다(Freud, 1900, S.E. 5:608)."

프로이트는 자신의 꿈을 공개하면서 경험했던 고충도 털어 놓았다

> "내 자신의 꿈을 공개하는 문제는 꿈의 내용이 특별한 것일수록 점점 더 어려워졌 다. 내가 공개할 수 있는 꿈은, 내 자신의 꿈과 내 환자들의 꿈이다. 만일 내가 내 자신 의 꿈을 공개한다면 내 정신생활의 깊은 부분을 대중에게 공개하는 고통을 감수해야

만 한다. 고통스러운 일이었지만 피할 수 없는 일이었다. 그래서 나는 내 심리학적 발
견의 증거를 모두 포기하는 것보다 이 노출의 고통을 받아들이기로 했다(Freud,
1900)."

프로이트가 《꿈의 해석》을 발표할 당시, 책 속의 인물들이 대부분 그의 이웃에
살고 있었다. 어머니, 부인, 이복형들, 친구 의사들, 교수들 등 그의 꿈 얘기를 들
으면 그 꿈의 인물들이 누구인지 알 만한 사람들이었다. 그리고 그의 꿈 내용은
유년기의 욕구들을 보여 주는 것이었기 때문에 대단히 유치하고 수치스러운 내용
이었다. 프로이트가 이런 내용을 공개하는 일이 쉽지는 않았을 것이다. 그리고 숨
기고 싶은 욕구도 강했을 것이다. 그러나 그는 인류에게 꿈의 비밀을 알리기 위해
서 자신의 사생활을 노출하는 희생을 감내했다. 자연과학자들은 객관적인 현상을
보고하면 된다. 그러나 인간의 마음을 대상으로 하는 정신분석학자는 자신의 내
적 경험을 말할 수밖에 없다. 마음이란 어쩔 수 없이 주관적 경험이기 때문이다.
여기에 프로이트의 고충이 있었다. 이런 희생을 감내했음에도 불구하고 당시에
그를 인정해 주는 사람들은 극소수에 불과했다.

(2) 꿈의 목적은 소원성취와 욕구불만의 해소

프로이트는 인간이 꿈을 통해서도 소원성취를 얻고 있다고 보았다. 그리고 그
근거로서 물을 마시는 자신의 꿈을 소개했다.

납골단지 꿈(Freud, 1900, S.E. 4:123∼124)

나는 잠을 잘 자는 편이어서 어떤 욕구 때문에 잠을 깨는 법이 없는 사람이다. …… 그
날 나는 자기 전에 이미 갈증을 느끼고 침대 옆 탁자 위에 있는 컵의 물을 마시고 잤다. 두
세 시간 후, 잠결에 또 갈증을 느꼈으나 귀찮은 생각이 들었다. 물을 마시려면 또 일어나
서 건너편에 있는 아내의 탁자까지 가서 컵을 가져와야 했기 때문이다. 그런데 꿈을 꾸
었다. 아내가 내게 물을 먹여 주는 꿈이었다. 그 때 물컵은 내가 이탈리아 여행에서 가져

이르마(Irma) 꿈

그림 중앙에 프로이트가 젊은 여성 이르마를 데리고 조용한 곳으로 가고 있다. 프로이트가 1895년 7월에 꾼 '이르마 꿈'은 그가 자세히 분석한 최초의 꿈이었다. 꿈이 의미를 전달하고 있다는 그의 이론을 입증하는 자료가 되었다.
이르마는 프로이트의 부인 마르타의 친구였다. 코에 고름이 잡혀서 프로이트가 이비인후과 의사인 플리스에게 부탁하여 수술을 하였으나 실수로 콧속에 가제를 남겨 두어서 하마터면 죽을 뻔한 환자였다. 죄책감을 느끼고 있었는데, 자기 책임이 아니라는 것을 주장하는 꿈이었다. 꿈은 소원성취의 의미를 가지고 있었다.

© Michel Siméon

왔다가 오래 전에 남에게 줘 버린 에트루리아(Etruria)의 뼈를 담아 두는 단지였다. 꿈 속에서 나는 물이 어찌나 짰던지 그만 잠을 깨고 말았다. 물이 그렇게 짠 것은 분명히 뼈 맛 때문이었다.

이 꿈에서 나는 물을 마시고 싶은 소원을 성취하고 있다. 그리고 내 손을 떠났던 골동품 단지를 다시 찾은 것도 소원성취였다. 그리고 물맛을 짜게 하여, 나를 깨워서 근본적으로 갈증을 해결하게 한 것도 하나의 소원성취였다. 꿈은 물맛을 짜게 하기 위해서 납골단지를 동원했었다.

프로이트가 꿈에 관심을 갖기 시작한 것은 유명한 '이르마 꿈(Irma dream)'이었다. 프로이트 자신의 꿈이었는데, 자신이 치료했다가 실패한 환자 이르마에 대한 꿈이었다. 이 꿈은 꿈의 분석기법과 꿈 개념을 잘 보여 주는 꿈이었다.

넓은 홀이다. 나는 손님들을 맞고 있다. 많은 손님 중에 이르마도 있다. 나는 그녀에게 아직도 내 치료법을 받아들이지 않는 것을 나무랐다. 그리고 나는 "당신이 아직까지 이렇게 낫지 않고 아픈 것은 당신탓이오."라고 말했다. 그러자 그녀는 자신의 목과 배가 얼마나 아픈지 나는 모를 거라고 말했다. 나는 놀라서 그녀를 보았는데, 얼굴이 창백하고 부어 있었다. 나는 내가 그녀의 몸에 이상이 있는 것을 보지 못하고 지나쳤다는 생각이 들었다. 창가로 그녀를 데리고 가서 입 속을 들여다보았다. 목구멍에 흰 반점이 보였고, 콧속에는 흰회색의 부스럼 딱지가 끼어 있었다. 나는 브로이어 선생님을 불렀다. 그도 진찰을 했다. 그런데 그의 모습이 평소와 달라 보였다. 안색은 파리하고 한쪽 다리는 절고 있었고 수염도 밀어 버린 모습이었다. 오스카어리가 그녀 옆에 서 있었다. 레오폴드도 옷 위로 이르마를 진찰해 보고는 왼쪽 아래 부분에 이상이 있다고 했다. 브로이어는 감염은 틀림없지만 걱정할 필요는 없으며 설사를 하면 독소가 제거될 것이라고 했다. 우리는 감염의 원인을 생각했다. 그런데 얼마 전에 그녀가 안 좋았을 때 오스카어리가 주사를 주었는데 약은 프로필, 프로필스……, 프로피온산……, 트리메칠아민이었다(나는 굵은 활자로 인쇄된 이 약품의 화학식을 볼 수 있었다). 이런 종류의 약은 조심해서 주사해야 한다. 게다가 주사기 소독도 잘 안 된 것 같았다.

　프로이트는 스스로 이 꿈을 연상해 보고 분석했다. 결론은 이르마의 통증에 대한 책임이 자기에게는 없다는 것, 그 책임은 프로이트의 지시를 따르지 않은 이르마의 잘못에 있고, 친구 의사들에게 있다는 것이었다. 브로이어 선생은 프로이트의 선배였는데 프로이트는 꿈 속에서 그의 권위를 짓밟고 있다. 모습도 초라하고 치료법도 말이 안 되는 설사 같은 얘기를 하는 의사로 표현했다. 사실 이르마는 프로이트의 권유로 이비인후과 의사 플리스에게 코 수술을 받았다. 그런데 플리스가 수술중에 콧속에 가제를 남겨 두는 실수를 저질러서 농양과 출혈로 하마터면 죽을 뻔한 일이 있었다. 프로이트는 심한 죄책감을 느꼈었다. 프로이트의 무의식은 이 죄책감을 벗기 위해서, 친구들에게 책임을 둘러 씌우고 자신은 책임을 벗는 만족감을 얻으려 하고 있었다. 또 다른 소원성취는 브로이어의 권위를 짓밟고 자신이 선배보다 더 유능한 의사라는 만족을 맛보려 하고 있었다. '이르마 꿈'을 통해서, 프로이트는 꿈의 목적이 소원성취라는 사실을 알게 되었다. 꿈은 소원성취를 위해서 때로는 소원의 내용을 수정하기도 한다. 그래서 꿈의 목적을 왜곡된 소원성취라고 말하기도 한다.

그러나 '무서운 꿈을 꾸고 잠에서 깨어나는 때가 있는데 이것도 소원성취인가?' 하는 의문이 생긴다. 그러나 비의식에 살면서 본능욕구 덩어리인 이드의 만족이 자아에게는 위험으로 인식되는 경우가 있다. 이럴 때 불안몽을 꾸게 되고 자아는 잠을 계속 유지시키기를 포기할 수밖에 없다. 자아가 이드의 욕구를 꿈 작업에서 성공적으로 처리하여 꿈으로 표현하면 꿈이 편하고 잠도 잘 잔다. 그러나 이드의 요구가 너무 강할 때는 자아도 밀고 들어오는 이드의 요구를 어찌하지 못한다. 이럴 때 불안몽을 꾸고 놀라서 잠에서 깨어난다. 수면 수호의 실패인 것이다. 프로이트는 꿈을 작은 마을의 야경꾼에 비유했다. 야경꾼은 주민들이 편안하게 자도록 지켜 주지만, 위험상황에서는 소리를 내어 주민들을 깨우는 수밖에 없는 경우가 있다. 불안몽은 깨울 수밖에 없을 때 잠을 깨우는 야경꾼의 역할을 한다.

(3) 꿈의 목적은 수면 유지

프로이트는 꿈의 목적을 소원성취뿐만 아니라 잠을 깨지 않고 계속 잘 수 있게 하는 수면 유지의 목적도 갖고 있다고 보았다. 꿈을 '수면의 수호자'라고 했다. 이는 지정학설(topographical theory)을 근거로 한 것이다. 꿈 속에서 비의식의 욕망을 충족하면서 계속 잠을 잘 수 있게 하는 것이 꿈의 기능이라는 것이다. 그러나 이 이론으로도 설명하기 어려운 꿈이 있었다. 예를 들어, 불안몽(악몽, anxiety dream), 손상몽(매를 맞거나 상처 받는 꿈, traumatic dream)과 처벌몽(벌 받는 꿈, punishment dream)은 소원성취라고 보기 어렵고, 오히려 수면을 방해한다.

그래서 1923년에 구조론(structural model)을 발표하고 꿈의 이론을 수정했다. 이 이론에 입각하여 처벌몽을 설명한다면, 초자아(죄책감을 불러일으키는 양심)

의 비난을 피하는 가장 확실한 방법은 벌을 받거나 속죄 행위를 하는 것이다. 그래서 죄책감이 심한 사람들은 벌 받는 꿈을 꾼다. 무서운 꿈이지만 죄책감을 해소시켜 주기 때문에 마음은 가벼워진다. 다시 말해서 죄책감을 피하기 위해서 자아는 꿈 속에서 처벌을 받아 버린다. 자아가 꿈을 이용하는데, 꿈은 이 처벌소원을 견디기 쉬운 형태로 만들어 성취시켜 주는 것이다.

(4) 꿈은 비의식 소원의 상징적 표현

프로이트는 비의식의 소원이 꿈으로 나타날 때는 상징을 이용해서 왜곡되어 나타난다고 했으며, 그 근거로서 자신이 대학 교수가 되기를 바라는 소원과 관련된 꿈을 소개했다(Freud, 1900, S.E. 4:136~141). 프로이트는 이 꿈을 혼자서 분석했다(self analysis). 여기서 프로이트는 자신의 명예욕의 동기를 분석할 수 있었고, 한니발 장군과 자신을 동일시한 것이 자신의 비의식에 살아 있어서 로마 여행을 방해하고 있다는 것도 알아 낼 수 있었다. 본 장에서는 프로이트가 자신의 꿈을 분석하는 과정과 그의 비의식 소원이 어떤 식으로 꿈으로 표현되었는가를 중심으로 기술하겠다.

1897년 봄, 우리 대학의 교수 두 분이 나를 조교수로 추천했다는 말을 듣고 기뻤다. …… 환자들은 의사가 교수로 승진하면 절반은 신이라도 된 것처럼 존경해 준다. 그러나 나는 너무 기대를 걸어서는 안 되겠다는 생각을 했다. 벌써 수 년째 교육부는 이런 추천을 받아들이지 않고 있었기 때문이다. 그러던 어느 날 밤에 친구 R이 찾아왔다. 이 친구도 교수가 되고 싶어하고 있었고, 교육부를 찾아다니면서 적극적인 운동을 하고 있었다. 그 날 밤도 교육부에 다녀오는 길이었다. 교육부의 국장에게 "내가 교수임용이 안 되고 있는 이유가 혹시 유대인이기 때문이냐?"고 단도직입적으로 물었다고 했다. 국장의 대답은 장관도 지금으로서는 방법이 없다고 한다는 것이었다. 그는 실망하고 있었고, 나 역시 "나도 어쩔 수가 없겠구나." 하고 생각했다.

그 날 밤의 꿈이다.

친구 R이 나의 백부가 되어 있다. 그에 대한 나의 느낌은 깊은 친근감이다.

R의 얼굴이 평상시와는 좀 다르다. 얼굴이 좀 길어진 것 같고, 얼굴 주위에 난 수염이 노랗고 유난히 눈에 띈다.

프로이트는 다음 날 아침에 이 꿈이 생각나자 어이가 없어서 웃음이 터져 나왔다고 한다. 그리고 개꿈이라고 생각했다. 그런데 왠지 하루 종일 이 꿈이 뇌리에서 떠나지 않았다. 저녁 무렵에 그는 자신에게 이렇게 말했다.

만일 네가 환자의 꿈을 해석하려고 연상을 시켰을 때 환자가 회피하면서 '이건 개꿈일 뿐입니다.' 라고 하면서 꿈 얘기를 하지 않으려 한다면 너는 환자를 나무라고, 그 꿈의 배후에 있는 불쾌한 일을 알고 싶지 않아서 그러는 것이라고 생각할 것이다. 너 자신에 대해서도 같은 태도를 취하는 것이 어떤가. 개꿈이라는 네 생각도 하나의 저항이다. 여기서 중단해서는 안 된다.

프로이트의 저항은 이렇게 극복되고 해석이 시작되었다.

R이 나의 백부가 되어 있다.

이것은 무슨 뜻일까? 나에게 백부는 한 분밖에 없다(사실은 다섯 분이나 계신데 저항을 극복한 그 순간에는 한 분밖에 생각나지 않았고 한 분뿐이라고 생각했다). 이 백부는 사업을 하다가 법을 어기고 벌을 받게 되었다. 그 때 아버지는 "네 요셉 백부는 나쁜 사람이 아니다. 다만 생각이 좀 모자라서 그랬단다." 라고 말씀하셨다.

그리고 백부는 입 주위에 수염을 기르고 있었다. 친구 R 역시 입 주위에 수염을 기르고 있었다. 그러나 수염의 색깔은 백부처럼 노랗고 보기 좋은 수염이 아니고, 좀 추한 회색이었다. 어쨌든 꿈에 친구인 R이 요셉 백부가 되었다면 나는 이렇게 말하려 하고 있었던 것이다. "R은 백부처럼 생각이 좀 모자라는 사람이야." 그러나 이 생각은 맞지 않는 생각이었고, 이런 생각을 한다는 것 자체가 불쾌했다.

이 때 프로이트에게 또 다른 친구 N이 생각났다. 그도 교수가 되려고 운동을 하고 있는 친구였다. 그도 유대인이다. 억울하게 고소를 당한 일이 있는데, 그는 당국에서 이 사건을 빌미로 교수임용을 거부하고 있다고 믿었다. 이 꿈에서 백부 요셉은 두 친구 R과 N을 상징하고 있었다. 두 사람 다 교수로서 부적격자이다. 그러나 그 이유는 유대인이기 때문이 아니고 생각이 모자라거나 범죄때문이었다. 프로이트는 그들과는 입장이 다르다. 같은 유대인이지만 범죄자도 아니고 모자라지도 않다. 그들이 교수가 못 되는 것은 유대인이기 때문이 아니고 개인적인 문제 때문인 것이다. 그러므로 프로이트는 그들과 같은 유대인이지만 안심하고 교수임용을 기다려도 된다. 교수가 되고 싶은 소원성취의 가능성을 보여 주는 꿈이다.

그러나 여기서 하나의 문제가 생긴다. 존경하는 두 친구를 바보나 범죄자로 전락시킨 죄책감을 처리하는 문제가 남아 있다. 이 죄책감 때문에 '개꿈' 이라고 가볍게 넘겨 버리려 했던 것이다. 그리고 백부에게는 친근감을 느꼈다. 이 감정은 왜곡된 것이었다. 즉 친구를 비방한 그의 죄책감을 보지 못하도록 방어하기 위해서 친근감이 동원되었던 것이다. '나는 그들을 이렇게 사랑하고 있어. 나쁜 감정을 가지고 있는 게 아니야.' 하고 방어하고 있었다. 이처럼 꿈은 소원을 성취시켜 주는 동시에 뒤따라오는 죄책감을 피하기 위해서 내용을 왜곡시켰다(Freud, 1900, S.E. 4:136~141).

구조론이 나온 이후 꿈의 왜곡에 대한 해석도 발전했다. 자아의 기능이 강조되었다. 왜곡은 자아의 기능이다. 꿈은 단편적인 시각 이미지(image)인데, 이 조각들을 자아가 각색(revision)하고 꿰맞추어 꿈을 구성한다는 것이다. 자아가 방어를 위해서 꿈을 왜곡시키기도 하고 수정하기도 하며, 심지어 어떤 내용은 빼 버리기도 한다.

(5) 꿈의 재료와 원천 ; 유아기 경험(infantile material)

꿈을 분석해 보면 어린 시절의 소원이 현재의 꿈에 나타나고 충족을 시도하고 있는 것을 볼 수 있다. 그래서 우리는 꿈 속에서, 아직도 어린이가 살고 있고 이 아이의 충동이 살아 움직이고 있는 것을 보고 놀란다. 예를 들어, 앞에서 소개한 프로이트의 꿈, 즉 친구 R이 백부가 되어 있고 프로이트는 R과 또 다른 친구 N을 무시하고 과소 평가함으로써 교수가 되고 싶은 그의 소망성취의 가능성을 확인하려고 했던 꿈에서도 이 마음 속의 아이를 볼 수 있다. 프로이트는 이렇게 설명하고 있다(Freud, 1900, S.E. 4:191~193).

사실 나는 명예욕이 없는 사람이다. 그리고 명예와는 인연이 먼 사람이라는 사실을 나는 누구보다도 잘 알고 있다. 그렇다면 이 꿈에 나타난 명예욕은 어디서 온 것일까? 여기

아버지의 비난과 동네 할머니의 칭찬

어린 프로이트에게 성교 장면을 들킨 아버지는 프로이트가 그 자리에 서서 오줌 싸는 것을 보고 '아무짝에도 쓸모 없는 놈!' 이라고 비난했다. 어린 프로이트는 이 말을 아프게 들었고, 쓸모 있는 사람이 되려는 야망이 생겼다. 이 야망에는 동네 할머니의 칭찬, 즉 '이 아이는 장차 세계적인 큰 인물이 될 거예요.' 라고 한 말도 작용했다.

서 떠오른 한 가지 생각은 내가 어릴 때 여러 번 들은 이야기였다. 맏아들인 내가 태어났을 때 기뻐하는 어머니에게 어떤 농사꾼 할머니가 "댁의 아이는 장차 세계적인 큰 인물이 될 거예요."라고 예언했다는 것이다. 이런 예언은 그리 가치를 둘 만한 것이 못된다. …… 나의 명예욕이 여기서 나온 것일까?

그러나 바로 이 때 나에게 어렸을 때의 다른 기억이 떠올랐다. …… 내가 열한 살이나 열두 살 되었을 때 양친을 따라간 식당에서 한 남자가 우리 테이블로 오더니 나를 보면서 "이 아이는 언젠가 장관이 될 거요."라고 예언했던 기억이다. 나도 이 두 번째 예언은 선명하게 기억할 수 있다. 당시는 평민들도 장관이 되기 시작한 시대였다. 아버지는 평민 출신 장관들의 초상화 두 장을 가지고 오셔서 우리들에게 경의를 표하게 하시고 벽에 걸어 두었던 기억도 있다. 그 중에는 유대인도 있었다. 그래서 당시 유대인 소년들도 장관이 되는 꿈을 가질 수 있게 되었었다. 내가 한때 법과대학에 가려고 했던 것도 이런 기억과 무관하지 않았던 것으로 생각된다. 대학 결정의 마지막 순간에 장관이 되는 것을 포기하고 의과대학으로 방향을 잡았던 것이다. 다시 꿈으로 돌아가서……, 나는 장관이 되고자 했던 어린 시절의 소원을 꿈에서 성취하고 있었다. 나는 존경하는 두 친구를 유대인이라는 이유로 하나는 범죄자로 몰았고, 다른 하나는 생각이 모자라는 사람으로 몰아서 학대하고 심판하는 비인간적인 행동을 하고 있었다. 이런 행동은 장관이 자기 마음대로 남을 평가하고 교수임용을 거부했던 행동과 같은 것이었다. 내가 장관이나 되는 것처럼 행동함으로써 나를 장관의 위치에 놓았던 것이다. 장관을 악인으로 만든 것은 다른 의미에서 보자면 장관에 대한 나의 보복소망의 성취이기도 했다. 장관은 나의 교수임용을 거부했던 것이다.

이 꿈에서 우리는 프로이트가 이미 어른이 되었음에도 불구하고, 그리고 명예욕과는 무관한 사람이라는 사실을 스스로 잘 알고 있음에도 불구하고, 유년기의 명예욕과 기억들이 어른이 된 현재에도 살아 움직이고 있음을 보여 준다. 유아기 경험이 꿈의 원천이 되어 있는 것을 볼 수 있다. 현대 정신분석에서는 이 현상을

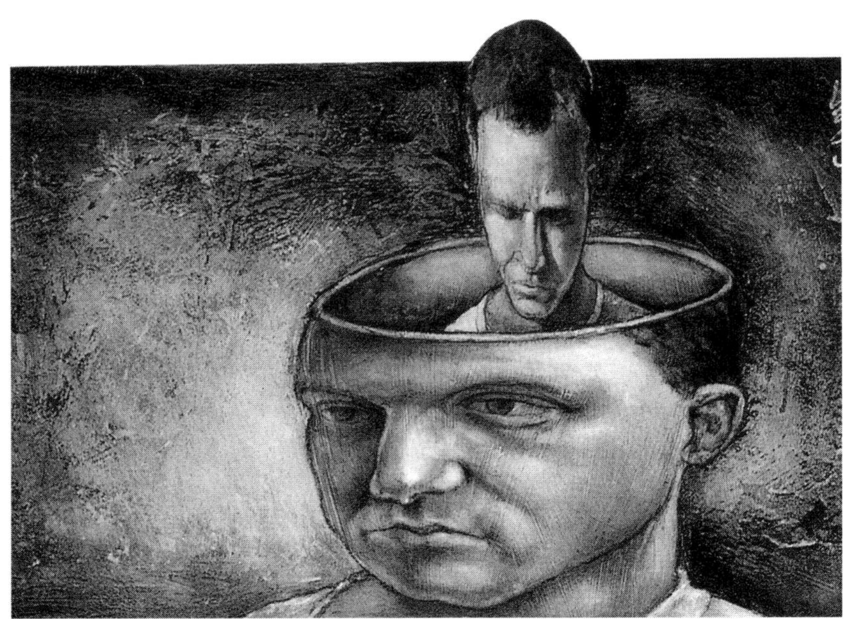

마음 속의 아이 (child-within)

그림은 마음 속에 또다른 그가 있는 것을 보여 준다. 내면의 '나'이고,
마음 속의 아이라고 부를 수도 있다. 인간의 비의식은 시간 개념이 없다(timelessness).
따라서 어린 시절의 사건을 마치 현재 일어나고 있는 일로 착각한다.
우울하고 사람들 앞에서 자신의 권리 주장을 하지 못하고 주눅이 잘 드는 환자가 있었다.
그가 5~6세 때, 탈장 수술을 받았는데, 수술실에 혼자 남아 있게 되었다.
'내가 울거나 집에 보내 달라고 떼를 쓰면 의사가 나를 더 아프게 할 거야. 참고 말을 잘 듣자.'
그 후 그는 평생을 강하게 보이는 사람을 만나면 자기 권리를 주장할 수 없이 비굴해졌다.
비굴한 자신이 그를 우울하게 만들었다. 이 수술실의 갈등은 이미 끝나 버린 과거의 일임에도 불구하고
그는 현재의 힘센 대상을 의사로 착각하고 있었다. 시대착오적인 불안인 것이다.
이렇게 어떤 갈등이 비의식에 있어서 해결을 보지 못하면 그 시절의 아이는 마음 속에서 자라지 못하고
있다가 현재의 정신 세계를 지배한다. 이것이 신경증의 상태이다.
이 비의식의 아이를 의식으로 데려와서 자라게 하는 과정이 정신분석의 과정이라고 할 수 있다.

마음 속의 아이(child-within, 이무석, 1995, 24, 28)라고 한다. 이 개념은 다음
에 소개하는 프로이트가 로마에 갈 수 없었던 꿈에서도 찾아 볼 수 있다(Freud,
1900, S.E. 4:193~198).

(6) 프로이트가 로마에 갈 수 없었던 이유 ; 유년기의 경험

꿈을 만드는 소망은 설사 그것이 현재의 소망일지라도 먼 유년 시절의 기억으
로부터 강력한 힘을 공급받고 있다는 사실을 프로이트는 자신의 로마 꿈에서 발

견했다. 프로이트는 **로마에 대한 네 개의 꿈**을 꾸었는데, 이 꿈들은 한결같이 로마에 대한 그리움을 보여 주고 있다. 처음 꿈은 기차의 차창 밖으로 로마 시내를 보는 꿈이었다. 기차가 움직이기 시작하자 자기가 한번도 로마에 와 본 적이 없다는 생각을 했던 꿈이었다. 두 번째 꿈은 누군가 자기를 언덕 위로 데리고 가서 로마 시내를 보여 주었다. 로마는 안개에 덮여 있었고 꽤 멀리 있었는데도 선명하게 보여서 놀랐다. 세 번째 꿈은 그가 거무스름한 물이 흐르는 냇가에 서 있는데 한쪽은 검은 절벽이고 다른 편은 흰꽃이 만발한 초원이었다. 얼굴을 잘 아는 추커 씨가 거기 서 있어서 '로마로 가는 길'을 물어 보았다. 마지막 로마 꿈은 딱 한 장면만 기억이 났다. 로마의 길모퉁이에 있는 광고탑이 보였다. 거기에 독일어로 된 포스터가 붙어 있어서 깜짝 놀랐다. 멀리 보이는 약속의 땅에 대한 그리움이 테마였다.

프로이트는 로마에 가고 싶었지만 근처까지만 갔을 뿐 왠지 모르게 로마에 들어갈 수가 없었다. 그 원인은 어린 시절의 기억과 관계가 있었다. 프로이트의 나이 열 살 때의 일이다. 아버지의 손을 잡고 산책하던 중에 아버지가 "지금은 유대인들도 참 살기 좋은 세상이 되었다."라는 말씀을 하시면서 젊을 때 기독교인인 젊은이에게 모욕을 당했던 얘기를 해 주었다. 프로이트의 아버지가 새 옷에 털모자를 쓰고 기분 좋게 시내를 걷고 있었는데 젊은 기독교인이 길을 가로막고 모자를 빼앗아 진흙 속에 던져 버리면서 "유대놈아, 저리 비켜!"라고 했다. 아버지의 얘기를 듣고 있던 어린 프로이트는 "그래서 아빠는 어떻게 하셨어요?" 하고 물었다. 아버지의 태도는 무능력하고 실망스러운 것이었다. "그냥 모자를 주워 들고 왔지."라고 하셨다.

아버지의 말을 듣고 실망한 어린 프로이트는 한니발 장군의 어린 시절이 생각났다. 한니발의 아버지가 어린 한니발을 제단으로 데리고 가서 로마에게 복수할 것을 맹세시키는 장면이었다. 무능한 자신의 아버지를 용감한 한니발 장군의 아버지로 대치하고, 프로이트 자신은 한니발과 동일시하여 실망을 극복하려고 했던

프로이트와 이복형의 아들

그림에서 두 아이가 힘겨루기를 하고 있다. 큰 아이가 이복형 엠마누엘의 아들 존이고, 작은 아이가 프로이트다. 존은 프로이트보다 한 살 위였다. 어린 프로이트는 그에게 패배감을 느끼며 컸다. 이때 힘에 대한 동경이 생겼다.

© Michel Siméon

것이다. 그런데 왜 한니발이 선택되었을까? 카르타고의 영웅 한니발은 알프스를 넘어 로마를 공격했다. 반 유대적인 기독교 신자들에게 보복하고 싶은 어린 그의 소망이 이런 동일시를 일으켰다. 한니발은 셈족이었으며 유대인도 이 셈족에 속한다. 엄밀한 의미에서는 동족이 아니지만, 이 동족 의식도 동일시의 대상 선택에 작용했다.

프로이트의 영웅 숭배를 보여 주는 기억들이 있다. 최초로 글을 읽기 시작했을 때 읽은 《집정과 제국》이라는 책 중에서 자기와 생일이 똑같은 100년 전의 영웅 므낫세를 읽고 숭배했던 것을 시작으로, 앞서 애기한 한니발 숭배, 알프스를 넘은 나폴레옹 숭배로 이어진다. 이 군인 숭배는 그 원인이 더 거슬러 올라간다. 세 살 때까지 같이 놀며 컸던 아이(이복형의 아들)가 있었다. 한 살이 위였는데, 어린 프로이트는 그 아이를 이길 수가 없었다. 다정한 친구이기도 했지만 때로는 적이었다. 이 패배감이 장군 숭배의 밑에 깔려 있는 비의식의 내용이었다.

90

이처럼 어린 시절의 어떤 경험은 그것이 해결될 때까지는 비의식에 남아서 잠재몽이 되고 행동을 지배하기도 한다. 사실 프로이트는 이 사실에 대한 자기분석을 한 후에야 로마에 들어갈 수가 있었다. '마음 속의 아이'가 잠재몽의 정체인 것이다(이무석, 1996).

(7) 꿈 작업이 꿈 속의 감정도 만든다

프로이트의 꿈 중에 소변을 보는 꿈이 있다(Freud, 1900, S.E. 5:468~471). 이 꿈은 대변, 소변 같은 오물 꿈인데도 혐오감은 없고 오히려 기분이 좋았다. 이 꿈은 꿈 작업에 의한 감정의 왜곡을 보여 주는 예이다.

프로이트는 이렇게 기록하고 있다.

언덕 위에 옥외 변소 같은 것이 있다. 변기가 있는데 매우 길고 끝 부분에 커다란 배변구가 입을 벌리고 있었다. 대변 덩어리들이 구멍 주변에 두껍게 쌓여 있는데 대변 덩어리들은 큰 것과 작은 것, 오래된 것과 금방 본 것들이었다. 변기 뒤로는 작은 나무들의 숲이 있었다. 나는 변기 위에 올라서서 소변을 갈겼다. 긴 오줌 줄기가 모든 것을 깨끗이 씻어 내렸다. 말라붙은 대변 덩어리들도 쉽게 씻겨서 구멍 속으로 떨어져 나갔다. 그래도 아직 끝부분에 조금은 남아 있는 것 같았다.

이 꿈은 분명히 더럽고 혐오감을 주는 똥과 오줌에 관한 이야기다. 그러나 프로이트가 이상하게 생각한 것은 혐오감을 느끼지 않고 오히려 유쾌한 기분을 맛보았던 것이었다. 발현몽은 불쾌한 것이었지만, 이 꿈을 만든 잠재몽은 자랑스러운 사람이 되고 싶은 것과 낮 동안의 지루함과 불쾌함을 씻어 버리고 반대의 감정으로 가고자 하는 소망이었다.

이 꿈에 대한 최초의 연상은 말구유를 청소하는 위대한 헤라클레스였다. 꿈 속에서 자신이 헤라클레스가 되어 있었다. 다음은 '잡목 숲과 언덕'에 관련된 연상으로, 그의 자녀들이 살고 있는 곳이 생각났다. 프로이트는 신경증 환자들이 병이 나는 것은 유아 시절에 잘못 키웠기 때문이라는 것을 알았기 때문에 그는 자녀들을 건강하게 키울 수 있었다는 안도감을 느끼고 있었다. '모든 것을 씻어 내리는 오줌 줄기' 는 분명히 자기가 위대한 사람이라는 것을 과시하는 내용이었다. 걸리버가 소인국에서 오줌으로 불을 껐던 것도 이런 식이었다. 그러나 라블레(Rabelais)의 슈퍼맨, 가르강튀아(Gargantua)도 파리 시민들에게 이런 식으로 복수를 했다. 노틀담 성당에 앉아서 파리 시가를 향해서 오줌을 갈겨서 복수를 했다. 그런데 전날 밤 잠들기 전에 프로이트는 가루니에(Garunier)의 라블레(Rabelais) 삽화를 보고 잤었다. 그리고 여기서 프로이트가 꿈 속에 슈퍼맨이 된 다른 증거가 나온다. 노틀담은 그가 파리에서 가장 좋아하는 장소였다. 오후에 시간이 날 때마다 노틀담 성당의 탑 위, 괴물과 악마상이 있는 곳까지 올라가곤 했던 것이다.

이 꿈을 꾸게 한 계기가 된 낮의 잔재(day residues)는 두 가지 사건이었다. 하나는 전날 '히스테리와 성도착' 에 대한 강의를 하는데 인간의 더러운 일면을 계속 이야기하는 것이 지루했고 벗어나고 싶었다. 강의를 마치고 카페에서 식사를 하려는데 청중 중의 한 사람이 따라붙어서 "선생님은 신경증학의 오류와 편견으로 더럽혀진 마굿간을 청소하신 분이십니다."라느니, "선생님은 위대하십니다." 등의 아부를 해대는 바람에 혐오감을 느꼈다. 벗어나고 싶어서 일찍 나와 버렸다.

이 꿈을 분석하고 프로이트는 꿈 작업을 통해서 감정은 반대 감정으로 바뀔 수도 있다는 것을 알았다. 앞서 소개한 백부의 꿈에서도 친근감이 느껴졌지만 사실은 백부의 아들에 대한 적대감 때문에 백부에게 적대감이 많았었는데, 꿈 작업이 이를 친근감으로 바꿔 놓았던 것이다.

(8) 프로이트가 가르쳐 준 꿈 해석의 기법

프로이트는 《꿈의 해석(1900)》에서 꿈을 해석하는 여러 가지 기법을 제시했다.

그러나 20여 년 후 《꿈 해석의 이론과 실제(1923)》에서는 네 가지 기법으로 요약하여 제시하고 있다.

첫째, 꿈을 얘기할 때 말한 순서대로(chronologically) 연상을 시키고 해석해 준다. 이는 전통적인(original & classical) 방법으로, 프로이트는 "분석가가 자신의 꿈을 분석(self analysis)할 때 가장 좋은 방법"이라고 했다.

둘째, 꿈 내용 가운데서 어떤 특별한 부분(particular element)을 선택해 해석 작업을 시작한다. 예를 들어, 가장 인상적인 부분(striking piece)을 선택할 수도 있고, 아주 분명한 부분이나 유난히 선명한 부분(greatest clarity, or sensory intensity)에 대해서 연상을 시킨다. 또는 꿈 속에서 들은 구어체의 말(spoken words)로부터 해석을 시작하기도 한다. 구어체의 말이란 문장 형식의 글이 아니고 대화식의 말을 말한다. 예를 들어, 꿈 속에서 여인이 "당신은 좋은 것을 가지고 계시군요."라고 말했다면 이 언어가 구어체의 언어이다. 이 언어들을 연상시키면 이와 관련된, 일상적으로 들은 구어체의 말(spoken words in waking life)이 떠오를 수가 있기 때문이다.

셋째, 발현몽을 완전히 무시하고, 그 대신에 '방금 말한 꿈과 관련해 마음 속에 떠오르는 전날의 사건(events of previous day)이 있느냐?' 라고 묻는 기법이다.

넷째, 만일에 환자(dreamer)가 해석 기법을 익숙하게 잘 알고 있는 경우라면, 어떤 지침이나 지시를 주지 않고 어디서부터 꿈 연상을 시작할지를 환자에게 맡기는 기법도 있다.

프로이트는 이 네 가지 방법 중 어느 것이 더 좋다던지, 효과가 더 있다고 말할 수는 없다고 했다. 이후 10년 후에 프로이트는 《새 정신분석 입문(1933)》에서 같은 지침을 제시하고 있다. 다만 꿈과 관련된 낮의 잔재(day residues)의 중요성을 새롭게 강조하고 있다. 낮 동안의 사건이 들어가서 꿈을 만든다. 이것을 연상시키는 것이 아주 중요하다. 이것을 모르면 꿈이 개인적인 것이 되지 못하고 일반적인 남들의 꿈과 같아진다. 프로이트는 꿈을 꾸기 24~48시간 전에 경험한 것을

'낮의 잔재' 라고 소개했지만, 사실은 유아기 사건(infantile source of day residue : from below)이 나올 수도 있고, 최근의 사건(current source of day residue : from up)이 꿈의 재료가 될 수도 있다(김명희, 1995).

(9) 꿈의 해석과 관련된 실제적인 문제

① 꿈의 해석에서 상징을 이용하는 문제

프로이트는 이에 대해 이렇게 말했다.

"꿈의 상징성(dream symbolism)은 꿈을 해석하는 데 있어서 중요한 것이다. 꿈의 상징성의 도움을 받으면 환자에게 묻지 않고도 흩어져 있는 꿈 내용의 의미를 이해할 수 있다(Freud, 1900, S.E. 4:245)."

그럼에도 불구하고 여기에 덧붙여 그는 이렇게 말했다.

"꿈의 상징에 대해서는 보편적 의미나 개개의 상징적 의미를 보는 데서 그쳐야지 꿈 내용의 어떤 특정 부분(particular element)을 상징적으로 해석해서는 안 되며, 마치 상징이 독특하고 꼭 맞는 의미인 것처럼 단정적인 해석을 해서도 안 된다. 꿈의 전체 내용을 상징만으로 의미를 부여하고 해석해서는 안 된다. 그러나 꿈의 상징에 대한 지식은 꿈에 대한 연상이 불충분하거나 잘 연상되지 않을 때 꿈의 해석을 정확히 할 수 있도록 해 주기 때문에 꿈의 해석에 큰 도움이 된다(Freud, 1900, S.E. 5:685)."

프로이트는 또 이런 경고도 했다.

"꿈은 상징으로 가득차 있다. 이 상징 때문에 꿈 해석이 쉬워지는 일면도 있지만, 다른 한편으로는 더 복잡해지는 것도 사실이다. 꿈을 꾼 사람의 자유연상만을 따라가는 해석법으로는 꿈의 상징적인 요소들을 해결할 수 없을 때가 많다. 그렇다고 분석가가 마음대로 판단하고 해석해 버리는 것도 과학적이지는 못하다. …… 그래서 우리는 병합 기법(combined technique)을 사용할 수밖에 없다. 즉 꿈의 내용 중에는 상징적으로 파악되어야 할 부분이 있다는 것을 인정하고, 한편으로는 꿈을 꾼 사람의 자유연상에 의지하면서 다른 한편으로는 그것만으로 충분하지 못한 부분을 분석가의 상징에 대한 지식으로 채워가는 병합 기법(combined technique)을 사용할 수밖에 없는 것이다. 상징을 해석할 때는 비판적이고 신중하게 하고, 상징의 의미가 뚜렷한 꿈은 상징을 면밀하게 조사하는 방법을 병행하지 않으면, 그 꿈에 대한 해석이 제멋대로의 해석이라는 비난을 면치 못하게 된다(Freud, 1900, S.E. 5:353)."

꿈의 상징을 사용하되 지나치게 단정적으로 해석하거나 상징에만 매달리지 말고, 환자의 연상도 이용하고 상징에 대한 분석가의 지식도 이용하라는 의미이다.

② 환자에게 자신의 꿈을 기록하라고 권장할 것인가?

예를 들어 잠에서 깨자마자 꿈 내용을 바로 적어 놓으라고 지시해도 되는 것인가에 대해서 프로이트(1911)는 분명하게 반대했다. 꿈 작업에 근본 비의식의 내용(basic unconscious content)이 작용하고 있는 한, 꿈은 잊혀지지 않는 것이기 때문에 굳이 강박적으로 적어 가지고 다닐 필요가 없다는 것이다. 사실 꿈은 1차 과정을 통해서 표현되는 비합리적인 이미지인데, 꿈을 말하는 사이에 많은 내용이 첨삭되고 논리적인 연결을 만든다. 2차적인 교정(secondary elaboration)이 일어나는 것이다. 그런데 이것을 다시 한번 글로 옮기고 또 다시 읽으며 발표하는 과정에서 2차·3차의 교정이 일어나게 되어 원래의 의미를 숨길 기회가 많아진다. 따라서 꿈을 기록하는 것은 적어도 분석치료에서는 적절치 못하다. 아브라함(Abraham)도 〈환자는 꿈을 써와야 되는가?(1953)〉라는 논문에서 프로이트의 의견에 찬성했다. 그러나 슬랩(Slap)은 〈꿈의 어떤 부분을 기록하게 한 증례(1976)〉라는 논문에서 꿈을 얘기하다가 한 부분을 말로 설명하지 못하는 것을 보고 그 부분을 적어 보라고 지시했더니 환자의 꿈을 이해하는 데 도움이 되었다고 보고하고 있다.

③ 같은 날 밤에 꾼 여러 개의 꿈

프로이트(1900)는 이를 내용상으로는 동일한 하나의 꿈으로 봐야 한다고 했다.

《구약성서》에서 요셉이 이집트 왕 바로의 꿈을 해석하는 부분을 예로 들고 있다.

어느 날 밤 이집트 왕 바로가 두 개의 악몽을 꾸었다. 처음 꿈은 살찐 소 일곱 마리를 뒤에 나온 깡마른 소 일곱 마리가 먹어치우는 무서운 꿈이었다. 놀라 잠에서 깬 왕이 다시 잠이 들었는데, 또 꿈을 꾸었다. 이번에는 일곱 개의 튼실한 이삭을 뒤에 나온 말라빠진 이삭 일곱 개가 먹어치우는 꿈이었다. 당시 감옥에 갇혀 있었던 유대인 청년 요셉은 하나님의 지혜로 이 꿈을 해석한다. 두 꿈은 하나인데 7년 동안의 풍년 후에 7년 동안의 무서운 흉년이 온다는 꿈이라고 했다. 하룻밤에 꾼 두 개의 꿈을 하나의 내용으로 해석했다. 요셉은 왕의 총애를 얻게 된다(창세기 41:1~46).

다른 예로서 환자가 치과의사와 싸우는 꿈을 꾸다가 잠을 깼다. 다시 잠이 들었는데 이번에는 꿈에 자신의 분석가에게 실망하는 꿈을 꾸었다. 분석가를 찾아갔는데 아무도 없어서 당황했던 꿈이다. 환자가 보고한 이 두 꿈은 하나의 의미를 말하고 있다. 전이의 꿈으로서 분석가에게 실망하고 화가 난 비의식이 꿈에 표현된 것이라고 해석할 수 있다.

④ 꿈의 기억이 애매할 때는 어떻게 다룰 것인가?

환자가 꿈을 꾸었는데 "개도 같고 아이도 같은 것을 다리에서 아래로 밀어 떨어뜨려 버렸다. 그러나 다른 꿈이었는지도 모르겠다."고 할 때는 환자가 말한 그대로를 꿈의 내용으로 간주한다. 환자가 꿈의 내용을 변경하고 있다고 생각할 필요도 없고, 다른 꿈을 잘못 기억하고 있다고 생각할 필요도 없다. 환자는 꿈 속에서 아이를 다리 아래로 밀어 버린 것이다(Freud, 1900).

프로이트의 꿈의 개념을 요약하면, 꿈은 비의식에 이르는 지름길이다. 비의식의 소원을 성취하는 내용이 꿈을 이루고 있다. 꿈을 통해서 비의식의 소원과 갈등을 볼 수가 있다. 그러나 꿈은 왜곡되어 표현되기 때문에 해석 작업이 필요하다. 프로이트는 꿈을 해석하는 네 가지 기법을 제시했다. 그리고 상징의 과도한 사용을 금했다. 현대 정신분석에서는 꿈도 다른 자유연상과 마찬가지로 연상의 일부로 취급할 뿐 특별한 의미를 주지 않는다. 그리고 비의식에 이르는 왕도도 이제는 꿈이 아니라 오히려 전이(transference)라고 보는 쪽이다. 프로이트는 처음에는 잠재몽을 중요시했고, 발현몽은 중요하게 보지 않았다. 그러나 현대 정신분석에서는 발현몽도 중요시한다. 그 이유는 발현몽에는 첫째로는 낮의 잔재(day-residues)가 있고, 둘째로는 꿈이 손상 꿈인가 아닌가를 알 수 있으며, 셋째로는 자아기능이 많이 나타나고, 넷째로는 기억된 것들의 내용을 알 수 있기 때문이다 (김명희, 1995, Erikson, 1954).

2) 비의식 속에서 작용하는 정신기능의 특징
(Freud, 1915, The Unconscious)

비의식 속에서 작용하는 정신기능은 1차 과정(一次過程, primary process)이다. 내적 자극과 외적 자극을 받아 비의식 속에서 욕구충동이 일어나면, 과거에 경험했던 욕구충족의 기억이 살아난다. 정신 에너지가 이 기억으로 기울어진다. 이 때 이 욕구충족이 방해에 부딪치면 욕구에 붙어 있던 정신 에너지(energic elements)는 충족을 얻기 위해 다른 생각으로 옮겨갈 수 있다.

다시 말하면, 비의식에서 욕구의 파생물들이 만들어질 수 있는 것은, 자유롭게 이동이 가능한 본능 에너지(freely mobile energy)가 이 생각에서 저 생각으로 이동할 수 있기 때문이다. 합리적인 사고 과정인 2차 과정(二次過程, secondary process)에서는 에너지가 한 곳에서 다른 생각이나 대상에게로 마음대로 이동할 수가 없다. 그러나 비의식은 비합리적인 1차 과정의 기능이 통하는 곳이므로 이 것이 가능하다. 1차 과정의 특성은 전치(轉置, displacement)와 함축(含蓄, condensation)으로 요약할 수 있다. 이것은 비의식의 정신기능의 특성이기도 하다. 비의식은 전치나 함축 같은 방법을 사용한다.

전치란, 본능 에너지가 하나의 정신내용(mental content)에서 다른 곳(생각 idea, 기억 memory, 이미지 image 등)으로 옮겨가는 것을 말한다. 전부에서 부분으로 대치될 수도 있고 그 반대도 가능하다. 그래서 일부분이 비슷해도 전체가 같은 것으로 해석할 수 있다.

예를 들어 한 청년이 검고 긴 머리카락을 가진 연인을 사고로 잃었다고 하자. 그는 검고 긴 머리카락의 여인과 다시 사랑에 빠질 수 있다. 머리카락만 같을 뿐 사람은 다른데도 같은 사람으로 보고 사랑을 느끼는 것이다. 논리도 무시되고, 규칙(formal rule)도 없다. 부분적으로 약간의 관련성(associative link)만 보여도 한 생각에서 다른 것으로 옮겨갈 수 있다.

안나 프로이트는 전치(displacement)를 이렇게 설명하고 있다.

"비의식에서는 우리에게 매우 이상하게 보이는 현상이 일어납니다. 그것은 에너지가 매우 쉽게 전치된다는 점입니다. 예를 들어, 한 이미지에 붙어 있는 성적 에너지는 다른 이미지로 흐릅니다. 이렇게 다른 곳으로 흐르기가 매우 쉽습니다.

나는 공포증 때문에 고생하던 한 아이를 기억합니다. 그 아이는 의사를 몹시 무서워했기 때문에 담당 의사도 미워했습니다(그 아이는 나이가 아주 어린 여자 아이였습니다). 그 아이가 길거리에서 우연하게 그 의사를 만났습니다. 이 아이는 의사에게 '선생님을 죽일 거야!'라고 말했습니다. 그러자 그 의사는 웃으면서 '나는 네가 나를 좋아하는 줄 알았는데……'라고 응수했습니다. 그러자 그 아이는 '좋아요, 그럼 다른 의사를 죽일 게요.'라고 말했습니다. 이것은 에너지가 담당 의사에게서 매우 쉽게 다른 의사에게로 전치되는 것을 보여 주는 것을 알 수 있습니다(《안나 프로이트의 하버드 강좌》 제1강 중에서, 이무석 · 유정수, 2000)."

함축(condensation)도 비의식의 사고방식의 특징이다. 함축은 둘 이상의 아이디어(ideational element)가 합해지는 것이다. 이 아이디어들은 본능 에너지(instinctual energy)의 값이 같다. 만일 두 개의 다른 아이디어나 기억에 같은 본능욕구가 관련되어 있다면 한 아이디어에 다른 것이 첨가(condensate)되어 있으므로 하나의 값에 두 개를 얻을 수 있게 되는 것이다. 예를 들어, 꿈에 한 여인을 보았는데 연인 같기도 하고 어머니 같기도 해서 혼란스러웠다고 한다면 함축이 일어난 것이다. 한 여인에 두 여인이 들어와 있다. 어머니와 연인은 둘다 성욕의 대상으로서 꿈 속의 한 여인의 이미지로 두 여인을 동시에 표현한 것이다. 이렇게 1차 과정이 가능한 것은 전치와 함축 같은 방어기제가 있기 때문에 가능하다.

프로이트는 1차 과정(一次過程, primary process)을 꿈이나 말실수에서 확인했다. 비의식은 1차 과정이 적용되는 곳이기 때문에 비논리의 왕국이다. 분석가와 환자는 표면에 드러난 내용을 추적해서 숨겨져 있는 무의식적 욕망(underlying instinctual wish)과 어린 시절의 기억(early memory)을 찾아 내야 한다. 환자를 괴롭히는 비의식적 갈등을 찾아 내야 한다. 비의식에 있는 본능욕망(instinctual wish)들은 주로 생의 초기 수 년 동안의 경험에서 나온 것들이다. 비의식을 이해하기 위해서는 그 기능방식을 알 필요가 있다. 프로이트는 **비의식의 기능 특성 여섯 가지**를 발견했다(Sandler J., Dare C. and Holder A, 1972).

(1) 시간에 구애받지 않음(timelessness)

프로이트(Freud, 1915)는 "비의식의 과정은 시간적 순서가 없고, 시간이 흘러도 변하지 않는다. 시간과는 전혀 관계가 없다."고 말했다. 시간개념은 상당히 성장한 후, 인지기능이 상당히 발달한 다음에 생기며, 합리적인 2차 사고 기능(formal & secondary process function)이다. 그러므로 시간개념은 전의식이나 의식 세계에서나 통할 뿐이고 비의식은 시간관념이 없다. 그래서 어릴 때의 사건을 마치 '지금-여기(here and now)'에서 일어나는 사건으로 착각을 일으킨다.

예를 들어, 어릴 때 어머니가 계부에게 학대당하는 것을 보고 자란 아이가 있었다. 마침내 어머니는 학대를 이기지 못하고 돌아가셨다. 이 아이가 자라서 경찰이 되었다. 여인이 구타당하는 것을 보면 그는 자신도 모르게 끓어오르는 분노를 참지 못하고 폭력적이 되었다. 학대당하는 여인과 어머니를 동일시했고, 어머니가 학대를 당하던 어릴 때의 상황이 마치 지금 – 여기서 재현되고 있는 것처럼 느낀 것이다. 이런 분리불안은 20여 년의 시간이 흘렀음에도 불구하고 변하지 않았고, 비슷한 상황에 부딪치면 반복적으로 일어난다.

안나 프로이트의 설명을 들어 보자.

"비의식에는 시간의 개념이 없습니다. 예를 들어, 아이는 생후 6개월부터 비의식에 엄마를 독점하고 싶은 소망을 가집니다. 6개월 때 가졌던 이 소망은 성인이 되어 마흔 살이나 쉰 살 또는 예순 살이 되어도 계속 남아 있습니다. 이 소망은 나이가 들어도 변하지 않고 더 약해지지도 않습니다(《안나 프로이트의 하버드 강좌》 제1강 중에서, 이무석 · 유정수, 2000)."

(2) 현실 무시(Disregard of reality)

비의식에서는, 비합리적인 유아적 본능소망(infantile instinctual wish)의 충족을 집요하게 요구한다. 쾌락원칙(pleasure principle)에 따라, 성인이 된 지금 이 자리에서도 충족시켜야겠다고 막무가내로 요구한다. 현실상황이나 형편은 알바 아니라고 무시한 채 집요하게 욕구의 충족만을 요구한다. 앞에서 예를 든 경찰의 경우도 현재 매를 맞는 부인과 자기의 어머니가 현실적으로 다른데도 현실을 무시하는 비의식의 특성 때문에 폭력을 행사한 것이다. 성욕의 대상이 어머니나 아버지인 경우는 현실적으로 성적 관계가 불가능하다. 그러나 비의식에서는 이런 현실은 무시하고 쾌락만을 달라고 요구한다. 자아는 이런 비의식의 체면 없는 요구를 위험으로 인식한다. 여기서 갈등이 생기고 정신증세가 생긴다.

(3) 심리적 현실(psychic reality)

비의식 안에서는 실제의 현실들이 심리적인 현실로 바뀐다(replacement of external by psychical reality). 그래서 비의식에서는 실제 사건에 대한 기억과 심리적인 상상경험이 구분되지 않는다. 추상적 상징들도 추상적인 것으로 인식하지 않고 구체적인 현실처럼 취급한다. 단지 상징일 뿐인데 실상처럼 인식한다. 그래서 어떤 사건을 단지 상상했을 뿐인데도 마치 실제로 경험한 사건처럼 기억하게 되는 것이다. 어린이들의 성폭행에 대한 기억은 많은 경우에 단지 심리적 현실(psychic reality)일 뿐 실제 사건(actual reality)은 아닐 경우가 많은데 그 이유가 이런 무의식의 기능 때문이다.

(4) 모순이 없음(absence of contradiction)

모순 인식이란 논리적인 생각과 판단(formal thinking & judgement) 능력이 있을 때 가능하기 때문에 이런 능력이 없는 비의식에서는 모순되는 요소들이 함께 공존하고 있다. 예를 들어, 어머니를 증오하는 환자의 마음 한편에 어머니를 사랑하는 마음이 공존하고 있는 것이다. 모순되는 감정이지만 서로 방해하지 않고 비의식에 공존하고 있다가 적절한 시기에 튀어나온다.

> "두 개의 소원충동이 우리가 보기에는 그 목적이 모순되는데도, 두 충동은 서로를
> 감소시키려 하지도 않고 방해하지도 않는다(Freud, 1915)."

비의식에서 말하는 모순 없음은 소위 '상반의 동일성(相反의 同一性, identity of opposite)'의 형태로도 존재한다. 즉 비의식에서는 '큰 것'과 '작은 것'이 같은 것으로 취급된다. 서로 반대되는 내용들이 서로 대립하는 것이 아니라 마치 동일한 내용처럼 취급된다. 이러한 현상은 꿈에서 잘 볼 수 있는데 꿈 내용이 반대로 나타날 경우가 많다. '높다'와 '낮다', '강하다'와 '약하다', '밝다'와 '어둡다', 혹은 '움직인다'와 '정지하고 있다'가 같은 것으로 취급되어 서로 바꿔서 표현되기도 한다. '거룩함과 흉악함'이 같다. 공존해도 서로 모순을 느끼지 않는다. 왜냐 하면 비의식에는 다음에 설명하는 부정개념이 없기 때문이다.

(5) 부정이나 반대 개념이 없음(absence of negation)

한 아이디어에 '아님(not)'이라는 말이 붙는 것은 합리적인 사고를 할 때 가능

한 것이고, 성장발달이 어느 정도 진행된 후에야 가능한 것이기 때문에 비의식 속에 '반대나 부정(negation)의 개념'은 존재하지 않는다. 전의식이나 의식계에 올라왔을 때에야 비의식에 있는 부정개념을 인식할 수 있다.

이 개념에 대한 안나 프로이트의 설명을 들어 보자.

> "부정(negation)이라는 개념은 비의식과 전혀 관련이 없는 경우도 있습니다. 아이들이 '나는 새가 무서워.'라는 생각을 꿈으로 표현하고 싶었다고 해 봅시다. 정말로 꿈에 새가 나타날 것입니다. 하지만 우리가 그 꿈의 내용을 들어 보면, 그것이 '나는 새를 갖고 싶어(긍정의 뜻).'라는 뜻인지, 또는 '나는 새를 전혀 갖고 싶지 않아(부정의 뜻).', '거기에는 새가 없어.'라는 뜻인지 혹은 '나는 새를 한번도 본 적이 없어.'인지 또다른 무엇을 의미하는지 애매할 때가 많습니다.

> 왜냐 하면 꿈에는 긍정적인 것과 부정적인 것이 아주 똑같은 것처럼 표현될 수 있기 때문입니다. 이것이 바로 비의식의 언어입니다. 비의식의 언어는 이해하기가 매우 어려워서 분석가들이 분석시간에 추측을 많이 하는 이유도 여기에 있습니다. 분석가들은 비의식의 언어를 의식의 언어로 바꾸는 노력을 하는 사람들입니다(《안나 프로이트의 하버드 강좌》 제1강 중에서, 이무석 · 유정수, 2000)."

(6) 실체로서의 말(words as things)

비의식에는 '말(언어)'이 없다. 언어는 상징인데 비의식은 언어라는 상징을 사용할 줄 모른다. 사물의 이미지 자체가 있을 뿐이다. 예를 들어, 아이가 엄마를 잃었을 때 아이는 엄마의 이미지를 찾는다. 엄마와 함께 있는 장면을 생각한다. 그러나 어른들처럼 언어를 이용하여 "나는 엄마를 찾고 있다."라고 생각하지 않는다. 배고픈 아이는 우유를 생각할 뿐, '우유'라는 말을 생각하지 않는다.

비의식에서는 이미지가 언어다. 전의식이나 의식계에서는 말이라는 상징을 많이 사용하고 실제 사건과 상징의 차이를 안다. 그러나 비의식은 이것을 하지 못한다. 비의식에서 나온 욕구의 파생물들(derivatives)이 의식화될 때는 언어가 아니고 구체적인 형체(concrete form)나 이미지로 나타난다. 이 현상은 특히 꿈에서 두드러지게 나타난다.

꿈은 이미지의 연속이다. 정신분열증적 사고장애에서도 볼 수가 있다. 실험을 해 볼 수도 있다. "나는 어머니가 보고 싶다."라는 문장을 주고 그림으로 표현해 보라고 요구하는 것이다. 어떻게 그려 보더라도 만족스럽지는 못할 것이다. 꿈은 비의식의 생각을 언어가 아닌 실체의 이미지로 표현한 것이다. 그러나 말을 사용하지 않고 이미지만으로 쓰는 편지를 읽는다는 것이 얼마나 애매하고 추측을 많이 하게 만드는 일인가? 그래서 분석은 때로 애매하고 불투명한 상형문자를 읽는 작업이 된다.

이상에서 기술한 비의식의 기능 특성을 프로이트는 경험을 통해서 찾아 냈다. 분석작업을 통해서 알아 낸 것이고, 환자의 표면적인 말과 겉으로 드러난 행동 속에는 무언가가 숨어 있다는 것을 경험해 보고 쓴 것이었다. 특히 꿈의 분석을 통해 많은 것을 알 수 있었다. 꿈을 만들 때 1차 과정(primary process)이 작용하는 것을 확인할 수 있었다. 프로이트는 비의식의 기능에 대한 자신의 생각을 수정·보완했다. 그의 연구들, 즉 꿈(1900, 1917), 일상생활의 정신병리(1901), 유머(1905) 등을 통해서 '비의식의 파생물'에 대한 비의식의 작용에 대한 방식을 수정·보완했다.

더욱이 이런 연구를 통해서 그는 비의식의 작용방식이 꿈에서만 작용하는 것이 아니라 일상생활에서 정상적으로 작용하는 정신기능 가운데서도 적용된다는 것도 알아 냈다. 비의식에서 파생물을 만드는 데 동원되는 이런 비의식의 기능방식은 본능욕구가 만족을 얻기 위해서 전의식을 통과할 때 큰 도움을 준다. 예컨대, 이런 비의식의 기능방식을 통해서 욕구의 본래 내용(displacement나 'equality of opposite' 등을 이용하여)은 자아의 감시를 통과할 수 있도록 모양을 바꿀 수 있게 되고, 욕구의 파편이 의식의 표면으로 표출(overt expression)되는 것이 가능해진다.

2 정신결정론
(psychic determinism)

앞에서 우리는 정신분석의 기본적 가설 중 하나인 지정학설에 대해서 살펴보았다. 정신분석에서 중요시하는 또 하나의 기본적 가설은 정신결정론(psychic determinism)이다. 즉 우연한 것으로 보이는 인간의 어떤 행동도 특정한 동기와 이유를 가지고 있다는 이론이다. 다시 말하면 인과론(casuality)이다. 원인 없는 결과는 없다는 것이다. 좀더 구체적으로 말한다면 어른의 행동은 이미 어린 시절의 경험에 의해서 그 동기가 결정되어 있다는 것이다. 정신분석가 웨인쉘(Weinshel, 1987)의 증례가 이를 잘 보여 주고 있다.

30대의 유능한 사업가가 있었다. 그는 큰 회사를 경영하고 있었다. 그의 문제는 이것이었다. 사업상 유례없는 성공을 거두었는데도 항상 실패한 사람처럼 패배감과 우울에 휩싸이는 것이었다. 그의 능력은 뛰어났고 인정도 받았지만 막상 그 자신은 자신감이 없다. 자기는 무능력을 숨기고 있는 위선자, 협잡꾼이라고 생각하고 있었고, 이 무능력이 탄로날까 봐 항상 불안하다고 했다.

정신분석을 통해서 이런 성격을 갖게 된 숨겨진 동기가 밝혀졌다. 그는 어릴 때 어머니로부터 성적인 과잉자극을 받아왔다. 아버지는 친절하고 착한 분이셨지만 마음이 연약한 공처가였다. 어머니는 번번이 아버지를 심하게 꾸짖었고 경멸했다. 아버지는 경제적으로도 무능했었다. 어머니는 아버지를 침실에서 쫓아 냈고, 그 자리에 어린 그를 끌어들였다. 그렇다고 실제로 무슨 성 관계가 있었던 것은 아니었다. 그럼에도 불구하고 어린 그는 어머니와 함께 자면서, 무서운 성적 흥분과 이에 따르는 불안을 경험했다고 했다. 아버지가 아들을 훈계할 때도 어머니는 아버지를 책망하고 아들 앞에서 아버지를 무력하게 만들어 버렸다. 이 결과로 그는 자기 노력 없이 어머니 덕에 에디푸스 콤플렉스(Oedipus complex)의 승리자가 되었다(Oedipal victor).

그는 승리자가 되었지만 이 승리는 어머니에 의해서 주어진 것일 뿐, 자신의 노력으로 얻어진 것이 아니었다. 더구나 아버지를 무능력하게 만드는 일에 어머니와 공모했다는 죄책감이 비의식 속에 있었다. 그의 성공은 어머니의 것일 뿐, 자신의 것은 아니었다. 그가 자신감 없고 우울한 성격이 된 원인이 여기에 있었다. 예를 들어, 성장 후 그는 사업상 큰 성공을 거두었지만 그것을 자신의 것이라고 믿을 수 없었다.

어릴 때 아버지로부터 부당하게 승리를 쟁취한 것처럼, 그의 인생의 모든 성공은 부당하게 쟁취한 것으로 생각하게 되었다. 비의식에서는 이 부당한 이익을 언젠가 주인이 찾아갈 것이라고 믿고 있었다. 이것이 그의 갈등의 핵이었다. 에디푸스 콤플렉스의 잘못된 해결이 문제였다.

그의 결혼상대 선택도 흥미로웠다. 그는 부잣집 딸과 결혼했다. 이런 결혼의 비의식적 동기가 이미 어린 시절에 준비되어 있었다. 유년기에 시작된 비의식적 패배감 때문이었다. 즉 세상과의 경제적 싸움에서 항상 패배할 것이라는 생각이 그의 비의식에 깔려 있었다. 그래서 그는 돈 많은 부인이 필요했던 것이다.

그러나 실제의 그는 빈틈없고 성공적인 사업가였다. 그럼에도 불구하고 그는 부인과 성생활도 잘 하지 못했다. 부인의 접근을 두려워했고, 조루증이었고, 가끔은 임포텐스(impotence)가 되었다. 그의 비의식 속에 자신의 성기를 아버지에게서 훔친 것이라는 생각이 있었기 때문이었다.

유례없는 사업적 성공을 거두고도 자신감이 없고 우울한 성격이 된 것, 부잣집 딸을 배우자로 선택한 것, 성생활의 장애 등은 그 원인이 유년기에 시작된 것이었다. 어린 시절 부모와의 관계에서 경험한 갈등을 어른이 된 후에도 반복하고 있는 것이다. 이미 어른이 되었고 충분히 독립적으로 살 수 있는 나이임에도 불구하고 그의 생활은 어린 시절의 지배를 받고 있다. 브랜너(Brenner C, 1976)는 이런 현상을 "어른 속에 아이가 살고 있다(child-within)"고 표현했다. 이 말은 정신결정론을 한 마디로 잘 표현해 준다. 어떤 행동도 원인이 있는 것이다.

3 대상관계 이론
(object relation theory)

대상관계 이론은 영국정신분석학회에서 발생했기 때문에 영국 대상관계 이론이라고 부르기도 한다. 지난 20~30년 동안 영국정신분석학회를 중심으로 왕성하게 영향력을 넓혀온 이론이다. 이것은 어린이의 대상관계를 강조하는 이론인데, 어릴 때의 대상관계가 성인의 정신생활에서도 계속된다는 이론이다. 여기에는 영국의 멜라니 클라인(Melanie Klein), 페아반(Fairbairn), 위니코트(Winnicott)와 미국의 마거릿 말러(Margaret Mahler), 하인즈 코허트(Heinz Kohut) 등의 업적이 크다.

이 이론의 중심 사상은 이렇다. 현재의 인간관계는 이미 과거에 이루어진 관계의 영향을 받는다는 것이다. 즉, 어릴 때의 **내재화된 대상관계**(introjected object relationship)가 그 후 모든 대인관계에서 반복되고 재현된다는 것이다. **내재화**(internalization)란 어린이가 대상들을 자기 나름대로 판단하고 인식하며, 자신의 상상대로 대상을 만들기도 하여 그 이미지를 마음 속에 자신의 일부로 갖게 되는 것을 말한다. 대상도 내재화하지만 관계의 양상도 내재화할 수 있다.

예를 들어, 한편은 학대하고 상대편은 학대받는 관계를 내재화한 아이는 성장 후에 인간관계에서 자신도 모르게 가해자와 피해자의 관계를 만든다. 대상관계의 내재화는 대부분이 유아적이고 유치한 형태의 인간관계를 내재화하고 있다. 이것이 수정되지 못하고 마음 속에 고착되어 있으면 인간관계에서 문제를 일으킨다. 성장 후의 분석상황에서는 전이 형태로 재현(externalize, 외형화라고도 번역함)되어 나타난다. 따라서 현재 분석가와의 사이에서 경험하고 있는 전이를 잘 분석해 보면 환자의 비의식에 있는 **내적 대상관계**(internal object relationship)를 볼 수가 있다.

그래서 전이를 치료에 유용하게 사용할 수 있다. 대상관계 이론이 현대 정신분석에 공헌한 것 중 하나는 전이를 통해서 환자의 내적 대상관계를 파악하게 된 것이다. 전이를 내적 대상관계의 재현으로 보는 개념은 오늘날의 분석기법에 큰 도움이 되었다. 현대에 와서는 전이에 대한 분석이 정신분석의 가장 핵심적인 기법이 되었다.

다음의 증례는 병적인 내적 대상관계가 불행한 결혼생활과 신경증의 원인이 된 여인의 정신분석이다. 분석가는 런던 대학의 조셉 산들러 교수였다.

T부인은 50세이고 회사의 사장입니다. 이혼녀였고 장성한 두 아이를 데리고 있습니다. 그녀는 이란성(二卵性) 쌍둥이였고, 쌍둥이 여동생은 4남매 중 막내였습니다. 내게 분석을 받으러 오기 전에 다른 지방에서 수년 동안 분석을 받았지만 별로 성공적이지 못했습니다. 불안 발작과 히스테리성 증세를 포함한 많은 전환장애의 증세들을 겪었습니다. 직장 동료들과의 관계에서도 문제가 많다고 했습니다. 지난 2년 동안 T부인은 동갑내기 남자와 동거를 했는데, 늘 싸움만 했습니다.

그들의 관계는 가학적-피학적인 관계(sado-masochistic relationship)라고 말할 수 있겠습니다. 남자는 가학자였고, 그녀는 피학자였습니다. 그녀는 남자를 은밀하게 자극하여 화를 내게 만듭니다. 때로는 노골적으로 남자를 성내게 하기도 했는데, 그는 쉽게 걸려들어 화를 냈습니다. 그래서 그는 때로 그녀를 심하게 욕하고 그녀의 친구들을 당황하게 하는가 하면, 손님들을 초대해 놓고 파티를 엉망으로 만들어 버리기도 했습니다. 다른 사람들 앞에서 그녀에게 창피를 주기도 했습니다.

이상한 것은 남자는 그녀에게 극도로 화가 나 있는데, 그녀는 전혀 화를 내지 않았습니다. 다만 굴욕감과 우울에 빠질 뿐이었습니다. 얼핏 보아서는 왜 그들이 헤어지지 않고 함께 살고 있는지 알 수가 없었습니다. 그들은 끊임없이 싸웠습니다. 성생활은 횟수도 드물고 만족감도 없었습니다. 서로가 서로에게 성생활에 협조를 해주지 않는다고 불평만 할 뿐이었습니다. 그녀는 오르가슴을 느끼지 못합니다. 자위행위를 할 때 이따금씩 오르가슴을 느낄 뿐입니다.

분석 첫해에 밝혀진 것은, 그녀가 자신의 가학소원(sadistic wish)과 경쟁소원에 대해서 매우 심한 죄책감을 갖고 있다는 것이었습니다. 이것은 아주 똑똑하고 재주가 있는 쌍둥이 여동생과 어머니에 대한 감정에서 비롯된 것이었습니다. 그녀는 항상 자신의 성공을 억제해 왔고, 어릴 때는 읽기를 잘하지 못해 쌍둥이 동생보다 뒤떨어졌습니다. 사실상 그녀는 놀랍도록 똑똑한 여자였고 신경증 때문에 어려움이 많은 속에서도 상당한 성공을 거두었습니다. 직장에서도 그녀는 동료들의 실패에 대해서 가차없이 비난했고, 동료들이 불성실하다고 분노를 터뜨렸습니다.

T부인의 생활에는, 특히 자기 파괴적인 사건들이 많았습니다. 예를 들면 그녀는 자주 지갑이나 열쇠를 잃어버립니다. 갈 수 없는 날짜의 극장표를 삽니다. 기차를 잘못 타기도 하고 중요한 서류를 분실하는 등등의 사건들입니다. 그러나 분석을 시작한 첫 1년 동안 그녀의 심한 죄책감이 풀려 나오면서 좋아지기 시작했습니다. 자기 내부의 경쟁심과 공격, 분노를 이해하자 이런 자기 파괴적인 사건들이 감소했습니다.

분석이 2년째로 접어들었을 때 양상이 변하기 시작했습니다. 수치심과 굴욕감이 더욱 심해졌는데, 이것은 전이 속에서 두드러지게 나타났습니다. 그녀는 분석가에 대한 생각도 말하지 않으려고 피했고, 가족에 대한 생각도 말하지 않으려고 회피해 버렸습니다. 분석가를 골탕먹이려는 것입니다. 그녀가 가해자 역할을 맡고, 나를 피해자의 자리에 두었습니다. 예를 들어, 그녀의 저항을 보면 '분류하기, 혹은 꼬리표 붙이기(labelling)'라고 내가 이름 지어준 메커니즘을 사용합니다. "그러니까 선생님 말씀은 내가 자기 도취적(narcissistic)이라는 거군요." 혹은 "이것은 투사(projection)지요?" 하는 식으로 꼬리표를 붙여 처리해 버렸습니다.

치료가 잘 되어 이제 T부인은 자신을 솔직하게 드러낼 수 있게 되었습니다. 수치심과 굴욕감으로 괴로워하며 이것을 번번이 타인에게 투사하는 것으로 처리하는 자신을 드러내 보일 수 있었습니다. 이 투사 때문에 분석의 첫 수 개월 동안 타인에게 엄청나게 많은 비난을 퍼부었던 것입니다. 그녀는 자신이 사람들을 부끄럽게 만들고자 하는 욕구를 갖고 있다는 것을 이해했습니다. 동거하고 있는 남자는 물론 직장 동료들까지도 무의식적으로 곤경에 빠뜨리고자 한다는 것을 이해할 수 있게 되었습니다. 동거하고 있는 남자는 그녀의 이런 태도에 대해서 폭력적인 반응을 보였는데, 그 이유는 그도 역시 죄책감이 많았고 수치감을 잘 느끼는 성격이었기 때문이었습니다. 그가 이렇게 폭발적으로 행동했기 때문에 그녀가 그를 비난하는 것은 당연한 것이 되고 말았습니다.

도발은 그녀가 해 놓고 비난은 남자만 받습니다. 말하자면 도발(provocation)의 정신 기제를 사용하여 그녀는 자신의 수치심을 그에게 줘 버리는 것입니다. 그래서 우리는 그녀와 이 남자가 이혼하지 않고 계속 살게 하는 어떤 끈 같은 것을 볼 수 있었습니다. 그는 그녀의 수치스런 면들과 사납고 가학적인 면을 가져가 버리는 운반자 역할을 하고 있었습니다. 그래서 그녀에게는 그가 필요했고, 그에게는 그녀가 필요했습니다. 흥미있는 것은 수년 전에 전 남편과 이혼했을 때의 이혼 사유입니다. 전 남편은 그가 말이 없고 무덤덤하고 재미없는 사람이었기 때문에 헤어졌다고 했습니다. 추측해 보면 전 남편은 그녀의 도발에 반응을 하지 않았던 것 같습니다.

분석을 통해서 이해된 것은 다음과 같습니다. T부인의 내적 대상관계는 한편으로는 내적 대상에게 창피를 주고 모욕을 주는 가학적 관계이며, 다른 한편으로는 그 대상으로부터 창피와 모욕을 당하는 피학적 관계를 번갈아 가며 갖는 것이었습니다. 이것은 어머니와 여동생과의 관계에서 유래한 것이었습니다. 어머니는 동생만 예뻐하셨습니다. 그래서 그녀는 억울했습니다. '천대받는 자신' 과 그녀를 '천대하는 어머니와 동생' 과의 관계가 그녀의 내적 대상관계였습니다. 가해자와 피해자의 관계입니다. 그녀는 동거하는 남자와의 현실적인 관계를 내적 대상관계로 바꿔 놓았습니다.

가해자인 내적 대상, 즉 어머니나 동생을 피해자인 자신의 관계로 재현시켰던 것입니다. 남자를 화나게 하고, 자신은 맞고 욕 얻어 먹는 피해자가 됩니다. 직장 동료들을 비난할 때는 자신이 가해자가 되고, 동료들은 희생자가 됩니다. 그녀는 타인들에게 가학적이 되기도 합니다. 예를 들어, 갈 수 없는 날짜의 극장표를 샀을 때는 피할 수 없이 같이 가기로 초청된 사람에게 실망을 줄 것이며 자신에게도 실망을 줄 것입니다. 같은 기제를 직장 대인관계에서도 볼 수 있었습니다.

결과적으로 분석작업의 많은 부분은 T부인의 병적인 내적 대상관계(pathological internal object relationship)의 재현(externalize) 문제에 모아졌습니다. 이런 내적 구조의 대상관계 특성은 마침내 치료의 중요한 부분을 차지하게 되었습니다.

대상관계 이론의 중심 단어는 '내재화', '내적 대상관계', '내적 대상관계의 재현'이다. T부인은 어머니와 자신의 관계를 **내재화**했다. 그래서 마음 극장의 무대(inner theater)에서는 가학적인 비정한 어머니에게 구박받는 어린 T부인이 울고 있다. 억울하고 서럽고 두려워 울고 있다. 가학-피학의 관계가 T부인의 **내적 대상관계**이다. 현실생활에서 어머니와 비슷한 사람을 만나면 비정한 어머니로 착각하게 된다. 내적 대상관계가 곧 **재현**된다. 이럴 때는 이유 없이 그 사람이 무섭고 밉다. 대상이 되는 그 사람은 초등학교 때는 선생님일 수도 있고, 학생 때는 선배나 후배일 수도 있다. 성장 후에는 직장의 상사가 내적 대상이 될 수도 있다. 사람을 만날 때마다 알 수 없는 두려움을 느끼고 대인관계가 어려워진다.

그런데 이런 내적 대상관계는 비의식에 숨어 있기 때문에 자신의 두려움의 원인을 이해할 수가 없다. 정신분석은 내적 대상관계를 보여 준다. 특히 분석가를 내적 대상으로 보는 전이가 생기면 분석가와의 관계 속에서 내적 대상관계를 경험한다. 이런 경험은 피분석가로서는 잊을 수 없는 것이며, 놀랄 때가 많다.

4 성격구조론 (structural theory of personality)

성격 때문에 괴로운 인생을 사는 여대생의 증례를 먼저 소개하겠다. 그리고 프로이트의 성격구조론(structural theory of personality)을 적용하겠다.

L양은 여대생이다. 사람들은 일류 대학을 다니는 그녀를 모두 부러워하지만, 그녀는 전혀 행복하지가 않다. 오히려 일류 대학의 배지가 부담스럽다. "못난 것이 대학은 좋은데 다니네." 하는 비웃음 소리가 들리는 것 같기 때문이다. 그녀는 항상 소심하고, 친구들도 사귀지 못한다. 그녀로서는 최선을 다해서 친구들을 사귀지만, 친구들은 그녀를 좋아하지 않았고, 싫증 내는 눈치여서 속이 상했다. 얼굴이 예쁜 친구에게 남학생들이 접근하는 것을 볼 때는 그 친구와 비교되는 자신이 한없이 초라해 보여서 우울해진다. 그렇다고 그녀의 외모에 결함이 있는 것은 아니다. 그러나 마치 불구자라도 되는 것처럼 자신의 외모를 부끄러워하고 자신감이 없다. 고등학생 때 모의고사 시험준비를 할 때도 마음은 초조감으로 떨고 있었다.

"이번에는 틀림없이 성적이 형편없을 텐데, 창피해서 어떻게 살꼬……."

아직 시험을 보기도 전부터 그녀의 심정은 이미 패배자가 되어 있다. "그렇게 창피를 당하느니 차라리 학교를 그만둬 버릴까?" 하는 마음의 유혹과 수없이 싸우면서 겨우겨

성격 구조론

성격은 3개의 구조로 구성되어 있다. 이드 · 자아 · 초자아이다. 이드는 본능적 욕구로, 그림에서 오른쪽 사람으로 표현되고 있다. 자아의 기능은 현실적응이다.
자아는 욕구와 양심 사이에 끼어 있다. 이것이 갈등상황이다. 자아는 현실을 고려하여 이드의 손을 들어 주거나 초자아의 손을 들어 주어서 갈등을 풀어 준다. 자아가 약한 사람은 이드에 지배당하거나 초자아에 지배당한다. 욕구 속에 푹 빠지거나 매사에 죄책감을 느끼고 처벌이 두려워 떤다. 자아가 강한 사람은 마음에 여유가 있고 정신병에도 걸리지 않는다.
초자아는 양심과 도덕성을 담당하는 부분으로, 그림에서 왼쪽 사람으로 표현되고 있다.

우 공부를 했다. 그러나 이상한 일이다. 모의고사 성적을 발표할 때마다 게시판에는 그녀의 이름이 전교에서 1등 아니면 적어도 5등 이내의 자리에 올라 있었다. 이럴 때 보통 성격의 학생들이라면 안도와 기쁨을 느끼는 것이 당연하다. 그러나 L양은 전혀 그렇지가 않았다. 마치 있어서는 안 될 자리에 자기 이름이 잘못 올라가 있는 것 같아서 부끄럽고 어색하여 숨고만 싶었다.

"저건 내 이름이 아니야. 사무 착오야. 어쩌다가 잘못 올라간 거야. 사람들은 다음에도 나에게 저런 점수를 바랄 텐데……. 내 실력으로는 어림없지. 다음에 떨어질 때는 더 창피할 거야. 아! 차라리 100등 정도라면 얼마나 편할까. 거기쯤이 내 자린데……."

L양은 매사에 이렇게 자신감이 없고 내면세계에 자신을 비난하는 소리를 갖고 산다. 침울한 성격이 되었다. 그래서 쉽게 속이 상하고 잘 운다. L양을 이렇게 슬프고 비참하게 만드는 원인은 환경이 아니다. 그녀의 성격 때문이다.

1920년대 초반, 정신기능에 대한 프로이트의 견해에 중요한 변화가 일어났다. 당시 그는 지정학설로 정신분석 이론을 통합하는 것이 부적당하다는 것을 느끼게 되었다. 비의식적 죄책감(unconscious sense of guilt)이 환자의 마음 속에서 작용하고 있는 것을 보았기 때문이었다. 지정학설만으로는 이 죄책감을 설명할 수 없었기 때문에 성격구조론을 내놓게 되었다. 예를 들어, 환자들이 자신의 무의식에 근친상간의 소망이나 살인 소망이 있다는 것을 발견했을 때 증세가 악화되었다. 이 증세의 악화가 비의식에 있는 죄책감 때문이라는 것을 알게 되었다. 이 죄책감을 설명하기 위해서 새로운 마음의 모델을 생각하게 되었던 것이다. 그래서 프로이트는 1923년, 《자아와 이드(The Ego and the Id)》의 서문에 성격구조론에 대해서 썼다.

성격구조론 모델(structual model)은 인간의 성격이 '이드(id)', '자아(ego)'와 '초자아(superego)'의 성격구조물로 이루어져 있다는 가설이다. 성격은 인간이 출생할 당시에는 '이드(id)'와 희미한 '자아(ego)'로 구성되어 있다.

'이드'는 본능적인 욕망과 욕구들을 말한다. 먹고 싶은 욕구, 성적 욕구, 사람을 때려 주고 싶은 공격욕구, 의지하고 싶은 욕구들이 모두 '이드'에 속한다. '이드'는 참을성이 없고 욕구를 연기할 줄 모르고 즉각적인 만족을 요구한다. 그리고 싫은 일이나 의무는 회피해 버리고 만족을 주는 일만 하려고 한다. 이런 원칙에 따라 행동하는 것을 **쾌락원칙**(pleasure principle)에 따른다고 말한다. 이 원칙은 어리고 미숙할 때 사용하는 행동원칙이다. 이와 대조적이고 성숙한 행동원칙이 있는데, 그것은 **현실원칙**(reality principle)이다. 궁극적인 만족을 위해서 욕구를 연기할 줄 아는 행동원칙이다. 이는 다음에 설명할 자아가 주로 사용하는 행동원칙이다: 사람의 행동도 쾌락원칙에 따르는 '이드'가 지배하고 있는 사람은 이기적이고 참을성이 없고, 천박하며, 본능적인 행동을 함부로 하게 된다.

미장이 아버지와 일을 저지른 아들

그림에서 미장이 아버지가 시멘트를 바르는 일을 하고 있다. 다섯 살 된 아들이 아직 마르지도 않은 시멘트를 밟아서 아버지의 일을 망쳐 놓았다. 당황하는 아이의 손과 표정이 인상적이다.

이때 아버지의 반응은 아버지에 따라 다양할 것이다. 가학적인 아버지라면 아이를 몹시 두들겨 패 줄 것이다. 반면에 당황하는 아들을 안심시켜 주는 아버지도 있을 것이다.

이런 아버지의 반응은 아들의 마음에 내재화되어서 아이의 초자아(superego)가 된다. 잔인한 아버지를 경험한 아들은 매순간마다 내재화한 잔인한 아버지의 위협을 받으며 초조한 인생을 살 수밖에 없다. 작은 실수를 저지르고도 마치 살인이라도 저지른 것처럼 심한 죄책감과 처벌 공포증에 시달린다. 그러나 공식처럼 꼭 이렇게 되도록 정해진 것은 아니다. 너그러운 아버지를 가진 아들도 가혹한 초자아를 가질 수가 있기 때문이다.

예를 들어, 시험을 앞두고 있는 한 여학생에게 매력적인 남학생으로부터 데이트 신청이 왔다고 하자. 이 때 만나고 싶은 욕구를 시험 후로 연기하지 못하고 달려가 만나게 되었다면, 이 학생은 '이드'의 쾌락원칙에 지배당하고 있는 것이다. 그렇다고 해서 이드가 반드시 나쁜 것만은 아니다. 오히려 '이드'는 인생의 만족감의 원천이며, 정신 에너지(psychic energy)의 샘이다. '이드'가 과도하게 억압당하면 기쁨이 없고, 무기력한 사람이 되고 만다. 필요할 때 공격할 수도 있고 자기 주장을 할 수 있는 것도 이드의 도움이 없이는 안 된다.

성격의 또 다른 구조인 '**초자아**(superego)'는 4~5세 경부터 발달하기 시작한다. 초자아는 자신을 평가하고 비판하며, 도덕적 행동을 하게 한다. 양심이 여기에 속하며 하나님의 음성을 듣는 인격의 부분이기도 하다. "나는 예수님을 본받아 그분처럼 살겠다."는 '**자아이상**(ego ideal)'도 '초자아'의 기능에 속한다. 인간이 죄를 범한 뒤에 잘못을 깨닫고 죄책감을 느끼는 것은 이 '초자아'의 기능 때문이다. '초자아'의 형성 과정은 거세불안을 느끼는 아이가 부모의 공격을 피하기 위해서, 부모의 훈계와 교육 태도를 배우고 따르므로 형성된다. 마음 속에 부모가 내재화(internalize)되어 형성되는 것이다. 본래는 자아의 일부였으나 이런 현실적인 경험을 통해서 형성된 것이다. 부모의 양육방식이 비합리적이고, 지나치게 엄하거나 포악할 때는 그 어린이의 성격 내부의 '초자아'는 포악하고 가학적인 것이 되고 만다. 이런 '초자아'를 갖게 되면 매사에 '가혹한 초자아'의 비난을 받게 되어 죄책감과 우울, 열등감에 빠져 살게 된다. 이 사람은 일생 동안을 자기 속에 가혹한 비판자인 부모를 모시고 사는 셈이다. 그래서 항상 자신을 비난하는 소리를 들으며 주눅이 들고, 완벽주의에 빠지고, 강박적인 딱딱한 삶을 살게 된다. 초자아는 자아를 돕는 기능을 해야 한다. 자아를 도와서 이드의 욕망을 평가하고 조절하는 기능을 해 줘야 하는데 초자아가 자아를 적대시하게 되면 우울한 성격이 된다. 앞서 소개한 L양이 바로 이런 '가혹한 초자아'를 갖고 있는 사람이고 이로 인해 불행해진 사람이다. 전교 1등을 해도 그녀의 비합리적인 '초자아'는 이렇게 말한다.

"못난 것! 뽐내지 마라. 좋아할 것도 없다. 그것은 네 실력이 아니야."

가혹한 초자아는 인간을 자학적으로 만든다. 가혹한 초자아를 가진 사람은 도덕적 자학자(혹은 도덕적 피학자 moral masochist / masochistic character)가 된다.

1) 도덕적 자학자(moral masochist)와
역치료적 반응(negative therapeutic reaction)

도덕적 자학자(moral masochist 혹은 masochistic character)란 용어는 1924
년에 프로이트가 처음 쓴 용어이다. 지나치게 양심적인 사람, 성공을 오히려 못
견디는 사람이다. 자학자들은 자존감이 없고, 자신감이 없으며, 모든 면에서 자신
의 부족을 느끼고 자책한다. 이는 유아기 만능감(infantile omnipotence)을 무의
식에서 부정하기 때문에 만능감이 아니라 오히려 무능감에 빠진 것이다. 자학자
는 불행을 좋아한다. 왜냐 하면 불행해야만 거세 같은 처벌을 피하고, 죄책감, 자
책, 자괴와 자존심의 손상을 피할 수 있기 때문이다. 마치 어린이가 나쁜 짓을 한
뒤에 벌을 받음으로써 자유로와지는 것처럼, 초자아의 고문을 당하고 있는 그는
벌을 받고서라도 초자아의 고문을 벗어나고 싶은 것이다. 큰 죄를 지은 아이가 꽃
병을 깨고 벌을 받아 버리는 것으로 큰 죄에 대한 벌을 피하려는 심리이다. 자학
자들은 처벌욕구를 갖고 있다. 다른 신경증 환자들과 같이, 자학자들은 무의식에
서 일어나는 욕구나 상상과 이것을 행동에 옮긴 것을 본다. 예를 들어, 무의식에
서 증오심을 느끼면 상대방을 공격하거나 욕하지 않았는데도 마치 칼로 찌르기라
도 한 것처럼 죄책감을 느낀다. 따라서 그로서는 이 죄에 대한 처벌을 받을 필요
가 생기는 것이다. 반면에 정상적인 사람은 증오심을 느끼면 죄책감이 생기고, 이
죄책감의 도움을 받아 마음에서 이 증오심을 제거할 수 있다. 그리고 이렇게 도덕
적인 성공을 한 자신을 자랑스럽게 느낀다. 자학적 성격의 환자는 남들이 자기를
멸시하도록 만들어 놓고 속으로 괴로워한다. 화가 난다. 일면 속상하면서도 아이
러니컬하게도 그는 이것을 즐기기도 한다. 상대방(external object)을 조종하여
환자 자신을 처벌하고 모욕하도록 만들 수 있었던 자신의 힘을 즐기고 있다
(enjoys the power). 더욱이 이 처벌을, 그것이 고통스러운 것임에도 불구하고,
적대감과 미움으로만 보지 않고 사랑과 관심으로도 본다(Eidelberg, 1968).

자학소망(masochistic wish)을 가진 환자들은 발기부전이 많다. 이들은 학대 당하는 공상(masochistic fantasy)을 하면서 자위행위를 할 때만 사정이 된다. 이 공상 속에서 그는 자신을 모욕하는 여인의 역할과 굴욕당하는 남자의 역할, 두 역할을 동시에 수행한다.

또한 자학은 하나의 방어기제로 사용되기도 한다. 외적인 좌절(external frustration)을 당했을 때, 이것을 수동적으로 참는 것이 아니고, 그 대신에 적극적으로 다른 패배 사건을 만들어 낸다. 이렇게 하면 수동적으로 당한 좌절은 가려지고 힘을 잃게 된다. 스스로 만든 것이 크기 때문이다. 이런 식으로 외적 좌절에서 오는 아픔을 피해 간다. 그러나 이 방어기제가 분석되어 그 실체를 알게 되면 곧 중지한다. 왜냐 하면 자신이 만든 패배가 방어능력을 상실하고 오히려 자신에게 고통을 주기 시작하기 때문이다. 정신분석학적 입장에서 보면 이 방어는 투사 · 퇴행 · 반동 형성과 같은 수준의 방어에 속한다. 이들은 공격자와의 동일화(identification with aggressor)를 많이 쓴다. 그래서 자기를 괴롭히는 사람의 역할을 흉내내서 자신이 자신을 괴롭힌다.

자학적인 사람은 분석에서 역치료 반응을 보인다. 역치료 반응이란 분석상황에서 도덕적 자학자가 보이는 행동이다. 즉 환자는 모순되지만 치료되고 호전되는 것을 하나의 위험으로 인식한다. 그래서 저항한다. 그의 비의식적 죄책감 때문이다. 자신은 벌을 받아야 할 사람이지, 호전되어 기쁨을 누릴 사람이 아니라고 믿고 있다. 그는 성공을 참을 수 없다. 그는 불행이 편하고, 처벌을 받을 때 오히려 자유로워진다. 그래서 분석가를 처벌자로 만든다. 분석가를 화나게 하고 환자를 공격하게 하는 일이 많다. 부모의 대리자에게 처벌을 받고자 하는 비의식의 죄책감 때문이다. 역치료 반응(NTR : negative therapeutic reaction) 때문에 치료가 원점으로 돌아가 버릴 수도 있다. 육체적으로 심한 질병이 발생하거나 사업 등에서 현실적인 실패가 일어나면 역치료 반응이 사라지기도 한다. 그들은 자신을 계속해서 처벌받는 자의 위치에 두기 위해 죄를 짓기도 한다.

분석상황에서도 해석이 정확할 때, 보통 환자들은 분석가를 좋아하는 긍정적 전이가 증가하는데, 자학자의 경우는 치료에 역행하는 역치료 반응이 일어난다 (Eidelberg, 1968).

도덕적 자학 환자가 정신분석으로 호전되어 자기 생애 처음으로 마음껏 휴가를 즐기고 돌아왔다. 분석가가 "휴가를 그렇게 즐길 수 있었던 것은 치료가 잘된 것을 보여 주는 것입니다."라고 해석해 주자, 환자는 갑자기 화를 내며, "아닙니다. 선생님은 참 이상한 말씀을 다하시네요. 나는 변한 것이 없어요."라고 비난했다. 다행히 이 역치료 반응은 잘 분석되어서 치료는 성공적으로 끝났다.

자학성격은 강박증에도 잘 빠진다. 강박증은 속죄받은 느낌을 주고, 대리만족을 준다. 초자아가 자신을 가학적으로 공격하고 있는 사람이다. 무의식에서는, 다만 욕망을 느꼈을 뿐인데 마치 욕망대로 행동한 것처럼 죄책감을 느낀다. 무서운 일이 일어날 것 같은 걱정을 많이 한다. 이런 일이 부모나 타인에게 일어날 것을 걱정한다.

2) 건강한 자아란?

이 세상에 완벽한 성격의 사람은 없다. 도덕적 자학자만이 아니고, 정도의 차이가 있을 뿐 인간의 마음 속에서는 본능적인 욕구와 이를 비난하는 '초자아'의 싸움이 끊임없이 일어나고 있다. 그리고 이것들 사이의 전쟁으로 마음은 쉴새없이 불안을 경험한다. '미숙한 자아'는 온 힘을 써서 이 불안을 잠재우려 하지만 쉬운 일이 아니다. 그래서 신경증의 증세로 이 불안을 무마하거나 정신병적인 증세의 뒤로 도피하게 된다. '건강한 자아'는 이 싸움을 중재하고 현실과 환경을 참작하여 합리적으로 욕구를 충족시킬 길을 열어 주어서 현실에 적응하게 하며 마음의

심리적 만족(Equilibrium)이 자아의 목표다

이 아이는 전쟁 고아이다. 구멍 난 신발을 신고 있었는데 적십자사로부터 새 구두를 선물 받았다. 아이는 만족하고 있다. 욕구불만이나 불안 같은 불쾌한 감정을 제거하면 마음은 평형을 유지하고 심리적인 안정을 찾는다. 이때 주관적으로는 만족감을 느낀다.

평화(equilibrium)를 얻게 해 준다. 그래서 '자아'가 건강할수록 마음의 여유를 갖고 살 수 있다.

　자아에 대해서 좀더 자세히 설명하겠다. '자아'는 현실감을 갖고 욕구를 연기하는 현실원칙(reality principle)을 충실히 따르며, 여러 가지 방어기제(defense mechanism)를 사용하여 마음의 불안을 처리해 준다. 자아는 의식 수준에서 느끼는 감각·생각·느낌이나 행동을 통해서 주위 환경을 인식하고, 이에 반응함으로써 현실과의 관계를 유지한다. 그래서 자아를 인격의 구조 중 의식적인 조절기능을 하는 부분이라고 볼 수 있다. 자아는 비의식에서도 기능한다. 자아기능의 대부분은 비의식에서 일어난다. 모든 현실적인 여건을 평가하고, 판단하고, 타협하고, 해결하며, 방어기능을 담당하는 것도 자아기능에 포함된다. 자아는 지각과 기억, 현실 평가와 검증 및 경험을 종합하며, 내부세계와 외부세계 사이의 중재 작용 등과 같은 중요기능을 함으로써 인격기능을 조절하는 인격의 집행기관이라고 할 수 있다. 집행기관이라는 말은 예를 들어 이드가 성욕을 느끼고 성행위를 하고자 할 때 대상을 찾아서 실제 행동에 옮기도록 집행하는 기능은 자아의 것이라는 말이다. 자아가 집행해 주지 않으면 이드나 초자아는 행동으로 나올 수가 없다.

　강하고 **건강한 자아**는 내부 또는 외부로부터 오는 스트레스를 효과적으로 처리하고, 현실의 요구와 사회의 요구를 합리적으로 처리한다. 잘 발달되고 성숙한 자아를 가진 사람은 힘에 겨운 생활이나 정신적 부담에 직면했을 때 융통성 있게 처리하지만, 자아가 약한 신경증 환자, 정신증 환자, 또는 성격 결함자는 융통성 없이 완고하고 반복적인 방어기제와 병적인 해결 방법을 되풀이하여 사용함으로써 여러 가지 정신증세를 일으키게 되는 것이다. 자아는 성장하는 어린이와 부모 또는 성장에 영향을 주는 사람들 사이에서 일어나는 지속적인 상호작용을 통해서 발달한다. 적응 및 방어기제를 담당하는 자아기능은 이드와 초자아 사이의 갈등을 해소하는 과정에서 발달하지만, 그 밖의 자아기능은 이러한 갈등 없이 자신의 만족을 위해 스스로 형성되기도 한다. 이렇게 발전된 자아기능을 자아심리학자인 하트만(Hartmann)은 '1차적 자율적 자아기능(primary autonomous ego function)'이라고 하였고, 지각·의지·사물의 이해·사고·언어 및 기억력 등이 이에 포함된다고 했다.

자아는 또한 개인으로 하여금 심리적·사회적 적응을 할 수 있게 한다. 그러나 이러한 작용이 원만하게 이루어지기 위해서는 다른 사람과의 대인관계를 맺는 능력이 필요하다. 남을 이해하고 관계를 맺는 일련의 대인관계 태도가 유지되어야 한다. 평소에 보여 준 대인관계의 태도를 통해 다른 사람들이 그의 사회적 반응을 예측할 수 있다. 이러한 자아가 형성되었을 때 자아주체성(ego identity)이 발달했다고 하는 것이다.

성격구조론을 쉽게 요약한 안나 프로이트의 설명을 들어보자.

"성격의 세 가지 측면, 즉 본능적인 면, 이성적인 면, 도덕적인 면을 이드(id), 자아(ego), 초자아(superego)라고 부릅니다. 여러분은 이 용어들을 인체 해부학의 용어로 받아들여서는 절대 안 됩니다. 그 용어들은 해부할 수 있는 뇌와 무관한 것입니다. 뇌의 어떤 부분에서도 이드, 자아, 초자아를 찾을 수 없습니다. 성격의 특성을 설명하기 위한 추상적인 개념으로 이해해 주시기 바랍니다. 이것은 신체의 어떤 부분에서 일어나는 현상이 아닙니다.

나는 이드, 자아, 초자아를 신의 세 가지 형태, 즉 성부, 성자, 성신에 비유하겠습니다. 이 용어들은 그것들이 속한 집단의 기능을 나타내려고 고안된 것입니다. 세 집단의 기능은 모두 똑같은 목적을 추구합니다. 예를 들어, 본능적인 측면인 **이드**라는 이름의 성격은 본능적 욕구를 만족시켜 주는 쪽으로 작용합니다. 자아 집단도 이드와 같은 목적을 갖습니다. **자아**는 바깥 세상이 어떻게 돌아가는가를 파악하는 것, 인간의 내면 깊은 곳에서 일어나는 욕구(이드)와 바깥 세상에서 일어나는 사건 사이에서 충돌을 중재하는 것이 그 목적입니다. 다음은 소위 문화(교양)적 목적을 지니는 세 번째 집단인데, 그것은 개인의 생각과 행동에 도덕적 판단을 내리고 양심의 기능을 하는 초

불안 극복을 위해 방어기제(defence mechanism)를 사용한다

그림 왼쪽에 총을 든 군인들이 고함을 치며 달려온다.
그림의 오른쪽에는 문 뒤에 숨은 채 달려오는 군인들을 보고 두려워하는 부인이 보인다.
불안상황이다. 이런 실제적인 외적 위험에 대한 불안은 정상적인 불안이다.
문제가 되는 것은 내적인 불안인데, 위험하지 않은 현실을 위험상황으로 해석하기 때문에 일어나는 심리적 불안이다.
이것이 신경증의 원인이 된다. 프로이트는 '신호불안(signal anxiety)' 이라는 용어를 사용했다.
비의식의 위험한 욕구나 생각이 의식으로 치밀고 올라오려 할 때 위험을 알리는 신호가 불안이라는 것이다.
자아는 이 불안을 처리하여 마음의 평화(equilibrium)를 회복하도록 도와 준다. 이 불안을 잠재우기 위해서 자아는
방어기제를 동원한다. 이 과정에서 정신증세가 생기기도 하고, 다양한 성격 특성이 나타나기도 한다.

자아입니다. **초자아**의 기능은 개인이 사회의 한 일원으로서 살아가도록 돕는 것이 목

적입니다(《안나 프로이트의 하버드 강좌》 제1강 중에서, 이무석 · 유정수, 2000)."

건강한 성격은 이드, 자아, 초자아 같은 성격의 세 구조물들이 서로 균형을 이

루고 있는 성격이다.

정신분석에 구조론이 도입된 후에 정신분석 기법에도 큰 변화가 일어났다. 이

제부터는 더 이상 비의식과 과거를 밝히는 데만 집착하지 않고 자아가 성장과정

중에 어떻게 갈등을 해결해 왔는가에 더 많은 관심이 모아졌다. 자아가 환경을 어

떻게 처리하는가에도 관심을 기울였다. 이드 심리학에서는 주로 자아와 내적 욕
구의 싸움에 관심을 쏟았지만, 자아심리학에서는 '자아가 환경을 어떻게 요리하
는가?'에도 관심을 기울이게 되었다. 자아는 해결사(problem solver)로서 매 순간
마다 이드, 초자아 그리고 외부 현실에서 오는 요구와 맞부딪친다. 이러한 요구들
이 서로 모순될 때 갈등이 생기고 이 갈등을 해결하는 역할이 자아의 역할이다. 자
아는 갈등을 잠재우기 위해서 타협안(compromise formation)을 만드는데, 타협
안 중 어떤 것은 증세가 되기도 한다. 증세는 특정한 어떤 갈등상황에서 자아가 찾
을 수 있는 최선의 타협안이다. 분석과정은 이 갈등을 발견하고 풀어가는 과정이
라고 할 수 있다.

성격의 발달과정

한 인간의 특성을 나타내는 '성격' 은
태내에서부터 형성되기 시작한다.
태내생활·구강기·항문기·남근기·잠복기·청소년기·
성인기 등의 성격 발달의 과정을 거치게 되는데,
유년기의 잘못된 경험은 성격의 결함을 만든다.
정신분석은 이상성격을
정상성격으로 개조하는 치료라고 할 수 있다.

인생은 출산 후부터가 아니고 태내에서부터 시작된다. 그래서 고대 그리스의 산모들은 태아를 위해 악한 것이나 추한 것은 피하고 영감을 주는 이미지와 아름다운 것만을 보려고 했다.

우리 나라에서도 조선왕조 500년 동안 초등교육 교과서 역할을 했던 《소학》에 태교에 대한 내용이 있다. 즉 "부인이 자식을 잉태함에 기울게 자지 아니하고, 가에 앉지 아니하고 …… 밤이면 시를 외우게 하며 바른 일만을 이야기하게 하느니라."고 하여 임신부의 정신적 자세의 중요성을 강조하고 있다(이원호, 1982).

1 모태 내의 생활
(fetal life)

태아는 놀라운 능력을 갖고 있다. 촉각은 임신 1~2개월이면 돌 지난 아이만큼 민감하다. 엄마가 냉수를 마시면 태아가 엄마의 배를 찬다. 태아의 머리를 건드리면 피하듯이 빠르게 머리를 움직인다. 태아도 미각이 있다. 양수에 단맛이 나는 사카린을 타면 더 많이 마시고, 요오드를 타면 얼굴을 찡그리면서 조금밖에 먹지 않는다. 일부 학자들은 갓태어나서 울어대는 아기들에게 태내음(아기가 뱃속에 있을 때 들었던 소리)을, 특히 엄마의 심장 박동음을 들려 주면 곧바로 울음을 그치고 가장 평온하게 잠든다고 보고하고 있다. 태내에서 친숙하게 듣던 소리이기 때문에 평안을 준다는 것이다.

엄마의 심장 박동음과 관계 있는 또 다른 연구 보고에 의하면, 어머니가 아기를 안고 있는 시간의 78%를 왼쪽, 즉 아기가 엄마의 심장 박동음을 들을 수 있는 쪽으로 안고 있다는 것이다. 원숭이 관찰의 경우는 40마리의 어미 원숭이 중 39마리가 왼쪽으로 새끼 원숭이를 안고 있었다. 성모 마리아가 아기 예수를 안고 있는 명화의 대부분은 마리아가 아기 예수를 왼쪽으로 안고 있다. 이 현상은 왼손잡이 어머니에게서도 마찬가지였다. 이는 학습된 것이 아니라 뱃속에서 들었던 엄마의 심장 박동음을 아기에게 들려 주고자 하는 엄마의 본능적인 행위로 본다(《김성희 교수의 강의 노트》, 1968. Bogren, 1984).

아기는 뱃속에서부터 무언가를 들을 수 있고 그 소리에 익숙해져 있기 때문에 생후에도 태내음이 들릴 때 안심한다는 것이다. 실제로 특수 촬영술에 의해 아기의 태내생활(fetal life)을 찍어 보면, 임신 4개월이 되었을 때 귀의 형태가 분명히 보이고 엄지손가락을 입에 물고 빨고 있으며 손가락이 빠져 나갔을 때는 찡그린

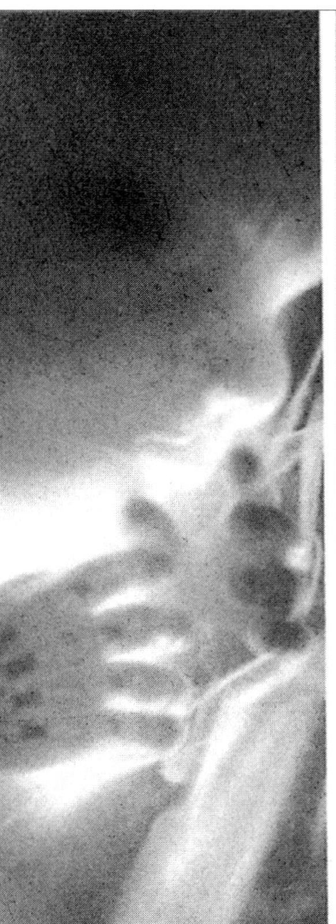

태아는 알고 있다
(토마스 바니, 1985)

이 그림은 7개월 된 태아가 손가락을 빠는 과정을 보여 준다. 태아 관찰에 의하면, 태아들은 손가락을 빨고 있는데, 입에서 손가락이 빠져 나갔을 때 아이는 불쾌한 듯 얼굴을 찡그리지만, 다시 손가락을 입으로 가져갈 수 있게 되자 표정이 밝아졌다. 이 관찰은 태아도 쾌와 불쾌의 감정을 느끼고 있다는 것을 보여 주었다. 다른 실험에서는 엄마와 태아의 관계를 보여 주었다. 먼저 뱃속의 태아를 잘 볼 수 있게 초음파로 아이를 스크린에 비추고, 심장 박동을 측정하는 장치를 해 놓는다.
다음은 엄마에게 눈을 감으라고 한다. 엄마의 눈앞에 갑자기 거울을 들이대며 눈을 뜨라고 요구한다. 엄마는 갑자기 나타난 자신의 모습을 보고 놀랐다. 이 때 실험자는 스크린 속의 아이를 관찰한다. 수 초 후에 태아는 놀란 듯 갑자기 태동이 심해지고 심장 박동이 급격하게 빨라진다. 이 실험이 우리에게 보여 주는 것은 엄마가 놀랐을 때 태아도 놀란다는 것이다. 그 메커니즘은 아직도 설명이 분분하지만 현상만은 분명하다. 이렇게 태아에게도 감정이 있다면 인격의 발달은 이미 태아 때부터 시작된다고 봐야 할 것이다. 그리고 손상경험의 영향은 어른이 된 뒤에 당하는 것과 비교할 때 엄청나게 큰 것일 것이다. 옛 어른들이 태교를 강조한 이유가 여기에 있다.

표정이 나타난다. 태아는 청각이 발달해 6개월 이후에는 귀를 기울이고 있으며, 엄마의 심장 박동음을 듣는다.

알버트 릴리 박사의 실험에 의하면, 사람들에게 메트로놈의 속도를 조정하라고 하자 대부분의 사람들이 1분에 50~90회의 속도에 고정했다고 한다. 이 속도는 어머니의 1분 동안의 심장 박동수와 같다. 캐나다 온타리오 주에 있는 헤밀턴 교향악단의 지휘자인 볼리스 프로트의 경험이다. 그는 악보를 보지 않고도 다음 선율이 떠올랐는데, 알고 보니 어머니가 그를 임신했을 때 늘 연주했었던 곡이었다 (토마스 바니, 1985).

태아에게 의식이 생기는 시기는 임신 7~8개월이다. 태아가 꿈을 꾸는 것은 임신 8개월째부터다. 기억능력은 학자에 따라서 3개월, 6개월, 8개월로 다양하다.

엄마의 불안은 곧 태아에게 전해져서 발달에 이상을 가져올 수 있다. 임신중인 어머니의 섭생도 태아의 뇌세포 발달에 매우 중요하다. 인간의 뇌세포 발달은 태중에서부터 이루어지는데, 뇌 생리학에 의하면 임신 4개월 반부터 생후 2세까지가 일생 중 뇌세포의 발달이 가장 빠른 시기라고 한다. 즉 뇌 중량의 80%가 네 살 때까지 이루어진다.

뇌세포의 발달에 중요한 인자는 단백질 섭취와 자극이다. 멕시코의 어느 부락민을 대상으로 한 연구에 의하면, 이 부락민은 대대로 영양실조에 시달리고 있었고 전반적으로 바보스러웠다. 이들 중 임신한 여인들을 선택해서 두 집단으로 나눈 다음, 한쪽 집단에는 임신중 섭생을 잘 시키고 다른 집단은 원래대로 두었다고 한다. 어머니의 섭생이 좋았던 아기들은 출산 후 머리의 크기가 더 컸다. 임신중에 영양 섭취가 잘 된 아기들은 성장도 빠르고 어휘수도 많고 호기심도 많았으며 활동적인 특성이 있었다고 한다.

이상의 연구들을 종합해 보면 아기는 뱃속에서부터 소리를 들을 수 있고, 엄마의 정서적 안정은 곧 아기의 정서적 안정이 되어 안정감 있는 인격형성의 기초가 이루어진다는 것을 알 수 있다. 임신중인 엄마의 섭생이 좋지 않아 영양실조에 빠지게 되면 아기의 뇌세포 발달에 장애가 오게 된다. 그러므로 정신위생은 태아 때부터 시작되어야 한다.

태아에 대한 어머니의 태도에 따라서 출생 후 아기의 건강도 달라진다. 게르하르트 로트만 박사(잘츠부르크 대학)는 411명의 어머니를 네 부류로 나누었다.

첫째는 아기를 바라는 어머니였다. 임신 자체가 즐거웠고 출산의 고통도 적었을 뿐만 아니라 아기도 건강했다. 둘째는 아기를 싫어하는 어머니였다. 임신중에 어머니가 많이 아팠다. 아기도 조산하거나 미숙아를 낳는 비율이 높았고, 정신적으로 불안정한 아기를 낳았다. 셋째는 남편이나 가족들은 모두 임신을 기뻐하지만, 본인은 무의식적으로 아기를 거부하는 어머니였다. 넷째는 어머니가 노골적으로 아기를 원치 않는다고 말하면서도 무의식적으로는 아기를 원하는 어머니였다. 아기를 거부하는 어머니에게서는 무기력하고 둔한 아기가 태어났다. 태아가 자기에 대한 어머니의 감정을 안다는 것이다.

부모의 결혼생활도 영향을 준다. 영국 글래스고우 대학의 데니스 스토트 박사는 1,300명의 아기와 가족을 대상으로 조사했다. 화목한 부모에 비해서 적대적인 부부에게서는 장애아가 태어날 위험이 2.5배나 높았다. 불안한 부부생활을 하는 부모에게서는 쉽게 공포에 빠지며 약하고 신경질적인 아기가 태어날 확률이 5배나 높았다. 다시 말하면, ‘불행한 태아기 체험’을 하게 되면 ‘불행한 인간’이 될 확률이 훨씬 높아진다는 것이다. 자궁내 환경이 따뜻하고 안전하면 태아의 인격은 안정된다. 자궁과 마찬가지로 외부세계도 안전하고 사랑이 넘치는 곳이라고 기대하게 된다.

태아가 엄마의 사랑을 감지할 때는 사랑이 보호막으로 작용해서 외부 스트레스를 막아 준다. 예를 들어, 임신 6개월인 한 엄마가 있었는데 난소암이 발견되어 당장 수술을 해야 했다. 그런데 수술을 하려면 태아를 유산시켜야 했다. 부인은 큰 쇼크를 받았지만 임신 중절을 거부했다. “아기를 위해서라면 어떤 위험도 각오하겠어요."라고 했다. 아기는 정상적이고 건강하게 태어나서 잘 자랐다. 스트레스보다 더 중요한 것은 엄마의 감정이다. 아기는 어머니의 감정을 읽는 듯하다.

이탈리아의 정신분석학자는 쌍둥이 태아를 관찰했다. 그리고 출생 후 5년 동안 쌍둥이를 추적·조사했다. 뱃속에서 활동적이고 공격적이었던 태아는 출생 후에도 공격적이고 활발했으나 소극적이었던 태아는 출생 후에도 수동적이었다. 출생 후에도 태내 성격이 계속된다는 연구 보고였다. 뱃속에서 양수막을 사이에 두고 서로 장난을 하던 아이들이 태어난 후에도 뱃속에 있을 때처럼 커튼을 사이에 두고 장난을 하는 것도 흥미로웠다.

2 구강기 (oral stage)

아기는 출생과 함께 모태 내의 안정과 수동적인 생활을 끝내고 새로운 환경과 다소 고통스러운 접촉을 시작한다. 즉 청각을 거스르는 소음, 숨을 쉬어야 하는 공기, 항상 위협하는 듯한 질식감 등에 괴로움을 느낀다. 그래서 프로이트는 출생을 하나의 정신손상(psychic trauma)으로 보았고, 성인 불안의 모태가 된다고 했다. 유아(乳兒)는 아직 자신과 대상을 구별할 수 없다. 신생아는 초유에서 많은 효소와 항체(antibody)를 받는다. 신생아에게 초유를 먹이지 않으면 병에 대한 저항능력이 약해진다. 더욱 중요한 것은 신생아의 영양 상태는 생후 몇 시간을 지탱할 수 없다는 것이다. 신생아의 혈당치는 생후 6시간까지 점점 내려간다. 그리고 혈당치가 30mg/dℓ가 되면 영구적인 뇌 손상이 초래된다. 생후 10시간까지 아기에게 젖을 주지 않았을 때 10명 중 3명의 혈당치가 30mg/dℓ가 됐다. 이 아기들은 이미 영구적인 뇌손상을 받았다는 얘기다. 정상적인 아기는 출생 후 15분 안에 젖을 빨기 시작한다. 그러므로 출생 후 15분 안에 엄마의 젖을 빨려야 한다. 때문에 아기는 아무것도 모른다고 여겨 24시간 동안 신생아실에 격리시켜 굶기고 고무젖꼭지를 물리는 것은 아기를 비정상적으로 만든다. 정상적인 어머니는 신생아와 떨어져 있을 때 불안하고, 신생아는 자신이 있을 터전을 상실했기 때문에 보챈다(《김성희 교수의 강의 노트》, 1968).

아기는 생후 처음 몇 주 동안은 주로 잠을 자지만, 2~3개월이 되면 자신을 보살펴 주는 존재에게 긍정적인 반응을 보이기 시작한다(social smile). 6~7개월이 되면 낯가림이 시작되고 특정한 사람에게(특히 엄마) **애착행위**(attachment behavior)가 생긴다. 이 애착의 의미는 미숙한 개체가 생존에 필요한 어머니나 성인에게 가까이 있음으로써 자신의 생존을 지키려는 생물학적 현상이다. 이는 어떤 특정한 사람과의 애정에 찬 관계 수립을 말하는데, 이 애착을 통해 아기는 타인과 세상에 대한 기본적인 신뢰감(basic trust)과 안정감을 갖게 된다. 기본적 신뢰감이란 '엄마는 내가 위험할 때 도와 주며, 위험에서 구해 주는 믿을 만한 사람이다.' 라는 것을 말하며 모든 대인관계가 이 신뢰감을 기초로 이루어진다.

출생시 유아는 생물학적으로 기본적인 방어능력만을 가지고 태어나기 때문에 생존은 자신을 보살펴 주는 어머니와 타인에게 달려 있다. 유아가 우는 것은 엄마와의 관계를 유지하려는 신호이다. 애착관계를 통해 영양을 공급받을 뿐만 아니라 운동감각계와 촉각계를 자극하는 신체적 접촉도 받는다. 이렇게 아기와 엄마 사이에는 새로운 형태의 생물학적 관계가 형성된다. 유아는 생후 2주 내에 웃고 얼굴 움직임이나 손짓을 시작하기도 한다. 깨어서 정신이 또렷할 때는 신체적 접촉뿐만 아니라 눈과 귀 같은 원격 수용장치(distance receptor)를 통해 외부 환경과의 접촉을 시도한다. 유아의 생리적 욕구들은 선천적인 것이지만 이들 욕구의 만족 여부는 엄마에게 달려 있다. 욕구의 만족은 자궁 안에서부터 시작해 출생 후 상당 기간까지 전적으로 엄마의 보살핌 여하에 달려 있는 것이다. 출생 직후부터 상당 기간 계속되는 유아의 어머니에 대한 의존관계는 인격형성과 인간관계의 기틀을 제공해 준다.

대상관계(object relations), 즉 다른 사람과의 관계는 유아가 자신의 생리적 욕구를 충족시켜 주는 엄마와의 관계에서 처음으로 생겨난다. 유아는 입술 점막을 자극하여 구강욕구를 만족시켜 주는 엄마의 젖가슴과 젖꼭지를 통해 엄마와 관계를 맺는다. 또한 기저귀를 갈아 주고 주위로부터 보호해 주고, 안아 주고 덮어 주고 목욕시켜 주는 행동을 통한 촉각 운동 감각계(tactile kinesthetic sensory system)를 통해서 엄마와 관계를 맺는다. 수유기에는 입이 쾌락을 주기 때문에 입이 성감대(erogenous zone)다. 이렇게 쾌감을 주는 신체 부위(ero zone)를 자극해서 얻는 쾌감을 **자기애 (autoerotism)**라고 한다.

자기애적 행위 기간이 길어지는 것은 엄마의 태도에 달려 있다. 엄마의 심리적 보살핌(psychological mothering)이 부족하거나 변덕이 심한 경우, 아기는 지나치게 오랜 기간 손가락을 빨거나 변비 증세를 보이거나 너무 일찍 자위행위를 하는 등의 자기애 행위가 나타난다. 반면 부모와의 관계에서 꾸준하고 건전한 만족감을 얻을 경우에는 자기애의 시기가 짧아지고 본능적 욕망이 자연스럽게 승화되어 다음 단계인 정신적 발달단계로 건전하게 이행한다.

정신분석학에서는 유아기를 **구강기(oral stage, 출생~1.5세)**라고 한다. 구강기는 두 시기로 나뉜다. 구강기 전기인 수용기(receptive stage, 출생~8개월)와 구강기 후기인 구강공격기(aggressive stage, 생후 8개월~18개월)이다. 유아는 태어나자마자 곧바로 음식에 대한 생물학적 욕구가 생기며, 이 욕구는 젖을 빠는 행위를 통해 만족을 얻는다. 배고픔이라는 생리적 불쾌감이 빠는 행위를 통해서 해소되는데, 이 때 긴장감도 함께 해소되면서 안정감을 얻는 것이다. 이 시기의 유아는 모든 관심이 입에 집중되며 감각과 활동의 초점 또한 입에 집중된다. 입을 통해서 가장 큰 만족감을 얻는다.

구강기 후기에는 빠는 데서 얻는 쾌감에 물어뜯는 데서 얻는 쾌감이 더해진다.

따라서 이 때 공격욕구(aggressive drives)가 처음으로 나타난다고 본다. 인간의 공격성에 대해서는 여러 가지 견해들이 있다. 공격성은 구강기 후기에 나타난다고 주장하는 학자가 많지만, 아주 어릴 때도 유아는 엄마의 젖을 공격적으로 빨아 먹는다. 이런 관점에서 볼 때 공격성은 유아 인격의 추진력이나 결단력 같은 건설적인 특성을 구성한다고 할 수 있다. 학자에 따라서는 공격성이 인격 발달의 후기에 좌절에 대한 반응으로 나타난다고 한다. 특히 양육되는 과정에서 어쩔 수 없는 좌절을 겪을 때 나타나는 것이라고 한다.

'**구강인격**(oral personality)' 이란 구강기에 고착(fixation)이 심하거나, 또는 구강기 욕구의 좌절이 심해 구강기를 지나서도 구강기 욕구충족에 집착하는 인격이다. 구강인격의 특징은 의존적이고 자기 중심적이며 매사에 요구가 많고, 받을 줄만 알며 줄 줄을 모른다. 생활습관의 특징은 애주나 폭주, 애연, 미식 또는 과식, 과욕과 이에 대한 공상이 많다(Freud S. 1905).

3 항문기
(anal stage)

운동 근육과 신경이 발달하고 아이의 관심이 구강에서 항문으로 이동한다. 이 시기를 **항문기**(anal stage)라고 하며, 생후 18개월부터 3세까지를 말한다. 아이와 어머니의 관계는 대소변 가리기 훈련을 중심으로 형성된다. 아이들은 처음으로 획득한 신체의 **자율성**(autonomy)을 시험하고 기뻐한다. 대변을 볼 수도 있고 참을 수도 있으며, 자신이 만들어 낸 큰 대변을 자랑스러워 하기도 한다. 대변이 더럽다거나 청결하다는 개념은 아직 없다. 대소변을 가리는 훈련 과정에서 어머니의 훈련 방법과 태도도 인격형성에 많은 영향을 준다. 어머니가 성급하고 엄하게 훈련시키면 강박성격이 된다. 예를 들어 스스로 알아서 배설욕구를 조절하는 데 필요한 신경의 성숙, 즉 유수화(myelination)가 완성되기 전에 훈련을 강요하거나, 어린이가 혼자 옷을 입고 벗을 수 있는 능력이 없는데 대소변을 가리는 훈련을 심하게 시키면 문제가 생긴다.

만약 이런 상태에서 아이가 대소변을 가리지 못했다는 이유로 어머니가 벌을 준다면 아이들의 마음 속에 어머니에 대한 분노와 공포가 생긴다. 부모와 투쟁적인 관계가 되는 것이다. 여기서 아이의 성격은 두 방향으로 발달할 수 있다. 아이가 부모에게 심한 두려움을 느끼고 복종의 길을 선택하면 청결, 질서, 정돈, 복종, 정확성 등의 **'항문성격(anal personality)'**이 된다. **'강박성격(obsessive personality)'**이다. 그러나 반대로 부모에 대한 반항을 선택한 아이는 불결, 고집, 또는 신뢰성의 결여와 같은 반항적인 성격이 된다. 반항적인 반응은 부모에 대한 분노에서 나온다는 것이 정신분석학의 설명이다.

항문기 경험을 통해서 자기조절(self control), 독립심, 자율성(autonomy), 자존심(self esteem)이 싹튼다. 이와 더불어 수치심과 혐오감도 생긴다. 아이들의 배설기능에 대한 부모의 태도와 말 또는 표정이 아이에게 수치심을 일으킨다. 수치심은 어린이의 대소변 훈련 과정에서 학습되는 유아기 감정이다. 그러나 지나치게 수치심을 조장하면 도리어 도전적이고 뻔뻔스러운 성격이 되기 쉽다. 또한 항문기

성격의 나무
곧게 선 왼쪽의 세 그루 나무는 정상적인 성격이다. 굴곡이 심한 오른쪽의 나무는 이상 성격이다. 잘못된 유년기의 경험이 성격의 결함을 만들고, 이 성격 결함 때문에 정상적인 대인관계를 맺을 수가 없다. 적응력도 떨어져서 스트레스에 쉽게 무너진다. 우울증이나 정신분열증 같은 정신질환은 성격의 병이다. 정신분석은 성격을 개조하는 치료라고 할 수 있다.

의 고착이 일어나서 어른이 된 후에도 양가감정이 심하고, 강박적인 사고 등을 특징으로 하는 소위 강박신경증을 일으키기도 한다(Freud S. 1905).

4 마거릿 말러의 분리-개별화 과정

세 살까지의 아이들에게서 일어나는 성장과정을 관찰한 뉴욕의 소아 정신분석 의사인 마거릿 말러 등은 이를 분리-개별화 과정(separation-individuation process)이라고 했다(Mahler & McDevitt, 1989). 이 과정에서 아이는 자기의 요구를 항상 만족시켜 주는 사람인 줄 알았던 엄마로부터 때때로 피치 못할 거절을 당할 때 갈등을 느낀다. 만족을 주는 좋은 엄마와 좌절을 주는 나쁜 엄마로 분리된 어머니상을 가진다. 그러나 마침내 엄마가 한결같은 사랑을 주는 분(대상항상성, object constancy)이라는 이미지로 통합되면서 개별화 과정을 완성한다. 완성이라고는 하지만 이제 겨우 형태를 갖춘 미숙한 완성일 뿐, 이 과정은 일생을 통해서 진행된다고 했다. 말러는 생후 24~36개월이면 아이가 아무 고통 없이 엄마와 잠깐 떨어질 수 있다고 했다. 그 이유는 아이가 마음 속에 자신의 이미지나 엄마의 이미지(self and object representation)가 형성되었기 때문에 이제는 엄마와 떨어져도 불안하지 않다는 것이다. 즉 자신과 엄마의 이미지를 **내재화**(internalization)시켰기 때문이다.

내면세계에 생긴 대상을 '내적 대상(internal object)'이라고 한다. 분리-개별화 과정이 만족스럽게 진행되면 자기 자신에 대한 일관된 상(identity)이 일찍 세워지고, 자아개념에 대한 안정된 기초가 된다.

말러는 아이가 엄마라는 대상으로부터 분리되어 독립하는 심리 과정을 다음과 같이 시기별로 정리 · 발표했다. 각 단계는 서로가 다소 중첩되기도 한다.

●**제1기 : 정상 자폐기**(the phase of normal autism ; 0~2, 3개월)

정신분석 용어로는 대상이 존재하지 않는 '무대상(objectless)'의 시기라 한다. 이 때 유아는 자기와 자기가 아닌 것(대상, object)을 구별하지 못하고 모든 세상이 다 자기 자신과 한몸인 줄 아는 시기이다.

●**제2기 : 공생기**(the symbiotic phase ; 2, 3개월~4, 5개월)

엄마와 아기가 공생하는 시기이다. 심리적인 공생이다. 아기는 '나(I)'와 '나 아닌 대상(not-I)'을 구별하지 못한다. 내적인 것과 외적인 것도 구별이 안 되는 시기이다. 아기는 엄마를 알아보고 엄마도 아기의 반응이 귀여워서 아기에게 폭 빠지는 시기이다.

●**제3기 : 분리-개별화기**(the separation-individuation phase ; 5개월~36개월)

이 시기는 다시 네 개의 분기(分期, subphase)로 나누어 살펴볼 수 있다.

◆**제1분기 : 분화 분기**(differentiation subphase)라고 하는데, 5개월에서 7개월 사이에 일어난다. 아기가 모자 공생의 알에서 부화(hatching)하는 시기라고 할 수 있다. 생후 5개월이 되면 감각이 발달하고 자기가 아닌 주위 사물에 관심을 갖기 시작한다. 환경에 대한 탐색이 가장 중요한 행동특성이다. 어머니를 알아 보는 대신 낯선 사람에게는 낯가림을 한다.

◆**제2분기 : 실습 분기**(practicing subphase)로 7개월에서 16개월까지이다. 이 때는 아기가 기어다니거나 걸을 수 있기 때문에 이동이 가능해진다. 엄마로부터 신체적으로 떨어질 수 있다. 운동능력이 생기면 아기는 신이 나 기어다니면서 이것저것 만져 보고 탐색한다. 재미있어 지칠 줄 모르며 개별화 기간 중 이 때가 가장 기분 좋은 시기라고 한다. 몸을 사용할 수 있다는 것이 그렇게 기쁠 수가 없다. 자기가 최고인 줄 안다. 자기애가 최고조에 달하는 시기이다. 자신과 세상에 대한 사랑에 빠지는 시기이다.

아기의 관심이 엄마에서 주위의 장난감, 우유병, 다른 물건 같은 무생물로 옮겨

간다. 사물을 들여다보고, 냄새를 맡아 보고, 입술을 대 보고, 손으로 만져 본다. 이런 무생물 중의 어느 하나가 장차 과도기 대상(transitional object)이 되어 엄마가 없을 때, 엄마의 존재를 대신하는 물건이 되기도 한다. 자유롭게 돌아다니는 것을 즐기지만 엄마와 멀리 떨어지면 불안하므로 일단 멀리 갔다가도, 얼른 엄마 곁으로 다시 돌아온다. 기름이 떨어진 자동차에 **재급유(refueling)**를 하듯이 아기는 엄마의 존재를 확인하고 안심한다. 이 때 어머니가 외출할 낌새라도 보이면 아기는 엄마 곁을 떠나지 않으려고 한다. 이런 연습을 하면서 아기는 사랑하는 대상을 동일시하고 주체성(identity)과 개성이 드러나기 시작한다.

이 시기의 아기 행동은 타고난 기질과 엄마의 양육 태도에 의해서 좌우된다. 어떤 엄마는 아기의 연습(practicing), 독립(independance), 자율(autonomy)을 키워 주는데, 반대로 어떤 엄마는 이것들을 막는다. 아기의 독립보다는 아기와의 공생관계를 계속 유지하려 하거나 아기가 할 수 없는 너무 무리한 요구를 한다.

엄마만 잘해 주면 아기는 새로운 경험이 재미있어서 지칠 줄 모른다. 제 일에 몰두해서 엄마의 존재를 잊기도 한다. 혹시 다치더라도 웬만큼 아픈 것은 아픈 줄도 모를 정도이다. 단지 배가 고플 때에만 젖을 먹기 위해 엄마에게 간다(재급유, refueling). 젖을 먹는 것은 단지 육체적 배고픔의 충족 뿐만 아니라 심리적인 공급을 받는 것이기도 하다.

◆**제3분기 : 화해접근 분기(rapproching subphase)**로 16개월에서 24개월까지다. 이 시기는 아기가 마음 놓고 걷는 시기이다. 그래서 자기 몸이 엄마 몸과 분리되어 있음을 더 확실히 깨닫는 시기이다. 아기는 새로 배운 자기의 여러 가지 재주를 엄마에게 자랑하고 싶기 때문에 엄마가 곁에 있어 주기를 바란다. 아기의 행동 반경이 넓어지고 이것저것 집안의 물건에 손을 대면 엄마의 통제와 충돌한다. 아기의 욕구와 엄마의 방해 사이에 충돌이 일어난다. 아기의 자율성(autonomy)이 엄마의 통제에 부딪친다. 자기 마음대로 하고 싶은 자율욕구가 큰 시기이다. 이 시기에 아기는 분리불안이 몹시 높아져서 엄마의 부재를 심히 불안해 하고 평상

시에도 엄마의 행방에 깊은 관심을 가진다. 엄마 곁에서 언어를 배우고, 의사소통의 상징적 행동들을 배운다. 동시에 세상이 자기 뜻대로 움직여 주지 않고, 세상 정복에는 무수한 장애물이 있음을 알게 된다. 이제 아기는 자기와 엄마는 한 몸이 아니며 자기 요구를 말로 표현해야만 엄마가 알 수 있다는 것을 알게 된다. 아기는 엄마와 자신은 떨어져 있고, 자신의 관심사와 엄마의 관심사가 다를 수 있다는 것을 배운다. 그리하여 지금까지 지녀왔던 만능감이나 과대망상을 포기해야 한다. 이런 가운데 엄마와 싸우기도 한다.

사랑해 주는 엄마(good libidinal cathected representation ; good mother)와, 때로는 아기의 욕구를 차단시키고 방해하고 나무라며 차갑게 미워하는 엄마(libidinal withdrawal representation ; bad mother), 이 두 개의 분리된 엄마(splitting mother) 사이에서 아기는 불안해 한다. 분리된(split) 엄마는 아기에게 불안을 준다. 말러는 이런 상태를 '**화해접근기의 위기(rapprochement crisis)**'라고 불렀다. 이 때의 엄마의 특징적 행동은, 아기가 떨어지면 찾고 끌어당기다가, 막상 아기가 되돌아와서 사랑을 구하면 다시 냉랭하게 대하면서 내몰아 버린다. 엄마의 이런 행동이 극단적이고 병적일 경우, 특히 자기 말을 잘 들을 때는 아기를 끔찍이 사랑하다가도 조금만 자기 말을 듣지 않고 제 고집을 피우면 전혀 다른 사람처럼 차갑게 돌아서 버린다. 그러면 아기는 혼동에 빠질 수밖에 없다. 좋은 엄마였는데, 이번에는 너무나 차갑기 때문에 이 두 엄마를 한 엄마라고 생각할 수가 없다. 비유하자면, 한 컵에 좋은 엄마인 우유에다가 나쁜 엄마인 독약을 섞게 되면 우유마저 마실 수 없게 되므로 아기는 이 둘을 분리시켜(split) 놓고 통합하려 하지 않는다. 이 시기에 엄마나 엄마 대리인의 이미지에는 좋거나 아니면 나쁜 감정만이 부여된다. 그래서 대인관계에서 양가감정이 시작되거나 어머니나 다른 사람들을 '완전히 좋거나, 완전히 나쁘다(total good or bad).'고만 생각한다.

근대 정신분석가들은 이런 병적 모자관계가 성장 후에 **경계선 장애(borderline condition)**의 근본 원인이 된다고 추정한다. 경계선 장애 환자들은 마음 속에 분리된 어머니의 좋은 상과 나쁜 상(splitted object)을 갖고 있다가 성장 후 대인관계에서 대상 인물에게 번갈아 가며 투사하기 때문에 대상을 이상화했다가, 수 틀리면 경멸해 버리는 인간관계를 반복한다(idealization and devaluation of the object). 대상 인물과의 거리가 너무 가까워지면 자신의 존재가 먹혀 버릴까 두렵고(fear of engulf), 멀어지면 버림받는 공포(fear of abandonment)에 빠지므로 사람을 대할 때는 항상 초조하게 거리를 재고 있다(distance regulation).

이런 특징들은 분리-개별화기의 화해접근 분기에 아기가 가지고 있는 갈등과 매우 유사하다. 좋은 엄마는 아기의 요구를 적당히 충족시켜 주고 허용하면서도, 적당한 선에서 좌절을 주지만(optimal frustration) 차갑고 단절된 감정의 손상을 주지는 않는다. 아기와 엄마 사이에 적당한 협상과 화해가 일어나는 관계가 이상적이다. 엄마가 아기에게 너무 심하게 대해서는 안 된다. 아기는 늘 엄마의 사랑을 받을 수 있어야 하고(emotionally available), 엄마의 행동을 예상할 수 있어야 한다. 그리고 동시에 아기가 독립적인 방향으로 나갈 수 있도록 부드럽게 밀어 주어야 한다(gentle push). 이렇게 할 때만 아기는 새로 생긴 자율성(individual autonomy)을 실제적이고 현실적인 것으로 인식하고 과대망상적인 자신감(belief in his magical power)을 버릴 수 있다. 그래야 아기는 다음 단계인 대상항상성의 발달단계로 자연스럽게 넘어갈 수가 있다.

◆ **제4분기 : 대상항상성이 형성되는 시기(on the way to libidinal object constancy)** 라고 부르는데, 생후 24개월에서 36개월까지의 기간이다. 엄마의 이미지가 더 이상 '좋은 엄마'와 '나쁜 엄마'로 분리되어 있지 않고, 엄마가 나무랄 때도 있지만 한결같이 사랑하는 분으로 보게 되는 시기다. '좋은 엄마'와 '나쁜 엄마'의 이미지가 하나로 통합되는 시기다. 이렇게 되어야 대인관계가 안정되고, 인간관계를 오래 유지할 수 있다.

대상항상성은 엄마의 내재화에 의해서 생긴다. 한결같고, 좋은 엄마의 이미지가 아기의 마음에 내재화될 때 대상항상성이 생긴다. 이렇게 내재화된 어머니를 아기는 필요할 때마다 동원해서 위로받고 힘을 공급받는다. 그래서 엄마가 안 계셔도 자신 속에 있는 마음의 엄마가 대신해 준다. 이런 엄마를 갖고 있는 사람은 공허감을 덜 느끼며 환경적인 좌절을 당해도 잘 버틴다. 그러나 이런 내적 대상이 없으면 우울감, 공허감, 혼란에 쉽게 빠진다. 대상항상성의 대상이 마음에서 기능을 하지 못하고 있는 것이다.

대상항상성의 대상을 내면에 가진 사람은 다음의 세 가지 특징을 보인다.

첫째, 엄마의 이미지와 사이가 좋다(positive attachment to the maternal representation).

"나는 엄마가 좋아, 그리고 엄마도 나를 좋아해."

그래서 현실에서는 대인관계의 갈등이 적다.

둘째, 엄마의 이미지의 '좋은 면'과 '싫은 면'이 통합되어 하나의 이미지로 되었다.

"나를 나무랄 때도 있지만, 그래도 엄마는 좋은 분이야."

그래서 양가감정이 적고 퇴행 경향도 적으며 대인관계에서 '좋은 사람'과 '나쁜 사람'으로 갈라 놓는 분리(splitting)도 적게 한다. 이간질도 적게 한다.

셋째, 내면에 간직하고 있는 좋은 어머니상을 이용한다(available maternal representation).

"엄마가 항상 내 곁에 있어서 어떤 일이 생기더라도 나는 안심이에요."

마치 실제 어머니가 한결같이 위로하고 사랑해 주시듯이 내면에서 위로를 준다(intrapsychically available).

아기는 엄마가 없더라도 비교적 오랫동안 견딜 수가 있다. 내면에 내재화한 엄마가 계시기 때문이다. 그러나 오래 떨어져 있으면 아기의 대상항상성의 정도에 따라 견디는 정도가 달라진다. 10분 동안 아무렇지 않게 노는 아기가 있는가 하면, 하루 종일 잘 노는 아기도 있다.

안나 프로이트는 대상항상성을 이렇게 정의했다(Anna Freud, 1968).

"대상항상성은 대상이 좌절을 주든 만족을 주든 상관없이 그 대상에게 한결같이 사랑(리비도)을 주는 능력이다(Capacity to keep up object cathexis irrespective of frustration or satisfaction). 예를 들어, 우유병에 우유가 떨어졌을 때 그것을 버리는 아이는 우유병이라는 대상에 대한 대상항상성이 생기지 않은 아이다. 그러나 아이가 좀더 크면 우유가 떨어져도 우유병을 버리지 않는다. 대상항상성 때문이다. 우유가 없어도 우유병은 쓸모가 있다."

엄마와 아기의 초기 관계도 중요하지만 더욱 중요한 것은, 어느 시기에 어떤 경험을 했느냐 하는 것이다. 결정적인 경험의 시기(critical period)가 있다는 것이다. 조류에서 '각인(imprinting)'은 결정적인 시기에 어떤 대상을 따라가려는 근육활동과 관계가 있으며, 근육이완제인 메프로바메이트(meprobamate)와 카리소프로돌(carisoprodol)을 투여하면 각인의 정도가 감소된다.

할로우(Harlow)는 원숭이 실험에서 갓태어난 새끼 원숭이를 어미로부터 격리시킨 후, 젖꼭지는 있지만 철사로 골격만 갖춰 놓은 가짜 어미와 젖꼭지는 없지만 부드러운 천으로 만든 모형 어미 원숭이를 주었더니 후자를 더 좋아했다는 사실을 관찰·보고했다. 또한 이들 모형으로 된 어미 원숭이와 함께 자란 새끼 원숭이들은 어미가 되어서도 한결같이 새끼를 배척하고 때리기만 하는 병적인 어미가 되었다고 했다(Harlow, 1962).

5 남근기
(phallic phase)

이 시기가 되면 어머니에게 국한되었던 인간관계의 폭이 아버지나 형제 자매에게까지 확대된다. 그리고 인간관계 속에서 질투, 분노, 부러움, 죄책감 같은 감정을 경험한다. 또한 활동이 많아짐에 따라 탐구심·호기심이 생기고, 자율성 (autonomy)을 행사해 볼 기회도 생긴다. 더욱이 남녀 간의 성적인 차이도 이해하기 시작하여 자신의 성 주체성(sexual identification)을 확립하기 위한 기초가 된다. 정신분석학에서는 이 시기를 **남근기**(phallic phase ; 4~6세)라고 부른다. 구강기에는 입이 쾌락을 주는 원천이었고, 한 살 전후가 되면 항문으로 옮겨진다. 세 살 전후에는 쾌락의 원천이 성기(genital region)로 옮겨진다. 이 시기는 7세 경까지 계속된다.

남근기의 출현과 더불어 남녀 간의 성적인 차이, 성기의 크기 및 남근(penis)의 존재 유무에 대한 관심이 높아진다. 생식기에서 느끼는 감각이 뚜렷해지고, 주로 자위행위에서 성적 쾌감을 얻는다. 그렇다고 아이들이 성기에 대해 갖는 관심이 어른들이 느끼는 성과 같은 것은 아니다.

남자 아이들은 자신의 성기가 중요하다는 것을 알고 자랑스러워 한다. 남근에 대해서 자기애적 관심을 보인다. 그러나 여자 아이의 경우는 다르다. 자신에게 남근이 없다는 것을 알고 몹시 실망하며 열등감을 느낀다. 여자 아이는 자신도 오빠처럼 남근을 가지고 태어났는데 거세당했다고 믿는다. 남근을 부러워하는 **'남근선망**(penis envy)' 이 나타난다. 남근선망이 심하면 여자 아이는 자신의 여성성을 받아들이기가 쉽지 않다. 여성의 성 발달에 대해서는 147쪽에서부터 좀더 자세히 설명하겠다.

'리비도' 의 발달에서는 구강기·항문기·남근기를 통틀어서 생식기 전기 (pregenital phase)라고 한다. 4~6세의 남근기에 이성의 부모에게는 애정을 느끼고, 동성의 부모에게는 질투와 경쟁적인 증오심을 느끼는 시기가 있다. 이렇게 아버지와 어머니 그리고 아이와의 사이에서 만들어지는 삼각관계를 프로이트는 **에디푸스 콤플렉스**(Oedipus complex)라고 했다. 여자 아이에게서 나타나는 에디푸스 콤플렉스를 엘렉트라 콤플렉스(Electra complex)라고 부르기도 하지만, 지금은 남녀 모두 에디푸스 콤플렉스라고 부른다.

프로이트는 에디푸스 콤플렉스를 '인간이면 누구나 성장 과정중에 경험하는 인류의 보편적인 현상(universal process)이며, 신경증의 핵심적 원인'이라고 했다. 프로이트는 그 자신의 분석과 환자들의 분석경험을 근거로 이렇게 주장했다. 현대에 와서도 분석가들은 자기 자신의 교육 분석을 통해 이를 확인하고, 진료실에서 에디푸스 콤플렉스로 고통받는 환자를 자주 본다. 그러나 어떤 인류학자들은 에디푸스 콤플렉스의 인류 보편성을 반대하면서 서구 문화권에서만 볼 수 있는 특별한 심리현상이라고 주장하기도 하지만, 인류학자인 마거릿 미드 여사는 원시 민족에게서 에디푸스 콤플렉스를 확인해 주었다.

이 콤플렉스는 동성의 부모를 동일화(identification)함으로써 극복된다. 그리고 이 때 경험하는 거세불안(castration anxiety)을 극복하는 과정에서 아이는 '초자아(superego)'를 갖게 된다. 거세불안이란 어린이가 아버지를 라이벌로 보기 때문에 아버지가 자신의 성기를 거세할 것을 두려워하는 심리이다.

프로이트가 아이에게 직접 거세불안을 확인한 흥미로운 정신분석의 증례가 있다. 정신분석에서는 유명한 증례인 **'어린 한스의 증례(Little Hans's Case)'** 이다 (Freud, 1909).

한스는 다섯 살짜리 사내아이였다. 매우 영리한 아이였는데, 자꾸 불안해 하고 우울해졌다. 그러더니 어느 날부터인가는 말에 물릴지도 모른다는 두려움 때문에 밖으로 나가려 하지를 않았다. 아이는 말에 놀란 일도 없었고, 물린 일도 없었다. 다만 어머니와 함께 길을 가다가 마차를 끌던 말이 쓰러져 발버둥치는 것을 본 적이 있을 뿐이었다.

그 전에 어린 한스는 동물의 성기에 많은 관심을 보였다. 동물원에 가서도 동물들의 성기부터 살펴보았다. "엄마도 오줌 누는 도구가 있어?" 하고 묻기도 했다. 젖소의 젖도 페니스라고 했다. 여동생이 태어나자 목욕시킬 때 동생의 성기를 보려고 했다.

프로이트는 한스라는 아이를 직접 치료하지 않고, 한스의 부모를 통해 치료했다. 한스의 아버지인 막스 그라프는 지적이고 감성이 풍부한 분이었다. 당시 서른세 살이었는데

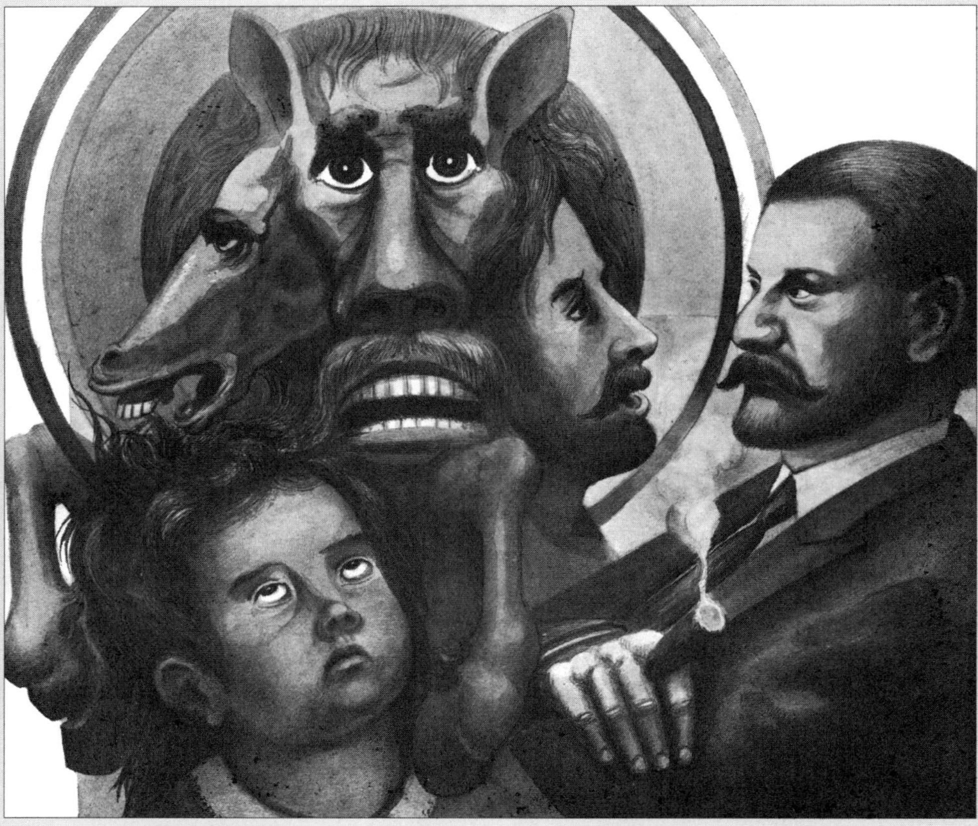

© Michel Siméon

꼬마 한스와 말 공포증

그림 아래쪽에 다섯 살의 한스가 말을 보고 두려워한다. 말은 아버지이다. 오른쪽에 아버지가 시가를 든 프로이트와 한스의 문제를 상의하고 있다. 한스는 말 공포증으로 외출도 하지 못했다. 거대한 성기를 가진 말을 보고 생긴 증세였다. 거대한 성기를 가진 아버지와 말을 동일시했다. 말 공포증은 실은 아버지에 대한 공포증이었다. 어머니를 중심으로 아버지와 삼각관계를 만들고 있었기 때문이다. 에디푸스 콤플렉스에 빠져 있었다. 말 공포증은 거세공포증이었다.
프로이트는 아버지에게 한스의 심리를 설명해 주었다. 한스는 호전되었고 10여 년이 지난 어느 날, 건강한 청년이 되어 프로이트를 찾아왔다고 한다.

음악박사 학위를 가진 교수였다. 한스의 할아버지는 출판사 사장이며 편집자이기도 했다. 정신분석에 관심이 많아서 「수요 심리학회」 모임의 회원이기도 했다. 한스의 부인은 신경증으로 프로이트에게 치료받은 일이 있었다. 정신분석에 관심이 많아서 프로이트의 책을 여러 권 읽었고, 남편에게 수요 모임에 대한 이야기를 듣는 것을 좋아했다. 따뜻한 부인이었다.

한스의 문제를 아버지 막스 그라프가 프로이트에게 가져와서 상의했다. 프로이트는 한스가 '아기가 어디에서 나오는지를 알고 싶어하는 것'은 아이들이 흔히 갖는 보편적인 의문이라고 말해 주었다. 한스의 아버지는 한스에게 아기는 황새가 물어왔다고 가르쳐 주었으나, 한스는 이해하지 못하는 것 같았다. 엄마의 배가 불렀다가 어느 날 배가 꺼지고 동생이 태어났기 때문에 한스는 어머니가 대변을 보는 것처럼 아기를 낳은 것이라고 상상했다. 자기가 대변을 볼 때 즐거웠던 것처럼, 아기를 낳는 것도 재미있을 것이라는 생각을 했다. 그리고는 아기를 갖고 싶다는 생각에 사로잡혔다. 행동에 변화가 나타났는데 엄마에게 안기려 하고, 어머니의 관심을 끌려고 했다. 어머니가 보이지 않으면 울며 찾았다. 어떤 날은 초저녁이나 이른 아침에 어머니의 침실로 와서 엄마가 없어질까봐 무서워서 잠을 잘 수 없다고 했다. 엄마는 한스가 안쓰러워서 침대로 끌어들여 안아 주기도 했다.

한스의 부모는 한스가 성기를 만지지 못하도록 틈만 나면 주의를 주었다. 그런데 한스가 세 살이 막 지났을 때, 자신의 페니스를 만지는 것을 엄마가 보았다. 이 때 엄마가 나무라며 위협적인 말을 했다.

"그런 짓 하면 페니스를 잘라 버릴 거야."

프로이트는 어머니가 큰 실수를 했다고 생각했다. 이 말이 어린 한스의 거세공포증을 유발시켰던 것이다. 한스는 밤낮으로 자신의 성기가 거세될지도 모른다는 불안에 휩싸이게 되었다.

프로이트의 도움으로 한스의 아버지는 아들의 문제를 잘 이해하게 되었다.

'한스가 두려워하는 것은 커다란 페니스에 대한 두려움일 것이다. 그리고 빈 거리에서 그렇게 큰 페니스를 볼 수 있는 것은 말밖에 없었다. 한스는 아버지에게 거세당하는 두려움을 말에 대한 두려움으로 바꿔 놓고 있었다. 말은 일종의 아버지의 대역이었다.'

한스의 아버지는 한스에게 남녀의 차이와 여성에게는 왜 페니스가 없는지를 설명해 주었다. 좀 호전되는 듯하다가 이번에는 집에서 쫓겨날 것 같다고 불안해 했다. 아버지는 걱정이 심해져서 프로이트에게 분석을 맡아 달라고 부탁했다.

프로이트는 한스의 부모에게 이렇게 권했다. 에디푸스적 상황을 한스에게 잘 설명해 줄 것과 엄마에게 안기고 싶은 마음은 정상적인 것이며, 아버지 대신 어머니를 사랑하고 싶은 마음도 정상적인 것이라는 것을 설명해 주라고 했다.

프로이트는 한스가 길에서 말이 쓰러지는 것을 보고 아버지를 쓰러뜨려서 제거하고 싶은 소망이 생각났을 것이고, 그 가능성도 보았을 것이라는 설명도 했다. 한스의 마음 속에서는 말이 아닌 아버지가 발버둥치며 죽어가고 있었던 것이다. 그래서 한스는 말이 두렵고, 아버지의 보복이 두려운 것이었다. 그래서 이런 무서운 생각을 다른 쪽으로 돌리는 치료가 필요했다. 이런 내용을 한스에게 납득시키기는 쉽지 않은 일이었고 위험부담도 있었지만, 부모가 정신분석적인 소양이 있었기 때문에 가능했다.

한스의 부모는 충분히 이해했다. 그리고 한스가 어머니를 소유할 수 있기 때문에 아버지를 죽일 필요가 없다는 방향으로 공상을 전환시켰다. 그 후 아버지는 한스와 나눈 대화를 프로이트에게 들려 주었다.

한스가 또 상상 속에서 자신의 아이들과 놀고 있었다. 아버지가 물었다.

"아직도 네 아이들과 놀고 있니? 남자는 애를 낳을 수 없다는 것을 너도 알 텐데?"

한스가 대답했다.

"알고 있어요. 전에는 내가 이 아이들의 엄마였지만, 지금은 아빠예요."

"그럼 이 아이들의 엄마는 누구지?"

"그거야, 우리 엄마죠. 아빠는 이 아이들의 할아버지예요."

"그러니까 너는 아빠처럼 어른이 되면 엄마와 결혼하고 싶은 게로구나? 그래서 엄마에게 아이를 낳게 하고 싶은 거구?"

© Michel Siméon

거세공포증(castration anxiety)

거대한 남근을 마치 말을 타듯이 올라앉아 가위를 들고 있는 아버지는 에디푸스 콤플렉스에 빠진
아들들에게는 공포의 대상이다. 남자 아이의 경우, 어머니를 사랑하고 독점하고 싶기 때문에
아버지를 라이벌로 느낀다. 아버지가 보복으로 아들의 성기를 거세시킬지도 모른다는 공포증을
느낀다. 이 공포증을 극복하기 위해서 아이는 아버지의 명령에 순종한다. 아버지의 도덕관이나
가치관을 받아들인다. 말 잘 듣는 아이가 된다. 초자아는 거세공포증에서 나온다.

"네, 난 그렇게 하고 싶어요."

이 대화의 내용을 듣고 프로이트는 안심했다. 한스는 영리하게도 아버지를 자기와 어
머니 사이에서 태어날 아이의 할아버지로 승격시켰다. 이제는 위험한 라이벌이 아니라
안전한 할아버지인 것이다. 거세의 위험은 사라졌다. 말에 대한 공포도 사라졌고, 성기
에 대한 집착도 사라졌다. 자유롭게 외출도 하고 식사와 수면도 정상으로 돌아왔다.

요약하면 다섯 살짜리 한스의 말 공포증은 거세공포증이었다. 어머니에 대한 에디푸
스적 욕망이 생겨서 라이벌인 아버지를 제거하고 싶었다. 말이 쓰러져 있는 것을 보고
아버지도 쓰러뜨릴 수 있겠다는 가능성을 본 것이다. 그런데 그런 욕망이 아버지의 보복
을 불러올 것이라는 공포를 일으켰던 것이다. 이 공포를 아버지에 대한 공포에서 말에
대한 공포로 바꿨을 뿐이다. 부모의 따뜻하고 사려 깊은 접근으로 한스는 치료되었다.
아버지를 죽이는 대신, 할아버지로 승격시켜 버렸다. 그래서 이제는 안심하고 어머니를

차지할 수 있게 되었다. 그래서 거세공포증을 극복했다. 앞으로 해결할 문제가 남아 있지만 한 고비는 잘 넘긴 것이다.

어린 한스의 증례를 통해 프로이트는 어린이에게서 거세공포증의 실제를 확인할 수 있었다.

아버지가 아들의 성기를 잘라 보복할 것이라는 불안이 거세불안이다. 아들의 입장에서 보자면 아버지는 저항할 수 없는 거인이고, 자신은 한없이 무기력한 존재이다. 아들은 아버지에게 항복하고 아버지의 도덕적 가르침을 본받음으로써 보복을 피하려 한다.

"아빠 말대로 착한 아이가 될 테니까, 내꺼 자르지 말아 주세요!"라고 말하는 것과 같다. 여기서 아이의 내부에 초자아가 자리잡게 된다. 그리고 아버지의 남성다움을(아들의 경우) 본받아서 남성 아이덴티티가 발달하게 된다. 에디푸스 콤플렉스를 통과하면 **성역할 아이덴티티(gender identity)**를 갖게 되고 자신감 있는 어른으로 성장하게 된다. 남자 아이들은 남자다워지고, 여자 아이들은 자신의 성역할을 자연스럽게 인정한다. 이런 삼각관계는 정상적으로는 동성의 부모에 대한 동일화 기제로 해결된다. 즉 아들은 아버지를 동일화하고 아버지의 가르침을 함입하여 자기 행동의 기준으로 삼는다. 마찬가지로 딸은 어머니를 동일화하여 건강한 방향으로 정서적 성숙을 달성하고 여성으로서의 역할에 대한 만족과 안정감을 느끼게 된다.

그러나 에디푸스 콤플렉스(oedipus complex)가 적절하게 해결되지 못하는 경우가 생긴다. 동일화할 대상 즉, 부모의 부재(사망이나 이혼으로 동거할 수 없을 때), 부모가 성격장애자인 경우(아이를 성적으로 자극하거나 변덕스러울 때), 구강기와 항문기에 해결하지 못한 문제를 가지고 넘어왔을 경우에는 에디푸스 콤플렉스가 적절하게 해결되지 못한다.

임상 관찰을 통해 살펴볼 때, 에디푸스 콤플렉스가 적절하게 해결되지 못하면 성장 후에 성 아이덴티티가 발달되지 않아 이성관계가 어려워진다. 동성애가 되거나 성전환증(transgender) 같은 성도착이 일어나고, 불감증이 되며 정상적인 결혼생활에 어려움이 생긴다. 해결되지 않은 거세공포는 신경증의 원인이 되기도 한다.

다음은 에디푸스 콤플렉스의 해결이 잘못된 증례이다.

알렉산더 씨는 실수로 임신이 되어 버려서, 할 수 없이 현재의 부인과 결혼했다. 부인은 그가 청년 시절에 결혼의 대상으로 꿈꿔 오던 '자기 어머니 같은 소녀' 와는 거리가 멀었다. 그 결과 알렉산더 씨는 부인을 사랑할 수 없었다. 부인을 사랑하는 대신에 자기 어머니를 꼭 닮은 맏딸에게 애정을 쏟았다. 아내가 딸을 꾸짖으면 딸 앞에서 부인을 몹시 나무랐다. 그 결과 딸은 아버지에게 집착하고 어머니에게는 적대적이 되었다. 딸은 아버지와 결혼하겠다고 했고, 무엇이든 아버지를 모방했다. 인형놀이처럼 여자 아이들이 즐겨하는 놀이는 싫어하고, 병정놀이나 자동차놀이를 좋아했다. 옷도 사내아이처럼 입고 다녔다. 어머니에 대한 적대감 때문에 여성적인 것은 무엇이나 싫어하고 거부했다. 성장 후, 딸아이는 여자다운 여자로 성장하지 못했다. 아버지에 대한 고착은 인격의 발달을 막았고, 말많고 표독스럽고 바가지를 잘 긁는 여자가 되었다. 또한 남자들과의 경쟁도 심했다.

아버지 알렉산더 씨가 에디푸스 콤플렉스를 해결하지 못했기 때문에 딸의 에디푸스 콤플렉스가 심해진 증례이다.

여성의 에디푸스 콤플렉스는 남성과 다른가? 프로이트의 이론을 중심으로 여성의 성 발달과 여성 심리를 살펴보겠다.

프로이트(1926)는 여성의 심리를 알 수 없는 '미지의 대륙(dark continent)' 과도 같다고 표현했다. 여성의 심리에 대한 그의 이론은 주로 성인들의 정신을 분석하는 과정에서 얻은 자료를 종합한 것이다. 그의 이론을 요약하면 다음과 같다.

첫째, 남녀가 해부학적으로 다르다는 사실을 발견하기 전에는 남자 아이와 여자 아이의 성 발달은 차이가 없다.

둘째, 남근기(phallic phase)에도 여자 아이는 상당 기간을 남자와 같은 남근(penis)을 가지고 있는 것으로 안다. 남근기에는 남자 아이나 여자 아이 모두 질의 존재를 모르며, 여자 아이는 자위행위의 만족을 얻기 위해서 클리토리스를 사용한다. 여자 아이의 주요한 성감대(erotogenic zone)가 클리토리스에서 질(vagina)로 옮겨가는 것은 더 성장한 후이다.

셋째, 마침내 여자 아이는 자신의 몸에 남근(penis)이 없다는 것을 발견한다. 이 때부터 여자 아이의 심리는 복잡해진다. 열등감을 느끼고, 남근을 갖고 싶어하는 남근선망(penis envy)이 생긴다. 자신이 남근도 갖지 못한 삼류 인간이라는 것을 고통스럽지만 인정할 수밖에 없다('masochistic surrender' to a second class status). 그리고 남근을 주지 않은 어머니를 미워한다. 남근이 없는 어머니를 경멸하기도 한다. 여자 아이는 자신도 원래 남근을 가지고 있었으나 거세당한 것이라고 생각한다. 이것이 여자 아이의 **거세 콤플렉스**(castration complex)이다.

넷째, 여자 아이는 사랑의 대상(love object)으로서의 어머니에 대한 애착이 느슨해진다. 또한 자기가 보기에도 너무 작은 자신의 클리토리스가 부끄럽고 이것만 가지고는 안 되겠다는 생각을 한다. 그래서 클리토리스 남근(clitoris phallus)에 대한 기대를 포기한다.

다섯째, 여자 아이는 남근 갖기를 포기하는 대신, 아버지의 남근을 자기 것으로 가지려고 한다. 이것을 위해서 여자 아이의 사랑의 대상이 어머니로부터 아버지로 바뀌고 어머니는 질투의 대상이 된다. 남근을 갖기 위해서 아버지에게 집착하는 것이다. 남근이 없는 여성은 초라하고 남근을 가진 아버지가 위대하게 보이기 때문이다. 에디푸스 삼각관계(Oedipal triangle ; 어머니-아버지-여자 아이의 삼각관계)가 이 때 형성된다.

여섯째, **여자 아이의 거세 콤플렉스**(castration complex)는 출현의 시기나 해결이 남자 아이와는 다르다.

프로이트의 관찰에 의하면 여자 아이는 거세 콤플렉스가 에디푸스 콤플렉스보다 먼저 나타나며, 에디푸스 콤플렉스는 거세 콤플렉스의 해결 과정에서 나타난다고 했다(넷째, 다섯째 과정 참조). 다시 말하면 여자 아이는 이미 남근이 제거된 자신의 성기를 발견하고 콤플렉스를 느낀다. 이것이 여자 아이의 거세 콤플렉스다. 남근을 가진 아버지를 소유함으로써 없어진 남근을 되찾으려 한다. 그런데 어머니가 아버지를 차지하고 있어서 라이벌이 된다. 여기서 삼각관계가 형성된다. 즉 여자 아이는 거세 콤플렉스가 먼저 나타나고, 이것을 해결하는 과정에서 삼각관계가 생기는 것이다.

남자 아이의 경우는 남근기에 어머니를 사랑하는 에디푸스 콤플렉스가 일어나고 아버지로부터 거세 위협을 당하며, 이를 극복하는 방편으로 초자아가 형성된다. 그러나 여자 아이의 경우는 남근이 없기 때문에 거세 위협을 당할 현실적 위험이 없다. 따라서 에디푸스 콤플렉스의 발생과 해결이 남자 아이와 다를 수밖에 없다. 여자 아이의 에디푸스 삼각관계는 거세당한 남근을 찾기 위해 아버지에게 애착을 느끼면서 생긴다. 그리고 여자 아이의 거세 콤플렉스는 성장하면서 서서히 포기되거나 억압에 의해 없어지기도 한다. 또는 초자아의 발달에 끼여들어 성인기까지 지속되기도 한다.

프로이트에 의하면, 여자 아이의 거세 콤플렉스는 세 가지 방향으로 나타난다.

첫째, 성(sexuality) 자체를 포기하고 성직자처럼 무성(無性)의 인생을 산다.

둘째, 남성성(masculinity)에 매달려 남성다워지려고 한다. 거세 자체를 부정하고 남근을 가지고 있는 남자처럼 산다.

셋째, 여성 성기를 인정하고 여성성을 받아들여 정상적인 여성이 되는 것이다.

다음의 증례는 남근선망과 우울을 보여 주는 여성의 증례이다.

20대 중반의 여성이 의욕상실과 우울한 감정으로 정신분석을 받게 되었다. 옷차림이

특이했다. 군화에 작업복 바지, 그리고 물들인 군복 야전 점퍼를 입고 있었다. 대학생활 4년 동안 거의 이런 차림으로 학교를 다녔다고 했다. 예쁜 얼굴과 목소리에 비해서 남자 같은 옷차림에 말투도 영락없는 남자였다. 남학생들보다 술도 더 잘 마시고 정의파로 통하며 남학생들에게도 지는 법이 없다고 했다. 치근대는 남학생의 뺨을 갈겨 쫓아 버린 일도 있었다. 그녀의 별명은 '중성' 이었다.

그녀는 딸만 다섯인 집안의 장녀였다. 아들을 몹시 기다리는 집안이었는데, 어머니는 끝내 아들을 낳지 못했다. 아버지는 큰딸인 그녀를 특별히 예뻐했다. 초등학교 저학년 때의 아버지에 대한 기억이 인상적이었다. 아버지는 자주 그녀를 데리고 낚시를 다녔다. 어느 날 낚시터에서 혼자 놀다가 문득 돌아보니 아버지가 자기를 물끄러미 보시다가 "녀석, 고추만 하나 달고 나오지." 하고 말했다. 그 날 이후로 그녀는 남자 아이처럼 행동했다. 아버지에게 아들이 되어 드리고 싶었다. 가정환경으로 보아 이미 이 일이 있기 전부터 그녀의 무의식에는 남근선망이 있었을 것이다. 초등학교 때의 기억은 남근선망을 확인시켜 주는 기억이었다.

어릴 때는 남자 아이들의 대장 노릇을 했다. 공부도 잘했다. 나이가 들면서 이성에게 사랑의 감정을 느낀 때도 있었다. 그러나 어색했고 상대방의 접근을 참을 수가 없었다. 때때로 알 수 없는 외로움이 엄습했고 우울감에 사로잡혔다. 무의식적으로 남근선망이 갈등을 일으키고 있었다. 남자처럼 행동한 것이나 이성교제를 할 수 없었던 것도 남근을 가진 사람을 흉내내고 있었기 때문이었다.

정신분석을 시작한 지 6개월쯤 되었을 어느 날, 그녀는 화려한 핑크빛 실크 원피스에 아주 여성다운 옷차림으로 나타났다. 화려한 변신이었다. 처음으로 선을 보러 간다고 했다. 남근선망을 극복하고 여성의 성을 받아들인 것으로 보였다.

에디푸스 갈등이 반대의 양상을 보일 경우도 있다. **부정적 에디푸스 콤플렉스** (negative Oedipus complex)가 그것이다. 남자 아이가 아버지를 사랑한 나머지, 어머니를 질투하며 제거하고 싶어하는 경우다. 여자 아이의 경우는 어머니를 사랑하고 아버지를 제거하려고 하는 것이다. 부정적 에디푸스 콤플렉스는 인간은 누구나 양성(兩性, bisexuality)을 갖고 있다는 것을 보여 주기도 한다. 양성 경향이란 한 사람이 남성과 여성의 특성을 같이 가지고 있다는 것이다. 남성에게도 여성적인 면이 있고, 여성에게도 남성적인 면이 있다. 청소년기를 지나면서 자기가 타고난 성역할 쪽으로 확실한 자리를 잡게 된다. 남성에게서 여성적인 면은 비의식으로 숨고 남성적인 면이 표면에 뚜렷이 나타난다. 성역할 아이덴티티가 확립될 때이다.

6 잠복기 (latent phase)

잠복기(latent phase)는 6, 7세부터 12세까지로 초등학교 시절이다. 이 시기의 아이들은 성적 관심이 거의 없는 것처럼 보인다. 정신분석학에서는 이 시기를 정신성적 발달단계(psychosexual developmental stage)의 잠복기라고 한다. 성적 흥미와 활동이 사라지고 뚜렷한 정신성적 변화를 보이지 않는다. 그러나 아이들은 이전보다 더욱 동성의 부모를 동일시하여 남성다움이나 여성다움이 분명해진다. 사회적 관습과 태도를 배우는 것도 이 시기이다. 교육을 받기 때문에 자아가 자라는 시기이며, 또한 이상이 형성되는 시기이기도 하다. 잠복기의 후반기에는 자위행위에 대한 욕구가 강해진다. 또한 이 시기에 공격충동이나 파괴적 충동을 스스로 조절하는 내적 조절능력이 생긴다.

이 시기는 아이들이 가족이 아닌 사람들을 만나고, 사회적인 관계가 이루어지는 시기다. 인간관계가 다양해지면서 사회화가 일어난다. 그래서 '사회화 시기'라고도 부른다. 학교에 나가면 권위적 존재인 선생님을 만난다. 놀이친구들도 만난다. 그리고 친척들의 영향도 크게 작용하는 시기다. 이러한 다양한 인간관계의 경험을 통해서 가족 사이에서 이루어진 행동양식이 수정된다. 충동을 조절하는 것을 배우고, 새로운 기술과 역할을 배우는 기회도 갖는다. 어린이는 부지런함 (industry)의 습관을 배워서 공부도 잘하고 인정받는 쪽으로 자랄 수도 있다. 그러나 인정받기가 뜻대로 안 되고 친구들보다 열등한 자신을 볼 때는 열등감 (feeling of inferiority)이 많은 성격이 되기도 한다. 또 어떤 일을 성취했을 때는 성취감과 자부심을 느낀다. 집단활동을 통해서 즐거움을 맛보는 시기도 이 때이다. 서로의 문제를 나누면서 즐기기도 하고, 반면에 집단적으로 특정한 사람을 괴롭히고 놀리고 몰아 내는 왕따 행동도 배운다.

7 청소년기
(period of adolescence)

청소년기(period of adolescence ; 10, 12세~20, 22세 무렵까지)는 시기적으로 소아기가 끝나면서 성인기가 시작되는 일종의 인생의 과도기이다. 한 인간이 생물학적·심리적·사회적인 면에서 어른이 되는 준비를 하는 시기다. 사회인의 기능을 배우는 마지막 준비단계라고 할 수 있다. 청소년기에는 신체적 변화가 급격히 일어난다.

사춘기에 접어들면 눈에 띄게 성 호르몬의 분비가 증가되고 신체가 급성장 (growth spurt)한다. 사춘기 말기가 되면 성인의 신체를 갖게 된다. 특히 남성 호르몬(androgen)과 여성 호르몬(estrogen)의 분비가 급증하면서 제2차 성징이 나타나 변성이 일어나고, 몸에 털이 나며, 근육이 발달한다. 여자 아이는 첫 월경(초경, 12~15세)이, 남자 아이는 정액의 사정(13~14세)이 가능해진다. 성충동이 강해지고 훨씬 공격적이 된다.

청소년기는 심리적 · 사회적 발달단계상 초기 · 중기 · 말기의 3단계로 나눌 수 있다. 청소년기 초기에는 급격하게 변하는 자신의 신체적 변화에 대한 적응이 필요한 시기이며, 성욕과 공격성의 증가로 인한 정서적 불안정에 안정적으로 적응하는 시기이다.

안나 프로이트는 청소년들이 성적 충동의 증가와 정서적 불안정을 극복하는 방법으로 지식화(intellectualization), 이상화, 금욕주의, 종교로의 귀의 등을 사용한다고 했다. 그러나 이와는 반대로 성적 행동화 및 극심한 쾌락주의로 행동화하기도 한다고 했다. 청소년기 초기와 중기는 전적으로 의존했던 부모로부터 독립적인 위치를 찾으려는 노력이 나타난다. 따라서 **의존-독립의 갈등**(dependence-independence conflict)이 생겨서 부모에 대한 이유 없는 반항이 나타나는 시기이기도 하다.

이 시기에 부모로부터 분리-개별화가 일어나기 때문에 블로스(Blos)는 제2의 분리-개별화 시기(second separation-individuation period)라고 했다. 이 시기에는 청소년의 관심이 부모에게서 친구관계로 옮겨가고, 이성교제가 시작되어 **성적 주체성**이 강하게 형성된다. 정신분석학적으로는 성적 쾌감(sexuality)이 성기에 집중된다.

청소년기 말기에는 **자아주체성**(personal identity)이 확립된다. 청소년은 이제까지의 경험과 성장 · 발달을 통해 얻어진 자신에 대한 이해와 사회적인 위치, 장래 문제, 인생의 목적 등을 생각하게 되고, 이러한 요소들을 종합하여 '나는 누구인가?', '내 생의 의미와 목적은 무엇인가?' 에 대한 해답을 찾고 여기서 자아주체성의 확립이 이루어진다.

에릭슨은 이 자아주체성의 확립이 청소년기의 궁극적인 과제라고 했다. 청소년기의 발달과제를 보면 친구와 적절한 관계를 수립하고 남성과 여성으로서의 사회적 성역할(gender role)을 배우고, 부모나 어른으로부터 정서적 독립을 성취

(emotional independence)하며 자신의 육체와 성에 자신감을 갖고 받아들여 성적 주체성(sexual identity)을 확립하여 결혼과 가정생활을 준비하는 것이다. 직업 선택과 직업 준비를 하는 직업적 주체성(occupational identity)도 확립하여 경제적 자립을 계획한다.

청소년기에는 잠재되어 있던 성적 관심과 성충동이 증가하기 때문에 **에디푸스 콤플렉스**가 다시 출현한다. 그러나 이번에는 어릴 때의 경우와는 다르다. 이제는 육체적으로 성장했고, 사정도 가능하기 때문에 근친상간의 위험이 더욱 심각하게 느껴진다.

이성의 부모와의 갈등이 심해지는 시기이다. 위험이 크기 때문에 해결에 대한 욕구도 더욱 강력하다. 지적 능력도 발달했기 때문에 이성의 부모 외에 다른 이성을 발견할 능력도 생긴다. 이성의 부모를 포기하고 다른 이성을 찾아 교제를 시작한다. 그리고 성인으로서 이성교제의 기틀이 마련된다.

8 성인기
(adulthood)

프로이트는 정신성적 발달을 청소년기까지만 기술했다. 이후 에릭슨과 느미로프 등 정신분석학자들에 의해서 **성인기(adulthood)**의 정신성적 발달에 대한 연구 결과들이 발표되었다.

법적으로는 일정한 연령이 되면 스스로 책임질 수 있는 성인이 되었다고 보지만 인격적으로는 나이만 먹었다고 성인이 되는 것이 아니고 인격의 성장이 있어야 성인이라고 할 수 있다. **성숙한 성인(mature adult)**이란 성숙한 이성과 친밀하고, 만족스럽고, 사랑하는 관계를 형성할 수 있고, 자신의 아이를 양육하는 책

시간

이 그림은 시간의 신이 젊은 여인에게서 아름다움을 빼앗아 가는 그리스 신화를 그린 이탈리아의 화가
바토니(Pompeo Girolamo Batoni, 1708~1787)의 작품이다. 우울증은 상실의 원인이 된다. 무언가
중요하게 생각한 것을 잃었을 때 우울증에 빠질 수가 있다. 여인들은 중년기에 아름다움을 상실하고
우울증에 빠진다. 특히 미모에 큰 의미를 두었던 여인들은 더 쉽게 우울증에 빠진다. 시간은 인생에 많은
변화를 준다. 성장을 주기도 하지만, 많은 것을 빼앗아 가기도 한다.

임을 질 수 있는 사람이다. 또한 책임감이 있고, 직장에서 자격이 있는 윗사람(competent authority)의 결정이 옳을 때 받아들일 수 있는 사람이다. 확실한 자아주체성을 지닌 사람을 말한다. 개인적인 삶의 목표가 있고, 이를 독립적으로 추구하는 사람이다. 자신의 능력의 한계를 알고, 필요할 때는 타인의 충고를 기꺼이 구할 수 있어야 한다. 인내심을 가지고 자신의 부족을 보충하려고 노력하는 사람이다. 자기에게 주어진 일에서 성취감과 만족을 느끼고 사는 사람이다. 일반적으로 정신증세가 없는 사람이다.

성인기의 갈등은 생의 초기에 생긴 갈등을 반복한다. 젊은 성인이 경험하는 갈등은 주로 결혼과 직장 선택에서 나타난다. 젊은이의 욕망, 기회 및 능력평가와 부모의 욕망과 평가 사이에서 갈등을 경험한다. 결정을 내리는 과정에서 잘못되면 결혼생활과 직장생활이 불행해질 수 있다.

부모에게 심하게 의존적인 사람이 결혼을 하면 배우자에 대해 남편이나 아내로서 가져야 할 부드러움과 친절한 마음의 준비가 되지 않아서 불행해진다. 직장생활에서는, 어릴 때의 선생님이나 부모와의 관계에서 연유된 태도, 즉 심하게 반항적이거나, 혹은 반대로 복종적인 태도가 성장 후 직장의 윗사람에게 전이된다. 그 결과 직장생활에 적응하는 데 어려움이 생긴다.

또한 자식이 태어나면 어릴 때의 형제간의 경쟁(sibling rivalry)이 되살아나 아이를 미워하기도 한다. 유아기적 요구가 성인기에 재현되는 것이다. 중년기에 윗자리로 진급했을 때도 유년기의 갈등이 재현된다. 형제간의 경쟁심이 되살아나서 동료를 경쟁자로 보고 동료들의 질투와 증오심을 예상해 불안에 빠지기도 한다.

어렸을 때 당한 처벌에 대한 복수로 지나치게 거만한 태도를 취할 수도 있다. 진급에 실패했을 때도 현실을 받아들이기보다는 원망을 하고, 사적인 관계 때문에 불이익을 당한 것이라고 비난한다. 폐경기(menopause)의 여성들은 성적 매력의 상실, 아름다움과 생산능력의 상실에 대한 갈등을 느끼고 우울해진다. 그 후 나이가 더 많아지면 신체적으로 약해지고 직장에서 은퇴하므로 힘과 특권의 상실등으로 의존심(dependence)이 증가한다. 즉 사회적 지위의 상실과 위신의 하락이 괴롭다. 더 늙으면 임박한 죽음에 대한 불안과 직면해야 하는 문제가 있다. 이때는 인생을 정리하고 통합하는 시기이며, 이것에 실패하면 절망감에 빠진다.

성인기에는 세 가지 형태의 삶이 있다. 인습적이고 틀에 박힌 사고방식의 삶(conventionality), 창조적인 삶(creativity) 그리고 평범한 삶(triviality)이다.

인습적인 삶은 계속 높은 자리를 탐하는 삶이다. 중년기의 정상적인 과제의 하나가 인습적인 사회적 요구(conventional social pressure)로부터 점차적으로 자유로워지는 것이다. 사회적 요구란 사회적 성공, 높은 지위, 공명심 등이다. 공명심은 다른 사람의 견해에 지나치게 의존할 때 생기는데 열등감이나 죄책감을 보상하기 위해서 동원된다. 나이를 먹어도 계속 공명심에 빠져 사는 사람이다.

창조적인 삶은 어떤 상황에서도 삶 속에서 끊임없이 재미를 찾고 의미를 찾는 삶이다. 인습적인 삶(conventionality)과는 반대되는 건강한 삶이다. 이런 삶은 본인에게 만족감을 준다. 결국 한 사람의 인생이 의미 있는 것이 되느냐 아니면 평범한 것이 되느냐 하는 것은 창조성(creativity)과 인습(conventionality)의 상호작용에 달려 있다. 예를 들어, 한 교장 선생님이 정년퇴임 후에 학부형들에게 무료로 일본어를 가르친다면 창조적인 삶이다.

평범한 삶은 남의 눈에 띠지 않으려고 평범 뒤로 숨는 인생이다. 자신의 성적 욕망이나 공격성을 숨기기 위해서 이런 생활을 선택한다. 이는 안전하게 살려는 마음에서 나온다. "나는 이대로가 좋아. 교장이나 교육감이 되어 본들 골치만 아프지, 뭐 좋을 것 있나. 나는 평범한 게 좋아."

성인의 발달과제(adult developmental tasks)라는 용어는 「샌디에이고 정신분석연구소」의 교육분석가인 느미로프(Nemiroff, 1987)와 칼라루소(Colarusso, 1990)가 사용한 용어이다. 이들은 중년기에 누구나 보이는 보편적인 과제를 다음과 같이 정리했다.

첫째, 늙었다는 사실을 받아들이기.

둘째, '인간은 누구나 죽는다는 것' 그리고 '남은 시간이 얼마 남아 있지 않다는 것'을 받아들이기.

셋째, 주위 사람들과 정적인 관계가 깊어지고 친해지기(intimacy)를 유지하기.

넷째, 자식들과의 관계가 달라짐을 받아들이기.

상하관계에서, 자식의 성장을 인정해 주고 동등함을 허용한다. 자식을 자유롭게 놓아 주고 새로운 가족(며느리나 사위)을 받아들인다.

다섯째, 할아버지 · 할머니 되기.

여섯째, 나이들어 죽어가는 부모 돌보기.

일곱째, 직장에서 권력을 행사하기 혹은 포기하기.

여덟째, 우정을 쌓고 유지하기.

중년기에 이런 발달과제를 완수하지 못하는 사람들의 성격 특성은 대략 네 가지로 나타난다.

첫째, 성을 즐기지 못한다(the inability to enjoy sexuality).

둘째, 깊은 정적인 인간관계를 맺지 못하고 외롭다(the incapacity to relate in depth to other human beings).

셋째, 자신이 화가 났다는 것도 인정하지 못하지만, 타인이 가지고 있는 공격성도 인정하려 하지 않는다(denial of aggression in self and others). 분노를 두려워하고 분노를 처리하는 방법이 미숙하다.

넷째, 만족스러운 일거리가 없다(lack of a satisfactory, effective, and potentially creative work situation). 무위도식하고 스스로 쓸모 없는 인간이 되었다는 생각에 빠진다.

자아의 방어기제

인간은 삶의 순간들에서 마음의 평정을
깨뜨리는 사건들이 일어나게 되면 불안해진다. 특히, 사회적·도덕적으로
용납되지 못하는 성적 충동·공격적 욕구·미움·원한 등은
위험불안을 일으키는데, 이 불안은
본능적 욕구에 대항하는 초자아의 위협이 원인이다. 이 때 자아는 마음의 평정을
회복하려고 노력하는데,
이것이 방어기제(Defense Mechanism)이다.

♣

인간은 불완전한 존재이며, 특히 유아기와 아동기의 의존 기간이 영장류 중에서 가장 긴 동물이다. 그 만큼 아동기에 더 많은 보살핌을 필요로 하는 생명체이다. 그러나 피할 수 없이, 부모의 불완전성과 사회적·환경적 이유들로 인해 아이는 의존적 욕구와 본능적 욕구의 좌절을 겪을 수밖에 없다. 그 결과 마음 속에서는 욕구와 금지 사이의 갈등이 일어나고, 마음의 평화가 깨지면서 불안이 생긴다. 모든 생물이 다 그렇듯이, 아이는 이 두려움으로부터 자신을 보호하고, 부분적으로라도 욕구의 충족을 얻을 방법을 습득한다. 이 방법이 방어기제이며, 이것이 개인의 성격 특성으로 나타난다.

다시 말하면, 인간은 마음의 평정을 원한다. 그러나 인생을 사노라면 이 마음의 평정을 깨뜨리는 사건들이 내적 혹은 외적으로 발생한다. 특히 사회적·도덕적으로 용납되지 못하는 성적 충동, 공격적 욕구, 미움, 원한 등은 하나의 위험으로 인식되고 불안을 일으킨다. 이 불안은 본능적 욕구에 대항하는 초자아의 위협이 원인이다. 이 때 자아는 불안을 처리하여 마음의 평정을 회복시키려는 노력을 한다. 이것이 **방어기제**(defense mechanism)이다.

자아는 방어기제를 이용해 한편으로는 불안을 피하고, 다른 한편으로는 본능 욕구를 부분적으로나마 충족시킨다. 이런 과정을 통해서 마음의 갈등과 충돌이 해소되고 평정이 회복된다. 이 과정에서 본능적 욕구와 초자아의 요구 사이에서 타협이 일어나고 **절충형성**(compromise formation)이 이루어진다. 서로 조금씩 양보하여 타협을 이룬 것이 절충형성이다. 서로 조금씩 양보하여 나름대로의 욕구 충족을 얻고 마음의 평화를 회복하는 것이다. 이 절충형성의 결과가 행동으로 나타나는 것이 **증세**(symptom)이고, 성격의 특성이다.

예를 들어, 합리화라는 방어기제를 보자. 성욕을 참지 못하고 사창가에 갔던 한 청년이 죄책감으로 괴로워했다. 초자아의 비난에 걸렸기 때문이다. 성적 욕구는 계속 여성의 육체를 찾는데 초자아는 이를 금지한다. 이것이 갈등이다. 이 때 자아가 합리화의 방어기제를 사용했다.

“영웅호색이란 말도 있잖아. 큰 인물이 되려면 여러 가지 경험이 필요해. 성욕 때문이 아니고 큰 인물이 되기 위한 훈련이야.”

이 청년은 마음이 편해졌다. 합리화는 비교적 병적인 방어기제이기 때문에 건강한 해결이 아니고 불완전하지만 나름대로 내적인 평화를 회복하는 데 큰 역할을 했다. 본능적 욕구와 초자아의 요구, 그리고 이들과 자아 사이에서의 충돌을 **갈등**(conflict)이라고 한다. 이 갈등이 모든 신경증의 뿌리가 된다. 따라서 방어기제는 갈등을 처리하기 위한 자아의 노력이다. 이 모든 과정은 무의식에서 일어나기 때문에 당사자는 이를 인식하지 못한다. 자아는 상황에 따라 필요한 방어기제들을 자기 마음대로 자동적으로 동원하며, 동원된 방어기제들은 자동적으로 작동(automatic operation)한다. 한번에 한 가지 이상의 방어기제가 동원되는 경우가 대부분이다.

자아는 방어기제를 정신병리적인 상태뿐만 아니라 정상상태에서도 사용한다. 인간이 가지고 있는 성격상의 특성이란, 알고 보면 그가 어떤 방어기제들을 주로 쓰고 있느냐 하는 것으로 볼 수 있다. 그렇기 때문에 정신분석 치료는 성격의 개조를 목적으로 하는데, 병적 방어기제들을 건강한 것으로 재배치하는 작업이라고도 할 수 있다. 자아의 방어기제 각각에 대해서 살펴보자.

1. 억압(repression)

억압(抑壓, repression)은 불안에 대한 1차적 방어기제이다. 가장 흔히 쓰는 방어기제로 의식에서 용납하기 힘든 생각, 욕망, 충동들을 무의식 속으로 눌러 넣어 버리는 것이다. 억압을 통해서 자아는 위협적인 충동, 감정, 소원, 상상, 기억 등이 의식되는 것을 막아 준다. 특히 죄의식, 창피 또는 자존심의 손상을 일으키는 경험들은 고통스러운 불안을 일으키므로 특히 억압의 대상이 된다. 억압에는 정신 에너지가 사용된다. 억압으로 불안을 방어하려고 하다가 실패하면 투사

억압
그림에서 한 어른이 의자에 앉아 있는 사람의 머리를 드레스셔츠 속으로 눌러 넣고 있다. 억압이란 의식에서
받아들이기 힘든 생각이나 감정 등을 비의식에 눌러 숨겨 버리는 방어기제이다. 가장 기본적인 방어기제이고,
억압 때문에 비의식이 생긴다. 프로이트는 억압을 정신분석의 초석이라고 했다.

(projection) · 상징화(symbolization) 등의 다른 방어기제가 동원되며, 그 결과로
신경증이나 정신증세가 나타나기도 한다. 억압이 많을수록 편견이나 선입견이 많
아지는데, 그 이유는 억눌린 생각들이 풀려나오지 못하고 억눌려 있기 때문이다.
억압이 성공적일 때는 본능적인 욕구나 금지된 욕망이 노골적으로 표현되는 것이
방어되므로, 사회적 · 도덕적으로 잘 적응하는 생활이 가능해진다.

이러한 억압으로 인해 비의식이 생긴다. 그리고 억압을 통과해야 치료가 일어난다. 정신분석의 작업은 억압을 극복하는 과정이다. 그래서 억압은 정신분석 이론의 초석인 것이다.

2. 억제(suppression)

억제(抑制, suppression)란 의식적으로, 혹은 반의식적으로 잊으려고 노력하는 것이다. 예를 들어, 실연당한 젊은이가 연인과의 추억을 잊으려 하는 경우에 사용하는 방어기제이다.

3. 취소(undoing)

비의식에서 자신의 성적 욕구 혹은 적대적인 욕구로 인해서 상대에게 피해를 주었다고 느낄 때, 그에게 준 피해를 취소하고 원상복귀하려는 행동을 할 때 **취소**((取消, undoing)라고 한다. 속죄행위가 이 취소에 속한다.

한 처녀가 식탁 너머에 앉아 있는 동생이 너무 아름다워 보여서 질투를 느끼고, 이런 생각을 했다.

'저 애의 이가 몽땅 빠져 버렸으면 좋겠네.'

이 생각이 그녀의 비의식 속에서 죄책감을 일으켰다. 그녀는 곧 벌떡 일어나서 치아를 튼튼하게 해 주는 우유를 컵에 가득 따라 동생에게 주었다. 이 행동은 취소기제에서 나온 것이다.

한 소년이 어머니를 물에 빠뜨려 죽이는 팬터지를 갖고 있었다. 그는 수도꼭지를 계속해서 잠그고 또 잠그는 강박행위로 고생하고 있었다. 이 행동은 상징적인 증세행동이었

취소
분석가는 스웨터를 뜨고 있는데, 환자는 뜨개실을 풀고 있다. 뜨개실을 푸는 행위는 취소행위이다. 비의식에서 자신의 성적 욕구나 적대적인 욕구로 인해 상대에게 피해를 주었다고 느낄 때, 그에게 준 피해를 취소하고 원상복귀하려는 행동을 하면 이 행위는 취소이다. 속죄행위가 취소에 속한다.

다. 수돗물을 계속 쏟아지게 하면 홍수가 나서 어머니가 죽는다는 비의식적 살해 공상을 하고 있었다. 이런 살해 공상은 죄책감을 일으킨다. 수돗물을 반복해서 잠그는 강박행동은 죄책감에서 생긴 증세행동이었다. 다시 말해서 수도꼭지를 잠그는 행위는 어머니의 익사를 막아 주는 행위이다. 그래서 공상 속의 살해행위를 취소하고 있는 것이었다. 사실 그는 수도꼭지를 잠그기 전에 먼저 확 틀어서 물이 쏟아지는 것을 본 후에 잠갔다. 살해행위와 취소행위를 반복하고 있었던 것이다.

부정으로 번 돈의 일부를 자선 사업에 쓰는 경우, 다이너마이트로 번 돈으로 노벨상을 만드는 행동이 취소 방어기제에 속한다. 부인을 때린 남편이 꽃을 사다 주는 행위도 취소다. 많은 종교 의식의 기저에 취소 방어기제가 있다.

4. 반동형성(reaction formation)

　반동형성(反動形成, reaction formation)이란 겉으로 나타나는 태도나 언행이 마음 속의 욕구와 반대인 경우이다. 비의식의 밑바닥에 흐르는 생각·소원·충동이 너무나 부도덕하고 받아들이기에 두려운 것일 때, 이와 정반대의 것을 선택함으로써 의식으로 떠오르는 것을 막는 과정이다.

　남편이 다른 여자와 관계를 해서 아이를 낳아 왔다. 이 딸을 과잉보호하는 부인이 있었다. 딸을 볼 때마다 그 애의 생모(生母) 생각이 나서 딸을 죽이는 상상을 하고 놀라곤 했다. 그럴수록 부인은 딸을 정성스럽게 보살폈고, 딸이 눈에 안 보일 때는 피투성이가 되어 죽어 있는 상상에 놀라 미친 듯이 찾아 나서곤 했다. 이런 부인의 모습이 남편에게는

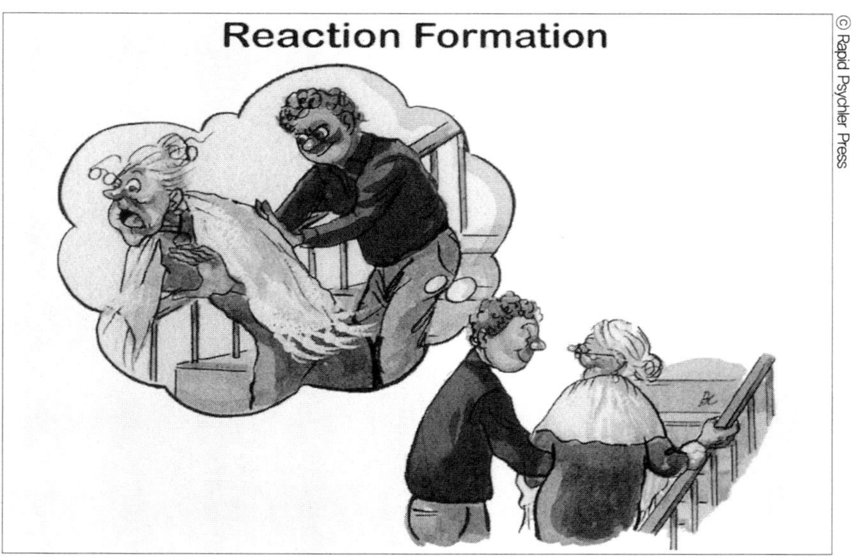

반동형성

그림의 오른쪽을 보면, 한 청년이 층계를 올라가는 할머니를 부축하고 있다. 그러나 청년의 마음은 할머니를 층계에서 밀어뜨리고 싶다. 이처럼 겉으로 나타나는 태도나 언행이 마음 속의 욕구와 반대인 경우는 반동형성의 방어기제를 사용하기 때문에 나타난다. 자신도 모르게 일어나는 과정이다.
비의식의 밑바닥에 흐르는 생각·소원·충동이 너무나 부도덕하고 받아들이기에 두려운 것일 때, 이와는 정반대의 것을 선택함으로써 의식으로 떠오르는 것을 막는다.

천사처럼 보였지만, 부인의 딸에 대한 헌신적인 사랑의 행동은 증오에 대한 반동형성의
결과였다.

역공포(counter-phobia)도 반동형성의 결과로 볼 수 있다. 이는 두려움이 의식
되는 것을 피하기 위해 오히려 두려운 상황으로 접근해 들어가는 것이다. 괴기 영
화가 인기있는 이유가 여기에 있다. 반동형성이 이성의 한계를 넘지 않고, 적응에
큰 지장을 초래하지 않는 한 불안을 막는 유용한 방어기제가 될 것이다. 취소기제
와 연관이 있고 동일한 발달단계(2, 3세)에서 일어난다. 때로는 과잉보상(over-
compensation)이라고도 한다.

5. 상환(restitution)

비의식의 죄책감을 씻기 위해 사
서 고생하는 행동을 **상환**(償還,
restitution)이라고 한다. 한 가장
이 가족들은 끼니 끓일 것이 없어
서 굶고 있는데, 조금이라도 돈이
생기면 몽땅 자선사업에 바쳐 버
렸다. 이런 가장이 상환의 좋은 예
이다.

동일화

© Rapid Psychler Press

그림에서 한 소년이 동상의 자세를 그대로 흉내내고 있다.
동일화란 상대방이 강해 보일 때 그의 특징을 자기의 것으로
만드는 방어기제이다. 아들은 아버지의 남성다움을
동일화하여 남성다워진다. 의사의 아들이 의사놀이를 하는
것은 동일화의 방어기제가 작용하고 있는 것이다.
인격형성에 가장 중요한 방어기제이다.

6. 동일화(identification)

동일화 혹은 동일시(同一化 · 同
一視, identification)는 부모, 윗사

람 등 중요한 인물들의 태도와 행동을 자기 것으로 만들면서 닮는 것을 말한다. 동일화는 자아와 초자아의 형성에 가장 큰 역할을 하며 성격발달에 가장 중요한 방어기제이다. 동일화를 통해 부모가 자식의 성격 내부에 들어오게 된다. 그러나 모든 부모에게는 인격적인 결함이 있기 때문에 '어떤 부모를 닮느냐' 에 따라 성격의 구조가 달라진다. 그리고 여기서 한 가지 짚고 넘어가야 할 것은, 모든 부모가 결함이 있고 아이의 경험이 다양하기 때문에 완벽한 동일화는 없다는 것이다.

동일화의 예는 아빠가 의사인 아들이 청진기와 주사기를 갖고 놀기를 좋아하는 것을 들 수 있다. 독서, 연극, 영화에서 재미를 느끼는 이유는 주인공과 자기를 동일화하고 주인공과 함께 울고 웃을 수 있기 때문이다. 동일화는 비의식의 과정이며, 그 동기는 대상이 갖고 있는 힘을 자기 것으로 하려는 소원이다.

동일화에는 다음과 같은 몇 가지의 형태가 있다.

●적을 모방함, 또는 금지된 대상과의 동일화(hostile or negative identification)

닮지 않아야 될 사람을 닮는 것을 말한다. 부모의 행동이 사회적으로 바람직하지 못한 특성을 갖고 있어도 어린아이에게는 그것이 힘으로 보이기 때문에 닮으려고 한다. 깡패, 범죄자, 잔인무도한 자를 닮을 때도 이 방어기제가 작용한다. 나치의 히틀러 유겐트(Hitler-Jugend)들은 나치 군대의 잔인성을 동일화했다.

●공격자와의 동일화(identification with aggressor)

공격자를 닮음으로써 불안을 방어하는 것이다. 두려운 대상의 특징을 닮아 자기 것으로 해서 그 대상에 대한 두려움을 극복하는 것이다. 이 과정을 통해 초자아가 형성된다. 예를 들어, 도깨비 장난에서 볼 수 있듯이, 어린아이가 "내가 도깨비다." 하며 도깨비 흉내를 낼 때는 도깨비를 동일화함으로써 도깨비 공포로부터 자신을 보호하고 있는 것이다. 어머니에게 학대당했던 환자가 분석가를 괴롭히는 것도 자신을 공격했던 어머니를 동일화함으로써 불안을 방어하고 있는 것이다.

● 'as if' 성격, 병적 동일화(pathological identification)

어떤 이상적인 인물에 붙어 공생(symbiosis)하면서, 그 인물이 갖고 있는 힘을 누려 보려는 자아의 시도이다. 이들은 힘이 있다고 생각되는 사람들을, 이 사람에서 저 사람으로 옮겨가면서 모방하고, 붙어서 안정을 얻으려 하기 때문에 동일화도 일시적이고 과장되어 있다. 그리고 상대방의 힘이 없어졌다고 느끼면 병적 동일화는 순식간에 사라지고 만다. 힘센 사람의 행동을 흉내냄으로써 자신도 그렇게 되었다고 믿고 현실에 적응하는 것(pseudoidentification)으로서, 진정한 의미의 주체성이 없고 속마음에서 우러나오는 감정 경험도 없다(pseudoaffectivity). 자신의 주관이 없는 기회주의적 입장을 취하게 된다. 독재자에게 아부하는 해바라기 정치꾼들이나, 남의 작품을 기막히게 묘사하는 예술인들, 신흥 종교의 광신도들을 그 예로 들 수 있다. 특히 경계선 장애 환자들이 병적 동일화를 많이 쓴다.

● 공감(共感, empathy)

공감(empathy)이란 상대방의 입장이 되어 상대의 생각이나 감정이 내 것처럼 느껴지고 이해되는 정신 현상이다. 그 사람이 되지 않고도 마치 그 사람의 처지가 된 듯이 그가 느끼는 것을 똑같이 함께 느낄 수 있는 현상을 말하며, 일시적이고 한정적이지만 건강한 형태의 동일화이다. 예를 들면, 정신분석가가 환자의 고통을 같이 느끼고 이해하는 것이다. 비교적 성숙하고 융통성 있고 여유 있는 인격자가 가지고 있는 능력이다. 의사가 분석가의 입장에서 갖추어야 할 조건이다.

공감적 이해는 최고 수준의 이해이고 정신치료적인 효과를 갖는다. 논리적인 설명에 의한 이해는 한계가 있다. 그리고 치료적 효과도 적다. 그 이유는 언어의 한계성과 논리의 한계성 때문이다. 그러나 공감적 이해는 논리와 언어를 넘어선 마음으로의 이해이다. 공감능력은 하나의 달란트로서 하나님으로부터 천부적인 은사를 받아 태어난다. 남의 슬픔에 잘 울고 고통을 나누어 가지는 사람들은 이런 은사를 받은 사람들이다. 또한 공감능력은 경험과 훈련을 통해서 개발되는 부분도 있다. 예를 들어, 자식이 대학입시에 실패하는 고통의 경험을 한 분석가는 같은 처지에 놓인 환자의 고통을 쉽게 공감할 수 있을 것이다. 이 때 공감이 일어나고 다정한 마음이 생기고 자연스럽게 위로의 말이 나오게 된다. 그러나 공감에서 중요한 요소는 두 사람이 서로 다른 독립된 개체로서, 주체성을 유지하는 것이다. 마음은 나누되 독립성은 잃지 않는 것이 건전한 공감이다. 독립성을 잃게 되면 상대방의 감정에 전염되어 분석가마저도 깊은 우울증에 빠지게 된다.

교양 있고 인정 많은 부인이 있었다. 이 부인댁의 파출부 아주머니가 암에 걸렸다. 부인은 이 아주머니의 어려운 가정 형편을 잘 알고 있었다. 그리고 얼마나 눈물겹고 고생스러운 삶을 살아왔는가를 이해하고 있었다. 부인은 정성스럽게 아주머니를 돌봐 드렸다. 그러나 아주머니의 병세는 급격히 악화되어 몸은 쇠약할 대로 쇠약해졌고, 마침내 물도 넘기지 못하게 되었다. 죽어가는 아주머니와 그녀가 남기고 갈 수밖에 없는 가족을 보면서 부인의 마음은 점점 어두워졌다. 어찌할 수 없는 무력감에 빠지고 우울해졌다. 필자는 부인의 귀한 마음에 감동을 받았다. 그러나 한 가지 코멘트를 하지 않을 수 없었다. 그것은 동정(同情)과 공감(共感)의 차이에 대한 것이었다. 동정심은 상대방의 감정에 같이 빠져서 헤어나오지 못하는 것이다. 그렇게 되면 상대방을 도울 수가 없고 자신도 상처를 받게 된다. 부인은 지혜로운 분이었다. 곧 원기를 회복하고 아주머니에게 하나님을 전도하고 영생의 소망을 갖게 해드렸다. 아주머니는 소망 가운데 편안히 임종할 수 있었다.

●합일화와 함입(合一化와 含入, incorporation and introjection)

이 둘은 넓은 의미로 볼 때 다같이 미숙하고 원시적인 형태의 동일화에 속한다.

합일화는 '자기'와 '자기가 아닌 것'을 전혀 분별하지 못하는 유아기에 일어나는 동일화를 뜻한다. 즉 외계에 있는 대상을 입으로 삼키듯이 그대로 자기 자아의 구조 속으로 들어오게 하는 원시적인 동일화이다. 성숙한 동일화의 경우는 대상을 받아들일 때, 자아의 구조 속에서 동화(assimilation)되어 자기 것으로 변형시켜 받아들이는데, 합일화의 경우는 이 과정이 아직 발달되지 못한 것이다. 예를 들면 식인종들이 강하고 고귀한 특성을 갖고자 할 때 이런 특성을 가진 사람을 잡아먹는 경우도 합일화의 예이다.

함입은 유아가 좀더 커서 적어도 '자기'와 '자기 아닌 것' 정도는 구별하는 시기에 와서 일어나는 동일화이다. 자기 나름대로 외계의 대상을 생각하고 느끼는 대상으로 믿고, 자기 내면의 자아 속에 받아들이는 과정이다. 외부 환경 속에 있던 대상이 자기 내면세계로 들어와 있으므로, 그 외부의 대상에게 주었던 사랑이나 증오가 이제는 자기 내면의 대상에게로 옮겨오게 된다. 예를 들어, 남편이 죽은 뒤 슬픔에 빠진 부인이 마음 속에 가지고 있던 남편의 이미지와 생시의 남편을 동일화하여 자기 이미지에 대한 부인의 태도나 행동이 마치 남편에게 하듯 하는 것을 들 수 있다. 이미 죽어 버린 마음 속의 남편과 얘기하고 그를 원망하며 때로는 그가 미워서 살해하기 위해 자기를 죽이기도 한다. 투사와 반대되는 개념이다.

7. 투사(projection)

투사(投射, projection)란 자신이 비의식에 품고 있는 공격적 계획과 충동을 남의 것이라고 떠넘겨 버리는 정신기제이다. 아이가 자신의 일부로 생각하는 대변을 밖으로 밀쳐 내는 배변행위에서 그 원형을 찾을 수 있다. 예를 들면, 원시종족들이 인간의 잘못을 비생명적인 대상의 탓으로 돌리는 애니미즘(animism)을 들 수 있다. 자신의 실패를 '남의 탓'으로 돌리는 것도 투사다. 가장 미숙하고 병적인 정신기제이며, 망상이나 환각을 일으키는 정신기제이다. 투사되는 내용은 투사하고 있는 사람의 비의식에 존재하면서 그에게 불안을 주는 충동이나 욕구들이다. 이것이 사고(thinking)의 형태로 투사되면 망상이 되고, 지각의 형태로 투사되면 환각이 된다. 망상이나 환각은 '비의식의 메아리(unconscious-echo)'라고

투사

안경을 쓴 남자가 노인을 비난하고 있다. 가운데 있는 여성을 성희롱했다는 것이다. 여인은 '이렇게 쇠약한 노인이 그럴 리가 없어요.' 라고 항의한다. 사실은 안경을 쓴 남자가 자기 생각을 노인이 한 것이라고 주장한 것이었다.

할 수 있다. 투사는 부정(denial)과 전치(displacement)의 방어기제와 밀접한 관계가 있다.

B군은 18세의 고등학생이다. 피해의식으로 인한 불안 때문에 정신과에 왔다. 누군가가 자기를 죽일 것 같다고 했다. 밤에는 더욱 심해서 잠자리에 십자가를 안고 들어가야 했다. 주기도문을 열 번 이상 외워야 안심이 되었다. 잠든 사이에 귀신이 공격해 올지도 모른다는 불안 때문이었다. B군은 칼이나 날카로운 쇠붙이를 보면 안절부절해졌다. 그

것으로 자기가 누군가를 찌르는 환상이 떠오르기 때문이다. 상상 속에서 피투성이가 되어 쓰러진 사람, 경찰에 체포되는 자신의 모습을 본다.

"그렇게 되면 내 인생은 파멸이야."

그는 칼은 물론이고 포크나 연필 끝도 볼 수가 없다. 성적은 엉망이 되어 버렸다. 친구들도 모두 떠나 버렸다. 친구들은 B군이 자꾸 오해를 하고 의심을 하기 때문에 떠나 버렸다고 한다. 세상 사람들이 야속하고 밉기만 했다. 도시 한가운데에 폭탄이 터져 수많은 사람들이 피투성이가 되는 상상을 하기도 했다. 곧 놀라고 죄악감이 느껴졌다. 그래도 B군은 열심히 학교에 나갔다. 자신이 비정상적인 생각에 빠져 있다는 것도 알고 있었다. 그래서 더욱 괴로운지도 모른다.

B군의 문제는 무엇일까? 귀신 공포의 숨은 원인이 무엇일까? 그를 괴롭히는 날카로운 물체에 대한 두려움과 살인 팬터지는 왜 자꾸 떠오르는 것일까? 그는 왜 친구들과의 관계에서 오해를 잘 할까? 그것은 이렇게 설명할 수 있었다.

B군은 비의식 속에 심한 증오심과 살인충동을 갖고 있었다. 그 대상은 부모였다. 그는 어머니를 부를 때 '그 여자'라고 했고, 아버지는 '그 새끼'라고 했다. 그가 알고 있는 한 부모는 차갑고 인정 없고 동생들과 차별대우하고 미워했으며, 두 분 사이도 갈등이 매우 심했다.

어머니로부터 사랑받은 기억은 전혀 없었고, 오히려 아주 어릴 때 어머니가 울고 있는 자기를 몰인정하게 떼어 놓고 직장에 나가던 뒷모습을 생생하게 기억했다. 아버지에게 발가벗겨 쫓겨났던 기억을 말할 때는 주먹을 쥐고 몸을 부르르 떨었다. 어머니는 말려 주지도 않았다. B군의 마음 속에 있는 증오심이 살인충동을 일으켰다. 이 살인충동은 그의 팬터지 속에 잘 표현되어 있다.

칼로 누군가를 찌르고 피투성이로 만든다든지, 도시 한가운데에 폭탄이 터지고 사람들의 몸이 찢겨지는 환상들 속에서 숨겨진 그의 살인충동을 볼 수 있다. 그가 날카로운 것을 두려워하는 것 또한 마음 속의 살인충동 때문이다. 이러한 팬터지와 공포증은 그를 괴롭히는 증세이지만 다른 한편으로는 살인자가 될 위험으로부터 그를 보호해 주고 있었다. 팬터지는 자신의 살인행동의 결과를 확인시켜 주었다. 그것도 반복적으로, 충동이 일어날 때마다 제동장치의 역할을 해 주었다. 칼에 대한 공포증은 살인도구로부터 그를 멀리 떼어 놓았다. 정신적 증세란 이렇게 환자가 위험한 충동으로부터 자신을 구하려는 비의식적인 노력일 수 있다.

B군의 귀신 공포증과 살해당할 것 같은 두려움도 자신 내부의 증오심 때문이었다. 자신의 증오심을 귀신에게 '투사' 한 것이다. 그렇다면 귀신이 부모를 살해하려 한다고 생각지 않고 귀신 피해의 대상이 자기 자신이 되는 이유는 무엇일까? 그것은 이렇게 설명할 수 있다. 부모에 대한 증오심을 갖게 되면 자신의 마음 속에 죄책감이 생긴다.

"나는 나쁜 놈이다. 부모를 죽이고 싶도록 미워하다니, 나는 벌을 받을 것이다."

이런 죄책감이 응징의 팬터지를 만들게 되었다. 그래서 B군은 자신을 처벌할 대상으로 귀신을 선택한 것이다. 이 선택은 환자의 종교적 · 사회적 상태에 따라, 또는 경험에 따라 달라질 수 있다. 어떤 젊은 환자는 "하나님이 나를 죽이려 한다."고 침대 밑에 웅크리고 있었다. 이 환자는 자신의 죄악감에 대해 응징하는 대상으로 하나님을 선택한 것이다. 또 어떤 환자는 "경찰이 나를 미행하고 있고, TV에 도청장치를 해 놓았다."라며 불안에 떨고 있었다. 이 환자는 경찰을 '투사'의 대상으로 선택한 것이다.

B군은 자신 내부의 문제를 귀신이라는 자기 밖의 대상에게 '투사' 했다. 그를 괴롭히고 있는 것은 귀신이나 날카로운 물건이 아니라 자기 자신의 내적인 충동이었던 것이었다. 스스로 이런 사실을 깨닫게 될 때 치료의 길이 열리게 된다. 자신의 불행을 자꾸 타인 때문이라고 '투사' 할 때는 B군과 마찬가지로 고통이 커지고 헝클어진 실타래처럼 문제가 복잡해진다. 우리 주변에서도 이런 '투사'의 심리기제를 사용하는 사람들을 흔히 볼 수 있다. 예를 들어 경쟁심이 강한 두 사람이 탁구를 칠 때 한 사람이 게임에서 졌을 경우, 그는 이 패배를 받아들일 수가 없다.

그래서 "라켓이 나쁘기 때문이야." 하며 패배의 원인을 라켓에 돌려 버림으로써 패배감의 아픔으로부터 자신을 구하려고 한다.

또 이런 경우도 있다. 두 아이가 아빠 방에서 놀다가 아빠가 애지중지하던 도자기를 깨뜨렸을 때 아빠 앞에서 서로 책임을 회피하는 것이다.

"너 때문이야."

자신의 잘못을 받아들이려 하지 않고 형은 동생에게, 동생은 형에게 책임을 투사하고 있는 것이다. 형이 좀더 성숙한 경우라면 얘기가 달라진다. 그는 이렇게 말할 것이다.

"아빠, 동생을 이 방으로 데리고 들어온 제 잘못이에요. 저를 벌 주세요."

또 동생이 이렇게 말할 수도 있다.

"아냐, 아빠 내가 잘못했어. 내가 잉크병을 던졌어. 용서해 주세요. 형의 잘못이 아니에요."

아빠는 사랑스러운 두 아들을 더욱 사랑하고, 용서할 것이다.

유치한 인격의 사람일수록 '투사'를 많이 쓴다.

노동자·농민·민중의 이익을 외치는 사람이 있었다. 그는 재벌들과 가진 자들에 대해서 극심한 증오심을 갖고 있었다. 민중이 못사는 것은 재벌들과 정부 때문이라고 기회가 있을 때마다 공격했다. 노동자의 한 달 월급이 100만 원도 안 되는 비참한 생활을 하고 있다고 동정하며, 모든 것이 독재자 때문이라고 분개했다. 그러나 그는 비싼 외제 코트를 입고 있었다. 그가 말한 노동자의 월급 6개월치에 해당하는 가격이었다. 해외여행도 즐겼다. 그는 자신 안에 숨겨진 내면의 대상에게 갈 분노를 외부의 재벌이나 정치가에게 투사하고 있었다. 억눌리고 가난한 사람의 이익을 걱정하는 사람들 중에 자기 집 파출부에게는 지나치게 인색하고 몹시 심하게 대하는 사람들도 있다. 인권과 평화를 주장하는 사람들 중에 자기 여동생을 잔인할 정도로 구타하는 사람도 있고, 부인이 정에 굶주려 우울증에 빠져 울고 있는 경우도 있다. 인권은 소중한 것이고, 인권을 위한 투쟁도 필요하다. 그리고 많은 사람들이 희생적으로 이 일에 헌신한 것을 우리는 알고 있다. 그러나 어떤 경우는 자신의 분노나 수치심을 은폐하기 위해서 자기의 문제를 외부의 대상에게로 투사한 결과일 수도 있다.

"형제여 네 눈속의 들보를 빼라. 그 다음에 밝히 보고 형제의 눈속의 티를 보리라." 하신 예수님의 가르침은 인간의 투사심리를 지적한 말이다.

8. 자기에게로의 전향(turning against self)

공격적인 충동이 다른 사람이 아닌 자기에게로 향하는 것을 **자기에게로의 전향**(turning against self)이라고 한다. 예를 들어, 엄마에게 야단 맞은 아이가 화가 나서 자기 머리를 벽에 부딪치는 것에서 볼 수 있다. 남에게 향했던 분노가 자기를 향하게 되므로 자기공격이 생기며 우울증이 오기도 한다. 예를 들어, 비의식 속에서 아버지를 증오하는 사람이, 아버지가 돌아가셨을 때 심한 우울에 빠질 수 있다. 그것은 현실의 아버지를 향하던 증오심이 **'자기에게로 전향'** 하여, 자신 내부의 아버지를 향하게 되기 때문이라고 프로이트는 설명했다.

전치   © Ricardo Castaneda

한 대상에 대한 감정을 다른 대상에게 주는 것이다.

9. 전치(displacement)

원래의 비의식적 대상에게 주었던 감정을, 그 감정을 주어도 덜 위험한 대상에게로 옮기는 과정을 **전치(轉置, displacement)**라고 한다. 자기의 도덕적 타락으로 비의식적 죄책감에 휩싸인 사람이 더러워지는 것을 무서워해서 강박적으로 손을 씻고, 시내버스 손잡이도 장갑을 껴야 잡을 수 있는 것은 도덕적 불결에 대한 죄책감이 물리적 불결로 전치된 것으로, 손을 씻음으로써 도덕적인 청결을 회복하려는 노력이다. 또한 전라도 출신 정치인을 미워하는 남편이 전라도 출신인 아내에게 화를 내는 경우도 전치의 예이다. 전이(transference)와 공포증(phobia)도 전치에 의해서 생기며 상징화(symbolization)도 전치의 일종으로 볼 수 있다. 언니를 미워하는 여동생이 언니의 공책을 찢어 버리는 것이나, 일본을 미워하는 젊은이가 일본 노래를 부르는 어른을 공격하는 행동도 전치방어에 의한 것이다.

10. 대체형성(substitution)

대체형성(代替形成, substitution)이란 목적하던 것을 갖지 못하게 되면서 생기는 좌절감을 줄이기 위해 원래의 것과 비슷한 것을 취해 만족을 얻는 것을 말한다. 예를 들어, 오빠에게 매력을 느끼는 여동생이 오빠와 비슷한 외모를 가진 오빠의 친구와 사귀는 것을 들 수 있다. '꿩 대신 닭'이라는 속담이 그 예이다. 대체형성과 전치는 서로 비슷하지만 대체형성은 대체물이 되는 '대상'에 중점을 두어 말하고, 전치는 '감정'에 중점을 두어 말한다는 차이가 있다.

11. 부정(denial)

부정(否定, denial)은 발달단계 중 최초이면서 가장 원초적인 방어기제 중의 하나이다. 의식화된다면 도저히 감당하지 못할 어떤 생각, 욕구, 충동, 현실적 존재를 비의식적으로 부정하는 것을 말한다. 예를 들면, 영화를 볼 때 무서운 장면이

나오면 눈을 가리는 여자 아이, 당뇨병 진단이 내려졌는데도 아무렇지 않다고 믿으면서 병원에 가기를 거부하는 환자, 암으로 죽어가면서도 자신은 암이 아니고 의사의 오진이라고 주장하는 환자의 경우를 들 수 있다.

© Ricardo Castaneda

부정
사자를 맞닥뜨린 타조가 자기의 머리를 모래구멍 속에 숨기고 있다. 그리고 이렇게 말한다.
'내가 보지 않으면 사자도 나를 볼 수 없어.'
자신의 위험을 부정하고 있다. 사자를 부정하면 사자가 부정된다고 믿는 것이다. 현실의 위험이 너무 커서
받아들일 수 없을 때 자아는 위험 자체를 부정해 버림으로써 불안을 피하려는 것이다.

한 미국인 병사가 월남에서 전사했다. 국무성은 부인에게 유골과 함께 부인의 사진이 든 지갑 등의 유품을 전했다. 수개월 후 부인은 대통령에게 탄원서를 냈다.

"제 남편은 죽지 않았어요. 뭔가 착오가 일어난 거예요. 그이는 월남의 밀림 속에서 구조의 손길을 기다리고 있어요. 수색명령을 내려주세요."

그녀의 남편은 확실히 전사했었다. 그러나 부인은 이 사실을 받아들일 수가 없었다. 남편의 죽음을 인정한다는 것은 너무나 큰 아픔을 주기 때문이다. 부인은 신문사와 각계에 탄원서를 보냈다. 그러나 돌아오는 회답은 남편의 죽음에 대한 확인뿐이었다. 좌절감 속에서 부인은 냉정한 세상을 원망한다. 밀림 속을 헤매는 처참한 남편의 환상 때문에 부인의 생활은 점점 파괴되어 갔다.

이 부인은 부정(否定, denial)의 심리 상태에 있다. 감당할 수 없는 현실에 직면했을 때 인간은 이 사실 자체를 부정해 버림으로써 마음의 평정을 유지하려 한다. 이것이 부정의 심리다.

필자는 초등학교 시절, 눈이 많이 내린 어느 날 '꿩몰이'를 했다. 산을 몇 개나 넘은 꿩은 마침내 지쳐 버렸다. 온몸이 노출된 채로 논두렁의 눈더미 속에 머리를 처박고 있다. 마치 자신이 볼 수 없으면 아무도 자신을 볼 수 없는 것처럼 꼼짝도 하지 않고 있었다. 이 꿩처럼 자신이 부정해 버리면 현실 자체도 부정되어 버리는 것처럼 믿는 것이 부정의 심리다.

암 선고를 받은 환자들이 흔히 보이는 반응이 이것이다.

"내가 그런 병에 걸릴 리가 없어. X-ray 필름이 다른 환자의 것과 바뀐 거야. 의사의 오진일 거야."

환자는 여러 병원을 전전하다가 결국 병이 악화되고, 치료 시기를 놓치게 된다.

당뇨병 환자가 있었다. 공복시 혈당은 100mg/dℓ 정도가 정상인데, 이 환자는 300mg/dℓ가 넘었다. 다행히 합병증은 아직 없는 상태였다. 의사는 식이요법과 합병증에 대해 자세하게 설명해 주었다. 지적 수준도 높고 사회적으로도 명사인 이 환자는 도무지 의사의 지시를 따르지 않았다. 오히려 의사의 지시를 무시하는 듯했다. 콜라 · 아이스크림 · 설탕을 몽땅 넣은 커피 · 과자 등을 마구 먹고, 식사도 무절제하게 과량을 섭취했다. 식사 시간마다 부인은 환자에게 해로운 것을 먹지 못하게 하고, 환자는 먹으려 하는 전쟁이 반복되었다. 때로 환자는 폭발적으로 화를 냈다.

"나를 병자처럼 취급하지 말아요. 나는 아무 이상 없어. 의사의 말대로라면 나는 벌써 장님이 됐든지 간경화가 됐든지 고혈압이 됐을 거야. 피곤은 좀 느끼지만 내가 못하는 일이 뭐가 있어. 나는 내 식으로 산다구."

이 환자는 규칙적으로 해야 하는 검진을 회피했다. 약물도 소변검사도 자꾸 잊어 먹는다. 두렵기 때문이다. 자신이 당뇨병 환자라는 사실을 인정하기 싫은 것이다. 이 환자도 부정의 심리상태. 이런 마음의 상태는 치료의 가장 큰 장애물이다. 현실을 부정하고 회피하는 한 문제의 합리적인 해결은 없다. 고통스럽더라도, 피할 수 없는 것이라면 그것을 인정하고 받아들일 수 있어야 비로소 치료의 문이 열린다.

12. 상징화(symbolization)

어떤 대상이나 사상이 다른 대상이나 사상을 나타내는 데 사용되는 정신기제를 상징화(象徵化, symbolization)라고 한다. 한 대상으로부터 그 대상을 나타내는 상징물(symbol)로 감정의 가치(emotional value)가 이동한다. 이 과정이 상징화의 본질이다. 대체로 원래의 대상은 금기의 성질을 띠고 있으며, 내세워지는 대상은 그 점에서 중립적이거나 또는 무난한 경우가 대부분이다.

정신과 환자의 여러 가지 증세는 상징적 의미를 가진다. 형은 태양이고, 자신은 달이라고 하던 정신분열증 환자가 있었다. 알고보니 그는 형에게 마치 달이 태양

을 의존하듯이 의지하고 있었다. 억압된 충동이 상징화를 통해 증세로 나타나면
그 양상이 원래의 충동과 너무나 다르기 때문에 그 상징의 의미를 파악하기 어려
울 때가 많다. 그래서 시간을 두고 이해하는 태도가 필요하다. 꿈에서도 상징화가
많이 사용된다. 예를 들어, 자식을 낳을 수 없는 부인이 아기처럼 예쁜 꽃송이를
안고 행복했던 꿈을 꾼 경우가 그것이다. 이 환자는 어릴 때 아버지가 화단의 꽃
들을 '내 새끼들' 이라고 부르던 것을 연상했었다. 그 외에도 팬터지, 농담, 문학
이나 다른 예술작품에서도 상징화를 볼 수 있다. 상징은 비의식의 언어(language
of unconsciousness)이다.

13. 보상(compensation)

보상(補償, compensation)이란 실제적인 노력이든 상상으로 하는 노력이든 간
에 자신의 성격, 지능, 외모 등과 같은 이미지의 결함을 메우려는 비의식적인 노
력을 말한다. 심장에 이상이 있을 때 건강한 심장만큼 혈액을 펌프질하기 위해서
심장근육이 비대해지는 것과 같이, 심리적으로 어떤 약점이 있는 사람은 이를 보
충하기 위해서 다른 어떤 것을 과도하게 발전시킨다. '작은 고추가 맵다' 는 속담
이나 키 작은 사람이 목소리가 큰 것이 보상행위이다. 멸시받는 작은 섬 코르시카
에서 태어난 키 작은 나폴레옹이 세계정복의 야심을 갖고 나섰던 것 등이 예라고
할 수 있다.

14. 합리화(rationalization)

인식하지 못한 동기에서 나온 행동을 그럴 듯하게 이치에 닿는 이유를 내세우
는 방어기제를 합리화(合理化, rationalization)라고 한다. 그 행동 속에 숨어 있
는 실제 원인은 의식에서 용납할 수 없는 내용이므로 환자는 모르고 있으며, 그로

합리화

남편이 신문을 보고 있는 부인의 머리를 망치로 내리치려고 한다. '여보, 당신 머리에 파리가 앉아 있어서 잡으려 하는 거야.' 라고 합리화한다.

서는 가장 도덕적이고 합리적인 설명을 한다. 하지만 이 때 실제의 동기를 지적당
하면 화를 낼 것이다. 〈이솝우화〉 중 '여우와 신포도' 는 합리화의 좋은 예이다.

두 개의 방

'한국은행의 돈이 다 내 것이다.' 라고 믿고 있는 과대망상 환자가 있었다. 회진 나간
의사에게 100만 원짜리 수표를 준다. 신문지를 찢어서 만든 수표지만 진지한 태도다. 가
난해 보이거나, 돈이 필요할 듯 싶은 사람에게는 누구에게나 선뜻 수표를 써준다. 그는
심리적으로 큰 부자이고 자신감에 넘쳐 있다. 그러나 담배가 떨어졌을 때는 꽁초를 주워
피운다. 꽁초를 줍고 있는 그를 다른 환자가 놀린다. 그 때마다 그는 "도장을 잃어버려서
은행에서 돈을 못찾는다."라고 진지하게 대답한다.

그의 마음 속에는 두 개의 현실이 있는 듯하다. 큰 부자라는 현실과 가난뱅이라는 현실
이 그것이다. 이 두 현실은 정반대의 것이지만 공존하고 있다. 논리적인 설명이 불가능
한 것인데도 공존하고 있다. 그리고 그는 이 두 현실 사이에서 모순을 느끼지 못하고 고
통도 없다. 이것을 가능케 하는 것은 합리화(이 환자의 경우 '도장을 잃어버려서' 라는
합리화)의 방어기제다. 이런 환자도 치료가 되어 건강한 정신을 가진 합리적인 사람이
되면, 무일푼의 부자란 있을 수 없다는 현실을 깨닫게 되고, 가난한 자신의 현실로 돌아
오게 된다.

이처럼 논리적으로 모순되는 두 개의 심리적 현실이 공존하면서도 괴로움이 없
고 갈등도 느끼지 않는 심리를 정신의학에서는 '논리 불통의 방(論理不通의 房,
logic-tight compartment)' 이라고 한다. 이런 심리는 소위 정상적이라는 사람
들에게서도 볼 수 있다. 예를 들어 도덕성을 부르짖고, 덕망과 국민의 신뢰를 한
몸에 받고 있는 정치인이 더러운 뒷거래를 하거나, 거짓말을 하면서도 양심의 가
책이 없는 경우가 여기에 속한다. 도덕성과 거짓말은 상반되고 모순되는 행동 범
주임에도 불구하고 상호간에 영향을 주지 않고 심리적인 불편없이 공존하며, 같

은 행동을 반복해 간다. 어떤 기회에 이런 사실을 지적당하게 되면, '국민을 위해서……' 라거나 혹은 '피할 수 없는 상황때문이었다.' 라고 합리화를 한다.

또 다른 예를 든다면 바람둥이 남자가 자신만은 처녀 장가 들기를 바라고, 또한 그럴 수 있다고 확신하는 경우를 들 수 있다. 바람둥이의 행동과 처녀성의 요구는 상반되는 것인데도 불구하고 모순없이 존재할 수 있는 것은 뻔뻔한 자기 합리화 때문이다.

세상에는 자신은 더 큰 비행을 저지르고 있으면서도 남의 허물을 비난하고 헐뜯기 좋아하는 논리 불통의 방을 갖고 있는 사람들이 살고 있다. 이런 심리는 마음의 분열상태로서 인격의 성장을 막고, 자기 혼란에 빠질 수 있으며 대인관계의 곤란을 초래하기도 한다.

합리화는 자기보호와 체면유지를 위한 아주 흔한 방어기제이지만 자기 기만이 지나치거나 병적으로 심할 때는 망상을 만들게 된다. 합리화는 거짓말과는 다르다. 합리화는 비의식의 방어기제로서 자기도 모르게 행동을 합리화한 것이고, 거짓말은 그 행동의 설명이 허구라는 것을 충분히 의식하고 있다.

15. 격리(isolation)

격리(隔離, isolation)란 과거의 고통스러운 기억과 관련된 감정을 의식에서 떼어 내는 과정으로, 고통스러운 사실은 기억하지만 감정은 억압되어 느낄 수 없다. 즉, 고통스런 사실은 의식 세계에 남고, 이와 관련된 감정은 비의식 세계에 보내서 각기 분리되어 있다는 말이다. 격리는 강박장애에서 흔히 볼 수 있다.

34세의 한 가정주부가 딸의 생일 케이크를 굽다가 친정아버지와 심하게 말다툼을 했다. 그녀는 아버지에게 무례하게 화를 내고 있는 자신에 대해 죄의식과 불안을 느꼈고, 화를 내지 않으려고 애썼다. 그 날, 싸우느라고 과자가 타 버려서 새 과자를 구워야만 했다. 그 날 밤 그녀는 한 가지 생각이 떠올라 몹시 불안했다.

'내가 실수로 새 과자에 독약을 넣은 건 아닐까?'

그 후 정신분석을 받기까지 4년 동안 그녀는 요리를 하거나 아이들에게 약을 주어야 할 때마다 심한 불안을 느끼고 반복적으로 음식의 내용을 점검하고 약의 양과 상표를 점검하고 확인해야만 했다. 그녀는 자신이 가족을 독살하거나, 아이들에게 다른 약을 주거나, 너무 많은 양의 약을 줄지도 모른다는 공포를 느끼고 있었다. 게다가 그녀가 혼자서 차를 운전할 경우에는 운전했던 과정을 다시 생각하고 확인해야만 했다. '혹시 누군가를 치었거나 심하게 상처를 주었을지도 몰라……' 하는 두려움 때문에 불안했다. 따라서 그녀는 집에 도착한 후에는 꼭 차를 조사하고 '차 밑에 핏자국이 없고 죽은 사람도 없음'을 확인하는 강박증이 생겼다. 이 어리석은 행동을 남편에게도 말할 수가 없었다. 분석을 통해 환자의 비의식을 볼 수 있었다.

환자는 아버지와 다투던 그 날, 아버지가 미웠고 죽여 버리고 싶은 충동을 느꼈다. 이런 감정과 공격욕구는 너무도 부도덕하고 무서운 것이었기 때문에 그녀의 마음은 평정을 상실했다. 마음의 평정을 회복하기 위해 불안을 제거해야만 했다. 아이들을 독살하는 것을 두려워하는 것이나 차로 사람을 죽이는 생각 같은 강박증은 아버지를 향한 살인욕구가 상징화되어 나타난 것이다.

이 부인의 강박증에서는 두 가지의 특징적인 방어기제를 볼 수 있다.

그 하나는 격리(isolation)다. 사고로 아이들을 독살하고 사람들을 치어 죽이는 생각을 말할 때, 그녀는 미움이나 다른 공격적인 감정을 느끼지 못하고 있었다. 공격적인 생각은 강박관념이 되어 의식에 떠오르지만 감정은 격리되어 비의식에 억압되어 있기 때문이다. 따라서 그녀는 "이런 강박증은 웃기는 것들이에요." 하고 분노의 감정없이 말할 수 있었다.

두 번째는 취소(undoing)이다. 약의 양과 음식의 내용을 검토하고 차 밑을 확인하는 검열(check & recheck) 행동은 아버지를 독살하고 싶은 충동과 반대되는

격리

그림의 왼쪽에 보이는 일기예보는 소나기와 함께 요란한 천둥 번개가 친다. 그러나 오른쪽 그림의 일기예보는 비 맞을
염려가 없이 이성적이다. 일기예보라는 사건에서 감정을 격리해 버린 것이다.
격리의 방어기제는 과거의 고통스러운 기억과 관련된 감정을 의식에서 떼내는 과정으로, 고통스러운 사실은 기억하지만
감정은 억압되어 느낄 수 없게 된 것을 말한다. 즉, 고통스런 사실은 의식 세계에 남고, 이와 관련된 감정은 비의식
세계에 보내서 각기 분리되어 있다는 말이다. 격리는 강박장애에서 흔히 볼 수 있다.

지식화
그림에서 보여지는 남자의 머리가 이성이 자리하는 왼쪽으로 기울어져 있다.
감정과 충동을 억누르기 위해 그것들을 직접 경험하는 대신, 그것들에 대한 생각만 많이 하는 것이다.
어머니를 잃고 주체할 수 없는 슬픔을 가진 아들이 장례절차나 초대문구 등에 몰두하는 것으로써,
슬픔을 느낄 틈을 없애는 것도 지식화이다. 분석시간에 정신분석의 이론 얘기를 길게 늘어 놓는 것은
내적 감정을 막기 위한 지식화 방어이다.

행동이다. 이렇게 충동을 막는 행동을 함으로써 그녀는 죄책감을 벗으려 하고 있었던 것이다. 살해충동과 충동의 금지가 강박증 속에서 동시에 위장된 형태로 나타나고 있다. 반복적인 이 행위는 마음 속의 불안을 일시적으로나마 감소시켜 주는 방어적 역할을 한다. 강박증세는 욕구에 대한 일종의 타협 형성의 결과로 나타난 것이었다.

16. 지식화(intellectualization)

지식화(知識化, intellectualization)는 격리보다는 발달된 형태로서, 감정과 충동을 억누르기 위해, 그것들을 직접 경험하는 대신에 그것들에 대한 생각만 많이 하는 것이다. 요모조모로 생각은 많이 하고, 대신 그 생각에 붙은 감정은 살짝 빼버림으로써 용납하지 못할 충동에서 비롯한 불안을 막는 방어기제이다.

17. 퇴행(regression)

심한 좌절을 당했을 때 현재보다 유치한 과거 수준으로 후퇴하는 것을 **퇴행**(退行, regression)이라고 말한다. 대소변을 잘 가리던 네 살짜리 아이가 동생이 태어나자 오줌을 싸게 되는 경우를 예로 들 수 있다. 실의에 찬 어린아이가 손가락을 빠는 것도 그 예이다. 늙은 교장 선생님들이 중학 동창생들을 만났을 때 근엄함은 사라지고, 마치 중학생들처럼 행동하는 것도 양성의 퇴행으로 볼 수 있다. 꿈이나 공상은 정상적이고 일시적인 퇴행이다.

악성 퇴행은 정신병이나 만성 정신분열증에서 대소변을 가리지 못하는 등, 어

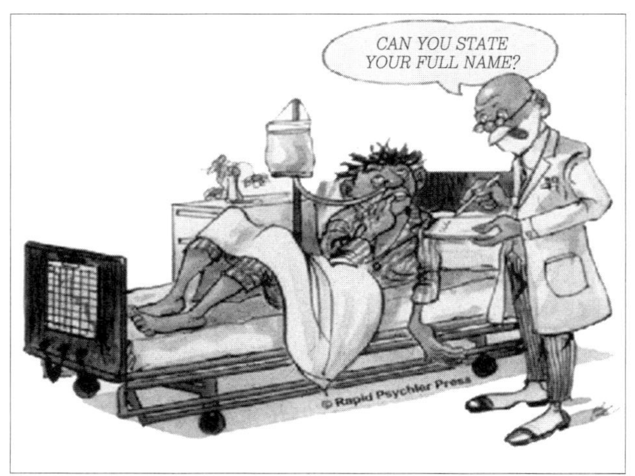

퇴행

그림에서, 환자는 자신의 이름도 말할 수 없을 정도로 퇴행되어 있다. 심한 좌절을 당했을 때, 현재보다 유치한 과거 수준으로 후퇴하는 것을 말한다. 대소변을 잘 가리던 네 살짜리 어린아이가 동생이 태어나자 오줌을 싸게 되는 경우를 예로 들 수 있다.

© Rapid Psychler Press

른이 병적으로 아이 같은 행동을 하는 것이다.

인간의 발달과정 중 특정한 시기, 예를 들어 항문기에 심하게 좌절을 받았거나 반대로 너무 재미를 보았다면 그는 이 시기를 비의식적으로 집착하게 되는데, 이런 현상을 '고착(fixation)' 이라고 한다. 스트레스를 심하게 받는 경우에는 이 고착시기로 퇴행하는 경향이 있다.

진달래꽃이 만발한 어느 해 봄이었다. 20세의 처녀가 아버지의 무덤에 옷을 벗어 놓고, 진달래꽃을 한아름 안고 벌거벗은 채로 산에서 내려 왔다. 밭에서 일하던 동네 아주머니가 달려가 불쌍한 처녀의 알몸을 자신의 치마로 싸안고서 병원으로 데려 왔다. 아버지를 여읜 슬픔과 불효자식이라는 죄악감이 너무도 괴로워서 처녀는 어린아이로 퇴행해 버린 것이었다. 어린아이 때가 어른보다 편하고 죄책감도 없고 어른보다는 힘들이지 않고도 살수 있는 시절이기 때문이다.

18. 해리(dissociation)

마음을 편치 않게 하는 성격의 일부가 그 사람의 지배를 벗어나 하나의 독립된 성격인 것처럼 행동하는 경우를 **해리(解離, dissociation)**라고 한다. 몽유병, 이중인격(dual personality), 둔주(fugue), 자동필서(automatic writing) 등이 그 예이다. 문학작품으로는 《지킬 박사와 하이드(Dr. Jekyll and Mr. Hyde)》가 그 좋은 예이다.

해리장애의 증례를 소개하겠다.

30대의 A부인이 정신과에 입원했다. 시아버지의 장례식 중에 발병했었다. 시아버지의 관이 땅속으로 들어가는 것을 보던 중에 갑자기 이상한 행동을 하기 시작했다고 한다. 생전의 시아버지처럼 행동한 것이었다. 남편의 이름을 마구 부르고 심부름을 시키는데, 그 목소리가 영락없는 시아버지였다. 동서들을 부를 때도 시아버지가 부를 때처럼 '새 아가' 라고 부른다. 걸음걸이도 시아버지 같았다. 집에 돌아와서는 자기 방으로 가지 않고 시아버지의 방인 큰방으로 들어갔다. 책상다리를 하고 앉아서 담배를 피우고, 집안 식구들에게 명령을 내렸다.

동네에서는 며느리에게 시아버지 귀신이 붙었다고 소문이 났다. 큰돈을 주고 두 번이나 굿을 했으나 효과가 없었다. 오히려 상태는 더욱 나빠져서 잠을 자지 않고 들로 산으로 싸돌아 다녔다. 기도원에서 귀신을 쫓아 내는 안수기도를 받았으나 역시 소용이 없었다. 그 지방의 학교 선생님의 소개로 정신과를 찾아 오게 되어 입원을 했다. 입원 후 10일째 되는 날, 부인은 자신을 되찾았다. 간호사로부터 자신의 행동에 대한 얘기를 듣고 몹시 부끄러워했다. 고된 시집살이 중에 믿고 의지하던 시아버지의 죽음은 부인에게 견딜 수 없는 충격이었다.

이처럼 감당할 수 없는 아픔을 당할 때 인격은 해리현상을 일으킨다. 이 때 환자는 마음 속의 시아버지에 대한 기억에 따라 행동하게 된다. 정신의학에서 이중인격(二重人格)이라고 부른다. 일반적으로 쓰는 이중인격의 의미는 위선자라는 뜻이지만 이 경우는 다르다. 이 병의 원인은 현실적인 고통도 원인이 되지만 더 근본적인 원인은 인격의 미성숙이다. 고통을 참아 내고 처리할 만큼 성숙하지 못한 사람이 큰 고통에 직면했을 때 발병하는 것이다.

19. 저항(resistance)

저항(抵抗, resistance)이란 억압된 자료들이 의식으로 떠올라오는 것을 막는 것이다. 이 자료들이 의식으로 나오면 너무 고통스럽기 때문이다. 이런 상황에서 환자는 대개 기억이 나지 않는다고 말한다. 얼굴이 빨개지고 당황하기도 한다. 저항을 보이면 환자가 억압된 중요한 자료들에 접근하고 있다는 것을 암시하는 근거가 되기도 한다.

20. 차단(blocking)

차단(遮斷, blocking)은 서로 연결된 몇 가지 생각들 가운데서 앞선 것은 기억이 나지만 뒤를 잇는 생각이 억압당해 도저히 기억되지 않는 것을 말한다. 의식의 영역에서 용납되지 않는 생각을 방어하고 있을 때이다.

21. 신체화(somatization)

심리적 갈등이 감각기관, 수의근육계 외의 신체 증세로 표출될 때가 **신체화**(身體化, somatization)이다. 예로 '사촌이 논을 사면 배가 아픈' 경우이다.

22. 성화(sexualization)

성적으로 대단한 의미를 가진 것도 아닌 것에 성적인 의미를 크게 부여하는 것이 **성화**(性化, sexualization)이다. 예를 들어, 고속버스에서 여인의 옆자리에 앉

성화

여인이 핫도그를 남성의 성기로 느끼고 있다.
이처럼 성적으로 대단한 의미를 가진 것도 아닌 것에 성적인 의미를 크게 부여하는 것이 '성화'이다.

는 것을 성교나 하는 것처럼 부끄러워하고 두려워하는 경우이다. 이는 금지된 충동들과 관계된 불안을 막아 보려는 목적이 있기 때문이다.

23. 금욕주의(asceticism)

금욕주의(禁慾主義, asceticism)는 의식에서 지각되는 모든 쾌락은 반대하면서, 이렇게 금욕하는 데서 만족감을 얻는 것이다. 쾌락의 뿌리를 뽑아 버리려 한다. 쾌락이냐 아니냐에 대한 가치판단을 내리는 데는 도덕적 요소가 개입한다.

24. 유머(humor)

자신이나 타인에게 거북하고 불쾌한 감정을 느끼지 않게 하면서 자기 느낌을 즐겁게, 공개적으로 표현하는 것을 유머(humor)라고 한다.

25. 이타주의(altruism)

이타주의(利他主義, altruism)는 문자 그대로 남들의 본능적 욕구충족을 집요하게 건설적인 쪽으로 도와 주는 것이다. '이타적 포기(altruistic surrender)'는 이룰 수 없는 자신의 비의식적인 욕망을 충족시키는 방법으로, 타인이 그 욕망을 충족하도록 헌신적으로 도우면서 대리만족을 얻는다.

안나 프로이트(Anna Freud)가 소개한 방어기제이다.

자매가 있었다. 동생이 언니의 연인을 사랑하게 되었다. 그러나 그는 그녀에게 무관심하다. 이 때 그녀가 불완전하게나마 자신의 욕구를 충족시켜 갈등을 해소하는 방법이 이타적 포기였다. 예컨대, 그녀는 언니가 데이트를 나갈 때 언니를 예쁘게 꾸며 주고, 시간

이타주의

비 오는 날, 자기 몸으로 웅덩이를 덮고 있는 남자를 우산을 쓴 여성이 밟고 건너간다. 이 남자는 '이타주의'라는 방어기제를 쓰고 있다. 죄책감이 많은 사람이 자신의 내적 죄책감을 씻기 위해서 이런 방어기제를 이용한다.

에 늦지 않게 챙겨 주며 소중한 액세서리들을 빌려 주는 등 매우 헌신적이었다.

26. 분리(splitting)

자기와 남들의 이미지(representation), 자기와 남들에 대한 태도가 '전적으로 좋은 것(all good)'과 '전적으로 나쁜 것(all bad)'이라는 두 개의 상반된 것으로 분리(分離, splitting)되는 것이다. 이는 원시적 형태의 방어로서 경계선 장애 환자가 많이 쓴다. 유아기 중 분리-개별화기에 쓰는 방어기제이다.

"우유(good mother)와 독약(bad mother)을 섞으면 우유마저 마실 수 없게 되기 때문에 분리해서 보관하는 것이다."

다음에 소개하는 투사적 동일화(projective identification)는 분리의 방어기제를 동반한다. 병원이라는 치료환경에서도 환자는 자신의 내면세계에 살고 있는 분리된 대상들을 치료진에게 투사하고 조종한다. 그 결과 치료진 간의 분열이 일어나고 갈등상황이 야기되기도 한다.

게바드(Gabbard, 1989)의 증례가 이를 잘 보여 준다.

분리

안경의 왼쪽은 악마이고, 오른쪽은 천사이다. 어떤 한 사람을 천사로 보다가 섭섭한 일이 생기면 같은 사람임에도
불구하고 곧 악마로 취급하는 것이다.

A양은 26세의 경계선 인격장애였다. 정신분석을 위해서 B의사가 그녀를 병원에 입원
시켰다. 당시 그녀는 자살 위험이 매우 높았었다. 입원한 지 10일 정도가 경과했을 때까
지도 그녀는 자살의 위험이 높은 상태였다. 그럼에도 불구하고 B의사는 환자가 대학강
의를 받길 원했기 때문에 등록을 위해 그녀를 지방대학까지 데리고 가야겠다고 수간호
사인 C간호사에게 말했다. C간호사는 병원정책상 자살 위험이 있는 환자의 외출은 금
지되어 있다고 거절했다. C간호사는 A양에게도 병원규칙상 외출이 허용되지 않는다고
말했다. A양은 몹시 화를 내며 C간호사를 비난했다.

"당신은 환자의 권리를 짓밟는 폭군이야. 나를 이해해 주는 사람은 B선생님뿐이고,
나머지는 모두 형편없는 인간들이야."

회의에서 B의사와 C간호사 간에 싸움이 벌어졌다. C간호사는 B의사를 비난했다.

"당신은 병원정책을 무시해 왔고, 당신만 특별히 환자를 위하는 것처럼 행동하는 경
향이 있어요."

이에 대응하여 B의사도 C간호사를 공격했다.

"당신은 병동 간호사들 중에서 가장 악랄하고 엄하고 벌주기를 좋아하는 간호사로 악
명이 높아."

이 증례에서 우리는 병동에서의 분열 현상(splitting)이 다음과 같이 4단계를 거치는 것을 볼 수 있다.

첫째, 환자의 비의식 속에 좋은 사람(good object)과 나쁜 사람(bad object)으로 분열된 내적 대상관계가 존재하고 있다.

둘째, 환자는 자신의 선택에 따라 어떤 치료자에게는 자신의 내면의 좋은 사람을 투사하고, 또 다른 치료자에게는 나쁜 사람을 투사한다. 그리고 이에 맞게 그들을 대하는 태도가 달라진다. 좋은 사람을 투사한 의사에게는 미소를 보일 것이고, 나쁜 사람을 투사한 간호사에게는 증오심을 보인다.

셋째, 치료자들은 투사적 동일화에 의해서 자신들이 마치 환자의 투사된 대상(good or bad object)인 것처럼 행동하게 된다.

넷째, 그 결과 치료자들은 병동회의에서 환자에 관해 서로 상반된 견해를 갖게 되며 격렬한 논쟁을 하게 된다. 치료진들 사이에 분열이 일어나는 것이다. 이 분열은 사실상 환자의 내면세계에 있는 분열인데, 이것이 투사적 동일화 과정을 통해서 재현(externalization)된 것이다.

27. 투사적 동일화(projective identification)

투사적 동일화(投射的 同一化, projective identification)는 원시적 방어기제의 하나로, 다음의 세 단계를 거친다.

첫째, 환자는 분석가에게 내적 이미지를 투사한다.

둘째, 분석가는 환자가 투사한 것을 비의식적으로 받아들여 동일화하고 환자의 조종을 받아 느끼고 행동하게 된다. 즉 환자가 분석가에게 투사한 어떤 사람의 역할을 분석가가 하게 된다.

이렇게 분석가가 환자의 투사적 동일화를 받아들이는 과정을 그린버그(Grinberg, 1979)는 투사적 역동일화(projective counteridentification)라고 명명했다. 일종의 '역전이' 이다.

셋째, 투사된 내용들은 분석가에 의해서 수정된 다음에 다시 환자에게 재투입(reintroject)된다. 환자는 자기가 투사한 내적 이미지가 분석가의 인격을 통과하면서 수정된 것을 동일화하여 자신의 내적인 대상을 수정한다.

컨버그(Kernberg, 1987)의 증례는 개인의 정신 치료과정 속에서 투사적 동일화가 어떻게 작용하고 있으며, 치료에 어떻게 이용되는지를 잘 보여 주고 있다.

환자는 20대 후반의 여자였다. 자기애적이고 경계선 성격장애 환자였다. 즉 충동적이며 불안을 참지 못하고 승화 능력이 결여되어 있으며 주기적인 심한 우울이 있고 자살 경향도 있었다. 그녀는 육체적인 매력을 지닌 여인이었다. 그러나 잘난 체하고 상대를 무시하는 쌀쌀한 태도였다. 그런가 하면 때때로 심한 열등감과 무력감에 사로잡히기도 했다. 그녀는 주로 그녀가 접근하기 힘들어 보이는(unavailable) 남성들만을 골랐다. 자기를 따라다니는 대상은 무시하고 차갑게 거절했다.

이 환자의 어머니는 성장배경이 보잘것 없고 초라했다. 그래서 그녀의 어머니는 놀랍도록 매력적인 딸을 자신의 욕구충족의 도구로 삼았다. 조종하고 간섭하고 책망했으며, 딸이 무엇을 느끼고 생각하는지에 대해서는 무관심했다. 아버지는 성공한 사업가였다. 굉장히 매력적인 분이었는데, 여자관계가 복잡했다. 환자의 아버지는 사업하랴, 여자 만나랴 너무 바쁜 분이라서 딸이 쉽게 접근할 수 없었다. 불행하게도 그녀의 아버지는 그녀가 청소년기일 때 갑작스런 병으로 죽었다.

나는 그녀에게 1주일에 3회씩 정신분석을 시행했다. 그녀가 나(Kernberg)를 분석가로 선택한 것은 내가 병원장이고 높은 사람이기 때문이었다. 치료계약이 성립되자 처음에는 의기양양하고 승리감에 젖어 있더니, 얼마 가지 않아 분석을 계속할 것인지 말 것인지 회의를 나타내기 시작했다. 그 당시 나는 시골에 살고 있었는데 그녀는 이 시골을 비난하기 시작했다. 더럽고 자극도 없고 날씨도 지랄 같고 의욕을 파괴시키는 곳이라고 했다. 그리고 이런 시골에 처박혀 있는 것으로 보아 분석가도 별 볼 일 없는 사람인지도 모르겠고, 분석을 잘 해낼 수 있을지 모르겠다고 의문을 제기하기도 했다. '샌프란시스코나 뉴욕 같은 도시에 산다면 얼마나 신날까!' 하고 말하기도 했다.

하루는 그녀가 멋지고 우아하게 차려 입고 치료시간에 나타났다. 먼저 그녀는 샌프란시스코에 살고 있는 남자 친구 얘기를 시작했다. 그는 유명한 변호사인데 자신과의 동거를 제의했다는 것이다. 그래서 그녀는 이 문제를 심각하게 생각하는 중이라고 했다. 계속해서 그녀는 현재 동거중인 애인에 대해서 말하기 시작했다. 그는 침실 기교가 너무나 형편없어서 헤어진다고 했다. 세련된 맛이 없으며 보통사람이고 성생활 경험이 빈약하고 서툴며, 특히 옷을 촌스럽게 입기 때문에 정나미가 떨어진다고 했다.

이번에는 화제를 바꾸어 그녀의 어머니가 나에 대해서 말한 평을 이야기했다. 그녀가 나를 처음 만났을 때 어머니는 반대했다는 것이다. 좀더 정력적이며 환자를 휘어잡을 수 있는 분석가를 구하는 것이 낫겠다고 했다는 것이다. 어머니의 그 말씀을 어떻게 생각하느냐고 내가 그녀에게 물었다. 그녀의 대답은 어머니의 생각에 동조한다는 것이었다. 즉 어머니는 좀 까다로운 분이기는 하지만 매우 지적인 여성이라고 했다. 그러더니 그녀는 미안한 듯 웃음을 지으며 말하기를, 내 마음을 상하게 할 의도는 아니지만 내가 촌티나게 옷을 입으며, 자기는 남자들이 자신감이 있어 보여야 좋은데, 내게 그것이 결여되어 있다고 했다. 또 이런 말도 했다. 내게 친근감이 가기는 하지만 지적인 깊이가 부족한 것 같으며, 내게 자기 마음을 열어 보였을 때 내가 그것을 감당해 낼 수 있을 것인지 걱정된다고 했다. 이런 이야기를 할 때 그녀는 아주 다정하게 말했고, 나도 잠시 동안 그녀에게 친근감을 느낄 수 있었다. 다시 환자는 샌프란시스코의 남자 친구 얘기를 시작했다. 그와 만날 계획, 그에게 이 시골을 연구하게 하고 싶다는 등의 얘기였다.

환자가 이런 말을 계속하고 있는 동안, 나는 내 자신이 무용지물(sense of futility)이 된 듯한 느낌에 휩싸였다. 낙담과 우울에 빠져 있는 나 자신을 발견했다. 이전에 그녀를 치료하는 데 실패했던 많은 분석가들이 생각났다. 이제는 나도 그녀와 치료적 관계를 유지할 수 없을 것 같은 생각이 들면서 '이제 치료가 끝장나는구나.' 하고 생각했다. 나는 자포자기 상태가 되었고 환자의 잘 짜여진 언어의 껍질을 뚫고 내면 속으로 들어갈 자신이 없어졌다.

이 때 갑자기 내게 한 가지 생각이 떠올랐다. 그것은 내가 지금 하고 있는 생각들이 환자가 방금 내게 한 말과 똑같다는 것이었다. 즉 환자가 말한 그대로, 나 스스로도 내 자신이 생각이 깊지도 못하고 정확하지도 못해서 분석가로서 부적당하다고 생각하게 되어버렸다는 것이다. 나는 환자의 말대로 내 자신의 신체적인 외모도 추악하게 보기 시작했다. 그리고 환자가 혹평을 했던 남자, 즉 성적 기교가 형편 없어서 그녀에게 버림받았던 그 남자에게 동정심과 공감을 느끼고 있는 자신을 발견하게 되었다. 모든 것이 확실해진 것은 그 치료시간이 끝날 무렵이었다. 즉 나는 그녀가 이상화(idealize)했다가 재빨리 평가절하(devaluate)해 버린 많은 남자들 중의 하나라는 것이었다.

치료 초기에 그녀가 했던 말이 생각났다. 그녀를 도울 수 있는 분석가는 나뿐이라고 하더니 태도를 바꾸어 내가 그녀를 하나의 실험대상(specimen)으로 보고 희귀한 증례로서 관심을 가질 뿐이며, 목적이 달성되면 버릴 것이라는 의심이었다. 나는 이런 결론에 도달할 수 있었다. 그녀는 지금 내게 복수하고 있는 것이다. 우월한 위치에 있는 내가 그녀를 하나의 실험대상으로 취급하고 무시하는 것에 대한 복수인 것이다. 이어서 떠오른 생각은 내 마음 속의 우울한 감정과 열등감이 그녀가 똑똑한 남자들 앞에서 느꼈던 것과 같다는 것이었다. 그 때 그녀가 자신을 바보 같고 무식하고 열등해서 타인들에게 실망을 줄 수밖에 없는 인간으로 생각하고 느꼈던 것처럼, 나 또한 나에 대해서 그렇게 생각하고 느끼고 있다는 사실이 떠올랐다. 또한 나에 대한 그녀의 태도가 우월감에 차 있으며, 어머니 같은 행동을 하고 있다는 것도 알아챌 수 있었다.

내가 이런 생각들을 채 정리하기도 전에 치료시간이 끝났다. 내 생각으로는 나의 침묵과 낙심이 환자에게 전해졌을 것 같았다.

같은 테마가 다음 치료시간에도 계속되었다. 샌프란시스코의 그 멋진 남자와 만날 계획, 성적 기교가 서툴고 볼품없는 남자와의 결별 이야기, 내가 살고 있는 이 시골에 대한 모욕적인 얘기들이 이번 시간에도 계속되었다. 이 연결을 보면서 나는 깨닫게 되었다. 이 시골이 환자의 전이 속에서 나를 상징한다는 것과, 나는 그녀가 내게 투사한 평가절하된 그녀의 자아상(self-image)이 되어 있다는 것을 알게 되었다. 반면에 그녀는 오만한 어머니의 우월감을 자기 것으로 삼고 있었다. 그녀는 자신을 어머니와 동일화함으로써 우월하게 되고 자신의 못난 모습은 내게 투사해 버림으로 어머니의 행동과 태도를 실행에 옮기고 있었다. 즉 환자를 돌봐 줄 남자 친구를 가지려고 할 때마다 이것을 방해했던 어머니의 행동을 그녀 자신이 실행하고 있었다. 못된 어머니의 행동을 실행함으로써 교묘하게 어머니를 평가절하하고 있는 것이다.

이 때 한 가지 기억이 떠올랐다. 이것은 지난 치료시간에 연상이 막혔던 것인데 그녀가 치료 초기에 말했던 두려움에 관한 것이다. 즉 그녀는 내가 흥미있는 환자를 놓치기 싫어서, 그녀가 이 시골을 떠나는 것을 막을 것이라는 두려움이었다. 이런 행동은 그녀의 어머니가 그녀를 이용할 때마다 했던 행동이었다. 그 때 나는 이렇게 해석해 주었다. 그녀는 나도 어머니처럼 행동하지 않을까 하는 두려움을 갖고 있는 것이라고 말했다. 그리고 그녀는 이 해석을 받아들였다.

이 때 나는 환자에게 전체적인 해석을 해 주었다. 나에 대한 그녀의 이미지, 즉 둔하고, 보기 흉한 외모에 매력도 없고 추악하며, 시골에 처박혀 살고 있는 나에 대한 그녀의 생각은 그녀 자신의 이미지일 수도 있다고 말해 주었다. 즉 어머니로부터 비난과 욕을 먹고 공격을 당했을 때 그녀가 자기 자신에 대해서 갖게 되었던 자신의 이미지였을 것이라고 했다. 특히 그녀가 선택한 남자를 어머니가 허락해 주지 않았을 때 느꼈을 그녀 자신에 대한 이미지일 것이라고 말해 주었다. 그리고 나에 대한 그녀의 태도는 우울감에 차 있는데, 표면은 다정한 것이지만 은근히 나를 무시하고 있으며, 이것도 어머니에게서 받은 고통을 내게 그대로 재현하고 있는 것이라고 해석해 주었다. 그녀 자신이 어머니의 역할, 즉 나를 파괴하는 역할을 하면서도 그녀는 매우 당황하고 있었다. 왜냐 하면 나를 철저히 파괴해 버린다는 것은 그녀를 도울 수 있는 쓸 만한 분석가를 파괴하는 것이 되기 때문이며, 그 뒤에 오는 고통스러운 실망과 고독감을 피하기 위해서 그녀는 이 시골을 미워하고 떠나야만 했다는 것도 해석해 주었다.

환자는 나의 해석을 수긍했다. 내가 말한 대로 그녀도 그렇게 생각하고 느꼈다고 했다. 그리고 지난 시간 후 왠지 기분이 우울했었으나 지금은 기분이 나아졌다고 했다. 그리고 이런 부탁을 했다.

"선생님께서 그 남자를 샌프란시스코에서 이 곳으로 불러서 내가 매력 없고 형편없는 이런 시골에 산다고, 나를 얕잡아 보지 못하게 나를 좀 도와 주실 수 없을까요?"

그녀와 나의 관계가 의존적인 관계로 바뀐 것을 알 수 있다. 반면에 거만하고 경멸스럽고 못난 자신의 모습을 샌프란시스코의 그 남자에게 투사하고 있는 것을 볼 수 있었다.

이 증례는 투사적 동일화의 전형적인 작용을 보여 주고 있다.

먼저 그녀는 참기 힘든 자신의 못난 면을 분석가에게 투사했다. 그녀는 자기의 내적 경험, 즉 분석가도 무기력감을 느끼게 만들었다. 그녀는 분석가를 교묘히 조종해서 그녀의 투사된 일면(aspects), 즉 못난 이미지 속에 가두는 데 성공했다. 그녀는 분석과정에서 분석가에게 투사해서 분석가가 갖게 된 자신의 못난 이미지와 계속해서 관계를 유지하고 있었다.

분석가를 환자로 보고 자신은 거만한 어머니가 되어 관계를 가진 것이다. 분석가 속에서 일어난 역전이(countertransference), 즉 못난이가 된 듯한 무기력감은 환자에 의해서 유도된 것이었다. 환자가 투사한 내면을 분석가가 동일화하여 갖게 된 것이다. 분석가인 컨버그 박사는 이 역전이를 분석하는 데 성공했다. 그래서 역전이를 통해 환자의 투사된 내면세계와 대상관계를 파악할 수 있었다. 해석이 먹혀들었고 분석은 제 길에 들어섰다.

28. 회피(avoidance)

회피(回避, avoidance)는 위험한 상황이나 대상으로부터 안전한 거리를 유지하려는 것이다. 의식적·비의식적 회피가 둘 다 가능하다. 때로는 비의식적 회피를 '정상적인 좋고 싫음'의 판단의 결과라고 주장하기도 한다.

승화

골퍼가 공을 내리치려고 한다. 그런데 공이 사장님의 머리로 보인다.
사장님을 내리치는 대신에 골프공을 친다. 스포츠를 통해 공격성이 승화되었다.

© Rapid Psychler Press

29. 승화(sublimation)

본능적 욕구나 참아내기 어려운 충동 에너지를 사회적으로 용납되는 형태로 돌려 쓰는 방어기제이다. 가장 건강한 방어기제이다. 승화(昇華, sublimation)는 다른 기제와는 달리 이드를 반대하지 않고 자아의 억압이 없으며, 충동 에너지가 그대로 사회적으로 쓸모있게 전용된다. 마치 홍수를 막아서 댐을 만들고 수력발전으로 이용하는 것과 같다. 예술은 성적 욕망의 승화요, 외과 의사가 되는 것은 잔인한 충동을 승화시키는 길이다. 똥 장난을 치고 싶은 욕망이 기생충학자의 길로 승화되기도 하고, 공격충동이 권투로 승화되기도 하며 성적 충동이 춤으로 승화되기도 한다.

30. 방어과정(defensive processes)

방어과정(defensive processes)이란 여러 종류의 방어기제를 이용하여 복잡하게 조직화된 운동, 지각, 인지의 자아기능을 말한다. 다음의 네 종류가 있다.

●성격방어(character defense)

타인에 대한 태도나 반응이 지속적인 어떤 특성을 갖고 있어서, 이것을 이용하여 불안으로부터 자신을 보호하는 것을 말한다. 불안을 극복하는 데 습관적으로 사용하는 인격의 정해진 태도나 방법을 말한다. 예를 들자면, 지나치게 친절한 성격의 사람은 숨겨진 공격심이나 가학적 욕구를 성격 자체로 방어하고 있을 수도 있다. 완벽주의적인 성격은 모욕당하는 위험을 막고, 완벽함을 성취함으로써 누릴 수 있는 만족감을 얻는 수단으로 이런 성격 특성을 이용할 수도 있다.

●전환(轉換, conversion)

심리적 갈등이 신체 감각기관과 수의근육계의 증세로 표출되는 것을 말한다. 예를 들면, 상관을 칠 것을 두려워하고 있는 사람이 오른팔의 마비가 된 것을 들 수 있다. 심인성 실명(心因性 失明)도 그 예이다. 전환에 동원되는 방어기제는 억압, 동일시, 전치, 부정, 상징화 등이다.

중학교 2학년에 재학중인 K군은 오른팔 마비로 정신과를 찾아 왔었다. 선생님께 구타를 당했다고 했다. 정형외과 · 신경외과적 진찰을 받아 보았으나 뼈나 신경에는 아무런 이상이 없다는 결론이었다. 그리고 특별한 구타의 흔적도 없었다. 정신과 진찰실에서, 어머니는 몹시 흥분해서 담임 선생님을 공격했다. 선생님은 미안해 하며 당황해 했다. 흥미있는 것은 K군의 표정과 태도였다. 어머니가 선생님을 심하게 비난할 때 그는 빙긋이 웃고 있었다. 그리고 팔이 마비된 환자에게서 볼 수 있는 근심이나 절망감은 전혀 볼 수가 없었다. 오히려 그는 즐기고 있는 듯했다. 옷차림을 보아도 병든 중학생 답지 않게 비싼 메이커 제품을 입고 있었다.

“엄마, 나 자전거 사줘야 돼.”

“오냐, 내 새끼. 사주지, 사주고 말고.”

K군의 요구는 즉각적으로 충족되었고, 어머니는 과잉보호적이었다. 갓난아이와 어

머니의 관계처럼 보였다.

그러나 담임 선생님은 억울한 입장이었다. 그 날 K군과 다른 학생이 싸우고 있었고, 선생님은 훈계하면서 매로 가볍게 한 대씩을 때려 주었을 뿐이라고 했다. 그것이 K군의 오른팔에 맞았다. 그러나 그 정도의 매로 팔이 마비되다니, 정말 이해할 수 없기도 하고 부끄럽기도 하고, 아이한테 미안하기도 한 복잡한 심정이라고 했다.

나는 K군의 입원을 권했다. 어머니의 완강한 반대에 부딪쳤으나 마침내 K군은 입원했다. 그의 진단명은 '전환장애' 였다.

억눌린 분노와 복수에 대한 불안이 있을 때, 이것이 신체적 증세로 전환되어 나타난다. 팔이나 다리의 마비, 두통, 언어장애, 시력장애가 오고, 때로는 실명하기도 한다. 이것은 꾀병이 아니다. 프로이트 이전까지는 꾀병으로 몰려서 천대받기도 했지만, 사실은 일종의 신경증이다. 이 병은 초기에 마음을 이해하고 잘 치료해 주지 않으면 만성화되어 치료가 어려워진다. 치료는 입원을 해서 분석을 하는 것이 원칙인데, 그 이유는 2차 이득(二次利得)을 금지시키기 위해서이다. 병으로 인한 물질적·사회적 이익을 취하는 것을 2차 이득이라 한다. K군의 경우는 자전거를 얻게 된 것과 선생님을 곤경에 몰아 넣은 것, 어머니를 독점할 수 있게 된 것 등이 2차 이득이라 하겠다. 증세 때문에 얻은 이런 만족들이 있으므로 그는 팔이 마비되어 있어도 즐거울 수 있었다. 이처럼 증세에 대한 무관심을 보이는 것을 '미녀의 무관심(La belle indifference)' 이라고 한다. 입원 후 약 1주일만에 K군은 완전히 회복되어 탁구도 칠 수 있게 되었고, 병동에서의 귀여움도 독차지했다.

●환상(幻想, fantasy)

자아의 적응과정(ego-adaptive process) 중 하나이며 정신건강과 창조적 사고에 중요한 것이다. 이는 공상(day-dreaming)과 같은 것으로, 자유분방한 상상은 현실에서 빗나가지 않는 한 미래 설계의 바탕이 되며, 건전한 정신활동의 중요한 부분이다. 그러나 현실을 벗어나면 위험하다. 현실의 만족이 불충분할 때, 욕구의

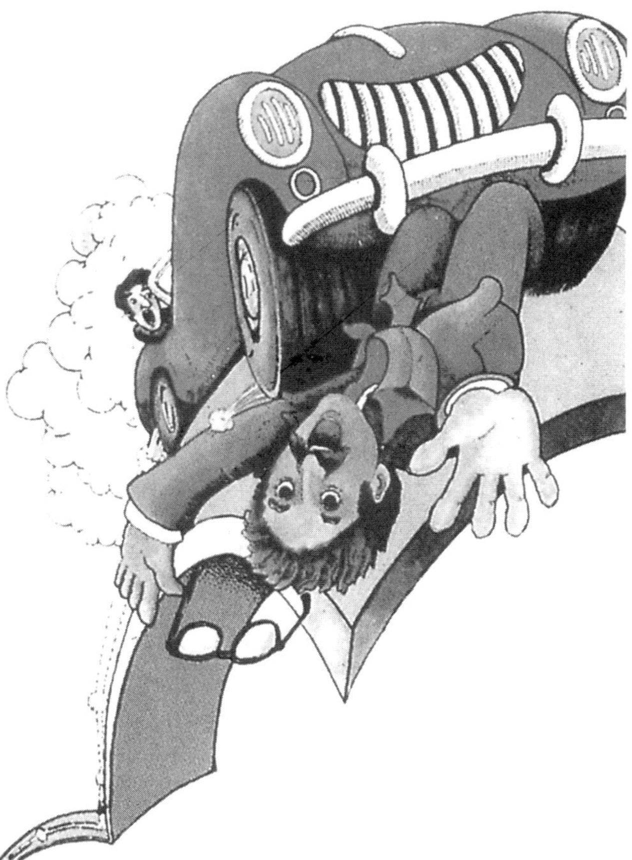

소원성취의 꿈

그림 왼쪽의 위로부터, 출근길에 교통체증이 걸렸다. 피할 수 없는
지각이었는데도 상사는 책망한다. 화가 났다. 퇴근길에 전신주를
들이받는 사고를 저질렀다.

오른쪽 그림은 그 날 밤의 꿈이다. 자동차를 몰고 가다가 직장 상사를
치어 버렸다. 이 꿈 속에서는 두 개의 소원이 성취되고 있다. 하나는
고장난 자동차가 달릴 수 있게 된 것이고, 다른 하나는 상사에 대한
분노를 해결한 것이다. 정신분석에서는 꿈을 소원성취(wish fulfill-
ment)를 하게 해 주는 수단으로 본다. 꿈은 비의식의 언어(unconscious
language)이며, 비의식에 이르는 왕도(royal road)이다.

좌절이 심할수록 이 욕구와 관련된 환상이 많아지며 환상을 통한 퇴행적 대리만족을 찾게 된다. 다시 설명하자면 환상은 자기 욕구충족의 착각이다(illusion of wish-fulfillment). 프로이트는 현실원칙(reality principle)에 대한 쾌락원칙(pleasure principle)의 승리 및 압도가 팬터지에서 일어난다고 말했다.

●꿈(dream)

꿈 역시 마음의 소원을 충족시켜 주고 불안을 방어해 주는 기능을 갖고 있다. 꿈의 내용을 두 가지로 나눌 수 있는데, 하나는 발현몽이고 다른 하나는 잠재몽이다. 발현몽(發現夢)은 흔히 우리가 '꿈을 꾸었다'고 할 때 본 내용이며, 잠재몽(潛在夢)은 이 발현몽을 일으킨 비의식적 근원이 되는 내용이다. 발현몽은 잠재몽이 꿈 작업을 통해 변형되어 표현된 것이 대부분으로서 일종의 호도껍질 같은 것이다. 껍질을 벗기면 숨어 있는 잠재몽을 발견하게 되는데, 이 과정을 꿈 분석이라 한다. 꿈 작업에는 여러 가지 방어기제들이 작용한다. 즉 압축, 전치, 상징화, 퇴행 등이다. 잠재몽의 내용이 꿈의 진정한 의미이며 네 가지 근원에서 나온다.

첫째, 본능적 욕구인데 여기에는 유아기의 기억이나 환상이 크게 관여한다. 어린 시절 계모에게 구박받던 청소년이 마귀할멈을 칼로 두 동강내는 꿈을 꾸는 것이 그것이다.

둘째, 신체적 감각주입(sensory input)으로서 내적 신체자극(배고플 때 진수성찬의 꿈을 꾸는 것)과 외적 자극(자명종 소리를 들으며 자는 사람이 꿈에 포화가 터지는 전쟁터의 꿈을 꾸는 것)이 있다.

셋째, 현재 생활 중의 소망(wish in current life)이 꿈의 근원이 된다.

넷째, 그 날 있었던 일(day residue)로서, 마음 한 구석에 남아 있던 생각이나 감정이 꿈의 근원이 되기도 한다.

정신분석의 기법

프로이트는 정신분석을 '조각그림 맞추기'에 비유했다.
비의식의 욕구나 충동들은 자아의 검열을 피하기 위해
본체를 조각 내거나 변형시킨다.
카우치에 누워 자유연상을 통해 나온 이 조각들은 처음에는 무의미하게 보이지만,
작은 조각들이 짝을 만나 맞춰지면 차츰
의미를 가진 그림이 나타난다. 이 그림이 완성되면
비로소 비의식의 갈등을 볼 수 있게 된다.

'정신분석의 목적은 무엇인가?

'치료는 어떻게 진행되는가?'

정신분석의 목표는 갈등을 푸는 데 있다. 즉 증세를 만드는 갈등이 비의식에 있기 때문에 환자 자신도 모르게 환자의 행동을 지배하고 증세를 만드는데, 이 비의식의 갈등을 의식화시키고 푸는 것이다. 다시 말하면 비의식에 있어서 자라지 못하고 있는 아이를 의식 세계로 데리고 나오는 것이다. 꼭 의식 세계가 아니더라도 자아의 영역 안으로 데리고 들어오는 것이다. 아이 때의 불안과 아픔은 이미 지나간 것이고, 이제는 안심해도 된다는 것을 깨닫는 것이다. 자신의 고통이 아이 때의 것이고 시대착오적이라는 것을 깨닫도록 돕는 것이 정신분석이다. 깨달으면 갈등이 풀리고, 갈등이 풀리면 환자의 성격은 성숙해진다. 불필요한 정신 에너지의 낭비가 없어지므로 의욕이 회복된다. 대인관계가 좋아지고 즐겁고 의욕적인 생활을 할 수 있게 된다. 따라서 치료의 핵심은 명백하다.

정신분석의 목표

그림에서 분석가가 커튼을 열어젖히자 메두사의 얼굴이 나타났다. 환자들은 억압의 커튼을 젖히고 비의식 보기를 두려워한다. 비의식에서 메두사 같이 무서운 것이 튀어나올 것이라고 생각하기 때문이다.
프로이트는 정신분석의 목적을 세 가지로 얘기했다. 그 하나는 비의식에 있는 것을 의식으로 데리고 나오는 것이다. 또한 충동적인 이드가 판치던 자리를 합리적이고 현실적인 자아가 지배하게 하는 것이다. 그래서 더 능률적으로 일하고, 더 깊이 사랑하며 살자는 것이다.

정신분석의 목적은 소박하다

정신분석의 목적은 갈등 없는 인간이 되는 것이 아니다. 갈등과 고민 없는 인간이 되는 것은
불가능하다. 안나 프로이트에 의하면, 유아기적 갈등이 좀더 성숙하고 견디기 쉬운 갈등으로
바뀔 뿐이다. 프로이트는 자서전에서, 분석의 목적을 신경증적 불행(neurotic misery)을 보통
불행(common unhappiness)으로 바꿔 주는 것이라고 했다.
예를 들어, 형부를 사랑하는 죄책감 때문에 다리에 마비가 온 처녀의 경우는 '신경증적
불행'이다. 분석을 통해서 마비 증세는 좋아지더라도 형부에 대한 사랑과 고민은 남는다.
인간생활에서 흔히 볼 수 있는 '보통 불행'으로 남는 것이다. 정신분석을 받는다고 하더라도
인간으로서 경험하는 이런 고민은 당연스레 남아 있다.

'어떻게 하면 이 비의식적 갈등을 의식 세계로 데리고 나올 수 있을까? 자아로
하여금 어떻게 통합하게 할 것인가?' 하는 것이다. 비의식에 억압되어 있는 것은
의식에서 받아들일 수 없는 이유가 있기 때문이다. 자아의 영역으로 통합할 수 없
는 어떤 이유가 있는 것이다. 이것을 제치고 의식화시키거나 통합하는 것은 오랜
시간을 필요로 하며, 지속적인 인간관계를 유지할 수 있는 능력이 분석가와 환자,
양편 모두에게 요구된다.

프로이트는 그가 죽기 1년 전에 쓴 《정신분석 개요(Freud, 1938)》에서 정신분
석 치료 작업이 자아를 강하게 하는 지적 작업에서 시작한다고 했다. 그리고 분석
가의 중요한 역할은 저항을 극복하도록 돕는 것이라고 했다.

"약해진 자아를 강하게 하려는 우리의 노력은 자아의 인식범위를 확장시키는 데서

부터 시작한다. 이것이 첫걸음이다. 자기인식의 상실이 자아의 영향력 상실을 의미하기 때문이다. 그래서 우리가 행하는 지적 작업에 환자를 참여시킬 필요가 있다. 여기서부터 치료의 길이 열린다. 더 복잡한 치료의 길로 나아가는 길이 지적 작업으로부터 시작된다.

이 작업을 위한 자료를 여러 수단을 통해서 얻는다. 자유연상, 전이, 꿈, 실수 등이 정보의 출처가 된다. 이렇게 모아진 비의식에 대한 자료를 환자에게 알려 주는 시기를 잘 기다려야 한다. 그 순간을 결정하는 것은 쉬운 일이 아니다. 적당한 시간이란, 환자가 진실에 거의 도달해서 한 걸음만 더 내딛으면 될 때를 말한다.

분석가는 자아가 용기를 갖고 잃어버린 영역을 회복하기 위해서 공격을 감행하는 것을 도와야 한다. 그러나 자아는 위험하게 보이거나 불쾌감이 몰려올 것을 예감하면 시도를 중단하고 뒷걸음친다. 따라서 끊임없이 자아를 격려하고 다독거려 주어야 한다. 자아가 자신의 저항과 싸우는 싸움에는 분석가의 도움이 필요하다. 이것이 어떤 결과를 낳는가는 중요하지 않다. 자아가 본능의 욕구를 받아들이게 되든지(이제까지는 두려워서 거부했던 욕구이다.) 이 욕구를 완전히 거부하든지, 어느 쪽이 되더라도 개의할 것이 못된다. 두 경우 모두 그 동안 괴롭혀 왔던 위험은 사라지고, 자아의 범위는 확장되며, 비싼 정신 에너지를 더 이상 소모하지 않아도 되기 때문이다."

정신분석은 두 사람 사이에서 일어나는 인간관계를 통해서 시행되는 치료다. 환자는 말하고 분석가는 듣는다. 표면적으로는 그렇지만, 그 속에서 애증과 갈등이 경험된다. 사람과 사람이 만나면 일어날 수 있는 감정반응도 일어난다. 환자는 분석가를 사랑하기도 하고 때로는 증오하기도 하는데, 이로 인해 치료가 방해를 받기도 한다.

정신분석은 환자의 마음 속에 숨겨진 고통을 분석가와의 관계를 이용해 치료하는 것이다. 어린 시절에 잘못된 인간관계에서 생긴 갈등들이 분석가와의 치료관계를 통해서 풀린다. 분석가 자신이 치료의 도구가 된다. 따라서 분석가의 인간관과 성장배경, 개인적 갈등, 교육배경이 치료에 중대한 영향을 미친다. 우리는 사랑하는 사람 앞에서와 미운 사람 앞에서의 마음과 태도가 달라진다. 존경하는 사람 앞에서와 사기꾼 앞에서 할 말의 내용이 달라지고 제한되는 것처럼 환자가 분석가를 어떻게 보느냐에 따라서 치료의 질이 달라질 수밖에 없다.

효과적인 정신분석을 위해서는 분석가의 위치가 **중립적(neutrality)**이어야 한다. 너무 가깝지도 멀지도 않게, 다만 분석가와 환자라는 치료적 관계를 지키고 유지하는 것이다. 중립성과 절제에 대한 개념은 1915년 프로이트의 〈전이 사랑의 관찰〉이라는 논문에서 처음 사용되었다. 독일어로 ‘Indifferenz’인데, 영어로는 무관심(Indifference)이라는 뜻이고 이것을 중립성(neutrality)으로 번역해 사용하고 있다. 중립적 자세란 분석가가 치료중에 종교적 · 도덕적 · 사회적 가치관에서 중립적일 뿐 아니라 치료에 대한 과도한 야망을 가져서도 안 되고, 환자를 차별 대우해서도 안 되는 자세를 말한다.

여기에는 **절제(abstinence)와 익명성(anonymity)**의 개념이 포함되어 있다. **절제**는 환자가 자신의 욕구충족을 절제하도록 하는 것이다. 뿐만 아니라 분석가도 환자의 전이를 만족시켜 주지 않는 것을 말한다. 예를 들어 환자에게 어머니에 대한 전이가 생겨서 분석가가 달래 주고 어리광을 받아 주기를 기대하더라도 응해 주지 않는 것이다. **익명성**은 분석가가 되도록이면 환자에게 자신에 대한 정보를 알려 주지 않는 것이다. 환자의 전이를 유지시키기 위해서, 환자에게 치료에 직접적으로 관련된 정보 외에는 분석가에 대한 정보를 주지 않는 것이다.

중립성을 유지한다는 것은 말처럼 그렇게 쉬운 일이 아니다. 자로 재듯이 너무 딱딱하게 중립성을 유지하려고 하면 오히려 치료관계는 멀어지고 만다. 중립성은 역동적인 것이며, 정적인 중립성이란 없다. 너무 중립성에 얽매이다 보면 표정이 없어지고 반응이 결핍되어 분석가가 존재하지 않는 것처럼 이상한 분위기가 된다. 분석을 받은 초보자들이 지나치게 중립성에 얽매이다 보면 이렇게 된다. 그래서 ‘분석 파킨슨병(post analytic parkinsonism)’이라는 말이 생길 정도다. 파킨슨병 환자가 무표정하고 행동이 부자연스러운 것에 비유해서 붙인 말이다.

1 자유연상법
(free association technique)

정신분석 고유의 기법은 자유연상법(自由聯想法, free association technique) 단 한 가지뿐이다. 프로이트는 젊을 때 최면술을 사용해 환자의 비의식을 탐구했다. 그러나 여러 가지 이유로 최면술을 버렸다.

첫째는, 모든 환자가 최면술에 걸리는 것이 아니었고 프로이트 자신도 최면을 잘 거는 타입이 아니었다. 둘째는, 최면술로 치료해 놓아도 재발을 잘 했다. 셋째는, 최면분석을 하다 보니 환자가 분석가에게 성적 충동을 너무 많이 느끼게 되는 것이었다. 그는 최면술 대신 자유연상법을 사용했다.

그 과정에 대해서 프로이트는 이렇게 말했다.

"나는 곰곰이 생각해 보았다. 환자들은 실제로는 이미 모든 것을 알고 있었다. 그 때까지는 최면술을 통해서만 환자의 비의식에 도달할 수 있다고 생각했다. 그러나, 만일 내편에서 환자를 격려해 주고 확신을 준다면 잊혀진 사실과 관련된 것들을 의식으로 끌어올릴 수 있을 것이라는 생각이 들었다. 물론 최면술보다는 힘든 작업일 듯했지만, 훨씬 유익하다고 생각했다. 그래서 나는 최면술을 버렸다. 다만 최면술을 걸 때처럼 환자를 카우치(couch)에 눕도록 했다. 환자의 뒤에 앉은 나는 그를 볼 수 있지만, 환자는 나를 볼 수 없게 했다."

자유연상법을 사용할 때는 환자를 카우치(couch)에 눕히고 의사는 환자가 볼 수 없게 머리맡에 의자

최면술은 시술자에 대한 성적 욕구를 자극한다
여자 환자가 시술자에게 성적인 욕구를 표현하고 있다. 프로이트는 최면술이 피할 수 없는 성적 욕구를 일으킨다는 것을 경험으로 알게 되었다. 그래서 최면술을 버렸다. 최면이 잘 걸리지 않는 사람이 있다는 것도 최면술을 버린 이유였다. 치료 후 재발이 많은 것도 또다른 이유였다.

를 두고 앉는다. 프로이트는 환자에게 이렇게 요구했다.

"당신이 기차를 타고 여행을 한다고 합시다. 당신은 창가에 앉아 있고 나는 안쪽에 있습니다. 당신은 창 밖으로 지나가는 풍경을 볼 수 있겠지요. 그렇게 보이는 풍경을 얘기하듯이 당신의 마음 속에 떠오르는 것들을 무엇이나 자유롭게 얘기하십시오. 순서도 방향도 필요 없고, 수치심 때문에 억제할 필요도 없습니다(Freud, 1913)."

자유연상에 대해서 프로이트는 그의 자서전에서 이렇게 썼다.

"떠오르는 생각에 자신을 맡긴다. 다시 말하면 의도적인 목적 없이 카우치에 누웠을 때 떠오르는 것을 말하게 한다. 떠오르는 것을 모두 말해야 한다. 중요한 것이 아니라거나, 관련이 없다거나, 의미가 전혀 없다거나 하는 생각으로 떠오르는 생각을 제거하지 말아야 한다. 비판을 가해서는 안 된다. 당연히 솔직할 것을 요구해야 한다. 솔직함은 분석치료의 기본 전제이다.

자유연상은 사실 자유로운 것이 아니다. 환자가 특정한 주제를 생각하지 않으려고 하더라도 그는 피할 수 없이 분석상황(analytic situation)의 영향을 받을 수밖에 없다. 자유연상이라고 하지만 사실은 분석상황과 관계 있는 것만 환자에게 떠오른다고 생각할 수 있다(Freud, 1925)."

환자가 방해받지 않고 자유롭게 말할 수 있는 치료적 분위기가 주어지면, 의미없이 떠올랐던 생각들이 시간의 경과와 함께 차츰 어떤 형태를 갖추게 된다. 이 형태가 환자의 비의식적 갈등을 보

프로이트가 최면술을 버린 이유
첫째는 최면이 잘 걸리지 않는 환자가 있었고, 프로이트 자신이 최면술에 재주가 없었다.
둘째는 최면술로 고쳐 놓아도 재발을 잘했다.
셋째는 안나 오의 경우처럼 최면술은 환자에게 성적 자극을 주었다.
그래서 프로이트는 최면술을 버리고, 비의식을 탐구하는 방법으로 '자유연상법'을 도입했다.

자유연상법 개발 뒤에 숨은 프로이트의 이야기
어느 날 프로이트가 엘리자베스 폰 엔이라는 부인을 분석하는 중에 부인이 불평을 했다.
"자꾸 질문을 하시니까 내 생각의 흐름을 따라갈 수가 없잖아요."
이 무렵 프로이트는 최면술에 회의를 느끼고 비의식을 탐색할 다른 방법을 찾고 있었다.
프로이트는 여기서 영감을 얻었다.
'환자들은 생각의 흐름을 가지고 있다.
그것을 말하게 하면 비의식이 생각의 흐름을 타고 나올 것이다.'
그래서 환자를 카우치에 눕게 하고 떠오르는 생각을 무엇이나 다 말하게 하기로 작정했다.
이것이 '자유연상법' 이다.

여 준다. 이런 정신분석의 과정을 프로이트는 '조각그림 맞추기' 에 비유하기도
했다. 의미없이 보이는 조각그림들을 한 조각씩 맞추다 보면 사람의 모습도 되고,
사슴의 모습도 떠오른다.

김성희 교수는 정신분석 과정을 고고학의 탐사 작업에 비유했다.

"고고학자가 옛 성터에서 사기그릇 조각 하나를 발굴했다고 하자. 계속 파들어 가

다가 주전자의 주둥이 부분으로 보이는 조각을 또 발견했다. 그러나 아직은 주전자라

고 말할 수가 없다. 계속 파들어 가면 또 다른 조각들이 나타난다. 이 조각들을 맞추어 보면 불완전하지만 옛 사람들이 쓰던 주전자의 형태가 보인다. 그러나 마지막 한 조각이 발굴되어 완성된 형태가 될 때까지 그것을 주전자라고 미리 해석해서는 안 된다. 해석은 환자의 비의식이 내린다."

김성희 교수의 주장은 정신분석을 통한 치료는 환자가 자기갈등을 의식적으로 이해하는 과정도 필요하지만, 치료작용의 대부분은 비의식에서 자기도 모르게 일어난다는 것이다. 그것이 자유연상이 가지고 있는 치유능력이라고 했다. 그리고 이 능력은 인간의 본성에 이미 포함되어 있는 것이고, 일상생활에서 우리가 늘 사용하는 것이라고 했다. 프로이트가 특별히 개발한 것이 아니라는 것이다. 인간본성이 가지고 있는 치유능력을 정신분석에 도입한 것이 프로이트의 천재성이다. 그래서 분석을 통해서 호전이 되었다고 해도 대부분의 경우에 그것을 자세히, 논리적으로 설명할 수 없는 것이 보통이다. 비의식에서 연상과정중에 저절로 치료가 이루어졌기 때문이다. 오히려 명쾌하게 자신의 치료 효과와 원인을 설명할 수 있다면 특별한 경우라고 할 수 있다.

치료가 자아의 통합기능에 의한다면, 자아기능의 대부분이 비의식 영역에 속해 있다는 것을 기억할 필요가 있다. 환자의 비의식에서 통합작용이 일어나기 전에 분석가의 해석이 앞서 버리면 환자의 의식적 개입이 많아져서 비의식의 진행이 오히려 방해를 받는다.

"내 분석가 같이 훌륭한 분이 주전자라고 하시니 주전자겠지. 그렇게 믿어야 돼. 내 문제는 그거야."

조각그림 맞추기

프로이트는 정신분석을 '조각그림 맞추기'에 비유했다. 비의식의 욕구나 충동들은 자아의 검열을 피하기 위해서 본체를 조각 내거나 변형시켜서 의식으로 나온다. 자유연상을 통해 나온 이 조각들은 처음에는 무의미하게 보이지만, 작은 조각들이 짝을 만나 맞추어지면 차츰 의미를 가진 그림이 나타난다. 이 그림이 완성되면 비의식의 갈등을 볼 수 있게 된다.

이런 생각이 비의식의 자연스러운 분석과정을 오히려 방해한다. 김성희 교수가 분석가의 해석을 특별한 경우, 예를 들어 저항이 심한 경우를 제외하고는 분석가의 앞선 해석을 금지해야 한다고 주장하는 이유가 여기에 있다. 그러나 현대 정신분석가들은 자유연상보다는 분석가와 환자의 상호작용을 통한 분석을 더 중요시한다. 자유연상은 어렵고, 환자가 자유연상을 하기 시작하면 이미 분석을 마칠 단계에 와 있는 것이라고 주장하는 분석가들도 있다. 프로이트의 자유연상을 통한 치료개념이 도전받고 있는 것이다.

정신분석의 기법은 자유연상법이다. 여기서 프로이트가 한 가지 강조한 것은, 분석시간에 환자만 자유연상을 하는 것이 아니고 분석가도 자유연상을 하는 심경(free floating attention, evenly suspended attention)이어야 한다는 것이었다. 외과의사가 수술에만 주의를 집중하듯이 환자에게 주의를 집중해야 한다. 자기 판단대로 연상의 지엽에 얽매여서는 안 된다. 예를 들어, '아, 이 부분이 중요하다. 이 부분을 캐 봐야지.' 하는 식으로 어느 한 부분에 집착하게 되면 그 밖의 많은 것을 놓치기 때문이다(Freud, 1912).

프로이트는 자유연상이 자신의 기억력을 향상시켰다고 했다. 자유연상을 하면 환자의 말이 훨씬 더 잘 기억되더라는 것이다. 자신은 선천적으로 기억력이 좋은 사람인데, 자유연상을 했을 때는 그 이상이었다고 한다.

우리의 일상생활에서도 자유연상의 위력을 확인할 수 있다. 예를 들어, 친구가 영화 이야기를 해달라고 한다. '두 시간짜리 영화를 어떻게 다 기억할 수 있을까?' 자신이 없어서 사양했다. 친구가 재촉한다. "그럼 생각나는 것만 이야기해 줄게." 그리고 이야기를 시작하면 어느 새 끝까지 이야기하고 있는 자신을 발견한다. 이야기 중에 친구가 감동해서 우는 일도 있다. 어떤 사람은 두 시간짜리 영화를 여섯 시간 동안 얘기하기도 한다. 장면묘사에 시간이 많이 걸렸던 것이다. 그렇다고 그 사람이 천재적인 기억력을 가진 사람이 아니었다. 우리가 한 시간 수업을 받으면 그 중에 몇 퍼센트나 기억해 낼 수 있을까? 이것을 생각하면 영화에 대한 기억력은 놀랍다. 그렇다면 그 이유는 무엇인가? 자유연상에 있다. 영화를 보면서 우리는 자유롭다. 잘 보이려는 욕심도 없고, 빨리 끝내고 싶은 집착도 없다. 욕심과 집착으로부터 자유로운 것이 자유연상의 기본심경이다. 재미있어서 자유롭게 보고 나면 기억이 잘 된다. 연상할 때도 생각나는 것만 말하겠다고 선언하면 마음이 자유로워진다.

실험적으로 자유연상을 못하게 하려면 이렇게 하면 된다. 영화를 보기 전에 학생에게 "이 영화를 본 후에 시험을 볼 테니까 대사를 하나도 빼지 말고 기억해야 한다. 낙제할 수도 있어."라고 겁을 준다. 학생은 영화에서 대사가 길어지면 걱정할 것이다. 메모를 하는 학생도 있을 것이다. 그러나 한 장면을 메모하는 사이에 영화는 저만치 흘러가 버린다. 영화의 흐름을 놓치기 때문에 영화가 토막토막 끊긴다. 관심이 지엽적인 부분으로 몰리기 때문에 나머지를 모두 잃고 만다. 도무지 기억이 나지 않는 답답함을 경험할 것이다.

우리는 일상생활 속에서 늘 자유연상을 하며 산다. 꽃을 보면 자기도 모르게 꽃과 관련된 어떤 기분이나 기억이 떠오른다. 인간의 본성이다. 이것을 분석가 앞에서 치료기법으로 사용하는 것이 자유연상이다. 프로이트는 이렇게 자유롭게 흐르는 생각, 혹은 연상의 흐름을 말하게 하면 비의식이 드러나고 갈등이 풀리며 치료된다고 믿었다.

자유연상의 장점을 프로이트는 자서전에서 이렇게 썼다.

"자유연상은 장점이 많다. 우선 분석가가 힘이 적게 든다는 것이다. 분석가가 편하다. 그리고 환자의 입장에서는 강요받지 않고 현실상황과의 접촉을 잃지 않는다는 장점이 있다(최면상태의 경우는 현실과 접촉이 단절된다). 분석가의 소망이나 기대가 영향을 주지 않는다는 장점도 있다. 이렇게 하면 신경증을 일으킨 내적 요소의 어떤 것도 빠뜨리지 않고 떠오를 수 있다. 분석의 진행과 연상자료의 선택이 전적으로 환자에게 주어진다. 따라서 특정한 콤플렉스나 증세를 체계적으로 다루는 일은 불가능해

진다. 최면술이나 독촉법에서는 한 가지 증세나 주제를 놓고 순서적으로 따져서 풀어
갈 수 있지만 자유연상을 시키면 환자가 자유롭게 주제를 선택하므로 체계적일 수가
없다. 그러나 어떤 시점에서 서로 연관이 없어 보이던 것들이 관련을 맺고 의미가 분
명해진다. 그러므로 정신분석에서 청중은 환자가 무슨 말을 하는지 애매할 때가 많다.
　자유연상법의 또 다른 장점은 결코 실패하는 일이 없다는 것이다. 연상은 언제나 가
능한 것이기 때문이다(Freud, 1925)."

2 카우치(couch)의 사용

　정신분석의 특징 중 하나는 카우치(couch)를 사용하는 것이다. 프로이트 당시
에는 긴 의자를 사용했지만 지금은 대부분의 분석가가 침대 모양의 평평한 의자
에 환자를 눕힌다. 한 사람이 누울 만한 넓이이고 매트리스가 없이 딱딱하다. 부
드러운 천으로 싸여 있다. 고개가 약간 들릴 정도 높이의 베개가 있다. 베개 위와
발치에는 화장지가 한 장 깔려 있다. 환자가 바뀔 때마다 화장지를 바꿔 깐다. 분
석가의 의자는 환자의 머리 위쪽에 있다. 환자가 분석가를 볼 수는 없지만 분석가
의 숨소리도 들릴 정도로 가까운 거리다. 분석가의 의자는 편안한 안락의자이다.
하루에 8시간 이상을 앉아서 환자를 분석하기 때문에 의자가 편해야 한다.
　카우치를 사용하는 이유는 크게 세 가지로 볼 수 있다. 첫째는 환자가 자유롭게
연상하는 것을 돕기 위해서였다. 눈앞에서 분석가의 표정이 달라지는 것을 보면
환자의 연상은 자연히 분석가의 영향을 받을 수밖에 없다. 자기의 내면을 봐야 할
때에 시선이 외부로 향하게 된다. 환자가 자신의 내부에서 일어나는 팬터지와 감
정 혹은 신체적인 느낌, 유년기의 기억들에 시선을 주도록 돕는 것이다.

미국의 분석가 제이콥슨(1995)이 치료한 환자의 고백이 이를 잘 설명해 준다. 그가 치료한 환자는 앉아서 얼굴을 보면서 치료하는 정신분석을 하다가 카우치에 누웠는데 처음에는 어려워하더니 나중에는 좋아했다.

"나는 당신을 볼 수는 없지만, 여기서 나 자신을 더 잘 볼 수 있게 되었습니다."

두 번째는 프로이트 자신의 고백이다(Freud, 1913). 우선 환자를 보기가 편하기 때문이었다. 하루에 여덟 시간 이상을 환자의 시선에 노출된다는 것은 몹시 피곤한 일이다.

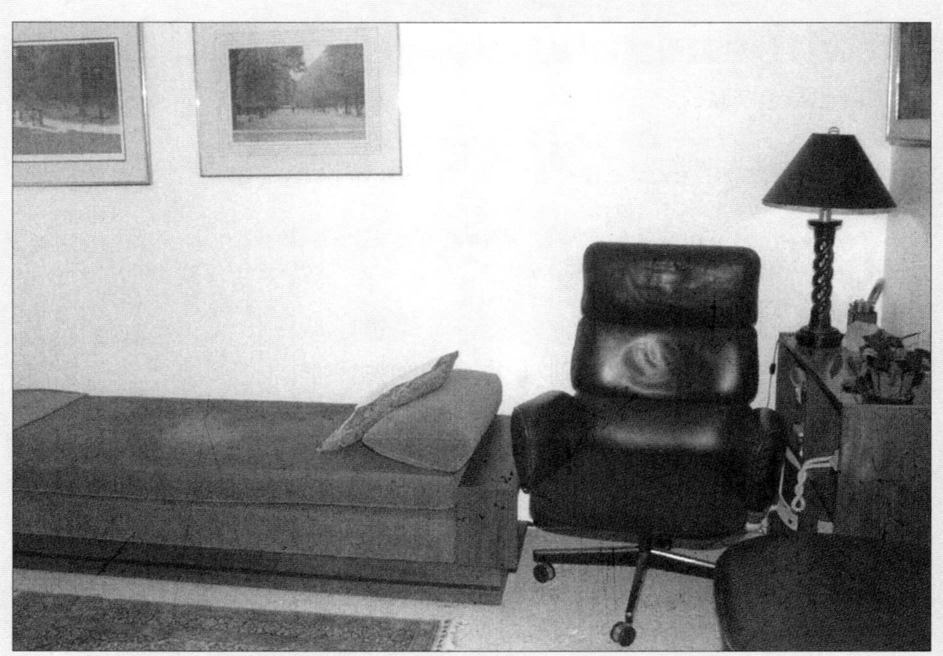

정신분석가, 타이슨 박사의 진료실
침대 모양의 카우치가 보이고, 오른쪽에 타이슨 박사의 의자가 보인다. 타이슨(Robert Tyson) 박사는 샌디에이고 정신분석학회 교육분석가이며, 국제정신분석학회 부회장이다.
필자는 이 카우치에 누워 300여 시간의 정신분석을 받았다. 내 인생의 사건들이 기억 속에서 섬처럼 따로 떨어져 있다가 분석시간에 관통되고 통합되는 경험을 했다. 마치 땅 표면에서는 각기 다른 우물이지만, 땅속에서는 하나의 지하수로 연결되어 있는 것과 같았다.

세 번째는 환자를 적당한 선에서 퇴행시키기 위해서이다. 누우면 긴장을 풀 수밖에 없고 어려지기가 쉬워진다. 분석에서 바람직한 것은 자아의 허용범위 안에서 퇴행(regression in the service of ego)이 일어나는 것이다. 그래야 유년기 경험을 제대로 기억해 낼 수 있다. 병적 퇴행과는 다르다.

병적 퇴행은 정신분열증 환자나 경계선 장애에서 볼 수 있다. 분석시간이 끝나고 카우치에서 일어나서도 계속 아이처럼 보채고 어린아이 같은 요구를 하는 것은 이런 병적 퇴행이 일어난 것이다. 그러나 자아의 허용하에서 일어난 퇴행은 다르다. 카우치에 누웠을 때는 어린 시절로 돌아가지만, 일어나면 곧 어른의 현실이 회복된다. 현실과 환상을 혼동하지도 않는다. 환자를 카우치에 눕힐 때는 병적 퇴행을 조심해야 한다.

카우치를 사용하면서 지나치게 퇴행한 환자의 증례를 소개하겠다.

30대 중반의 여자 환자였다. 상류 가정의 지적이고 종교적인 부인이었다. 주 증세는 강박관념이었다. 물건을 살 때 끊임없이 망설이고 의심하는 증세로 괴로워했다. 하룻밤에 수 차례씩 문 단속을 하고도 막상 침대에 누우면 불안했다. 수 년 동안 다른 분석가에게 정신치료도 받았다.

환자의 문제는 아버지에 대한 에디푸스적 소망이었다. 그러나 초기에는 아버지에 대한 증오심과 원망이 연상의 대부분이었다. 아버지가 자기 인생을 이렇게 망쳐 놓았다고 불평했다. 아버지는 불면증으로 10여 년 동안 정신분석을 받고 있었다. 그러나 카우치에 눕혀 연상이 계속되면서 점차 아버지에 대한 사랑의 감정이 표면으로 올라오기 시작했다. 아버지에게 사과의 편지를 보내고 선물도 보냈다. 그러던 어느 날 환자는 분석가에게 성적 전이를 보이기 시작했다. 성애적 전이는 급속도로 진행되었다. 분석가와 섹스하는 팬터지를 노골적으로 길게 이야기했다.

그러던 어느 날 카우치에서 일어난 환자가 망설이고 서 있었다. 분석가는 의아해서 "혹시 무슨 할 말이 있습니까?" 하고 물었다. 환자는 "선생님, 저와 함께 호텔에 한 번만가 주실 수 없을까요? 그래 주시면 제 병이 모두 나아 버릴 것 같아요."하고 애원하듯 부탁했다. 놀란 분석가는 카우치 사용을 중지했다. 치료 횟수도 1주에 1회로 줄였고, 집중적으로 전이해석을 했다. 다행히 환자는 전이에서 풀려났다. 힘든 과정을 겪은 후였다.

카우치가 환자를 퇴행시켰고, 유년기 에디푸스 갈등에 도달하게 했다. 여기까지는 좋았으나 퇴행이 자아의 통제를 벗어나서 병적인 퇴행이 되었고, 아버지와 분석가를 혼동하는 병적 전이에 빠져 버렸다.

카우치의 사용이 곧 정신분석을 의미하는 것은 아니다. 그러나 카우치나 소파라는 말을 프로이트 전집의 색인집 어디에서도 볼 수 없는데도 1950년대까지 '카우치를 사용해야 정신분석'이라는 생각이 지배적이었다. 분석 수련을 받지 않은 정신과 의사가 환자를 카우치에 눕혔다고 하면 사기꾼으로 생각했다. 분석가가 환자를 앉혔다고 하면 분석이 끝났다는 말로 이해했다. 그러나 분석은 카우치를 사용하느냐, 하지 않느냐 하는 외적 기준에 의해서 평가되는 것이 아니다. 분석은 저항과 전이를 다루고 있느냐 아니냐를 기준으로 삼아야 한다(Fenichel, 1941).

아루포는 카우치를 거부하는 행동을 가지고 환자의 전이를 발견했다(Aruffo, 1995). 그것은 두 가지 전이였는데 카우치에 눕는 것이 굴욕적인 유년기로 돌아가는 것이었고, 다른 전이는 카우치에 누워서 분석가를 볼 수 없게 되는 것이 어머니로부터 고립되었던 유년기로 돌아가는 것을 의미했다.

Dr. B는 서른여섯 살의 의사였다. 우울증이 있었고 자신감이 없으며 앞으로 어떻게 살아가야 할지 모르겠다고 했다. 이상하게도 그는 의사이면서도 이보다 형편없이 초라한 다른 직업을 가질 생각을 했다. 차라리 수도자처럼 가족도, 일도 버리고 산중으로 떠나 버리고 싶다고도 했다. 의사로서 가장 만족했던 시절은 유명한 외과 의사 선배 밑에서 일할 때였다. 선배가 다른 도시로 떠나 버리자 공허감을 느끼고 허무감에 빠져 버렸다.

부모들은 두 분 다 병적인 분들이었다. 초등학교 시절에 부모의 병을 알고 매우 실망하고 환멸을 느꼈다. 자기비하와 열등감이 생겼다. 어릴 때 사랑받지 못하고 컸는데도 자기가 의존심을 갖고 있다는 사실을 인정하기가 굉장히 어려웠다.

분석 초기에는 외과 의사 선배와 일할 때처럼 자존심이 높아지고 좋았다. 그는 분석에서 나를 선배 외과 의사처럼 대했다. 그러나 이것을 전이로 해석해 주면 받아들이지 못했고, 약간 무시하는 투로 분석가인 내가 나 자신을 너무 높이 평가한다고 말했다.

6개월쯤 지났을 때 갑자기 그리고 자연스럽게 카우치에서 일어나 말하기 시작했다. 갑자기 대담해졌다. 나를 똑바로 쳐다보면서 자신의 생활에 대한 얘기를 했다. 나를 뚫어지게 직시하면서 몸짓을 섞어가며 말하는 투가 말귀를 못 알아먹는 둔한 사람을 납득시키는 투였다. 상당히 반항적인 태도였다. 나도 그의 전이에 말려들고 있다는 것을 느꼈다. 그가 내 도움을 자기를 무시하는 것으로 받아들이고 있어서 이것을 어떻게든 좀 적극적인 방법으로 알려 주려고 생각하고 있었다. 내가 '카우치에서 일어나 앉아서 말하는 그의 태도' 에 대해 주의를 환기시키자, 그는 화를 내며 내가 분석을 훼방 놓는다고 했다. '앉는 것이 분석과 무슨 상관이 있느냐, 전혀 상관 없다.' 고 계속 주장했다. 거만한 말투로 이렇게 말했다.

"로이(Roy ; 분석가의 이름), 사람이 때로는 앉아 있고 싶을 때도 있는 거야. 앉는 것과 눕는 것이 뭐가 다르다고 시시콜콜 의미를 캐느냐고!"

그는 나를 무식한 환자로 여기고, 자신이 마치 유능한 분석가가 된 것처럼 행동했다. 자기 문제는 누구보다 자기가 더 잘 알고 있다는 것 같았다. 이런 감정이 그에게 위로를 주고 있었다. 그래서 나의 해석은 번번이 무시되었다. 분석이 조금 더 발전하면서 우리는 그의 자화상이 두 종류이고 이 둘 사이를 오락가락한다는 것을 알 수 있었다. 하나는 우울하고 무능하고 무가치하고 공허한 자화상이고, 다른 하나는 선배 외과 의사처럼 유능하고 지적이며 남들 위에 서 있는 것이었다. 나를 멸시하는 것은 형편없이 낮아진 자존심에 빠져 있는 자신에 대한 멸시였다. 그는 나의 해석을 수동적이고 열등한 인간으로 취급하는 것으로 이해했다. 나는 그가 왜 눕지 못하고 앉는가를 이해하게 되었다. 그는 내가, 자기의 자존심을 높여 주던 선배 외과 의사처럼, 인정해 주기를 원했던 것이다.

해석은 먹혀 들지 않고 상당한 시간이 흘렀다. 어떤 문제를 내게 강력하게 설명하려고 그가 일어나 앉아서 말했다. 그 때 나는 그에게 '무얼 말하는가.' 하는 내용보다는 '일어나 앉아 있다.' 라는 사실을 이해하는 것이 분석에서는 더 중요한 내용이라고 말해 주었다. 그는 강하게 반대했다. 그래서 그렇게 급하게 하고 싶은 얘기가 무엇이냐고 물었다. 그는 중요한 것을 깨달았는데 내게 설명할 때 내가 이해했는지를 확인하기 위해서 나를 보면서 말해야겠다는 것이었다. 내가 그를 잘 이해하지 못할 것이라는 무슨 이유라도 있느냐고 물었다. 그 때 그는 강력하게 주장하기를 내가 틀렸다는 것이다. 자기는 나를 좋은 분석가로 보고 있는데 내가 괜히 딴소리를 한다는 것이었다. 나는 좀더 직접적인 방법(interaction)을 취하기로 마음을 정했다. 왜냐 하면 약하게 하면 전이인식이 더 어려워질 것 같아서였다.

그러던 중 어느 날 그가 또 갑자기 일어났다. 그 때 나는 말을 하지 말고 누우라고 몸짓으로 말했다. 그는 다시 누웠지만 말을 쏟아 놓았다. 나는 좀 강하게 말해 주었다.

"아까 누워서 말할 때 나에 대한 어떤 감정을 느꼈지만 말하지 않았던 것이 있을 것입니다. 말할 때 느끼는 나에 대한 감정을 말하세요."

일어나서 나를 보면서 말하면 나에 대한 개인적이고 원치 않는 감정이 사라질 것이다. 바로 그것을 우리가 분석해 봐야 한다고 말했다.

그는 그 후 수주 동안을 헤맸다. 그리고 어느 날 카우치 사용이 화제가 되었다. 카우치가 도움이 되는 것은 알지만 환자는 카우치에 눕지 않는 것으로 나를 조종하고, 공격하고 있다는 것과 내 말을 따라 카우치에 얌전히 누워 있는 것을 보여 주어서 내게 칭찬받기를 바라는 마음도 있다는 것을 이해하게 되었다. 좀더 자신감이 생기자 나는 다시 한 번 그에게 어떤 감정을 느낄 때 일어나 앉게 되느냐고 물었다. 그는 "그런 감정은 없어요(None)."라고 대답했다. 나는 고개를 저었다. 그러자 그는 거의 고함을 지르듯이 "그는 일어날 수밖에 없었어요(He had to sit up!)!"라고 말했다. 나도 고함을 치듯이 "왜요?"라고 큰 소리로 물었다. 그는 "당신이 바보이기 때문이오(Because you are fool!)!"라고 고함쳤다.

여기서 그와 내가 알 수 있었던 것은 전이였다. 그는 나를 바보로 보았고, 말귀를 못 알아들을 것으로 판단했다. 자기가 분석가가 되어 내가 없어도 훌륭한 통찰을 가질 수 있다고 생각했다. 나를 깎아 내리고 자기는 인생의 승리감을 맛보고 싶어했다. 승리자가 되려면 앉아 있어야 했다.

그러나 수 개월이 지나면서 그는 풀이 죽었고 전이도 변했다. 이제는 앉아 있다는 것이 반항이 아니고 고독감과 관련되었다. 눈으로 나를 확인해야 했다. 이 때부터 그는 어릴 때부터 그렇게도 오래 그를 괴롭혔던 절망적이고 고통스러웠던 경험들을 회상하고 통합할 수 있게 되었다. 카우치에 누워 있으면, 어릴 때 어머니는 아파서 항상 자기 방에 누워 있고 어린 그는 외롭고 공허한 시간을 혼자서 보내면서 창문을 통해서 언제 올지 모르는 아버지를 기다렸던 어린 시절이 떠올랐다.

나의 상호관계분석(interactional analysis)에 대해서 여러 가지 평가들을 하겠지만 나는 환자에게 쓸모있고 도움을 주는 것이었다고 생각한다. Dr. B가 앉는 것은 누울 때의 고립감 때문이었다. 나를 보면서 이 고립감을 벗어나고 싶었던 것이다.

일어나 앉음으로써 그는 분석을 상호관계방식(interactive mode)으로 몰고 갔다. 나는 전이에 적극적이고 의도적으로 개입했다. 그렇게 해서 중심 전이의 변화를 보다 쉽게 발견할 수 있었다. 우리에게 카우치는 ─눕는 것과 앉는 것이─ 분석의 중요한 작업을 수행하는 데 필수적인 도구였다.

이 증례에서 앉고 눕는 것이 분석과정의 핵심은 아니다. 핵심은 환자가 중요한 전이를 인식할 수 없었던 것이다. 분석가는 카우치 문제를 들고 나와서 환자로 하여금 전이를 깨닫도록 도왔다.

정신분석의 과정

정신분석의 과정은 초기 · 중기 · 종결기의 3단계로 진행된다.
환자가 치료에 적합한지를 체크한 후
치료약속을 할 때부터 환자와 분석가 사이에 전이관계가
형성될 때까지를 초기라고 한다. 중기는 환자로부터 전이와 저항이 나타나고,
전이에 대한 통찰 · 통찰의 훈습을 하는 시기이다.
환자의 전이가 풀리고, 분석가를 현실적인 대상으로 볼 수 있고,
갈등이 풀리는 시기가 분석을 종결할 때이다.

정신분석의 과정은 편의상 초기·중기·종결기로 나눈다. 환자가 선택되고 치료약속을 하면 본격적인 치료가 시작된다. 환자의 선택에서부터 전이관계의 형성까지를 분석의 초기라 한다. 분석의 중기는 전이와 저항이 나타나고, 훈습이 진행되는 기간을 말한다. 분석의 중기가 가장 긴 기간인데, 전이에 대한 통찰이 생기고 이 통찰을 훈습하는 과정에서 시간이 많이 소요된다. 훈습에 대해서는 288쪽에서부터 자세히 설명하겠지만, 신경증을 일으킨 원인적 갈등에 대한 통찰력을 갖게 된 후에 이것을 생활 전반에 적용하는 연습을 훈습이라고 한다. 분석의 종결기는 종료의 시기이다. 전이가 풀리고 분석가를 현실적인 대상으로 볼 수 있게 되고 갈등이 풀리면 분석을 종료한다.

1 분석의 시작

분석을 시작할 때는 환자가 분석에 적절한 사람인가를 평가하고 선택하는 작업이 중요하다. 그리고 분석에 필요한 약속을 정하는 일이다. 이 시기에 환자는 분석을 어떻게 하는지를 배운다. 환자의 역할도 배운다. 분석의 초기에 환자가 어떤 사건을 이야기할 때 "그 때 무엇을 느꼈습니까?", "어떤 생각을 하셨나요?" 하고 묻는 것이 유용하다. 이렇게 하면 환자는 분석시간에 무슨 말을 어떻게 하는지를 배운다. 치료동맹, 즉 분석가를 믿고 '같이 분석을 할 만한 분이구나.' 하는 마음이 생기는 것도 초기의 중요한 과제이다. 먼저 정신분석에 적합한 사람들의 조건에 대해서 설명하고, 분석에 필요한 약속에 대해서 설명하겠다.

1) 정신분석 치료에 적합한 사람들

정신분석이 성공적으로 잘 되면, 환자가 얻는 이익은 크다. 증세가 좋아지는 정도가 아니다. 비의식의 갈등이 해결되어 마음이 가볍고 편해지며 대인관계가 좋아진다. 성생활을 비롯한 인생의 즐거움도 누리게 된다. 새로운 적응방식이 생겨서 일의 능률이 높아진다. 현실적인 고통도 잘 받아들이고 견딜 수 있게 된다. 인격이 성숙해져 작은 근심이 없어지고 자신감이 생긴다. 더 이상 남의 눈치를 볼 필요가 없고 자신의 결정으로 인생의 목표를 선택하고 추진해 나갈 수 있게 된다. 이와 같은 정신적 변화가 일어나면, 피분석가와 분석가는 함께 보람을 느낀다. 그러나 이런 정도의 치료효과를 얻으려면 투자도 많이 해야 한다. 많은 시간, 진지한 노력, 치료비, 희생과 인내가 요구된다. 이렇게 많은 투자가 필요하기 때문에 정서적 장애를 가지고 있는 사람들 중에 정신분석의 대상이 될 수 있는 사람이 제한될 수밖에 없다.

모든 환자가 정신분석의 대상이 될 수 없는 이유가 여기에 있다. 처음에는 잘 시작했으나 장기간의 노력에도 불구하고 치료효과가 너무 적어서 환자와 분석가 양편이 모두 실망하고 결국 분석을 중단하는 경우도 있다. 또 어떤 때는, 부적당한 환자에게 정신분석을 시도해서 오히려 증세가 악화되고 퇴행되거나 혼란에 빠지는 경우도 있다. 이 때 환자는 애초에 분석을 받지 않았더라면 유지되었을 적응수준보다 더 악화되어 낭패를 보게 된다. 그래서 정신분석을 시작할 때는 환자가 치료에 적당한지의 적절성 여부를 평가하여 선택해야 한다. 성격의 구조(자아 · 이드 · 초자아)에 따른 적합성, 현실여건, 분석가 쪽의 여건에 따른 적합성 여부를 따져 봐야 한다.

(1) 자아의 힘

치료과정을 간단히 요약하면, 분석가가 환자의 건강한 자아 부분과 치료적 동맹을 맺고 공동작업을 통해 환자의 비의식에 숨어 있는 신경증적 갈등을 찾아 변형시켜 나가는 과정이라고 할 수 있다. 따라서 치료의 성패를 좌우하는 중요한 요소는 환자의 '자아의 힘(ego strength)'이다. 자아의 힘을 평가할 때는 일반 자아기능의 평가와 특수 자아기능의 평가로 나누어서 평가한다.

먼저, **일반 자아기능**에 대해 살펴보자.

발병하기 전의 환자의 생활을 보면 알 수 있다. 환자가 신경증적 장애에도 불구하고 다양한 사회활동에 참여했고 주어진 책임을 잘 수행했다면 일반적 자아기능의 힘을 어느 정도 인정할 수 있다. '인간관계를 오래 유지할 수 있었는가?', '인생의 어려움이나 변화에 직면했을 때 잘 견뎌 냈는가?' 하는 것도 일반적 자아기능을 보여 주는 것이다. 이런 능력이 확인되면 그는 정신분석 도중에 일어나는 불안상태도 잘 견디고 성공적으로 해결해 나갈 수 있을 것이라고 평가할 수 있다. 또한 환자가 어떤 목표를 세웠을 때 그것을 향해 꾸준히 노력하는 사람이었고, 여러 가지 어려움을 성공적으로 해결해 온 사람이었다면 그는 분석과정에서도 이런 노력을 계속해서 궁극적으로 어느 정도의 성공을 성취할 가능성이 높은 사람이라고 평가할 수 있다.

반면에 생활양상이 온통 반복적인 실패와 부적응으로 점철되어 있는 사람은 곤란하다. 심각한 정신장애와 혼란, 망상 같은 자아기능의 손상이 있었던 사람들도 곤란하다. 이 같은 자아양상들이 분석상황에서도 반복되리라는 것을 예상할 수 있다. 이런 사람들은 분석을 통해서 어느 정도의 자각과 통찰을 얻더라도 자아능력의 전반적인 결함 때문에 통찰을 효과적으로 활용할 수 없다. 그러므로 보통 이런 환자들은 지지적 정신치료 기법을 사용하는 편이 효과적이다. 지지적 정신치료는 비의식을 드러내게 하지 않고 환자의 적응을 돕고 강한 부분을 격려하는 기법이다.

다음은 **특수 자아기능**의 평가이다. 치료결과에 중요한 영향을 미치는 특수 자아기능들이 있다.

●대상관계

대인관계나 인간관계를 맺는 능력을 볼 필요가 있다. 정신분석은 치료적 목표를 달성하기 위해서 분석가를 신뢰하고 분석가와 함께 작업하려는 환자의 의식적인 협조와 의지가 필수적이다. 그래야 '치료동맹(therapeutic alliance)'이 이루어지기 때문이다. 이 같은 동맹관계가 이루어져야만 환자는 그의 가장 깊은 내면의 생각과 감정을 털어놓을 수 있다. 또한 정신분석을 받다 보면 환자는 분석가가 자신의 생활의 점점 넓은 부분을 차지하는 중요한 인물이 되는 것을 인식하는데, 이는 '전이왜곡(transference distortion)'에 의해 일어난다. 그리고 전이관계를 근거로 분석가와의 사이에서 애증을 경험하는 것이다. 여기서 중요한 점은 정신분석 치료는 치료과정에서 이런 환자와 분석가 사이에서 전이를 통한 정적 관계가 일어나야 된다는 것이다.

프로이트는 전이형성의 능력이 없으면 치료가 되지 않는다고 말했다. 따라서 일상생활 중에 다른 사람과 정적 관계를 맺을 수 있었고, 또한 유지할 수 있었던 환자는 치료관계를 맺을 수 있는 환자라고 평가할 수 있다. 일반적으로 환자는 그가 이전에 다른 사람들과의 관계에서 가졌던 일반적인 대인관계의 양상을 치료관계에서 분석가에게 그대로 반복하게 된다. 과거 대인관계의 양상이 우호적이고 만족스러운 것이었다면 분석상황에서도 우호적인 관계를 기대할 수 있을 것이다. 환자가 다른 사람들과 밀접한 감정적 유대를 잘 맺을 수 있었다면 분석상황에서도 분석가에 대한 감정반응이 잘 나와서 좋은 결과를 기대할 수 있다.

마찬가지로 정신분석은 항상 오랜 시간이 요구되는 장기 과정이므로 환자가 지속적인 대상관계(object relationship)를 유지하는 능력이 클수록 치료가 잘 된다. 그 관계가 비록 적대적일지라도 장기간 관계를 유지하고 있었다면 좋은 것이다. 이런 환자는 정서적으로 강력한 인간관계를 전혀 경험해 보지 못했던 사람과 비교할 때, 바람직한 치료대상으로 평가할 수 있다. 싸우고 미워했더라도 인간관계가 오래 지속된 경험을 가진 사람은 그나마 없었던 사람보다는 좋은 대상이다.

반대로 환자가 다른 사람과 친밀한 인간관계를 가지려 할 때마다, 어떤 방법으로든 이 관계를 파괴하는 신경증적인 욕구의 지배를 받아서 지속적인 대인관계를 가질 수 없었다면, 치료상황에서도 이런 일이 다시 일어날 것이 예상되므로 분석에 적절하지 않다.

●동기

정신분석은 힘든 작업이다. 전략 자체가 갈등을 불러일으키고 여기에 불안이 따라오며, 전이욕구는 번번이 좌절된다. 게다가 억압되어 있던 고통스러운 기억들을 계속 회상해야 한다. 기분 좋은 이야기를 하는 것이 아니라 부끄럽고 못난 자신을 노출하는 시간이다. 분석가가 칭찬해 주지도 않는다. 환자의 마음 속에서 분석가는 엄한 아버지나 사랑받고 싶은 어머니가 되어 있다. 어린아이처럼 항상 분석가의 눈치를 보게 되는데, 분석가는 괴롭기 그지 없다. 따라서 환자는 정신분석을 받으면서 피할 수 없는 고통과 좌절에 부딪치게 된다. 그리고 그 때마다 분석을 그만두고 싶어진다. 이럴 때 이와 같은 비의식적 저항을 극복하게 하는 것은 신경증의 고통이고, 이 고통을 벗어나고자 하는 것이 치료의 동기(motivation)이다. 고통스러운 신경증의 원인이 되는 갈등을 찾아 해결해 보겠다는 의식적 동기와 결심이 강할수록 분석의 전망은 밝다. 이런 이유 때문에 프로이트는 불안 같은 증세를 너무 빨리 없애주는 것을 반대했다. 불안이 고통스럽기는 하지만 치료의 동기와 추진력이 되기 때문이다. 분석이 성공하기 위해 필요한 동기는 자신의 문제를 밑바닥까지 따라가 보겠다는 의식적 소망이며, 자신을 변화시켜 보겠다는 의지이기도 하다.

때로는 치료의 동기가 처음에는 애매하다가도 치료가 진행되고, 환자가 자신의 문제를 깨닫게 되면서 강해지는 경우도 있다. 반면에 긍정적이던 환자의 동기가 치료 시작 후 약화되는 경우도 있는데, 이 때는 치료의 전망이 어둡다.

동기의 평가는 환자의 의식적인 말에만 의지할 일이 아니고 비의식적인 태도를 평가해야 한다. 예를 들면, 환자가 그의 문제의 밑바닥까지 들추어 보기를 바란다고 말하면서도, 집요하게 분석가의 즉각적인 충고를 구하거나, 증세의 빠른 해소를 구하며, 자신의 생각이나 감정에 대해 얘기해 보라고 권할 때 불평하는 경우라면 동기가 강하지 않은 것이다. 중요한 것은 언어화되지 않은 비의식적 동기이다.

●마음에 비중을 두는 사고방식

분석의 전망을 밝게 하는 또 하나의 자아기능은 환자가 '마음에 비중을 두는 사고방식(psychological mindedness)'을 갖고 있는 것이다. 정신분석의 전략은 환자나 피분석자가 자기 마음을 들여다보고 이해하게 하는 것이다. 즉 개인이 자신의 내면에서 일어나는 감정반응을 느끼고 떠오르는 생각과 상상을 자각해서, 이런 정신적 현상들이 서로 어떻게 연관되어 있으며 과거의 경험과는 또 어떻게 연관되어 있는가를 이해하도록 도와 주는 것이다. 따라서 환자가 자신의 내적인 감정을 살피고 자각하는 능력이 높으면 높을수록 치료진행이 잘 될 것이며, 치료실에서 그의 이해의 폭을 더 넓게 확장시켜 갈 수 있을 것이다.

그러나 어떤 사람들은 엄격한 방어적 구조(예를 들면, 지나치게 억제가 심한 방어)에 갇혀서 자신의 내면에서 일어나는 감정이나 충동·갈등을 인식하지 못한다. 오히려 외부에서 일어나는 현실적 사건에 더 비중을 주고 거기에 연상의 초점을 맞추는 경향이 있다. 예를 들어, 여자 환자가 남편에게 모욕당한 이야기를 여러 시간에 걸쳐서 말했다. 남편이 얼마나 비인간적인 행동을 하는지 이야기할 뿐, 남편에게 당할 때 어떤 생각이 떠올랐는지 혹은 어떤 감정을 느꼈는지에 대해서는 전혀 생각하지 못했다. 남편만 변하면 자기 문제는 다 풀린다고 말했다. 현실에 비중을 두는 이런 환자들은 정신분석에 적합하지 않다.

그렇다고 매우 극단적으로 강박적이어서 자기 마음 속만 들여다보고 있는 사람이 치료에 적합한 것은 아니다. 현실과 외부의 생활환경을 제쳐두고 내관(introspection)에만 몰두하는 환자는 분석치료에 적합하지 않다. 그 이유는 환자가 분석과정에서 얻은 이해와 통찰을 현실생활에서 적용해야 하는데, 끊임없이 내부만 들여다보면서 공상만 하고 있고, 효과적인 행동을 할 수 없는 환자들은, 치료에서 배운 통찰을 효과적으로 이용할 수 없기 때문에 곤란한 것이다. 분석치료에 적합한 사람은 내관의 능력을 갖고 있으면서도, 분석과정에서 얻은 이해와 통찰을 현실생활에 효과적으로 적용할 줄 아는 사람이다.

마음에 비중을 두는 사고방식의 또 다른 면은 효과적으로 자신을 표현할 수 있는 능력이다. 정신분석은 환자가 그의 내적 경험을 분석가에게 말할 수 있어야 하므로, 자신을 표현할 때 다양한 비유적 표현과 획일적이지 않은 언어를 사용할 수 있어야 치료실에서 생각과 감정을 잘 전달할 수 있다. 반대로 말하기를 주저하고 자신을 명백하게 표현하지 못하며, 제한된 상투적 언어만 사용한다면, 개인의 내적 감정·사고·영상을 효과적으로 전달하기가 어려울 것이다.

●방어기제의 사용

정신분석에서는 자아방어를 서서히 약화시킨다. 이렇게 서서히 약화시키는 이유는, 비의식의 갈등이 의식으로 나올 때 갑자기 튀어나오면 큰 불안을 일으킬 수 있기 때문이고, 평소에 유지하던 방어기제가 갑자기 무너지면 정신병에서나 볼 수 있는 강한 1차 과정 사고에 빠지는 일이 생기기 때문이다. 따라서 정신분석 적응의 또 하나의 지표는 환자가 주로 사용하는 자아방어의 양상과 효용성이다. 환자가 효과적으로 이용하는 자아 방어기제의 수가 많을수록 좋다. 어떤 하나의 방어기제에 덜 매달리게 되므로 자아 방어기제의 강도를 약화시키기가 쉬워진다. 이와 반대로 극히 경직된 소수의 방어기제만을 사용하는 경우는 분석과정에서 이같은 방어가 약화될 때 심각한 혼란과 불안에 휩싸일 가능성이 높다.

어떤 특정한 방어기제를 지나치게 사용하는 환자는 정신분석에서 치료결과가 좋지 않다. 예를 들면, 투사·전면적인 부정·강한 위축방어에 심하게 매달리는 사람의 기저에는 심한 정신병적인 문제가 숨어 있다는 것을 암시하는 것이므로 정신분석에 적당하지 않은 것이다. 정신적 갈등을 행동화(acting out)를 통해 폭발해 버리는 경향이 있어도 좋지 않다. 특히 투사기제를 쓰면서 행동화가 일어날 때는 통찰적 치료 접근이 극히 어려워지며 때로는 불가능할 수도 있다. 정신병적 상태와 같은 급격한 방어의 붕괴가 있는 경우에 정신분석을 하면 오히려 상태를 악화시킬 가능성이 있다. 방어를 더욱 약화시켜서 심한 심리적 붕괴와 전반적인 혼란을 야기시킬 수 있다.

●지능

정신분석의 전략과 치료에 요구되는 자기성찰, 자기심리의 자각과 의사소통 능력을 고려해 볼 때, 지능(知能, intelligence)이 낮은 사람은 대상이 될 수 없다. 그렇다고 높은 지능이 필요한 것도 아니다. 일반적으로 정신분석은 보통 수준이나 보통 이상 정도의 지능이면 된다.

●불안과 좌절에 대한 인내심

앞서 얘기한 바와 같이 정신분석의 전략은 불안을 일으키고 동원할 뿐만 아니라 전이욕구의 충족이 금지된 상태에서 진행되기 때문에 치료작업을 해 나가는 동안 불안과 좌절감을 경험하게 된다. 그러므로 불안과 좌절을 견디는 환자의 자아능력, 즉 인내심이 치료의 적응증에서 평가되어야 할 중요한 사항이 된다. 불안이나 좌절을 참을 줄 알고, 치료목표를 달성하려는 희망 때문에 즉각적인 욕구충족을 연기할 줄 아는 사람이 정신분석에 적합하다.

이런 능력은 과거의 생활 중에서 불안과 좌절을 겪었을 때 어떻게 견뎌 냈는지를 보면 알 수 있다. 그러나 잘 견뎠다고 해서 무조건 좋은 것은 아니다. 극단적인 자학성격자들은 너무 잘 참는 것이 문제이기 때문이다. 그들은 고통이나 좌절, 불안을 일으키는 상황에 머무르려는 강한 욕구가 있기 때문이다. 이들 역시 정통적인 정신분석에는 적합하지 않다.

정신분석의 과정을 요약하면, 한 개인이 감정생활의 문제를 점차 자각하고 문제에 대한 통찰(insight)을 얻어서 비의식의 갈등이 풀리고, 그 결과로 주변환경과의 상호작용이 개선되는 과정이다. 한 마디로 말하면, 정신적 변화(psychic change)를 이루어가는 과정이다.

그런데 어떤 사람들은 특징적인 적응양상이 주로 '타자 수정형(他者 修正型, alloplastic)'이다. 타자 수정이란 자신을 고치려는 성격이 아니라, 대상과 환경을 지배하고 고쳐서 적응하는 방식을 말한다. 이런 사람들은 오랜 기간의 분석작업을 밟아야 비로소 자기 내면에서 문제를 찾으려는 변화가 일어난다. 그러나 대부분은 이런 변화가 일어나기 전에 분석을 중단하는 것이 보통이다. 그래서 이런 유형은 정신분석에 적합하지 않다.

반면에 이와 다른 극단적인 경우로 '자기 수정형(自己 修正型, autoplastic)'의 사람이다. 이들은 전적으로 자신의 내적 변화를 통해서만 적응하려고 한다. 성숙한 방법으로 자신의 욕구를 충족시킬 수 있도록 환경을 변화시키는 시도를 하지 못하기 때문이다. 한 젊은 여성 환자가 남성 공포증이 있었다. 그러나 성적 공상과 자위행위에 대한 수치심으로 괴로워했다. 분석을 통해서 자신의 문제가 성에 대한 지나친 죄책감 때문이라는 것을 깨달았다. 통찰을 획득했는데도 불구하고 그녀는 선을 보려고 하지 않았고 남성과의 데이트도 전처럼 완강히 거절했다. 통찰을 현실에 적용하지 못하고 있었던 것이다. 분석이 덜 됐기 때문이기도 하지만, 자기 수정형은 한없이 자기 자신만을 들여다보고 있는 것이 특징이다. 그녀는 통찰을 얻기만 하면 남자를 가까이할 수 있을 것이라는 기대를 가지고 있을 뿐이었다. 극단적인 자기 수정형 환자들은 새로운 자각을 효과적으로 이용하지 못한다.

(2) 이드(id) 기능

이드는 원시적 충동과 본능이다. 특정한 비의식적 충동들과 이런 충동들이 만들어 낸 의식적 충동 파생물의 성질을 파악하는 것이 적합성 평가에 필요하다. 결국 이 충동들이 갈등을 일으키기 때문이다.

또한 환자가 정신성적 발달과정(psychosexual development)에서 '어느 정도 수준까지 자랐는가?' 하는 발달수준과 충동 조절능력에 대해 아는 것도 도움이 된다. 바꿔 말하면, 우리는 구강기와 항문기에서 일어나는 전 남근기(前 男根期, pre-Oedipal) 충동체계와 그 이후인 남근기(男根期, Oedipal phase)의 충동체계를 조사해, 어느 시기의 충동이 더 강하고 지배적인가를 비교해 평가할 필요가 있다는 것이다. 예를 들면 전 남근기 충동은 공격성·의존욕구·이별불안과 관련된 충동이고, 남근기 충동은 성욕·삼각관계·죄책감 등과 관련된 충동이라고 할 수 있다. 모든 사람은 남근기 충동체계와 전 남근기 충동체계를 함께 갖고 있는 것이 보통이지만 '어느 시기의 충동이 더 지배적인가.' 하는 정도는 다르다. 각각의 상대적인 강도가 분석결과에 영향을 미치고, 적절한 치료방식의 선택에 중요한 요인이 된다.

치료결과는 갈등의 수준이 남근기와 에디푸스기에 집중되어 있을수록 좋다. 비록 퇴행이 일어나서 전 남근기 단계까지 후퇴된 경우라고 할지라도 주된 갈등이 에디푸스 갈등이라면 전반적인 치료결과는 좋다. 그러나 전 남근기 발달수준에 강한 고착이 있고, 남근기(에디푸스) 단계를 비효과적으로 통과한 환자의 갈등은 미성숙한 것이어서 치료결과가 비교적 좋지 않다.

또 다른 중요한 기준은 환자가 이용할 수 있는 정신 에너지의 수준이다. 정신 에너지의 공급처는 이드이다. 이드의 욕구가 지나치게 억제되었거나 체질적으로 약해서 정신 에너지가 빈약하면 치료작업은 어려워진다. 예를 들어, 정신 에너지가 고갈되면 의욕이 떨어지고 무기력에 빠지기 때문에 정신분석을 계속하기가 어렵다.

이제 성격구조 중 가장 늦게 발달을 시작하는 초자아와 정신분석의 적합성 관계를 살펴보자.

(3) 초자아 기능

초자아가 정신분석을 어렵게 만드는 경우가 많다. 즉, 심각한 자살 위험, 심한 자기파괴욕구나 자해행동들은 모두 초자아가 만들어 내는 것들이다. 또한 극단적으로 엄격하고 고집불통인 도덕적 태도 또한 분석을 어렵게 한다. 이와는 반대로 사회적으로 필요한 도덕적 가치체계가 내재화되지 못해서 초자아가 빈약한 사람 또한 정신분석 치료에 적합하지 않다. 이런 사람은 초자아 기능이 본질적으로 외재화되어 있다.

예를 들면 벌을 주는 사람이 눈에 보이지 않으면 죄책감 없이 범죄를 저지른다. 들키지만 않으면 무슨 짓이라도 하는 사람이다. 마음 속에 자기비판 기능이 없기 때문이다. 따라서 내부에서 심리적인 갈등이 일어나지도 않는다. 이들은 갈등이 예상되면 심리적으로 억제하거나 해결하지 않고 욕구대로 행동해 버리는 사람들이다. 초자아가 약한 환자들은 치료약속 시간을 지키지 않고, 성적 전이를 행동화시킬 위험이 높다. 이런 사람들은 정신분석에 적합하지 않다.

여기까지 우리는 성격의 세 구조에 따라 정신분석의 적합성을 평가해 보았다. 이제부터는 그 외의 조건들을 살펴보기로 하자.

(4) 이전의 치료효과

과거의 치료적 노력과 진행, 결과에 대한 자세한 정보가 환자를 평가하는 데 중요하다. 이 부분에서는 환자가 나름대로 해석한 정보를 주기 때문에 왜곡된 정보를 제공할 가능성이 있다는 것을 염두에 두어야 한다.

그러나 과거 분석가와의 관계가 어떠했는가를 잘 평가해 보아야 한다. 과거 분석가와 관계가 좋았고, 비록 과거의 분석결과가 제한적인 것이었다고 하더라도, 그 결과가 어느 정도 성공적이었다면 분석에 대한 전망은 좋을 것이다. 그러나 만약 과거의 분석이 실패로 끝났다면 주의해야 한다. 실패에는 그럴 만한 이유가 있었을 것이기 때문이다.

(5) 연령

연령은 적절한 치료방법을 결정하는 데 고려되어야 할 또 다른 요인이다. 다른 조건이 동일하다면, 젊은 성인(20~40세)이 정신분석에 알맞다. 젊은 성인은 나이든 사람에 비해서 반응양상이 융통성이 있으며, 비교적 변화 가능한 부분이 많다. 또한 나이든 사람보다 새로운 일을 실험하고 노력해 볼 수 있는 능력이 좋고, 새로운 적응방식을 쉽게 배운다. 그리고 정신분석은 그 과정이 1년 이상 계속되는 장기적인 것이므로 젊은이들은 분석을 끝내고 치료에서 얻은 소득을 자신의 삶에 적용할 수 있는 시간이 노인들보다 길다. 또한 젊은 성인들의 경우에는 분석을 받으면 가족을 더 잘 이해할 수 있게 되므로 부부생활은 물론이고 자녀양육에까지 치료효과가 확대될 수 있다.

젊은 사람은 치료에서 얻어진 통찰과 성격의 변화를 그의 생활에 적용할 기회가 많다. 예를 들어 새로운 인물을 만날 기회도 많고, 새로운 직업을 선택하거나 바꿀 수도 있다. 나이든 사람에 비해 전체적인 생활을 다시 시작할 수 있는 기회가 훨씬 많다.

반면에 나이든 사람들은 이런 능력과 기회가 제한되어 있다. 그래서 실질적인 변화가 불가능한 경우가 많다. 더구나 나이든 사람들은 분석을 통해서 자신의 직업이나 배우자 선택이 신경증적이었다는 것을 알게 되더라도 이를 변화시키기에는 이미 너무 늦었다고 생각해 심한 우울에 빠질 수도 있다. 즉 자신은 인생을 헛살았고, 다시 시작할 기회는 없다는 우울감과 무력감에 빠진다. 그러나 자녀가 모두 성장 · 독립해서 가족에 대한 책임이 줄어든 일부 성인의 경우에는 아직 변화에 대한 기회가 있으므로 별개의 문제로 평가되어야 한다. 프로이트 시대보다 평균 연령이 10년 이상 늘어난 현대에 와서는 50대 이후 성인 환자의 분석이 많이 시행되고 있다.

또 다른 연령집단은 청소년들인데, 이 연령집단에 대한 정신분석의 적합성 여부는 논란이 많다. 일반적으로 정신분석은 상당한 정도의 안정성과 사고능력, 감정적 거리감을 유지할 수 있는 능력, 갈등을 변화시킬 능력을 요구한다. 많은 사람들이, 청소년들은 적절한 내성적 거리를 유지할 수 없으며 충동과 방어양상이 매우 심하게 변하므로, 정신분석에는 정상적으로 발달했다고 할지라도, 곤란한 시기라고 말한다. 또한 청소년들은 비의식적 갈등을 다룰 어떤 방어가 항상 필요하므로, 정신분석 과정에서 이런 방어들을 감소시키거나 제거하면 심한 방어의 붕괴나 퇴행이 일어날 수 있다. 따라서 청소년은 청소년기 자체의 격변을 안전하게 겪고, 안정된 수준의 성격 통합과 적응이 이루어질 때까지는 지지적으로 치료를 받는 것이 바람직하다는 입장이 있다.

그러나 이와 반대로 청소년기에는 갈등이 의식수준에 가깝게 떠올라 있고, 심하게 방어되고 있지 않기 때문에 청소년기 환자는 자신의 문제를 이해하고 자각하기가 비교적 쉽다고 주장하는 사람들도 있다. 그래서 청소년기에 정신분석을 받으면 청소년기 이후에 적응을 잘하게 도울 수 있다고 한다. 그러나 청소년기에는 어떤 형태의 치료든 그 기법이, 성인 환자에게 적용하는 경우와는 달리, 상당히 변형되어야 한다는 것은 공통된 견해이다.

(6) 장애의 성질

인생에서 중요한 변화가 일어나는 상황 즉 자녀의 사망이나 실연 같은 상황에서 일시적인 신경증적 증세가 발생하는 경우가 있으나, 이런 경우까지 오랜 시간을 투자해 깊은 비의식적 갈등을 탐색할 필요는 없다. 이런 때는 오히려 즉각적인 지지와 증세완화 수준에서 상황을 극복하도록 도와 주는 것으로 충분하며, 급한 불을 끈 다음에 장애의 정도를 다시 평가해 분석을 결정하는 것이 좋다.

다른 경우는 수 년 동안 신경증적 증세가 계속되어 왔고, 이 증세가 환자의 생활의 중요한 부분을 차지하고 있는 경우이다. 이처럼 신경증적 증세의 형성이 굳어져 있고, 증세가 생활의 일부가 되어 버릴 정도로 익숙해진 경우는 환자가 그것을 바꾸기가 어려울 것이며 따라서 정신분석의 전망도 밝은 편이 아니다.

특히, 치료가 잘 안 되는 신경증적 장애는, 증세 자체로 쾌감과 만족을 얻고 있을 때이다. 예를 들어, 성도착·약물중독·충동적인 성격장애에서는 증세를 통해 즉각적인 쾌감을 맛보고 있기 때문에 환자는 정신분석을 받으면서 이를 포기하기가 어려울 것이다. 욕구충족의 좌절을 견디기 어려운 것이다. 환자는 지금까지 누려 왔던 만족을 아직 확실하지도 않고 단지 가능성만 보일 뿐인 미래의 성숙한 만족과 바꾸려고 하지 않는다. 이런 환자들은 다른 조건이 정신분석에 확실하게 맞는 경우를 제외하고는 지지적인 정신치료가 나을 것이다. 또한 현재 나타나고 있는 주된 증세들이 환자에게 자아 동조적(ego syntonic)이어서 환자가 거부감 없이 받아들이고 있는 경우는 정신증세가 자아 이질적(ego dystonic)인 경우와 달리 지지치료가 바람직하다.

질병으로 말미암아 얻어지는 2차 이득(secondary gain)이 높은 경우는 정신분석을 어렵게 만든다. 예를 들어 남편이 출장을 갈 때마다 머리가 아픈 부인이 아픈 머리 때문에 남편을 자기 곁에 붙들어 둘 수 있었다면 남편의 출장 취소가 2차 이득이다. 아프기 때문에 남편이 위로차 진주반지를 사주었다면 진주반지가 2차 이득이다.

이처럼 질병을 통해 얻는 물질적·심리적 이익을 2차 이득이라고 한다. 모든 신경증이 2차 이득을 준다. 2차 이득을 허용하면, 근본문제를 풀기보다는 계속 2차 이득의 맛을 보려고 하기 때문에 증세를 포기하지 않을 위험이 있다. 2차 이득이 심하면 정신분석에 부적합하다.

(7) 현실여건

정신분석의 적합성을 평가할 때는 환자의 현실적 여건도 고려해야 한다. 환자의 현실여건이 약속을 지켜나갈 수 있겠느냐 하는 것이다.

먼저 시간의 문제이다. 정신분석은 환자가 장기간 동안, 정기적으로 치료시간에 참석할 수 있어서 중단되지 않아야 한다. 환자는 설정된 목표에 도달할 때까지 장기간 동안 정규적인 시간약속을 지킬 의지가 있어야 하고 약속을 이행할 책임감이 있어야 한다. 치료받는 기간이 한정되어 있으면 환자의 치료 시작부터 분석의 종결을 생각하므로 좋은 치료관계를 이루기가 어렵다. 만약 환자의 현실적인 여건이 정신분석에 시간을 투자할 수 없는 것이라면 성공적인 정신분석을 기대하기가 매우 어렵다.

현실적인 다른 요인은 치료비용인데, 치료비를 부담할 능력이 있어야 한다. 만약 치료비용이 지나치게 부담이 되고 환자의 전체적인 생활에 지장을 준다면 이는 치료작업에 부가적인 압력이 되어 실제 분석을 불가능하게 만들기 때문에 이와 같은 치료 접근은 처음부터 시작하지 않는 것이 현명하다.

정신분석에서는 불안과 갈등이 강화되기 때문에 분석과정에서 환자가 주위환경과 주위 사람들로부터 격려와 지지, 도움을 받아야 될 때가 있다. 만약 이와 같은 치료적 상황에서 주위 사람들이 치료에 동조하지 않거나 분석을 적극적으로 방해하고 분석가와 환자 사이를 이간질하려 한다면 성공적인 치료는 어렵게 될 것이다. 경우에 따라서는 불가능하게도 될 것이다. 더욱이 환자의 외부환경이 분열적이고 무질서하고 불안정하고 반복적으로 혼란스럽고 좌절을 주는 것일 때, 정신분석은 어렵거나 불가능해질 것이다.

정신분석은 환자가 자신과 자신의 문제로부터 거리를 두고 떨어져서 자신의 내적인 감정적 반응, 느낌, 생각, 기억, 관계 등등을 관찰할 수 있어야 한다. 만약 환자가 계속 반복되는 생활의 위기나, 자신의 생존과 관련되는 외부의 현실 문제에 집착하게 된다면 충분한 내성적 통찰을 할 수 없게 될 것이다. 그의 에너지는 모두 이 같은 외부 문제에 소모되어, 그의 과거로 되돌아가서 생각하고 저항과 방어를 줄여 줄 에너지가 부족할 것이다. 이전에 있었던 갈등이 의식에 떠오르게 해서 성공적으로 갈등을 해결할 수 있는 정신분석 과업을 수행할 정신 에너지(psychic energy)가 고갈될 것이다. 이 같은 상황에서는 정신분석이 어려워지며 그 결과 또한 당연히 불확실하다.

(8) 분석가 자신의 요인들

이상적으로는 '어떤 형태의 분석을 선택하느냐.' 하는 것은 환자의 욕구와 능력에 따르는 것이 마땅하다. 그러나 실제로는 분석가의 내적 요인들이 중요한 요인으로 작용한다. 예를 들어, 분석가의 교육배경이나 능력과 같은 의식적인 면도 있고, 분석가의 스케줄, 혹은 수입에 대한 욕구도 치료 선택에 영향을 미친다. 뿐만 아니라 분석가도 사람이므로 어떤 환자는 좋아하고, 어떤 환자에게는 혐오를 느낀다. 좋아하는 환자에게는 집중적인 치료와 야심적인 분석을 권하겠지만, 싫어하는 환자에게는 되도록 만나는 시간이 짧은 치료를 권할 것이다.

특정한 환자와 질병에 더 잘 맞는 의사도 있다. 이런 분석가는 자기에게 맞는 환자를 선호하게 되기 때문에 선택에 영향을 준다. 또 다른 중요한 요인은 비의식적 역전이 반응인데, 이는 특정 환자의 평가에 영향을 미치며 치료유형을 선택하는 데 영향을 준다. 치료방법을 선택할 때 분석가의 비의식적 요인이 강하면 강할수록 환자의 이익을 최대한으로 고려하지 못할 가능성이 많으며, 치료작업에서 혼란이나 실패를 가져올 가능성이 높아진다.

그러나 분석가가 자신의 내적 요인들을 잘 알고 있을수록 이런 요인들이 판단에 영향을 줄 수 있음을 자각하게 되어서 환자의 선택을 현실에 근거해 객관적으로 할 수 있을 것이다.

정신분석에서 내리는 환자에 대한 평가는 초기에는 완전할 수 없고 하나의 추측에 불과하다. 따라서 '환자의 선택이 잘 되었는가 혹은 잘못 되었는가?' 에 대한 최종적인 평가는 치료가 진행되면서 나타나는 환자의 행동을 통해 비로소 확실해진다. 어떤 분석가들은 조심스럽게 환자에게 '치료 초기는 이 치료가 적합한지 여부를 판단하는 시기이며, 정신분석을 배우고 익숙해지는 기간' 이라고 말해 주는 것이 좋다고 한다. 분석을 진행하다 보면 초기 평가가 잘못되었다는 것을 인정할 수밖에 없는 경우도 종종 있다. 정신분석에서는 환자의 선택이 치료의 성패를 좌우하므로 환자 선택의 중요성은 아무리 강조해도 지나치지 않다.

2) 치료약속(contract)과 절차

이상에서 우리는 환자의 선택기준에 대해 살펴보았다. 이런 기준에 의해 일단 환자가 선택되면 이제는 치료약속(contract)을 해야 한다. 치료약속과 절차에 대해서 살펴보자. 여기서 한 가지 분명히 해둘 점은 영어의 'contract'라는 말을 '치료계약'으로 번역하느냐 아니면 '치료약속'으로 번역하느냐 하는 것이다. 서구적 사고 방식과 인간관계에서는 계약이라는 상업적인 용어가 거부감 없이 쓰인다. 그러나 한국과 같은 관계중심적인 문화권에서는 이런 용어는 거부감을 준다. 따라서 치료약속이라고 번역하는 것이 좋겠다.

(1) 정신분석에 대한 설명

많은 환자들은 정신분석이 무엇인지 잘 모른다. 치료가 어떻게 진행되는지도 모르며, 치료기간이 얼마나 걸리는지, 면담의 빈도는 1주일에 몇 번이나 되는지, 치료실에서 환자는 어떻게 처신해야 하고 환자의 역할은 무엇인지도 모른다. 그러므로 환자에게 정신분석에 대해서 설명해 줄 필요가 있다.

예를 들어, 외래에서 환자의 증세와 고통에 대해서 듣고 정신분석에 적합하다는 판단이 서면, 환자에게 정신분석에 대해서 들어 보았는지를 먼저 물어 본다. 예를 들어, "말씀을 듣고 보니 고생이 많으셨습니다. 이해할 수 없는 불안 때문에 난감하실 것입니다. 그런데 혹 정신분석 치료에 대해서 들어 보셨습니까?"라고 물은 다음 환자의 대답을 듣고 이렇게 보충해 준다.

"말씀 잘 들었습니다. 제가 조금만 더 보충한다면 우리 마음에는 우리가 알고 있는 부분과 우리가 모르는 비의식이란 부분이 있습니다. 비의식에서 일으키는 불안은 이해가 안 되고 손쓰기도 어렵지요. 그래서 비의식을 탐구하는 치료가 있는데 그것이 정신분석입니다. 어떻습니까. 한번 시도해 보시겠습니까? 방법은 차차 가르쳐 드리겠습니다."

치료가 잘 되려면 무엇보다도 환자가 분석을 받고자 하는 강한 동기를 가져야 하기 때문에 분석가는 정신분석을 받도록 강요하지 않는 것이 좋다. 유혹하거나 설득하려고 해서도 안 된다. 환자가 분석과정에 대해서 잘 모를 때는 분석과정에 대한 일반적인 설명을 해 준다. 예를 들어, "환자의 역할은 자유롭게 이야기하는 것입니다. 이야기할 내용이 부끄럽거나 고통스러운 것이더라도 되도록 솔직하게 말하려고 노력하시고 이야기 내용을 수정하지 마십시오. 분석가인 나는 이야기를 잘 듣고 이해하려고 노력할 것입니다. 치료상 도움이 되는 경우에만 적절한 개입을 할 것이고, 듣고만 있을 때가 많을 것입니다."라고 간단하게 설명해 준다. 다시 말하면 정신분석에서 환자와 분석가의 역할에 대한 일반적인 설명을 간결하게 하는 것이 좋고, 이론적인 설명은 피하는 것이 좋다.

환자가 정신분석의 효과에 대해서 물을 때가 있다. 효과에 대한 설명을 할 때 유의할 점이 있다. 환자에게 정신증세가 곧 좋아질 것이라고 말해서는 안 된다. 역동적으로 볼 때 증세란 하나의 타협 형성으로서, 내면적 갈등을 해결하려는 자아의 비의식적 노력이기 때문에 만일 분석가가 환자에게 증세가 쉽게 제거될 것이라는 약속이나 보장을 하면, 환자는 그의 방어가 무너지는 것으로 받아들인다. 따라서 이 같은 분석가의 약속이나 장담은 환자에게 불안을 일으킨다. 예를 들어, 심리적 원인에 의한 발기불능의 환자에게 분석을 받으면 발기도 잘 되고 성생활도 좋아질 것이라고 말해 주었다고 하자. 이 말은 증세를 일으켰던 원래의 비의식적 위험상황에 다시 들어가게 될 것이라는 말이 되고 만다. 또 다른 예로, 공포증 환자에게 그가 치료를 받기만 하면 이제까지 두려워했던 공포상황에 두려움 없이 들어갈 수 있을 것이라는 약속을 해 주면, 증세를 일으켜 피하려고 했던 비의식적 위험상황에 환자를 밀어 넣는다는 말이 된다. 이와 같은 증세 제거의 약속은 비의식적으로 강한 불안을 일으키게 된다. 폐쇄된 공간을 비의식에서 어머니의 자궁으로 알고 있기 때문에 폐쇄공간에 들어가는 것을 두려워하는 환자에게는 분석을 통해서 폐쇄공간에 마음대로 들어갈 수 있게 된다는 말은 어머니의 자궁 속으로 들어가게 되는 위험을 약속하는 것이 된다. 그러므로 초기에 증세를 제거할 수 있다고 장담하거나 약속해서는 안 된다.

어떤 치료든 시작단계에서부터 치료의 성공 여부를 장담하기는 어렵다. 정신분석에도 여러 가지 변수들이 있으며, 이 중 어떤 변수도 미리 예견할 수는 없다. 그리고 어떤 갈등이나 증세들은 절대적인 해결이 아니고 상대적인 해결만이 가능한 경우도 많다. 게다가 많은 경우, 치료성과는 환자가 자신을 탐구하는 노력을 얼마나 계속적이고 적극적으로 하느냐에 달려 있는 것이다. 따라서 치유된다는 약속은 마술적인 기대(magical expectation)를 갖게 한다. '나는 가만히 있어도 분석가가 다 해주겠지.' 하는 의존심이 생겨서 환자는 노력을 포기한다. 그러나 환자의 입장에서는 치료가 성공할 것이라는 희망과 기대가 주어질 때 치료동기가 높아지게 된다. 이런 기대가 없다면 환자가 분석을 시작할 이유가 없는 것이다. 따라서 정신분석에서 이 문제에 대한 가장 위험이 적은 대답은 다음과 같은 비교적 중립적인 것이다.

"당신과 같은 환자가 성공적으로 치료되는 경우가 많이 있었습니다. 그러나 모두가 같을 수는 없습니다. 치료결과는 항상 불확실하고 치료가 진행되면서 발생하는 여러 요인들에 따라 달라질 수 있습니다."

이런 식의 설명은 환자에게 희망을 주면서도 비의식적 갈등에 대한 그의 방어가 무너질 것이라는 두려움을 주지는 않는다. 환자가 분석기간이 얼마나 걸리느냐고 물을 때가 있다. 이 때 기간을 6개월이나 1년이라고 정해 주는 것은 좋지 않다. 환자는 날 수를 계산하며 '그 날이 오면 나아지겠지.' 하는 기대를 가질 뿐 분석에는 소극적일 수 있다. 그리고 정해진 기간이 다가오면 분석가와 환자가 함께 초조해진다. 이렇게 설명해 주는 것이 좋다.

"아시다시피 인간의 마음이란 깊고 오묘한 것이어서 확실한 기간을 정할 수가 없습니다. 의외로 빨리 진행될 수도 있지만 늦어질 수도 있습니다."

'열 길 물 속은 알아도 한 길 사람 속은 모른다.' 는 속담처럼 인간의 비의식은 깊고도 오묘하다. 그래서 탐구에 많은 시간이 걸리는 것은 당연하다.

(2) 치료약속

정신분석에 대한 설명을 한 다음, 환자가 정신분석을 받겠다고 결정하면 다음 과정은 치료약속이다. 치료약속은 딱딱한 형식을 취할 필요는 없지만 치료 합의가 이루어져야 치료적 모험을 위한 출발지점이 설정된다. 먼저 분석가와 환자 사이에 치료목표에 대한 합의가 있어야 한다. 왜냐 하면 목표가 서로 다를 때는 치료가 훨씬 어려워지기 때문이다.

치료약속이 중요한 이유는 정신분석 치료중 치료관계를 안정되게 유지시켜 주기 때문이다. 예를 들어, 치료비 액수를 이랬다 저랬다 하면 치료관계를 꾸준히 유지하기가 어렵다. 또 다른 이유는 치료약속이라는 안정된 틀이 정해지기 때문에 치료중 환자의 행동이 달라질 때 곧 표가 난다. 예를 들어, 45분의 치료시간을 약속했는데 환자가 자꾸 시간을 넘기거나 카우치에서 일찍 일어나 버린다면 정해진 약속시간에 비추어서 달라진 점이 드러난다. 달라진 행동은 분석의 좋은 재료가 된다. 또 다른 이유는 환자가 퇴행할 때 유치한 요구를 스스로 극복하도록 막아주는 틀이 되기도 한다. 예를 들어, 분석가에게 전이가 생기면 시도때도 없이 전화를 하고 싶고, 치료시간도 연장하고 싶어진다. 그러나 약속이 확실하면 이런 것들이 예방된다. 그러나 치료약속이 애매모호하면 치료중에 큰 어려움을 당하기 십상이다.

치료약속은 시간, 치료비, 불참시 치료비 지불 문제, 그리고 다른 현실적 요인들에 대한 약속들이다.

"정신분석을 성공적으로 시행하기 위해서 우리는 보통 몇 가지 약속을 합니다. 서로 상의해서 정하는 것이 좋습니다. 기탄 없이 형편을 말씀해 주십시오."

이런 말로 시작하고 꼭 환자의 형편을 물어 주는 것이 좋다. 약속과정에서도 환자는 분석가에게 존중받고 있다는 느낌을 받아야 한다.

① 치료비

치료약속에서 아마도 가장 중요한 것은 치료비일 것이다. 동 · 서양을 막론하고 돈 애기는 모두 꺼리는 내용이다. 특히 우리 나라는 인술을 강조하는 문화이고 언어를 통한 치료에 치료비를 지불하는 것이 익숙하지 않은 풍토이다. 의사가 '약도 안 주고 돈을 받는다.'는 미안함을 가질 수도 있다. 그러나 정신분석가가 되기 위해서 많은 투자를 했고, 환자에게 시간을 주는 만큼 보상을 받을 자격이 있다. 피아노 레슨이나, 대학교육 모두 시간에 대한 보상을 받는다. 하물며 인생의 가장 큰 아픔인 마음을 치료하는 인생대학에서 치료비를 받는 것은 당연한 것이다. 적절한 치료비의 결정은 치료의 성패에 매우 중요하다.

치료비를 결정할 때 여러 가지 요인들이 고려되어야 한다. 이상적인 치료비의 액수는 환자에게 무시 못할 지출이 되어야 한다. 만약 **치료비가 지나치게 적으면**, 분석을 치료비만큼 과소 평가하게 되어 분석을 성실하게 받지 않을 수도 있다. 또한 적은 치료비는 분석가에게 빚을 지고 있다는 죄책감을 느끼게 만든다. 이렇게 되면 미안해서 치료 받으러 오기가 어려워진다. 뿐만 아니라 분석과정중에 환자가 분석가에게 분노를 느낄 때 문제가 생긴다. 분석가가 싼 치료비를 받고 치료해 주기 때문에 이런 너그러운 분석가를 미워하는 자신에 대한 죄책감을 느낀다. 또한 어떤 환자들은 적은 치료비를 받는 것은 분석가가 자신들에게 주는 관심이 그만큼 없기 때문이라고 생각한다. 만일 치료비를 더 많이 낸다면 치료가 더 잘 되었을 것이고 고통도 훨씬 빨리 사라졌을 것이라는 전이공상을 하기도 한다. 이와 반대로 어떤 환자들은 분석가가 지나치게 적은 치료비를 지불하게 하는 것을 자기에게 상당한 개인적인 호감을 갖고 있기 때문이라고 해석해 분석가가 이를 보상할 다른 요구를 해 올 것이라는 공상을 하기도 한다. 또한 상대방을 조종하는 것을 주된 문제로 가지고 있는 환자들은 적은 치료비가 갈등의 원천이 되기도 한다. 예를 들어, 이들에게 적은 치료비는 분석가에 대한 승리가 되므로 출발부터 치료관계에 영향을 주게 된다.

반면에 **너무 비싼 치료비**는 분석을 계속하기 어렵게 만든다. 또 현실적으로 환자나 가족의 경제형편을 어렵게 만든다. 뿐만 아니라 치료비를 많이 내면 환자는 치유에 대해 마술적인 기대를 하게 된다. 많은 돈을 지불하기 때문에 치료는 분석가가 해 줄 것이며, 자신은 기다리기만 하면 된다는 생각을 한다. 때로는 자신은 다른 환자들보다 치료비를 많이 지불하므로 분석가가 자기를 좋아할 것이라는 착각에 빠지기도 한다. 실제로 경우에 따라 이것은 사실이며 착각이 아니다. 돈을 많이 내는 환자를 분석가가 좋아하게 될 수도 있기 때문이다. 그래서 영국 정신분석학회에서는 치료비의 하한선과 상한선을 정해 두고 있다. 2001년 현재 한 번 만나는 치료비가 25~60파운드, 우리 돈으로 5만 원에서 12만 원이다. 미국의 경우는 학회에서 정한 것은 아니지만 대략 50달러에서 200달러까지이다. 우리 돈으로 7만 원에서 26만 원 정도이다.

어떤 환자들은 가족에게 많은 치료비를 지불하게 만들어 가족에 대한 공격의 수단으로 비싼 치료비를 이용하기도 한다. 이 때 분석가가 미처 이를 의식하지 못하면, 가족에 대한 공격에 분석가가 공모하게 되므로 결국 치료에 좋지 않은 영향을 준다. 반대로 비싼 치료비를 가족에게 부담시키는 환자는 죄책감을 느끼며, 가족들의 미움을 살 수도 있다. 자학적인 환자들에게는 지나치게 비싼 치료비가 자학욕구를 충족시켜 주기 때문에 결과적으로 분석가는 환자를 학대하는 대상이 되고 만다.

분석가의 입장에서도 역시 치료비 문제는 여러 가지 의미가 있다. 어떤 분석가들은 자신이 친절하고, 헌신적이며, 환자에게는 아무것도 요구하지 않는 인술을 베푸는 분석가이기를 원해 무료로 치료하거나 아주 적은 치료비를 받는다. 호감을 사기 위해서 그럴 수도 있다. 또 어떤 분석가들은 치료비를 받는 것 자체가 죄스럽고 어색해 형식적인 치료비만을 받는다. 그러나 이런 경우 치료에 좋지 않은 영향을 준다. 지나치게 적은 치료비를 받고 분석을 할 경우 분석가는 치료중에 환자가 어떤 요구를 하면 의식적·비의식적으로 화가 난다. 그리고 부정적 역전이를 일으킨다. 특히 환자가 다른 면에서 충분한 보상을 주지 않으면 심한 부정적 역전이 반응을 일으킨다. 또한 분석가는 싼 값에 자신의 시간을 할애하고 있는 만큼 환자가 마땅히 감사해야 하며 분석가를 좋아해야 한다고 생각한다. 따라서 환자가 분석가에게 불평을 한다든지 하는 부정적 전이 반응을 보이면 견디기가 더욱 힘들다. '은혜도 모르고 불평이나 하는 인간이로군. 이런 사람을 언제까지 상대해야 되나.' 하는 원망에 사로잡힐 수도 있다.

마찬가지로 비싼 치료비에 대해서도 분석가 측의 반응은 다양하다. 여기에는 환자에 대한 긍정적 역전이(환자가 치료비를 많이 지불하므로 좋아지는 것), 죄책감(너무 많이 받기 때문에 미안함을 느끼는 것), 혹은 비싼 치료비를 받는 대신에 무언가 보상할 특별한 행위를 해주어야 되겠다는 압박감 등이 있다. 만약 비싼 치료비를 지불하고 치료를 받고 있는데 치료가 성공적으로 진행되지 못할 때는 죄책감이 더욱 심해진다.

분석가들은 치료비 문제를 잘 처리해야 한다. 때문에 시간과 노력의 가치에 맞는 치료비의 범위를 정해 놓을 필요가 있다. 지역사회나 학회에서 치료비의 범위를 정해 놓는 것도 좋다. 그 범위 안에서 환자의 능력에 따라 상한선을 부담시킬 수도 있고 하한선을 정할 수도 있다. 그러나 분석가가 일상적 치료비 범위를 벗어나는 치료비를 결정한 경우에는 여기에 대해 그가 지니고 있는 역전이 감정이 무엇인가를 스스로 탐색해 보아야 한다. 그렇지 않으면 이 역전이 감정이 분석을 방해할 수 있다.

분석가는 치료비를 정하는 데서도 환자의 비의식이 잘 드러나도록 하고 환자에게 이것을 보여 주려고 노력한다. 정신분석이란 갈등을 동원하고 전이관계를 발생시켜서, 궁극적으로는 자아성숙을 목표로 삼고 있다. 그러므로 치료비 결정에 있어서도 환자를 적극적으로 참여시키는 것이 바람직하다. 이렇게 하면 환자가 돈의 가치를 알고 분석가의 봉사에 대해서 공정한 지불을 한다는 자각을 한다. 환자가 치료비 문제를 무시하려 하거나 분석가로 하여금 이 문제를 다른 사람과 의논하게 만들고 환자 자신은 경제적인 문제를 모르는 체하면서 이 문제를 회피하는 경우도 있다. 그러나 환자를 치료비 문제에 적극적으로 참여하게 하면 환자에게 돈과 이를 둘러싼 인간관계에 대한 성숙한 자아태도를 키워줄 수 있으며 또한 해결되어야 할 갈등상황을 보여 줄 수도 있다. 또한 분석과정중에 환자가 치료비를 지불하는 방식이나 태도를 보면 많은 비의식적 충동과 방어를 볼 수 있다.

그래서 정신분석에서는 치료비 문제가 현실적으로 잘 드러나도록 분석상황을 설정한다. 예를 들어, 항상 환자에게 치료비를 직접 청구한다. 다른 가족이 치료비를 부담하는 경우에도 환자에게 직접 청구한다. 돈 문제가 신경증적 증세의 일부인 경우일수록 분석가는 매달 환자에게 직접 청구서를 주고 치료를 받으러 오는 날 치료비를 가지고 오도록 요청한다. 이렇게 하면 실제적으로 환자와 분석가 사이에서 돈이 정규적으로 건네지며, 돈에 대한 환자의 감정이 잘 보이고, 일상적인 방식에서 벗어난 점들이 쉽게 관찰될 수 있다. 그리고 분석상황에서 이 문제를 다룰 수 있다.

환자가 청구서를 받을 때의 표정이나 치료비를 건네주는 방식조차도 치료작업을 위한 중요한 자료가 된다. 예를 들면, 환자가 돈을 지불할 때 봉투에 넣어 오는가, 꼬깃꼬깃 구겨진 잔돈을 함부로 책상 위에 늘어 놓고 가는가, 분석가를 바라보는가, 그와 분석가가 동시에 치료비를 잡는가, 이런 행위가 불안을 야기시키는가 하는 것들이 분석자료가 된다. 만약 청구서가 환자에게 우편으로 전달되고, 환자가 분석가에게 우편으로 치료비를 보낸다면 좋은 자료를 얻을 기회를 잃는 것이다. 그러나 불행하게도 많은 종합병원에서는 치료비 결정과 수령이 분석가 외의 다른 사람(수납계 직원)에 의해 이루어지고 있다. 이것은 병원 운영의 효율성을 높일 수는 있겠지만, 치료적 상호작용을 저하시키고 앞에서 설명한 대인관계를 관찰할 기회를 잃는다.

환자에게 치료비 약속을 할 때 이렇게 말하는 것도 좋다.

"동·서양을 막론하고 돈 문제는 말하기 어색한 내용입니다. 그러나 분석에서 치료비는 치료성패에 아주 중요한 요소이기 때문에 분명히 정하는 것이 좋습니다. 우리는 보통 5만 원에서 15만 원을 받습니다. 그것은 환자의 형편에 따라 결정합니다만, 어떠신지요?"

② 치료시간

치료약속에서 시간약속도 환자의 비의식이 드러나도록 역동적으로 접근한다. 시간약속은 전체 치료기간, 면담의 횟수, 1회 면담시간의 길이를 정한다. 정신분석의 기간을 정할 때 유의할 점은 분석가가 지나치게 낙관적이거나 또는 지나치게 비관적이어서는 안 된다는 것이다. 분석가가 치료기간을 너무 확실하게 잡아 주는 것은 현명하지 않다. 왜냐 하면 일정한 치료기간을 얘기해 두면, '그 기간까지만 기다리면 저절로 치료가 되겠지.' 하는 기대를 할 수 있기 때문이다. 또한 확정된 기간을 알려 주면, 환자가 그보다 일찍 일어나는 변화를 놓치기 쉽다. 그리고 정해준 기간보다 치료가 오래 걸리면 다른 전이 현상이 일어날 수 있다.

치료빈도도 중요한 문제이다. 치료빈도의 약속에 어떤 절대적인 기준이 있는 것은 아니며 환자에 따라 다르지만, 일반적으로 정신분석은 1주일에 4~5회를 만난다. 비교적 자주 만나는 편인데 그 이유는 환자로 하여금 분석가와 치료에 감정적인 투사가 일어나도록 하기 위한 것이다. 다른 말로 하면 전이가 형성되도록 하기 위해서 자주 만나는 것이다. 환자들은 치료의 횟수가 빈번할수록 병이 심하다고 판단하지만 정신분석에서 자주 만나는 것은 병이 심해서가 아니다. 분석가는 환자가 이 점을 오해하지 않도록 필요한 경우에는 적절하게 설명을 해 주는 것이 좋다. 치료는 치료시간과 그 다음 치료시간이 연속되는 것이 바람직하므로, 환자의 증세가 호전됐다고 해서 횟수를 줄이지 말고 정기적으로 계속 진행해 가는 것이 좋다. 환자의 저항이 높을 때는 오지 않으려 하거나 빈도를 줄이자고 할 것이다. 긍정적 전이가 생겼을 때는 이와 반대로 더 자주 만나고 싶어 할 것이다. 그러나 동요하지 말고 정기적으로 진행시켜야 한다. 정신분석에서 정기적 일정을 세우고 그대로 진행하면 전이 발생이 잘 된다. 그리고 환자가 정해진 치료일정에서 벗어나려고 할 때는 곧 전이의 의미가 드러나는 좋은 점이 있다.

또 다른 요인은 치료시간의 길이이다. 정신분석은 저항과 방어의 감소, 전이관계의 수립을 위해서 일정한 길이의 치료시간을 유지하는 것이 좋다. 일반적으로 치료시간은 45분 아니면 50분이다. 분석가가 환자의 증세에 따라 치료시간을 단축하거나 연장하는 것은 바람직하지 않다. 그렇게 하면, 분석가의 의지대로 치료시간이 조종되기 때문에 저항과 전이 현상을 밝히기가 어렵게 된다. 분석가의 의도와 성격이 분명하게 보이면 전이가 잘 생기지 않는다. 예를 들어, 환자의 분노감정이 전이에 의한 것인지 아니면 분석가가 이랬다 저랬다 마음대로 하는 태도에 대한 객관적인 반응인지 구별이 되지 않아 치료가 미궁에 빠질 수 있다. 환자들은 분석가가 시간을 늘리기도 하고 줄이기도 하는 의도를 간파하며, 다음에 환자가 분석가를 조종할 때 같은 방식을 이용한다.

전이관계가 형성되고 난 다음에도 시간은 잘 지켜야 한다. 증세가 심할 때는 시간을 더 주다가 증세가 좋아질 때 여분의 시간을 더 주지 않게 되면 환자는 분석가와 더 오래 있고 싶을 때 증세를 악화시킬 것이다. 결과적으로 퇴행과 증세 형성을 조장하는 것이 된다. 만약 환자가 어떤 특정한 화제를 이야기할 때는 5분이나 10분 정도 시간을 더 주고 다른 얘기를 할 때는 정각에 끝내거나 빨리 끝내 버리면 분석가의 관심이 어디에 있는지 재빠르게 파악해서 이용한다.

때로는 환자가 치료시간이 끝날 때쯤 중요한 자료를 내 놓는 경우가 있다. 이것은 더 많은 시간을 얻어 내려는 의도에서 그렇게 하는 것이다. 반대로 환자가 치료시간이 아직 남아 있는데 '할 말을 다한' 경우에도 빨리 끝내지 말고 시간이 다 될 때까지 기다리는 것이 좋다. 이렇게 하면 면담의 나머지 시간을 메꾸어야 한다는 은근한 압력 때문에 자기도 모르게 비의식의 자료를 끄집어 내게 된다. 그가 전의식이나 비의식 수준에 남겨 두고 싶었던 일까지 말하게 할 수 있다.

③ 결석의 처리

치료에 결석하는 것도 치료약속에서 상의해 두는 것이 좋다. 정신분석 중에 강한 저항에 부딪치면 치료시간을 피하고 싶어진다. 그리고 적당한 구실을 붙인다. 그러나 치료목표를 달성하기 위해서는 치료시간에 참석하는 방향으로 약속을 정해 놓아야 한다. 그렇게 하는 방법 중 하나가 참석하든 하지 않든 모든 약속된 시간에 대해서는 치료비를 지불하게 하는 것이다. 치료시간에 결석해도 그 시간에 대한 치료비를 지불한다고 약속해 놓으면 치료비가 아까워서 결석을 하지 못하게 될 것이다. 참석에 대한 의식적인 동기를 높이게 되는 것이다. 결석에 대한 유혹은 전이 현상이 증가하면서 더 높아진다. 분석가가 미워서 골탕을 먹이려고 결석하거나, 분석가의 관심을 끌려다가 좌절당한 환자는 전이욕구의 좌절로 괴로워한다. 이 때 환자는 결석을 이용하기도 하는데 전이 좌절을 분석가도 같이 겪게 하려는 수단으로 결석을 이용한다. "당신도 쓴맛 좀 보세요." 하는 심정이다. 그러나 결석을 해도 치료비를 지불하기로 약속을 해 놓으면 자기파괴적인 결석 행동을 이용하는 가능성이 줄어든다.

환자의 결석에 관련된 다른 문제는 분석가의 역전이 문제이다. 만약 저항 때문에 환자가 결석해서 분석가의 수입이 줄어들면 환자에 대한 공격적 역전이가 일어나거나, 환자가 결석하지 않도록 상황을 조정해야 된다는 압박감을 느끼게 될 것이다. 그러나 결석이 미리 예고되었고 상의가 끝난 것이라면 문제는 단순해진다. 그러나 그런 경우라 할지라도 분석가는 환자가 치료시간에 결석하는 방향으로 구실을 만들거나 환경을 의식적으로나 비의식적으로 바꿀 수 있다는 점을 알고 있어야 한다. 예를 들어, 다른 시간이 가능한데도 불구하고 사업상 회의를 치료시간에 맞추어 정하는 경우가 그것이다.

④ 환자의 개인적 비밀보장

분석가가 기억해야 될 것은 분석가에게는 환자의 공상, 감정, 기억이나 인간관계의 어떤 면이 평범한 것으로 보일 수도 있지만, 환자에게는 매우 심각하고 수치스러운 것이어서 남이 알까 두렵고 폭로되면 자기의 인생은 파멸이라고 믿는 것들이 대부분이라는 것이다. 그런 말을 한 자신에게 죄책감을 느끼기도 하는 내용들이 많다. 따라서 모든 환자들은 분석가에게 말한 내용이 누설되는 것을 걱정하므로 분석가는 환자의 개인적 비밀보장에 대해 분명히 알려줄 필요가 있다. 만약 분석가가 환자의 부모나 친척을 만나면 환자의 걱정은 더 심해진다.

정신분석가는 일반의사보다 더욱 환자의 비밀유지에 주의를 기울여야 하는데 비밀보장의 약속이 지켜지지 않으면 분석을 진행할 수 없기 때문이다. 분석가가 면담내용을 남에게 말했다거나, 환자가 우연히 듣게 된 면담실에서 새어 나오는 말소리를 들었을 때, 자신의 진료기록이 아무렇게나 진찰실의 책상 위에 놓여 있는 것을 보았을 때, 대중강의 시간에 자기 얘기임을 금방 알 수 있는 일화를 소개할 때 등은 분석가에 대한 신뢰를 심각하게 무너뜨린다. 비밀보장은 환자의 치료에 관계를 맺고 있는 간호사나, 다른 의사 혹은 변호사에게 노출되지 않도록 주의해야 한다. 이들이 분석가와 나눈 얘기를 환자에게 선의로 얘기하더라도 환자는 자신의 비밀이 누설되었을 것이라는 의심과 우려를 가지게 될 것이며, 이 때문에 치료시간에 자유롭게 얘기하는 것이 어렵게 된다.

⑤ 다른 요인들

치료실의 물리적 환경이 안락하고 조용한 분위기일 필요가 있으며 특히 방음장치에 유의해야 한다. 환자가 치료실 밖에서 방안에서 나누는 말소리를 들을 경우에는, 자기가 얘기할 때도 남이 들을 것이라고 생각하고 자유연상이 잘 이루어지지 않을 수 있다. 어떤 환자는 치료를 받으러 오고 갈 때 치료실 앞에서 다른 사람과 만나는 것을 두려워한다. 이에 대한 것들도 배려해야 한다.

만약 분석가가 치료시간에 환자의 말을 들으며 기록(note taking)을 하면, 어떤 환자들은 분석가가 자신에게 관심을 충분히 주지 않는다고 느낀다. 다른 환자들은 분석가가 기록하는 것을 보면서, 분석가가 기록하기에 힘들지 않을 얘기만 하고, 받아 적기 쉽게 이야기를 간추려 하는 경우도 있다. "선생님, 다 적으셨어요?" 하고 물어 주거나 기다려 주는 환자도 있다. 그런가 하면 어떤 환자들은 분석가가 기록하지 않으면 무관심하거나 자신의 말을 적을 가치도 없는 것으로 본다고 생각하고 실망하기도 한다. 이런 반응의 역동적 의미를 환자와 함께 찾아 보면 흥미 있는 비의식 내용을 알 수 있다. 치료중에 적는 것은 좋지 않다.

치료시간중에 걸려오는 전화(telephone interruption)도 다양한 영향을 준다. 환자는 방해받는다는 사실에 여러 가지 반응을 할 것이며, 특히 전이관계가 강해지면서 더욱 심하게 불쾌한 반응이 나타날 것이다. 분석가를 독점하고 싶기 때문이다. 또한 전화 내용을 환자가 엿들으면서, 전이에 기초를 두고 있으나 현실적 상황에 전치되는, 다양한 왜곡을 하게 된다. '저렇게 다정한 사이인 걸로 봐서 아마도 선생님의 숨겨둔 연인인가 봐.' 라고, 자신의 팬터지에 맞춰 해석해 버린다.

2 분석의 중기

전이와 저항이 나타나고 훈습이 진행되는 기간을 분석치료의 중기라고 한다.

1) 저항(resistance)

저항(resistance)이란 분석을 방해하는 모든 것이 저항이다.

다음 증례가 저항을 잘 보여 준다.

결혼생활이 불행하고 우울한 여자환자가 분석을 받고 있었다. 어느 날 분석시간에 갑자기 환자가 침묵에 빠졌다. 분석가가 "지금 무슨 생각을 하고 있는지 말해 주시겠습니까?"라고 물었다. 환자는 화난 어투로 재떨이를 가리키며 "나는 저런 더러운 물건 앞에서는 아무 말도 할 수 없어요."라고 말했다. 화가 가라앉은 후 연상이 계속되었다. 분석을 통해서 침묵과 분노의 원인이 밝혀졌다.

재떨이에는 새의 긴 목과 부리의 장식이 붙어 있었는데, 그것이 남성의 성기처럼 보였다. 부인은 비의식에 남성의 성기에 대한 혐오감을 갖고 있었다. 이것이 그녀의 결혼생활을 어렵게 만드는 원인이었다. 그녀에게 그 재떨이는 혐오감을 주는 남성의 성기였다. 그래서 화도 나고 말도 나오지 않았던 것이다. 이 환자의 경우에는 침묵이 저항이다. 흥미로운 것은 침묵이라는 저항을 넘고 나서 중요한 비의식의 갈등, 즉 남근혐오가 드러났다는 것이다. 저항은 문제의 핵심에 도달하려고 할 때 심해진다. 그리고 저항이 극복되면 더 깊은 통찰을 얻는다.

잘 되어가던 치료가 갑자기 장애물에 부딪치게 된다. 갑자기 침묵해 버린다든지, '아무 생각도 떠오르지 않아요.' 라고 한다든지, 치료시간을 잊어버린다든지, 쓸모 없이 작은 일을 늘어 놓아서 치료시간을 채운다든지, 이유 모를 분노를 터뜨린다든지 하는 다양한 행동들이 등장한다. 이처럼 분석과정을 방해하는 행동을 저항(resistance)이라고 부른다. 흥미있는 것은 이런 저항이 나타날 때, 저항의 밑에는 의미 있는 내용(repressed material)이 숨겨져 있다는 것이다. 따라서 저항을 인식하고 분석하는 것은 정신분석의 필수적인 요소다.

저항은 정신분석 치료중 환자의 자유연상이 잘 되지 않는 것인데, 하나의 방어기제로 볼 수도 있다. 분석중에 어떤 소원(wish)과 감정(feeling)이 일어났을 때 이것을 표현하고 싶고 충족시키고 싶지만, 비의식에서는 이 소원을 충족시키는 것이 자신의 안전을 위협한다거나 양심의 가책을 느끼게 할 때가 있다. 이런 고통으로부터 자신을 보호하기 위해서 저항으로 방어하고 있는 것이다.

저항은 모든 정신분석 치료에서 항상 나타날 수 있다. 남 앞에서 자기 마음을 말하기가 그렇게 쉬운 일이 아니기 때문이다. 자신도 모르게 저항과 싸우고 이기며 연상하고 있다고 봐야 한다. 그래서 저항은 부끄러운 것도 아니고 환자가 게으른 것으로 죄악시해서도 안 된다. 환자의 저항은 환자의 입장에서는 그럴 만한 이유가 있는 것이기 때문에 비난해서는 안 된다. 존중(respect)해 주어야 한다. 다만 치료에 방해가 되기 때문에 환자와 함께 저항을 찾아 내서 제거해 가는 공동작업을 하는 것이다. 그 결과로 얻는 소득은 저항의 원인이 되었던 비의식의 갈등을 발견하는 것이다. 그래서 저항을 다루는 작업이 정신분석에서는 일상적이고 중요한 일이다.

(1) 원인에 따른 저항의 종류

프로이트는 저항을 그 원인에 따라서 다섯 종류로 나누었다(Freud, 1926).

첫째는 **억압저항**(repression resistance)이다. 자아가 이드의 충동, 소원을 억압하느라고 생긴 저항이다. 갈등을 피하기 위해서 자아가 사용하는 방어이다. 자아는 고통을 피하기 위해서 욕구를 억압해서 숨겨 버린다.

다음에 소개하는 아버지가 억압방어를 보여 주고 있다.

딸에게 공격적이고 유난히도 딸을 미워하는 아버지가 있었다. 그는 때때로 딸과 성적 관계를 갖는 팬터지 때문에 몹시 당황하곤 했다. 딸을 미워하고 책망하는 것은 딸과 거리를 두어 근친상간의 욕구로부터 자신을 지키고자 하는 하나의 방어였다. 그는 자신의 욕망, 즉 'wish to intimacy'를 억압하고 있었다.

다음 환자는 억압저항을 사용하고 있다.

저항은 다양한 형태로 나타난다

그림에서 환자가 권총, 바추카 포, 수류탄과 로켓포를 들고 분석가에게 저항하고
있다. 환자의 뒤에 카우치가 보이고 앞에는 벽을 쌓아 놓고 있다.
정신분석 진행을 방해하는 모든 것을 '저항' 이라고 한다. 저항의 형태는 '침묵에
빠지기' 나 '치료시간을 잊어 먹기' 등 다양하다. 저항은 게으른 것도 아니고,
수치스러운 것도 아니다. 모든 분석에 저항은 따라오게 되어 있고, 환자의
입장에서는 저항할 이유가 분명하기 때문에 저항하는 것이다.

한 남자 환자가 분석가에게 자주 화를 내기 시작했다. 치료시간에 결석도 했다. 결석
한 다음 날, 환자는 치료시간을 착각하고 30분이나 빨리 왔다. 분석을 통해서 밝혀진 것
은 억압저항이었다. 환자는 분석가에게 동성애적 욕구를 느끼고 당황했었다. 분석가에
대한 동성애적 욕구를 억압하느라고 오히려 분석가에게 화를 내거나, 치료시간에 결석
을 했던 것이다. 이것이 억압저항이다.

둘째는 2차 이득 저항(secondary gain resistance)이다. 병의 증세 때문에 얻
는 물리적 · 사회적 · 심리적 이익을 2차 이득이라고 한다. 환자는 이 이득을 포기

하지 않으려고 한다. 자아가 사용하는 저항이다.

젊은 여성 환자가 불안장애를 앓고 있었다. 혼자 있기를 두려워하고 특히 밤에 혼자 잘 수가 없었다. 남편은 중요한 출장도 취소하고 늘 곁에서 지켜 줄 수밖에 없었다. 이 부인의 2차 이득은 남편을 곁에 붙들어 두는 것이다. 증세가 좋아지면 남편이 곁을 떠날 것이라고 생각해서 치료에 저항한다. 이것이 2차 이득 저항이다.

셋째는 **초자아 저항**(superego resistance)이다. 성격구조론에서 이미 언급했지만, 초자아는 우리에게 잘못을 깨닫게 하고 죄책감을 갖게 한다. 초자아는 부모로 대표되는 사회적 규범이 인격 내부에 내재화되어 발달한 것이다. 부모의 이미지가 인격의 일부를 형성한 것이 초자아라고 할 수 있다. 따라서 부모가 가혹하면 환자의 초자아도 가혹해서 자신에 대해서 가혹하고 처벌적이 된다. 그래서 비대하고 처벌적인 초자아를 가진 사람은 죄책감과 열등감에 잘 빠진다.
'나는 나쁜 놈이야. 나는 벌을 받아 싼 놈이야. 나는 무능해. 나는 항상 사람들의 비웃음속에서 살아갈 거야. 나같은 놈에게는 그것이 제격이지.'
자학적이다. 비의식에 벌을 받고자 하는 욕구가 있다. 이런 사람들은 교묘하게 성공을 회피하고 자신을 실패자의 위치에 두기도 한다. 초자아가 '너는 성공할 자격이 없는 인간이다.' 라고 평가하기 때문이다.

한 회사원이 있었다. 그는 유능했다. 어느 날 사장님이 특별히 그에게 일을 맡겼다. 기획안을 짜는 것이었다. 그는 누구나 부러워하는 기회를 잡은 것이다. 잘만 하면 그는 굉장한 자리로 영전하게 된다. 그러나 그는 이유 없이 차일피일 일을 미루었다. 꽤 늦어졌지만, 그래도 일은 잘 만들었다. 최종 마감일에, 그는 회사에 급히 출근하느라고 만들어 놓은 기획안을 그만 집 캐비닛에 두고 와 버렸다. 사장은 낭패를 당했고 그의 기회는 물거품이 되고 말았다.

이 환자가 기획안을 망각한 것은 그의 초자아 때문이었다. 그는 성공을 두려워했다. 성공은 그에게 죄책감을 주기 때문이다. 치료받지 않는다면 그는 번번이 이런 식으로 기회를 잃을 것이고, 그의 인생은 패배와 우울로 불행해질 것이다.

이처럼 정신분석에서도 죄책감이 많은 환자는 치료의 성공을 두려워한다. 따라서 치료가 잘 되면 자기파괴적인 행동으로 분석을 다시 원점으로 돌려 놓아 버린다. 이것을 역치료적 반응(negative therapeutic reaction)이라고 하며, 초자아 저항이라고 부른다.

넷째는 **이드 저항**(id resistance)이다. 좀 어려운 말이지만 반복강박(repetition compulsion)과 리비도의 집착성(adhesiveness of the libido) 때문에 일어나는 저항이다. **반복강박**이란 고통스러운 경험을 반복하려는 심리를 말한다. 인간이 가지고 있는 일반적인 심리현상이다. 그래서 프로이트는 반복강박을, 인간에게 죽음의 본능이 존재한다는 것을 보여 주는 증거라고 했다.

예를 들어, 어머니가 죽고 괴로웠던 아이들이 장례식 놀이를 반복하는 것이다. 상실의 아픔을 소화하기 위해서라고 이해한다. 강간을 당한 여인이 꿈에 자꾸 강간당하는 꿈을 꾸는 것도 같은 심리이다. 위험한 시간에 강간당한 장소에 또 가서 다시 일을 당하기도 하는 것이 반복강박이다. 매를 맞고 자란 환자가 폭력적인 남편을 얻는 것도 반복강박일 수 있다. 마치 마술에 걸린 사람처럼 강박적으로 같은 불행을 자초한다. 정도가 심할 때는 지속적으로 자기 패배적 행동을 하는 자학적 인격장애가 된다. 이런 불행한 일이 자신의 의지와 관계 없이 비의식 중에 일어나기 때문에 이해할 수 없고 예측할 수도 없다. 그래서 운명(fate neurosis)이나 팔자라고 체념하기도 한다.

정신분석 치료중에 고통스러운 유년기 갈등이 반복해서 터져 나오는 것(acting out)도 반복강박이다. 병적 행위를 반복하고 싶은 심리에 지배당하고 있기 때문에 치료는 방해를 받고 결국 저항으로 작용한다.

리비도의 집요함이 저항의 원인이 된다. 리비도(libido)란 성욕 에너지이다. 프로이트는 모든 육체적 즐거움을 성욕이라 정의했다. 성욕은 본능적이고 체질적인 욕구이다. 이 욕구가 너무 강해서 억제하고 자유스러워지기가 어렵다는 것이다. 성욕은 이만저만 강한 것이 아니다. 성욕이 집요하게 붙들기 때문에 분석이 앞으로 나가지 못하고 방해를 받는다는 말이다. 인간을 괴롭히는 갈등이란 욕구와 통제의 싸움이고, 분석은 이 갈등을 푸는 과정이다. 욕구가 강할수록 치료는 방해를 받을 것이다. 이드 저항은 반복강박과 리비도의 집요함에서 나온다.

다섯째는 **전이저항**인데, 전이란 환자가 분석가를 자기 마음 속의 대상으로 착각하는 것을 말한다. 분석가를 너무 사랑한다든지 아니면 너무 두려운 대상으로 본다면 자유연상이 어려워질 수밖에 없다. 이것을 전이저항이라 한다. 전이에 대해서는 269쪽에서부터 자세히 설명하겠다.

(2) 저항의 원인

분석을 받으러 왔음에도 불구하고 왜 환자들은 자신을 괴롭히는 비의식의 갈등을 해결해 나가기를 꺼려하고 분석을 방해하는 것일까? 저항의 원인(source of resistance)을 다음 세 가지로 생각할 수 있다.

첫째, 인간은 변화를 두려워한다. 불편하지만 그런 대로 익숙해져 있는 정신생활을 버리고 새로운 적응방식(new adaptation-device)으로 살아야 한다는 것이 두려운 것이다. 모르는 길을 가기보다는 괴롭지만 아는 길을 그냥 가고 싶은 것이다. 이 모르는 길에 대한 두려움 때문에 저항을 하게 된다. 갈등하며 거지로 사는 것이 새로운 모험을 통해 자유로운 왕자가 되는 것보다 낫다고 생각해 주저앉고 마는 것이다. "나 좀 내버려 둬, 이대로 살다가 죽을래." 하는 심정이다.

두 번째는 비의식적 소원과 욕구의 충족을 계속 맛보고 싶기 때문이다. 비의식 탐구를 통해 성공적으로 치료되면 지금까지 자신이 누려 왔던 욕구충족을 버려야 한다고 생각하기 때문이다. 예를 들어, 정신분석의 목표가 독립적인 인격으로 가는 것이라면 의존욕구가 강한 사람은 의존욕구를 버릴 수 없어서 저항할 것이다.

세 번째는 비의식적 갈등(unconscious conflicts)을 직시하게 되는 것이 두렵기 때문이다. 바로보기가 어렵고 수치스러워 비의식에 억압해 버린 내용이기 때문이다. 그러나 환자 혼자서는 두렵고 또 엉뚱한 방향으로 갈 수 있으므로 분석가와 함께 비의식의 어둠을 탐구하고 불을 밝히는 것이 정신분석이다.

(3) 저항 표현에 따른 대처법

침묵은 가장 자주 나타나는, 그리고 분명한 저항의 형태이다.

너무 오랫동안 침묵이 흐를 때는 환자를 도와 주어야 한다. "오늘은 말씀하기 어려운 것처럼 보입니다. 지금 무슨 생각을 하고 계신지 말씀해 주시겠습니까?" 라고 질문하거나, "심장이 쉬지 않고 뛰는 것처럼 우리 마음에도 끊임없이 생각이 지나갑니다. 아무 생각도 떠오르지 않는 것은 생각을 방해하는 어떤 것이 있기 때문일 것이라고 추측할 수 있습니다. 그게 뭘까요?"라고 말한다.

환자가 침묵에 빠지면 먼저 원인을 생각해야 한다.

침묵의 원인 중 가장 많은 것은 저항이다. 분석가에게 내면세계를 내보이는 것이 두려운 것이다. 분석가에게 자신의 초자아를 투사해 놓고 두려워하며 말문이 막히는 경우도 있다. 분석가에게 화가 났을 때도 환자는 침묵한다. 분석가를 곤란하게 하려는 동기가 숨어 있을 때도 있다. 무슨 말을 어디까지 해야 할 지 몰라 침묵에 빠지는 경우도 있다. 혼자서 너무 많은 말을 하면 비난받는 사회적 인습의 영향도 있다. 정신치료에 아직 익숙해지지 않아서이다. 이런 경우는 보통 치료 초기에 나타난다. 불안하거나 우울한 환자들은 치료 초기에 침묵에 잘 빠진다. 분석가는 참을성을 가지고 기다릴 수 있어야 하고, 말로 생각을 표현하라고 격려해 주어야 한다.

침묵이 불편한 환자는 분석가에게 질문을 던져서 분석가가 침묵을 깨게 만들기도 한다. 그러나 분석가가 대답을 해 주지 않으면 환자는 혼란에 빠지거나 화를 낸다. 일상적인 대화는 주고받는 게 보통이기 때문이다.

그러면 환자가 침묵에 빠졌을 때는 어떻게 대처해야 할까? 대략 **네 가지 대처방법**이 있다(Colby, 1951).

첫째, "무슨 생각을 하고 계신지 말씀해 주시겠습니까?" 하고 현재의 생각을 묻는다.

분석가는 환자가 치료중에 떠오르는 생각을 그대로 말해 주기를 바란다는 것을 알려 준다. 때로는 환자가 자신의 생각을 중요한 것인지 시시한 것인지 판단하느라고 침묵하기도 한다. 이 때는 떠오르는 생각을 그대로 말하는 것이 환자의 역할이라는 것을 가르쳐 준다.

둘째, 분석가가 알고 싶은 것을 묻는다(asking a direct question).

환자는 분석가가 관심 있는 정보를 얻기 위해 침묵을 깨고 질문을 할 수도 있다는 것을 배운다.

셋째, 환자가 침묵을 깨고 연상을 계속할 때까지 기다린다(waiting for the patient to continue).

분석가들이 가장 많이 쓰는 방법이며, 환자들도 배워 두어야 하는 방법이다. 사교적인 대화의 자리와는 달리 분석가는 침묵이 흐를 때 그것을 깨지 않고 그대로 둔다. 환자는 이 침묵을 견디기 힘들다. 특히 분석가가 한 마디라도 해주는 것을 자신에 대한 관심으로 생각하는 환자는 침묵이 고통스럽다. 버림받은 느낌 때문이다.

세 번째 시간에 여자 환자가 침묵에 빠졌다. 분석가는 환자가 계속하기를 기다렸다. 환자는 분석가가 말하기를 기다리는 눈치였다. 계속 침묵이 흐르자 환자가 물었다.

환　자 : 왜 아무 말씀도 안 하세요?

분석가 : 부인의 다음 말을 기다리고 있는 중입니다.

환　자 : 선생님이 왜 아무 말씀도 안해 주시는지 저는 그게 궁금해요.

분석가 : 부인에게 도움이 될 말씀을 드리기 위해서 저는 부인에 대해서 더 많이 알고 이해해야 됩니다. 그래서 분석가로서 저의 역할은 부인께서 말씀하시는 동안 대부분의 시간을 열심히 듣는 것입니다. 염려하지 마세요. 때가 되면 나도 말씀드릴 테니까요.

(4) 침묵저항을 해석해 준다

치료 초기에는 분석가가 침묵을 깨주고 연상을 격려해 주기도 하지만 점점 치료가 진행되면 침묵의 처리를 환자에게 맡긴다. 그러나 침묵이 너무 자주, 너무 길게 지속될 때는 질문을 해도 별 효과가 없다. 이렇게 침묵이 계속될 때는 침묵저항을 해석해 줘야 한다(interpretation of the silence). 다른 저항의 경우와 마찬가지로 침묵의 경우에도 우선 '무엇이 말을 가로막고 있는가?'를 저항의 동기와 내용을 알아 봐야 한다. 즉 저항의 동기와 내용을 파악해야 한다.

콜비의 증례를 소개하겠다(Colby, 1951).

지난 시간까지도 말을 잘하던 20대의 공무원인 환자가 상당히 긴장된 모습에 말수가 현저히 줄어들었다. 환자는 직업을 바꾸고 싶은데 막상 안정된 직업을 버리고 작곡공부라는 독립된 일을 시작하기가 두려웠다. 아버지는 공무원생활을 계속하라고 요구했고 어머니는 작곡공부를 하라고 했다.

침묵이 흐르자 분석가가 몇 가지 짧은 질문도 해보고, 기다려 보기도 했지만 침묵은 깨지지 않았다. 환자의 긴장만 올라가고 있었다. 그래서 분석가가 침묵을 저항으로 보고 이를 직면(confrontation)시켰다.

분석가 : 오늘은 무언가가 말을 가로막고 있는 것 같은데요.

환　자 : 그런 것 같아요. 말할 게 하나도 생각나지 않아요.

분석가 : 왜 그럴까요? 여기에 말하러 오셨는데, 할 말이 생각나지 않으니 말입니다.

환　자 : 모르겠어요.

분석가 : 혹시 치료 받으러 오는 것에 대해 회의가 생겼기 때문일 수도 있겠는데요.

환　　자 : 그럴 수도 있겠네요. ‘정말 선생님이 나를 치료해 줄 수 있을까? 내가 지나친 기대를 하는 것은 아닐가? 선생님이 내 마음을 고쳐 주실 수는 없는데……. 괜히 내가 선생님의 귀중한 시간만 뺏는 것은 아닐까?’ 하는 생각을 했어요. 사실 선생님은 바쁘시고 나보다 더 심한 환자들, 자살하려거나 아파트에서 뛰어 내리려는 환자들을 보셔야 할 거예요. 저는 그 정도는 아니거든요. 그런 환자들에 비하면 제 문제는 너무 시시한 것들 뿐이에요.

분석가 : 제 시간을 뺏고 있다는 생각에 좀 미안했군요?

환　　자 : 그래요. 저 같은 사람은 여기 오지 않는 게 좋을지도 모르겠어요.

분석가 : 아닙니다. 나는 00씨에게 관심이 있고 도울 마음이 있습니다. 여기까지 찾아 오실 만큼 그렇게 괴로운 문제였다면 그것은 시시한 것이 아니지요.

환자는 분석가가 자신에 대해서 ‘시시한 것을 가지고 걱정하는 작자로군.’ 하고 비난한다고 믿고 두려움이 생겼다(transference fear). 그리고 치료에 대한 회의를 느꼈다. 이것이 이번 치료시간에 침묵저항으로 나타났던 것이다. 환자는 분석가의 눈치를 보며 침묵에 빠졌다. 분석가는 “치료에 회의를 느끼고 계신 것은 아닐까요?” 하고 치료에 대한 환자의 느낌을 보게 했다. 그리고 의사로서 환자의 고통을 돕는다는 직업적 태도를 알려 주었다. 이 해석을 통해서 환자의 저항은 극복되었다.

침묵에는 전이요소가 저항으로 작용할 때가 많다. 분석가의 반응에 대한 걱정이다. 유아기 때의 부모와의 관계가 재현된 것이다. 마음 속의 욕구나 분노를 말하면 비난 받거나 버림 받을 것이라는 유아기의 두려움이 반복되고 있다. 침묵저항을 만나면 분석가는 자신과의 연관성을 찾아 봐야 한다. 이렇게 해석해 줄 수도 있다.

“오늘은 말씀하기를 어려워하시는 것 같아 보이는데, 그건 저에 대한 감정 때문일 수도 있습니다. 혹시 저에 대한 부담이나 다른 생각이 있는지요?”

저항이 있을 때 취하는 자세가 있다. 환자가 부끄러운 일을 숨기고 있을 때는 분석가의 시선을 피하고 얼굴을 붉힌다. 두 손으로 얼굴을 가리는 것도 뭔가를 숨기고 있는 것이다. 결혼반지를 만지작거리는 것은 결혼생활을 생각하고 있을 때 흔히 나타난다. 한 시간 내내 같은 자세로 누워 있거나, 반대로 너무 많이 몸을 움직이는 것도 저항이다. 두 주먹을 꽉 쥐고 있거나, 팔짱을 끼고 있거나, 다리를 단단히 꼬고 있는 것도 뭔가를 억누르고 있는 것이다. 자꾸 문 쪽을 바라보고 다리 하나를 카우치에서 내려 놓는 것은 분석상황을 탈출하고 싶은 것이다. 또한 하품도 저항의 일종이다. 지루함을 호소하는 환자는 내면에서 일어나고 있는 욕구나 팬터지를 회피하고 있는 것이다.

분석가의 지루한 느낌은 역전이로서 환자의 팬터지를 듣고 싶지 않을 때 생긴다. 반면에 **분석시간이 즐거운 시간이 되는 것**도 저항이다. 일반적으로 분석은 힘든 작업이다. 너무 자주 즐겁다면 우울감을 피하고 있는 것이다.

현재 얘기만 계속하거나 현재와 관련시키지 않고 과거 얘기만 계속하는 것도 저항이다. 별로 의미 없는 얘기나 바깥 생활중에 있었던 사소한 얘기들로 **시간 때우기를 하는 것**은 어떤 의미있는 것을 회피하고 있는 것이다. 분석가에 대한 성적 · 공격적 환상을 피하려 하는 경우가 많다. 변화 없이 **똑같은 자료만 계속 얘기하는 것**도 저항이다. 매시간 꿈만 열거하거나, 증세만을 호소한다. 전날 일어났던 일들만 얘기하고 거기에 대한 자신의 감정이나 팬터지는 얘기하지 않는 것도 저항이다. '좋은 환자(good patient)' 역할을 하는 것도 저항이다. 이런 환자는 화젯거리를 미리 준비하고 분석 덕분에 많이 좋아졌다고 반복해서 말한다. 습관적으로 일찍 도착해서 기다린다.

회피에 사용되는 언어들이 있다. 일상적인 단어를 쓰지 않고 심리학 용어나 상투적인 언어를 쓰는 것이다. 예를 들어, "나는 화가 났어요."라는 말을 "나는 분노를 느꼈어요."라고 한다든지 "적대감이 느껴졌어요."라고 하면 감정을 회피하고 있는 것이다. '남근, 페니스'라는 말 대신에 '거시기'나 '남성의 성적 기관'이라고 하는 것은 회피하는 언어이다.

지각, 치료비 지불을 잊음, 분석시간에 결석은 흔한 저항이다. 분석을 받으러 오고 싶지 않은 것이다. 무언가 숨기고 싶거나 회피할 것이 있는 것이다.

꿈을 전혀 기억하지 못하는 환자도 저항이다. 분명히 기억하고 있는데도 저항하고 있는 것으로 봐야 한다. 꿈의 내용도 저항을 보여 준다. '진료실을 잘못 찾거나 다른 분석가에게 분석을 받고 있는 꿈'은 분석으로부터 도망가고 싶은 꿈이다. 본능적인 생활이 분석가에게 노출되는 것과 싸우고 있는 것이다.

'비밀을 말할 수 없다.' 는 환자는 저항에 비밀을 이용한다. 비밀은 배설과 관계가 있으며, 부모의 비밀스러운 성생활과 관계가 있다. 노출증, 관음증과도 관계가 있다. 의식적인 비밀은 환자가 무언가를 회피하기 위한 방어이다. 어떤 종류의 비밀이라도 그것을 용인하면 모든 금기된 팬터지와 욕망들, 기억들이 그 뒤로 숨어 버린다. 예를 들어, 경찰이 피의자에게 어떤 장소를 자신들의 권한을 행사하지 못하는 피난처로 허용했을 때 벌어지는 상황과 같다(Freud, 1913).

분석가가 환자에게 비밀을 털어 놓으라고 강요해서는 안 된다. 다만 비밀을 가지려는 동기를 말하게 한다. "비밀이 어떤 것인지를 말하지 말고, 내게 말할 수 없는 이유가 무엇인지 말씀하십시오.", "그 비밀을 나에게 말하게 되면 어떤 기분이 될 것 같습니까?", "나에게 그 비밀을 털어 놓으면 내 반응이 어떨 것 같습니까?" 등의 질문을 던진다.

말하는 대신에 행동해 버리는 **행동화**(acting out)도 아주 빈번하게 나타나는 저항이다. 예를 들어, 분석가에게 말한 것을 타인에게 그대로 말하는 것도 행동화이다. 전이감정을 희석시키거나 분석가 대신에 다른 대상에게 전이반응을 전치시키는 것이다.

행동화 중 가장 많은 것은 환자가 치료중에 분석가에 대한 얘기를 해야 할 때 면전에서 대놓고 말하기 어려워 대신 다른 사람 얘기를 하는 것이다.

정신치료중인 여자 환자가 치과의사와 싸웠던 얘기를 침을 튀면서 했다. 치과에 갔는

데 치료비는 지독하게 비쌌고 치과의사는 대머리에다가 촌스러운 넥타이에 때묻은 가운을 걸치고 있었다. 게다가 불친절했단다. 귀가 먹었는지 말귀를 못알아 먹고 자꾸만 되물어서 신경질이 났다고 했다. 그런 사람 앞에서 입을 벌리고 누워 있는 것도 참을 수 없었다고 했다. 마취가 잘못되어 치료중에 심한 통증을 느끼고 분노가 터져 버렸다고 했다. 심하게 싸우고 나왔지만 아직도 분이 안 풀린다고 했다.

이 여자 환자는 전이감정을 치과의사에게 행동화하고 있다. 분석가도 대머리였다. 정신분석 치료비에 대한 불만이 있었고, 분석가가 자신의 말을 이해해 주지 못하는 귀머거리 같다는 생각을 했었다. 그런 분석가 앞에서 카우치에 누워 아픈 얘기를 늘어 놓아야 하는 자신이 싫고 분석가가 미운 것이다. 치과진료실과 정신치료실의 상황이 유사한 점을 이용해 행동화가 일어났던 것이다. 분석가에 대한 감정을 말하는 것을 회피하려는 저항이다.

'**건강으로 도피**(flight to health)'라는 저항이 있다. 갑자기 환자의 증세가 사라지고 환자는 이렇게 말하는 듯하다. "이제 증세가 사라졌으니 더 이상 비의식을 탐색하지 않아도 되겠죠?" 환자는 고통스럽고 창피한 무의식 얘기를 털어 놓지 않기 위해 정신증세를 버린 것이다. 정신증세는 좋아졌지만 비의식의 갈등은 풀리지 않은 채 남아 있다.

(5) 저항 인식하기

분석가의 첫 과제는 저항을 인식하는 것이다.

프로이트의 이야기를 들어 보자(Freud, 1938).

"저항이 강할수록 환자의 연상은 분석가가 찾고자 하는 것에서 멀어진다. 분석가는 서두르지도 말고 강요하지도 말고 침착하게 귀를 기울여 들어야 한다. 듣는 것이 중요하다. 어떤 것이 나올지 준비하고 기다린다. 저항의 뚜껑을 여는 일이 저항 극복의 첫 걸음이다. (중략) 여기서 해석 기술이 필요해지는데 해석을 잘하기 위해서는 요령도 저항이 분명한 경우에는 인식하기 쉽지만 복합적이고 모호한 경우 혹은 자아 동조적(ego-syntonic)일 때는 인식하기 어렵다. 자아 동조적인 저항이란, 예를 들면 환자가 치료시간에 늘 지각을 하면서도 전혀 불편을 느끼지 않고 자연스러운 것으로 받아들이는 것이다. 반대로 지각행동이 자아 이질적(ego-dystonic)일 때는 분명치는 않지만 뭔지 모를 불편함을 느낀다.

환자가 무언가로부터 도망치려 한다는 것을 알려 주려는 분석가의 좋은 뜻을 알아 주지 않으면 저항을 인식시키기가 어렵다. 환자가 회피하고자 하는 내용이 강력한 본능일 때도 저항을 인식하기가 힘들다. 경험이 많은 분석가의 지도감독을 받으며 치료하는 것이 저항을 배우는 가장 좋은 방법이다.

분석가는 환자의 이야기를 들으면서 스스로에게 다음과 같은 질문을 해보는 것이 좋다. "환자는 지금 비의식적으로, 의미 있는 내용 쪽으로 가고 있는가? 아니면 멀어져 가는가?" 멀어지고 있으면 저항이 숨어 있는 것이다. "환자가 시간마다 의미 있는 것들을 더 추가해 가는가? 아니면 시간만 때우고 있는가?" 시간만 때우고 있다면 저항하고 있는 것이다.

(6) 저항 보여 주기

저항을 분석하는 과정의 첫 단계는 환자로 하여금 자신이 저항하고 있다는 것을 이해시키는 것이다. '무엇을 저항하고 있는가?', '왜, 어떻게 저항하는가?'를 보여 주는 것이다. 환자가 저항을 인식할 때는 두 가지 요소가 관여한다. 환자의 합리적 자아(reasonable ego)가 강할수록 저항 인식이 쉽다. 또한 저항이 분명해도 알아보기 쉽다. 저항의 선명도(vividness)이다. 저항을 직면시키는 적절한 시간(timing)은 그럴 필요(의미)가 있을 때이고, 환자가 저항을 부정할 것 같지 않을 때이다. 너무 서두르면 낭비가 많다.

저항 보여 주기의 가능성(demonstrability)을 증가시키기 위해서는 저항이 발

달하도록 놔두는 것이 좋다. 침묵이 가장 좋은 방법이고, 환자에게 설명해 보라고
질문을 하는 방법도 있다.

환자가 중요한 문제(성적인 화제)에 대한 얘기를 꺼려하고 쓸 데 없는 말로 빠져
나가려 하는 게 분명할 때 분석가는 환자에게 핵심 주제를 설명하도록 묻는다.

"성에 대해서 말씀하라는 이야기가 아니고, 어떤 이유로 성을 얘기하기가 그렇
게도 어려운지 얘기해 보시라는 겁니다."

또 다른 방법은 분석실에서 일어난 일을 증거로 제시하는 것이다. 예를 들어,
주차 때문에 늦은 여자 환자의 경우에 이렇게 말한다.

"당신은 뭔가 회피하려는 것 같군요. 오늘 조금 늦게 오셨고, 말씀이 없고, 방금
은 꿈을 잊었다고 하셨죠? 뭔가 회피하고 싶으신가 봅니다."

분석가는 환자의 합리적 자아에게 임상적 증거를 제공해 주어서 저항 인식을
돕는다.

저항을 주장하지 말고 그럴 수 있다는 가능성만 제시해 주는 것이 좋다. 저항
때문에 비난 받는다는 느낌을 갖게 해서는 안 된다. 게으르다거나 비겁하기 때문
에 저항한다는 느낌을 갖지 않게 해 주어야 한다.

(7) 치료 초기에 저항에 대해서 교육하는 것이 좋은가?

저항은 환자가 만들어 내는 것이라는 것을 알려 주는 게 좋다. 말하기가 곤란한
내용이나 피하고 싶은 내용이 떠오를 때 흔히 일어나는 현상이라고 말해 주는 것
이다. 아무 생각도 떠오르지 않는다고 말하는 환자에게는 "편안히 누워 있을 때
나 운전할 때에도 머릿속에는 끊임없이 생각이 흘러가지 않던가요?"라고 말해 주
고 그것을 말로 표현하면 된다고 가르쳐 주면 도움이 된다.

환자에게 저항을 찾아 내고 분석하는 일이 가치 있고 중요한 작업이라는 사실
을 알려 줄 필요가 있다. 저항은 실수도, 잘못도 아니며 비난 받을 일이 아니라고
알려 주면 도움이 된다. 정신분석 과정 중에서도 생산적인 작업 중 하나라고 말해

주는 것이다.

환자는 성인으로서 자신의 분석을 주도적으로 진행하고, 분석가는 전문가이지만 군림하지 않고 협조하는 것이 분석이다. 때문에 분석을 어떻게 이용하는지, 환자의 역할이 무엇인지를 가르쳐 줄 필요가 있다.

'저항'이라는 용어보다는 '피하고 있는 듯하다.', '숨기는 듯하다.', '그냥 지나치고 있는 듯하다.'라고 말하는 것이 좋다.

(8) 저항을 다루는 원칙

프로이트는 원칙이라는 말을 쓰지 않고 '권고(recommendation)'라고 했다. 무조건 따라야 하는 법칙이 아니고 지도처럼 유용한 지침이 되는 것이다.

저항을 다루는 원칙은 여러 가지가 있다(rules of technique concerning resistance).

"내용보다 저항을 먼저 분석하라(resistance befere content)."

예를 들어, 환자가 자위행위와 죄책감을 회피하려 한다. 이 때 내용은 자위행위와 죄책감이다. 저항은 회피하는 태도가 저항이다. 이 때 자위행위보다 회피하는 태도를 먼저 분석하는 것이다. 즉, "뭔가를 피하고 있는 듯합니다."라고 하면 회피하는 태도를 다룬 것이다.

저항을 다루는 또 하나의 원칙은 "이드보다는 자아를 먼저 분석하라(ego before Id)."는 것이다. 성욕에 대해서 말하기 어려워하는 환자에게 "성욕을 느끼신 듯합니다."라고 해석했다면 이드를 먼저 다룬 것이 된다. 이런 경우 환자는 당황할 것이다. "뭔가 말씀하기 어려운 것이 있는 듯합니다."라고 했다면 자아의 태도를 해석한 것이 된다.

또 다른 원칙은 "표면에서부터 시작하라(Begin with the Surface)."는 것이다. 예를 들어 환자가 지각을 했다. 그런데 환자가 분개하면서 병원 주차장 직원과 싸운 얘기를 한다. 그리고 어렸을 때 동생에게 억울하게 빼앗겼던 장난감 자동차 얘기를 더듬거리면서 했다.

이 때 분석가가 "당신은 유년기의 억울했던 경험을 오늘 아침 주차장에서 다시 하신 것 같습니다."라고 말한다면 가장 깊은 내용을 다룬 것으로 이럴 때는 환자가 더욱 저항하게 될 것이다. 먼저 현실과 가까운 주제를 다루는 것이 좋다. 표면이란 비의식의 표면이고 현실에 가까운 면을 말한다. 예를 들어 "주차장 직원 때문에 몹시 억울하고 화가 나신 것 같습니다. 그리고 여러 가지 생각이 났을 것 같은데요." 하면 표면을 다룬 것이다.

2) 전이(transference)

전이(轉移, transference)란 프로이트의 큰 발견 중 하나로 정신분석의 중요한 개념이다. 프로이트는 이를 다음과 같이 설명했다(Freud, 1938).

> "자아는 수동적인 상태에 있을 수 없다. 떠오르는 것을 말하고 해석만 받아들여서는 안 된다. 여기서 더 나아가 분석가를 과거 유아기의 중요한 사람으로 보고 그 사람에게 주었던 감정을 느낀다. 이것을 **전이(transference)**라고 한다. 전이는 엄청난 가치를 가진 치료의 보조도구가 된다. 그런가 하면 심각한 위험이 되기도 한다."

전이는 분석가에 대한 환자의 감정반응인데 유년기에 자신의 삶에 중요한 역할을 했던 사람, 특히 부모와의 사이에 있었던 감정(unconscious emotional attitude)이 분석상황에서 분석가에게로 이동하고, 분석을 받는 현재생활(present life, here and now)에서 반복되고 있는 것이다. 환자는 분석가를 마치 유년기의 중요한 사람을 대하듯 한다. 그러나 환자 자신은 자신의 이런 감정을 모르고 있다는 것이 특징 중의 하나다. 런던 대학의 산들러 교수는 전이를 '특수착각(specific illusion)' 이라고 정의했다. 예를 들어 분석가를 아버지로 착각하면 아버지 전이에 빠진 것이다.

전이도 하나의 저항이다. 즉 전이저항(transference resistance)이다. 프로이트

는 처음에는 전이를 분석을 방해하는 장애물로 보았
다. 그러나 전이라는 장애물을 치료에 유익한 도구로
바꿔 놓았다. 이 점이 프로이트의 위대한 점이기도
하다. 저항의 분석을 통해서, 특히 전이저항의 분석
을 통해서 환자는 통찰(洞察, insight)을 얻게 되고,
비의식적 형태로 살아 남아 있는 어린 시절의 갈등을
발견하고 해소할 수 있다는 사실을 깨닫게 되었다.

먼저 영국 정신분석학회의 교육분석가인 디노라
파인스(Dinora Pines) 박사의 증례를 통해 전이 현상
을 소개하겠다.

디노라 파인스
(Dinora Pines)
이 사진은 필자가 영국에서
공부할 때인 1987년에 영국
정신분석학회 사무실에서 찍은
것이다.
파인스 박사는 본래 피부과
의사였다. 그런데 환자가 마음의
슬픔을 극복한 후에 극적으로
호전되는 것을 보고 정신분석을
시작했다고 한다. 영국의 교육
분석가이며, 특히 전이 분야에서
권위를 인정받고 있다. 본서에
파인스 박사의 논문, 〈전이와
역전이〉가 소개되어 있다.

젊은 여자 환자였다. 어머니가 항상 우울하고 냉정했기
때문에 어린 시절이 불행했었다. 특이한 것은 이 환자가
치료시간이 끝날 때면 언제나 재미있는 얘기를 하거나 농
담을 던져서 분석가를 웃게 만드는 것이었다. 이것은 전
이에서 비롯된 행동이었다. 본심을 숨기기 위한 하나의
저항행동이었다. 이 행동의 밑에 숨어 있는 의미가 밝혀
졌다. 즉 그녀는 분석가를 어린 시절에 경험했던 자기의
어머니, 우울하고 냉정한 어머니와 동일시하고 있었다.
분석가를 웃게 하고, 웃는 모습을 보고 나면 그녀의 비의
식은 안심했다. 때문에 자기에게 화가 나지 않았다는 것
을 엄마의 웃음으로 확인했기 때문이다. 이것을 확인하
지 않으면 다음 치료시간까지 그녀는 자기에게 화가 나
있는 분석가(비의식에서는 어머니)를 생각하며 불안에
떨어야 했다. 즉 분석가를 웃게 하는 그녀의 비의식은 엄

마와의 사이에 평화로운 관계를 만들려고 노력했던 것이다. 환자는 그녀의 유년기의 모녀관계를 분석가와의 사이에서 반복하고 있었다. 분석상황이라는 지금−여기(here and now)에서 그것을 확인할 수가 있었다. 이것을 환자가 이해하면 환자는 자신의 유아기 신경증(infantile neurosis)을 이해하게 되고 아직도 그것이 현재의 정신생활에서 영향을 주고 있다는 사실을 깨닫게 된다. 이것이 통찰이고 통찰을 얻으면 이것을 벗어날 수 있게 된다.

그러나 치료가 진행되면서 새로운 사실이 드러났다. 우울한 엄마는 어린 그녀의 마음을 이해해 주지 못했다. 그녀의 숨겨진 마음 속에는 어머니에 대한 분노로 이를 갈고 있는, 성난 어린 딸이 숨어 있었다. 이 모습을 숨기기 위해 그녀는 분석가를 웃기는 착한 딸의 모습으로 위장했다. 분석가가 전이해석을 해 주었다. 환자는 지금까지의 순하고 착하고 유머러스했던 태도를 버리고 공격적이고 적대적인 모습으로 바뀌었다. 물론 분석가의 해석도 완강히 부인했다. 수 년의 치료 끝에 그녀는 자신 속의 성난 어린아이를 발견했고 받아들였다.

정신분석 치료시간의 대부분은 저항과 전이의 해석에 쓰여진다. 그만큼 중요한 작업이다. 그러므로 분석가는 전이를 잘 인식할 필요가 있다. 환자의 전이에 의한 미움 · 분노 · 사랑 · 비난에 당황하지 말고 이런 감정과 행동이 갖는 비의식적 의미를 발견해야 한다.

(1) 전이의 징조들

전이에는 두 종류가 있다. 긍정적 전이와 부정적 전이가 그것이다. 긍정적 전이가 생기면 분석가를 좋아하는 감정이 생기고, 부정적 전이가 생기면 분석가를 미워하는 감정을 갖는다. 전이가 긍정적일 때는 치료에 큰 도움이 된다. 그러나 이를 지나치면 분석가의 마음에 들려고만 하고 사랑받으려고만 한다. 따라서 분석이 정상적으로 진행되지 못한다(Freud, 1938).

긍정적 전이가 발생했을 때와 부정적 전이가 발생했을 때의 환자의 행동이 달라지는데, 이러한 행동을 전이의 징조(transference sign)라고 한다. **긍정적 전이**의 대상으로 분석가를 보게 되었을 때는, 치료시간 전에 미리 도착하고, 옷차림이나 외모에 관심이 많아지고, 치료실 환경에 대한 관심이 높아져서 "치료실의 그림이 마음에 들어요."라거나 "아늑한 느낌이 들어요."라고 말하는 등 치료실에 대한 언급이 많아진다. 또한 꿈의 내용이 분석가와 관련된 것들이 많아지고, 치료효과가 좋다는 말을 자주 한다. 집에서도 치료시간이나 분석가에 대한 생각을 많이 하고, 분석가의 신상에 대한 궁금증이 많아진다. 예를 들어 '결혼은 했을까?', '나이는 몇이나 될까?' 등에 대한 궁금증이 생긴다.

부정적 전이의 경우는, 치료 때문에 불편을 겪고 있다는 말을 자주 한다. 예를 들어, 병원 주차장 시설이 형편 없다거나 치료시간을 내느라 직장에서 곤란을 겪고 있다고 말한다. 다른 의사들을 욕하기도 한다. 예를 들어 "친구 어머니가 수술을 받았는데 의사의 실수로 돌아가셨어요. 그런데 의사는 뻔뻔한 변명만 늘어 놓았어요."라고 불평한다. 또한 성공하지 못한 치료의 예를 얘기한다. "책에서 읽었는데 정신분석의 치료효과가 신통치 않다고 하던데요." 치료실의 물리적 환경이 싫다고 불평하며 정신분석 이론에 대한 비판을 하기도 한다. 또 치료비 지불을 지연시키고, 비싸다는 뜻을 암시하는 꿈을 가져오기도 한다. 뿐만 아니라 치료실 밖에서 싸웠던 얘기를 많이 하고 분석가가 냉정해졌으며 무섭다는 말도 한다. 때로는 분석가가 피곤해 보인다고도 한다.

분석가는 '환자가 왜 이 시점에서 이런 말을 하는 것일까?'를 생각해야 하고, '지금 환자에게 나는 누구일까? 내면의 어머니일까, 아버지일까, 혹은……?' 등을 생각해야 한다. 이런 질문 끝에 전이의 의미가 떠오른다.

(2) 전이의 임상적 의의

전이는 환자가 어린 시절에 어떤 중요한 인물과 나누었던 인간관계를 현재의

© Ralph Steadman

성애전이

환자가 분석가에게 성적 욕구를 느끼고 노골적으로 성에 대한 묘사를 하는 것을
성애전이(erotic transference)라고 한다. 비의식의 대상(유년기의 인물)에게 느끼는
좋은 감정을 분석가에게 느끼는 경우가 많다. 성욕으로 표현되고 있지만 실은
유아기의 어머니에 대한 감정을 성욕으로 착각하는 경우가 많다. 이것을
이해함으로써 환자는 내적 대상관계를 이해하는 기회를 잡는다.
그림에서 분석가가 환자의 벗은 모습을 보지 않으려고 눈을 가리고 있는데,
이것은 분석가가 중립성을 잃었기 때문이다. '역전이' 에 걸린 것이다.

생활중에, 특히 분석상황에서 체험하고 이해하는 기회를 제공하는 것이다. 이는
또한 유아기 망각(infantile amnesia)과 유아기 신경증(infantile neurosis)에 도
달하는 길이 된다. '유아기 망각' 이란, 말 그대로 어린 시절의 사건들을 망각하고
있는 것이다. 그러나 그 사건이 갈등의 핵을 이루고 있는 것이다. 유아기 신경증
은, 아이와 부모 사이에서 경험했던 갈등에서 연유한다. 아이가 사랑받고 싶지만
사랑해 주지 않는 어머니와의 갈등을 느끼고 있었는데, 이 갈등이 치유되지 못하
고 있었다면 이것이 신경증의 원인이 되는 것이다. 이런 어린 시절의 갈등상태를

273

'유아기 신경증'이라고 한다. 전이를 통해서 환자는 비의식에 숨어 있는 이런 갈등을 분석가와의 사이에서 재경험하게 된다. 분석가에게 느끼는 감정이 사실은 자신의 유아기 경험에서 나온 것이라는 사실을 깨달은 환자는 놀라움을 느낀다. 전이경험은 과거와 관계 있는 것이지만 그것을 현재의 생활 속에서 경험하기 때문에 환자는 이해하기가 쉽고 통찰을 획득하기가 쉽다.

전이의 장점에 대해서 프로이트는 이렇게 말했다(Freud, 1938).

"전이는 두 가지 장점이 있다. 환자는 분석가를 자기의 어머니나 아버지의 위치에 가져다 놓는다. 이 때 분석가는 초자아가 된다. 새로운 초자아는 원래의 비합리적인 초자아와는 다르다. 부모가 잘못 심어 놓은 교육의 실수를 교정해 준다. 이런 힘있는 위치를 분석가가 이용해서는 안 된다. 좋은 교사나 모범이 되어서 인간을 개조한다는 것은 매력적인 일이지만 그렇게 되면 부모의 잘못을 반복하게 된다. 아이의 독립성을 무시하고 의존적으로 만들었던 부모의 실수를 다시 반복하게 되는 것이다. 분석가가 새로운 의존대상이 되기 때문이다. 그래서 분석가는 환자를 가르치고 개선시키려는 마음을 가질 수 있지만 환자의 개성을 존중해 주어야 한다.

전이의 다른 장점은 전이를 통해 환자에게 인생사의 중요한 부분을 입체적이고 시각적으로 보여 준다는 점이다. 전이행동은 비의식을 말로 보고하는 대신 행동으로 보여 준다."

그래서 전이는 유용한 치료도구이다. 그러나 또 한편 하나의 저항으로서 분석을 방해하기도 한다.

전이의 위험에 대한 프로이트의 말을 들어 보자(Freud, 1938).

"전이의 위험은 환자가 전이를 과거의 반복으로 믿으려 하지 않고 실제 경험이라고 믿는 것이다. 판단력이 없는 어린아이처럼 맹목적으로 믿어 버린다. 에로틱한 감정을 느끼게 되면 자신이 열정적인 사랑에 빠진 것이라고 믿는다. 그러나 사랑이 거부당하고 부정적 전이로 돌아서면 모욕감을 느낀 나머지 분석가를 적으로 보고 증오한다. 그리고 분석을 포기하려고 한다. 치료 초기에 맺었던 치료약속은 사라져 버리고, 공동작업도 어려워진다.

때문에 분석가는 환자가 이런 상태에 빠지기 전에 미리 그런 낌새가 보이는 환상에서 벗어나게 해 주어야 한다. 실제라고 믿고 있는 전이감정이 과거의 반복이라는 것을 계속 되풀이해서 제시해 줄 필요가 있다. 환자의 사랑이나 적대감이 극단적인 상태까지 가지 않도록 조심해야 한다. 극단적인 상태에 가면 환자는 여러 가지 근거를 제시해도 도무지 받아들이지 않는다. 따라서 조기에 가능성을 발견하고 대비하는 게 좋다. 이런 징후가 최초로 나타날 때 파악해야 한다.

전이 현상의 실제적인 본성을 환자에게 이해시키는 데 성공하면 전이저항이라는 위험이 이득으로 돌아선다. 환자는 전이형태로 경험한 것을 절대로 잊을 수 없기 때문이다. 전이경험은 다른 어떤 경험보다도 강력한 설득력을 갖는다.”

분석가의 마음에 들기를 원하는 환자는 증세가 좋아지기도 한다. 증세의 호전이라는 선물을 들고 온 것이다. 긍정적 전이에 의한 치료성과이다. 분석가의 암시에 의한 효과이기도 하다. 프로이트는 이런 치료효과는 부정적 전이로 전환되면서 쌀겨처럼 날아가 버린다고 했다.

(3) 전이반응을 증가시키는 요인들

정신분석에서 전이반응을 증가시키는 요인들이 있다. 분석가가 자기 신상에 대한 비밀을 지킬 때 전이반응이 증가한다(anonymity, 익명성). 분석가에 대해서 모르면 모를수록 환자는 분석가에게 자기의 이미지를 쉽게 투사할 수 있다. 예를 들어 분석가가 오빠의 친구여서 어릴 때부터 잘 아는 사이라면 분석가의 모습이 너무 분명해 환자가 착각을 일으킬 가능성이 약해져 전이가 생기지 않는다.

그리고 분석가가 환자의 말이나 행동에 일정한 중립성(neutrality)을 지킬 때 전이반응이 증가한다. 예를 들어 분석가에 대한 환자의 애정은 분석가가 환자에게 너무나 친근한 애정표현(악수, 선물, 사랑의 언어 등)을 했을 때는 분석가의 현실적인 행동에서 나온 것으로서 전이가 아니다. 치료빈도를 자주, 규칙적으로 갖고 치료기간이 장기간일 때도 전이반응이 증가한다. 분석가가 전이 현상에 관심을 보일 때, 예를 들어 "요즈음 나와 관련된 꿈을 많이 꾸시는 것 같은데요."라는 해석은 전이 현상에 대한 언급이다. 이 때도 전이반응이 증가한다. 전이반응을 피하려고 하는 저항을 해석해 주었을 때, "나에 대한 얘기를 피하시는 것 같습니다. 거기에 대해서 혹 하실 말씀이 있을까요?"라는 질문은 전이저항의 해석이다.

그 외에도 환자의 전이반응을 분석가가 불안감 없이 편하게 받아들이고 불안을 갖지 않을 때 전이반응은 증가한다(Dewald, PA 1969).

3) 역전이(countertransference)

분석가가 환자를 마치 자신의 내적 대상이라도 된 것처럼 착각하는 것을 역전이(countertransference)라고 한다. 이것은 고전적 의미의 역전이이다. 또 다른 종류의 역전이로는 환자가 자기 마음의 대상을 분석가에게 주어 분석가로 하여금 그 역할을 하게 하는 역전이가 있다. 역할 반응(role response)이라는 역전이이다(Sandler, 1976). 여기에는 투사적 동일화의 방어기제가 작용한다.

(1) 분석가의 갈등이 만드는 역전이

정신분석 중에 흔히 부딪치는 문제가 역전이이다. 역전이 때문에 정신분석가가 실수하기도 하고, 분석이 실패로 끝나기도 한다. 그러나 반대로 역전이를 이용해 환자의 마음을 이해하기도 한다. 역전이란 환자에 대한 분석가의 감정반응이며 분석가 자신의 비의식적 갈등이 환자를 통해 노출된 것이다.

환자에 대한 분석가의 반응은 의식 영역의 반응과 비의식 영역의 반응이 있다. 역전이가 비의식의 영역이라면 의식 영역의 반응은 **역반응**(counter-reaction)이다. 즉, 분석가는 때로 어떤 환자를 만날 때 불안할 수 있다. 환자에 대한 여러 가지 감정에 휩싸일 수도 있다. 그러나 초조감, 조바심, 지루함, 기쁨, 만족, 호기심,

전이와 역전이

© Rapid Psychler Press

그림에서 카우치에 누운 환자가 의자에 앉은 분석가를 무서운 아버지로 보고 자신은 변기에 앉은 아이로 생각한다. 이런 착각을 '전이'라고 한다. 전이를 통해서 유아기 부자 관계의 양상을 파악할 수 있다. 전이는 비의식에 이르는 지름길이다.

그림 위쪽을 보면, 의자에 앉은 분석가가 자기는 장난감 차를 가지고 노는 아이 때로 돌아갔고, 환자를 엄한 아버지로 보고 있다. 이렇게 분석가가 환자를 자신의 유년기 대상으로 착각하는 것을 '역전이'라고 한다. 분석가가 역전이에 빠지면 환자를 제대로 볼 수 없게 된다. 그러나 무의식중에 일어나기 때문에 인식하기가 쉽지 않다. 그래서 분석가가 되려면 개인분석을 받아야 된다.

염려, 불신감, 자신감, 동정, 좌절감이나 성취감 같은 이런 감정들이 모두 역전이는 아니다. 분석가의 감정이 환자의 행동과 현실적인 관계가 있고 적절하며 치료 관계에 영향을 주지 않을 때는 역반응이라 부른다. 의식의 영역에 있는 감정반응이다. 실제로 분석가가 느끼는 이런 역반응을, '환자가 다른 사람들에게도 이런 반응을 불러일으키겠구나.'라고 이해하고 비언어적 자료로 이용할 수 있다. 분석가는 그의 의식적인 감정의 반응을 관찰해 이를 하나의 지침으로 삼아 환자의 행동 이면에 잠재된 의미를 파악할 수 있다.

대부분의 역전이는 역반응과는 달리 비의식 영역에 있으므로 분석가의 의식 밖에서 일어난다. 그래서 역전이는 일단 역전이에 빠진 다음에야 뒤늦게 깨닫는 것이 보통이다. 그래서 **역전이의 징조들**을 알아둘 필요가 있다.

역전이의 징조들은 다음과 같다. 분석가가 환자에게 필요한 사람이 되고 싶은 강한 욕구를 느낀다. 환자가 자신에게 의지해 주기를 바라는 강한 욕구를 느낀다. 분석가가 환자의 모든 문제를 다 해결할 수 있는 능력 있는 사람이기를 바라는 전능의 욕구를 느낀다. 환자를 지배하고 마음대로 조종하고 싶은 욕구도 역전이 징조이다. 때로는 어떤 분석가가 남자 환자나 혹은 여자 환자를 치료할 때만 마음 편하게 치료할 수 있다면 이것도 역전이의 징조이다. 특별한 종류의 갈등(예를 들어 공격성 갈등)이나 특정한 장애를 가진 환자(예를 들어 동성애 환자)를 치료할 수 없을 때도 역전이가 숨어 있을 수 있다. 분석가가 관음증(voyeurism)적 욕구를 가지고 있어서 자신의 호기심을 충족하려는 목적으로 환자의 사생활을 캐묻는 것도 역전이 반응일 수 있지만, 이와 같은 호기심에 대한 반동 현상으로 환자의 정보를 탐색해 나가는 것을 싫어하거나, 질문을 하지 못하는 경우도 역전이의 징조로 볼 수 있다. 환자의 갈등을 설명할 때 자꾸 막히는 것이 있거나 분석가가 어떤 특정 환자를 생각할 때 불안해지는 것도 역전이의 징조이다. 분석가의 말실수, 약속을 잊는 것, 치료비를 잘못 청구하는 것이나 특정 환자의 얘기를 많이 하게 되고, 그 환자의 꿈을 꾸거나 평소에 생각이 많이 나는 경우도 역전이의 징조일 수 있다. 환자에 대한 분노, 죄책감, 과도한 동정심이나 걱정, 성적 관심 같은 강한 감정반응 등도 역전이의 징조일 수 있다.

역전이 때문에 때로는 분석가가 환자를 괴롭힐 수도 있다. 분석가의 비의식적 공격충동을 만족시키고 있는 것이다. 반대로 분석가의 자학욕구가 역전이 반응을 일으킬 수도 있다. 환자에게 과도한 요구를 하도록 비의식적으로 조장한다. 예를 들어 1주일에 하루도 쉬지 않고 만나도록 약속을 한다든가, 치료비를 거의 받지 못한다든가, 분석가 자신의 개인생활을 희생하면서까지 환자의 요구를 충족시켜 주려고 노력하는 것도 역전이 반응일 수 있다. 성적인 갈등이 많은 분석가는 성 문제를 갖고 오는 환자를 볼 때 혐오감을 느낄 수 있다. 환자가 자신의 성적 죄책 감을 자꾸 자극하기 때문에 환자를 피하고 싶어진다. 적당한 구실을 붙여서 환자를 오지 못하게 만들기도 한다. 또한 분석가가 보고 싶어하지 않는 괴로운 문제를 환자가 갖고 왔을 때는 미처 이 문제를 보지 못하고 놓치기도 한다. 파인스 박사(Dinora Pines, 1987)의 증례를 통해 역전이의 실제와 영향을 살펴 보기로 하자.

여자 분석가가 있었다. 유능한 분으로 딸 나이 또래의 여자 환자의 정신분석을 하고 있었다. 분석가에게는 외동딸이 있었다. 그런데 딸이 아주 어렸을 때 헤어졌다가 성장하여 숙녀가 된 뒤에 예쁘고 똑똑해진 딸과 재결합했다. 어린 딸을 버렸다는 죄책감이 있었던 그녀는 딸을 좋게만 보려고 했다. 딸에게 문제가 있다는 것을 인정하려 하지 않았다. 이러한 때에 딸 나이 또래의 환자를 보게 되었던 것이다. 더구나 이 환자는 딸이 살았던 도시에서 살고 있었다. 환자는 자신을 아주 아름답고 성공적인 젊은 숙녀로 소개하고 있었지만 사실은 과장된 것이었고 문제가 많은 사람이었다. 놀라운 것은 분석가가 환자의 이런 허풍을 그대로 믿고 받아들이고 있는 것이다.

지도 교수(Dr. Dinora Pines)는 분석가 속에 숨어 있는 뭔지 모를 고뇌를 볼 수 있었다. 분석가는 환자를 자신의 딸로 보고 있었고 자신의 죄책감 때문에 환자의 문제를 보지 못하고 있었다. 그래서 환자의 허풍(defensive falseself)을 보지 못하고 있었다. 분석가는 자신의 문제 때문에 환자의 문제를 놓치고 있었다. 역전이 반응이었다. 더욱이 그녀는 자신이 역전이 상태에 놓여 있다는 사실을 모르고 있었다. 분석가는 딸을 놓치고 싶지 않았고 더욱 친해지고 싶었으며, 딸을 버렸던 자신의 죄책감을 부정하고 싶은 마음을 갖고 있었다. 그러기 위해서는 딸이 성공적이고 아름답고 유능한 숙녀로 잘 자랐어야 했다. 딸이 잘못 되었다면, 그것은 곧 자신의 잘못이라고 생각되기 때문이었다.

이런 병적인 역전이는 분석을 망친다. 샘라드는 "환자는 당신에게 진실을 보여 줍니다. 그러나 이 진실을 보지 못한다면 그 유일한 이유는 당신 자신에게 있습니다. 보이는 것을 볼 수 없게 하는 그 무엇이 당신에게 있는 것입니다. 그것은 환자의 문제가 당신의 내부에서 일으키는 고통스러운 감정입니다(Semrad, 1980)."라고 말했다. 분석가는 자신의 내적 갈등 때문에 환자의 문제를 보지 못한다. 이런 역전이를 극복하는 것이 분석가의 과제이다.

효과적인 정신분석을 위해서 가장 중요하고도 어려운 것은 역전이의 발견과 해결이다. **역전이의 극복을 위해서는** 개인분석(personal analysis)을 받을 필요가 있다. 개인분석 뿐만 아니라 정신분석의 증례들을 가지고 규칙적으로 개인지도(supervision)를 받아야 할 필요성도 있다. 비공식적인 동료들의 모임(informal meeting)에서 치료경험을 나누는 대화도 필요하다. 예를 들어 동료 전공의들이 만나서 "요즈음 내가 보고 있는 환자는 자꾸 지각을 하는데 짜증이 나." 하는 식으로 부담 없이 얘기하다 보면 비의식에 숨어 있던 역전이 반응이 자연스럽게 발견되기도 한다.

(2) 환자가 만드는 역전이, 역할반응

프로이트는 역전이를 치료에 방해되는 것으로만 보았다. 그러나 하이만(Paula Heimann, 1950)이나 산들러(Joseph Sandler, 1976) 등은 입장이 달랐다. 그들은 역전이를 보는 관점을 달리했다. 환자를 이해하는 도구로 역전이를 이용했다. 산들러 교수는 역전이 중에는 환자가 준 역할을 분석가가 받아서 행동하는 역할반응(role response)으로서의 역전이가 있다고 했다. 그의 경험을 들어 보자.

젊은 남자 환자가 있었다. 그는 말투가 특이했다. 말끝을 올려서 마치 질문하듯이 말을 마친다. 나는 환자가 말끝을 올리기 때문에 그 말을 나에 대한 질문으로 알고 나도 모르게 말을 많이 하게 되었다. 사실은 그가 내게 말을 시키고 있었다. 환자가 만든 역전이 반응이었다. 이 사실을 깨닫고 환자에게 어떤 비의식적 동기가 숨어 있는지 추적했다.

결과는 이렇다. 환자의 아버지는 매우 무섭고 가학적인 프로 권투선수였다. 어린 아들은 아버지가 말씀을 하지 않으면 불안했다. 그러나 감히 아버지에게 질문을 던질 수는 없었다. 어린 아들은 혼자 말하듯 하면서 질문하듯이 말끝을 올렸다. 아버지는 이에 대해서 반응을 했으며 아버지의 반응을 보고 비로소 아버지가 자기에게 화를 내고 계시지 않다는 것을 확인하고 안심할 수 있었다.

환자는 분석상황에서 이런 부자관계를 반복하고 있었다. 분석가로 하여금 아버지 역할을 하도록 만들었던 것이다. 분석가의 역전이는 환자의 전이에 대한 하나의 역할반응 (role responsiveness)이었다.

환자는 20대 후반의 여선생님이었다. 그녀는 치료중에 잘 울었고, 울 때마다 분석가인 산들러 교수는 화장지를 건네주곤 했다. 이런 행동은 그가 잘 하지 않던 행동이었다. 어느 날 치료중에 환자가 또 울었다. 이번에는 이유 없이 화장지를 건네주지 않았다. 그러자 환자가 화를 내며 분석가를 비난하고 공격하기 시작했다. '인정머리 없는 사람' 이라고 욕했다. 환자가 진정되기를 기다린 후에 무엇이 그녀를 그렇게 화나게 했는가에 대해 얘기해 보기로 했다.

환자는 어릴 때의 기억을 얘기했다. 동생이 태어났다. 어머니의 관심은 동생에게 쏠려 버리고 그녀는 혼자 버림 받은 기분으로 뒤뜰에서 놀았다. 그 뒤 유치원에 다녔지만 우울하고 자폐적이었다. 어린 그녀는 한 가지 팬터지를 갖고 있었는데 그것은 대변을 봐 버린다면 엄마가 치워 줄 것이라는 것이었다. 대변을 통해서 엄마의 관심을 끌어 보려는 욕망이었다. 그러나 엄마가 더러워진 옷을 치워 주지 않을지도 모른다는 두려움이 그의 비의식 속에 있었다. 치료상황에서 분석가는 대변을 치워 주는 환자의 어머니 역할을 했었다. 그녀가 화장지를 건네 주지 않은 것도 무정한 엄마의 역할을 수행했던 것인데 이것들은 환자에 의해서 분석가가 수행하게 된 역할반응이었다.

환자가 분석가에게 역전이를 일으키게 하고, 분석가는 자신의 공상과 행동 속에서 이 역전이를 확인할 수 있다. 이 역전이를 통해서 환자의 비의식적 갈등을 찾아낼 수도 있다. 역전이가 하나의 역할반응인 것이다. 환자가 분석가에게 준 역할(무정한 어머니 역할)을 분석가의 비의식이 받아서 수행하는 것이다. 환자는 투사적 동일화(projective identification)의 방어기제를 사용하고 있다. 분석가를 화나게 하고 환자를 비하하도록 하는 환자가 있다. 이 환자는 죄책감이 많아서 차라리 처벌을 받고 싶은 욕구가 있었다. 그래서 벌을 줄 사람이 필요했다. 그래서 분석가에게 처벌자의 역할을 맡긴 것이었다. 결과적으로 분석가는 비난하고 공격하는 처벌자의 역할을 했다. 여기서 분석가는 자신의 처벌적인 행동을 분석해 환자의 죄책감과 처벌받고 싶은 욕구를 찾아 낼 수 있었다.

역전이는 분석가의 비의식적 갈등에서 나오기도 하고 환자가 준 역할을 수행하는 과정에서 나오기도 한다. 이 역할을 분석하면 환자의 내적 갈등을 파악하는 데 도움이 된다.

4) 통찰(insight)

정신분석의 궁극적인 목적은 성숙하고 만족스러운 심리적 적응을 위해 환자의 능력을 개선시키는 것이다. 이 목표를 달성하기 위해서 환자는 먼저 그 자신의 비의식에 숨어 있는 갈등에 대한 통찰(洞察, insight)을 얻어야 한다. 뿐만 아니라 안정되고 성숙한 적응을 위해 이 통찰을 이용할 수 있어야 한다. 통찰이란, 이전에는 전의식이나 비의식에 있어서 보지 못했던 개인의 정신적·감정적 갈등을 자각해 알게 된 것을 말한다. 통찰을 얻는 것도 치료 중기의 중요한 과제이다. 통찰은 지적인 이해로부터 충분한 감정적 자각에 이르기까지 그 깊이가 다양하다.

두 종류의 통찰이 있다. 지적 통찰(知的 洞察, intellectual insight)과 정서적 통찰(情緖的 洞察, emotional insight)이 그것이다.

피상적이고 지식 수준의 **지적 통찰**은 단지 희미하게 알고 있었던 생각을 지식

수준에서 좀더 분명하게 이해하게 된 것을 말한다. 예를 들어, 한 심리학과 교수는 정신분석이 자기에게는 쓸모 없는 것이라고 했다. 그 이유를 그는 이렇게 설명했다.

"나는 정신분석에 관한 많은 책을 읽었다. 그리고 내 문제가 유년기의 경험에서 비롯된 것임을 알았다. 소위 통찰을 얻었다. 그러나 그것이 내 문제를 해결하는 데 아무런 도움도 되지 못했다. 여전히 나는 대인관계가 어렵고 우울하다."

이러한 이유로 정신분석에 실망했다는 것이다. 이런 사람은 지적 통찰을 가진 사람이다. 지적 통찰이 의미 없는 것은 아니지만 그것만으로 비의식의 갈등이 풀리기는 어렵다. 머리로 아는 지식(head knowledge)만으로 인격이 변하기는 힘들다. 경험적 지식, 마음의 깨달음(heart knowledge)이 사람을 변화시킨다. 지적 통찰보다 더 치료적이고 깊은 통찰이 **정서적 통찰**이다. 환자가 개인적인 체험을 통해서 자신의 내면세계를 이해하게 된 것을 말한다. 정서적 통찰이 생기면 그것을 확실히 믿을 수 있고 감정반응이 따라온다. 눈물이 쏟아지기도 하고 웃음이 터지기도 한다. 환자들은 정서적 통찰이 생길 때 이런 말을 한다. "선생님이 무엇을 말씀하려 하시는지 갑자기 깨달았어요.", "우리는 전에도 이 점에 대해 여러 번 얘기했었지요. 그러나 지금까지는 이것이 무슨 말인지 이해가 되지 않았는데, 이제야 알 것 같아요.", "갑자기 모든 것이 단순하고 분명해졌어요.", "그래요. 바로 그거예요."라는 식의 표현을 한다. "아하, 바로 그거예요!(Aha! reaction)" 하는 반응도 정서적 통찰의 반응이다. 언어에 감정이 따라붙는 경험이다. 정서적 통찰을 얻으면 행동의 변화도 따라온다. 산들러 교수는 정서적 통찰이 치료적이라고 했다(Sandler, 1980).

뇌 과학자(neuroscientists)들은 우리의 두뇌 속에서 지적 혹은 인지적 통찰을 담당하는 부위와 정서적 통찰을 담당하는 부위가 다르다는 증거를 제시하고 있다. 지적 통찰은 주로 기억에 의존하는 것이기 때문에 히포캄퍼스나 측두엽의 기억중추와 관련되어 있다. 그러나 정서적 통찰은 비의식적 감정과정(unconscious affective process)의 산물이기 때문에 광범위한 신경회로가 동원된다고 한다. 그 래서 더욱 치료적이라고 했다(Westen, 1999).

우선 비의식적 감정과정을 담당하는 신경회로와 인지과정인 기억을 담당하는 신경회로(neuronal circuitry)가 다르다는 실험의 소견을 보겠다.

밀너(Milner, 1986) 여사의 환자 H. M.은 **히포캄퍼스와 측두엽을 제거**해서 기 억력이 없어졌다. 그러나 흥미로웠던 것은 어머니가 방문하신 사실은 기억하지 못했지만 "어머니에게 무슨 일이 생긴 것 같다."고 말했다. 어머니에게서 느낀 감 정만은 기억하고 있었던 것이다.

존슨(Johnson, 1985) 등이 **코르사코프 증후군 환자**들을 대상으로 흥미로운 실 험을 했다. 이들은 술을 너무 먹어서 기억력이 없어진 사람들이다. 이들에게 두 가지 성격의 인물을 묘사한 글을 읽게 했다. 한 인물은 좋은 인물이고, 다른 인물 은 나쁜 인물로 묘사되었다. 약 20일이 경과한 후에 그 인물들에 대해서 물어 보 았다. 인물들에 대한 정보는 기억을 하지 못했다. 그러나 '좋은 인물'이 좋았다는 느낌은 기억하고 있었다.

이런 뇌 신경의 이상을 가진 환자들이 보여 주는 것은 감정연상 학습(affective associative learning)을 담당하는 신경회로(neuronal circuitry)가 의식적인 기 억을 담당하는 신경회로와 달리 따로 있다는 것을 보여 준다. 마치 암묵기억과 명 시기억이 신경해부학적으로 다른 것처럼 말이다. 자극과 감정을 연결하는 감정학 습회로가 별도로 있다.

남의 얼굴을 알아보지 못하는 환자들(prosopagnosics)을 대상으로 한 연구가 있다. 흥미로운 것은 아는 사람을 볼 때 나타나는 뇌파의 움직임과 모르는 사람을 볼 때 나타나는 뇌파의 움직임이 달랐다(Bruyer, 1991). 얼굴을 기억하는 신경회 로는 망가졌지만 느낌을 담당하는 회로는 살아 남아 있는 것이다. 부인을 몰라보 는 환자도 행동이나 감정은 마치 부인을 알아 보는 사람처럼 대했다. 이런 소견은 분리된 뇌(split-brain)를 가진 환자에게서도 볼 수 있었다(Gazzaniga, 1985).

이와 같은 신경학적 소견들은 정신분석에서 말하는 '인지적 통찰'과 '정서적 통찰'을 신경학적으로 구분하고 설명해 주는 근거가 된다. 정서적 통찰이 더 치료적인 것은 통찰이 단순한 기억의 회상에 의한 암기식 지식이 아니고 광범위한 연상망을 재가동시켜서 얻어진 것이기 때문이다(reactivation of associational network).

여기까지 정서적 통찰과 지적 통찰의 신경학적 근거를 설명했다.

통찰을 지적 통찰과 정서적 통찰이라는 분류와는 다른 각도에서 설명하기도 한다. 발생통찰(發生洞察, genetic insight ; 종적인 자각, longitudinal insight)과 이와 대조되는 역동통찰(力動洞察, dynamic insight ; 횡적인 자각, cross-sectional insight)이 그것이다.

병의 원인과 관련된 통찰을 **발생통찰**이라고 한다. 자신의 문제가 과거생활 중 어떤 사건에서 발생했거나, 어떤 인물과 가진 대인관계에서 유래했다는 것을 자각하는 것이다. 병의 원인적 기원에 대한 통찰이다.

역동통찰은 자신의 갈등이 현재의 생활에 어떤 식으로 영향을 주고 있는가를 자각하는 것이다. 어떤 환자들은 현재의 역동적 정신과정에 대한 정서적 통찰을 얻었고, 심리적 힘의 움직임(과거에는 의식 밖에 있어서 알 수 없었던 마음의 움직임)에 대해서 이제는 잘 알게 되었지만, 그 원인적 기원에 대해서는 아직 모르는 경우가 많다. 그리고 어떤 환자는 원인적 통찰은 얻었지만, 그러나 과거의 사건이 현재의 생활이나 성격에 미치는 영향에 대해서는 통찰을 갖지 못하는 경우도 많다. 원인적 갈등이 현재의 생활과 성격에 어떤 영향을 주고 있는가를 이해하게 된 것을 역동통찰이라고 한다.

정서적 통찰 경험은 환자에게 매우 큰 치료적 의미가 있다. 보통 정서적 통찰 경험은 비의식적 갈등을 자각하는 데 대한 저항이 약해졌을 때 생긴다. 회피하고 있었던 충동 파생물(drive derivatives)을 자아가 인정하고 받아들일 수 있었기 때문에 통찰이 가능해진 것이다. 오랜 치료적 노력을 쏟은 후에 얻을 수 있는 것이 보통이다. 그러나 때로는 짧은 치료만으로도 정서적 통찰을 얻고, 정신 내적 변화를 일으키는 경우도 있다. 이런 경우는 일반적으로 환자가 통찰능력이 높았고, 현재 문제가 되고 있는 갈등이 의식 표면에 가까이 올라와 있었다고 볼 수 있다. 분석가가 환자의 갈등의 핵심을 잘 파악하고 있는 경우이고, 환자가 분석가를 근본적으로 신뢰하는 치료관계를 쉽게 형성할 수 있었던 경우이다. 일반적으로 이런 반응은 발생통찰보다는 역동통찰에서 좀더 쉽게 일어나며, 그 효과가 극적이다. 드왈드의 임상 예를 통해 정서적 통찰의 예를 보기로 하자(Dewald, 1969).

42세 된 한 공장 노동자가 최근에 갑자기 작업에 대한 강한 공포가 생겨 병원을 찾아왔다. 첫 면담에서 분석가는 환자의 성장배경에 대해서 들었다. 환자는 아버지와의 관계가 원만치 못했고 성질이 몹시 급했으며, 술주정뱅이였고 성적으로 난잡했다. 환자는 6년 전에 결혼했는데 결혼 후부터 중대한 성격 변화가 생겼다. 이전의 공격적인 행동들이 사라졌다.

며칠 후 분석가는 두 번째 치료시간에서 환자를 부당하게 비난했던 감독자와의 사건이 있은 직후부터 공포증이 시작되었음을 알 수 있었다. 분석가는 환자에게 그 당시 화가 났을 것이지만 한편으로는 당황했을 것이고, 아마도 감독자를 때려 주고 싶은 충동을 느꼈을 것이라고 말해 보았다. 그러자 환자는 감독자가 자기를 비난할 때 곁에 있던 쇠파이프로 감독자의 머리를 부셔 버리는 공상을 했다고 흥분에 떨면서 말했다. 그리고 계속해서 감독자에 대한 증오심을 말로 표현했다. 다음 치료시간에 그는 불안이 완전히 사라졌고 증세가 없어져서 공장에 갈 수 있었다. 감독자에 대한 증오심이 공포증의 원인이었다. 이에 대한 통찰을 얻고 좋아진 것이다.

22세의 대학 4학년 여학생이 수업시간에 불안해서 공부를 할 수가 없고, 성적이 좋은 데도 불구하고 낙제에 대한 두려움에 휩싸였다. 그녀는 부모의 대단한 희생으로 대학교에 다니고 있었기 때문에 공부를 열심히 해 왔다고 했다. 이 때 분석가는 만약 그녀가 졸업을 못하게 된다면 부모가 어떻게 느끼겠느냐고 물어 보았다. 그녀는 부모가 상심하실 것이라고 말하다가 갑자기 깨달은 듯이 이렇게 말했다. "실은 나는 부모의 마음을 상하게 하고 싶었어요. 부모님의 성화에 나는 몇 년 동안을 진저리 쳤어요."라고 했다. 그러더니 즉각 불안이 사라졌다. 그리고 1주일 후에는 다시 공부하러 갈 수 있게 되었다.

매력적이지만 수줍고 자기억제가 심한 남자 대학생이 분석가를 찾아왔다. 그는 학구적인 20세의 남자 대학생이었다. 증세는 불안발작, 학업실패에 대한 공포, 주의집중의 장애였다. 이 증세는 한 매력적인 소녀와 첫 성행위를 한 직후에 발생했다. 성행위를 할 때 그녀를 아주 만족시켰다. 그도 만족했다. 분석가는 면담시간 내내 그에게 어떤 해석도 내리지 않았고 단지 "당신은 사람을 '일하는 사람' 과 '노는 사람' 으로 양분하는 것 같군요. 내 생각에 당신은 '일하는 사람' 에 속하는 것 같네요."라고만 말해 주었다. 그러자 환자는 갑자기 "아하!" 하는 깨달음의 반응을 보였고 안도감을 느꼈다. 그는 사람을 두 종류로 나누는 이런 고정된 사고방식이 비현실적인 것임을 알게 되었다고 했다. '노는 행동' 과 '일하는 행동' 을 통합할 수도 있을 것 같다고 했다. 그는 안심이 되었고, 새로운 자신감을 가지고 치료시간을 마쳤다.

성행위 후에 그는 자신을 성적 쾌락이나 즐기는 그런 부류의 인간으로 평가했기 때문에 불안한 증세가 생긴 것이다. 그러나 이렇게 자신의 문제에 대한 정서적 통찰을 획득하고 호전되었던 것이다.

가정불화로 고통받고 있는 한 남자가 정신분석을 받고 있었다. 그는 부인이 정서적으로 불안정하고 신경증적 장애가 있다고 불평했다. 두 번째 시간에 그는 "나는 정신분석을 받으면서 한 가지 사실을 깨달았습니다. 아내가 화를 내고 우리 부부 사이에 문제가 생길 때 나는 오히려 안정되고 자신감이 생긴다는 것입니다. 아내가 혼란에 빠질 때 아내를 진정시키려 하지 않고 오히려 아내를 더욱 혼란에 빠뜨렸다는 사실을 갑자기 깨달았어요."

그러나 그는 왜 자신이 이런 식으로 행동했고 어떻게 해서 이런 일이 시작되었는지 설명할 수 없었다. 아마도 부인을 괴롭히고 싶은 가학적 욕망이 있었을지도 모르겠다. 몇 주일 후 분석가가 이제는 정규적인 치료시간을 약속해 줄 수 있다고 알렸을 때, 환자는 그의 결혼생활이 이미 좋아져 버렸기 때문에 이제는 더 이상 치료할 필요가 없을 것 같다고 했다.

위의 증례들이 보여 주는 것은 비교적 표면적이기는 하지만 역동적 통찰이 환자의 자아기능을 확대시켰고 이에 따라 증세가 좋아지는 과정이다. 그러나 이들의 치료는 짧은 치료적 만남에 의한 것이었기 때문에 신경증적 갈등을 더 깊이 다루는 훈습과정(working-through process)을 밟을 수 없었다는 제한점이 있다. 이제 정신분석에서 가장 오랜 시간이 걸리고 중요한 과정인 훈습에 대해서 설명하겠다.

5) 훈습(working-through)

대부분의 환자에게 정신분석이 그렇게 오랜 시간이 걸리고 어려운 이유는 정서적 통찰을 얻는 데 시간이 걸리기 때문이다. 만약 지적 통찰만으로 근본적인 변화를 가져오는 데 충분하다면, 환자에게 아예 치료 초기에 그의 갈등과 장애에 대해서 설명해 주거나, 책을 이용해 가르쳐 주어도 될 것이다. 분석가는 치료 초기에 환자의 비의식적 갈등을 아주 정확하게 알 때가 있기 때문이다. 그러나 분석가가 알고 난 후에도 환자가 감정적으로 자신의 갈등을 이해하려면 훈습(薰習, working-through)작업이 이루어져야 한다.

일반적으로 통찰의 경험이 감정적이고 개인적일수록 치료효과는 크다. 치료효과는 통찰이 의식표면에서 시작해 비의식 심층에 도달했을 때 극대화되며, 통찰이 현재의 대인관계에서 경험하는 역동적 갈등에서 시작해 원래의 발생적 기원

**훈습(working-through),
그 힘들고 먼 여정**

그림에서 한 중년 남자가
연료가 떨어진 차를 뒤에서 밀고 있다.
그림 오른쪽에 '다음 주유소까지
300km'라고 쓰여진 팻말이 보인다.
정신분석의 훈습과정이 때로는 마치 이
그림처럼 힘든 것일 때가 있다.
자신의 증세를 일으킨 비의식의 갈등에 대한
통찰(insight)을 얻는 것은 큰 발전이다.
그러나 통찰을 얻는 것만으로 분석이 끝나는
것은 아니다. 통찰을 얻은 후에도 나빠졌다가
호전되는 과정이 반복된다.
통찰을 자기생활에 적용하는 데 꽤 오랜
노력과 시간이 필요하기 때문이다.
통찰 후의 이 과정이 훈습과정이다.
훈습과정에서 분석가의 역할은 반복되는
유아기 행동에 대해서 반복적인 해석을
해주는 것이다.

(genetic origin)에까지 확대되었다면 치료는 아주 효과적으로 된 것이다. 발생적 기원이란, 예를 들어 성생활이 만족스럽지 못한 환자의 병의 원인이 유년기에 풀지 못한 에디푸스 갈등일 때, 이에 대한 통찰을 얻었다면 병의 발생적 기원에 도달한 것이다.

어느 정도의 통찰을 얻었다고 해도 비의식적 충동과 충동 파생물이 의식으로 떠오르는 것은 계속 방해를 받는다. 연상을 막는 자아의 방어와, 치료의 진행을 방해하는 저항이 끈질기기 때문이다. 영화나 텔레비전에서 보는 것 같은 신속하고 극적인 변화는 흔치 않다. 단 한번의 해석이나 회상으로 통찰을 얻었다고 해도 효과가 지속적으로 유지되는 경우는 드물다. 통상적인 정신분석 치료는 단계적이며 반복적인 일련의 치료개입이 필요하다. 이런 개입의 내용은 반복적인 해석

(repeat interpretation)인데, 환자가 회피했던 비의식의 자료를 이해하고 통합할 때까지 반복적으로 해석해 준다. 저항은 한 번에 녹여지지 않으며 일시적으로 감소된 후에도 다시 더 강한 저항이 일어나기도 하고, 다른 형태의 방어가 보상적으로 강화될 때도 있다.

이와 같이 정신분석에서는 환자가 앞으로 두 걸음 전진한 후에는 한 걸음이나 두 걸음 뒤로 후퇴하며, 전진과 후퇴가 반복되는 일이 자주 일어난다. 즉, 훈습과정(working-through process)은 갈등과 불안이 일어나면서 일시적으로 증세가 악화되었다가, 뒤이어 비의식에 숨겨왔던 것들을 더 많이 자각하게 되고, 이에 따라 부분적으로나마 갈등이 해결되고 불안이 감소되는 식의 주기가 반복적으로 일어나는 과정이라고 하겠다. 말하자면 훈습은 '더 악화된 상태'와 '더 나아진 상태'가 반복적으로 일어나는 것이며, '더 나아진 상태'가 조금씩 증가되어 가는 과정이다.

분석가는 환자로 하여금 어린 시절의 갈등이나 콤플렉스가 현재의 상황에서 똑같이 반복되고 있다는 것을 인식하도록 돕는다. 또한 성격구조 즉, 이드, 자아와 초자아 기능의 측면에서 문제에 대한 접근을 시도한다. 그러므로 훈습과정은 기대하는 정도의 통찰이 성취될 때까지, 환자의 자각을 조금씩 반복해서 넓혀가는 과정이라 할 수 있다. 때로는 훈습이 현재의 전이 현상에 대해서 일어나며, 때로는 환자의 과거생활에 있었던 갈등에 대해서 일어나기도 한다. 이와 같이 훈습은 환자에게 아직 충분히 통합되지 못했지만 점점 의식화되어 가고 있는 자료를 계속 탐색하는 과정이다. 그렇지만 환자가 동일한 자료를 반복해서 연상하는 것은 일종의 저항의 표현일 수 있으며, 익숙하고 '안전한' 화제만을 얘기하려는 저항일 수도 있다. 그러나 같은 자료가 반복적으로 제시되더라도 감정이 따라오거나, 자료가 추가되고 이전에는 생략되었던 새로운 연상들이 제시되면, 훈습과정이 진행되고 있는 것이다.

훈습과정에서 분석가의 일은 환자가 갈등을 잘 이해하도록 설명해 주는 것이며 그렇게 해서 최대의 통찰을 갖게 하고 자아가 통합한 영역이 확대되도록 도와 주는 것이다. 훈습할 때 똑같은 말이나 해석을 상투적으로 반복하는 것은 분석을 지루하게 만든다. 따라서 분석가의 일 중 하나는 치료적 개입을 할 때 새롭고 다양한 해석을 찾는 것이다. 그러기 위해서는 문제를 다른 각도에서 생각해 보는 것, 어휘를 바꾸어 보는 것, 환자의 연상자료에서 에피소드를 선택해 보는 것, 또는 다양하고 풍부한 비유 등이 시도될 수 있다.

앞에서 통찰만으로는 극적인 효과가 없다는 점을 강조했었다. 환자가 새로운 지식과 이해, 즉 통찰을 바탕으로 새로운 적응방식을 개발하지 못하고, 근본적인 내적 변화를 이루지도 못하고, 통합할 수도 없다면, 통찰은 치료적 변화를 일으키지 못한다. 그러므로 훈습과정의 또 다른 중요한 요소는, 깊어지는 통찰을 이용해 환자가 자기 자신이나 자신의 상황을 변화시키려고 노력하는 것이다. 환자가 통찰이나 훈습, 또는 정신의 내부구조의 변화를 바탕으로 생활이 변해 적응적이고 성숙한 행동이 나오기 시작하면, 분석가는 이런 노력을 지지해야 하며, 최소한 이를 방해하지는 말아야 한다. 그렇게 함으로써 분석가는 환자의 자아구조가 새롭고 효과적인 통합양식을 추구하려는 노력을 격려해 줄 수 있다. 새로운 적응방식이나 갈등을 해결하려는 첫 시도는 서투르고 어색하며 실패로 끝나기도 한다.

행동이 또 다른 신경증 양상을 보여 주기도 한다. 이성에 대해 수줍어 하고 두려워하는 젊은 남자가 마침내 아가씨와 데이트를 시도했지만 그 결과가 실패로 끝났다. 여기서 중요한 사실은 실패로 끝났다는 결과가 아니고, 그가 여성에게 접근할 수 있었다는 사실이다. 그러나 분석가가 훈습과정에서 해석의 초점을 '그가 실패한 것은 과거의 행동방식인 신경증적 자기패배 방식으로 행동했기 때문이다.'라고 패배 부분에 해석의 초점을 맞추면 그는 환자의 취약점만을 부각시킨 결과가 되어, 변화를 시도했던 환자의 노력을 지지해 주지 못하게 된다.

다른 예로, 만약 시간엄수에 대한 강한 신경증적 불안을 가진 강박증 환자가 치료시간에 늦게 오기 시작했다면 십중팔구 분석가는 이것을 저항의 행동화로 해석할 것이다. 그러나 그보다 더 중요한 것은 이것이 정신변화(psychic change)의 징조이며, 신경증적 시간엄수로 표현되는 강박적 성격구조의 최초의 변화라는 점이다. 만약 분석가가 즉각적으로 이 지각에 초점을 맞추거나 지각이 저항을 나타내는 것이라고 말하면, 환자는 이 지적을 비판으로 해석할 가능성이 있으며, 따라서 이런 행동으로 표현되었던 증세의 개선이 사라질 수도 있다. 이런 상황에서 분석가는 환자의 지각을 아무 말 없이 수용해 주는 편이 좋으며, 환자를 공격하거나 분석을 부정적인 방향으로 발전시키지 않고, 환자가 치료시간에 지각하는 것을 새로운 경험으로 소화할 수 있도록 허용해 주어야 한다.

때로는 훈습과정에서 분석가의 태도가 지지적으로 보이면 이런 지지가 환자에게 전이저항을 일으킬 수도 있다. 즉 환자는 분석가를 즐겁게 함으로써 분석가로부터 인정을 받으려고 더욱 노력하게 될 수도 있다. 자신의 내면을 변화시키려는 노력이 아니라 내면은 숨기고 분석가의 인정만 받으려는 유아기적 욕망에 빠진 것이다. 만약 이런 전이저항이 일어났다면 분석가는 전이저항 자체를 훈습되어야 할 또 다른 자료로 삼아야 한다.

3 분석의 종결

훈습과정을 거치면서 저항이 극복되고 분석가에 대한 전이가 해소되면 분석의 종결(termination of analysis)을 준비해야 한다. 분석의 끝마무리가 되는 분석의 종결 시기를 정하는 것이나 종결의 방법이 소홀히 다루어져서는 안 된다. 분석의 종결도 여러 가지 경우가 있다. 분석이 성공적으로 되어서 끝나는 경우도 있을 것이고, 분석이 성공하지 못했음에도 부득이 종결해야 할 경우도 생긴다. 또한 환자가 원해서 끝낼 때도 있을 것이고, 분석가가 원해서 끝낼 때도 있을 것이며 두 사람의 합의에 의해서 마칠 때도 있을 것이다. 때로는 환자나 분석가 어느 한 편의 환경적 사정 때문에 어쩔 수 없이 끝낼 때도 있다. 분석의 종결이 상의 없이 애매하게 되는 경우도 있으며, 분석과정에 따라 계획적으로 결정되는 경우도 있다. 분석의 종결 시기와 이에 대한 환자반응의 역동은 다양하며 치료의 성질·환자의 성격·문제·과거의 경험에 따라 달라진다. 어쨌든 분석의 종결에 대한 반응은 의식적 현실요인에 의한 반응과 신경증적 요인에 의한 반응으로 구별할 수 있다.

1) 분석의 종결에 대한 반응

실제로 환자는 치료효과에 따라 다른 반응을 보인다. 치유가 잘 되었을 때는 분석의 종결이 기쁘고 만족스럽겠지만, 치유가 시원치 않거나 전혀 일어나지 않은 경우에는 실망과 불만을 드러낼 것이다. 후자의 경우에 환자는 자신에게 아직도 신경증적 증세가 남아 있다는 것이 실망스러울 것이며, 이것을 극복하지 못하고 있는 자신의 한계를 인정해야 하는 데 대한 실망이나 우울반응을 보이기도 할 것이다. 치료개선이 있었던 경우라 할지라도 치료가 끝난 후 증세가 재발하지 않을까 하는 현실적 염려가 있을 수 있다.

치료종결에 대한 환자의 반응에 영향을 미치는 또 다른 현실적 요인은 환자의 현실생활에서 중요한 인물이 되었던 분석가를 상실하는 것이다. 특히 치료가 효과적이었을 경우에 이 반응은 더 심하다. 분석가가 환자에게 중요한 역할을 해 왔기 때문에 감사하는 마음이 크고, 다시는 분석가를 보지 못하게 된다는 섭섭함이 뒤따른다. 여러 가지 면에서 분석가와 환자의 관계는 특별하며, 환자가 포기하기 어려운 현실적 만족을 준다. 예를 들어 어떤 환자는 "내 생애에 이 분처럼 나를 이해해 준 사람을 만난 일이 없다."라고 말한다. 그리고 정신분석을 받는 동안에는 환자가 건강하고 성숙한 적응을 할 수 있었다고 할지라도, 헤어지는 시점에서는 자신의 기능에 대한 의문과 미래에 대한 불안, 예를 들어 '치료효과가 계속 유지될까?' 하는 염려를 하게 된다. 그러나 마음의 다른 한편으로는 해방감을 느낀다. 치료받는 동안 지불했던 시간과 치료비의 부담에서 벗어났다는 해방감을 맛본다. 또한 치료가 종결되면 앞날에 대한 현실적인 기대를 갖기도 한다.

이렇게 신경증적이거나 비의식적 동기에 의한 여러 가지 종결반응들이 일어날 수 있으므로 분석가는 최대한의 치료효과를 얻기 위해서 종결반응들을 알고 있어야 한다. 종결반응을 결정짓는 요인 가운데 가장 큰 것은 전이가 어떻게 다루어졌는가 하는 것이다.

전이가 강력하게 일어났던 경우일수록 종결반응의 신경증적 요소가 강하게 나타난다. 즉, 이런 환자들의 경우 치료가 종결되어 분석가와 헤어지게 된다는 것은, 어린 시절 부모에게 애착되어 있다가 떨어질 때처럼, 신경증적 전이소망을 이룰 수 없게 되는 것이다. 이러한 전이좌절은 신경증적 아동기 충동에 대한 충족을 계속 누리고자 하는 소망의 좌절이며, 전이대상(분석가)과의 관계를 지속하는 수단으로서 신경증 장애를 계속 갖고 있으려는 소망의 좌절이다. 이러한 궁극적인 좌절은 환자의 입장에서는 큰 고통이며 실망이다. 그래서 이에 대한 반응으로 부정적 전이가 일어난다. 예를 들어 "나를 보내 놓고 자기 혼자 편하게 살자는 심보로군. 그럴 줄은 몰랐어. 그 동안 나에게 잘해 준 것은 치료비를 벌기 위한 상업적 친절이었단 말인가. 배신감을 느낀다."

실제로 이 시기의 부정적 전이반응은 치료 초기에 일어났던 것보다 더 심할 때도 있다. 흔히 환자들은 치료를 받는 동안, '좋은 환자(good patient)'가 되면 분석가가 끝까지 자기를 사랑해 줄 것이라는 공상을 한다. 그런 환자에게 분석의 종결은 이 같은 희망을 빼앗아가는 것이므로 더 이상 부정적인 전이감정을 억제해야 할 이유가 없어지기 때문에 부정적 전이가 더 심하게 나타난다.

분석을 끝맺는다는 것은 환자에게 그의 생활에서 중요하고 의미 있는 대상을 상실하는 경험이다. 특히 어릴 때 중요한 인물과 이별했던 환자들에게 있어서의 치료종결은 어릴 때의 그 슬픔과 갈등을 재생시킨다. 분석의 종결이 치료관계의 마지막이라고 생각하기 때문에 환자는 이 상실을 사랑하는 대상의 죽음과 같은 것으로 느껴 슬픔과 비탄에 빠지기도 한다.

따라서 분석의 종결을 준비하는 동안 환자들은 여러 가지 방법으로 종결에 따르는 좌절과 고통, 슬픔이나 부정적 전이를 피하려고 노력한다. 그래서 여러 가지 반응들이 나타난다. 어떤 환자들은 헤어짐의 갈등을 경험하기보다는 즉시 분석을 끝내 버리는 게 낫다고 생각한다. 다른 환자들은 종결의 고통을 막기 위해서 억압, 부정, 전치나 반동형성과 같은 방어기제를 쓴다. 어떤 환자들은 분석을 끝내지 않고 연장하려는 수단으로 새로운 문제를 일으키기도 한다. 어떤 환자들은 분석가가 아닌 외부의 사람들에게 이런 갈등을 전치하고 그들에게 매달리는 행동화(acting out)를 한다. 즉, 때로는 분석가의 역할을 대신하고 신경증적 욕구에 충족을 주는 대리 인물을 찾기도 하고, 때로는 분석가와 어떤 형태의 접촉을 계속적으로 갖는 공상을 하기도 한다. 또 다른 반응은, 자기는 치료가 무가치해서 끝내 버리는 것이기 때문에 손해 볼 것이 없다고 생각하는 환자도 있다. 이것은 환자가 가치 있는 것을 잃지 않았다고 자신을 안심시키는 방법으로 정신분석을 과소 평가하고 있는 것이다. 치료종결 기간 동안 과거의 행동양상이 그대로 반복되어 일어나기도 한다.

정신분석 치료는 최대한의 자아성숙과 독립이 목표이므로 분석과정의 최종단계는 전이관계의 해결이 필수적이며 또한 대부분의 환자에서 전이관계의 해결은 분석의 종결 시기에 일어난다. 드물지 않게 전이소망 충족에 대한 공상이 분석의 종결이 알려지고 계획될 때까지도 계속된다. 역동적으로 볼 때 분석의 종결은 환자에게 전이소망의 궁극적인 좌절이다.

이러한 모든 이유들 때문에 정신분석의 종결을 준비하는 환자들은 매우 의미

있는 인물과의 대상관계를 포기해야만 한다. 이 때 슬픔과 비탄, 그리고 배신감으로 인한 분노가 일어나기도 한다. 분석상황이 아닌 경우, 중요한 인물을 잃으면 사람들은 그 대상의 중요성에 따라 여러 가지 수준의 비탄과 슬픔의 과정을 겪는다. 그러나 비탄의 감정이 해결되면 다시 새로운 대상과 관계를 맺을 준비와 능력이 생긴다. 그러나 대상을 잃었을 때 비탄과 슬픔을 느끼지 않는 사람들은 흔히 그런 정서를 억압하고 있는 것이며, 그 뒤로 그런 정서가 무한정하게 지속되거나 그 후의 신경증적 장애의 원인이 되기도 한다. 마찬가지로 분석의 종결 시기에 분석가를 잃는 슬픔이나 비탄을 경험하는 환자는 이러한 상실을 극복하기 위한 애도과정을 겪는다. 환자가 상실에 대한 슬픔과 우울 · 분노 · 무력감을 의식수준에서 강하고 구체적으로 느낄수록 전이관계의 해결을 훈습할 가능성이 커진다. 반면에 환자가 슬픔을 피할수록 전이관계가 해결되지 않은 채 남아 있을 가능성이 커지며, 따라서 치료의 충분한 효과를 성취하는 데 실패할 가능성이 크고, 앞으로 신경증적 장애가 재발할 가능성이 높아진다.

환자의 전이반응이 강하면 강할수록 정신분석 과정에서 자아 지배하의 퇴행(regression on the service of ego)의 정도도 깊을 것이며, 상실감과 슬픔도 클 것이다. 따라서 애도과정의 필요성도 커진다. 치료 도중에 환자가 전이관계의 발달을 회피했다면 전이는 변질되었거나 약화되었으며, 상실과 이에 수반되는 슬픔 역시 약하다. 그러나 앞서 기술한 바와 같이 갈등의 해결 역시 덜 효과적일 것이다. 따라서 분석의 종결 시기에 분석가는 환자가 경험하는 어떤 정도의 슬픔과 애도반응이라도, 자세히 말하게 해서 해결할 기회를 제공해 주어야 한다.

2) 분석의 종결에 대한 지침

분석의 종결에 대한 일반적 지침은 분석을 시작할 때 정했던 목표를 성취했거나 거의 성취한 경우이다. 또 다른 경우는 처음에 정한 목표를 일부밖에 성취하지 못했을 경우이다. 분석이 어떤 이유로든 정한 목표를 완전히 성취하는 것이 쉽지 않게 되었을 때 제한된 목표달성으로 만족하는 경우이다. 분석의 종결은 환자가 위기상황에 처해 있을 때는 하지 않는 것이 좋다. 또한 중요한 생활의 변화와 시기적으로 일치해서도 안 된다.

예를 들어, 부인의 사망이나 이혼 직후에 분석의 종결을 논의하는 것은 피하는 것이 좋다. 의식적이든 비의식적이든 치료의 종결은 그 자체가 환자에게 상실감과 압박감을 주기 때문이다. 만약 환자가 결혼이나 이혼, 실직, 사랑하는 사람의 죽음이나 자녀의 탄생과 같은 인생의 변화를 맞고 있다면 최소한의 적응기간이라도 치료관계를 유지해서 변화에 적응하도록 도와 주어야 한다.

정신분석에서 분석의 종결에 대한 역동적 지침은 성격구조의 중요한 변화가 왔을 때이다. 성격구조의 중요한 변화란, 남근기 이전의 충동 파생물의 비중이 상대적으로 감소하고 생식기 우위(genital primacy)의 충동과 충동 파생물이 지배적이 되는 변화를 말한다. 다른 말로 하면 의존욕구는 남근기 이전의 충동 파생물이다. 성생활에서는 관음증이나 페티시즘 같은 성도착 욕구에서 풀려나 정상적인 성행위(생식기 우위)를 통한 만족을 얻게 되는 것이다. 자위행위는 남근기 이전의 충동이지만, 남녀의 성교를 통한 오르가슴은 생식기 우위의 충동이다. 관음증이나 성도착으로 성적 만족을 얻으며 살던 환자가 정상적인 성생활을 하게 되었다면 분석치료의 종결 시기가 된 것이다.

또한 초자아 기능의 변화도 종결의 지침이 된다. 지나치게 처벌적이고 비합리적인 도덕감각이 감소되고, 자신의 도덕적 가치에 따라 주도적이고 적극적으로 개인적 결정을 내릴 수 있게 되는 것이다. 초자아가 처벌적이어서 자아를 파괴하고 무기력하게 만들었으나 분석을 받고 나서 자아의 결정과 적응을 돕는 협조자가 되었다면 분석의 종결 시기에 온 것이다. 내적인 처벌적 초자아의 비난을 두려워하며 주눅들어 살던 환자가 여기서 해방되어 현실적으로 판단하고 즐거움을 누릴 수 있게 되었다면 종결의 시기에 도달한 것이다.

예를 들자면, 상대방의 비난을 예상하고 긴장하느라고 자신의 감정의 흐름을 자연스럽게 느끼지 못했던 환자가 자식과 아내에게 흐르는 사랑을 느낄 수 있게 되는 것이다. 죄책감으로 성적인 즐거움을 누릴 수 없던 환자가 오르가슴을 느끼게 된 것은 초자아의 변화이다.

종결의 또 다른 지침은 비의식적 방어 중 병적 방어기제를 덜 쓰면서, 심각한 갈등은 해결되었고 남아 있는 갈등은 자아가 조절할 수 있는 것일 때이다. 또한 환자가 자신의 갈등의 성질과 그 파생물에 대해서, 그리고 갈등의 원천에 대해서도 이해한다. 갈등의 이해라는 측면에서 환자가 어디까지 도달했는지 판단해야 하는 것이다.

또 다른 지침은 증세가 상당히 좋아져 버렸거나, 증세가 남아 있더라도 그것을 이겨내는 힘이 생겼다는 증거가 보일 때이다. 그리고 대상관계가 편해진 것도 종결의 지침이다. 자신의 일을 수행하는 능력이 개선되었다는 증거도 종결의 지침이 된다. 마지막으로 중요한 종결의 지침은 자기분석(self analysis) 능력이 생겼을 때이다. 환자가 혼자서 자기성찰을 통해 갈등을 이해하는 능력이 생겨서, 지금까지는 분석가와 함께했던 분석과정을 이제는 혼자서도 할 수 있는 힘이 생겼다는 증거가 있어야 한다.

우리가 알아야 할 것은 분석의 종결 시점이 갈등이 완전히 사라졌을 때가 아니라는 것이다. 긴장과 갈등은 인생살이 어디에나 있는 것이고, 인간 자체가 갈등의 존재이기 때문이다. 따라서 분석의 종결 기준은 갈등이 완전히 제거되는 시점이 아니라 갈등을 발견하고 처리할 수 있는 능력이 생긴 때이다. 바꿔 말하면 정신분석은 분석을 종결하고 난 후에도 환자가 혼자서 분석작업을 계속하도록 환자를 준비시키는 치료이다.

인생은 끊임없는 갈등의 연속이기 때문에 어떤 의미에서 분석의 종결이란 있을 수 없고, 환자는 심각한 갈등을 보다 쉬운 갈등으로 바꾸면서 살게 된다. 그러나 분석의 종결 후에는 분석을 받기 전과는 달리 자기분석이라는 무기를 갖게 된다.

정신분석의 효과

성장과정 중에 잘못되어 성장이 중단된
인격의 병적 부분이 정신분석을 통해 성장한다.
이는 통찰에 의한 자아의 성장(ego growth) 일 수도 있고, 분석가와의
치료적 관계에서 이루어지는 성장일 수도 있다.
인간본성(human nature)의 상실은 정신질환이고,
상실된 인간본성을 회복시키는 것이 정신분석의 치료효과이다.

정신분석의 효과는 인격의 성숙 즉, 성장에서 나온다. 이에 대한 증거를 제시하기 위해 먼저 치료효과에 대한 프로이트의 개념을 소개하고, 프로이트 이후 정신분석학자들의 치료개념을 고찰하겠다.

치료관계를 통한 성장이 정신분석의 효과를 낳는다는 것이 요점이며, 이런 분석 과정의 대부분은 비의식에서 일어나므로 자신도 모르게 일어난다는 사실을 강조하고자 한다. 성장과정 중 잘못되어 성장이 중단된 인격의 병적 부분이 정신분석을 통해 성장한다. 그것은 통찰을 통한 자아의 성장(ego growth)일 수도 있고, 분석가와 치료적 관계를 맺으면서 이루어지는 성장일 수도 있다. 인간본성(human nature)의 상실이 정신질환이고, 인간본성의 회복이 치료이다. 상실된 인간본성은 모성환경과 유사한 치료적 환경이 주어질 때 회복된다. 정신분석 과정에서도 뇌의 생리·생화학적 변화는 일어날 것이다. 뇌에 해부학적 변화를 초래하기 위해서는 시간이 필요하다. 아마도 정신분석을 통해 뇌의 해부학적 변화가 일어난다면 훈습의 긴 기간이 그 시간을 제공할 것이라고 추측한다. 정신분석의 효과를 설명할 수 있는 신경생리학이나 해부학적인 연구가 진행되고 있으며, 정신분석의 모든 과정을 설명할 수 있게 되기를 기대한다.

정신분석의 효과를 고찰하기 위해 먼저 필자와 게바드(Gabbard)의 환자를 소개하겠다.

환자는 40대 은행원으로 심한 불안증에 빠졌었다. 초조감으로 인해 잠을 자지 못하고 안절부절했다. 두려움으로 숨이 막힐 지경이었다. 교통사고로 어깨뼈가 부러져서 정형외과에 입원중이었다. 정형외과 의사가 수면제를 처방했지만 몸만 나른해질 뿐 잠은 오지 않았다. 안정제인 바리움을 정맥주사했다. 주사바늘을 빼자마자 환자가 벌떡 일어서더니 침대 위에서 날뛰며 고함을 지르면서 창문으로 뛰어내리려 했다(paradoxical intoxication). 가족들은 당황했고 정형외과 의사들은 예기치 않은 약물 반응에 놀랐다. 자문 의뢰를 받고 필자가 병실에 도착했을 때 환자는 어느 정도 진정되어 침대에 누워 있었다. 환자는 자신이 했던 행동을 전혀 기억하지 못했다.

환자의 불안은 죽음에 대한 공포 때문이었다. 지난 두세 달 동안에 아파트의 자기 동에서 갑자기 두 사람이 죽었는데 이상하게도 둘 다 은행원이었다. "이 아파트에서는 은행원들만 죽어 나간다니까!" 어느 날 출근길에 관리실에서 새어 나오는 소리를 듣고는 섬쩍지근했다. 그도 그럴 것이 그 아파트에 살아 있는 은행원은 이제 자신뿐이었다. 불안하던 차에 교통사고를 당했고 죽을 뻔했다. '올 것이 왔구나!' 그는 교통사고를 자신의 죽음에 대한 예고로 해석했다.

필자는 그에게 불안의 원인을 설명해 주었다. 그는 깊이 공감했다. 그리고 수면제(flunitrazepam) 한 알을 처방해 주었다. 다음 날 아침 그는 딴 사람처럼 안정되고 밝아져 있었다. 입원 후 처음으로 숙면을 했다고 기뻐하며 "선생님, 무슨 약이 그렇게 좋답니까!" 하며 감탄했다. 그러나 약의 효과라기보다는 심리적 효과였다. 그 약은 전에도 그에게 처방되었으나 효과가 전혀 없었던 약이었다. 15년이 지난 지금까지 그는 증세 없이 잘살고 있다.

이 은행원의 치료효과는 분명히 심리적인 것이었다. 그것은 자신의 불안에 대한 통찰을 갖게 된 데서 나온 것이었다. 이 경우 정신분석의 효과는 통찰에서 나온 것이었다.

게바드는 한 개원의와 환자 사이에 있었던 흥미로운 에피소드를 소개하고 있다(Gabbard, 1994). 의사의 전화기에는 자동응답기가 설치되어 있었다. 부재시에도 환자들은 의사의 음성을 들을 수 있었다. 얼마 후 그는 비서를 채용하게 되었고, 전화를 걸면 비서가 받았다. 그 때부터 환자들은 의사의 부재시에 의사의 음성을 들을 수 없게 되었다. 그렇게 첫 주말이 지났는데 월요일에 환자들의 불만이 터져 나왔다. 한 환자는 이렇게 불평했다. "나는 선생님의 목소리가 필요해요. 비서의 목소리가 아니고요. 제가 원하는 것은 자낙스(Xanax ; 안정제)와 선생님의 목소리란 말입니다." 의사의 목소리는 약물만큼 효과적이다. 특히 대상항상성에 문제가 있는 환자들은 분석가의 존재를 확인해야만 안심하게 된다. 이런 치료적 관계를 유지하면 환자는 성장의 과정을 밟아서 내재화된 대상을 갖게 되며 치료가 되는 것이다. 그렇게 되면 더 이상 의사의 목소리가 필요치 않게 된다.

게바드의 환자는 내적 대상을 갖지 못했고, 누군가 현실에서 그 역할을 해 줄 사람이 필요했다. 소위 대상항상성이 결핍된 환자였다. 성장과정에서 잘못된 것이다. 이런 환자는 정신분석을 받아서 내적 대상이 형성되어야 한다. 이런 내적 대상의 형성은 하나의 성장과정이다. 분석가와 관계를 유지하는 분석과정 중에 환자의 심리 내부에 내적 대상이 형성되므로, 마침내 현실적 대상이 없어도 불안을 느끼지 않고 독립적으로 자기 주장을 하며 살 수 있게 되는 것이다. 그래서 정신분석의 효과는 '치료적 관계'와 '성장'에서 나온다.

1 치료효과에 대한 프로이트의 개념 & 프로이트 이후

쿠퍼는 치료효과에 대한 두 가지 모델을 제시했다(Cooper, 1989). 즉 '치료효과가 통찰과 해석에 의한 것이라는 모델'과 '분석가와의 관계를 진행하면서 이루는 성장에 의한 것이라는 모델'이 그것이다. 프로이트는 일생을 통해서 치료효과에 대한 개념을 수정했다(Freud, 1895). 초기에는 '해석과 통찰'이 치료효과를 나타낸다는 생각이었다. 예를 들어, 치료효과란 비의식적인 것을 의식화시키거나, 억눌린 감정이 발산될 때 나온다고 생각했다. 망각하여 의식에서 인식할 수는 없지만, 자아가 유년기에 당한 성희롱이나 성적 상처를 인식하고 받아들여 인격을 재구성(reconstruction)함으로써 치료효과를 본다고 설명하기도 했다. 그러나 후기에는 전이를 통해 유아기 손상을 재경험하는 것을 보고 '통찰과 해석' 보다는 '치료관계를 통한 성장' 이라는 치료 모델로 발전했다고 보았다(Freud, 1913, 1933).

본능적인 이드(id)가 지배하는 마음의 자리를 현실적이고 합리적인 자아가 차지하는 것이 치료목적인데, 이것은 유아기 때의 정신적 손상을 전이 속에서 재경험하는 과정에서 이루어진다고 보았다. 따라서 치료기술들도 단절된 성장과정을 재개하는 데 그 초점이 맞추어졌다.

치료의 성공이란 비의식적인 갈등의 해소와 극복이다. 거기까지 도달하는 과정은 이렇다. 치료방법은 자유연상이다. 먼저 전이관계에 들어가고 이 관계에서 환자는 어린 시절로 퇴행한다. 자아의 통제 아래에서 일어나는 퇴행은 비의식에 접근하기 위해서 꼭 필요한 과정이다. 이 때 갈등(본능적 욕구와 억제 사이의 갈등)이나 정신적 손상이 의식의 표면으로 올라오지만 환자는 여러 가지 이유로 저항하고 억누르려 한다. 분석가가 방어를 해석하고 환자가 저항을 극복하도록 도와주면 마침내 환자는 자신의 갈등을 깨닫는다. 그런데 갈등에 대한 통찰을 갖는다고 해서 환자가 갈등에서 곧 풀려나오는 것이 아니다. 욕구와 억제 사이에서 일어난 갈등은 통찰을 얻은 후에도 반복해서 환자의 행동을 지배한다(repetition compulsion). 그래서 훈습(working-through)이 필요하다.

훈습이란 반복되는 중심 갈등을 반복 해석하고 경험하는 것으로 극복하는 과정이며, 많은 시간이 걸리는 작업이다. 요약하면, 프로이트는 초기에 통찰과 해석이 치료효과를 가져온다고 생각했으나, 후기에는 전이를 통한 재경험과 성장을 치료효과로 보았다. 그러나 해석의 중요성을 버린 것은 아니고 오히려 큰 비중을 두었다고 볼 수 있다. 프로이트는 그의 마지막 논문인 〈정신분석 개요(1940)〉에서 분석의 결말에 대해서 이렇게 말했다.

"분석이 어떤 결말을 맺는가는 중요하지 않다. 자아가 이제까지 거부했던 본능의 요구를 새로운 각도에서 주도권을 가지고 검토한 후에 그 요구를 그대로 충족시킬 수도 있고, 이 요구를 전처럼 다시 거부하되 이번에는 완전히 거부할 수도 있다. 중요한 것은 두 경우 모두 끈질기게 따라왔던 위험이 제거되었고, 자아의 기능범위가 확장되었으며, 비싼 에너지를 더 이상 소모하지 않아도 되게 되었다는 것이다."

본능의 욕구와 싸우느라고 자기도 모르게 소모했던 에너지를 더 이상 소모하지 않아도 된다. 본능욕구를 유년기 경험과 연관시켰기 때문에 느꼈던 죄책감과 처벌불안을 이제는 더 이상 느끼지 않아도 된다. 위험으로 인식되었던 욕구의 충족이 팬터지일 뿐이고 현실적 위험이 아니라는 것이 밝혀졌기 때문에 더 이상 불안하지 않아도 된다. 이제는 자아가 자유롭게, 현실적으로 욕구와 금지 중 하나를 선택할 수 있게 되었다. 어떤 쪽을 선택하더라도 병적 불안을 일으키지 않게 되었다. 종교나 도덕적인 관점에서는 금지를 선택하게 되는 쪽이 치료라고 볼 것이다. 휴머니즘의 입장에서는 욕구 쪽을 선택하고 즐길 수 있어야 치료라고 생각할 것이다. 그러나 분석은 이런 면에서 종교나 휴머니즘과 목적을 달리한다. 자유로워진 자아가 종교를 선택할 수도 있고 휴머니즘을 선택할 수도 있다.

랑겔은 정신분석 치료의 과정을 내면세계의 변화(intrapsychic change) 과정으로 보았고, 자아가 갈등으로부터 자유를 얻고 정신내적 통일(intrapsychic integrity)을 이루는 것이라고 했다(Rangell, 1987). 그는 프로이트의 분석의 목표를 비판했다.

"프로이트는 정신분석의 목적을 '이드의 자리를 자아가 차지하는 것이다(Freud, 1933).'라고 했고, 또 다른 곳에서는 '비의식을 의식화하는 것이 정신분석의 목적이다.'라고 말했다. 그러나 이것은 정확한 설명이 되지 못한다. 내면세계에서 일어나는 비의식의 질적 변화가 목적이지, 비의식을 의식화하는 것 자체를 목표로 삼는다는 것은 정확한 설명이 되지 못한다. 이드가 있던 자리에 자아가 자리를 잡는다고 하면 마치 이드가 자리를 내주고 사라지는 것처럼 들린다. 그러나 이드는 분석이 끝난 후에도 계속 남아 있다. 비의식도 마찬가지다. 비의식을 의식화하면 비의식이 사라져 버리는

것처럼 들리지만, 비의식은 분석 후에도 그대로 남아 있다. 분석을 통해서 변하는 것
은 정신구조(psychic structure) 간에 **양적 구성비**가 달라지는 것이고, 상호관계의
성질이 달라지는 것이다.”

프로이트 이후에 정신분석학계에서는 치료효과에 대해 '해석과 통찰 모델'을
강조하는 분석가들(Kernberg, Brenner, Gray)보다는 '치료적 관계를 통한 성장
모델'을 주장하는 분석가들(Winnicott, Loewald, Zetzel, Kohut)이 큰 목소리를
내게 되었다. 예를 들어, 환자가 전이 속에서 분석가를 유아기의 병적 어머니로
보다가 분석을 계속하는 사이에 좋은 어머니 상으로 수정·치료된다는 것이다.
분석가가 환자의 치료적 어머니 역할(remedial mothering)을 하는 것이다. 환자
를 안심시켜야 하고 분석가 자신의 역전이도 늘 살펴서 환자에게 상처를 주지 않
도록 조심한다. 환자에 대한 반응성과 공감적인 태도가 결정적인 영향을 미친다.
분석가들의 관점은 다양하다. 분석시간에 일어나는 새로운 경험을 중요시하는
분석가도 있고 통찰을 강조하는 분석가도 있다. 대화에 의한 재구성(narrative
reconstruction)이나 해석으로 갈등을 풀어야 한다는 분석가도 있다. 갈등의 해
소보다는 어릴 때부터 결핍되어 있는 것을 공급하고 회복시켜 줘야 치료가 된다
는 분석가도 있다.
하지만 이것들은 상호간에 배타적인 관점이 아니다. 서로 보완하는 것이다. 쿠
퍼(Cooper, 1992)는 '오늘날 우리는 분석이란 분석가가 해석과 질문이라는 오직
두 가지 활동만을 수행하는 것이다.'라는 아이슬러(Eissler)의 견해와는 달리, 분
석가는 동시에 매우 중요한 수많은 정신분석적 기능들을 수행하고 있다고 주장한
다. 즉 “해석이란 분명히 매우 중요한 것이기는 하지만, 더 이상 유일한 분석과정
은 아니다.”라는 것이다. 치료는 지적 활동에 의해서 이루어지는 것이 아니고 치
료적 관계를 통해서 이루어진다. 그러나 이 과정은 대부분의 과정이 비의식에서
일어나기 때문에 명료한 설명이 어려운 것이 사실이다.

2 치료관계를 통한 인격의 성장

　수많은 정신분석학 문헌들에서는 정신분석을 성장의 개념으로 본다(Cooper, 1992/Winnicott, 1965/Loewald, 1960/Zetzel, 1970). 어릴 때 성장이 중단되었거나 왜곡되었던 유년기의 경험을 교정해서 뒤늦은 성장을 돕는 것이 정신분석 치료라는 것이다. 로왈드(Loewald)는 해석을 치료의 핵심으로 보지 않았다. 그는 환자가 분석가와 상호작용을 통해 새로운 경험을 하고, 해석의 도움을 받아 성장하도록 돕는 것이 치료의 핵심이라고 했다. 환자를 성장시키는 가장 중요한 인자는 환자에 대한 분석가의 사랑이라고 했다(the analyst's love for the patient as a critical change agent). 분석가는 아이를 돌봐 주는 부모의 역할을 할 뿐만 아니라, 아이를 인정하고 기대해 주는 부모의 이미지를 심어 줄 책임이 있으며, 이런 부모를 가질 때 마음 속의 아이는 자랄 수 있다고 했다. 비해석적 치료작업의 중요성을 강조한 것이다.

　제첼은 유아기에 모자관계의 질이 나빴던 환자들은 치료동맹을 잘 유지하지 못하고, 고통스러운 감정을 참는 능력도 약하다고 했다(Zetzel, 1970). 상대방의 인간적인 약점도 이해해 주지 못해서 대인관계도 좋지 않았다. 유아기에 모자관계가 좋지 않았던 이런 환자들도 정신분석이나 정신분석 시간에 분석가로부터 안전한 환경(holding environment)을 공급받거나, 분석가와 한결 같은 대상관계(object constancy)를 가지면 자아성장(genuine ego growth)을 이룬다고 했다. 치료적 관계를 통한 성장을 말했다.

　유아 관찰 연구로 권위 있는 엠데와 쿠퍼는 성장을 방해하는 손상(trauma)이 대인관계의 실패(interpersonal failure)에서 온다고 보았다(Emde, 1990 / Cooper, 1992). 유아는 태어날 때 이미 어머니와 조율이 잘 된 상태로 태어나며, 때에 따라서 필요한 것들을 배우고 성장하는 청사진을 가지고 태어난다는 것이다

(pre-adapted and attuned to good enough mothering). 좋은 엄마가 곁에 있기만 하면 아이는 잘 자란다. 그런데 정신적 손상을 당하거나, 어머니의 보살핌을 잃어버렸을 때 아이의 감정이나 충동은 위험으로 바뀐다. 좋은 엄마가 자신을 떠나 버렸을 때 아이는 자신의 감정이나 충동을 위험한 것으로 인식한다(failure of maternal care and the absence of 'good enough' mothering). 따라서 치료작업은 이런 손상을 치료하는 것이며, 좋은 어머니와 같은 환경을 경험하게 하는 것이다. 지적 통찰이나 언어가 일부 도움은 되지만 치유의 중요한 인자는 반복적인 경험이라고 했다. 확실히 어린이의 정신적 치유는 지식이나 이해로 되는 것이 아니며, 지식으로 이해하지 못하더라도 치유는 일어난다고 보고했다.

스탠리 그린스펀도 어린이들을 대상으로 시행한 연구에서 흥미있는 사실을 발견했다(Stanley Greenspan, 1988). 정신적으로 병든 아이를 어머니가 잘 보살펴 주고(better mothering), 아이를 괴롭히던 환경을 제거해 주었더니 강력하고도 지속적인 치료효과가 나타났다. 특이한 것은 아이가 자기에게 무슨 일이 일어났는지도 모르는 상태, 즉 통찰이 없는 상태에서도 정신적 변화라는 치료효과가 나타나는 것이었다. 어떤 연구 보고에 의하면 수 년 동안 분석을 받고 좋아진 어른 환자도 좋아지기는 했는데, 그 이유를 말로 설명하지 못했다고 한다. 자기가 분석을 받아서 무엇이 어떻게 달라졌는지 잘 설명하지 못하더라는 것이다. 말로 설명할 수 있는 지적 이해는 좋은 것이지만, 효과적이고 특별한 통찰을 얻으려면 분석가와 실제적인 감정경험을 해야 한다. 이런 감정경험은 무심결에 일어나는 것이기 때문에 설명하기가 어려운 것이 보통이다. 양가감정을 참는 법을 배울 때도 분석상황에서 전이를 통해 자주 반복되는 양가감정을 경험하면서 시간을 두고 배워지는 것이지, 지적인 이해만 가지고 되는 것이 아니다. 지적인 이해만으로 치료효과를 얻을 수 있다면 환자에게 그의 문제에 대해 강의하는 것이 경제적일 것이다.

스톤과 블럼 등은 전이의 비언어적인 기능에 대해서 강조했다. 환자들은 분석을 받는 과정에 자기도 모르게 자기 습관이나 행동이 변한 것을 발견하고 놀랐다

(Stone, 1981 / Blum, 1984). 그것은 분석가를 만나는 사이에 비언어적인 교류가 이루어지고 그 결과로 나타난 변화였다. 예를 들어, 예고 없이 늘 지각하던 환자가 교통체증 때문에 늦게 되자 차에서 전화로 알려 준다거나, 엄하고 권위적인 아버지 밑에 주눅이 들어 살던 환자가 분석가와 동등한 위치에서 정당하게 자기 권리를 주장할 수 있게 되었다. 환자들은 스스로의 변화에 놀랐다.

"선생님은 내 아버지와 달라요. 나를 존중해 주시고, 태도가 한결같고, 객관적이며 나를 인정해 주십니다. 칭찬해 주시지는 않지만 무시하지도 않으세요."

분석시간에 경험하는 분석가의 분석적 태도는 환자로서는 한번도 경험하지 못한 특별한 인간관계의 경험이었다. 이것이 치료효과를 가져왔다. 이것을 어머니 역할과 같다고 생각하는 사람들도 있으나 차이가 크다고 주장하는 분석가는 랑겔이다. 그는 "분석가도 부모처럼 공감하지만, 이 태도는 부모의 사랑도, 위로나 지지도 아니다. 차라리 부모의 사랑이나 지지는 분석을 방해한다(Rangell, 1987)." 라고 했다. 랑겔은 정신분석의 치료작용이 치료적 관계 속에서 비의식적으로 일어난다는 것을 주장하면서 이것을 젊은 분석가들이 무시하고 있다고 했다.

"분석가도 기계가 아니고 사람이기 때문에 환자에게 반응할 것이고, 이 반응이 환자가 갈등을 풀어가는 데 도움을 주는 하나의 모델이 될 수도 있다. 분석가의 '태도'는 용기를 주는 것이어야 하지만 조종하거나 유도를 하는 식은 안 된다(to encourage without seducing). 중립적이지만 차가워서는 안 되고, 탐구적이어야 하지만 억지로 캐고 들어가서는 안 된다(to explore without intruding). 그리고 도덕적이지만 도덕주의적이거나 훈장식의 잔소리는 안 된다(to be moral yet not moralistic).

환자는 분석과정 중에 수많은 사건들과 순간들을 분석가와 나눈다. 이 때마다 분석가의 태도를 보고 경험하면서 분석가를 동일화하며 자신의 갈등을 푼다. 그런데 이 과정은 언어를 통하지 않고 비의식중에 일어난다는 것을 기억할 필요가 있다(typically unconsciously and without verbalization). 이것이 분석과정의 주된 경험(major experience during the analytic procedure)이다. 환자는 분석가를 보면서 비의식

적으로 자신의 내면생활을 본다. 그리고 심리내적인 통일(intrapsychic integrity)을
성취하고 내면생활의 왜곡된 부분이 부분적으로나마 수정된다. 나는 치료적 경험 중
에서 이 부분이 많은 분석가들에게 무시되고 있는 것을 본다."

3 정신분석과 뇌의 변화

뇌에 대한 연구 도구가 개발되고 연구가 활발해지면서 100년 전에 주장한 프로
이트의 생각이 옳았다는 증거들이 발표되었다. 정신분석이 뇌 세포의 신경망을
개선시킨다는 보고도 있다. 예컨대, 캔델(Kandel)은 「정신치료와 시냅스
(synapse)」라는 논문에서 정신치료가 뇌의 시냅스를 수적으로 증가시키고 강화
시켜서 영구적인 치료효과를 가져올 것이라는 가설을 내놓았다. 그는 바다 달팽
이(Aplysia) 실험으로 노벨상을 받았는데, 달팽이에게 학습을 시켜서 시냅스
(synaptic connection)의 수가 2배에서 3배까지 증가하는 것을 발견했다. 정신치
료도 하나의 학습으로 볼 때 인간의 뇌에서도 같은 변화가 올 것이라는 게 그의
주장이다.

다른 예로서 핀란드의 빈마르키(Viinmarki) 등(1998)은 역동 정신치료가 새로
토닌(serotonin)의 대사를 개선시켜서 우울증의 치료효과를 낸다고 하였다. 정신
치료를 받고 있는 우울증 환자(경계선 인격장애)와 정신치료를 받지 않는 우울증
환자의 새로토닌(serotonin uptake)을 뇌에서 일 년간 추적·조사했다. SPECT
를 이용했고, 대조군 10명도 함께 조사했다. 치료 초기에는 두 환자 모두 전전두
엽(prefrontal lobe)과 시상하부에서 새로토닌이 상당히 감소되어 있었다. 새로토
닌이 감소하면 우울증이 온다. 일 년 후에는 두 사람의 뇌 새로토닌이 달랐다. 정

신치료를 받은 환자는 정상으로 회복되었으나 정신치료를 받지 않은 환자는 여전히 상당한 감소를 보였다. 이 결과는 정신분석 같은 정신 역동치료가 새로토닌의 대사를 정상화시켰다고 말하고 있다.

4 인간본성을 회복시키는 정신분석

정신질환이란 인격의 성장과정에서 인간이 타고난 본성이 자랄 수 있는 환경을 잃었기 때문에 성장이 장애를 받았거나 왜곡된 것이라고 할 수 있다. 따라서 성장을 위해서는 인간본성(human nature)을 회복해 주는 환경 속에 두어야 한다(이무석, 2000). 이 현상을 실험적으로 보여 준 연구가 있다.

동물행동학자인 할로우는 갓난 원숭이를 가지고 모성을 박탈하는 실험을 했다(Harlow, 1962). 어미를 격리시켜서 키운 원숭이는 고립되었고 친근한 사교적 행동을 못했다. 예를 들어, 격리된 원숭이들에게서는 상대의 털을 손질(grooming behavior)해 주는 것을 볼 수 없었다. 그러나 격리시켰던 원숭이들을 나무가 있는 넓은 자연환경에서 자유롭게 놀게 해 주었더니 서로 털을 손질해 주고 노는 행동이 나왔다. 흥미 있는 것은, 이 원숭이들은 갓태어났을 때부터 격리되어 성장했기 때문에 털손질을 본 일이 전혀 없는데도 자연환경에 데려다 놓았을 때 이런 정상행동이 나오더라는 것이다. 억눌렸던 원숭이의 원시적인 본성(nature)이 자연환경에서 회복되어 나온 것이라고 볼 수 있다. 그러나 원숭이들을 다시 좁은 공간에 가두었을 때에는 친근 행동인 털손질이 사라졌다.

인간본성의 상실이 정신질환이라면, 상실된 인간본성을 회복시키는 것도 같은 원리를 적용할 수 있겠다. 인간본성이 가장 잘 성장할 수 있는 환경이 필요하다.

그 환경은 비난받을 염려가 없고 안전하며 강요받지 않고, 자발성을 인정 받는 환경, 말하자면 어머니의 품과 같은 치료적 환경이라고 할 수 있겠다(김성희, 1999). 앞에 기술한 스턴과 엠데의 연구(Stern & Emde, 1990)가 이를 뒷받침해 준다. 위니코트(Winnicott, 1965)의 안전한 환경(holding environment), 코허트(Kohut, 1984)가 말한 자기대상의 반사(mirroring of selfobject), 존 바울비(John Bowlby, 1958)의 애착이론 등은 어머니의 사랑이 담긴 모성적 환경의 치료 효과를 말하고 있다.

5 정신분석의 목적

지금까지 정신분석의 기본적 가설과 자유연상, 저항, 전이와 역전이 등 분석과정을 중심으로 살펴보았다. 프로이트는 1895년에 출판한 《히스테리 연구》에서 정신분석을 '심리수술(psychotherapeutic operation)'이라고 했다(당시로서는 압박법에 의한 정신분석이었다). 화농 부위를 절개하고 고름과 썩은 조직을 긁어 내는 외과 수술과 같다는 것이다. 증세를 일으킨 무의식의 기억들을 제거했을 때 치유되는 작업 과정을 외과 수술에 비유했다. 프로이트는 이런 작업을 통해서 환자들이 극적으로 치유되는 것을 많이 본 사람이다. 그러나 이렇게 비유한 것은 수술과 정신분석의 유사점을 병적 요소를 제거한다는 점에서 찾았다기보다는 환자가 회복될 수 있는 상태를 만들어 준다는 데서 찾아주기를 바랐다. 그는 다음 질문과 대답으로 책을 끝맺고 있다(Freud, 1895).

내가 환자들에게 카타르시스법(정신분석)이 도움이 될 것이라고 약속하면 환자들이

종종 다음과 같은 질문을 한다. "아니, 선생님은 제 병이 제 인생의 사건과 관련되었을

거라고 말씀하셨잖습니까? 인생의 사건은 이제 와서 바꿀 수 있는 것이 아니지 않습니까? 그런데 선생님이 어떻게 내 인생의 문제를 도와 줄 수 있다고 하십니까?"

그러면 나는 이렇게 대답할 수 있다. "저보다는 운명이 당신의 병을 낫게 해 주는 편이 쉽겠지요. 다만 당신의 히스테리로 인한 불행(neurotic misery)을 보통의 일상적인 불행(common unhappiness) 정도로 바꾸는 데 우리가 성공한다면 그것도 작은 소득은 아니라고 자신을 납득시킬 수 있을 것입니다. 정신생활(30년 후에는 신경계라고 했음)이 건강해지면 그러한 불행(neurotic misery)에 더 잘 대응할 수 있게 될 것입니다."

이 질문과 대답은 정신분석의 목적을 말해 준다. 정신분석이 인생의 문제를 모두 해결해 주진 않는다. '신경증적 고통'을 '보통의 불행'으로 되돌려 줄 뿐이다.

프로이트는 또한 정신분석의 목적을 비의식의 갈등의 사슬을 벗어나서 사랑하며 인생을 즐기고, 자기 일을 잘 수행할 수 있게 해 주는 것이라고 말했다. 그래서 정신분석의 목적은 비교적 겸손한 편이다. 정신분석의 기본이 되는 철학은 인간 정신의 이해를 합리적으로 접근하자는 것이다. 정신분석의 이해는 인간정신을 전체로 이해하는 것이다. 의식과 비의식, 과거와 현재를 통합한 전체 인간으로 이해하는 것이라고 할 수 있다. 인생을 달관하고 희노애락을 초월한다는 것은 정신분석의 목적이 아니다. 그런 목적은 또 다른 신경증적 증세일 수가 있다.

정신분석의 목적은 진실을 찾아가는 것이고 정직하게 자기 인생을 받아들이는 용기를 회복하는 것이다. 그러나 말처럼 쉬운 것은 아니다. 자기 내부의 혐오감을 주는 욕구들, 질투심, 경쟁심, 탐욕, 죄책감, 수치심, 잊고 싶은 지독한 기억들……. 견디기 어려운 것들이 내면에서 전쟁(psychic conflict)을 일으킨다. 대부분은 유년기 경험에 뿌리를 두고 있다. 혼자서는 어렵기 때문에 훈련받은 분석가의 도움이 필요하다. 분석의 치료효과에 대해서 최근에 나온 보고는 전이가 해소될 때 뇌에 구조적 변화가 일어났다고 한다. 새로운 신경회로가 생겼다는 것이었다. 현재 이것에 대한 연구가 활발하게 진행되고 있다.

프로이트의 정신분석 증례들

증례를 이해하면 분석가가 어떤 경험을 했는지
쉽게 파악할 수 있다. 에디푸스 욕구가 히스테리 신경증을 일으키는 원인임을
보여 주는 '도라의 증례', 에디푸스 갈등이 항문갈등으로
퇴행해 강박장애로 표현된 '쥐 사나이',
억압된 동성애 욕구가 피해망상으로 나타난 '슈레버 증례', 갓난아기 때의 원초경이
성인이 된 후에도 정신적 손상이 된 '늑대 사나이' 등을 살펴볼 수 있다.

♣ 프로이트는 철저한 경험주의자였다. 정신분석 이론도 환자를 치료하다가 발견한 사실을 근거로 만들었다. 자기분석을 통해서 깨달은 것들도 중요한 경험적 자료가 되었다. 추상적인 관념의 배열은 배제했다. 그래서 지금도 정신분석 논문에는 환자의 증례가 반드시 등장한다. 증례는 하나의 증거이고 데이터이다. 증례를 이해하면 분석가가 어떤 경험을 했는지 쉽게 파악할 수 있다. 그런 의미에서 프로이트가 발표한 증례들 중 대표적인 것들을 요약해서 소개하겠다. 프로이트 이론에 대한 경험적 증거들이다.

'도라의 증례'는 히스테리 신경증의 증례이다. 이웃집 아저씨에 대한 성적 욕구가 문제였는데 사실은 아버지에 대한 근친상간적 욕구를 이웃집 아저씨에게 옮겨 놓고 있었다. 에디푸스 욕구가 히스테리 신경증을 일으키는 원인임을 보여 준다.

'쥐 사나이'는 똑똑한 변호사였다. 쥐가 자기 아버지와 연인의 항문을 통해서 내장으로 들어간다는 강박관념 때문에 '쥐 사나이'라는 이름이 붙었다. 이 강박관념의 비의식에는 아버지와 자신의 연인을 죽이고 싶은 소망이 숨어 있었다.

'슈레버 증례'는 프로이트가 직접 치료한 증례가 아니고 슈레버라는 판사가 자신의 정신병 경험에 대해 저술한 책을 읽고 쓴 것이다. 슈레버는 자기 담당의사가 자기를 해치려 한다는 피해망상이 심했다. 그런데 이 피해망상이 사실은 담당의사에 대한 동성애를 숨기기 위한 것이었다. 망상의 밑에는 동성애 욕구가 숨어 있다는 이론을 내놓고 있다.

'늑대 사나이'는 러시아인 청년으로 어릴 때 꾼 늑대들의 꿈을 분석하다가 유년기 거세공포증을 발견한 증례이다. '늑대 사나이'라는 이름은 늑대 꿈에서 따온 것이었다.

1 도라의 증례
(Dora Case ; Freud, 1908. S.E. 7)

18세의 처녀에 대한 이야기이다. 프로이트는 그녀의 아버지가 뇌매독에 걸린 것을 치료해 주었는데 이번에는 딸을 데리고 왔다. 도라의 증세는 신경성 기침, 목소리가 안 나오는 것 등이었다. 그녀는 열 살 때 아버지가 매독에 걸린 적이 있다는

**도라와
에디푸스 콤플렉스**

그림의 왼쪽에는 이웃집 아주머니가 두 남자의 어깨에 손을 얹고 있다. 두 남자 중에서 왼쪽 남자는 도라의 아버지이다. 도라의 아버지는 이웃집 아주머니와 외도를 하고 있었다. 오른쪽 남자는 이 아주머니의 남편 K씨다. K씨가 도라를 유혹했으나 도라는 거절했다. 도라는 아버지를 사랑했으나 욕구를 억압할 수밖에 없었다. 그리고 나서부터 신경성 기침 같은 증세가 나타났다. 히스테리 신경증이 발병했다. 도라의 분석은 실패했다. 아버지의 연인인 아주머니를 사랑하는 동성애가 비의식에 숨어 있었기 때문이라고 한다.

© Michel Siméon

것을 알게 되었다. 그 때 아버지로부터 병이 전염되지나 않을까 불안했다. 열두 살까지 편두통에 시달렸고 그 뒤로는 신경성 기침이 나타나더니 병원에 올 당시에는 목소리가 거의 안 나올 정도였다. 충동적인 면도 있어서 아버지와 말다툼 끝에 유서를 써놓고 손목을 베어 자살하려고 했지만 미수에 그쳤다. 아버지가 나무라자 그 앞에서 졸도하기도 했다.

도라의 문제는 크라우스라는 이웃집 유부남에 대한 사랑에서 시작된 것이었다.

도라의 집안과 크라우스 집안은 좀 복잡한 관계였다. 서로 초대도 하고 친절히 지내는 사이인데, 도라의 아버지는 크라우스의 부인과 밀통하는 사이였다. 남편인 크라우스는 부인의 행위를 알면서도 묵인하고 있었다. 크라우스는 도라가 열네 살 때 자기 사무실로 유인해 도라를 부둥켜 안고 강제로 키스를 퍼부었다. 도라는 완강히 거부하고 도망쳐 나왔지만, 그 후에도 크라우스는 도라에게 노골적으로 성 관계를 갖자고 유혹한 일도 있었다. 이 사실을 전해 들은 아버지는 화가 나서 찾아가 따졌지만 크라우스는 사실을 부정했다. 오히려 도라가 공상을 하는 것이라고 덮어씌워 버렸다.

도라의 신경성 기침이 발생한 것은 크라우스의 여행 기간과 일치했다. 크라우스는 보통 3~6주간을 여행하는데 도라의 기침도 그 기간에 일어났다. 기침은 성적인 의미를 갖고 있었다. 성기보다는 입쪽을 선택한 것이었다. 어느 날 도라는 꿈이야기를 했다.

집이 불타고 있어요. 아버지가 제 침대로 와서 저를 깨웠습니다. 저는 서둘러서 옷을 입었죠. 그리고 밖으로 나가려는데 어머니가 갑자기 멈춰 섰어요. 보석상자를 가지고 가야 한다는 것이었어요. 아버지는 몹시 화를 냈어요. "보석상자 따위 때문에 아이들 둘을 불에 태워 죽일 수는 없어." 그리고 우리들은 서둘러 계단을 통해서 밖으로 나왔어요. 그리고 잠을 깼어요.

프로이트는 보석상자에 관심을 가졌다. 도라는 크라우스에게 보석상자를 선물 받은 일이 있었다. 보석상자는 여성의 성기를 상징한다. 그녀의 아버지는 어머니의 보석상자가 아니고 도라를 선택해 주었다. 아버지는 어머니의 성기 대신에 도라를 선택한 것이다. 도라는 이것을 원했던 것이다. 어머니가 아버지에게 주지 못하는 것을 아버지에게 주고 싶은 비의식의 소망이 꿈으로 나타났다. 에디푸스 소망이었다. 크라우스는 아버지의 대리자였다. 근친상간을 막기 위해서 도라는 아버지를 크라우스로 바꿔 놓았지만 막상 성적 접촉은 두려워했다. 원하는 것이지만 내면적으로는 근친상간이므로 위험한 것이다.

프로이트는 도라를 주 6회씩 3개월 동안 치료했다. 1901년에 분석을 마치고 이 증례를 제1회 국제 정신분석학회가 열린 잘츠부르크에서 1908년에 발표했다.

프로이트 자신이 도라의 치료는 실패한 것이었다고 썼다. 3개월 여의 치료기간이 너무 짧았고 전이를 다루지 못했다. 후세의 정신분석 학자 중에는 열여덟 살의 청소년기 소녀에게 성적인 내용을 너무 직접적으로 해석해 주었다고 비판하는 분석가도 있었다.

2 쥐 사나이(Rat man) ; 강박장애의 고전적 증례

프로이트가 '쥐 사나이(rat man; Freud, 1909. S.E. 10)'의 분석을 시작한 것은 1907년 10월이었고, 그 후 11개월 동안을 치료해 성공한 증례였다. 환자는 깔끔하고 빈틈없어 보이는 29세의 변호사였다. 강박증세는 5년 전에 그의 고모가 돌아가신 후부터 시작되었지만 그럭저럭 참으며 살았었는데, 프로이트의 《일상생활의 정신병리》를 읽고 찾아왔다. 그에게는 세 가지 심한 강박증세가 있었다.

첫째는 사랑하는 자신의 여인과 아버지의 항문을 쥐가 파먹고 내장으로 올라간다는 강박관념 때문에 못 견디게 괴롭다는 것이었다. 둘째는 면도칼로 목을 잘라버리고 싶은 충동이었다. 셋째는 안경값의 지불 문제를 굉장히 복잡하게 생각하고 있었다.

첫째 증세인 자기의 연인과 아버지의 항문을 쥐가 파먹고 내장으로 올라간다는 강박관념은 논리적으로는 말도 안 되는 것이었다. 왜냐 하면 아버지는 이미 9년

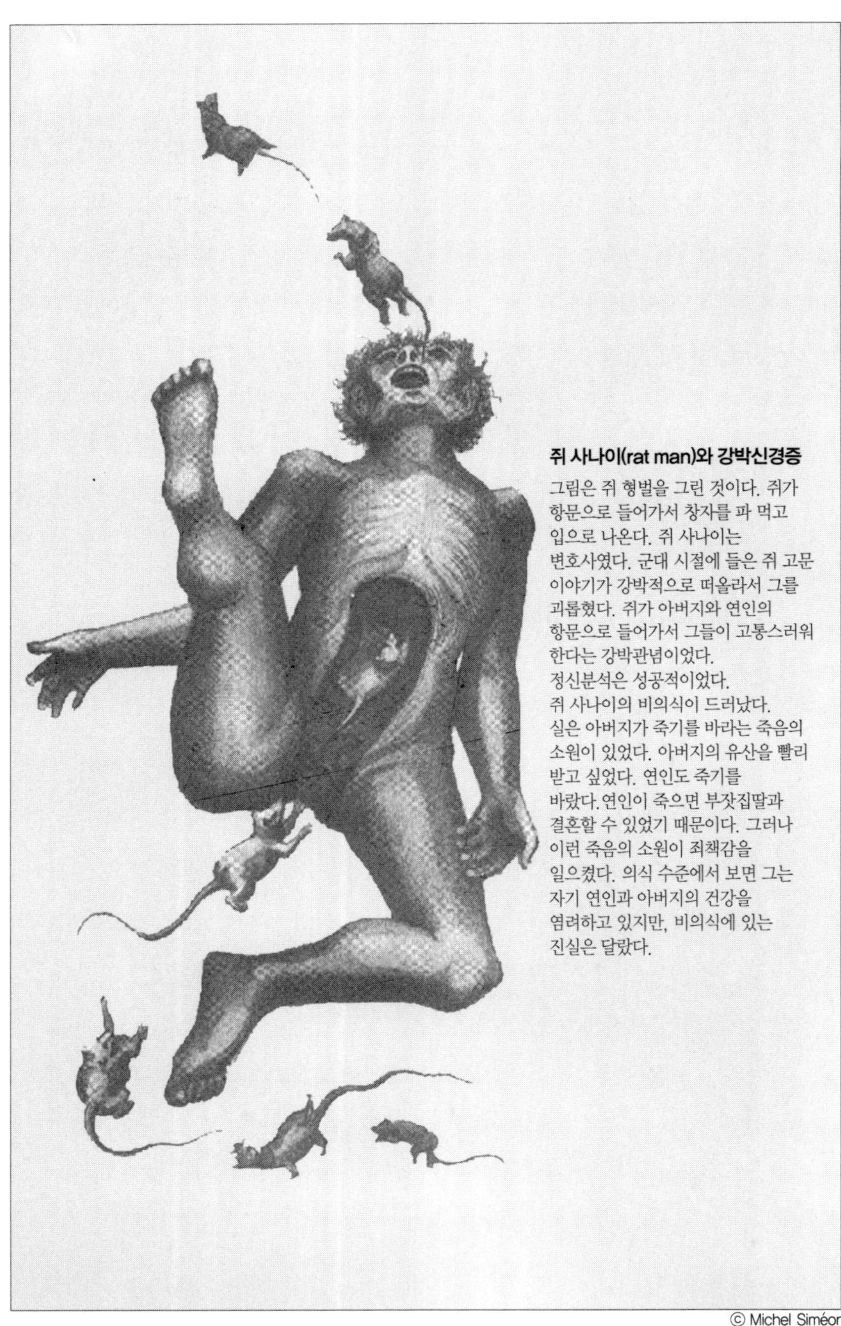

쥐 사나이(rat man)와 강박신경증

그림은 쥐 형벌을 그린 것이다. 쥐가
항문으로 들어가서 창자를 파 먹고
입으로 나온다. 쥐 사나이는
변호사였다. 군대 시절에 들은 쥐 고문
이야기가 강박적으로 떠올라서 그를
괴롭혔다. 쥐가 아버지와 연인의
항문으로 들어가서 그들이 고통스러워
한다는 강박관념이었다.
정신분석은 성공적이었다.
쥐 사나이의 비의식이 드러났다.
실은 아버지가 죽기를 바라는 죽음의
소원이 있었다. 아버지의 유산을 빨리
받고 싶었다. 연인도 죽기를
바랐다. 연인이 죽으면 부잣집딸과
결혼할 수 있었기 때문이다. 그러나
이런 죽음의 소원이 죄책감을
일으켰다. 의식 수준에서 보면 그는
자기 연인과 아버지의 건강을
염려하고 있지만, 비의식에 있는
진실은 달랐다.

전에 돌아가셨기 때문이다. 이 강박관념에는 아버지의 임종을 지키지 못했다는 죄책감이 작용하고 있었다. 아버지가 임종하실 때 그는 옆방에 있었다. 새벽 1시 30분에 그는 아버지가 그를 부르는 소리를 들었다. 그러나 못들은 체했다. 아버지는 혼자서 돌아가셨다.

이 죄책감은 열두 살 때의 한 가지 생각과 관련이 있었다. 그 때 그는 한 소녀를 사랑하고 있었는데, '아버지가 지금 돌아가시면 소녀의 동정을 사게 될 것이고, 상속도 받아서 그녀와 당장에 결혼할 수 있을 텐데……' 하는 생각을 했다. 이 과거의 생각이 죄책감의 원인이 되어서 현 시점에서 강박관념을 만들고 있었다. 강박관념의 숨은 목적은 자신을 안심시키는 것이었다. 증세만 보면 그는 아버지가 고통받기를 원하는 것이 아니고 그런 일이 일어날까 봐 노심초사 염려하고 있는 착한 아들인 것이다. 반동형성과 취소의 방어기제를 볼 수 있다.

강박관념이 심해져서 프로이트에게 치료를 받으러 왔던 그 때, 그는 사랑하는 여자가 생겨서 결혼을 하려고 준비하던 중이었다. 이 당시 돈 때문에 결혼에 대해서 갈등하고 있었다. 애인은 가난했다. 그러나 어머니가 권하는 여자는 부자였고 그녀의 아버지는 큰 회사의 사장인 데다가 그에게 높은 자리를 주겠다고 제의했다. 가난하지만 사랑하는 여인과 결혼을 할 것인가, 아니면 아버지가 어머니를 택할 때 그랬던 것처럼, 사랑스럽고, 돈 많고, 배경이 좋은 여자와 결혼할 것인가를 갈등하고 있었다. 신경증을 앓게 됨으로써 환자는 결혼을 미룰 수 있었고 갈등을 당장에 해결해야 하는 부담을 회피하고 있었다.

쥐 형벌의 강박관념이 생긴 것은 그가 장교로 군복무를 하던 시절에 '쥐 고문' 이야기를 들은 후에 생긴 것이었다. 하루 종일 행군을 하다가 안경을 잃어버렸다. 그리고 휴식을 취할 때 동료 장교가 쥐 고문에 대한 얘기를 해 주었다. 그는 그 장교를 은근히 두려워했었다. 고문의 내용은 죄인을 결박해서 엎드려 놓고 쥐가 들어 있는 항아리를 엉덩이 위에 엎어 놓는다. 쥐들이 도망치려고 구멍을 찾아서 항문으로 들어간다. 그리고 내장으로 들어간다. 이 고문 이야기를 듣는 순간, 그의 생각에는 자기 아버지와 약혼녀에게 그런 일이 벌어질 것만 같았다.

쥐 고문의 강박관념은 사실은 아버지를 죽이고 싶은 욕구를 숨기기 위한 것이었다. 아버지가 죽기를 바라는 소원은 어릴 때부터 있었다. 아버지는 나중에는 친절한 분이 되기는 했지만, 한번 화가 나면 참지 못하고 두들겨 패는 잔인한 분이었다. 세 살 때는 그가 누군가를 물어 뜯었다고 해서 아버지에게 몹시 매를 맞아 소리치며 대든 일도 있었다. 그 날 이후 그는 무서움을 잘 타는 비겁자가 되었다고 했다.

어린 그는 여자 가정교사의 성기를 보면서 아버지에게 들킬 것을 두려워했다. 성욕을 느낀 것은 4~5세 때였다. 매력적인 가정교사가 있었다. 어느 날 그녀가 슈미즈만 입고 소파에 누워 책을 보고 있었다. 그는 슈미즈 속에 있는 성기를 만져도 되느냐고 물었다. 그녀는 아무에게도 말하지 않는다는 조건으로 승낙했다. 그는 그녀의 성기를 만지면서 남자와 구조가 달라서 이상하다고 생각했다. 그 후 상당한 기간 동안 그녀와 함께 침대에 누워서 그녀의 드레스를 벗기고 그녀의 몸을 어루만지곤 했다. 그 때 발기가 일어났다. 이런 성적 행동을 아버지에게 들키는 것을 두려워했다. 아버지에게 자위행위에 대한 책망을 듣고 나서 성욕과 아버지의 금기가 하나로 묶어졌다. 즉, 성적 만족을 아버지가 금지했다. 쥐 형벌을 듣는 시점에서 그는 성욕이 항진된 상태였고, 우체국 직원인 어떤 여인을 흠모하고 있었다. 성욕의 항진은 아버지의 금기를 자극하므로 아버지를 제거하고 싶은 욕구가 일어난 것이다. 이 욕구가 죄책감을 일으키므로 방어기제를 사용해 강박관념을 만든 것이었다.

두 번째 증세, 즉 쥐 강박관념과 함께 그를 괴롭히는 충동이 있었다. 면도칼로 목을 잘라 버리고 싶은 충동이었다. 이런 자살충동을 프로이트는 죄책감의 해결책으로 환자가 선택하는 자기 처벌욕구가 만들어 내는 증세라고 보았다.

그를 괴롭힌 세 번째 신경증 증세는 돈 지불의 문제였다. 이 무렵 그는 안경을 주문했고, 그 값을 지불하는 방법을 굉장히 어렵게 만든 상태에서 망설이고 혼란스러워 하고 있었다. 돈을 지불하지 않으면 아버지에게 쥐 형벌이 가해진다는 강박관념이었다. 무의식적으로 쥐와 돈이 연관되어 있었다. 독일어로 'raten'은 할부금이라는 의미로서 어원은 'rattus'인데 'Ratten(쥐)'이라는 단어도 여기서 나왔다. 치료시간에도 쥐와 돈을 연결시키는 말을 했다. 예를 들면, 프로이트가 한 시간 치료비가 얼마라고 얘기했을 때 "그렇게 많은 돈을 한 시간 치료비로 받습니까?"라고 말하는 대신에 "그렇게 많은 쥐를 한 시간 치료비로 받습니까?" 하고 말 실수를 했다. 그의 비의식에서 돈은 쥐와 동일시되고 있었다. 쥐 고문에 나오는 항문 속의 쥐는 대변이면서 돈을 상징했다.

전이도 생생하게 일어났다. 딸을 그에게 주는 대가로 재산을 주겠다던 재산가가 프로이트로 전이되었다. 돈으로 사랑을 사려 하느냐고 프로이트를 비난했다. 꿈에서도 이것이 드러났다. 꿈에 프로이트의 딸을 보았는데 눈에 대변을 붙이고 있었다. 대변은 돈을 상징한다. 또 어느 날은 진찰실을 나가면서 한 처녀를 보았는데 프로이트의 딸로 알았다. 그녀와 결혼하는 상상을 했다. 결혼을 한다면 신분 상승도 되고 재산을 상속받을 수도 있을 것이라고 생각을 했었다. 딸을 사랑해서가 아니고 돈과 다른 이유 때문에 결혼하려고 한 것이다. 프로이트에게 엉덩이를 때리는 아버지를 전이시키기도 했고, 두려운 장교를 전이시키기도 했다. 전이에 따라 프로이트를 비난하기도 하고 울기도 했으며, 간절한 사랑을 고백하기도 했다. 전이를 통해서 그는 자신의 비의식을 조금씩 이해할 수 있었다.

강박관념의 주제와 연관된 그의 모든 생각은 'Ratten(쥐)'이라는 언어의 다리를 건너, 비의식 영역에서 강박관념으로 들어왔다. 더욱이 안경값을 갚으라는 대위의 요구는 또 다른 언어적 교량인 'Spiel-ratte(노름꾼)'를 통해 그의 부친의 도박빚을 생각나게 했다. 아버지의 군대 시절 별명이 '쥐새끼 같은 노름꾼(비열한 놈)'이었다. 아버지가 젊을 때 공금을 가지고 노름을 하다가 날렸는데 친구가 이 노름빚을 갚아 주었다. 그러나 아버지는 끝까지 그 빚을 갚지 못했었다. 아들이

기어이 안경값을 지불하는 것은 노름빚을 못 갚은 아버지를 비웃는 행위로서, 아버지를 한 방 먹이는 상징적인 의미가 있었다. 아버지에게 복수하는 행동으로 두렵고 죄의식을 일으키는 행동이다. 그래서 안경값을 치르는 일이 그렇게도 복잡하고 어려워진 것이었다. 그는 평소에 돈 때문에 아버지와 갈등이 많았다. 아버지는 돈 많은 처녀와 결혼하라고 하셨지만 그는 돈 없는 처녀와 결혼하고 싶었다.

쥐가 항문 속으로 들어가는 쥐 형벌은 항문성애(anal enaticism)를 보여 주는데, 유년기에 요충 때문에 항문을 씻어 주어서 항문성애가 남아 있었다. 또한 쥐는 전염병을 옮기는데, 남성 성기도 성병을 옮긴다는 의미에서 쥐는 남성 성기와 동일시되고 있었다. 그의 비의식에는 동성애적 경향도 있었다.

바이스(Weiss)는 1980년에 쓴 논문에서 프로이트가 한 가지 사실을 놓치고 있다고 지적했다. 환자가 프로이트를 처음 찾아왔을 당시, 병원의 주소가 '7 Rathaus Strasse'인데 이 주소 중에 쥐라는 단어 'rat'가 나온다. 프로이트가 이 주소의 전이적 의미를 보지 못했다는 것이다. 또한 후에 알게 된 사실이지만 환자는 탈장(inguinal hernia)으로 복부에 고환을 가지고 있어서(undescended testicle) 주기적으로 땅기는 고통을 경험했을 것이고, 이것이 쥐가 항문으로 들어가 창자로 기어들어 간다는 강박관념을 만들게 되었을 것이라는 것이다. 서너 살 때 겪은 누나의 죽음, 수 년간을 부모와 같은 방에서 잤던 것도 일조를 했을 것으로 추정했다.

요약하자면 '쥐 사나이의 강박장애'는 에디푸스 갈등(sexual oedipal conflict)이 원인이었다. 이 갈등이 항문갈등으로 퇴행해 가학적 항문기(sadistic-anal term)의 증세인 강박장애로 표현되고 있었다.

프로이트의 해석은 이렇다. 환자가 어릴 때 자위행위를 했다고 아버지가 몹시 심한 벌을 주었다. 그리고 여자 가정교사가 성기를 보여 주었을 때 아버지에게 들킬까 무서웠다. 이 사건을 계기로 첫째는 아버지를 미워하게 되었고, 둘째는 성적 쾌감을 받아들일 수 없게 되었다는 것이다. 이것이 갈등의 핵심이 되어서 불안을 일으켰고, 방어기제를 사용해 쥐 형벌이라는 강박증세를 만들어 냈다. 꿈의 발현몽처럼 강박증도 분석해 보면 무의식 속에 성적 욕구와 금지라는 갈등과 방어적 처리가 숨어 있음을 알 수 있다.

환자는 프로이트에게 11개월 동안(1907~1908) 분석을 받고 이 지독한 강박증으로부터 해방되었다. 쥐 형벌의 의미를 이해했다. 갈등이 의식화되었고 이제야 아버지가 9년 전에 돌아가셨다는 사실을 실제로 받아들이게 되었다. 그리고 아버지에게 실제로는 아무 죄도 범하지 않았다는 것도 인식했다. 다만 유년기의 잊었던 경험들이 쥐를 통해서 강박관념을 만들었다는 것도 이해했다. 그는 다시 변호사 일을 할 수 있게 되었다. 그러나 애석하게도 십여 년 후에 발발한 제1차 세계대전에서 그는 전사하고 말았다.

'쥐 사나이'에 관한 논문이 발표된 1909년에는 아직 프로이트의 성격구조론이 발표되기 전이어서 증세의 설명에 초자아 개념이 사용되지 않았고, 이드 심리학의 입장에서만 설명되어졌다. 즉 가학적 항문기 성욕이 강박관념을 일으킨다고 설명했다. 그러나 프로이트 이후의 연구들은 강박장애자들을 가혹한 초자아의 압력하에 사는 사람들이라고 보고하고 있다(Gabbard, 1985 / Salzman, 1983).

3 슈레버 증례 (Schreber Case)

프로이트가 다니엘 파울 슈레버가 쓴 《어떤 정신장애자의 회상》이라는 책을 읽은 것은 1910년이었고, 연달아 두 번이나 읽었다고 한다. 이 증례(Schreber Case ; Freud, 1911. S.E. 12)는 망상이 억압된 동성애에서 생긴다는 프로이트의 생각

을 입증해 주었다. 슈레버는 담당의사에 대한 동성
애 욕구를 갖고 있었고, 이것이 망상증의 원인이었
다고 분석했다.

슈레버는 독일 고등법원의 판사였다. 글도 잘 쓰
는 인재였다. 그런데 8년 전인 1884년에 건강염려
증에 걸려서 라이프치히 정신병원에 입원하여 분
석을 받았다. 담당의사는 후레크시히 박사였고, 슈
레버는 그의 탁월한 의술 덕분에 완쾌됐다고 감사
하고 존경했다. 그의 부인은 후레크시히 박사의 사
진을 침실에 걸 정도로 온 집안이 그에게 감사했다.

슈레버 (Schreber) 판사의 사진

슈레버의 망상증이 재발한 것은 고등법원 판사로 승진한 후, 그의 부인이 4일
동안 여행을 떠났을 때 일어났다. 53세였던 그는 4일 동안 환상에 빠졌고 몇 차례
에 걸쳐서 정액을 쏟았다. 정신병이 재발되었다는 두려움으로 떨었고 갖가지 상
상이 떠올랐다.

"내가 남자의 성기를 받아들이는 여자라면 좋았을 것을!"

정신병원에 입원했으나 피해망상이 심했다. 병원에서 자기를 서서히 죽이고 있
으며 몸이 썩고 있다는 환상에 사로잡혔다. 공포에 시달린 나머지 욕조에 빠져 죽
으려고도 했다. 간호사에게 "나한테 먹이려는 독약을 빨리 달라."고 말하기도 했
다. 망상 속에서 그는 구세주가 되기도 했다. 그러나 자기가 여자로 변신하기 전
에는 인간들을 구제할 수 없다고 믿었다.

건강염려증도 심해졌다. 자신은 폐와 위장, 방광도 없다고 했다. 음식을 먹을
때는 자신의 후두의 일부도 함께 먹고 있다는 기분이 들었다. 그러나 신은 자기를
여자로 만들어서 수태시켜 새로운 종족을 만들 것이라고 믿었다.

요양소에서 8년 이상을 보내고 회복되어 퇴원했다. 그리고 책을 출판했다. 그런
데 내용의 대부분은 후레크시히 박사를 비난하는 내용이었다. 환자로 있을 때, 그

슈레버 판사의 피해망상

© Michel Siméon

그림의 왼쪽에 남근을 가진 여성이 보인다. 이 사람은 슈레버 판사를 상징한다.
그는 여성이 되어서 담당의사의 사랑을 받고 싶었다. 바로 뒤에서 그를 안고 있는
수염 난 남자는 담당의사이다. 이런 동성애 소망은 억압되었고, 망상으로 나타났다.
의사가 자기를 독살하려 한다는 망상이었다.
그림의 오른편에는 신이 보이고, 신 앞에서 성교하는 남녀가 있다.
슈레버는 신이 자기를 여자로 만들어서 아이를 낳게 하여 새 종족을 만들려고 한다는
종교망상도 가지고 있었다. 이 종교망상도 억압된 동성애에서 생긴 것이었다.
여자가 되고 싶은 욕구와 아버지 같은 신과 성 관계를 하여 새 종족을 일으키려는 동성애 욕구를 보여
주고 있었다. 아버지 콤플렉스를 볼 수 있다. 망상의 원인이 억압된 동성애라고 주장한 논문이었다.

로부터 가혹한 취급을 받았다는 내용을 폭로하고 있었다.

프로이트는 이 책을 읽고 슈레버의 종교망상은 억압된 동성애에서 생긴 것이라고 생각했다. 여자로 변신하려는 욕구와 아버지 같은 신과 성적 관계를 하여 새 종족을 일으키려는 망상은 동성애 욕구를 보여 주고 있었다.

왜 슈레버는 그렇게도 존경하고 좋아했던 후레크시히 박사를 '영혼의 살해자'이며 자기를 죽이려는 음모의 두목으로 증오하게 되었을까? 프로이트는 슈레버

가 후레크시히 교수를 동성애 대상으로 사랑했기 때문이라고 보았다. 동성애 욕구는 마음 속 깊은 곳에 숨어 있었기 때문에 8년 동안 부인과 아무일 없이 잘 살 수 있었다. 그러나 부인이 출타한 4일만에 재발하고 말았다. 그리고 연달아 사정을 했다. 왜 재발했는지 정확히는 알 수 없지만 축적된 성적 에너지가 몽정을 일으켰고 숨겨둔 동성애가 튀어나오면서 증세로 바뀐 것이라고 생각했다. 처음에 슈레버는 하루 종일 후레크시히 박사만을 생각했고, 박사의 말을 전하는 새 소리와 모든 종족의 소리를 들었다. 후레크시히 박사가 자기를 성폭행하지나 않을까 걱정했다. 결국 그의 망상은 후레크시히 박사에 대한 동성애적 욕구와 방어의 결과로 나타난 증세였다는 것이 프로이트의 해석이다.

4 늑대 사나이 (Wolf man Case)

늑대 사나이 증례(Wolf man Case ; Freud, 1918. S.E. 17)는 젊고 돈 많은 러시아인 세르게이 페트코프에 대한 이야기다. 그는 심한 우울증으로 하루에도 여러 번씩 발작을 일으켰고, 혼자서는 식사도 하지 못하고 옷도 입지 못하는 무기력 상태였다. 변비와 설사도 심했다. 의사들은 불치의 조울병이라고 진단했다.

프로이트는 몇 차례 예비면담을 한 뒤에 1주일에 6회씩 정신분석을 했다. 세르게이는 어린 시절이 불행했다. 어머니는 배가 아파서 아이들을 거의 돌볼 수가 없었고, 아버지도 우울증으로 요양소로 가 버렸다. 아이들은 하녀의 손에서 컸다.

갓난아이 때의 세르게이는 순하고 귀염받는 아이였다. 그런데 네 살 때 부모가 휴가에서 돌아와 보니 아이가 변해 있었다. 짜증이 심한 아이가 되어 있었다. 이때 이미 거세공포에 의한 유아기 신경증(infantile neurosis)의 상태였다.

세르게이가 공격적이 되었던 것은 누나에 대한 분노 때문이었다. 누나와 가진 성적 관계에서 누나가 적극적이었고 자기는 당하는 입장이었던 것에 대한 분노였다. 성기에 집중해야 할 5세 무렵에 항문기로 퇴행했다. 그 결과 항문기의 가학적인 공격성이 나타났다. 파리의 날개를 뜯고 벌레를 짓밟았다. 말을 채찍질하는 공상에 빠지기도 하고, 남자 아이의 페니스가 사람들에게 공격당하는 공상도 했다. 남자 아이는 세르게이 자신이었다. 비명을 지르고 짜증을 내는 것이나 매를 맞고 싶어서 일부러 매 맞을 짓을 골라 하는 것도 항문기의 공격성을 보여 주었다. 아버지는 회초리로 그를 때릴 수밖에 없었다.

그 때까지 나타샤라는 젊은 하녀가 그를 돌보고 있었다. 어린 그에게는 두 살 연상인 누나가 있었는데, 그에게 두 발로 걷는 늑대의 그림을 억지로 보여 준 다음 그가 놀라는 것을 보고 즐거워했다. 세르게이는 늑대가 자기를 잡아먹을 것 같아서 비명을 질렀는데 누나는 그것을 즐겼다고 했다. 늑대는 아버지를 상징하고 있었다. 아버지가 자기를 잡아먹을 것 같은 공포를 느끼고 있었다. 그래서 더 심하게 놀랐던 것이다.

세르게이가 다섯 살이 되었을 때, 누나는 엉덩이를 보여 주었고 그 후 둘만 있을 때는 그의 페니스를 갖고 놀았다. 누나가 페니스를 만지면서 "나타샤도 가정교사와 우리와 같은 짓을 한단다."라고 말해 주었다. 그는 하녀 나타샤를 좋아했기 때문에 질투심에 불타서 나타샤 앞에서 자기 페니스를 꺼내서 만지기 시작했다. 나타샤는 "그런 짓하면 고추가 잘리고 상처가 생긴다."라고 위협했다. 이 일은 거세공포를 확인시켜 주는 사건이었다.

자유연상을 통해서 18개월 때의 기억이 떠올랐다. 세르게이는 말라리아에 걸려 부모의 침실에서 소아용 침대에 누워 지냈다. 어느 여름날 해질 무렵, 아버지가 어머니의 뒤에서 성교하는 것을 보았다. 그 자세 때문에 어린 세르게이는 어머니의 성기도 보았고 아버지의 발기한 성기도 확실하게 보았다. 프로이트의 용어로는 원초경(primal scene)이었다. 이 원초경 즉 최초의 성교장면 목격이 문제였다.

© Michel Siméon

늑대 사나이(Wolf man)와 늑대 꿈

그림의 위쪽에는 나뭇가지 위에 앉아 있는 늑대들이 보인다. 아래쪽에는 후위 체위로 성교하는 부모가 보인다. 늑대 사나이는 늑대 공포증을 갖고 있었다. 불안신경증이었다. 그는 몸을 구부리고 있는 여성을 보면 강한 성욕을 느꼈다. 그는 18개월 때 아버지와 어머니가 성교하는 것을 보았다. 아버지가 구부려 엎드린 어머니의 뒤에서 격렬하게 성행위를 하고 있었다. 이 장면이 늑대의 꿈으로 나타났다. 흰색 늑대는 흰색 잠옷을 입은 부모였다. 갓난아기 때의 원초경이 성인이 된 후에도 성생활에 영향을 주었으며, 정신적 손상이 되었던 증례이다.

'돌이 지난 지 6개월밖에 안 된 아이가 뭘 알까?' 하는 의구심이 생길 수도 있지만, 늑대 사나이 세르게이의 병의 원인은 원초경이었다. 아버지의 남근을 보았고, 남근이 없는 어머니의 성기도 확인했다. 그러나 아직 거세의 의미를 모르는 동안은 문제를 일으키지 않았다. 그러나 이 원초경은 거세의 의미를 알게 된 네 살 때 꿈으로 나타났다.

"제가 그 꿈을 꾼 것은 어느 겨울 밤이었습니다. 갑자기 창문이 저절로 열렸습니다. 창문 앞에 선 큰 호두나무 위에 몇 마리의 늑대가 앉아 있었습니다. 저는 두려웠습니다. 여섯 마린가 일곱 마리였습니다. 너무나 희어서 여우나 양을 지키는 개 같았습니다. 여우처럼 두꺼운 꼬리가 있었고 개가 무슨 소리를 들을 때처럼 귀를 쫑긋이 세우고 있었습니다. 저는 그 늑대들에게 물려 죽을까 봐 너무도 무서워서 비명을 지르고 눈을 떴습니다."

세르게이는 호두나무와 하얀 늑대 그림을 직접 그려서 프로이트에게 보여 주었다. 그림에서 흥미로웠던 것은 가장 나이든 늑대의 꼬리가 잘려나가고 없는 것이었다. 거세된 아버지의 상징이다.

늑대가 하얀색이었던 것은 부모가 성교할 때 하얀 잠옷을 입고 있었던 것과 관계가 있었다. 꿈이 부모의 하얀 잠옷에서 하얀색을 가져왔었다. 늑대들이 나무 위에서 꼼짝도 하지 않고 있었던 것은 어떤 의미가 있는가? 어린 세르게이는 부모의 격렬한 성행위를 받아들이기 어려웠으므로 조용히 정지된 모습으로 전환시켰던 것이다. 또한 그의 우울증이 저녁 무렵이 되면 심해졌는데, 이것도 원초경과 관련이 있었다. 프로이트는 세르게이가 더운 여름날 오후 다섯 시까지 낮잠을 잔다는 것을 알아 냈다. 그 시간은 우울증이 가장 심해지는 시간이었다. 부모의 성교 장면을 목격한 바로 그 시간이었다.

그의 성적 충동에서도 원초경의 영향이 나타났다. 그는 여자가 두 손을 짚고 엎드려 있지 않으면 성욕이 일어나지 않았다. 여러 여자와 성교를 했지만 정상 체위로는 쾌감을 느낄 수가 없었다. 그가 18세 때 임질에 걸린 이유도 젊은 하녀가 마루를 닦고 있는 것을 본 순간에 억제할 수 없는 성욕을 느껴서 하녀의 뒤에서 성교를 했는데 하녀에게 병을 옮은 것이었다.

아버지에 대한 세르게이의 감정은 여성이 남성에 대해서 가지는 감정과 같았다. 부모의 성교를 목격하면서 아버지가 자기에게 성행위를 하는 것으로 받아들인 것이었다. 아버지에게 수동적으로 당하는 입장이었다. 그런데 다섯 살 때 누나에게 또 당하는 입장이 되었기 때문에 정신적 손상이 되었다. 그래서 '남성 성기가 없어지고 자기에게 여성 성기가 생기지 않을까?' 하는 두려움이 생겼다.

갓난아기 때의 원초경이 성인이 된 후에도 성생활에 영향을 주었으며 정신적 손상이 되었던 증례이다. 원초경이 거세공포증을 일으키고 거세공포증이 유아기 신경증을 일으켰다. 이 유아기 신경증이 23세에 프로이트를 찾아올 때까지 그를 괴롭혔던 것이다. 여기까지 밝히는 데 수 년이 걸렸다. 결국 그는 불안신경증에서 해방되었다.

코허트의 자기심리학
(self psychology)

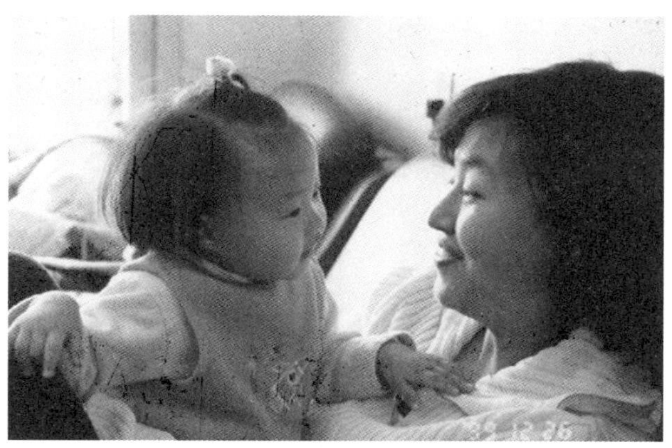

코허트는 유아기의 보살핌 결핍으로
문제가 된 자기애적 성격장애의 사람들을 발견하고, 새로운 시도를 했다.
자기애(narcissism)는 심리적인 건강을 위해 필수적인데
어렸을 때 부모의 공감(empathy)을 받는 데
실패하면 자기(self)에 결함이 생긴다. 코허트의 이론은
피분석자가 안전한 자기감(secure sense of self) 혹은 자신감을 갖고
살도록 돕는 자기심리학이다.

하인즈 코허트(Heinz Kohut, 1913~1981)는 독일계 미국인으로 시카고 정신분석연구소의 분석가였다.

그는 프로이트 학파에서 정신분석을 배우고 분석가도 되었지만 후에 프로이트와 생각을 달리하게 되었다. 그가 본 환자들 때문이었는데 그들은 자존심 손상에 유난히 민감한 환자들이었다. 타인의 무시나 개인적 실패에 극도로 민감하고 취약한 사람들이었다.

프로이트식 정신분석의 기법을 사용했을 때 이런 환자들은 치료 도중에 탈락하거나 정신증세가 악화되기도 했다. 이들의 문제는 프로이트 학파가 주장하는 본능욕구나 공격욕구에 의한 갈등이 아니었다. 그보다는 유아기의 보살핌 결핍(mothering deficit)이 문제였다. 다음에 설명하겠지만 자기 구조상(self structure)의 문제였다.

이러한 환자들을 코허트는 **자기애적 성격장애**(narcissistic personality disorder)라고 이름 붙였다. 이는 미국의 진단 방법인 DSM-Ⅳ의 자기애적 성격장애와 이름은 같지만 내용은 다르다. DSM-Ⅳ의 진단기준을 적용한다면 회피성 인격장애에 더 가깝다.

하인즈 코허트는 자신의 이론체계를 **자기심리학**(Self Psychology)이라고 불렀다(Heinz Kohut & Ernest Wolf, 1978).

하인즈 코허트
(Heinz Kohut, 1913~1981)
사진은 코허트가 68세에 찍은 것이다. 암으로 죽은 바로 그 해이다. 성품이 부드럽고 따뜻했었다고 한다. 독일계 미국인으로 시카고 정신분석연구소에서 정신분석가가 되었고, 자기심리학이라는 새로운 학설을 내 놓았다.

1 자기(Self)의 정의와 자기의 정신병리

코허트가 말하는 자기(self)란, 모든 심리구조 중 가장 높은 자리에 있는 집행기관이다. 자기란 주관적으로 판단하고 느끼며, 행동을 결정하는 심리구조이다. 자기(self)가 분명하고, 동요함 없이 안정되어 있으며, 통합된 자기를 가진 사람이 건강한 사람이다.

코허트는 자존심(self-esteem)의 유지와 자기통합(self cohesion)의 유지가 성적 욕구보다 중요하고, 공격적 욕구보다도 중요하다고 보았다. 이 점이 프로이트와 다른 점이다. 또한 자기가 쉽게 깨지지 않고 자기통합이 잘 유지되기 위해서는 부모를 잘 만나야 된다고 보았다. 부모가 아이에게 공감(empathy)을 잘해 주고 적절히 반응(mirroring)해 줄 뿐만 아니라 아이의 이상적(idealization) 대상이 될 수 있어야 한다. 유아의 심리적 생존에는 공감해 줄 수 있는 어머니의 존재가 필수적이다. 발달에 필요한 이런 반응의 **결핍(deficit)**은, 프로이트 학파가 중요시하는 심리구조간 **갈등(conflict)**보다 더 심각한 결과를 초래한다고 보았다.

코허트는 정신분석에서 가장 중요한 것은 **공감(empathy)**이라고 했다. 프로이트 학파가 쓰는 기법인 본능적 욕구에 대한 해석이나 심리구조에 대한 해석은 환자의 내적 경험과 동떨어진 것이 대부분이기 때문에 환자에게 또 다른 좌절감을 줄 수 있다고 했다. 그래서 환자가 지금 경험하고 있는 것과 가까운 해석을 해 주어야 하고 이에 맞는 새로운 이론이 필요하다고 생각했다.

전이(transference)에 대한 개념도 정통 프로이트 학파와 다르다. 코허트는 프로이트 학파의 이론과는 달리 전이는 현실을 왜곡하는 것이 아니고, 환자가 어릴 때 결핍되었던 것들을 분석가와의 관계를 통해서 보충해 통합된 자기를 이루고자 하는 노력으로 보았다. 전이는 해석해서 없앨 것이 아니고, 오히려 환자에게 약이 된다는 것이다.

자기병리의 원인으로는, 심리적 환경인 '반응—공감적 자기대상(responsive-empathic selfobject)'의 결핍이다. 즉 적절히 반응해 주고 공감해 주는 어머니의 결핍이 성격장애를 만드는 원인이다. 좋은 자기대상을 만난 아이는 자기대상을 내재화(코허트는 변화적 내재화 transmuting internalization라고 했다)해서 자기의 핵(core self)을 만든다. 자기대상(어머니)의 선택적 반응(금지와 장려)과 신생아의 타고난 자질의 상호작용을 통해서 자기가 생겨난다.

2 자기대상(selfobject)

코허트가 사용한 용어 중에 **자기대상(selfobject)**이라는 말이 있다. '자기'라는 말과 '대상'이라는 말이 붙어 이해하기 어려운 새로운 용어가 되었다. 코허트는 이 용어를 '내 수족 같은 자기(objects which we experience as part of our self)'라고 정의 내렸다. 상대가 자신의 수족처럼 마음대로 움직여 주리라 믿고 있는 대상이다. 나와 대상의 구분이 잘 되지 않았을 때의 대상이다. 대부분의 아이들에게 자기대상(selfobject)은 보호자(caretaker)인 어머니이다. 아이는 어머니가 제 생각대로 느끼고, 제 의도대로 따라주리라고 믿고 있다.

예를 들어, 한 아버지가 자식들이 자기 마음대로 따라주지 않으면 화를 내고 부자지간의 사이를 절연해 버리겠다고 했다면, 이 아버지에게는 자식이 자기대상(selfobject)이다. 아들의 입장은 고려하지 않고 차를 사 주면서 그 차만 타고 다니라고 한다. 또 이 아들이 다른 차를 고르면 배신감을 느끼고 괴로워한다.

"내 말을 듣지 않으면 내 자식이 아니다."라고 아버지가 말하면, 아들은 항상 "아버지가 최고이십니다. 아버지가 사 주신 차가 제일 좋습니다." 하고 반사를 해

반사 자기대상

그림에서 두 살된 아기와 엄마가 마치 서로 거울에 비친 자기 모습을 보는 것 같다.
'엄마, 나 이뻐?'
'그럼, 그럼! 우리 새끼 이쁘지, 이쁘고 말고!'
이런 말이 오가는 것 같다. 이 시기의 아이에게는 엄마가 자기를 '세상에서 가장 사랑스럽고 소중한 사람' 으로
인정하는 것을 이렇게 확인시켜 줄 필요가 있다. 그래야 건강하고 '통합된 자기(cohesive self)' 의 핵, 즉
자기구조의 기초가 형성된다. 그리고 이런 엄마의 반응을 '반사(mirroring)' 라고 한다.
아이가 원하는 대로 반사반응을 해 주는 대상을 '반사 자기대상 (mirroring selfobject)' 이라고 한다.

야만 집안이 편하다.

이렇게 정도가 심한 경우도 있지만, 코허트는 일생을 통해서 인간에게는 자기대상이 필요하다고 했다.

자기대상은 두 종류가 있다.

첫째는 **반사 자기대상**(mirroring selfobject)이다. 자신의 완벽함과 위대함을 인정해 주고 알아 주는 자기대상이다. "그래요, 당신은 정말 훌륭해요."라고 말해 주는 자기대상이다.

둘째는 **이상적 부모상**(idealized parent imago)이다. 이런 자기대상은 위험 가운데서도 동요됨이 없는 평안(calmness)을 유지할 수 있는 대상이고, 어떤 어려운 문제도 해결할 수 있는 전능한(omnipotence) 자기대상이며, 그리고 절대적인 신뢰를 줄 수 있는 자기대상이다. 이런 자기대상이 결핍될 때 병적 자기애가 생긴다. 손상되고 깨진 자기(fragmented self)가 되는 것이다. 얇은 유리그릇처럼 쉽

게 깨지는 자기이다. 그러나 어머니가 반사를 잘해 주고 이상적 부모상을 경험하
게 해 주면 놋그릇처럼 견고하고 통합된 자기(cohesive self)가 생긴다.

3 전이(transference)의 두 가지 형태

그는 환자들이 두 가지 특징적인 전이를 보이는 것을 발견했는데, 그것을 자기
애적 전이(narcissistic transference)라고 불렀다.

첫째는 **반사전이(mirroring transference)**이다. 거울에 비춰볼 때 자기의 훌륭
한 모습을 비춰 주듯이 자기를 받아 주고 위로해 주는 대상으로 분석가를 보는 것
이다(a source of accepting-conforming mirroring).

백설공주의 이야기를 생각케 한다.

"거울아, 거울아. 이 세상에서 누가 제일 예쁘지?"

"그거야 백설공주님이 제일 예쁘시지요."

어린아이는 자기애적이어서 세상에서 자기가 제일 중요한 사람이라고 생각한
다. 그리고 그것을 인정받을 필요가 있다. 이 과정을 반사(mirroring)라고 한다.
이것이 결핍되면 자라서 자기애적 성격장애가 된다는 것이다. 반사전이는 분석가
가 반사해 주는 역할을 하는 전이이다. 환자는 어릴 때 어머니에게 받지 못해서
결핍된 자기애적 자기의 반사를 분석가에게서 받고 치료된다.

두 번째는 **이상화 전이(idealizing transference)**이다. 아이에게는 부모가 강하
고 어떤 공격에도 동요되지 않는 이상적인 인물일 필요가 있다. 그래야 안심하고
살 수 있다. 아이는 부모의 힘과 평안을 동일화해 자기 것으로 만든다. 이런 아이
는 좌절이나 고난의 상황에서도 자기를 유지할 수 있다. 그러나 이런 이상적인 대

상을 갖지 못한 아이는 좌절을 겪으면 무너지듯 자기가 붕괴되어 버린다. 자기위로(self soothing) 기능이 약하기 때문이다. 자기위로의 기능은 부모의 위로기능을 내재화해 소유하게 된다. 분석가가 이상적인 인물이 되어 주어야 아이의 자기(self)가 튼튼하게 잘 자란다(a source of idealized strength and calmness).

4 1차적 자기장애와 2차적 자기장애

하인즈 코허트는 자기장애를 1차적 자기장애와 2차적 자기장애(primary vs secondary disorder of self)로 구분했다. 1차적 자기장애는 자기구조에 근본적 결함을 가진 환자들에게서 나타난다. 다음과 같은 것들이 있다.

●**정신분열증** : 생의 초기 경험에 의해서 자기의 핵(nuclear self)이 형성되지 못한 채로 남아 있는 사람이다.

●**경계선 상태** : 자기손상이 심하지만 복잡한 자기방어로 가려져 있다.

●**자기애적 행동장애** : 성도착자나 비행자, 약물중독자처럼 신체적 · 사회적으로 심각한 위험에 빠질 수 있지만 꽤 탄력성 있는 자기를 유지하고 있다. 자기가 깨어지고 쇠약해질 때도 있지만 일시적이다.

●**자기애적 성격장애** : 무시당할까 봐 피하고 위축되는 사람이다.

이 중에서 분석치료가 가능한 경우는 자기애적 행동장애와 자기애적 성격장애뿐이다. 2차적 자기장애는 자기의 구조적 손상은 없으나 인생에서 실패를 했을 때, 예를 들어 중병에 걸렸다든가 사업에 실패했을 때 의기소침해지고 분노를 느끼는 것이다.

5 자기의 핵이 형성되기 위한 조건들

'부모가 어떤 사람인가.' 하는 것이 아이의 자기발달에 중요하다. 부모는 건강한 토양이어야 한다. 부모가 자신감이 있으면 아이의 어린 과시욕을 받아줄 것이다. 아이가 좌절에 부딪쳐서 당황할 때도 부모가 흔들리지 않고 평온함을 갖고 있으면 아이는 자신이 쓸모있는 사람이라는 자신감과 내적인 안정감을 가지고 건강하게 살 수 있다. 성장 후 부모에게 실망했더라도 유아기에 마음 속에 심어진 그들의 자신감과 안정감 덕분에 어려움을 뚫고 목표를 향해 나갈 수 있게 된다. 자율적인 인생을 살 수 있다는 것이다(autonomous self). 건강한 자기의 핵(core self)을 형성하기 위해서는 다음과 같은 과정이 필요하다.

첫째, 반사(mirroring)를 잘 받고, 이상적 대상을 가져야 한다.

둘째, 자기대상(selfobject)이 적절한 좌절(optimal frustration)을 주어야 한다. 적절한 좌절이란 손상을 주지 않을 정도의 좌절을 말한다.

셋째, 적절한 좌절에 부딪쳤을 때 아이는 자기대상이 가지고 있는 능력을 자기 것으로 대체하는 경험이 필요하다.

그런데 이런 정상적 과정은 자기대상의 병적 반응에 의해서 파괴된다. **병적 자기대상에 의한 좌절(pathogenic selfobject failure)**의 예를 들어 보겠다.

먼저 반사실패(mirror failure)의 예이다. 초등학교에 다니는 딸이 100점을 받은 시험지를 들고 와서 자랑하고 싶어할 때 엄마의 반응이 "별 것도 아닌 것 가지고, 그만 자랑해! 나는 네 나이에 애도 낳았어."라고 했다면 아이는 좌절감을 느낄 것이다.

둘째는 이상적 부모상 실패(idealized parent imago failure)의 예이다. 어린 아들이 아버지의 영웅적인 월남전 참전 이야기를 듣고 싶어서 "아버지 그 때 베트콩을 어떻게 생포하셨어요?" 하고 물었다. 그런데 아버지의 반응이 "말 시키지마.

나 지금 그런 말할 기분이 아냐. 요즈음 하는 일마다 되는 일이 없고 살 맛도 안나서 죽고 싶은 마음 뿐이야.”라고 했다면 아이는 나약한 아버지의 모습을 보고 크게 실망할 것이다.

6 자기애적 성격장애의 치료기법

자기애적 성격장애자들의 핵심적인 병리는 약한 자기구조(defective and weakened self structure)이다. 자기(self)의 병이다. 치료는 이 약한 자기구조의 강화이고 복원이다.

1) 자기애적 행동장애의 치료

이런 환자들은 지나치게 요구가 많고, 자기를 과시하며, 불만이 많아서 분석가는 환자에게 그런 비현실적인 요구를 포기하고 현실의 한계를 받아들이라고 설득하고 싶어진다. 그러나 그래서는 안 된다. 이런 모습이 이들의 증세인 것이다. 이런 행동들을 원시적 자기애(archaic narcissism)가 나타나고 있는 것으로 보아서는 안 된다. 오히려 이런 환자들의 본질은 소아기 자기애에 접근하지 못하고 있는 것이다. 오히려 이들은 소아기의 원시적 자기애와 다시 만나는 방법과 자기애를 받아들이는 법, 자기애를 표현하는 방법을 배워야 한다. 이들은 수치심과 나약함을 떠들썩한 자기과시 뒤에 숨기고 있다.

자기애 환자는 상대방의 감정은 무시한 채 이기적인 요구를 하며, 반복적인 칭찬을 구해 귀찮게 하고, 제 마음대로 안 되면 화를 낸다. 이런 식으로 평생 동안 사람을 괴롭히며 사는 사람들이 자기애적 행동장애 환자들이다. 이들의 이런 요구에 부딪쳤을 때 분석가는 비판적인 태도를 취해서는 안 된다. 정서적 미숙이라고 해석한다든지, 구강기적 욕동, 중화되지 못한 공격성이라고 해석하면 치료효과가 없다. 치료적인 반사전이(mirroring transference)가 생기지 못하고 오히려 숨어 버리기 때문이다.

자기애적 성격장애 환자들은 공감실패의 숨은 희생자들이다(unwitting victim of faulty empathy). 이미 어릴 때 희생자가 되었고 분석과정에서 이해받지 못하면 다시 한번 희생자가 된다.

칭찬을 갈구하는 환자에게는 이렇게 말해 주는 게 좋다.

"끊임없이 칭찬의 말을 찾아 헤매는 것은 마음 속에 칭찬받지 못한 아이의 절망적인 욕구(hopeless need of unmirrored child in him)가 해결되지 못했기 때문인 것 같습니다."

화를 내는 환자에게는 이렇게 해석해 주는 것이 좋다.

"당신의 분노 뒤에는 무력감과 절망감이 숨어 있는 듯합니다."

"당신이 이렇게 화를 내는 이유는 자신의 요구를 효과적으로 주장하지 못했기 때문입니다."

이렇게 공감을 받으면 환자의 오래된 욕구(old needs)가 수줍은 듯 서서히 그 모습을 드러내기 시작한다(first shy appearance of narcissistic demand). 두려움과 수치심을 무릅쓰고 환자는 점점 더 노골적으로 생의 초기에 받아보지 못했던 건강한 자기애적 욕구들을 마음 놓고 경험해 볼 수 있게 된다. 과장된 자기(grandiose self)의 수용과 전능한 자기대상(omnipotent selfobject)을 경험해 보는 것이다.

경험을 통해서 알게 된 것은, 분석가는 환자가 묵은 욕구를 계속해서 드러낼 수 있게 노력해야 한다는 것이다(keeping the old needs mobilized).

"나, 훌륭하지요?"

"선생님은 내가 화를 내도 동요됨이 없이 받아주시는군요."

이런 욕구들을 마음 놓고 표현하게 허용해 주어야 한다. 이렇게 경험된 욕구들은 점차 자발적으로 정상적인 자기 주장(normal self-assertiveness)으로 발전하고, 인생의 이상(ideal)에 도달하기 위한 정상적이고 효과적인 노력과 헌신(normal devotion to ideals)으로 변해 간다.

2) 치료의 두 단계

치유되어 가는 과정은 정상적인 발달의 두 단계와도 같다.

제1단계는 공감해 주는 '만능의 자기대상'과 만나는 단계이다. 분석가와 일체감을 느끼는 단계이다(merger with the empathic omnipotent selfobject). 공감을 받아서 일체감이 느껴지는 단계까지이다(empathic merger or empathic echo). 이 때는 환자의 문제를 해석해 주어서는 안 된다. "당신은 어릴 때 부모에게 사랑받지 못해서……"라는 등의 말을 해서는 안 되는 단계이다. 공감과 일체감, 인정받고 있다는 느낌만을 받게 해 주어야 한다. 다른 말로 표현하면 발생적 해석을 해서는 안 되는 단계(preinterpretive phase)인 것이다.

제2단계는 자기대상(분석가)에 대한 피할 수 없는 실망을 경험하는 단계이다. 그러나 정신적으로 손상을 줄 정도는 아니고 시기적절한 실망(non-traumatic, phase appropriate)이다. 이 때 환자는 정상적인 어린이의 발달과정에서 볼 수 있는 것처럼 분석가라는 자기대상의 능력을 자기의 것으로 바꾸는 변형 내재화(transmuting internalization)가 일어나고 자기구조가 발달한다. 분석과정 중 이 시기는 자기대상 전이가 확실하게 형성되어 있어서 자신의 자기애적 욕구에 대해 분석가가 완벽하게 공감해 주기를 바란다. 이 때 분석가가 공감해 주지 않는다고 느끼면 마음 속에서 어린 시절의 공감실패가 떠오를 것이다. 바로 이 때 발생적·역동적 해석을 줄 수 있는 타이밍을 잡을 수 있다. 다른 말로 표현한다면

공주와 개구리

그림은 〈공주와 개구리〉라는 동화
이야기이다.
'왕자가 마녀의 저주를 받아 개구리가
되었다. 음습한 웅덩이에서 외롭고 슬픈
나날을 보냈다. 그러나 그를 동정하는
공주의 눈물이 그의 몸에 떨어지자
마녀의 마법이 풀리고 자랑스러운 왕자로
돌아왔다.'
이 이야기는 코허트의 치료이론을
생각나게 한다.
유년기에 우리 인간은 모두 부모에게
왕자나 공주 같은 존재였다. 그러나
당연히 받아야 할 대우를 받지 못하고
천대를 받았기 때문에 개구리 자화상을
갖게 되었다. 왕자이지만 스스로 개구리
자화상을 갖고 우울한 열등감의
웅덩이에서 산다. 그러나 공주 같은
정신분석가나 다른 어떤 대상의 사랑을
받으면 껍질을 벗고 본래의 자랑스러운
모습을 회복한다.

발생적 해석의 단계(genetic interpretation phase)이다.

자기애적 행동장애(noisy demand and intense activity)와 자기애적 성격장애 (shame and social isolation)는 정신병리가 동일하다. 그렇기 때문에 분석과정도 동일하다.

3) 치료에서 얻어지는 바람직한 결과

약한 자기(enfeebled self)가 강해지는 것(firming)이다. 자신의 욕망을 누릴 권리를 자신감을 갖고 주장할 수 있으며(self-confidently held ambition), 동시에 인생의 목표를 이루기 위해서 효과적인 노력을 기울일 수 있게 된다. 새로 획득한 자신감과 열정을 가지고 자발적으로 나갈 수 있게 되면 창조적이며 생산적인 삶을 살게 된다.

클라인 학파

멜라니 클라인은 인격의 성장과정을
'편집-분열의 입장(paranoid-schizoid position)' 과
'우울 입장(depressive position)' 의 두 단계로 보았다.
편집-분열의 입장일 때 유아는 부모가
자기를 공격하여 파멸당할지도 모른다는 두려움을 느낀다. 우울입장에 들어서면
유아는 위험이 부모로부터 오는 것이
아니라 자기 자신의 공격성이 문제라는 것을 깨닫는다.

아이가 엄마를 보며 웃는다. 엄마는 자신도 모르게 아이를 따라웃는다. 엄마의 웃는 모습을 보며 아이는 안심한다. 이런 현상은 아이가 자신의 감정을 엄마에게 투사하고, 엄마는 이 감정에 점령당하고, 조종당하고 그것들을 모방하는 것을 보여 준다. 정신분석에서는 이런 심리를 투사적 동일화(projective identification)라고 부른다. 또 다른 예를 들 수 있다. 죄책감으로 처벌불안이 심한 환자가 있었다. 의사가 면담중에 이 환자를 몹시 나무랐다. 정신분석가가 환자를 나무라는 일은 흔치 않은 일이다. 의사는 곧 후회했다. 그런데 환자는 의외로 만족스런 미소를 짓고 있었다. 비난을 받고도 만족해 하는 환자, 평소와 달리 환자를 비난한 분석가……. 분석가와 환자 사이에 도대체 무슨 일이 벌어진 것일까? 나중에 알게 된 일이지만 환자는 자신을 처벌하는 마음 속의 이미지를 분석가에게 투사했다. 분석가는 무의식중에 처벌자의 역할을 하고

멜라니 클라인
(Melanie Klein, 1882~1960)
런던에서 정신분석의 한 학파인 클라인 학파를 만들었다. 주로 소아 정신분석을 했고, 놀이를 통한 분석을 개발했다. 아버지는 외과의사였고, 외할아버지는 유대인 랍비였다. 둘째아이를 낳고 우울증에 빠져 페렌치에게 정신분석을 받기 시작했고, 나중에 정신분석가가 되었다.

있었다. 그래서 환자를 비난했다. 환자는 분석가를 통해서 벌을 받아 버렸기 때문에 죄책감이 해소되었다. 그래서 그는 웃을 수 있었다.

'투사적 동일화'란 용어를 처음으로 쓰기 시작한 정신분석가는 영국의 멜라니 클라인이다. 그녀는 정신분석학의 세계에서 안나 프로이트와 함께 거대한 양대 산맥을 형성하고 있다. 그녀는 특히 정신분석으로 어린이를 치료했고, 여기서 얻은 자료를 이론으로 정리해 프로이트의 이론을 더욱 발전시킨 인물이다.

1 멜라니 클라인의 생애

멜라니 클라인(Melanie Klein, 1882~1960)은 외롭고 비극적인 일생을 산 여인이다. 비록 학문적으로는 성공했지만 사생활엔 슬픔이 많았다. 멜라니 클라인은 1882년 오스트리아의 빈에서 태어났다. 유대인 가정이었다. 아버지인 모리츠 라이체스(Moriz Reizes)는 랍비였으나 나중에 유대교를 버렸다. 그는 치과 의사가 되었고, 마흔이 넘어서 15년 연하의 여인과 깊은 사랑에 빠져 결혼했다. 둘 사이에 네 명의 아이가 태어났는데, 멜라니 클라인은 그 중에서 막내딸이었다. 아버지는 10개 국어를 독학으로 깨우쳤고 해박한 지식을 갖고 있어서 그녀에게 많은 영향을 주었다. 아버지는 그녀가 18세 되던 해에 사망했다.

멜라니 클라인은 아버지보다 어머니와 훨씬 더 가까웠다. 어머니 리부자 도이치(Libusa Deutsch)는 아름다운 용모에 인정 많고 대담하며 진취적인 인물이었다. 그녀는 생활력도 강해 남편이 늙고 경제적으로 어려울 때 장사를 하면서 집안을 이끌었다. 당시로서는 치과 의사 부인이 장사를 하는 것은 흔치 않은 일이었다. 그녀는 말년에 멜라니 클라인의 집에서 함께 살았는데, 이 시절 불행했던 멜라니 클라인은 어머니에게서 큰 위로를 받았다. 1914년, 어머니는 오랜 투병 끝에 사망했다. 그녀의 어머니는 죽음을 두려워하지 않고 담담하게 받아들였고, 이 모습에서 멜라니 클라인은 큰 감동을 받았다.

어머니는 그녀를 자유롭고 편하게 키웠다. 멜라니 클라인은 행복한 유년 시절을 보냈다고 회상했다. 종교적인 영향은 거의 없었다. 그녀의 지적 욕구와 성취욕은 아버지에게서 물려 받았고, 진취적이고 창조적인 인품은 어머니에게 물려 받았다. 자신의 이론을 공격하는 반대자들 앞에서 당차게 대항하는 모습은 가히 영웅적이었다.

멜라니 클라인은 죽음의 고통을 유난히 많이 경험했다. 바로 윗언니 시도니(Sidonie)는 아홉 살 때 결핵성 임파선염으로 죽었다. 당시 그녀의 나이 다섯 살이었다. 오빠 엠마누엘(Emmanuel)도 20대 중반에 죽었다. 멜라니의 나이가 20대 초반일 때였다. 오빠는 멜라니 클라인과 각별한 사이였다. 엠마누엘은 피아노, 시 등 다양한 재주를 가지고 있었던 젊은이로 의학을 공부하다가 건강 때문에 포기했다. 그녀는 열네 살 때 의대를 가려고 결심했는데 의대입시에 필요한 라틴어와 그리스어를 가르쳐 준 것도 오빠였다. 그녀에게는 언니와 오빠의 죽음, 특히 오빠의 죽음은 큰 상처였고, 그들이 이루지 못한 지적인 성취까지 자신이 이루어야 한다는 의무감을 갖게 만들었다. 의대에 가려고 했던 것도 이런 언니의 죽음과 병약한 오빠의 영향이었을 것이다. 그 후 멜라니 클라인은 사고로 큰아들을 잃었다. 이렇게 가까운 사람들의 죽음이 그녀의 성격을 우울하게 만들었다.

그녀는 열아홉 살 때 오빠의 소개로 아르투어 클라인(Arthur Klein)과 약혼했다. 남편이 엔지니어어서 공장을 따라 여러 지방으로 돌아다녀야 했기 때문에 의대에 진학하는 꿈을 포기해야 했다. 그녀는 이 때 의대를 포기한 것을 평생 후회했다. 다만 2년 간 빈 대학에서 인문학을 공부했다. 그리고 스물한 살에 결혼했다. 결혼생활은 초기부터 문제가 많았다. 남편을 따라 시골에서 살면서 그녀는 불행했다. 지적인 활동도 많았고 자극도 많았던 빈 생활이 그리웠다. 단조로운 시골

20세의 멜라니 클라인과 남편인 아르투어 클라인
멜라니 클라인은 아버지와 오빠의 잇따른 죽음으로 공부를 포기하고 아르투어와 결혼했
지만, 결국은 그녀를 우울증에 빠뜨렸고 불행한 결혼생활로 40세에 이혼하고 말았다.

생활은 지루했다. 그녀는 세 아이를 낳은 뒤 남편과 별거를 시작해 마흔 살에 이혼하고 말았다.

1910년, 28세에 그녀는 헝가리의 부다페스트에서 처음으로 프로이트의 유명한 책 《꿈의 해석》을 보게 되었다. 이것을 시작으로 그 후 일생을 정신분석 속에서 살았다. 멜라니 클라인은 프로이트의 직계 제자인 페렌치(Sandor Ferenczi)에게 개인분석을 받았고 그의 권유를 받아 어린이의 정신분석을 시작했다. 그녀가 프로이트를 처음 만난 것은 1917년, 35세 때 어느 모임에서였다.

1920년 38세에 만난 칼 아브라함(Karl Abraham)은 멜라니 클라인의 소아분석에 관심을 보여 주었다. 이것이 계기가 되어 다음 해에 아브라함이 사는 베를린으로 이사했다. 1924년 42세 때 우울증 때문에 아브라함에게 개인분석을 받기 시작했다. 분석은 14개월만에 중단되었다. 아브라함이 갑자기 죽었기 때문이었다. 그녀는 아브라함을 통해서 정신분석의 참뜻을 배웠다고 회고했다. 그의 죽음으로 그녀는 또 한번의 큰 상처를 입었다. 자신의 분석가의 죽음으로 인한 상실감과 멜라니 클라인의 이론에 대한 지지자들도 없어서 베를린 생활은 견디기 힘들었다. 당시 프로이트의 딸 안나 프로이트도 소아 정신분석을 했는데, 대부분의 학자들은 안나 프로이트를 지지했고 멜라니 클라인은 '비정통파'로 따돌림을 당했다. 1925년, 멜라니의 나이 43세 때 어네스트 존스(Ernest Jones)의 초청으로 영국에서 3주간 강의를 했다. 그녀는 이 때를 생애에서 가장 행복했던 시간이라고 회고했다. 1927년 45세에 영국으로 이주한 그녀는 1960년 78세로 죽기까지 33년 동안 거기서 살았다.

2 멜라니 클라인과 안나 프로이트의 갈등

멜라니 클라인의 환자 중에 '딕(Dick)'이라는 아이가 있었다. 매사에 무관심하고 공부도 못했다. 사실은 당시 클라인 역시 자신의 막내아들이 공부에 흥미를 잃고 매사에 무관심한 것을 안타까워하고 있었다. 분석을 통해 알게 된 것은 이런 아이들이 탐구욕구를 억압하고 있다는 것이었다. 따라서 공부 같은 지적 활동도 억압당하고 있었으며, 공부에 흥미를 잃고 있었던 것이다.

억압의 가장 중요한 이유는 어머니의 몸에 대한 호기심과 관련이 있었다. 어린 아이는 어머니의 몸을 보고 싶어한다. 그러나 이 욕구는 아이에게 두려움을 일으킨다. 이 때 정상적인 남자 아이는 호기심의 대상을 어머니의 몸에서 바깥 세상으로 돌려 버린다. 바깥 세상이 어머니의 몸을 상징하는 것이다. 세상을 탐구하는 것은 어머니의 몸을 보는 것이 된다.

상징을 통해 어머니의 몸을 바깥 세상으로 바꿔 놓았기 때문에 이제는 안심하고 흥미를 가지고 지적 탐구를 할 수 있다. 그러나 비정상적인 아이는 상징화의 능력이 없다. 어머니의 몸을 보는 것에 대한 두려움이 심한 아이는 상징화를 시키지 못한다. 그래서 지적 활동이 위축되어 버린다. 그 결과 공부가 재미없고 지적 능력이 떨어진다는 것을 멜라니 클라인은 발견했다.

　이렇게 클라인은 어린이 치료에 정신분석을 이용한 선구자였다. 그녀는 1주일에 5회 면담을 했고, 한 번 만나는 시간은 50분이었다. 그녀는 어른을 분석하는 방법을 아이에게도 그대로 적용해 치료했다. 예를 들어, 아이가 분석가를 이유없이 공격할 때 "어제 엄마에게 매맞았기 때문에 엄마처럼 보이는 내게 화풀이를 하는구나." 하고 해석해 주는 것이었다. 또한 클라인은 정신분석에 놀이를 이용했다. 프로이트가 꿈을 이용해 무의식을 이해하듯 클라인은 놀이가 어린이의 무의식을 잘 보여 준다고 했다.

　클라인은 아이들을 치료하면서 발견한 많은 새로운 이론과 치료기법들을 발표했다. 이 중에는 프로이트의 이론과 대립되는 것들도 있었다. 특히 프로이트의 딸인 안나 프로이트(클라인보다 열세 살이 어렸다.)와는 심하게 대립했다. 안나 프로이트는 '아이들의 자아는 아직 약해서 어른들에게 적용하는 딱딱한 규칙을 지킬 수가 없다.' 며 반박했다. 예를 들어, 아이가 분석시간 50분을 어떻게 견디겠느냐는 것이었다. 그리고 전이해석에 대해서도 반대했다. 전이란 과거의 어떤 인물(부모)에 대한 이미지가 현재의 분석가에게 옮겨오는 것(원판의 재판)인데, 아이들에게 부모는 아직 현재의 인물(원판, first edition)이라는 것이다. 아이들의 경우에는 진정한 의미의 전이란 없으며 따라서 7세 이하의 아이들은 분석에 적합치 않다는 것이 안나 프로이트의 주장이었다. 이에 대해 클라인은 2년 9개월 된 아이도 분석이 되었다고 반박했다.

　이외에도 여러 가지 이론적인 대립이 있었다. '어린아이는 죽음의 본능을 타고난다.', '유아는 타고난 지식을 가지고 있다.', '인간의 성격발달이 첫 1년 안에 거의 다 일어난다.' 라는 클라인의 이론에 대해 안나 프로이트는 너무나 기간을 단축하고 있다고 비판했다. 프로이트는 4세 이후에 초자아(자기비판 기능을 하는 인격의 한 부분)가 발달하는 것으로 보았지만, 클라인은 생후 1년이면 초자아가 생긴다고 주장했다.

안나 프로이트는 클라인의 정신분석 기법에 대해서도 비판했다. 모든 해석과 치료기법이 예외없이 전이에 집중되어 있어서 현실을 너무 무시하는 경향이 있다는 것과 비의식적인 팬터지를 너무나 일찍, 너무 깊게 해석(premature and deep interpretation)해 버린다고 비판했다. 이런 경우에는 성격분석을 소홀히 하게 된다는 것이다. 어린아이들의 놀이와 어른들의 자유연상을 같은 것으로 본 것도 비판했다.

이렇게 갈등이 계속되고 있을 때 제2차 세계대전이 일어났고, 1938년 클라인의 나이 56세에 프로이트의 가족이 런던으로 피난을 왔다. 런던은 클라인이 이미 10여 년 전부터 뿌리를 내리고 있던 곳이었다. 다음 해에 프로이트가 사망하고 안나 프로이트가 학문을 계승하자 런던에서는 두 여인의 갈등이 더욱 심해졌다. 영국 정신분석학회는 학회의 분열을 막기 위해 각자의 학파를 인정하고 서로 공평한 교류를 나누게 했다. 예를 들어, 프로이트 학파(Freudian school)와 클라인 학파(Kleinian school), 그리고 어느 편에도 속하지 않는 중도파(independent)로 나누었다. 학회를 할 때에도 공평하게 연설자를 세운다. 오늘날 국제 정신분석학회의 분포는 북미를 비롯한 한국 등에는 프로이트 학파가 강력하다. 그러나 남미에는 클라인 학파가 압도적이다.

3 멜라니 클라인의 대표적 이론

멜라니 클라인은 인격의 성장과정을 두 가지 단계로 보았다. '편집-분열의 입장(paranoid-schizoid position)'에서 '우울 입장(depressive position)'으로 성

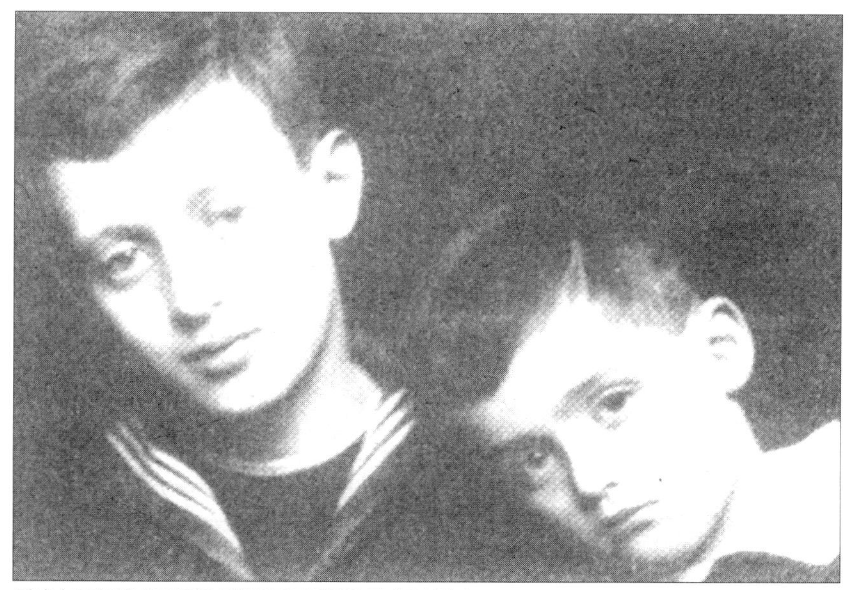

멜라니 클라인은 두 아들을 관찰해 자기 이론의 근거로 삼았다

사진은 멜라니 클라인의 두 아들, 한스와 에리히(1916)이다. 클라인은 두 아들을 관찰해 자신의 정신분석 이론을
세웠다. 주로 소아 정신분석을 했기 때문에 임상경험을 이용하기도 했다.

장해 가고, 이런 과정이 생후 1년 이내에 거의 완성되어 버린다. 그런데 이것으로
고정되는 것이 아니고 일생 동안 상황에 따라 두 입장을 왕래한다. 그래서 클라인
은 성장의 '단계(phase)'라는 말을 쓰지 않고 '입장(position)'이라는 용어를 썼
다. 그 이유는 성장이란 계단을 오르듯이 한 계단을 오르면 다시는 그 단계가 나
타나지 않는 그런 것이 아니라 입장을 바꾸듯이 상황에 따라서 일생 동안 왔다갔
다 하는 것이기 때문이라고 했다.

1) 편집-분열의 입장(paranoid-schizoid position)

클라인은 출생시부터 자아가 기능을 한다고 보았다. 유아도 불안을 느끼고 방
어기제를 사용하며 인간관계를 형성하는 능력을 가지고 있다고 보았다. 편집-분
열의 입장은 가장 초기의 원시적인 입장이다.

내용을 간략히 설명하면 이렇다. 유아는 엄마를 전체로 보지 못하고 엄마의 부분(part-object)을 엄마로 이해한다. 엄마를 전체(whole object)로 볼 능력이 없는 것이다. 그래서 좋은 엄마(good object; 만족을 주는 대상)와 나쁜 엄마(bad object; 좌절을 주는 대상)로 분열이 일어난다. 나쁜 엄마에게는 유아가 가지고 태어난 공격성(death instinct)을 투사한다. 그래서 나쁜 엄마는 더욱 공격적이고 무시무시한 인물로 보인다. 이 입장에 서 있는 아이는 나쁜 엄마에게 피해를 당하는 것을 두려워하게 된다(persecutory anxiety). '나쁜 엄마가 나를 해칠지도 몰라.' 하는 의심이 생기고 편집증적이 된다.

편집-분열의 입장이란 말이 여기서 나왔다. 불안한 아이는 이 불안을 피하기 위해 방어기제를 쓴다. 즉, '나를 해치려는 사람은 없어.' 하고 전체를 부정해 버림으로써(omnipotent denial) 현실적인 위험을 피하는 것이다. 이런 입장은 일생 동안 지속된다. 우울 입장에 도달하면 수정이 일어나기도 하지만, 그 영향은 평생 지속된다.

2) 우울 입장(depressive position)

편집-분열의 입장에서 진일보한 입장이다. 가장 두드러진 특징은 통합능력이 생긴 것이다. 현실감각이 생기면서 엄마가 하나라는 것을 알게 된다. 좋은 엄마와 나쁜 엄마가 하나로 인식된다. 현실과 팬터지를 구별하고 통합할 수 있게 되었을 때 나타나는 입장이다. 클라인은 3~4개월이면 벌써 우울 입장이 나타나기 시작하며 일생 동안 지속된다고 했다. 이제 엄마가 하나의 엄마로 인식되기 때문에 벌써 이 때 에디푸스 콤플렉스(Oedipus complex)가 시작된다고 했다.

왜 우울 입장이라고 부르는가? 엄마가 좋은 대상이면서 동시에 증오의 대상도 된다는 것을 알게 된 아이는, 자기 속에 있는 공격적 충동이 엄마를 공격해서 없애 버릴지도 모른다는 두려움(depressive fear)에 빠진다. 아이는 혹시 사랑하는

352

엄마를 잃게 된다면 그것은 제 속에 있는 나쁜 성깔(aggressive impulse) 때문일 것이라고 생각해 죄책(guilt)을 느끼고 우울해진다는 것이다.

그래서 편집-분열의 입장에 섰을 때와 우울 입장에 섰을 때는 지배적 감정이 달라진다. 편집-분열 입장에 섰을 때의 지배적 감정은 피해불안(persecutory anxiety)이지만, 우울 입장에서는 상대방(object's welfare)에 대한 걱정이다.

요약하면, 출생시에 유아는 엄마를 '사랑 엄마'와 '미움 엄마'로 나누어 놓고 본다. 현실감이 생기면서 엄마가 하나라는 것을 깨닫는다. 알고 보니 사랑하던 대상과 미워하던 대상이 같은 대상이라는 것을 깨닫는 것이다. 그리고 사랑하는 엄마를 공격해 파괴해 버리려고 하는 환상이 자신 속에 있다는 것을 알게 된다.

'이제 보니 엄마가 나를 해치려 한 것이 아니구나. 오히려 내가 엄마를 해치려 하는 나쁜 성깔을 갖고 있구나!'

여기에서 하나의 두려움이 생긴다. 미움이 사랑보다 심해지면 실제로 이런 일이 일어날 수도 있겠다는 두려움이 생긴다. '내가 엄마를 죽일지도 몰라.' 하는 걱정이다. 그런데 이 무렵의 아이는 젖을 뗄 시기여서 자신의 파괴적 충동 때문에 사랑하는 대상인 엄마의 젖(breast)을 잃었다고 생각해 자책하고 우울에 빠진다.

'나 때문이야. 내 나쁜 성깔 때문에 내가 없애 버린 거야. 나는 나쁜 아이야.'

그렇다면 이런 우울의 입장을 아이는 어떻게 해결하는가? 엄마에 대한 사랑이 미움보다 훨씬 커야 한다. 그래야 아이는 안심하고 엄마를 의지할 수 있게 된다. 마음 놓고 엄마를 믿고 의지하게 되면 엄마에 대해서 감사하는 마음도 생긴다.

'엄마는 나를 사랑해. 더 이상 걱정할 필요 없어. 엄마와 나 사이에 나쁜 일은 생기지 않을 거야.'

엄마의 역할을 자기 것으로 내재화해 일생 동안 가지고 살게 된다. 좋고 능력 있는 엄마를 마음 속에 가지고 있으므로 자신감도 있고 행복하다. 성장 후에도 독립적이고 원만한 대인관계를 유지하며 살 수 있게 된다. 이것이 좋은 해결이다.

그러나 우울 입장에서 완벽하게 빠져 나온 사람은 없다. 인간은 일생 동안 편집-분열의 입장과 우울 입장을 왔다갔다 하며 산다. 죄책감으로 괴로워하다가 때로는 피해의식을 느끼고 불안에 떤다. 정도의 차이가 있을 뿐이다. 그리고 아주 심하게 잘못되는 경우에는 조울 정신병이 되기도 하고 상대방을 지배하고 모욕을 주어서 자신의 우울을 벗어 보려고도 한다.

4 클라인 학파의 치료기법

클라인의 분석기법을 볼 수 있는 증례가 있다.

환자는 '딕(Dick)' 이라는 네 살짜리 아이다. 오늘은 첫번째 분석 시간이다. 딕은 장난감 기차를 집어 들었다. 클라인은 이 기차에 '딕의 기차(Dick train)' 라는 이름을 붙여 주었다. 기차는 딕을 상징한다. 딕은 기차를 밀고 창문으로 가더니 "역(station)이야." 라고 말했다. 클라인은 "그 역은 엄마란다(The station is mummy)." 하고 해석해 주었다. 그리고 딕은 방 안쪽 문과 바깥쪽 문 사이에 있는 공간으로 뛰어 들어가기를 반복했다. 그리고 안에서 문을 잠그고는 "어둡다(dark)." 라고 했다. 클라인은 딕에게 "엄마의 몸 안은 어둡다. 딕은 어두운 엄마 안에 있다(It is dark inside mummy. Dick is inside dark mummy)." 라고 말했다(Klein, 1930).

클라인은 네 살짜리 아이에게 어른들을 분석하는 것처럼 상징의 해석을 들려 주고 있다. 그리고 첫 시간부터 아이의 비의식적 팬터지에 아이를 직면시키고 있다. 아이들이 놀이치료에서 보여 주는 행동이 곧 자유연상과 똑같은 것이라고 보았기 때문이다.

프로이트 학파의 입장에서는 이런 해석을 받아들이기 어렵다. 비록 아이가 아직 효과적으로 비의식적 충동을 조절하지 못하고, 자아나 초자아의 형성도 부실해서 방어의 벽이 얇기는 하지만 그래도 비의식의 내용물이 의식에 나올 때는 검열을 통과하기 위해서 왜곡된 모양으로 나온다. 그런데 왜곡된 행동을 분석가의 입장에서 해석하고 환자에게 직면시켜서는 안 된다는 것이다.

그러나 클라인은 이런 발달학적인 면을 받아들이지 않았다. 소아 정신분석에서 놀이가 곧 자유연상(free association)이며, 심층해석(deep interpretation)은 어떤 나이의 환자에게도 줄 수 있는 것이라고 했다. 그래서 클라인 학파의 분석가들은 분석시간에 환자의 팬터지를 많이 다루며 치료 초기부터 이와 직면시킨다. 전이행동에 초점을 맞추는 편이다.

클라인은 전이개념에 대해서 이렇게 말했다.

> "나의 경험에 비추어 보면, 전이상황은 분석받는 동안 환자의 전체, 실제 인생상황으로 확산(permeate)될 필요가 있다. 분석이 잘 진행되면 분석가는 유년기의 대상(original object)이 된다. 분석가는 환자의 과거와 현재에서 실제 인물일 뿐만 아니라 유년기 시절부터 환자의 내면에 내재화되어 있었던 대상이기도 하다."

전이의 개념은 프로이트 학파와 다를 바 없다. 그러나 역전이 개념은 진일보한 것이다. 프로이트는 역전이가 분석가의 갈등에서 일어나는 것으로 보았다. 그러나 클라인 학파는 여기에 추가해서 환자가 분석가에게 어떤 감정을 부여하고 역할을 부여해서 생기는 역전이가 있다고 했다. 이 역전이를 분석하면 환자의 내적 욕구를 이해할 수 있으며, 이 역전이는 투사적 동일화(projective identification)를 통해서 일어난다.

앞서 제2장의 정신분석 이론에서도 설명했지만, 1959년에 폴라 하이만(Paula Heimann)은 역전이의 개념을 확장시켰다. 환자에 관한 정보를 얻는 방법의 하나로써 분석가가 환자에게 느끼는 감정, 즉 역전이를 포함시켰는데 이것은 클라인의 투사적 동일화 개념을 확장한 것이었다. 분석가의 감정은 환자의 투사적인 과정에 의한 것이며 이것을 분석하면 환자의 무의식에 접근할 수 있다는 것이다. 다시 말해서 분석가의 역전이는 일부는 분석가의 문제가 만든 것이지만 때로는 환자의 창조물이며 환자의 갈등을 보여 준다. 그러나 클라인 자신은 하이만이 자기의 투사적 동일화 개념을 이렇게 확장하는 것을 좋아하지 않았다고 한다. 클라인 여사는 이렇게 예를 들어 설명하고 있다.

한 분석가에게 환자가 이런 꿈을 가져왔다고 하자. 환자가 꿈을 꾸었는데 아이가 엉엉 소리치며 울고 있었다. 그런데 아이의 얼굴이 분석가의 얼굴이었다. 이런 꿈 얘기를 들을 때 클라인이라면 이렇게 해석할 것이라고 했다.

"당신은 울고 싶은 마음을 참을 수 없었나 봅니다. 그러나 울고 싶은 소원은 유치한 것이기 때문에 이 소원을 제거하고 싶었나 봅니다. 그래서 그 소원을 내게 줘 버리고 꿈에서는 나를 우는 아이로 본 것 같습니다."

그런데 만일 클라인이 지도교수이고 이 분석가를 지도하는 입장일 때, 분석가가 환자의 꿈 얘기를 들으면서 정말 엉엉 소리치며 울고 싶은 심정을 느꼈다고 말하면, 클라인은 이 분석가가 약간의 자기분석(self analysis)을 해 볼 필요가 있다고 했다.

환자의 얘기를 들으며 분석가가 울고 싶은 마음이 들었다면 약간의 자기분석을 생각해 볼 일이지, 환자의 비의식을 이해하는 도구로 사용한다는 것은 동의하지 않았던 것이다. 그러나 클라인이 좋아하지 않았다고 하더라도 폴라 하이만은 투사적 동일화에 의한 역전이의 개념을 확립해 이를 인정받고 있다.

현대 정신분석가의 정신분석 증례

안느마리 산들러(Anne Marie Sandler) 여사의 증례는
임신과 분만을 두려워하는 32세 부인의 정신분석을 소개하면서 신경증 환자의
분석기법을 보여 주고 있다.
또한, 데오도르 제이콥(Theodore J. Jacobs) 박사의 증례에서
한 시간의 분석시간 동안, 분석가는 환자의 말을 들으며 자신의 마음에서 일어나는
연상을 관찰한다. 환자와 분석가 사이의 상호작용을 볼 수 있다.

현대 정신분석가들은 어떤 식으로 정신분석을 실행하는지를 알아볼 필요가 있다. 정신분석이 어떻게 진행되며, 분석상황에서 어떤 일이 벌어지는가를 소개하기 위해 안느마리 산들러 여사의 불임증 환자의 증례를 소개하겠다. 이 환자는 자신이 아기를 죽일지도 모른다는 두려움과, 아기가 엄마인 자신을 죽일지도 모른다는 두려움 때문에 아기를 갖지 못했다. 이 엉뚱한 두려움은 유년기에 생긴 갈등이 원인이었고, 분석을 통해 잘 해결되어 아들을 낳았다. 이 논문은 1987년 몬트리올에서 열린 제35차 국제정신분석학회에서 발표되었다.

두 번째 논문은 데오도르 제이콥(미국 교육분석가, 정신과 의사)이 암스테르담에서 열린 국제정신분석학회에서 발표한 것이다. 한 시간의 분석시간 동안에 환자와 분석가와의 사이에서 일어나는 서로의 상호작용을 보여 준다. 마치 수중발레(synchronize swimming)에서 선수들이 호흡을 맞춰 마치 한 몸처럼 움직이는 것을 연상시킨다. 분석가는 환자의 말을 들으며 자신의 마음에서 일어나는 연상을 관찰한다. 이 연상이 환자의 마음을 보여 주었다.

1 한 신경증 환자의 정신분석 : 안느마리 산들러
Aspects of the analysis of a neurotic patient (Anne Marie Sandler, 1987)

제35차 국제정신분석학회 학술기획위원회에서 신경증 환자의 정신분석 치료에 관해 발표해 달라는 요청을 받았다. 학회 측의 요청을 요약하면, 표준적 정신분석(standard analysis)에 가장 적합한 신경증 환자들이 분석치료의 전 과정을 통해서 어떻게 달라져 가는가를 보여 달라는 것이었다.

또한 최근 발달하고 있는 정신분석의 기법들이 정신분석 치료의 과정과 그 결

과에 어떻게 영향을 미치는가를 조사해 달라는
요청이었다. 물론 지금 이 시점에서 '무엇이 표
준 정신분석인가?' 하는 것을 논하거나, 어떤
사람에게는 표준분석이 되는 것이 다른 사람에
게는 그것이 아닌 이유를 논하기는 어렵다. 더
욱이 우리 각자는 지금도 우리의 치료기법 속에
이미 프로이트 이후에 발달해 온 정신분석 기법
들의 영향을 받고 있는 것이 사실이다. 따라서
나는 내가 표준 정신분석이라고 생각하는, 내
자신의 기법을 보여 줄 수밖에 없다. 나는 논문
의 끝부분에 이에 대해서 약간 언급하겠다. 물
론 환자의 신상을 보호하기 위해서 증례 중의
많은 부분을 수정했음을 밝혀 둔다.

안느마리 산들러 여사
(Anne-Marie Sandler)
너그럽고 인간미 넘치는 안느마리
산들러 여사는 영국정신분석학회의
교육분석가이며, 국제정신분석학회
부회장을 역임했다.

내가 D부인을 처음 본 것은 해외에서 살고 있을 때였다. 처음에 그녀가 내게 전
화를 했다. 남편은 국제적인 어떤 기구에서 일하고 있었으며, 3년 간의 해외 근무
중 마지막 1년을 남기고 있다고 했다. 나이는 32세였고, 내게 정신분석을 받고 싶
은 이유는 때때로 극도의 우울과 불안을 느껴왔기 때문이라고 했다(extremely
unhappy and anxious for some time). 가까운 친구가 정신분석의 도움을 받았
다고 했고, 내가 다음 해에 런던에 귀국하는 것도 알고 있었다. 만일 내가 그녀의
분석을 시작한다면 런던에 귀국한 후에도 분석을 계속할 수 있을 것이라고 했다.
그 다음 주에 그녀를 만나기로 약속했다.

D부인은 정시에 도착했다. 키가 크고, 금발에 푸른 눈의 여인이었다. 외모는 매
우 아름다웠지만 옷차림은 약간 어린애 같은 느낌을 주었다(little girlish). 예를
들어, 색깔이 화려한 머리핀을 했다든지 하는 것이다. 그녀는 굳은 자세로 의자에

앉았다. 그리고 얘기를 시작했다. 자신의 생활이 더 이상 참을 수 없는 상태가 되었기 때문에 도움을 청하러 왔다고 했다. 남편은 아기를 원하는데 자신은 아기를 가질 수 없을 것 같다고 했다. 그녀가 두려워하는 것이 '임신인지 분만인지'를 내가 물었다. 그녀는 둘 다라고 했다. 그러나 아기를 낳는 것이 실제적인 공포감을 준다고 했다. 그녀는 무통분만에 대해서도 알고 있었다. 그러나 분만공포를 해결하는 데는 아무 소용이 없었다. 그녀는 분만을 매우 무서워하고 있었다. D부인은 때때로 불안 발작을 일으키기도 하고 울기도 하는데, 요즈음은 점점 깊이 절망감에 빠져든다고 했다. 특히 그녀가 두려워하는 것은 남편이 자신에게 싫증을 느끼고 다른 여인에게로 가버릴까 봐 두렵다고 했다. 혼자서 극복해야만 된다고, 두려움을 이기고 아기를 가져야 된다고 결심도 해 보았다. 그러나 이제 그녀는 자신이 도움을 받지 않으면 안 될 상태에 빠져 있다는 것을 깨달았다고 했다.

나는 D부인에게 자신에 대해서 좀 자세하게 말해 달라고 요청했다(tell me something about herself). 그녀는 3남매 중 장녀였다. 두 살 아래의 남동생, 다섯 살 아래의 여동생이 있었다. 부모는 전문직을 갖고 있는 영국인들이었다. 그러나 그녀는 공부에 별로 흥미가 없었다. 그녀는 작은 시골마을에서 성장했다. 어릴 때는 열심히 동생들을 돌봤다. 유능하고 독립적인 여성이었고, 독립적인 생활을 즐겼다. 부모님들과도 사이가 좋고, 동생들과도 사이가 아주 좋다고 했다. 남동생을 좋아한다고 했다. 이 말을 한 뒤 잠시 동안 망설이더니 다음 말을 덧붙였다.
"그렇지만 나는 그 애들을 그렇게 가까이하지 않아요. 나는 사람들과 어느 정도의 거리를 두는 편이에요."
학교를 졸업한 뒤에 그녀는 동시통역 비서가 되기 위해 훈련을 받았고 런던으로 이사했다. 사장님에게 능력을 인정받아 좋은 자리에 있었고 거기서 지금의 남편을 만났는데, 그 때 나이는 23세였다. 남편은 그 때 26세였고 은행원이었다. 남편은 동생들을 부양해야 했기에 진학을 포기했었다. 그는 D부인을 좋아했고, 약혼 후에 D부인은 남편을 대학에 진학시켰다. 그녀의 일자리가 좋았기 때문에 그가 학교에 다니는 동안에도 가족을 부양할 수 있었다. 그녀는 그가 자신의 능력과 재질을 과소 평가하고 있기 때문에 누군가 밀어 줘야 한다고 생각했다.

남편이 대학에 진학한 후, 둘은 곧 결혼식을 올렸다. 그녀는 집안을 꾸려 나갔고 직장에서도 열심히 일했다. 남편도 대학에서 잘 해냈다. 졸업 후에는 좋은 직업을 갖게 되었고, 현재는 해외지사에서 근무하고 있다. 결혼 초에는 아기를 갖지 않기로 약속했지만, 이제 남편은 아기를 가지라고 계속 압력을 가한다고 했다. 결혼생활은 좋았다. 행복한 결혼생활을 해왔는데, 임신한다는 생각만은 참을 수가 없었다. 이런 두려움이 얼마나 어리석은 것인가를 그녀는 잘 알고 있었다.

'매일 수천 명의 여인들이 아이를 낳고 있지 않은가.'

때로는 그녀 자신이 매우 이기적이고 바보 같다는 생각을 했다. 그녀는 아기를 낳아야만 했다.

여기까지 말하던 중에 D부인은 마음의 안정을 잃었고, 눈물을 보이지 않으려고 애를 썼다. 나는 이 상황에 대한 해석(trial interpretation)을 주어 보았다.

"항상 독립적으로 살아온 당신이 남의 도움을 청하는 이런 자리에 와 있다는 것 자체가 당신에게는 매우 고통스러운 일일 것입니다."

그녀는 내 해석에 긍정적인 반응을 보였다. 치료상황이 그녀에게 두려움을 준다고 했다. 그녀는 자신이 유능하고 재능있는 사람이라는 느낌을 좋아했다. 직장에서 사장은 그녀의 능력을 신뢰했고, 그녀의 방식대로 일들을 처리해 가도록 맡겨 주었다. 그러나 자신이 아기를 갖는 것을 두려워한다는 것을 남들에게 내색할 수 없었다. 끊임없이 누군가와 상의해야만 한다는 생각을 했다. 그러나 임신에 대한 문제는 생각만 해도 공포에 빠지거나 머릿속이 백지 상태가 되어 버렸다. 어린 시절부터 겁이 많기는 했다. 그러나 남들이 겁을 먹은 자신의 모습을 보면 약한 사람으로 볼까 봐 숨겨왔다. 어릴 때는 어둠을 두려워했고, 여덟 살 때는 개가 달려들까 봐 무서워 혼자서는 외출도 하지 못했다. 그러나 그녀는 혼자서 이것들을 이겨냈다.

D부인은 잠시 동안 말을 멈추고 침묵하고 있었다. 잠시 후 그녀는 내게 열두 살 때 있었던 일을 이야기했다. 어머니의 친한 친구가 아기를 낳다가 돌아가셨는데 산부인과 의사의 태만 때문이었다고 했다. 이 때 온 가족이 분노했었다. 의사를 고소해야 한다고 했었다. 이 말을 할 때 그녀는 눈에 띄게 불안해 하더니 말을 멈추고, 정신분석이 자신에게 도움이 되겠느냐고 물었다. 그리고 그녀는 다시 침묵에 빠졌다. 그래서 나는 "내가 느끼기로는 당신은 내가 당신을 도울 능력이 있는가에 대해서 걱정하고 있는 듯한데요." 하고 말했다. 그녀는 얼굴을 붉히며 말했다. 유능하다는 평판을 듣기는 했지만 잘 모르는 사람의 손에 자신을 맡긴다는 것이 그 동안 두려웠다고 했다.

첫 면담에 대해서는 이 정도만 말하겠다. 우리는 같이 분석을 해 보기로 동의했고, 매주 5회씩 그 다음 주부터 시작하기로 했다. 내 느낌으로는, 그녀의 분석 반응이 좋을 것 같았다. 특히 첫번째 면담에서 내가 주었던 두 번의 '시험적 해석(trial interpretation)'에 대한 반응을 보면서 그런 생각이 들었다. 그녀의 장애는 공포증(phobic nature) 같았다. 물론 성격문제도 있었다. 성격문제는 신경증적 증세와 근본적으로 같은 병리에서 나온 것 같았다.

이 환자의 분석장면들을 보여 주기 위해서 나는 그녀와 나 사이에 피할 수 없이 일어났던 복잡한 상호작용을 보여 줄 수 있는 장면들을 골랐다. 간단히 말해서 D부인은 초기에는, 혼자서 자신을 잘 조절하는 사람으로 보이려 했으며, 약한 모습은 보이지 않으려고 애를 썼다. 분석이 진행되면서 다음에는 경쟁심으로 인한 심한 갈등과의 투쟁이 일어났고, 이어서 이별과 상실에 대한 불안으로 넘어갔다. 분석이 계속되면서 그녀의 중심갈등(central conflicts)이 분명해졌다. 그것은 **비의식의 가학성향**(unconscious sadistic tendencies)**과의 내적인 투쟁**이었다. 이 중심갈등은 점점 분석작업의 중심과제가 되었다. 분석이 진행되면서 D부인의 증세도 상당히 호전되었다.

　D부인은 첫 분석시간에 정확히 도착했다. 시간은 늦은 오후였다. 잠시 망설인 후에 그녀는 카우치에 누웠다. 긴장되고 불편해 보였다. 자유롭게 말하고 싶지만 어렵다고 했다. 그녀는 항상 스스로 불안해 했다. 누워 있다는 것은 쉬운 일이 아니었다. 자기가 말할 것을 제대로 말하고 있는지에 대해서 불안해 했다. 그녀는 대화할 때 상대편을 보면서 말하는 데에 익숙해 있었다. 자기 말에 대한 반응을 그 때 그 때 확인할 수 있어야 마음이 편했다. 그러나 분석상황에서는 혼자서 말을 계속해야 했으며, 나로부터 대답을 듣지 못한다는 것을 알고 있었다. 그녀는 무슨 일이든 잘했으나 대화만은 달랐다.

　잠시 침묵이 있은 후 남편이 그녀에게 감사하고 있고, 그녀의 아버지보다 그녀의 진가(眞價)를 더 알아 준다고 했다. 어머니는 달랐다. 어머니는 항상 엄하고 요구가 많았다. 어머니는 우울하고 무뚝뚝했다. 어머니가 하루 종일 짜증을 낼 때는 너무나 분별력 없이 화를 내기 때문에 가족들은 어머니와 마주치지 않는 것이 상책이라는 것을 알고 있었다. 이 말을 하고 나서 D부인이 질문했다.

　"이렇게 말하면 되는 건가요? 당신을 지루하게 하고 싶지 않아서요."

　나는 이렇게 말해 주었다. 카우치에 누워 있다는 것도 그녀에게는 어려운 일이거니와 나를 볼 수 없기 때문에 내가 그녀를 어떻게 생각하고 있을까를 확인할 수 없다는 것도 그녀에게는 괴로운 일일 것이며, 혹시 그녀가 나를, 성급하고 참을성이 없어서 그녀를 쫓아 버릴 사람으로 생각하고 있을지도 모르겠다고 말해 주었다. 그녀는 고개를 끄덕였다.

　"오늘 선생님을 뵈었을 때 선생님이 전보다 더 피곤하고 엄해 보였어요. 선생님은 학교 때 제 선생님을 생각나게 하셨어요. 이렇게 불안해 하다니, 제 자신이 바보 같아요. 저는 지금까지 항상 인정받고 격려받기를 바라면서 살아왔어요."

　이 말을 들었을 때 나는 그녀의 어머니와 관련을 맺지 않았다. 그렇게 해 버리면 분석시간의 현시점(here and now)에서 나타나고 있는 갈등의 현장성을 잃게 되고, 환자를 다른 곳으로 끌고 가 버릴 수도 있기 때문이었다. 나는 그녀가 전이 속에서 객관화시킨 내적 대상과 그녀의 어린 시절의 어머니를 성급히 관련시켜 해석해 주지 않았고 다음 기회로 미루었다.

D부인은 말을 계속했다. 아기를 꼭 가져야만 할 것 같다고 했다. 특히 결혼 초에 그녀는 남편에게 아기를 아주 좋아하고 있다는 인상을 주었다고 한다. 사실 그때 그녀도 아기를 좋아했었다. 피임약을 쓰고 있었지만 임신이 될까 두려워서 성교를 즐길 수가 없었다. 지금은 성교시에 공포를 느낄 정도다. 밤중에 잠을 자다가 땀을 흠뻑 흘리고 깨기도 한다. 보통은 악몽 때문인데 함정에 빠지거나, 터널이나 상자 속에 갇히는 꿈이었다. 이런 현상들이 전혀 근거 없는 비합리적인 것이라는 사실을 그녀는 알고 있었다. 그녀의 부모님은 사정도 모르고 언제 아기를 갖게 되느냐고 물었다. 매우 괴롭고 너무 부끄러워서 사실을 말하지 못했다고 하면서 환자는 울음을 참으려고 무진 애를 쓰고 있었다.

분석시간이 끝날 무렵에 나는 내 말이 그녀의 너무 깊은 문제를 다루지 않도록 선을 그었다. 즉, 그녀가 분석을 받고 싶다고 결정을 하긴 했지만, 치료적 요구에 의해, 다시 말해서 그녀 자신에 대한 모든 것을 내보여야 한다는 요구에 의해서, 함정에 빠지는 것은 아닐까 하는 두려움이 생긴 듯하다고 말해 주었다. 그녀는 전적으로 내 말에 동의했고 분명히 위안을 받는 듯했다.

그 후 수 개월 동안 D부인은 한 시간도 빼먹지 않았고 항상 정시에 왔다. 그러나 분석시간을 시작할 때는 번번이 어떤 어려움을 겪는 듯했다. 초기의 치료작업은 그녀의 마음 속 깊이 숨어 있는 불안감(deep feelings of insecurity)을 주로 다루었다. 이 불안감은 번번이 비난에 대한 예상과 관련이 있었다(constant anticipation of criticism). 분석시간에 자신이 창피를 당할 것이라고 예상했다. 그녀 자신이나 나의 이상에 어울리지 않는 천박한 생활을 하고 있는 것이 드러날 것이라고 걱정했다.

D부인은 비교적 쉽고 편안하게 말할 수 있었지만, 가끔 화제가 고갈되어 침묵

하는 때도 있었다. 이 침묵들은 내가 어떤 언급을 한 직후에 나타났다. 나는 그녀의 침묵이 참기 힘들었고, 나를 거부하는 것으로 느꼈다. 그녀와의 접촉이 끊어짐을 느꼈다. 그래서 이 현상을 '그녀가 나와 가까워지는 것을 피하는 방법을 쓰고 있다. 즉 스스로 물러나 버리거나 나를 떠밀어 버리는 방법을 쓰고 있다.' 라고 해석해 주었다. 그러나 나의 해석은 상태를 더욱 악화시켜 버렸다. 그리고 나 자신도 침묵으로 반응하고 있음을 발견했다. 점차 나도 입을 다물고 있다는 것을 깨달았다. 겁을 주는 내적 대상을 지배해 보고자 하는, 환자의 욕구에서 나온 역전이에 내가 빠진 듯했다. 그녀는 겁을 주는 내적 대상을, 분석상황에서 나로 바꿔 버림으로써 내면의 대상을 밖에 있는 인물로 객관화시켜 처리하려는 듯했다. 그렇게 객관화함으로 그녀는 겁을 주는 대상으로부터 멀리 떨어질 수 있는 듯했다.

 이것을 깨닫고 나서 나는 그녀에게 다음 사실들을 말해 줄 수 있었다. 즉, 그녀는 '내가 해석을 하면 나는 능동적인 입장이 되고 그녀는 수동적이 되고 몰리는 입장이 된다고 생각하는 것 같다. 나의 해석을 하나의 위협으로 느끼는 것 같다. 그리고 이 위협을 막는 방법으로 침묵을 사용하는 것 같다.' 라고 말해 주었다. 그녀는 그녀의 침묵 속에 나를 가두는 것으로 나조차 말을 하지 못하게 만들었다. 나는 더 이상 그녀를 위협하는 말을 사용할 수 없도록 침묵 속에 갇혔다. 그녀의 내면세계에서 일어나고 있는 투쟁이 분석상황에서 현실적인 것으로 나타나게 된 것이다. 그녀는 나와 그녀가 침묵의 전쟁을 하고 있는 듯하다고 했다. 이 문제가 훈습되었을 때 침묵은 끝났고, 우리는 새로운 국면으로 들어섰다.

 그녀의 공격성과 경쟁심이 더 분명하게 연상자료 속에 나타나기 시작했다. 그러나 이 공격성은 직접적으로 나를 겨냥한 것은 아니었다. 나보다는 내 환자에게 향했다. 그들에게 특별한 관심을 보였다. 자기보다 앞에 치료받은 환자가 카우치에 땀냄새를 남겨 놓았다고 불평했다. 한번은 시간을 잘못 알고 다른 환자의 시간에 오는 실수를 저지르기도 했다. 또 어떤 때는 분석시간 후에, 내게 치료 받으러 오는 다른 환자를 보려고 자동차 속에 앉아 있었다고 고백하기도 했다.

다른 환자에 대한 자신의 호기심 때문에 당황하고 있었으며, 치료자인 내가 그녀처럼 재미 없는 환자를 보고 있는 것을 틀림없이 후회하고 있을 것이라고 믿고 있었다. 그리고 다른 환자들은 자신의 분석가인 나의 관심을 더 많이 받고 있을 것이며, 보상도 받을 것이라고 믿고 있었다. 그녀는 경쟁자들인 나의 환자들에 대한 복수심을 갖고 있었는데, 더불어 이에 대한 죄책감도 가지고 있었다. 그러나 점차로 이 죄책감이 적어지고 복수심 쪽으로 기울었다.

치료를 시작한 지 수 주일이 되었을 때, 그녀는 굉장히 당황하면서 하나의 팬터지를 고백했다. 즉, 그녀를 제외한 나의 모든 환자들이 함께 보트 여행을 간다. 그 보트는 테러리스트가 장치한 시한 폭탄이 터지면서 침몰한다. 배에 타고 있던 모든 사람들이 전멸한다. 여기서 그녀는 그녀의 분노가 살인적이라는 사실을 받아들일 수 있게 되었다.

흥미있었던 것은 그녀의 팬터지는 그녀가 내면에 폭발적 공격성을 숨기고 있는 것을 보여 주었고, 이 공격성과 분만 공포증이 어떤 관련성을 가지고 있을 것이라는 가능성을 시사해 준 것이었다. 그렇게 보일지라도 그대로 해석해 주는 것은 시기상조였다. 더 기다려야 했다.

기법상의 관점에서 볼 때 내가 중요시한 것은 그녀가 분석시간의 현장(here and now)에서 그녀의 경쟁자들인, 나의 환자들에 대한 살인적 증오심을 가졌음에도 불구하고 비난 받지 않고 안심할 수 있어야 한다는 것이다. 왜냐 하면 이렇게 편해야 그 뒤의 일들이 쉬워진다. 즉, 그녀가 현재 갖고 있는 감정과 어린 시절 남동생과 여동생에게 가졌던 강력한 분노를 관련시키기가 쉬워진다는 것이다. 만일 내가 그녀의 적개심을 형제들에 대한 어린 시절의 적개심으로 너무 일찍 관련지어 해석해 버렸다면 기술적으로 잘못된 것이다. '너무 일찍' 이라는 말은 환자가 치료상황에서 적개심을 스스로 말할 수 있기 전이라는 뜻이다. 그러나 살인적 경쟁심은 D부인의 분석중에 반복해서 다루어진 문제라는 것을 말해 두어야겠다.

너무 일찍 어린 시절의 문제에 대한 해석을 해 버리는 위험에 빠지지 않으려고 나는 항상 조심했다. 너무 이른 해석은 환자로 하여금 지식화로 방어할 기회를 준다. 이 지식화 방어(intellectual defense)는 분석가에게도 매력적일 수 있다.

여름 휴가가 다가오자 D부인의 연상은, '내가 런던으로 이사를 가는 데 정신이 팔려 있다.'고 비난하는 것들이었다. 약간의 진실이 포함되어 있기도 했다. 그녀는 어느 날 10대 소년 하나가 기운없이 낙담에 빠진 채 내 집에서 나가는 것을 보았다고 했다. 그리고 그 소년은 나의 친척인데 내가 너무 바빠서 그가 찾아오는 것을 싫어했고, 찾아 온 그에게 화를 냈을 것이라고 생각했다. 이런 연상내용과 꿈에서 볼 수 있었던 것은 그녀가 내게 무시당하는 느낌을 받고 있다는 것이었고, 내가 그녀와 같이 시간을 보내는 것을 싫어하고 화가 나 있다고 생각한다는 것이었다. 그녀는 차츰 버림받은 느낌(painful feeling of rejection)과 이에 따르는 분노와 아픔을 표현할 수 있었고 이런 말을 하고도 편안할 수 있게 되었다. 그리고 분석현장에서 이것들을 견딜 수 있게 되었다. 이 때 나는 재구성(reconstruction)을 위한 해석에 이것들을 이용했다.

"당신은 여름 휴가로 나와 헤어지게 되자, 어머니가 임신 때문에 당신을 떼어 놓았던 어린 시절의 경험을 여기서 다시 하는 것 같습니다."

이 해석의 목적은 제반응(abreaction)을 위한 것이 아니었다. 제반응은 과거의 아픈 손상(traumatic event)을 털어놓고 말함으로써 위로받는 것이다. 그것보다는 환자의 내적 대상관계가 전이환상 속에서 나와의 관계로 객관화(externalize)되어 있다는 것을 보여 주려고 했었다. 현재의 내적 대상관계(present internal object relationship)의 양상을 분명히 이해시켜 주기 위한 것이었다.

치료가 진행되면서 D부인의 느낌, 즉 나로부터 버림받는 느낌이 변하는 듯했다. 나는 점점 더 D부인이 내게 분석을 받으러 오는 데 화를 내고 있다는 느낌을 받았다. 무언가를 골똘이 생각하기 시작했고 분석시간에는 소원(distance)해지기 시작했다. 자주 멍해(absent minded) 보였고 매일매일의 일상생활의 작은 것에 매달리기도 했다. 동시에 나는 D부인이 다가오는 나의 여름 휴가에 관심이 없어졌다는 것을 발견했다.

그러던 어느 날 내가 머리를 짧게 잘랐는데, 그 다음 분석시간에 그녀는 나와 똑같은 머리 스타일을 하고 나타났다. 뿐만 아니라 내 진료실에 있는 가구와 똑같은 등나무 가구를 샀다고도 했다. 또, 늘 들고 다니던 가방 대신에 내 것과 같은 흰색 핸드백을 사기도 했다. 여기서 우리에게 분명해진 것은 그녀는 자신을 나와 동일화(identification)함으로 나 같이 능력 있는 사람이 되어, 다가오는 여름 휴가로 인한 이별을 극복하는 능력을 갖추려 하고 있다는 것이었다. 뒤에도 나오지만 D부인은 상실감을 처리하는 방법으로 동일화를 즐겨 썼다.

D부인과 우리의 이사 시기가 맞아서 런던에서 분석을 계속할 수 있었다. D부인은 나를 포함해서 남편, 부모님들과의 대인관계도 편해졌지만 임신에 대한 두려움은 그대로였다. 런던에서 분석을 다시 시작한 지 약 5개월쯤 되었을 때, 이제는 일자리를 찾아도 될 만큼 그녀는 안정되었다. 그녀는 비서직으로 돌아가는 것보다는 어린아이들과 밀접한 접촉이 가능한 직업을 찾기로 결정했다. 남편도 그것을 원했다. 이런 직업이 모성을 자극해 줄지도 모른다는 생각을 했다고 했다. 어린이집에서 시간제로 일하는 행정직을 쉽게 찾았다. 버림받은 아이들을 돌보는 일을 하게 된 것을 매우 즐거워했다. 그러나 어린애들의 기록에서, 그리고 직원회의에서 알게 된 것이지만 애들 부모가 애들에게 가한 잔인한 행동 때문에 공포감에 사로잡혔다.

점차로 D부인은 직장에서 보내는 시간이 많아졌고, 분석이 지루해지기 시작했다. 그러나 동시에 그녀는 분석시간이 끝났어도 진찰실을 떠나지 않으려 했다. 카우치에 눕기 전에 구두를 벗는 버릇이 생겼고, 구두를 가지런히 놓는 데 시간을 끌었으며, 분석시간의 끝에는 옷매무새를 살피느라고 시간을 끌었다. 또한 나가다가 문가에 서서 자꾸만 질문을 던지면서 시간을 끌었다. 나는 점점 이렇게 시간을 끄는 데에 신경이 쓰였다. 그리고 그녀가 다음 환자와 맞부딪치지 않을까 걱정이 되었다. 그리고 나 자신도 그녀가 정확한 시간에 방을 떠날 수 있도록 분석시간을 좀더 일찍 끝내고 있는 것을 발견했다.

아마도 환자의 심한 저항과 도전에 대한 비의식적 반응 때문이었겠지만, 나는 수요일날 분석시간 중에야 내가 이번 주말에 하루 더 쉬어야 한다는 것을 그녀에게 말해 주지 못했음을 깨달았다. 분석시간의 변경에 대해서 그녀에게 의견을 물어보는 것도 잊었다. 내 말을 듣고 그녀는 별 말이 없었다. 다만 변경된 시간에 어떻게 해서든 와보겠다고 했을 뿐이었다. 다음 날은 매우 초조한 상태로 왔다. 매우 화가 났다고 했다. 친구 질(Jill)과 굉장히 싸웠다고 했다. 질은 어린이집에서 같이 근무하는 친구였다. 직원 한 사람이 출장을 떠나기 때문에 모든 직원들이 몇 시간씩 일을 더하게 되었다. 질은 이 문제로 지독하게 화를 냈다. 이렇게 갑작스럽게 알려 주면 곤란하다는 것이었다. 파티에 늦기 때문에 곤란하다는 것이었다. D부인은 비웃듯이 말했다.

"생각해 보세요, 그 애는 자기가 파티에 도착했을 때 음식이 바닥났을까 봐 걱정하고 있었다니까요. 정말 말도 안 돼요."

이 때 나는 이렇게 말해 주었다.

"질 때문에 화가 난 것은 이해가 돼요. 그러나 그 분노가 혹시 나의 길어진 주말휴가와 관계가 있는 것은 아닐까요. 직장에서 갑작스런 시간변경으로 이 혼란을 경험했듯이 내가 분석시간을 갑자기 바꿔 당신에게 혼란을 주었다고 생각할 수도 있겠는데……."

잠깐 동안 말이 없다가 그녀는 말했다. 이전 분석시간이 끝나고 집에 가면서 화가 났었다고 했다. 그러나 '어린애처럼 굴지 말라' 고 자신에게 말했다. 그리고 그 이상은 생각하지 않았다고 했다. 그녀는 내가 남편과 같이 주말을 보내는지를 알고 싶었던 것 같다. 내가 남편과 주말을 같이 보낸다는 사실을 알고 나더니 그녀는 정말 화를 냈다. 시간변경을 미리 말해 주었더라면 혼자라도 주말여행에 대한 계획을 짤 수 있었을 것이라고 말하며 화를 냈다. 그리고는 지난 밤 징그러운 꿈 때문에 잠을 깼다고 하면서 꿈 얘기를 들려 주었다.

그녀는 농장에 있다. 비가 오고 땅은 질척거린다. 보기 흉하게 뚱뚱한 남자인 농부가 그녀에게 강요하기를, 돼지가 새끼를 낳는 곳으로 가야만 한다고 했다. 그녀는 정말 가고 싶지 않았다. 그러나 농부의 주장은 완강했다. 마침내 농부는 그녀의 팔을 잡아 밖으로 끌어 냈다. 돼지우리에 도착했다. 암돼지가 새끼를 한 마리씩 낳고 있었다. 주변은 똥과 피로 범벅이 되어 있었다. 무서웠다. 갑자기 모든 핏자국이 사라지고 새끼돼지들이 제 어미의 젖꼭지를 게걸스럽게 빨아대고 있었다. 농부는 잔인한 웃음을 터뜨렸다. 그는 새끼돼지 한 마리의 꼬리를 잡아 들더니 머리 위로 빙빙 돌리다가는 벽에다가 내동댕이쳐 버렸다. 새끼돼지를 공중 높이 던지기도 했다. 돼지가 땅에 떨어졌을 때는 땅에 패인 구멍만 보일 뿐이었다. 그녀는 심한 불안 속에서 잠을 깼다. 땀이 비오듯 하고 가슴은 몹시 두근거렸다.

꿈 얘기를 하면서 극도의 불안을 느끼는 것을 볼 수 있었다. 몇 분 동안의 침묵 끝에 그녀가 조용히 말했다. 일곱 살 때 가족과 함께 요크셔에서 휴가를 보낸 일이 있었다. 계속 비가 왔었다. 그래서 집안에 있는 시간이 많았다. 부모님들이 점심 후에는 꼭 낮잠을 주무시는데 그 때마다 침실 문을 잠갔던 기억이 난다고 했다. 낮잠을 방해하지 못하게 하기 위해서였다. 그 때마다 그녀는 소란을 떠는 어린 동생들을 달래느라고 힘들었다.

남동생은 농부의 아들과 잘 어울려서 시간을 보냈다. 그러나 그녀는 그 농부의 아들을 좋아하지 않았다. 불쾌한 아이였다. 그녀를 계집애라고 놀리기도 했고 뒤에서 몰래 스커트를 갑자기 걷어 올리기도 했다. 막대기를 던지고, 진흙탕에 넘어뜨리기도 했다. 그 녀석이야말로 진짜 돼지였다. 그리고 그녀는 농장 부엌에서 한배에서 난 강아지들을 데리고 놀던 기억을 이야기했다. 몇 마리를 치맛자락 위에 올려 놓고 있었다. 그런데 강아지 한 마리가 발버둥치다가 마루 바닥으로 떨어졌다. 바로 그 때 그 곳을 지나가던 농부의 부인이 "새끼를 난폭하게 다루면 죽을 수도 있다."라고 말했다.

꿈의 내용과 D부인의 연상이 그녀의 정신병리와 상당히 관련이 있을 것이라는 생각이 들었지만, 이 때 내 마음에 생긴 주된 의문은, 'D부인이 왜 이 꿈을 꼭 이 시점에서 갖고 왔을까? 그리고 이것은 분석진행(analytic process)과 어떤 관계가 있는 것인가?' 하는 것이었다. 그러므로 꿈 내용이 풍부함에도 불구하고 나는 다음의 말만 하고 나 자신을 제한시켰다.

"혹시 내가 촉박하게 시간변경을 말해 주었기 때문에 당신을 화나게 했을지도 모르겠습니다. 당신은 나를 혐오스러운 농부의 아들로 보았을 수도 있지요. 그는 당신을 함부로 대했었지요. 혹시 당신은 나를 농부로 보았는지도 모르겠네요. 당신이 하기 싫어하는 일을 억지로 하게 하고, 당신이 보기 싫어하는 것을 보도록 강요하는 농부 말입니다."

D부인은 내 말을 가로막았다.

"선생님 말씀은 선생님이 내게 시간변경을 너무 촉박하게 알려 주었기 때문에 내가 할 일 없이 주말을 빈둥거리며 지내게 되었고, 나는 이런 느낌을 원치 않는다는 말씀인가요? 그래요, 저는 빈둥거리며 지내는 것은 딱 질색이에요. 그래도 그것을 불평하는 것은 어린애 같은 짓이에요."

나는 다시 해석해 주었다.

"내가 보기에 당신은 당신 내부에 있는 어린 소녀를 용납하기가 매우 어려운 듯하군요. 그 어린 소녀는 나 때문에 화가 나 있어요. 그 소녀는 주말에 할 일 없이 빈둥거리며 분석가인 내가 지금쯤 무얼 하고 있을까 하는 것이나 상상하며 지내게 된 것이 너무 분해서 이성을 잃을 정도이고, 큰 싸움이라도 벌이고 싶어하는 듯합니다."

D부인은 생각에 잠긴 듯했다.

"저는 당신이 주말에 무엇을 하실지 몰라요. 당신은 틀림없이 남편과 함께 가시겠지요. 주말여행을 파리로 가실지도 모르겠어요. 그러나 그런 생각을 하는 것조차 싫어요."

그녀가 생각하기 싫어하는 것은 우리 부부가 갖는 성생활일 것이라고 말해 주었다. 2~3분 동안 침묵했다. 그녀는 내가 성생활을 할 것이라는 생각 자체를 싫어한다고 했다. 혐오감을 준다고 했다. 그녀는 성교하는 부모를 생각해 본 일이 없다. 그러나 물론 그들은 성교를 했을 것이다. 잠시 쉰 다음에 그녀는 어머니가 여동생을 낳으러 병원에 입원했던 일을 기억해 냈다. 다섯 살 때였다. 병원에 어머니를 방문하러 갔을 때 어머니는 창백해 보였다. 출산중에 출혈이 많았던 것을 나중에야 알았다. 출산이 깨끗하고 간단하며 그렇게 혼란스럽지 않았으면 하고 바랐던 기억을 말했다.

분석시간 동안에 D부인은 여러 가지를 기억해 냈다. 여동생이 엄마의 젖을 빨 때 그것을 보고 있었던 일, 그 때 얼마나 소외감을 느꼈는지 하는 것들이었다. 많이 울었고 여동생이 엄마의 뱃속으로 다시 들어가 버렸으면 하고 바랐던 기억이 났다. 남동생이 태어났을 때도 어려움이 있었다. 그 때는 두 살 때였다. 꽥꽥 소리를 지르고 발버둥도 쳤고 인형들을 깨부수기도 했다. 어머니 말로는 안고 다니던 인형을 변기 속에 처넣기도 했다고 한다. 이에 대해서 나는 "그 인형은 아마도 흘려보내 버리고 싶은 내 남편, 즉 나와 성적인 주말을 보낼 것이라고 생각되는 내 남편일 수도 있고, 흘려보내 버리고 싶은 남동생일지도 모르겠군요."라고 해석해 주었다.

나는 분석에서 중요한 초점이 되었던 그녀의 꿈과 이 모든 것들을 서로 연관지어 볼 수가 있었다. 그 주말이 지난 뒤 우리는 그녀의 팬터지를 더 깊이 조사할 수 있었다. 그녀의 가학적 소망(sadistic wish), 특히 그녀의 경쟁자들에 관련된 팬터지를 더 조사할 수 있었다. 그녀의 현재의 경쟁자(rivals)는 나 자신과 내 가족과 내 다른 환자들이고, 과거의 경쟁자는 그녀의 어머니와 형제들이었다.

이 무렵의 어느 날 그녀는 극도로 당황하며 내 방으로 뛰어들어 왔다. 화장실에서 화분을 넘어 뜨렸다는 것이다. 화분은 깨져 버렸고 사방으로 흙이 흩어져 있었다. 그녀는 필사적으로 흙을 치우려고 했다. 그러면서 말하기를 묘목밭에 가서 새것을 꼭 갖다 놓겠다고 했다. 나는 그녀에게 "우리는 이 사건을 통해서 교훈(profit)을 얻을 수가 있을 것입니다."라고 말했다. 그리고 "이것과 관련해서 떠오르는 생각이 있습니까?"라고 물었다. 그녀는 내가 화를 내지 않아서 놀랐다고 했다. 어머니 같으면 이럴 때 극도로 화를 내시고 고함을 지르며 "이 병신같은 것아!"라고 말했을 것이라고 했다.

다음 분석작업에서 나는 D부인에게, 그녀가 화분을 넘어뜨려 깬 것은 내가 기르고 양육하는 모든 것에 대한 분노를 느끼기 때문이라는 것을 보여 줄 수 있었다. 그녀는 내가 임신했다고 생각했고 내 체중이 불었다고 보았다. 임신하지도 않은 내 뱃속의 아기에 대해서 라이벌 의식을 느끼고 공격하기도 했다. 그러나 D부인의 마음은 보다 더 깊은 데로 들어갔다. 그 화분은 그녀가 앞으로 가질 잠재적 아기(potential child)를 상징하는 것이라고 했다. 그 후 수개월이 지나서야 이해할 수 있었지만 그녀는 이 어린 것(잠재적 아기)에 대해서 극도로 화가 나 있었다. 이 어린 것은 그녀에게 위협적인 존재였다. 그 애 속에서 그녀는 자신의 난폭하고 가학적인 일면을 보았던 것이다. 이 문제를 훈습(working-through)한다는 것은 그녀에게 쉬운 일이 아니었다. 그러나 점점 더 자신을 있는 그대로 받아들이게 되었다. 그녀는 자기가 과거에 그렇게 되려고 애써 왔던 '착한 어린 소녀(nice little girl)'가 전혀 아니라는 것을 인정했고, 그녀 역시 내부에 성 잘 내고, 시샘 많고, 파괴적인 욕구를 가지고 있다는 사실을 받아들일 수 있게 되었다. 이런 이해의 대부분은 전이환상을 이해함으로 가능했고, 분석현장에서 나와의 관계 속에서 이해되었다. 분석시간에 고아원 어린애들에 대한 감정을 가지고 왔는데, 이것도 역시 그녀의 가학적 소망 팬터지(sadistic wishful phantasies)에서 유래한 갈등을 이해하는 데 도움을 주었다. 처음에 그녀는 이런 아이들을 돌보는 팬터지와 동반되는 즐거움을 두려워했지만, 이것도 이해하기 시작했었다.

이제 D부인과 남편의 관계는 상당히 좋아졌다. 더 자주 성교를 하게 되었을 뿐만 아니라 전보다 더 성교를 즐기게 되었다고도 했다. 이제 무서운 꿈은 거의 완전히 사라졌다. 영국으로 돌아온 지 약 1년쯤 지나서 아기를 갖는 위험을 감행하기로 결정하고 피임약 복용을 중지했다. 그리고 곧 임신이 되었다. 임신과 함께 그녀의 분석은 새로운 단계로 접어들었다.

임신이 확인되자 그녀는 매우 흥분했다. 그러나 곧 불안으로 바뀌었는데, 유산되지나 않을까 하는 두려움이었다. 매사에 조심하기 시작했다. 긴장도 피하고 태아에게 좋은 것이라고 생각하는 모든 것을 하려고 했다. 완전한 음식만 먹었고, 많은 비타민을 섭취했다. 그리고 너무 일찍부터 임신복을 입고 나타났다. 수 주 후에는 분석의 분위기(climate of the analysis)가 달라지기 시작했다. 그녀는 폐쇄 공포증(claustrophobic symptoms)의 증세를 보이며 퇴행하는 듯했다. 즉, 지하철을 탈 수가 없었고 엘리베이터도 탈 수 없었다. 그래서 분석을 받으러 오기도 곤란하다고 했다. 불안 팬터지를 갖고 왔다. 그녀의 팬터지 속에서 나는 괴물이었다. 그녀를 잡아 먹으려 하는 귀신이었다. 그녀를 꼼짝하지 못하게 소유하려고 하는 귀신이었다. 예를 들어, 꿈을 꾸었는데 내가 분명한 마녀였다. 프랑스 악센트로 말하는 마녀였다(산들러 여사는 프랑스 악센트가 강하다 : 역자 주). 헨델과 그레텔 이야기에서 헨델을 잡아 먹기 위해서 살찌우는 그 마녀였다. 나는 전이 속에서 나에 대한 그녀의 경험을 이해할 수 있게 되었다. 그녀는 자신의 가학적인 부분(sadistic attacking aspects)을 투사할 대상으로 나를 이용하고 있는 것이었다. 그녀는 뱃속의 아기가 속에서 그녀를 먹고 있다고 생각하는 것과 똑같이 내가 그녀를 잡아 먹으려 한다고 생각했다.

구강기 특징(oral nature)을 가진 이 팬터지는 그녀의 꿈 속에서 확인되었다. 꿈에 그녀는 연못 위에 놓인 좁은 다리 위를 걷고 있었는데 연못에는 식인고기들이 꽉 차 있었다. 그래서 우리는 임신에 대한 걱정이 단지 아기에 대한 미움과 이 미움으로부터 아기를 보호하고자 하는 욕구에서 생긴 걱정만은 아니라는 것을 알게 되었다. 임신에 대한 걱정은 아기에 대한 걱정뿐만 아니라 아기의 공격으로부터 자신을 보호하려는 데서 유래된 것이기도 했다. 그래서 그녀는 병들까 봐 걱정했다. 혹시 뱃속의 아기가 너무 커서 낳을 때 그녀를 찢어 놓지 않을까 걱정했다. 분만으로 형편없게 되어서 아기를 더 가질 수 없게 될 것 같았다. 임신중독증에 걸리지나 않을까? 기형아를 낳아서 그 애 뒷바라지를 하느라고 평생을 보내게 되지나 않을까? 늙고 매력도 없어질 것이다. 배에는 흉한 주름살이 생길 것이다. 분만시에는 많은 양의 출혈이 있을지도 모른다. 만일 수혈을 받게 되면 에이즈에 걸릴 수도 있을 것이다. 임신에 대한 이런 걱정 때문에 그녀와의 적절한 만남을 이루기가 어렵다는 것을 나는 알았다. 그러나 그 때 그녀가 꿈 이야기를 가지고 왔다.

그녀는 정원에서 강아지와 놀고 있었다. 막대기를 던지면 물어오는 놀이였다. 강아지 이름은 찰리(Charlie)였다. 강아지가 갑자기 커지기 시작했다. 그리고 그녀를 향해 으르렁거렸다. 야수같이 보였고 곧 그녀에게 덤벼들 것 같았다. 깜짝 놀라 꿈에서 깼다.

환자는 어린 시절에 개를 두려워했었다고 꿈과 관련된 연상을 했다. 어릴 때 강아지를 가졌던 기억이 있었다. 그러나 어머니가 없애 버렸다. 그 이유는, 어머니 말에 의하면, D가 강아지를 너무 좋아했고 공중에 던져서 다치게 했기 때문이란다. 그녀가 꿈 내용 중 연상을 하지 못하는 것이 있었는데, 그것은 그녀의 이름이 샬롯(Charlotte)이라는 것이었다. 그래서 내가 꿈 속의 개 이름인 찰리(Charlie)가 어린 샬롯(Charlotte)과 발음이 비슷하다고 말해 주었더니 그녀는 큰 충격을 받는 듯했다.

이 꿈을 통해서 나는 D부인에게 그녀가 아기와 완전히 동일화하고 있다는 것을 보여 줄 수 있는 입구를 찾았다. 그녀가 아기 문제에 몰두하게 된 것은 사실은 어린애가 자기 자신이기 때문이었다. 임신과 분만을 생각할 때 일어났던 모든 무서운 일들은, 어린애에게 저지르고 싶은 그녀 자신의 잔인한 소망을 나타내 보여 주는 것이었다. 꿈 속의 개는 자신의 아기이면서 동시에 자기 자신임에 틀림 없다고 D부인은 말했다. 왜냐 하면 꿈을 꾼 날 밤 남편이 그녀의 배를 쓰다듬으면서 "찰리(Charlie) 내 사랑, 내 사랑, 내 사랑 사내아이(baby, boy)."라는 노래를 불렀다는 것이다. 남편과 자신은 뱃속의 아이가 사내아이라고 믿고 있었다고 했다.

D부인은 9파운드의 건강한 아기를 순산했다. 분만시 고맙게도 남편이 의지가 돼 주었다. 그리고 그는 그녀의 부모가 그랬던 것처럼 그녀가 아들을 낳아 준 것을 기뻐했다. 약간의 어려움이 있었지만 아기에게 젖을 먹였다. 그리고 분만 후 6주만에 분석을 계속하게 되었다.

분석이 다시 시작된 뒤 수 개월 동안 D부인의 연상내용은 굉장히 변했다. 아직도 그녀는 아들과 자기를 상당히 동일시하고 투사도 했지만, 아기의 사랑을 놓고 남편과 경쟁하기 시작했다. 지금까지 남편은 분석에 별로 등장하지 않았었다.

D부인은 어머니로서 유능하고 행복해 보였다. 아직도 아기의 건강에 대한 터무니없는 걱정을 하는 편이지만 그녀는 병식을 이용했다. 어린애에 대한 경쟁심과 아기와 동일화된 그녀 자신과의 경쟁심 때문에 이런 걱정이 생긴 것이라는 병식을 이용했다. 이제는 전이도 에디푸스 경향을 띠기 시작했다. 전이 속에서 나와 내 남편의 관계가 그녀의 관심 사항이 되었다.

"어쩌면 당신의 남편이 내게 더 맞는 분석가일지도 모르겠어요."

그녀는 내 남편을 보았고 그의 외모를 좋아했다.

"그의 환자들은 얼마나 행복할까. 그는 환자들을 아주 좋아할 거야."

나에 대한 그녀의 감정도 복잡한 것이었다. 사랑의 집착과 경멸의 혼합이었으나 그녀의 시기심과 나에 대한 경쟁심은 확실히 삼각관계에서 나온 것이었다.

이 논문은 환자가 말한 연상내용의 많은 부분을 추적하지 못하고 있다. 그러나 그녀의 불안이 공포증 구조인 것과, 그녀가 고전적 의미에서 불안 히스테리로 불릴 수 있는 환자였음은 분명하다. 이 신경증의 전조 증세를 소녀 시절의 개에 대한 두려움, 어둠에 대한 두려움 등에서 볼 수 있었다. 그녀는 확실히 경쟁적이었고, 매우 가학적인 자신의 소망을, 생활 속에서 혹은 임신과 아이 분만의 팬터지 속에서, 그녀의 대상들인 아기나 남편, 분석가 등에게 투사하고 있었다.

또한 우리가 이해할 수 있게 된 것은 자신의 약점이 노출된다든지 혹은 어린애 같은 의존욕구가 드러나는 것을 두려워하는 것이 이유였다. 즉, 시기심 많고 가학적인 대상 앞에서 자신의 약점을 노출한다는 것이 두려운 것이다. 그녀는 자신의 가학적 소망(envious and sadistic wish)을 대상에게 투사했기 때문에 만일 그 대상 앞에서 약점을 보인다면 그가 그녀의 허점을 보고 그녀를 공격할 것이라는 두려움을 가질 수밖에 없다.

초자아 형성의 과정에서 적대적 소원의 투사(hostile wish)가 관여했다. 그 결과로 가혹한 초자아(sadistic superego)를 갖게 되었고, 지나치게 심한 죄악감 속에서 살게 되었다.

자기 도취적 욕구충족(narcissistic supplies), 낮은 자존심, 수치심과 의존심은 열등감과 수치심, 경쟁심, 자기과시적 욕구와 남근선망에서 나온 것이었고 자기 공격성향에서 유래한 것이었다. 그녀는 이것들을 그녀의 자기 조절능력으로 정말 효과적으로 숨겨왔었다. 그녀의 성격 내부에 있는 강력한 항문—가학적 욕구들(anal sadistic features)은 임신 무렵의 팬터지와 폐쇄 공포증에서 분명히 볼 수 있다. 임신과 분만은 또한 대변을 보는 것과 같았다.

그녀는 동일화 경향을 가지고 있었다. 동일화 방어를 잘 쓴다. 아직 태어나지도 않은 아기와 그녀 자신을 동일화한 것은 흥미있는 것이었다. 동일화 경향·타인과 쉽게 동일화하는 경향은 결코 경계선 장애의 증세가 아니었고, 그녀의 가학적·공격적 소원을 남으로부터 자기에게로 돌아오게 하는 데 사용되고 있었다. 그녀 자신이 공격의 희생자가 되는 것이었다. 희생자와 동일화함으로써 희생자의 위치에 서게 되어 공격소망을 충족시켰다. 대상을 공격하는 것보다 자신을 공격하는 것이 안전하기 때문이었다.

그녀가 어릴 때, 여동생을 분만하고 빈혈증에 빠진 어머니와 자신을 동일화하게 된 것도 이런 이유에서였다. 그녀는 어머니가 임신했을 때 어머니의 뱃속에 있었던, 없애 버리고 싶은 동생들, 태아일 때의 동생들과 자신이 앞으로 임신하게 되면 갖게 될 잠재아기(potential child)를 동일화했다(동생들이 태아일 때 없애 버리고 싶은 욕구를 가졌기 때문에 임신할 수 없었다. 자신의 아기를 가지면 죽이지 않을까 하는 두려움을 갖게 되었기 때문이다). 전이에서도 볼 수 있듯이 그녀는 동일화를 잘한다. 동일화는 사람들 속에서 그녀를 살아 남게 하는 그녀의 능력이었고 자산이기도 했다. 예를 들어, 남편을 공부시키고 출세하게 하고 그것을 즐기는 모습에서도 동일화가 그녀의 삶의 중요한 자산이라는 것을 알 수 있었다. 남편과 자신을 동일화해 자기가 하지 못한 공부를 시키고 출세시키고 즐거워했다. 남편의 출세가 곧 자신의 출세가 되기 때문이었다. 그래서 동일화 능력은 그녀의 시기심과 경쟁심을 충족시켜 주기도 했다.

이 환자는 투사적 동일화(projective identification)를 많이 쓰고 있다. 성장 과정 속에서도 많이 써왔다. 어떤 저자들의 생각과는 달리 나는 투사적 동일화를 경계선 장애 환자나 정신증 환자만 쓰는 것으로 국한시킬 것이 아니라고 본다. 투사적 동일화가 신경증 환자나 여러 형태의 신경증, 히스테리에서도 특징적 양상이 될 수 있다는 데 의심할 여지가 없다.

D부인의 연상자료들을 에디푸스 갈등(oedipal conflict)으로 풀어 설명한다면 많은 내용들이 분명해질 것이다. 그러나 에디푸스 갈등 문제는 잠시 뒤로 남겨 두고 기법과 관련된 한두 가지를 언급할까 한다.

이 논문의 처음에 지적한 바와 같이 이 분석이 '표준적(standard)'인지 아닌지 나는 잘 모르겠다. 그래서 나는 몇 가지 논쟁의 여지가 있는 점은 간단히 언급해야겠다.

내가 보기에는 D부인의 중심갈등은 전이에서 나타나는 바와 같이 성장 기간 중 에디푸스 전기의 갈등에 깊이 뿌리박고 있다. 특히 가학적 충동과 관련된 갈등에 뿌리박고 있다. 나는 그녀의 경우에 이것들을 에디푸스 갈등의 퇴행이라고 볼 만한 근거를 찾지 못했다. 뿐만 아니라 나는 그녀의 에디푸스 갈등이 에디푸스 전기의 팬터지에 의해서 상당히 채색되고 있는 것을 본다. 나는 에디푸스기(oedipal phase)의 중요성을 확실히 인정하는 반면에 에디푸스 갈등이 신경증 갈등을 보이는 모든 경우에 필수적으로 분석작업의 중심이 되어야 한다고 믿지는 않는다. 너무나 자주 우리는 환자의 연상자료가 강제적이고 인위적으로 에디푸스의 틀 속에 처넣어지는 것을 보아왔다. 그러나 무엇보다도 먼저 전이 속에서 나타나는 환자의 현재의 갈등을 따라가다 보면 '환자의 갈등의 뿌리가 에디푸스기냐, 아니냐.' 하는 등의 문제는 별로 중요한 것이 못된다. 보다 중요한 것은 환자의 마음 속에서 전개되어 온 구조이다. 그 구조 속에서 중심 역할을 하고 있는 내적 대상관계를 볼 수 있다. 이 구조는 내가 믿기로는 환자의 증세, 성격, 그리고 전이양상의 세 가지 속에서 그 모습을 드러낸다. 나는 나의 분석의 '표준' 기법을 신경증 환자에게만 국한시키지 않는다는 것을 전제한다. 성격이상을 보이는 환자에게도 똑같이 적용된다고 생각한다. 분석의 목적을 달성하기 위해서 특정 환자들에게도 표준분석을 시행할 수 있도록 충분한 융통성을 가질 필요가 있다고 생각한다.

나는 저항과 갈등의 동시분석(concurrent analysis)이 우리들의 분석작업의 가장 중요한 요소라는 생각을 많은 이들과 나누었다. 그러나 나는 분석작업에서 갈등을 많이 본다. 과거의 어린 시절 언제였던가는 의식에서도 받아들이기에 아무런 저항이 없었던(conscious syntonic) 소원과 충동들, 그러나 현재는 곤란을 느껴(conscious dystonic) 밀어 낼 수밖에 없는 소원과 충동들 간의 갈등을 본다. 이런 관점에서 나는 한 가지를 추가해야겠다. 즉 갈등을 일으킨 용납할 수 없는 소원과 충동들을 간단히 그리고 기계적으로 본능충동과 그들의 파생물일 뿐이라고 단정해 버릴 수는 없다는 것이다. 현재의 불편한 욕구(dystonic urge) 뒤에 숨어 있는 동기가 대상과의 관계에 대한 욕구일 수도 있다는 것이다. 예를 들어, 대상과의 안전한 관계를 원하는 욕구 때문에 생긴 불만이나 불쾌한 감정, 우울일 수도 있다는 것이다.

그래서 이 환자에 대한 나의 분석작업의 목표를 무의식의 의식화나, 자아에 의해서 이드를 대치했다는 식으로는 설명할 수가 없다. 그보다는 분석의 목표를 어려움이 감소하고, 더 행복해지는 길을 찾는 것, 즉 환자로 하여금 자신의 유치하고, 비합리적이고, 우스꽝스러운 면들을 안심하고 느끼면서 받아들일 수 있는 심리적 변화(psychic change)를 이루는 것이다.

환자가 자신의 팬터지나 다른 여러 가지 방법을 통해서 이러한 성격적인 면을 표현하는 것이 가능할 만큼 심리적 변화(psychic change)가 이루어지는 것이 분석의 목표라고 생각한다. 이 모든 것 중에서 가장 중요한 것은 분석가가 환자를 인정해 주는 것인데, 환자가 동원할 수 있는 모든 능력을 총동원해서 그가 할 수 있는 최선을 다하고 있다는 것을 인정해 주는 것이다. 그리고 환자가 상당히 심한 병적인 상태에 있다고 할지라도 그가 이루어 놓은 그 나름대로의 해결책을 간단히 벗겨 버리려고 해서는 안 된다는 것이다.

요 약

임신과 분만을 두려워하는 32세 부인의 정신분석을 소개했다. 이 증례 보고는 신경증 환자의 분석기법을 보여 주려 했다. 이 환자의 분석은 환자의 증세나 성격, 대인관계의 밑에 비의식적 팬터지와 내적 대상관계가 깔려 있는 것을 보여 주었고, 전이 속에서 이것들을 확인할 수 있었다.

2 분석가의 내적 경험 : 이것이 분석과정에 주는 이익
The inner experiences of the analyst : Their contribution to the analytic process

(Theodore J. Jacobs, New York
Int. J. Psycho-Anal, 1993. 74;7~14)

대회의 주제에 맞추어, 나는 한 환자의 분석상황에서 내가 경험한 것에 초점을 맞춰 보겠다. 나의 목적은 한 사람의 분석가가 분석작업에서 어떻게 자기 자신을 사용하는가를 보여 주고자 하는 것이다. 특히, 나는 분석중인 환자가 내게 보내는 비의식적 메시지를 받을 때 내게 떠오른 생각이나 느낌, 팬터지와 신체적 감각을 보여 주려고 한다. 내게 떠오른 이런 팬터지 등이 내 안의 저항을 알려 주었고 나의 치료중재, 해석의 형식과 내용에 관여했고 도움을 주었다.

분석가인 나의 내적 경험을 이용하는 것은 분석시간에 환자와 나 사이에서 일어나는 교류를 이해하는 데도 유용했지만, 환자를 한 걸음씩 치료되는 쪽으로 나아가게 하는 데도 필요한 것이었다. 나는 이 한 번의 분석시간 동안 내 마음 속에서 일어났던 현상을 어떻게 이용했는지를 얘기해 보겠다. 그리고 내 의식의 표면에 떠올랐던 것을 어떻게 이용했는지에 대해서 기록해 놓은 것과 기억을 동원해서 얘기하고자 한다.

이러한 자기경험 중심적인 자료(self-oriented material)를 들을 때, 여러분은 틀림없이 북극 곰에 관한 책을 숙제로 받은 열 살짜리 소년의 입장이 된 기분일 것이다. 그 소년이 수업시간에 숙제 발표를 하게 되었지만 막상 할 말이 없었다.

선생님이 "그 책 읽었니, 존?" 하고 물었다.

"예, 선생님!"

"재미있었니?"

"아니오."

"왜?"

"북극곰에 대해서 내가 알고 싶은 것보다도 너무 많은 이야기가 쓰여져 있어서 재미가 없었어요."

나는 이 시간에 여러분들이 별로 흥미도 없을 나 개인에 대해서 너무 많은 것을 말하게 되겠는데 그것이 걱정이다. 그러나 나는 여러분에게 특별한 안경을 드리고 싶다. 즉, 이 특정 분석시간에 '분석가의 정신과정이 분석에 주는 영향'을 볼 수 있는 안경을 제공할 수 있다면 내 마음의 부담을 덜 수 있겠다. 나는 또한 최근 수 년 동안 우리 분야에서 관심을 모았고 크게 도움을 주어 왔던 '정신분석 상황(psychoanalytic situation)의 상호작용 면(interactive aspects)'에서 상호작용 양상을 생각하는 사고방식을 보여 주고 싶다.

간단히 요약하면, 분석과정은 불가피하게 환자와 분석가의 두 개의 심리간의 상호작용을 통해서 일어나는데, 분석가의 내적 경험은 환자의 내적 경험을 이해하는 유용한 길이 되고, 분석과정은 분석가나 환자의 저항을 어떻게 극복하느냐에 달려 있다는 것을 강조하고 싶다. 그리고 자신의 저항을 극복하기 위해서는, 바로 그 분석시간에 일어나는 분석가의 주관적인 경험을 사용하는 것이 핵심적인 역할을 해 준다는 것이다.

월요일 오전 7시 55분, 나는 지난 주말에 이사한 새 진료실에서 V씨를 기다리고 있었다. 그는 38세의 미혼 변호사로, 날씬하고 잘 생기고 세련된 사람이었다. 그는 전형적인 여피족(고학력이고 직업상으로는 전문직인, 도시의 젊은 엘리트) 같이 보였고, 또 그렇게 행동했다. 그는 그가 갈망하던 직업적·경제적 성공을 이루지 못하고 있었고, 친구도 없고, 가족들을 피하고 있었다. 2년 동안 동거해 온 여자와 결혼을 할 수도 없었고, 자신의 일을 싫어했기 때문에 지난 18개월 동안 분석을 받고 있었다. 그는 종종 자신을 사기꾼이라고 평했다. 즉 그의 분야에서 실제보다 더 많이 아는 척 하는 사기꾼이라는 것이다. 그는 자신의 부족함이 노출

될까 봐 몹시 두려워했다. 나 역시 때때로 '그의 중고차는 사고 싶지 않다.'는 생각을 하고 있었다. 한편 나는 V씨가 어떤 이유인지 모르지만 스스로를 사기꾼으로 묘사할 필요가 있었고, 나도 그렇게 봐 주기를 원했기 때문에 내가 그런 생각을 하게 되었다는 것을 알게 되었다.

그러나, V씨에게는 위험스러운 어떤 면이 있었다. 때때로, 그가 카우치에 누워 있을 때 나는 핀터(Pinter) 연극에 나오는 등장인물이 생각났다. 그 인물은 표면상으로는 전혀 악의가 없는 사람처럼 보이지만 그 온화한 외모는 난폭한 성질을 감추기 위한 것이었다. V씨는 내 환자 중에서 유일하게 분석시간에 미리 와서 내 진료실 문 앞에 바짝 붙어서서 기다리고 있었던 사람이었다. 그렇게 기다리다가 내가 문을 열면, 마치 대 바겐세일 때 판매장 안으로 돌진하는 세일광(bargain hunter)처럼 내 앞을 지나 방 안으로 돌진해 들어갔다.

어렸을 때, V씨는 무관심한 형과 자기도취적인 부모(self-involved parents)에 의해서 내쫓긴 듯한 느낌을 받았다. 그래서 나는 내 진찰실에서 보여 준 그의 여러 가지 행동이 여기서 유래한 것이라고 생각했다. 즉, 그는 내 진찰실에서 자신의 권리를 주장하고, 내 카우치와 내 생활에서 자신의 합법적인 위치를 확보하려 하고 있었던 것이었다. 나는 V씨에게 이러한 욕구를 해석해 주었다. 그는 그렇다고 인정했다. 그러나 이러한 해석이 그의 행동을 변화시키지는 못했다. 그는 여전히 문 앞에서 2~3인치 떨어져 서 있었다. 나는 불편했고, 나의 공간이 침범당하는 듯한 느낌이었다.

오늘 나는 V씨를 기다리면서 평소보다 더 긴장이 된다. 나는 그가 나의 새 진료실에 대해 비난할 것을 예상했고, 걱정했다. V씨는 겉모습에 큰 비중을 두는 사람이어서 주위환경이 마음에 들지 않아서 불쾌하면 신랄하게 비난했었다. 또한 나의 불안감이 내가 임대한 진료실에 대해서 나 자신도 만족하지 못하고 있다는 것을 보여 주었다. 나의 새 진료실은 뉴욕 맨해튼의 동편에 위치한 좋은 건물이었지만 내 마음에 썩 들지는 않았다. 이 크고 익숙하지 않은 곳은 다소 초라했고 새로운 맛이 없어 보였다. 사실 나는 내 새 진료실이 신경쓰였고, 이렇게 되리라는 예상을 하지 못하고 전세를 얻어 새로운 가구들을 사들인 나 자신에 대해 화가 나 있었다.

V씨가 벨을 울렸다. 그는 항상 거의 초까지 맞춰서 정확한 시간을 지켰다. 그다운 행동이었다. 그는 자신의 정확성에 대해 자부심을 갖고 있었다. 나는 가끔 그가 거칠고, 잔소리가 많고, 완벽주의의 깐깐한 하사관으로 생각되곤 했다. 그의 벨 소리를 들으면서 종이 수건을 카우치의 머리 부분에 놓고 손 보는데 수 초가 걸렸다. 그렇게 하는 중에 나와 함께 공부했던 한 작가의 영상이 불현듯 내 마음에 떠올랐다. 한때 이 사람은 그가 행하는 일상적인 의식(daily ritual)에 대해 고백했었다. 그는 마음을 가라앉히고 글을 쓰기 전에 글 쓰는 일에서 도망가고 싶은 마음을 달래는 방법으로, 반드시 연필 6개를 깎고 그것들을 하나씩 책상 위에 열을 지어 세워 놓았다. 그래야 비로소 글을 쓸 수 있었다. 나는 이 생각이 V씨가 기다리고 있는 문으로 가는 시간을 지연시켜 되도록 늦게 가려고 하는 마음을 보여 준다는 것을 깨달았다. 그러다 보니 약 30초 정도가 늦었다.

V씨는 고개를 까딱 하고 빨리 방안으로 들어왔다. 그는 카우치로 가서 웃옷의 단추를 풀고, 다리를 쭉 뻗고 누웠다. 신발은 윤이 났고, 진료실에 들어올 때 본 그의 양복은 푸른색의 우아하고 매우 영국적인, 틀림없이 특별 주문한 맞춤복이었다. 이 때 나는 내 옷을 훑어보았다. 비교가 되지 않았다. 볼품 없는 웃옷에 바지였다. 바니스(Barney's)라는 이름이 떠올랐다. 이것은 뉴욕에 있는 한 상점 이름으로 현재는 꽤 유행하는 고급 상점이지만, 몇 년 전만 해도 싸구려 상점이었다. 초기 라디오 광고에서 스스로를 싸구려 상품을 다루는 고급스럽지 못한 상점이라고 선전했던 곳이다. 후회스럽게도 나 자신 역시 최근 몇 년 동안 원래의 바니스 상점처럼 초라한 모습에서 달라진 것이 없고, 특별 맞춤같이 격조 높은 세계로 도약하지 못한 '싸구려 남자, 기성복 인생'이 되어 버렸다는 생각이 들었다.

나와는 대조적으로 나의 아버지와 분석가는 모두 V씨처럼 고급이었다. 둘 다 우아함을 좋아했고, 맞춤복을 입었다. 이런 부분에서 나는 그들처럼 우아해지려고 경쟁하지 않았었다.

그 때 나의 분석가가 나의 비경쟁적인 태도에 대해 말한 해석이 떠올랐다. 그는 내가 다른 사람들과의 경쟁에서 손을 뗌으로써(경쟁을 포기함으로써) 갈등을 피하고 있다고 했다. 이 때 크고 당당한 나의 분석가가 생각났다. 순간적으로 분석 중에 느꼈던 그 불안감을 다시 느꼈다. 내가 그에게 도전한다면, 그도 또한 내게 반격하려고 직접 분노를 터뜨릴 것이라고 예상하면서 느꼈던 불안이었다.

이것이 나를 V씨에게로 다시 끌어갔다. 나는 그를 쳐다보았다. 그는 카우치에 조용히 누운 채, 방안을 둘러보고 있었다. 그의 손은 마치 주름을 펴기라도 하듯 양쪽 웃옷 주머니에서 가볍게 미끄러지고 있었다. 이 때 어딘가에서 들었던 팝송의 한 구절이 떠올랐다.

'Looks British, thinks Yiddish. 외모는 영국인, 생각은 저질 유대인(독일어, 히브리어 등의 혼성언어; 중부 유럽 여러 나라, 미국 등의 유대인이 쓰는 언어).' 이라는 유행가의 가사였다. 나는 곧 내가, 한편으로는 새 진찰실에 대한 V씨의 비판을 예상하고, 다른 한편으로는 그의 양복의 훌륭함을 부러워했기 때문에 양복을 혹평(put-down)하기 위해서 이런 유행가 가사가 떠올랐음을 깨달았다. 그것은 또한 V씨가 자신이 유대인임을 남에게 알리기를 원치 않는다는 것을 내가 알고 있다는 것도 보여 주었다(그를 혹평하고 그가 숨기고 싶어하는 점을 폭로해 경쟁에서 이기려 하는 것이다).

V씨와 나의 상호작용이 아버지나 다른 남성 권위자들과 나의 관계를 V씨에게 전이시키고 있음을 깨달았다. 그들과 충돌하는 불안을 예상함으로써 갈등을 피하고 있었다. 즉 평화를 얻기 위해서 나는 그들을 승리자의 위치에 올려 놓고 나를 철 지난 기성복이나 입는 초라한 위치에 놓아서 경쟁의식을 감추려 하고 있었다. 내 생각으로는 이와 똑같은 대인관계 양상이 분석중에 V씨와의 사이에서도 일어

나고 있었다. 반면에 V씨는 나에 대한 두려움을 인정하지 않고 공격자가 되어서 두려움을 처리하고 있었다. 나는 그에 대한 나의 두려움을 경쟁의식과 공격성을 억제함으로 처리했지만, 나의 공격적인 감정은 사라지지 않고 내가 방금까지 가지고 있었던 생각(그를 멸시하는 생각)이 되어 비의식의 가장자리에서 몰래 흘러 나오고 있음을 알았다. 나는 무서운 사람과의 갈등을 피하는 나의 과거 방식을 알 필요가 있었듯, 여기서 유래한 현재의 반응도 알 필요가 있다고 생각했다.

그러고 나자, 나의 아버지의 모습이 떠올랐다. 나는 전화를 하시던 아버지가 생각났는데 아버지는 게으른 판매원에게 고함을 치고 전화를 끊어 버렸다. 나는 이것을 생각하는 동안 불안을 느꼈는데, 어릴 때 침대에 누워서 아버지가 격노하는 소리를 들었을 때 느꼈던 것과 동일한 불안감이었다. 그리고 나서 나는 내가 나의 개인분석을 통해서 아버지에 대한 두려움을 거의 극복할 수 있었다는 사실을 회상했다. 내가 내 분석의 효과를 생각한 것은, V씨가 어떻게 나오더라도 내가 그를 잘 다룰 수 있고, 그가 어떠한 감정을 내 안에 불러일으켜도 나는 잘 처리할 수 있을 것이라는 자신 있는 말을 나 자신에게 하고 싶어서라는 것을 알 수 있었다.

V씨는 조용히 내 진료실을 살피더니 말을 시작했다.

"하여튼 모든 것을 끈질기게 꼭같게 만드는군요. 똑같지 않으면 불안한 모양이지요. 참 놀랍군요. 실내 장식가가 당신의 진료실을 다시 지난 번 집과 똑같이 만들어 놓았어요. 그 여자는 세세한 부분까지 지난 번의 진료실과 똑같이 복제를 해 놓았네요."

그는 잠깐 멈췄다가 계속했다.

"같은 짓을 반복하는 것은 마치 좁은 마음을 가진 꼬마 도깨비와 같다고 어떤 철학자가 말했지요?"

바로 그 순간, 승리감을 느끼게 하는 생각이 섬광처럼 내 뇌리를 스쳐 지나갔다. 'V씨가 모르는 정답을 내가 알고 있었다. 그것은 어떤 철학자가 아니고 에머

슨이 한 말이다. 에머슨이 한 말을 나는 정확히 기억한다.’ “어리석은 일관성은 마치 좁은 마음을 가진 꼬마 도깨비와 같다.”였다. 이렇게 틀린 말을 바로잡아 주고 싶은 말이 혀 끝까지 올라왔지만 이런 말을 한다는 것이 단지 나의 실력 과시에 불과하고, 방어적 행동이라는 생각이 들어서 참았다.

V씨는 또 다른 화제를 꺼냈다. 나는 그가 분석시간을 시작할 때 했던 말들과 연관을 지으며 들었다. 그는 며칠 전에 일어났던 일에 대해 말했다. 어렸을 때부터 친구이며 수 년 동안 V씨의 형과 꽤 가깝게 지내는 K씨의 집에 초대를 받았다는 얘기였다. 사실 K씨는 두 형제를 모두 초대했는데, V씨의 형은 최근에 산 우아한 콘도미니엄에서 손님 대접을 해야 했기 때문에 정중히 거절했었다. 내 환자는 K씨를 별로 좋아하지 않았고, 그와 저녁 식사를 하는 것도 별로 흥미가 없었지만, 형의 입장을 생각해서, 그리고 오랜 사귐을 가진 이웃에게 등을 돌린다는 생각이 주는 비이성적인 죄책감 때문에 초대에 응했다고 말했다.

“그는 바보 같은 사람입니다. 일용잡화 식용품 연쇄점으로 돈을 좀 벌었지만 그 얼간이가 엉뚱한 생각을 가지고 파크 가(Park Avenue)로 이사를 했습니다. 내 형이 그 사람의 어떤 점을 좋게 보았는지 모르겠지만, 형이나 그 사람이나 둘 다 똑같은 종류의 사람들입니다. 둘 다 운이 좋아서 돈을 좀 벌었고, 자신들이 하늘이 내린 재능을 가졌다고 생각하는 얼간이들입니다.”

듣고 있는 동안 나는 긴장됐다. 맥박이 다소 빨라지고 복부근육이 땅기는 것을 느낄 수 있었다. 내 몸이 V씨로부터 약간 돌려지는 것을 알 수 있었다. 꼬집어 말할 수는 없었지만, 내가 간접적으로 비난을 받고 있다고 느꼈으며, 이 느낌에 대해 내 신체가 반응을 보이고 있음을 알 수 있었다. 이어서 떠오른 생각은 V씨가 은근히 K씨를 비난하면서 나를 비난하고 있다는 것이었다.

그리고 이어서 나는 몇 달 전 한 분석시간에 있었던 일이 생각났다. 그 때 그는 다른 말끝에 지나가듯이, 형이 콘도미니엄을 사 놓은 뉴욕 시 동편으로 자기도 이사가고 싶지만 그 지역에서 방을 얻을 만한 돈이 없다고 한탄했었다. 이번 분석시간의 초반에 떠오른 이 기억은 V씨의 말 뒤에 숨은 부러움을 감지할 수 있게 했다. 이제 부러움이 사실임을 알게 되었고, 또 한편으로 나의 직관과 육체의 느낌을 통해서 나는 V씨의 부러움과 경쟁심이 K씨로부터 나에게 전치된 것을 감지했다. 나는 V씨의 주의를 환기시켜 사실로 돌려주었다. 즉 부자 동네인 뉴욕 동편으로 이사한 사람이 K씨 한 사람만은 아닐 것이라고 말해 주었다. 또 V씨 자신도 그 곳으로 이사하고 싶어했지만 돈이 없어서 못한 것과 그의 형은 최근에 내 사무실에서 멀지않은 곳(부자 동네)에 비싼 콘도미니엄을 샀다는 것을 상기시켜 주었다. 나는 내가 이 곳으로 이사한 것이, 표면적으로는 K씨에 대한 그의 불만과 비난으로 표현되고 있지만 내면에서는 틀림없이 숨겨진 강한 감정을 자극했을 것이라고 말해 주었다.

내 말을 듣고 V씨의 의식 속에 갑자기 약간 서투른 시가 떠올랐다.

'벼락부자, 벼락부자,

벼락부자에게 우리가 해 줄 것이 무얼까?

목이나 매달아야지. 모두 개 같은 놈들이니까.'

듣고 있던 중에 나는 장이 팽팽해지고 맥박이 빨라짐을 느꼈다. 그는 의식적으로는 이 시를 즐기고 있었지만, 그 시 안에는 공격성이 함유되어 있음을 알았다. 나는 그의 시 속에 숨은 이러한 측면을 V씨에게 해석해 주었다. 즉, V씨는 돈이 없어서 부자 동네로 이사 갈 수가 없는데, K씨와 그의 형, 게다가 나까지 큰돈을 가지고 있다는 것을 부러워하고 있음에 틀림없다고 그에게 말해 주었다. 그러나 V씨의 입장에서는 이런 부러움을 느끼고 표현하기가 어려웠을 것이라고 덧붙였다. 이러한 감정이 직접적으로 표출되지 못하고 대신에 다른 사람에 대한 비난과 분노로 표현되고 있는 것 같다고 지적했다.

V씨는 나의 해석에 대해서 그의 청소년기의 기억으로 응답했다. 그는 형의 멋진 옷을 부러워했고, 파티에 입고 가려고 몇 벌을 빌리고 싶었던 기억이 났다. 그러나 그가 옷을 빌려 달라고 요구했을 때 형은 거절했을 뿐만 아니라 V씨의 외모

를 조롱하면서 모욕을 주기까지 했다. V씨는 다시는 아쉬운 부탁을 하지 않기로 맹세했던 것을 기억했다.

V씨가 이 이야기를 자세히 하고 있을 때, 나는 지독하고 야비하고 불쾌한 그의 형이 마음 속에 떠올랐다. 그리고 이 짐승 같은 친구에게 화가 났다. 그리고 나서 갑자기 나는 괴롭힘을 당했던 내 어렸을 때의 경험들이 떠올랐다. 내가 자란 거리 에는 아일랜드 청년 깡패들이 배회하곤 했었다. 그들은 유대인 꼬마들을 구석진 곳으로 몰고 가서 소지품을 빼앗고 주먹질을 했다. 나는 그 놈들을 증오했고, 그 들과 V씨의 형을 연관시켜 생각하고 있다는 것을 깨달았다. 나는 자신에게 경고 했다. 나 자신의 어린 시절의 경험에 비추어서 내 환자도 나처럼 야만적 행위의 피해자가 되었다고 보는 위험을 조심하라고 경고했다.

내 환자는 K씨에 대한 비난으로 돌아갔다. 그가 K씨에 대해 특히 참을 수 없었 던 것은 그가 새로 믿기 시작한 유대교였다. 갑자기 그는 신앙심이 깊은 유대인이 되었다. 유대교에 심취하게 된 것은 틀림없이 V씨의 형의 영향을 받은 것이었다. V씨에게는 형이나 K가 둘 다 사기꾼으로 보였다. 회당에서 그들은 장난치며 씹 어 뭉친 종이나 던지는 사람들이었다. 그런데 이제 그들은 회당의 기념 명판에 그 들의 이름이 새겨질 정도의 대단한 인물들로 인정받고 있었다.

금요일 저녁에 K씨 가족은 기도를 하고, Shabbos 촛불을 켰다. 그것은 사기극 이었다.

"선생님이 이 친구가 가진 촛대를 보았어야 했는데……."

마카비 골동품 시장의 골동품이었다. 족히 5,000달러는 나갈 것이었다. 실제로 그는 아파트를 온통 종교적 물품으로 채워 놓고 있었다. 그는 기도 숄, 율법 덮개, 다윗의 별, 문 기둥에 붙이는 것들 등 모든 것을 수집했다. 그의 아파트는 마치 유 대 박물관 같았다.

V씨가 이런 말을 하고 있는 동안 몇 가지 연관성이 없어 보이는 기억들이 내 머

릿속에 떠올랐다. 나는 몇 년 전 개업 당시 발생했던, 한 당황스러웠던 사건이 생각났다. 한겨울 이른 아침에 나는 한 환자를 만나기 위해 일찍 일어났다. 내 아내를 깨우지 않으려고 나는 약간 어두운데도 불을 켜지 않고 옷을 입었다. 그러던 중 나는 실수를 저질렀다. 내 옷장에 도착해서 옷을 골랐는데 상의와 바지가 서로 다른 것을 골라 입었다. 색깔은 회색으로 같았지만, 무늬가 달랐다. 그 날 분석시간 중에 한 환자가 내게 불평을 많이 했다. 그는 내가 제자리를 잃고 있다고 했다. 내가 목표를 잃어버리고 있다고도 했다. 나 자신도 좀 이상한 기분을 느꼈다. 그 환자의 분석을 마치고 아침 식사 후, 아내와 아이들이 내 복장을 보고 깔깔대고 웃었을 때에야 나는 나의 실수를 알게 되었다. 나의 복장이 이상한 것을 환자의 비의식이 보고, 즉 환자의 잠재의식적 지각(subliminal perception)이 결정적으로 환자의 연상에 영향을 미쳤던 것이다. 잠재의식적 지각을 깨닫게 되었던 사건이었다.

이 기억에 이어서 마음 속에 곧 찰스 피셔 박사(Charles Fisher)에 대한 영상이 떠올랐다. 피셔 박사는 나의 지도교수(supervisor)인데, ‘잠재의식적 지각 영역에 대한 연구’에서 개척자적 업적을 남긴 분이다. 그의 영향으로 나도 이 현상에 관심을 갖게 되었었다.

그 시점에서 또 다른 당황스런 기억이 떠올랐다. 나는 마을의 황폐한 곳에 있었던 조부모님의 방 하나짜리의 초라한 아파트가 생각났다. 아마 40년 이상을 그 아파트에 대해서는 생각도 하지 않고 살아 왔는데 지금 그 집의 현관 입구가 떠올랐다. 분명히 거기에는 메이즈자(mezuzah ; 신명기 몇 절을 적어 넣은 양피지의 조각)가 붙어 있었던 기억이 있다. 메이즈자는 그 집에 유대인이 살고 있음을 표시하는 것이다. 믿음 좋은 유대인이 대문 기둥에 부착하는 작은 상징물이다. 이어서 또 다른 영상이 떠올랐다. 나의 현재 진료실 현관이었다. 나는 메이즈자가 거기에도 부착되어 있다는 생각을 하게 되었다. 그러나 그 메이즈자는 그 위에 페인트칠이 여러 번 되어 있어서 잘 보이지 않았다. 이 진료실을 처음 보러 왔을 때 나는 이 종교적인 물건을 보고 '한때 이 집에 종교적 의무를 엄수하는 가정이 살았나 보다.' 하는 생각을 했었다. 그것이 전부였고, 그 후 나는 이러한 사실에 대해 완전히 잊고 있었다.

나는 왜 이러한 영상들이 떠올랐는지 생각해 보았다. 이런 생각을 하던 중에 갑자기 한 가지 확신이 생겼다. V씨는 진료실 문에서 메이즈자를 보았다. 어느 정도-아마도 잠재의식적으로-그것이 그의 뇌리에 박혀 있다가 K씨의 집에 있는 종교적인 물건들(메이즈자에 대한 특별한 언급을 포함한)을 언급하게 만든 것이었다.

확신으로 느껴지는 이러한 예감을 바탕으로 나는 그에게 들어올 때 진료실 현관 입구에서 어떤 것을 보았는지 물어 보았다. 그는 몇 초 동안 침묵에 빠졌다.

조금 후에 그는 대답했다.

"선생님은 마음 속에 뭔가를 생각하고 있는 것 같아요. 그런데 그것이 뭔지 모르겠어요."

나는 조용히 기다렸고, V씨도 침묵했다. 그리고 나서 마침내…….

"잠깐만요. 선생님 댁 문에 유대인의 물건이 붙어 있지요? 아마 그런 것 같은데……. 뭔가를 보기는 본 것 같은데 확실히 보지는 못했어요. (그는 웃었다.) 내가 이런 말을 해야 하는 이유가 이것인가요? 선생님은 그렇게 말하겠지요. 저는 모르겠어요. 그러나 자신을 유대인이라고 광고하는 따위의 짓은 사기이고, 뽐내는 짓이라는 것만은 저도 잘 압니다. 저로서는 선생님만은 그런 인간이 아니시기를 바랍니다. 만일 선생님의 문에 그런 종교적인 물건을 붙인 사람이 선생님 자신이었다는 것을 제가 알게 된다면 저는 몹시 화가 날 겁니다. 나는 선생님을 K와 같은 류의 인간 범주에 넣을 것입니다. 그러나 선생님은 그런 짓을 할 분이 아니라는 것을 잘 알고 있습니다. 문 위에 그것이 붙어 있다고 해도 그것을 거기에 붙인 것은 선생님이 아니었을 것입니다. 그것은 아마도 이전에 거주했던 사람의 것이겠지요."

그 시점에서 V씨가 치료 초기 분석시간에 한번 언급하고 다시는 말하지 않았던 내용이 생각났다. 그것은 업계에서 그가 유대인임을 감추려고 했다는 것이었다. 그는 그가 아는 많은 사람들처럼 마치 그가 와스프(Wasp ; 앵글로 색슨계, 백인계 신교도 ; 미국의 지배적인 특권계급)인 것 같은 인상을 주려고 노력했다. 실제로 V씨는 그의 대학 시절에 교회 예배에 정규적으로 참석했고, 신교도로 통하기까지 했었다.

유대인임을 부정하려는 V씨의 욕구는 중요한 의미가 있었다. 그러나 나는 이러한 현상을 잘 이해하지 못한 것 같다. 뿐만 아니라 내가 유대인인 것이 그에게 어떤 의미가 있는지도 나는 파악하지 못하고 있었다. 분명히 내가 엄격한 유대인일 수도 있다는 생각이 그를 매우 괴롭히고 있었다. 그런데 왜 나는 이 문제를 다루지 못한 것일까? 몇 가지 이유 때문에 그와 내가 유대인이라는 문제를 회피해 왔다는 사실을 깨달았다.

분명히 그것은 중요한 문제임에도 불구하고 지금까지 배후에 숨어 있었고, 침묵 속에 갇힌 주제였다. 이것은 오로지 V씨 편에서 피했기 때문이었을까? 나는 그렇게 생각할 수 없었다. 나와 그는 공모하고 있었다. 유대인 문제를 다루지 않기로 침묵 속에서 공모하고 있었다. 이 딜레마 때문에 당황하고 있을 때, 내게 청소년기의 한 기억이 떠올랐다.

내가 약 열여섯 살쯤 되었을 때 나는 라디오 아나운서가 되고 싶었다. 그래서 종종 밤에 녹음기를 가지고 광고 읽기 연습을 했다. 나는 상상 속에서 유명한 라디오 명사가 되는 것을 꿈꾸었다. 그러나 제이콥스(Jacobs)라는 이름을 가지고 그렇게 될 수 있을까? 너무 유대적인 이름 때문에 와스프(Wasp)의 보수적인 라디오의 세계에서 나의 성공이 방해받지 않을까? 내 생각으로는 아마 그 때 나는 내 이름을 바꾸고 싶었던 것 같다. 그 때 내가 선택했던 이름 하나가 생각났다. CBS 뉴스의 테드 조던(Ted Jordan)이었다.

유감스럽게도, 내가 내 환자의 유대인에 대한 감정을 알아 보려고 하지 않았던 마음의 배후에는 바로 그 문제에 대한 내 자신의, 오랫동안 잠재되어 있었지만 V 씨를 분석하는 도중에 활성화된, 갈등이 놓여 있음을 깨달았다. 곧이어서 두 가지 영상이 떠올랐다. 최근 내 딸 중 한 아이의 바트 미츠버(Bat Mitzvah ; 유대교 소녀의 성인식)의 한 장면과 지난 달 들었던 테입의 책 제목, 하워드 패스트(Howard Fast)가 쓴 《유대인의 역사》였다. V씨가 나의 오래된 갈등을 다시 일깨웠을 뿐만 아니라 갈등의 작용이 내 마음 속에서 오늘도 계속되고 있다는 생각이 들었다. 아마도 이 갈등 때문에 전에는 생각도 나지 않았던 청소년 시절의 경험이 이 시점에서 떠올랐던 것 같다.

사실이든 아니든 분석상황에서 떠오른 아나운서의 기억 등은 나의 청소년기의 공상에 대한 수치심과 관계가 있었고, 이것이 V씨로부터 나를 몰아 냈다는 사실을 알게 되었다. 이런 식으로 표류하는 근저에 역전이 문제가 작용했음에 틀림없다고 생각했고, 그 분석시간 후에 이것을 마음에 적어 두었다. 이제 나는 나의 관심을 V씨와 그가 하는 말로 다시 돌렸다.

그는 계속해서 K씨 집을 방문했던 이야기를 했다. 이 부부에게는 남자 아기가 있었는데, 그 날 저녁에 잠에서 깬 아기의 기저귀를 갈아 주어야 했다. V씨는 아기의 방에서 그 아기를 보았다. 그가 둘러보는 동안 K씨의 부인은 아기 기저귀를 갈아 주고 있었다. V씨 생각에 기저귀를 갈아 주는 부인의 태도가 냉랭해 보였다. 성난 사람처럼 아기를 거칠게 다루었고, 새 기저귀를 채워 줄 때는 거의 아기를 핀으로 찌를 듯했다. 이 과정을 보다가 V씨는 불쾌해서 구역질이 날 것 같았다.

V씨가 아기의 방안에서 본 장면을 이야기하고 있을 때 그의 오른손은 배쪽으로 움직였고, 배를 만지기 시작했다. 그리고 나서 그는 허리띠 버클을 잡고 손가락으로 허리띠를 휘감아서 잡아당겼다. 그를 지켜 보면서 나 자신도 유사한 동작을 하고 있었다. 나의 오른손도 허리에 있었고, 나는 무심결에 엄지손가락을 허리띠 후방으로 끼여 넣고 있었다. 이것을 깨닫고 나는 의아했다. 그러고 있을 때 나는 서로를 흉내내며 완벽한 조화 속에서 움직이는 수중발레를 생각했다. 그리고 곧 또

다른 영상이 떠올랐다. 어린 V씨가 탁자에 누워 있는데 그의 배가 거즈 붕대로 꽉 조여져 있는 영상이었다. 즉시 나는 내가 환자의 과거력의 한 부분을 기억하고 있다는 것을 깨달았다.

V씨는 태어났을 때 복벽이 약해서 탈장이 생겼다. 진단은 그가 약 두 살 반 또는 세 살 때에 내려졌고, 치료는 거즈 붕대로 꽉 죄어 놓는 것이었다. 매일 밤 붕대를 떼고 새로운 것을 붙여야 했다. 이 과정은 몹시 고통스러웠고, 어린 그는 밤마다 행해지는 붕대 교환을 두려워했다. 이 과정이 아이의 거세불안을 극도로 증폭시켰을 뿐만 아니라 자신의 몸을 상처받기 쉬운 것으로 생각하게 되었으며, 신체적 손상의 두려움을 견디는 힘도 약해졌다.

내 마음 속에 일어났던 V씨의 어렸을 때의 영상과 그의 동작을 따라했던 나의 무의식적인 동작은, 아기 기저귀를 갈아 주는 장면에 대한 그의 말을 들으면서 이와 연관되어 떠오른 나의 연상이었다. V씨도 역시 그렇게 연결되어 있었다. 그가 복부를 만지고 허리띠 버클을 잡아당길 때, 그는 본질적으로 신체적 손상(탈장)을 기억하고 있었다고 봐야 한다.

이 때 또 다른 기억이 떠올랐다. 내가 여덟 살 때 코피를 많이 흘리던 모습이 생각났다. 나도 모르게 야구공이 날아와서 정면으로 내 얼굴을 강타했었다. 이 사건을 회상하며 나도 모르게 몸서리가 쳐졌다. 그래서 나는 V씨의 어렸을 적 손상이 내가 받은 손상의 기억과 연결되어 있음을 깨달았다. 내가 무의식적으로 했던 반사행동처럼 V씨와 공감하기 때문에 이런 기억이 떠올랐다는 것을 알게 되었다.

나의 환자는 아기 기저귀를 갈아 주는 장면을 보는 동안 경험했던 불안의 원인을 모르고 있는 것이 명백했으므로 나는 그 고통스러웠던 탈장의 경험을 그가 비언어적으로 어떻게 표현했는지를 설명해 주었다. 그는 즉시 K씨 부부 집에서 있었던 또 다른 사건에 대한 기억을 말하는 것으로 반응을 보였다. 그 사건은 K씨의 아들을 할례시키는 것이었다. 이것은 V씨에게는 매우 당황스러운 경험이었다. 그는 야만적이고 잔인하고 전혀 필요치 않은 시술을 받고 있는 아기를 생각하고 느꼈던 혐오감과 메스꺼움을 강하게 표현했다. "그것은 불합리한 관습이고, 유대인들이 맹목적으로 따르는 구약의 의식입니다. 유대인들이 나쁜 말을 듣는 것은 이러한 종류의 어리석음 때문이에요."라고 그는 말했다. 잠시 멈춘 후 V씨는 계속했다. 그는 나에 대해 궁금증을 가지고 있다고 말했다. 그는 내게 아들이 있는지, 그렇다면 그 아이를 할례시켰는지 알고 싶어했다. 다른 때에는 그렇지 않을 거라고 확신했지만, 그 날 그는 내가 아들이 있다면 할례를 시켰을 것으로 생각했다. 내가 그러한 고대 관습에 찬성하는 전통적인 유대인이라는 사실을 확실히 알게 되면 그는 몹시 마음이 상했을 것이다.

들고 있는 동안 나는 뭔가가 함께 전달되어 오고 있음을 느꼈지만 그것이 무엇인지 확실히는 알 수 없었다. 녹음기를 다시 틀어 보듯이 나는 그 분석시간을 전체적으로 돌아보았다. 순서대로 나타났다. 나의 진료실에 대한 비평, K씨에 대한 공격, 기저귀를 가는 장면, 허리띠와 복부를 만진 것, 그리고 나서 나는 현관 입구의 메이즈자를 떠올렸고, 작년에 참석했던 할례를 회상했다. 나는 영국식 맞춤복을 입고 있는 V씨를 바라보았다. 확실히 그는 와스프(Wasp)처럼 보였다. 그의 손톱은 매니큐어가 칠해져 있었다. 나는 손톱에 매니큐어를 칠한 유대인들이 거의 없다는 것을 알고 있었다. 나는 사업상 점심을 먹고 있는 V씨를 상상했다. 그는 묘하게 기독교인으로 알려져 있었다. 그리고 붕대를 갈 시간이 되자 탁자 위에 놀란 듯 누워 있는 아이인 그를 생각했다.

갑자기 나는 나 자신이 말하고 있음을 알았다. 나는 V씨의 연상의 흐름을 검토하고 있었다. 나는 그가 나의 새 진료실에 와서 문에 메이즈자가 붙어 있는 것을 본 다음에 분석을 시작한 것을 상기시켰다. 분석시간 동안 그는 처음에는 나의 진료실에 대해 비난했고, 그 다음에는 K씨에 대해 비난했다. 그리고 K씨가 유대인임을 과시한 것에 대해 비난했다. 그리고 나서 그가 할례를 생각하도록 만들었던 아기의 기저귀 가는 것을 회상했다. 그리고 그 손상적 탈장 경험을 비언어적으로 표현했던 것이 이 때였다. 나는 V씨에게 이러한 모든 요소들이 연결되어 있으며 그것들을 연결시키는 해석을 하려고 한다고 말했다. 그는 나의 말을 가로챘다. 그는 마치 내가 나의 말을 계속하기 전에 자신의 말을 할 필요가 있는 듯 재빨리 내 말을 가로채서 말했다.

"저는 선생님이 말하려고 하는 것이 무엇인지 알아요. 저는 이해하고 있어요. 선생님은 제가 선생님이 화려한 부자 동네로 이사했기 때문에 상처를 받았다고 말하려고 하는 것이지요. 그리고 내가 선생님의 아름다운 새 진료실을 망친 것에 대해 선생님이 보복하려 한다고 생각하고 두려움을 느끼고 있다는 말을 하려는 것이지요? 선생님은 내가 문에 있는 종교적 상징물을 보고 아마 선생님이 정통파 유대인일 거라는 생각을 하고, 탈장이나 두려워할 줄로 생각하고 있어요. 물론 우리는 유대인들이 어린아이들에게 하는 짓을 알고 있습니다. 그들은 음경의 표피를 자르고 아이들에게 탈장을 일으키는, 턱수염의 검은 모자를 쓴 기분 나쁜 인간들입니다."

V씨가 자신의 정신역동을 해석하는 것을 들으면서 나는 그의 민첩한 직관력과 이해력에 강한 인상을 받았다. 다소 말이 많았고 그의 설명이 내 해석의 덕이기는 했지만 중요한 핵심을 이해하고 있었다. 그는 나를 거세시키는 인물로 보고 두려워하고 있었으며 반 유대 감정을 가지고 있었는데, 이런 감정들이 유아기 경험에서 유래했다는 것을 이해하고 있었다. 유아기의 탈장 경험이 신체손상에 대한 두려움을 낳았고, 탈장이나 할례 의식이 거세불안을 강화시킨 결과를 낳았다는 것을 비의식에서 연결시키고 있었다.

나는 환자의 이해력에 고무되었지만, 다른 한편으로는 자존심이 상했다. 마치 인기를 가로채이고, 쇼의 다른 출연자에게 자신의 역할을 빼앗긴 기분이었다. 화가 난 기분에 빠진 나는 V씨가 방으로 돌진해 들어와서 내 진료실을 비난했던 생각이 났다. 이어서 전설적인 축구 코치인 롬바르디의 영상이 마음 속에 떠올랐고 그가 늘 쓰던 말이 떠올랐다.

'공격이 최선의 방어이다.'

나는 내가 경험한 것을 이해하려고 잠깐 동안 침묵했다. 조금 더 조용해진 뒤 나는 입을 열었다.

"당신 말씀이 맞습니다. 당신은 내가 말하려고 했던 바로 그것을 잘 이해하고 계십니다. 내가 하려고 한 해석도 제대로 예상했습니다. 그러나 나는 당신이 '나 대신에 해석자의 위치를 차지하는 것이 당신에게 중요한 일인가 보다.' 라는 생각을 했습니다. 당신이 해석자의 위치에 있어야만 당신은 여기서 일어나는 모든 일을 마음대로 조종할 수 있을 것입니다. 그렇게 할 수 없다면 당신의 입장은 마치 복부를 열어 놓은 채 탁자 위에 누워서 무서워 떨고 있는 아이와 같이 될 것이고, 나는 당신의 열어 놓은 배를 함부로 만져서 약한 당신을 아프게 하는 큰 어른이 되는 상황인 것처럼 생각될 것입니다."

V씨는 잠시 동안 말이 없었다. 그의 몸은 내가 있는 반대쪽, 즉 오른쪽으로 약간 돌려져 있었다. 그리고 나서 그는 말했다. "선생님이 말씀하고 있을 때 나는 머리 위로 지나가는 비행기를 생각했습니다. 비행기는 이스라엘 전투기였습니다. 사실 나는 이스라엘에 대해 아무런 애정도 없습니다. 내가 아는 한 그들은 호전적인 사람들일 뿐입니다. 그러나 한 가지 존경할 만한 것은 군사적인 재치입니다. 그들은 언제 공격해야 할지를 압니다. 아마 세상에 어떤 공군도 선제공격에서 그들과 비교될 수 있는 공군은 없을 것입니다."

그 때 그 분석시간은 끝났다. V씨는 카우치에서 일어나 웃옷을 바로하고 넥타이를 바로잡았다. 그는 문을 향해 가다가 멈춰선 채 돌아서서 나를 쳐다보았다. "어쨌든 새 진료실로 이사하신 것을 축하합니다. 그리고 실내 장식가에게 내 대신 축하의 말을 전해 주십시오. 그 분이 대단한 일을 해냈습니다. 방이 선생님의 인격을 돋보이게 합니다."라고 말했다.

이것이 소위 말하는 좋은 분석시간(good hour)의 예가 될지 아니면 좀더 흔한 좋지 않은 시간의 예가 될지는 여러분들의 판단에 맡기겠다. 나에게는 교훈적인 시간(instructive one)이었다. 이 분석시간을 진행하던 바로 그 무렵에 나는 '분석가의 주관적인 경험과 그것이 어떻게 분석과정에 기여하는가'에 관심을 가지고 있었다. 이 문제에 대해 공부하기 위해서 분석시간에 떠오른 나의 생각과 느낌, 그리고 상상을 가능한 대로 모두 기록하고 관찰했다. 나는 V씨의 경우와 같은 분석시간에 많은 것을 배웠다. 분석가가 분석시간에 하는 경험은 풍부하고 복잡하지만 종종 환자의 연상을 이해하는 데 도움이 되는 보충 자료도 되었다.

물론 모든 반응들이 똑같이 유익한 것은 아니다. 어떤 것들은 개인적인 것이고 특별하다. 우리는 개인적인 일로 고민에 빠질 때도 있고, 피곤하거나 다른 일에 몰두할 때도 있다. 우리는 주로 우리의 관심사에 우리의 주의를 기울인다. 그러나 우리의 귀를 환자의 말에 맞추어서 경청하면 우리의 내부에서 일어나는 기억과 상상의 파편들을 만나고 그들의 의미를 들을 수 있다. 또한 종종 환자가 우리에게 말하고자 하는 언어도 들을 수 있다. 이런 경험을 하고 보면 다른 사람들을 이해하는 능력이 상대방의 말을 듣는 능력에 달려 있을 뿐만 아니라 우리 자신의 내면의 소리를 들을 수 있는 능력도 크게 관여한다는 것을 배우게 된다. 그리고 우리는 또 다른 것도 배울 수 있는데, 즉 분석가가 자신의 일을 수행할 때 쓰는 도구 중에서 가장 유용한 것은 자신을 효과적으로 활용하는 것이라는 사실이다.

요 약

이 논문은 분석가가 분석상황에서 경험한 내적 경험의 실례로서, 한 분석시간을 자세하게 보여 주고 있다. 이 임상적 자료를 통해서 필자는 분석시간에 일어나는 분석가의 생각이나 환상, 신체적인 움직임 그리고 자동적 반응들이 그의 해석 중재와 전이-역전이 반응에 영향을 미치며, 분석의 진행에도 영향을 미치는 것을 보여 주고 있다.

부 록

|찾아 보기❶| 가나다순(한글)

|찾아 보기❷| 알파벳순(영문)

|찾아 보기❸| 정신분석 증례들

|참|고|문|헌|

가학소원(sadistic wish) 108
가학적 소망(sadistic wish) 372
가학적 소망 팬터지(sadistic wishful phantasies) 373
가학적-피학적인 관계(sado-masochistic relationship) 107
가학적 항문기(sadistic-anal term) 322
가학적 항문기 성욕 323
가혹한 초자아(sadistic superego) 377
각인(imprinting) 139
간접적인 소원성취 76
간질 발작을 일으키는 여자 아이 25
갈등(conflict) 75 · 161 · 333
감각주입(sensory input) 204
감정(feeling) 253
감정 에너지 30
감정연상 학습(affective associative learning) 71 · 284
감정의 가치(emotional value) 179
강박관념 314 · 319
강박성격(obsessive personality) 132
강박신경증 318
강박장애 183 · 317
강박증 117 · 184
거세공포증(castration anxiety) 143 · 145 · 330
거세불안(castration anxiety) 44 · 141 · 146 · 394
거세 콤플렉스(castration complex) 148
거시증 22
건강으로 도피(flight to health) 265
건강한 자아 117
게르하르트 로트만 127
게바드(Gabbard) 192 · 301 · 323
격리(隔離, isolation) 183
결핍(deficit) 333
경계선 상태 337
경계선 장애(borderline condition) 136
경쟁소원 108
고착(fixation) 131 · 188

공감(共感, empathy) 168 · 333
공감실패의 숨은 희생자들 340
공격성 131
공격욕구(aggressive drive) 50 · 51 · 131
공격자와의 동일화(identification with aggressor) 116 · 167
공상(fantasy) 45
공생기(the symbiotic phase) 134
공주와 개구리 342
공포증(phobic nature) 362
과대망상적인 자신감(belief in his magical power) 137
과도기 대상(transitional object) 135
과잉보상(over-compensation) 166
과장된 자기(grandiose self) 340
관음증 49 · 297
관음증(voyeurism)적 욕구 278
구강공격기(aggressive stage) 130
구강기(oral stage) 130
구강기 특징(oral nature) 374
구강인격(oral personality) 131
구조론 54
귀신 공포증 173
그레이(Gray) 305
그린버그(Grinberg) 194
근본 비의식의 내용(basic unconscious content) 95
근친상간 316
금욕주의(禁慾主義, asceticism) 191
금지된 대상과의 동일화(negative identification) 167
긍정적 역전이 246
긍정적 전이 271
기록(note taking) 252
기억능력 126
기차 공포증 43
꼬리표 붙이기(labelling) 108
꿈을 만드는 동력 78
꿈의 목적 79
꿈의 분석기법 80
꿈의 상징성(dream symbolism) 94

꿈 작업(dream work) 77
꿈 해석(dream interpretation) 77
꿈 해석의 기법 92

나르시스(Narcissus) 52
나 아닌 대상(not-I) 134
남근기(phallic phase) 140
남근기(男根期, Oedipal phase) 233
남근선망(penis envy) 48 · 140
남근혐오 253
남성 공포증 232
남성성(masculinity) 149
남성 호르몬(androgen) 152
납골단지 꿈 79
낮의 잔재(day residues) 78
낯가림 134
내관(introspection) 229
내면세계(internal world) 46
내면세계의 변화(intrapsychic change) 304
내면의 어떤 힘(internal forces) 49
내재화(internalization) 106 · 133
내재화된 대상관계(introjected object relationship) 106
내적 대상(internal object) 133
내적 대상관계 106
내적 충동(inner impulses) 46
논리 불통의 방(論理不通의 房, logic-tight compartment) 182
놀이를 통한 분석 344
뇌 과학자(neuroscientist) 283
뇌세포의 발달 126
느미로프(Nemiroff) 154 · 157
늑대 공포증 328
늑대 사나이 증례(Wolf man Case) 326

대리만족 117
대상(object) 134
대상관계 이론 106
대상항상성(object constancy) 133 · 139 · 302
대상항상성이 형성되는 시기 137
대인관계의 실패(interpersonal failure) 306
대체형성(代替形成, substitution) 176
대화에 의한 재구성 305
데니스 스토트 127
도덕적 자학자(moral masochist 혹은 masochistic character) 115
도라의 증례(Dora Case) 315
도발(provocation) 109
독촉법 216
동기의 평가 228
동성애 314
동성애 욕구 314 · 324
동시분석(concurrent analysis) 379
동일시(同一視, identification) 166
동일화(同一化, identification) 166 · 368
동화(assimilation) 170
둔주(fugue) 188
디노라 파인스(Dinora Pines) 270 · 279

랑겔(Rangell) 304 · 308
로널드 페아반(Ronald Fairbairn) 59
로왈드(Loewald) 305 · 306
리비도(libido) 50 · 258
리비도의 집착성(adhesiveness of the libido) 257

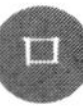

마거릿 말러(Margaret Mahler) 106 · 133
마술적인 기대(magical expectation) 242

마음 속의 아이(child-within) 88
마음에 비중을 두는 사고방식(psychological mindedness) 229
마음의 깨달음(heart knowledge) 283
마음의 상처(trauma) 23
마음의 제2의 의식(비의식) 25
마음의 평화(equilibrium) 117 · 121
말 공포증 142 · 145
말실수(slip of the tongue) 47 · 321
말하기 치료(talking cure) 23
망상 314
망상증 324
머리로 아는 지식(head knowledge) 283
멜라니 클라인(Melanie Klein) 59 · 106 · 345
명시기억(explicit memory) 68
모순이 없음(absence of contradiction) 101
무대상(objectless)의 시기 134
무의식적 욕망(underlying instinctual wish) 99
물공포증[恐水症, hydrophobia] 21
미녀의 무관심(La belle indifference) 202
미숙한 자아 117
밀너(Milner) 70 · 284

바로의 꿈 96
바이스(Weiss) 322
반동형성(反動形成, reaction formation) 165 · 319
반복강박(repetition compulsion) 257
반복적인 해석(repeat interpretation) 289
반사(mirroring) 335 · 336
반사실패(mirror failure) 338
반사 자기대상(mirroring selfobject) 335
반사전이(mirroring transference) 336
반응—공감적 자기대상(responsive-empathic selfobject) 334
발생적 기원(genetic origin) 288
발생적 해석을 해서는 안 되는 단계 (preinterpretive phase) 341
발생적 해석의 단계(genetic interpretation phase) 342
발생통찰(發生洞察, genetic insight) 285
발현몽(manifest dream) 77 · 204
방어과정(defensive processes) 200
방어기제(defense mechanism) 119 · 160
번하임(Bernheim) 32
변형 내재화(transmuting internalization) 341
병적 동일화(pathological identification) 168
병적인 내적 대상관계(pathological internal object relationship) 110
병적 자기대상에 의한 좌절(pathogenic selfobject failure) 338
병적 전이 219
병적 퇴행 218
병합 기법(combined technique) 94
보상(補償, compensation) 180
보통 불행(common unhappiness) 207
본능소망(instinctual wish) 50
본능 에너지 97
본능적 욕구(instinctual drive) 47
볼리스 프로트 126
부정(negation) 102
부정(否定, denial) 176
부정이나 반대 개념이 없음(absence of negation) 101
부정적 에디푸스 콤플렉스(negative Oedipus complex) 150
부정적 역전이 246
부정적 전이 271
부화(hatching) 134
분기(分期, subphase) 134
분류하기 108
분리(分離, splitting) 138 · 192
분리-개별화 과정(separation-individuation process) 133
분리-개별화기(the separation-individuation phase) 134
분리된 뇌(split-brain) 284
분리된 엄마(splitting mother) 136

분리불안 135
분만 공포 360
분만 공포증 366
분석가와 환자의 상호작용 214
분석가의 갈등이 만드는 역전이 276
분석가의 내적 요인 239
분석가의 비의식적 공격충동 278
분석가의 자학욕구 278
분석가의 첫 과제 265
분석상황(analytic situation) 211
분석에 필요한 약속 224
분석의 종결기 224
분석의 종결에 대한 역동적 지침 297
분석의 종결에 대한 일반적 지침 296
분석의 종결에 대한 지침 296
분석의 중기 224
분석의 초기 224
분석종결(termination of analysis) 292
분석 파킨슨병(post analytic parkinsonism) 209
분화 분기(differentiation subphase) 134
불안몽(악몽, anxiety dream) 82
불안신경증 34 · 328 · 330
불안 팬터지 374
불편한 욕구(dystonic urge) 379
불행한 태아기 체험 127
브랜너(Brenner C) 65 · 105 · 305
브루어(Bruyer) 284
브뤼케(Ernest Brücke) 34
블럼(Blum) 308
블로스(Blos) 153
비밀보장의 약속 251
비의식(Unconscious) 49 · 65
비의식 영역의 반응 276
비의식으로 가는 지름길(royal road to the Unconscious) 46
비의식의 가학성향(unconscious sadistic tendencies) 362
비의식의 갈등 254
비의식의 기능 특성 99
비의식의 메아리(unconscious-echo) 170

비의식의 소원 78
비의식의 언어 180
비의식의 존재 65
비의식의 파생물 103
비의식적 갈등(unconscious conflicts) 259
비의식적 감정(unconscious affect) 72
비의식적 감정과정(unconscious affective process) 283
비의식적 역전이 반응 239
비의식적 원인 30
비의식적 위험상황 241
비의식적 인지 과정 68
비의식적 죄책감 112
비해석적 치료작업 306

사랑하는 대상(love object) 52
사시 22
사회화 시기 151
산들러(Joseph Sandler) 107 · 280
상대방(object's welfare) 353
상반의 동일성(相反의 同一性, identity of opposite) 101
상징화(象徵化, symbolization) 28 · 77 · 179 · 348
상호관계방식(interactive mode) 222
상호관계분석(interactional analysis) 222
상환(償還, restitution) 166
새로운 적용방식(new adaptation-device) 258
샘라드(Semrad) 279
생식기 우위(genital primacy) 297
생식기 전기(pregenital phase) 140
서술적 비의식(descriptive Unconscious) 73
성감대(erogenous zone) 130
성감대의 이동 62
성격구조론(structural theory of personality) 36 · 110
성격구조의 중요한 변화 297
성격방어(character defense) 201

성도착 297
성도착 경향(perversion tendencies) 47
성숙한 동일화 169
성숙한 성인(mature adult) 154
성애전이(erotic transference) 273
성역할(gender role) 153
성역할 아이덴티티(gender identity) 146
성욕(sexuality) 30
성욕 에너지 258
성욕이론에 관한 세 가지 에세이(Three Essays on the Theory of Sexuality) 47 · 48
성인기(adulthood) 154
성인의 발달과제 157
성장 302
성적인 특성을 제거한 욕구 51
성적 주체성(sexual identity) 153 · 154
성전환증(transgender) 147
성 주체성(sexual identification) 140
성화(性化, sexualization) 190
성희롱 26
소아 정신분석 344
소원(wish) 253
소원성취 79
손상기억 30
손상몽(traumatic dream) 82
손상이론(trauma theory) 46
수면의 수호자 82
수용기(receptive stage) 130
슈레버 증례(Schreber Case) 323
스탠리 그린스펀(Stanley Greenspan) 307
스턴(Stern) 310
스톤(Stone) 308
슬랩(slap) 95
승화(昇華, sublimation) 51 · 200
시간개념 99
시간에 구애받지 않음(timelessness) 99
시기적절한 실망(non-traumatic, phase appropriate) 341
시험적 해석(trial interpretation) 362
신경성 기침 22
신경쇠약 34

신경의 성숙 132
신경증 29
신경증적 불행(neurotic misery) 207
신경회로(neuronal circuitry) 284
신체화(身體化, somatization) 190
신호불안(signal anxiety) 121
실습 분기(practicing subphase) 134
실제로 경험했던 손상경험(real traumatic experience) 30
실체로서의 말(words as things) 102
실험대상(specimen) 197
심리기제(mental mechanism) 50
심리내적인 통일(intrapsychic integrity) 309
심리수술(psychotherapeutic operation) 310
심리적 만족(Equilibrium) 118
심리적 손상(psychic trauma) 25
심리적 현실(psychic reality) 100
심층해석(deep interpretation) 355

아루포(Aruffo) 219
아브라함(Abraham) 95 · 347
아이슬러(Eissler) 305
악성 퇴행 187
안나 오의 검은 뱀 꿈(black snake dream) 22
안나 프로이트(Anna Freud) 59
안나 프로이트의 하버드 강좌 100 · 102 · 121
알버트 릴리 126
암묵기억(implicit memory) 68
압박법(pressure technique) 32
압축(condensation) 77
애니미즘(animism) 170
애착행위(attachment behavior) 129
약한 자기(enfeebled self) 342
약한 자기구조(defective and weakened self structure) 339
양가감정 307
양성(兩性, bisexuality) 151
어네스트 존스(Ernest Jones) 348

어른 속에 아이가 살고 있다(child-within) 105
어린 시절에 바라고 꿈꾸었던 소원(childhood wish) 45
어린 시절의 기억(early memory) 99
어린 한스의 증례(Little Hans's Case) 141
억압(抑壓, repression) 50 · 64 · 161
억압된 동성애 325
억압저항(repression resistance) 254
억제(抑制, suppression) 163
억제, 증세와 불안(Inhibition, Symptoms and Anxiety) 53
에디푸스 갈등(oedipal conflict) 233 · 322 · 378
에디푸스기(oedipal phase) 379
에디푸스 삼각관계(Oedipal triangle) 148
에디푸스 콤플렉스(Oedipus complex) 44 · 140 · 352
에릭슨 153 · 154
'as if' 성격 168
엘렉트라 콤플렉스(Electra complex) 140
엠데(Emde) 306 · 310
여성의 심리 147
여성 호르몬(estrogen) 152
여자 아이의 거세 콤플렉스 149
여자 아이의 에디푸스 삼각관계 149
역공포(counter-phobia) 166
역동개념(dynamic concept) 38
역동적 비의식 73
역동적 통찰 288
역동 통찰(力動洞察, dynamic insight) 285
역반응(counter-reaction) 276
역전이(countertransference) 195 · 199 · 276 · 355
역전이 감정 246
역전이의 징조 278
역치료 반응(NTR : negative therapeutic reaction) 116 · 257
역할 반응(role response) 276 · 280
연상기억(associative memory) 69
연상망(associative network) 69
외적인 좌절(external frustration) 116
외적 현실 사건(external event) 46

욕구심리학(drive psychology) 49
욕구충족의 착각(illusion of wish-fulfillment) 204
우울 입장(depressive position) 350
울프(Ernest Wolf) 332
원격 수용장치(distance receptor) 129
원시적 자기애(archaic narcissism) 339
원시적인 동일화 169
원인에 따른 저항 254
원초경(primal scene) 48 · 327 · 329
웨스텐(Westen) 72 · 284
웨인쉘(Weinshel) 104
위니코트(D. W. Winnicott) 59 · 106 · 305 · 306 · 310
위험신호(signal of danger) 55
유년기 거세공포증 314
유년기의 경험 88
유년기의 대상(original object) 355
유머(humor) 191
유발자극(priming) 69
유발자극 실험(priming experiment) 69
유수화(myelination) 132
유아기 경험(infantile material) 86
유아기 공상(infantile fantasy) 38
유아기 만능감(infantile omnipotence) 115
유아기 망각(infantile amnesia) 273
유아기 성욕(infantile sexuality) 47 · 48 · 51
유아기 손상(infantile trauma) 38
유아기 신경증(infantile neurosis) 269 · 273 · 326
유아기의 보살핌 결핍(mothering deficit) 332
유아적 본능소망(infantile instinctual wish) 100
유혹설 36
융(Carl Gustav Jung) 62
응징의 팬터지 173
의식(conscious) 65
의식 영역의 반응 276
의식적인 비밀 264
의존-독립의 갈등(dependence-independence conflict) 153

의존욕구 259
이동(displacement) 77
이드(id) 54 · 113 · 120 · 232
이드 심리학(Id psychology) 36
이드 저항(id resistance) 257
이르마 꿈(Irma dream) 80
이무석 88 · 91
이상적 부모상(idealized parent imago) 335
이상화 전이(idealizing transference) 336
이중인격(二重人格, dual personality) 188 · 189
2차 과정(二次過程, secondary process) 51 · 97
2차 이득(二次利得, secondary gain) 202 · 237
2차 이득 저항(secondary gain resistance) 255
2차적인 교정(secondary elaboration) 95
2차적 자기장애 337
이타적 포기(altruistic surrender) 191
이타주의(利他主義, altruism) 191
익명성(anonymity) 209
인간본성(human nature) 309
인과론(casuality) 104
인지과학(cognitive science) 68
인지 신경학자(cognitive neuroscientist) 70
일반 자아기능 226
일상생활의 정신병리(The Psychopathology of Everyday Life) 46
1차 과정(一次過程, primary process) 51 · 97
1차 과정 사고 230
1차적 자기장애 337
1차적 자율적 자아기능(primary autonomous ego function) 120

자기(self) 333
자기갈등 213
자기경험 중심적인 자료(self-oriented material) 381
자기 구조상(self structure) 332
자기대상(selfobject) 334
자기대상의 반사(mirroring of selfobject) 310

자기 도취적 욕구충족 377
자기도취적인 부모(self-involved parents) 383
자기병리 334
자기분석(self analysis) 298
자기 수정형(自己 修正型, autoplastic) 232
자기심리학(Self Psychology) 332
자기애(autoerotism) 130
자기애(narcissism) 52
자기애적 성격 52
자기애적 성격장애(narcissistic personality disorder) 332 · 336 · 337
자기애적 전이(narcissistic transference) 336
자기애적 행동장애(noisy demand and intense activity) 337 · 342
자기애적 행동장애의 치료 339
자기에게로의 전향(turning against self) 175
자기위로(self soothing) 337
자기의 핵(core self) 334
자기의 핵이 형성되기 위한 조건들 338
자기조절(self control) 132
자기 처벌욕구 320
자기통합(self cohesion) 333
자기파괴욕구 234
자동필서(automatic writing) 188
자아(ego) 54 · 120
자아 동조적(ego syntonic) 237
자아 동조적인 저항 266
자아상(self-image) 198
자아성장(genuine ego growth) 306
자아심리학(ego psychology) 59
자아심리학과 적응의 문제 59
자아와 방어기제 59
자아와 이드(The Ego and the Id) 53
자아의 감각기관(sense organ of the ego) 55
자아의 목표 118
자아의 성장(ego growth) 300
자아의 적응과정(ego-adaptive process) 202
자아의 허용범위 안에서 퇴행(regression in the service of ego) 218
자아의 힘(ego strength) 226
자아이상(ego ideal) 52 · 114

자아 이질적(ego dystonic) 237
자아주체성(ego identity) 120
자아주체성(personal identity) 153
자아 지배하의 퇴행(regression on the service of ego) 296
자유연상법(自由聯想法, free association technique) 210
자유연상의 기본원칙(basic rule of free association) 49
자유연상의 장점 215
자율성(autonomy) 131
자존심(self esteem) 132 · 333
자학성격 117
자학소망(masochistic wish) 116
자학적 인격장애 257
자해행동 234
작업기억(procedural memory) 68
잘츠만(Salzman) 323
잠복기(latent phase) 151
잠재몽(latent dream) 77 · 204
잠재의식적 지각(subliminal perception) 390
잠재적 아기(potential child) 373
재구성(reconstruction) 367
재급유(refueling) 135
재투입(reintroject) 195
재현(externalize, 외형화) 106
저항(抵抗, resistance) 189 · 252
저항 보여 주기 266
저항을 다루는 원칙(rules of technique concerning resistance) 268
저항의 원인 258
저항 인식 265
저항 표현 259
적대적 소원의 투사(hostile wish) 377
적절한 좌절(optimal frustration) 338
전 남근기(前 男根期, pre-Oedipal) 233
전능한 자기대상(omnipotent selfobject) 340
전의식(前意識, preconscious) 50 · 72
전이(轉移, transference) 97 · 107 · 269 · 321
전이공상 244
전이반응을 증가시키는 요인들 275

전이상황 355
전이왜곡(transference distortion) 227
전이의 위험 274
전이의 장점 274
전이의 징조(transference sign) 272
전이저항(transference resistance) 258 · 270
전이행동 274 · 355
전이환상 367
전치(轉置, displacement) 97 · 98 · 176
전환(轉換, conversion) 201
절제(abstinence) 209
절충형성(compromise formation) 160
정상 자폐기(the phase of normal autism) 134
정서적 독립(emotional independence) 153
정서적 통찰(情緒的 洞察, emotional insight) 282
정신결정론(psychic determinism) 104
정신기능 97
정신내용(mental content) 98
정신내적 통일(intrapsychic integrity) 304
정신변화(psychic change) 232 · 292
정신분석에 적합한 사람들의 조건 224
정신분석의 과정 224
정신분석의 효과 300
정신분열증 337
정신성적 발달 단계(psychosexual developmental stage) 151
정신손상(psychic trauma) 128
정신 에너지(psychic energy) 64 · 233 · 238
정신역동 396
정신적 이미지(mental representations) 74
정신증세 30
제2의 검열(second censorship) 74
제2의 분리-개별화 시기(second separation-individuation period) 153
제2차 성징 152
제이콥슨 217
제첼(Zetzel) 305 · 306
조각그림 맞추기 212
조울 정신병 354
존 바울비(John Bowlby) 310

존슨(Johnson) 284
종결반응을 결정짓는 요인 294
종교망상 325
종적인 자각(longitudinal insight) 285
주변환경(external world) 49
주체성(identity) 135
죽음의 본능(death instinct) 52
중립성(neutrality) 209 · 275
중립적 자세 209
중심갈등(central conflicts) 362
쥐 고문 319
쥐 사나이(Rat man) 317
쥐 형벌 318 · 319
지금-여기(here and now) 99 · 271
지능(知能, intelligence) 231
지식화(知識化, intellectualization) 153 · 187
지적 통찰(知的 洞察, intellectual insight) 282
지정학설(topographical theory) 64
지정학적 모델(topographical model) 46
지지적 정신치료 기법 226
직면(confrontation) 261
직업적 주체성(occupational identity) 154

충동 파생물(drive derivatives) 285
충족되지 못한 본능적 소망들(unsatisfied instinctual wishes) 74
취소(取消, undoing) 163 · 319
치료과정 225
치료관계를 통한 성장 303
치료동맹(therapeutic alliance) 224 · 227
치료 모델 303
치료목적 303
치료목표 243
치료비 244
치료시간 248
치료약속(contract) 240 · 243
치료의 동기 228
치료의 성공 303
치료적 관계 302
치료적 관계를 통한 성장/ 306
치료적 관계를 통한 성장 모델 305
치료적 상호작용 247
치료적 어머니 역할(remedial mothering) 305
침묵의 원인 259
침묵저항을 해석(interpretation of the silence) 261

차단(遮斷, blocking) 190
참석에 대한 의식적인 동기 250
창조적인 삶 157
처벌몽(벌 받는 꿈, punishment dream) 82
처벌불안 344
처벌욕구 115
청소년기(period of adolescence) 152
초자아(superego) 54 · 114 · 121 · 234
초자아 저항(superego resistance) 256
촉각 운동 감각(tactile kinesthetic sensory system) 130
최면 23
최면술 210
추상적 사고능력 73

카우치(couch) 216
카타르시스법(cathartic method) 23
칼라루소(Colarusso) 157
컨버그(Kernberg) 195 · 305
코르사코프 증후군 환자 284
코허트 학파(Kohutian school) 59
쾌락원칙(pleasure principle) 51 · 113
쿠퍼(Cooper) 302 · 305 · 306
클라인 학파(Kleinian school) 59 · 350
클리토리스 남근(clitoris phallus) 148

타자 수정형(他者 修正型, alloplastic) 232
태내생활(fetal life) 125
통찰(洞察, insight) 270 · 282
통합능력 352
통합된 자기(cohesive self) 335 · 336
통합성과 안정성(integrity and security) 55
퇴행(退行, regression) 77 · 187
투사(投射, projection) 170
투사적 동일화(投射的 同一化, projective identification) 194 · 282 · 344 · 355
투사적 역동일화(projective counteridentification) 194
특수 자아기능 226
특수착각(specific illusion) 269

페렌치(Sandor Ferenczi) 347
페아반(Fairbairn) 106
페티시즘 297
편집–분열의 입장(paranoid–schizoid position) 350
평범한 삶 157
폐경기(menopause) 156
폐쇄 공포증(claustrophobic symptoms) 374
폴라 하이만(Paula Heimann) 280 · 355
표준적 정신분석(standard analysis) 358
프로이트의 꿈의 개념 96
프로이트 학파(Freudian school) 350
피해망상 314 · 324
피해불안(persecutory anxiety) 353

하인즈 코허트(Heinz Kohut) 59 · 106 · 305 · 310 · 332
하트만(Hartmann) 120

학대당하는 공상(masochistic fantasy) 116
할로우(Harlow) 139 · 309
함입(含入, introjection) 169
함축(含蓄, condensation) 97 · 98
합리적 자아(reasonable ego) 266
합리화(合理化, rationalization) 180
합일화(合一化, incorporation) 169
항문–가학적 욕구(anal sadistic features) 377
항문갈등 322
항문기(anal stage) 131
항문성격(anal personality) 132
항문성애(anal enaticism) 322
해리(解離, dissociation) 24 · 188
해석과 통찰 302
해석과 통찰 모델 305
해석 기술 266
행동화(acting out) 231 · 264
헬름홀츠(Helmholtz) 34
현실 무시(Disregard of reality) 100
현실원칙(reality principle) 51 · 113
현재 생활 중의 소망(wish in current life) 204
현재신경증(actual neurosis) 34
현재의 내적 대상관계(present internal object relationship) 367
형제간의 경쟁(sibling rivalry) 156
화해접근기의 위기(rapprochment crisis) 136
화해접근 분기(rapproching subphase) 135
환상(幻想, fantasy) 202
환자가 만드는 역전이 280
환자의 개인적 비밀보장 251
환자의 선택 239
회피(回避, avoidance) 199
회피성 인격장애 332
회피에 사용되는 언어 263
횡적인 자각(crosssectional insight) 285
훈습(薰習, working-through) 288 · 303
훈습과정(working-through process) 288
히스테리 29
히스테리 신경증의 증례 314
히포캄퍼스(hippocampus) 70

absence of contradiction **101**

absence of negation **101**

abstinence **209**

acting out **231** · **257** · **264** · **295**

actual neurosis **34**

actual reality **101**

adhesiveness of the libido **257**

adult developmental tasks **157**

adulthood **154**

affective associative learning **71** · **284**

affective–trauma frame of reference **16** · **35**

aggressive drive **51** · **74** · **131**

aggressive stage **130**

alloplastic **232**

altruism **191**

altruistic surrender **191**

anal enaticism **322**

anal personality **132**

anal stage **131**

anal sadistic features **377**

analytic situation **211**

androgen **152**

animism **170**

Anna Freud **59**

Anne Marie Sandler **359**

anonymity **209** · **275**

anxiety dream **82**

archaic narcissism **339**

Armond Nicholi **58**

Aruffo **219**

asceticism **191**

as if **168**

assimilation **170**

associative memory **69**

associative network **69**

attachment behavior **129**

autoerotism **130**

automatic writing **188**

autonomy **131** · **132** · **135** · **140**

autoplastic **232**

avoidance **199**

basic rule of free association **49**

basic trust **129**

basic unconscious content **95**

belief in his magical power **137**

Bertha Pappenheim **21**

beyond the Pleasure Principle **52**

bisexuality **151**

black snake dream **22**

blocking **190**

Blos **153**

Blum **308**

borderline condition **136**

Brenner **65** · **105** · **305**

Bruyer **284**

Carl Gustav Jung **62**

castration anxiety **44** · **141** · **145**

castration complex **148**

casuality **104**

cathartic method **23**

central conflicts **362**

character defense **201**

check & recheck **184**

child–within **88** · **105**

childhood wish **45**

chronologically **93**

claustrophobic symptoms **374**

clitoris phallus **148**

cognitive neuroscientist **70**

cognitive science **68**

cohesive self **336**

Colarusso 157
Colby 260 · 261
combined technique 94
common unhappiness 207
compensation 180
compromise formation 122 · 160
concurrent analysis 379
condensation 77 · 97 · 98
conflict 75 · 161 · 333
confrontation 261
conscious 65
conscious dystonic 379
conscious syntonic 379
constancy 34
contract 240
conventionality 157
conversion 201
Cooper 302 · 305 · 306
core self 334 · 338
couch 210 · 216
counter-phobia 166
counter-reaction 276
countertransference 276
creativity 157
critical period 139
crosssectional insight 285

daily ritual 384
day-dreaming 202
day residues 78 · 92 · 93 · 204
death instinct 52 · 56
deep interpretation 355
defective and weakened self
structure 339
defense mechanism 119 · 160
defensive processes 200
deficit 333
demonstrability 266

denial 171 · 175 · 176 · 178
dependence-independence
conflict 153
depressive fear 352
depressive position 350
descriptive unconscious 73
Dewald 276 · 286
differentiation subphase 134
Dinora Pines 270 · 279
displacement 77 · 97 · 98 · 103 · 171 · 175
dissociation 24 · 188
distance receptor 129
Dora Case 315
dream interpretation 77
dream symbolism 94
dream work 77
drive derivatives 285
drive psychology 49
dual personality 188
D. W. Winnicott 59 · 106 · 305 · 310
dynamic concept 38
dynamic insight 285
dystonic urge 379

early memory 99
ego 54 · 112 · 120
ego dystonic 237 · 266
ego growth 300
ego ideal 52 · 114
ego identity 120
ego psychology 59
ego strength 226
ego syntonic 237 · 266
ego-adaptive process 202
Eidelberg 115 · 117
Eissler 305
Electra complex 140
Emde 306 · 311

emotional independence **154**
emotional insight **282**
emotional value **179**
empathy **168 · 333**
energic elements **97**
enfeebled self **342**
envious and sadistic wish **377**
equality of opposite **103**
equilibrium **118 · 121**
Ernest Brücke **34**
Ernest Jones **348**
Ernest Wolf **332**
erogenous zone **130**
erotic transference **273**
estrogen **152**
explicit memory **68 · 72**
external event **46**
external frustration **116**
external world **49 · 72**
externalize **106 · 110 · 367**
externalization **194**

fantasy **45 · 202**
feeling **253**
fetal life **124**
fixation **131 · 188**
flight to health **265**
fragmented self **335**
free association technique **33 · 210**
Freudian school **350**
fugue **188**

Gabbard **192 · 300 · 301 · 323**
Gazzaniga **284**
gender identity **146**

gender role **153**
genetic insight **285**
genetic interpretation phase **342**
genetic origin **289**
genital primacy **297**
genital region **140**
genuine ego growth **306**
grandiose self **340**
Gray **305**
Grinberg **194**

Harlow **139 · 310**
hatching **134**
head knowledge **283**
heart knowledge **283**
Heinz Hartman **59 · 120**
Heinz Kohut **59 · 106 · 305 · 310 · 332**
Helmholtz **34**
here and now **99 · 271 · 363 · 366**
hippocampus **70**
hostile identification **167**
hostile wish **377**
human nature **300 · 310**
humor **191**
hydrophobia **21**

id **54 · 112 · 120 · 232 · 303**
Id psychology **36**
id resistance **257**
ideal **341**
idealization **333**
idealized parent imago failure **338**
idealized parent imago **335**
idealizing transference **336**
identification **44 · 141 · 166 · 368**

identification with aggressor 116 · 167
identity 135
identity of opposite 101
illusion of wish-fulfillment 204
implicit memory 68 · 72
imprinting 139
incorporation 169
independance 135
independent 350
indifference 209
infantile amnesia 273
infantile fantasy 38
infantile instinctual wish 100
infantile material 86
infantile neurosis 271 · 273 · 326
infantile sexuality 47 · 48 · 51 · 62
infantile trauma 38
infantile omnipotence 115
Inhibition, Symptoms and Anxiety 53
inner impulses 46
inner theater 110
insight 232 · 270 · 282
instinct theory of psychoanalysis 47
instinctual drive 47
instinctual enegy 98
instinctual wish 50 · 99
integrity and security 55
intellectual defense 367
intellectual insight 282
intellectualization 153 · 187
intelligence 231
interactional analysis 222
interactive mode 222
internal forces 49
internal object relationship 106
internal object 133
internalization 106 · 133
interpersonal failure 306
interpretation of the silence 261
intrapsychic change 304
intrapsychic integrity 304 · 309

introjected object relationship 106
introjection 169
introspection 229
Irma dream 80
isolation 183 · 184

Jean Martin Charcot 23
John Bowlby 311
Johnson 284
Joseph Sandler 280 · 283

Karl Abraham 95 · 347
Kernberg 195 · 305
Kleinian school 59 · 350
Kohutian school 59

labelling 108
language of unconsciousness 180
latent dream 77
latent phase 151
libido 50 · 258
Little Hans's Case 141
Loewald 305 · 306
logic-tight compartment 182
longitudinal insight 285
love object 52

magical expectation 242
manifest dream 77

Margaret Mahler **106 · 133**
masculinity **149**
masochism **52**
masochistic character **114 · 116**
masochistic fantasy **116**
masochistic wish **116**
mature adult **154**
Max Schur **58**
Melanie Klein **59 · 106 · 345**
menopause **156**
mental content **98**
mental mechanism **50**
mental representations **74**
Milner **70 · 72 · 284**
mirror failure **338**
mirroring **333 · 338**
mirroring of selfobject **311**
mirroring transference **336 · 340**
moral masochist **114 · 115 · 116**
mothering deficit **332**
motivation **228**
myelination **132**

narcissism **52**
narcissistic **108**
narcissistic personality disorder **332**
narcissistic supplies **377**
narcissistic transference **336**
Narcissus **52**
narrative reconstruction **305**
negation **102**
negative identification **167**
negative Oedipus complex **150**
negative therapeutic reaction **115 · 116 · 257**
Nemiroff **157**
neuronal circuitry **284**
neuroscientists **283**

neurotic misery **207**
neutrality **209 · 275**
new adaptation-device **258**
noisy demand and intense activity **342**
normal devotion to ideals **341**
normal self-assertiveness **341**
note taking **252**
nuclear self **337**

object constancy **133 · 306**
object **134**
objectless **134**
object relations **130**
object relationship **227**
object relation theory **106**
object's welfare **353**
obsessive personality **132**
occupational identity **154**
oedipal conflict **378**
oedipal phase **379**
Oedipal triangle **148**
Oedipus complex **44 · 50 · 104 · 140 · 146 · 352**
omnipotent denial **352**
omnipotent selfobject **340**
optimal frustration **338**
oral nature **374**
oral personality **131**
oral stage **128 · 130**
original object **355**
over-compensation **166**

paranoid-schizoid position **350 · 351**
pathogenic selfobject failure **338**

pathological identification **168**
pathological internal object
relationship **110**
Paula Heimann **280 · 355**
penis envy **140 · 148**
pent-up unconscious forces **30**
period of adolescence **152**
persecutory anxiety **352 · 353**
personal analysis **280**
personal identity **153**
perversion tendencies **47**
phallic phase **139 · 140 · 148**
phase appropriate **341**
phobia **176**
phobic nature **362**
pleasure principle **51 · 100 · 113 · 204**
Pompeo Girolamo Batoni **155**
position **351**
post analytic parkinsonism **209**
potential child **373 · 378**
practicing **135**
practicing subphase **134**
pre-Oedipal **233**
preconscious **50 · 72**
pregenital phase **140**
preinterpretive phase **341**
present internal object
relationship **367**
pressure technique **32**
primal scene **48 · 327**
primary autonomous ego
function **120**
primary disorder of self **337**
primary process **51 · 97 · 99 · 103**
prime **69**
priming **69**
priming experiment **69**
procedural memory **68**
projection **108 · 162 · 170**
projective counteridentification **194**
projective identification **192 · 194 ·**

282 · 344 · 355 · 378
prosopagnosics **284**
provocation **109**
psychic change **232 · 292 · 380**
psychic conflict **312**
psychic determinism **104**
psychic energy **64 · 113 · 238**
psychic reality **101**
psychic structure **305**
psychic trauma **25 · 33 · 128**
psychoanalytic situation **382**
psychological mindedness **229**
psychological mothering **130**
psychosexual developmental
stage **151**
psychotherapeutic operation **311**
punishment dream **82**

Rangell **304 · 308**
rapproching subphase **135**
rapprochment crisis **136**
rat man **317**
rationalization **180**
reaction formation **165**
real traumatic experience **30**
reality principle **51 · 113 · 119 · 204**
reasonable ego **266**
receptive stage **130**
recommendation **268**
reconstruction **303 · 367**
refueling **135**
regression **77 · 187**
regression in the service of ego **218**
reintroject **195**
remedial mothering **305**
repeat interpretation **289**
repetition compulsion **257 · 303**
representation **71**

repressed material **253**
repression **50 · 64 · 74 · 161**
repression resistance **254**
resistance **189 · 252 · 253**
responsive−empathic selfobject **334**
restitution **166**
Robert Tyson **217**
role response **280**
Ronald Fairbairn **59 · 105**
royal road to the Unconscious **46**

sadistic−anal term **322**
sadistic superego **377**
sadistic wish **108 · 372**
sadistic wishful phantasies **373**
sado−masochistic relationship **107**
Salzman **323**
Sandor Ferenczi **347**
Schreber Case **323**
second censorship **74**
second separation−individuation
period **153**
secondary disorder of self **337**
secondary elaboration **95**
secondary gain **237**
secondary gain resistance **255**
secondary process **51 · 97**
self analysis **38 · 83 · 93 · 298 · 356**
self cohesion **333**
self control **132**
self esteem **132 · 333**
self−image **198**
self−involved parents **383**
selfobject **334 · 338**
self−oriented material **381**
self psychology **332**
self soothing **337**
self struture **332**

Semrad **280**
sense organ of the ego **55**
sensory input **204**
separation−individuation process **133**
sexual drive **74**
sexual identity **153 · 154**
sexuality **30 · 47 · 149**
sexualization **190**
sexual oedipal conflict **322**
sexual seduction **34**
shame and social isolation **342**
sibling rivalry **156**
signal anxiety **121**
signal of danger **55**
slap **95**
slip of the tongue **47**
somatization **190**
source of resistance **258**
specific illusion **269**
specimen **197**
split **136**
split−brain **284**
splitted object **137**
splitting **138 · 192 · 194**
splitting mother **136**
standard analysis **358**
structural model **82**
Stanley Greenspan **307**
Stone **308**
structural theory **53**
structural theory of personality **110**
structural theory of reference **53**
sublimation **51 · 200**
subliminal perception **390**
subphase **134**
substitution **176**
superego **54 · 112 · 114 · 120 · 141**
superego resistance **256**
suppression **163**
symbiosis **168**
symbolization **77 · 162 · 176 · 179**

T

tactile kinesthetic sensory system **130**
talking cure **23**
tansference sign **272**
termination of analysis **292**
The Ego and the Id **36 · 53 · 112**
The Interpretation of Dream **46**
Theodore J. Jacobs **381**
the phase of normal autism **134**
the principle of constancy **34**
The Psychopathology of Everyday Life **46**
the separation-individuation phase **134**
the symbiotic phase **134**
therapeutic alliance **227**
Three Essays on the Theory of Sexuality **47**
timelessness **99**
topographical frame of reference **35**
topographical model **46**
topographical theory **64 · 72 · 82**
transference **97 · 176 · 269 · 333**
transference distortion **227**
transference fear **262**
transference resistance **269**
transference sign **272**
transgender **147**
transitional object **135**
transmuting internalization **334 · 341**
trauma **23 · 306**
trauma theory **46**
traumatic dream **82**
traumatic event **367**
triviality **157**
turning against self **175**

U

unconscious **50 · 54 · 65**
unconscious affect **72**
unconscious affective process **283**
unconscious conflicts **259**
unconscious-echo **170**
unconscious sadistic tendencies **362**
unconscious sense of guilt **112**
underlying instinctual wish **99**
undoing **163 · 184**
unsatisfied instinctual wishes **74**

V

vagina **148**
vividness **266**
voyeurism **278**

W

Weinshel **104**
Weiss **322**
Westen Drew **72 · 284**
wish **253**
wish in current life **204**
wish to intimacy **254**
wolf man case **326**
words as things **102**
working-through **288 · 289 · 303 · 373**
working-through process **288 · 290**

Z

Zetzel **305 · 306**

p21
'안나 오' 증례(Anna O Case)
안나 오는 물 공포증, 오른팔 마비, 신경성 기침, 거시증, 사시증 등의 원인을 말하고 나자 증세가 치료되었다.
브로이어

p. 26
간질 발작을 일으키는 아이
개에 놀란 기억이 발작의 원인이었으나 놀란 기억을 말하는 것으로 기억을 소멸시켜서 증세가 치료되었다.
프로이트

p. 26
카타리나의
숨이 가쁜 신경증 증세
유년기에 아버지로부터 받은 성희롱이 원인이 되어 나타난 신경증이 최면술로 치료되었다.
프로이트

p. 27
마티아스 부인의 상징적
의미를 가진 육체적 증세
남편으로부터 받은 모욕감과 욕설, 할머니로부터 받은 죄책감이 육체적 증세로 나타났다.
프로이트

p. 28
언니의 장례식 때 죄책감이
원인이 된 엘리자베스 폰 알
형부를 사랑한 죄책감이 하반신 마비를 일으켰다. 최초로 자유연상을 이용하여 치료한 환자였다.
프로이트

p. 43
프로이트의 기차 공포증
프로이트는 기차 여행을 할 때 특이하게 행동했다. 기차 속에서 옷을 갈아 입던 어머니의 나체를 본 기억이 기차 공포증으로 나타났다.
프로이트

p. 67
비의식의 존재를 보여 주는
'살쾡이 꿈' 과 연상
어머니를 죽이고 싶은 소원을 가진 환자가 어머니의 장례식 꿈을 꾼 뒤 생긴 강박관념을 보여 준다.
프로이트

p. 77
불안신경증이 있는
30대 여선생님의 꿈
비인간적인 시집살이로 불안신경증이 왔다. 꿈에 시어머니가 털이 빠진 흉칙한 모습의 개로 보였다.
이무석

p. 79
납골단지 꿈

꿈을 통해 물을 마시고 싶은 소원
을 성취한다. 아내가 물을 먹여 주
는 꿈이었는데, 물컵은 에트루리아
의 납골단지였다.

프로이트

p. 80
이르마 꿈

이르마의 통증에 프로이트 자신의
잘못이 없고 브로이어 박사보다 자
신이 더 유능하다는 만족을 꿈을
통해 맛보고 있다.

프로이트

p. 83
프로이트의 대학 교수 임용 꿈

교수가 되고 싶은 소원성취의 가능
성을 꿈을 통해 확인하려 하고 있
다. 꿈이 비의식 소원의 상징적 표
현임을 보여 주는 증례이다.

프로이트

p. 88
마음 속의 아이

어른이 되어서도 어린 시절의 사건
을 마치 현재 일어나고 있는 일로
착각하고 있다. 유아기 경험이 꿈
의 원천이 되는 증례이다.

브랜너

p. 91
프로이트의 소변을 보는 꿈

꿈 작업이 꿈 속의 감정을 만드는
증례를 보여 준다. 옥외 변소에서
말라붙은 대변 덩어리들을 소변으
로 흘려보냈다.

프로이트

p. 104
에디푸스 콤플렉스의
해결이 잘못된 30대 사업가

유년기에 경험한 부모와의 갈등이
어른이 된 후에도 반복되어 자신감
없고 우울한 성격을 갖고 있다.

웨인쉘

p. 107
대상관계 이론을 입증하는
50대 여류 사업가, T부인

병적인 가학적-피학적 내적 대상
관계가 불행한 결혼과 신경증의 원
인으로 전환장애를 보여 준다.

조셉 산들러

p. 111
가혹한 초자아를 가진
성격 때문에 우울한 L양

일류 대학을 다니지만 항상 소심하
고, 친구들도 사귀지 못한다. 성격
구조론을 입증하는증례이다.

이무석

찾 · 아 · 보 · 기 ·

❸

p. 117
도덕적 자학 환자
자학성격을 가진 환자로서 역치료
적 반응을 보이고 있다. 정신분석
으로 증세가 호전되었지만 자신은
이것을 인정하지 못했다.
아이델버그

p. 141
어린 한스의 증례
한스는 동물의 성기에 관심이 많았
고, 말에 물릴 지 모른다는 두려움
을 갖고 있었다. 남근기의 거세불
안을 확인할 수 있는 증례이다.
프로이트

p. 149
남근선망으로 우울을
보이는 20대 중반의 여성
이 여성은 남성성에 매달려 남성다
워지려고 하고 남근을 가진 남자처
럼 행동한다.
이무석

p. 163
방어기제 중 '취소'의 증례
① 예쁜 동생을 질투하는 언니의
취소 행동.
② 엄마를 물에 빠뜨려 죽이려는
소년이 수도를 잠그는 행위.
드왈드

p. 165
방어기제 중 '반동형성'의 증례
의붓딸에 대한 증오감과 그 딸을
죽이는 상상의 반동으로 인해 그
딸을 헌신적으로 사랑하고 과잉보
호하는 계모.
이무석

p. 169
방어기제 중
'동일화'의 〈공감〉 증례
암에 걸린 파출부에 대한 동정심으
로 우울증에 빠진 교양 있고 인정
많은 부인.
이무석

p. 171
방어기제 중 '투사'의 증례
증오심과 살인충동의 원인으로 귀
신 공포증을 가진 18세의 고등학생
B군. 칼이나 날카로운 쇠붙이를 보
면 안절부절해졌다.
이무석

p. 178
방어기제 중 '부정'의 증례
① 월남전에서 전사한 남편의 죽음
을 부정하는 여인.
② 자신이 당뇨병에 걸렸다는 사실
을 인정하지 않는 당뇨병 환자.
콜비

p. 183
방어기제 중 '격리'의 증례

심한 말다툼으로 친정아버지에 대한 분노를 격리로 처리한 강박증의 34세 가정주부. 누군가를 죽일지도 모른다는 강박증에 시달렸다.

프로이트

p. 188
방어기제 중 '해리'의 증례

고통을 처리할 만큼 성숙하지 못한 인격 때문에, 돌아가신 시아버지처럼 행동하는 며느리. 시아버지의 죽음은 견딜 수 없는 충격이었다.

이무석

p. 191
방어기제 중
'이타적 포기'의 증례

언니의 연인을 사랑한 동생이 오히려 언니의 데이트를 도와 주는 행동으로 자신의 갈등을 해소한다.

안나 프로이트

p. 192
방어기제 중 '분리'의 증례

경계선 인격장애로 자살 위험이 높았던 여자 환자, 그녀는 병동치료 팀의 의사와 간호사 사이의 분열을 조장한다.

게바드

p. 195
'투사적 동일화'의 증례

우월감을 지닌 어머니와 자신을 동일화하고, 분석가에게 자신의 못난 부분을 전이시켜 열등감을 느끼게 하는 경계선 장애를 가진 환자

컨버그

p. 201
방어기제 중
'방어과정'의 〈전환〉 증례

전환장애로 인해 오른팔 마비를 갖게 된 중학 2학년인 K군.

이무석

p. 219
카우치 거부 행동으로
나타난 환자의 전이

서른여섯 살의 닥터 B는 고립감을 벗기 위해 자신이 분석가처럼 행동하고 분석가를 환자처럼 여겼다.

아루포

p. 253
'저항'의 증례

남근혐오를 가진 우울증 여자 환자는 침묵으로 저항을 하다가 그 저항을 넘고 나서 남근혐오의 비의식의 갈등이 드러났다.

콜비

p. 254
억압방어의 증례

딸과의 근친상간 팬터지를 갖는 아버지가 딸을 공격하고 미워하는 것으로, 자신의 욕망으로부터 자신을 방어한다.

이무석

p. 256
2차 이득 저항의 증례

불안장애로 인해 언제나 남편을 곁에 있게 하는 부인. 혼자 있기를 두려워하고 특히 밤에 혼자서 잘 수 없었다.

이무석

p. 256
초자아 저항의 증례

성공을 두려워 하는 유능한 회사원이 스스로 실패를 선택하는 자기 파괴적인 행동을 한다. 성공은 그에게 죄책감을 주기 때문이다.

이무석

p. 260
환자의 침묵에 대한 분석가의 대처법

여자 환자가 침묵에 빠졌다. 환자의 침묵에 대해 분석가는 참고 기다린다.

콜비

p. 261
환자에게 침묵저항에 직면하도록 해석한 증례

환자의 침묵저항의 동기와 내용을 파악해 치료를 지속할 수 있도록 한다.

콜비

p. 270
전이 현상의 증례

어머니를 분석가에게 전이시켜 분석가를 웃게 만드는 여성 환자의 경우, 그녀 자신 속에는 성난 어린 아이가 있었다.

디노라 파인스

p. 279
역전이의 실제와 영향

딸에 대한 죄책감을 가지고 있던 분석가가 환자를 자신의 딸로 보고 있다. 분석가는 자신의 문제 때문에 환자의 문제를 놓치고 있다.

디노라 파인스

p. 280
역할반응으로서의 역전이

① 분석가에게 아버지 역할을 유도해서 부자관계를 반복한다.
② 우는 행위로, 어머니 역할을 분석가에게 전이시켰다.

조셉 산들러

p. 300
불안증에 빠진 40대 은행원

환자의 불안은 죽음에 대한 공포 때문이었다. 자신의 심리적 갈등을 통찰한 후에 정신분석 치료효과가 나타났다.

이무석

p. 301
대상항상성이 결핍된 환자

내적 대상을 갖지 못해, 현실에서 그 역할을 해줄 사람이 필요했다. 정신분석 치료로 심리 내부에 내적 대상을 형성하게 되었다.

게바드

p. 315
도라의 증례

18세의 여성인 도라의 동성애에 대한 히스테리 신경증. 프로이트는 자신 스스로 도라의 치료를 실패했다고 말했다.

프로이트

p. 317
쥐 사나이 증례

쥐 사나이의 강박장애는 에디푸스 갈등이 원인으로, 이 갈등이 항문 갈등으로 퇴행해 가학적 항문기의 증세인 강박장애로 표현되었다.

프로이트

p. 323
슈레버 증례

슈레버는 독일 고등법원 판사였다. 그의 증세는 분석가에 대한 억압된 동성애적 욕구와 방어의 결과로 나타난 피해망상이었다.

프로이트

p. 326
늑대 사나이 증례

갓난아기 때의 원초경이 거세공포증을 일으키고, 거세공포증이 유아기 신경증을 일으켜 성인이 된 후에도 정신적 손상을 주었다.

프로이트

p. 359
분만공포를 가진 D부인

D부인은 분만을 매우 무서워하고 있었으며, 불안 발작과 깊은 절망감에 사로잡혀 있었다. 정신분석의 전과정을 보여 준다.

안느마리 산들러

p. 381
분석가와 경쟁하는 V씨

분석시간에 분석가의 내적 경험과 이 경험의 이용에 대한 증례이다. 자신을 효과적으로 활용하는 것은 분석에 매우 유용한 도구이다.

데오도르 제이콥스

chapter 1 프로이트의 생애와 정신분석의 역사

김성희(1976) : 정신분열증 망상의 이해와 치료. 전남의대 잡지
이무석(1996) : *Freud의 꿈 해석과 기법*. 정신분석 제7권 1호(1996) pp. 32~45
Breuer, J & Freud, S(1893~1895) : *Studies on Hysteria*. S.E. 2
Fräulein Anna O. in 'Studies on Hysteria'. S.E. 2 : 21~47
Freud A(1936) : *The Ego and the Mechanisms of Defense*. London. Hogarth Press
Freud JM(1957) : *Glory Reflected*. London : Angus and Robertson.
Freud S(1893) : *Studies in Hysteria-Case History: Frau Elizabeth von R.*, S.E. vol 2 : 135~181.
Freud S(1900) : *The interpretation of dreams*. S.E. 4/5, pp. 1~685.
Freud S(1901) : *The Psychopathology of Everyday Life*. S.E. 6
Freud S(1905) : *Three Essays on the Theory of Sexuality*. S.E. 7
Freud S(1914) : *On narcissism: An introduction*. S.E. 14
Freud S(1914) : *On the history of the psychoanalytic movement*. S.E. 14
Freud S(1917) : *Mourning and Melancholia*. S.E. 14, pp. 239~258
Freud S(1920) : *Beyond the Pleasure Principle*. S.E. 18
Freud S(1923) : *The Ego and the Id*. S.E. 19
Hartman H(1939) : *Ego Psychology and Problem of Adaptation*. New York. International Uinversity Press
Moo-Suk Lee(1996) : *Freud and Rome*. Chonnam Journal of Medical Sciences. 9(2) : 204~208
Nicholi A(2002) : *The Question of God*. New York. The Free Press : 225~230
Sandler J, Dare C and Holder A(1972) : *Frame of reference in psychoanalytic psychology. 2. The historical context and phases in the development of psychoanalysis*. Br. J. med. Psychol. 45 : 133~142
Sandler J, Dare C and Holder A(1997): *Freud's Models of the Mind*. London, Karnac Books.

chapter 2 정신분석 이론

김명희(1995) : *꿈의 임상적용*. 한국정신분석학회 세미나(1995년 9월 30일부터 10월 1일)에서 발표.

이무석(1995) : *정신분석의 이해*. 광주, 전남대학교 출판부, pp. 205~8/pp. 24, 28.

Abraham K(1953) : *Should patients write down their own dreams?* In : Jones E(ed) Selected papers of Karl Abraham M.D. Vol 1. Basic Books : New York, pp. 33~35.

Brenner C(1976) : *Psychoanalytic Technique and Psychic Conflict*. Int. Univ. Press. New York.

Bruyer R(1991) : *Covert face recognition in prosopagnosia : A review*. Brain and Cognition. 15 : 223~235

Collins A & Loftus E(1975) : *A spreading—activation theory of semantic processing*. Psychological Review. 82 : 407~428 San Francisco : Jossy—Bass, pp. 91~114

Dewald P(1969) : *Psychotherapy, A Dynamic Approach*. Basic Book : New York, pp. 244~254.

Eidelberg L(1968) : *Encyclopedia of Psychoanalysis*. The Free Press, New York. pp. 232~235, 263~264, 279

Erikson EE(1954) : *The dream specimen of psychoanalysis*. In Essential Papers on Dreams, edited by Lansky, M.R(1992). Lonon : New York University Press, pp. 137~179

Fairbairn WRD(1952) : *Psychoanalytic Studies of the Personality*. London. Routledge & Keganpaul.

Freud M(1957) : *Glory Reflected*. London : Angus and Robertson, pp. 70~71.

Freud S(1900) : *The interpretation of dreams*. S.E. 4/5, pp. 1~685.

Freud S(1909) : *Analysis of a Phobia in a Five—Year—Old—Boy*. S.E. 10

Freud S(1911) : *Handling of dream—interpretation in psycho—analysis*. S.E. 7, pp. 89~96.

Freud S(1915) : *The unconscious*. S.E. 14

Freud S(1923) : *The Ego and the Id*. S.E. 19

Freud S(1923) : *In remarks on the theory and practice of dream interpretation*. S.E. 19 : 107~121

Freud S(1923) : *The Ego and the Id*. S.E. 19

Freud S(1924) : *The Economic Problem of Masochism*. S.E. 19

Freud S(1925) : *Autobiography*. S.E. 20 : 1~74

Freud S(1933) : *New introductory lectures on psychoanalysis*. S.E. 22, pp. 1~182.

Gazzaniga MS(1985) : *The Social Brain : Discovering the Networks of the Mind*. New York. Basic Books.

Johnson MK, Kim JK, & Risse G(1985) : *Do alcoholic Korsacoff's syndrom patients acquire affective reaction?* Journal of Experimental Psychology : Learning, Memory, and Cognition 11 : 22~36

Klein M(1959) : *On the development of mental functioning.* In Envy and Gratitude. London. Delacorte Press, 1975. 236~246

Kohut H(1971) : *The Analysis of the Self.* New York. Int. Univ. Press

Milner B, Corkin S & Teuber HL(1968) : *Further analysis of the hippocampal amnesic syndrom : Forteen years follow up study of H.M.* Neuropsychologia 6 : 215~234

Nagera H(1969) : *Basic psychoanalytic concepts on the theory of dreams.* George Allen and Unwin LTD Lolldon, pp. 111~113.

Nisbett R & Wilson T(1977) : *Telling more than we can know: Verbal reports on mental process.* Psychological Review 84 : 231~259.

Sandler J & Rosenblatt B(1962) : *The concept of the representational world.* Psychoanalytic Study of Child 17 : 285~296.

Shane M(1979) : *The developmental approach of working through in psychoanalysis.* J. Amer. Psychoanal. Assn., 10 : 658~676.

Slap JW(1976) : *A note on the drawing of dream details.* Psychoanal. Q., 45 : 455~456.

Thoma H and Kaehele H(1985) : *Psychoanalytic Practice.* Springer Verlag : New York, pp. 139~167

Tulving E, Schacter D and Stark HA(1982) : *Priming effect in word-fragment completion are independent of recognition memory.* Journal of Experimental Psychology ; Learning, Memory & Cognition 8 : 336~342

Weinshel EM(1987) : *The effect of sexual abuse in childhood as observed in the psychoanalysis of adults.* Unpublished.

Westen D(1999) : *The scientific status of unconscious process: Is Freud really dead?* Journal of American Psychoanalytic Association 47(4) : 1060~1106

Wilson T(1996) : *The validity and consequencies of verbal reports about attitude.* In Answering Questions : Methodology for determining Cognitive and Communicative Responses in Survey Research, ed. N. Schwartz & S. Sudman.

Winnicott DW(1958) : *Collected Papers.* New York. Basic Books, Inc.

chapter 3 성격의 발달과정

김성희(1968) : *정신의학 강의 노트*. 출판중

이무석 · 유정수 역(2000) : *안나 프로이트 하버드 강좌*. 서울. 하나의학사

이원호(1982) : *胎教*. 서울. 박영사

토마스 바니(1985) : *태아는 알고 있다*. 서울. 생명의 말씀사

Asch SS(1966) : *Depression*. Psychoanalytic Study Of the Child, 21 : 150~171

Bibring E(1953) : *The Mechanism of Depression*. In Affective Disorder, ed. P. Greenacre. New York : Int. Univ. Press, pp. 13~48

Bogren LY(1984) : *Side preference in women and men when holding their newborn child : psychological background*. Acta Psychiatr Scand 69 : 13~23

Colarusso CA(1990) : *The Third Individuation – The Effect of Biological Parenthood on Separation–Individuation Processes in Adulthood*. Psychoanal. St. Child, 45 : 179~194

Freud S(1905) : *3 Essays on the Theory of Sexuality*. S.E. 7

Freud S(1918) : *The Taboo of Virginity*. S.E. 11

Freud S(1924) : *The Dissolution of the Oedipus Conflict*. S.E. 19 : 179, 254~258

Freud S(1926a) : *The Problem of Lay Analysis*. S.E. 20, p. 212

Freud S(1926b) : *Some character type*. S.E. 14. p. 315

Mahler MS(1966) : *Notes on the development of basic moods: the depressive affect in psychoanalysis*. In psychoanalysis–A General Psychology, ed. Lowenstein, Newman, Schur and Solnit. New York. Int. Univ. Press. pp. 152~168

Mahler MS & McDevitt JB(1989) : *The Course of life*. ed. Greenspan SI & Pollack GH. Madison CT. International Press.

Moore BE & Fine BD(1990) : *Psychoanalytic Terms and Concepts*. New York. Yale University Press. pp. 52~53 & p. 76

Nemiroff RA & Colarusso CA(1987) : *Clinical implications of adult developmental theory*. Am J Psychiatry 144 : 10. 1263~1270

chapter 4 자아의 방어기제

이무석(1990) : *투사적 동일화의 개념과 임상 적용*. 정신분석 연구 1 : 59~71

Freud A(1936) : *The Ego and the Mechanisms of Defense*. New York. Int.

Univ. Press

Freud S(1894) : *The neuro-psychoses of defense.* S.E. 3 : 45~61

Gabbard GO(1989) : *Splitting in Hospital Treatment.* Am J Psychiatry 146 : 444~450

Grinberg L(1979) : *Countertransference and Projective Counter-identification.* in Countertransference vol 8, edited by Epstein, NewYork. Jason Aronson. 161~191

Kernberg O(1975) : *Boderline conditions and pathological narcissism.* New York. Jason & Aronson Inc. 122~124

Kernberg O(1987) : *Clinical Demensions of Masochism, in Masochism : Current and Psychotherapeutic Contribution.* Edited by Glick RA, Analytic Press.

Kolb & Brody(1982) : *Modern Clinical Psychiatry* 10th Ed. saunders, London. 80~111

Ogden TH(1983) : *The Concept of Internal Objective Relations.* Int J Psychoanal. 64 : 227~241

chapter 5 정신분석의 기법

Fenichel O(1941) : *Problems of Psychoanalytic Technique.* New York : The Psychoanalytic Quarterly.

Freud S(1912) : *Recommendations to physicians practicing psycho-analysis.* S.E. 12 : 109~120. 분석의(分析醫)에 대한 정신분석상의 주의. 번역 ; 김성희 교수 논문 강의록 제1집 : 45~55.

Freud S(1913) : *On beginning the treatment.* S.E. 12 : 121~144. London : Hogarth Press, 1958.

Freud S(1915) : *Observation on Transference Love.* S.E. 14

Freud S(1925) : *Autobiography.* S.E. 20 : 1~74

Freud S(1938) : *정신분석학 개요.* 한승완 옮김, '나의 이력서' 중에서 인용. 서울. 열린책들.

Jacobson J(1995) : *The Analytic Couch: Facilitator or Sine Qua Non?* Psychoanal. Inq., 15 : 304~313

Roy N & Aruffo MD(1995) : *The Couch : Reflections.* From an Interactional View of Analysis. Psychoanal. Inq., 15 : 369~385

chapter 6 정신분석의 과정

이무석(1995) : *정신분석의 이해*. 광주. 전남대학교 출판부

Dewald PA(1969) : *Psychotherapy ; A Dynamic Approach*. Second Edition. New York. Basic Books. pp. 196~223

Freud S(1912) : *The dynamics of transference*. S.E. 12 : p. 97~108

Freud S(1913) : *On Begining The Treatment*. S.E. 12 : p. 121~144

Freud S(1914) : *Remembering, Repeating and Working Through*. S.E. 12

Freud S(1926) : *Inhibition, Symptoms and Anxiety*. S.E. 20 : p. 160

Greenson RA(1967) : *The Technique and Practice of Psychoanalysis*. Connecticut. Intrnational University Press. pp. 61~71

Harlow HF and Harlow MK(1962) : *Social Deprivation in Monkeys*. Scientific Americans.

Heimann P(1950) : *On counter-transference*. Int. J. Psychoanal. 58. 129~156.

Kenneth Mark Colby(1951) : *A Primer for Psychotherapists*. London. Ronald Press.

Pines D(1980) : *Skin communication: Early skin disorders and their effect on transference and countertransference*. Int. J. Psycho-Anal. 61 : 315~324

Pines D(1987) : *Transference and countertransference*. Presented in the seminar of British Psychoanalytic Society in London.

Sandler AM(1988) : *Aspects of analysis of a neurotic patient*. Int. J. Psycho-Anal. 69 : 317-326

Sandler AM(1996) : *Comments on therapeutic and countertherapeutic factors in psychoanalytic technique*. 정신분석 7(1) : 81~90

Sandler J(1976) : *Countertransference and role responsiveness*. Int. Rev. Psycho-Anal. 3. 43~47.

Sandler J, Dare C and Holder A(1992) : *The Patient And The Analyst*. London. Karnac Books. pp. 165~173 and 175~186

Semrad E(1980) : *The heart of a therapist*. in Inpatient Psychiatry. J. Aronson, New York. p. 112.

chapter 7 정신분석의 효과

김성희(1999) : *한국인의 사회구조는 모계중심 사회*. 광주 시립 정신병원에서 1999

년 10월에 개인적으로 주신 말씀

이무석(2000) : 한국인의 마음 속에 있는 아버지 상과 아버지와 관련된 정신병리. 정신분석 11(2) : 282~288

Blum H(1984) : *The position and value of extratransference interpretation*. P.A.N.Y. Bull. 22 : 10, 11, 15

Bowlby J(1958) : *The nature of the child's tie to his mother*. Int. J. Psycho-anal. 39 : 350

Brenner C(1976) : *Psychoanalytic Technique and Psychic Conflict*. New York. International University Press.

Cooper AM(1989) : *Concepts of therapeutic effectiveness in psychoanalysis : a historical review Psychoanal*. Inq. 9 : 4~25

Cooper AM(1992) : *Psychic Change : Development in the Theory of Psychoanalytic Techniques? 37th IPA Congress Overview*. Int. J. Psycho-Anal., 73 : 245~250

Emde R(1990) : *Mobilizing Fundamental Modes of Development : Empathic Availability and Therapeutic Action*. J. Amer. Psychoanal. Assn. 38 : 881

Freud S(1885) : *Freulein Anna O. in Studies on Hysteria*. S.E. 2, pp. 21~47

Freud S(1914) : *Further Recommendations in the Technique of Psychoanalysis 2 ; Remembering, Repeating and Working through*. S. E. 12, pp. 145~156

Freud S(1933) : *New introductory lectures on psycho-analysis*. S.E. 22, p. 80, 68

Gabbard GO(1994) : *Psychodynamic psychiatry in clinical practice*. Washington DC. American Psychiatric Press. pp. 139~148

Gray P(1990) : *The Nature of Therapeutic Actions in Psychoanalysis*. J. Amer. Psychoanal. Assn. 38 : 1083~1097

Greenspan S(1988) : *The Development of the Ego: Insights from Clinical Work with Infants and Young Children*. J. Amer. Psychoanal. Assn. 36 : 3

Harlow HF MK(1962) : *Social deprevation in monkeys*. Scientific American. 1962, November : 137~146

Kandel ER(1979) : *Psychotherapy and single synapse: the impact of psychiatric thought on neurobiologic research*. N Engl J Med. 301 : 1028~1037

Kernberg O(1975) : *Borderline Conditions and Pathological Narcissism*. New York. Jason Aronson.

Kohut H and Wolf E(1978) : *The disorders of the Self and their Treatment : An Outline(1).* Int. J. Psychonanal. 59 : 413~425

Kohut H(1984) : *How Does Analysis Cure?* Chicago. Univ. Chicago Press.

Loewald HW(1960) : *On the therapeutic action of psychoanalysis.* Int. J. Psycho-Anal. 41 : 16~33

Rangell L(1987) : *A Core Process in Psychoanalytic Treatment.* Psychoanal. Q 56 : 222~249

Stone L(1981) : *Notes on the noninterpretive elements in the psychoanalytic situation and process.* J. Amer. Psychoanal. Assn. 29 : 89~118

Viinamaki H, Kuikka J, Tiihonen J et al(1998) : *Change in monoamine trasporter density related to clinical recovery: a case-control study.* Nordic Journal of Psychiatry. 52 : 39~44

Winnicott DW(1965) : *The maturational process of the facillitating environment : Studies in the Theory of Emotional Development.* London. Hogarth Press.

Zetzel ER(1970) : *The Capacity for Emotional Growth. Theoretical and Clinical Contributions to Psychoanalysis.* 1943~1969. New York. International Universities Press.

chapter 8 프로이트의 정신분석 증례들

Freud S(1908) : *Fragment of an analysis of an case of hysteria.* S.E. 7 : 7~122

Freud S(1908) : *Character and anal eroticism.* S.E. 9 London. Hogarth Press. pp. 167~175.

Freud S(1909) : *Notes upon a Case on Obsessional Neuroses.* S.E. 10, London. Hogarth Press. pp. 151~318, 1955.

Freud S(1911) : *Psycho-Analytic Notes on an Autobiographical Account of a Case of Paranoia.* S.E. 12 : 9~82

Freud S(1918) : *From the history of Infantile Neuroses.* S.E. 17 : 7~122

Gabbard GO(1985) : *The role of compulsiveness in the normal physician.* J.A.M.A., 254 : 2926~2929.

Gabbard GO(1994) : *Psychodynamic Psychiatry in Clinical Practice.* London. American Psychiatric Press. pp. 589~601.

Salzman L(1983) : *Psychoanalytic therapy of the obsessional patient.* Curr. Psychiatr. Ther., 22 : 53~59.
Weiss SS(1980) : *Reflection and Speculations on the Psychoanalysis of the Rat Man.* In Freud and His Patients ed., Kanzer, M., Glenn, J., New York. Jason Arronson. pp. 203~214.

chapter 9 코허트의 자기심리학

Kohut H and Wolf E(1978) : *The disorders of the Self and their Treatment : An Outline(1).* Int. j. Psychoanal., 59 : 413~425

chapter 10 클라인 학파

잉에 슈테판, 이영희 옮김(1996) : 프로이트를 만든 여자들. 서울. 새로운 사람들
Katz J(1985) : *Book Review of Melanie Klein by Hanna Segal*, New York. Viking Press. 1980. JAPA. 33(suppl) : 209~214
KLEIN M (1930) : *The importance of symbol formation in the development of the ego.* In Love, Guilt and Reparation and Other Works 1921~1945 London. Hogarth Press. 1975. pp. 219~231
Moore BE & Fine B(1990) : *Psychoanalytic Terms & Concept.* American Psychoanalytic Association. 106~112
Segal H(1998) : *Introduction to Melanie Klein.* New York. esf publisher
Yorke C(1994) : *Freud or Klein: Conflict or Compromise.* Int. J. Psycho-Anal. 75 : 375~385

chapter 11 현대 정신분석가의 정신분석 증례

Jacobs TJ(1993) : *The inner experience of the analyst: their contribution to the analytic process.* Int. J. Psycho-Anal. 74 : 7~14
Sandler AM(1987) : *Aspects of the analysis of a neurotic patient.* 몬트리올에서 열린 제35차 국제정신분석학회에서 발표됨.

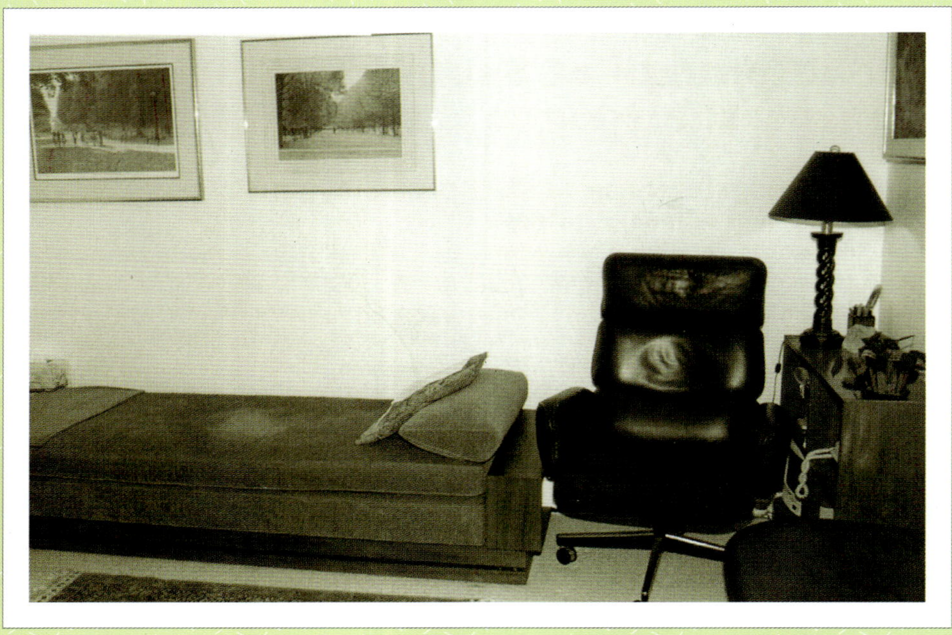